rororo

Dies ist die Geschichte eines Lebens, das zerstört war, bevor es richtig begann: die traurige Kindheit in einer zerrütteten Familie, Jahre der Aufopferung für die schwerkranke Schwester, gescheiterte Liebesbeziehungen. Auf der Suche nach so etwas wie Glück entdeckt die Frau am Ende ein Geheimnis, das sie seit langem in sich trägt. Fünf Tage und fünf Nächte lang erzählt sie einem fremden Mann ihre Geschichte. Sie vertraut ihm und gibt sich seinen Zärtlichkeiten hin, ohne auch nur seinen Namen zu kennen. Und sie will ihn nicht wissen.

Janice Deaner studierte Film und wurde als Filmemacherin ausgezeichnet. Ihr erster Roman «Als der Blues begann» (rororo 13707) war ein internationaler Bestseller.

Janice Deaner

Fünf Tage, fünf Nächte

Roman

Deutsch von Adelheid Zöfel

Rowohlt Taschenbuch Verlag

Einmalige Sonderausgabe
Juni 2003

Veröffentlicht im Rowohlt Taschenbuch Verlag
GmbH, Reinbek bei Hamburg, Juli 2001
Dieser Titel erschien erstmalig in deutscher Sprache
im November 1999 in der Reihe Rowohlt Paperback

Die Originalausgabe erschien 1998
unter dem Titel «The Body Spoken»
bei Dutton / Penguin Putnam, Inc., New York

Umschlaggestaltung any.way, Andreas Pufal
(Foto: Ken Takewaki / Photonica)
Gesamtherstellung Clausen & Bosse, Leck
Printed in Germany
ISBN 3 499 23471 8

TEIL 1

Prärie

KAPITEL 1

Sie erzählte ihm, sie habe die letzten fünf Jahre als Mann gelebt. Als er sie fragte, warum, schaute sie ihm in die Augen und sagte, das sei eine viel zu lange Geschichte. Vorwurfsvoll entgegnete er, sie hätte gar nicht erst anfangen dürfen, wenn sie nicht bereit sei, auch den Rest zu erzählen, aber sie waren zwei Fremde im Zug, und deshalb brachte ihn sein Einwand nicht viel weiter.

Der Zug war sehr voll, als sie aus Penn Station herausfuhren; nirgends ein freier Platz, man mußte zusammenrücken. Sie hatte sich neben ihn gesetzt, nicht umgekehrt, und sie war auch diejenige gewesen, die ein Gespräch anfing. Ehe sie erwähnte, daß sie als Mann gelebt habe, hatte sie belanglose Konversation gemacht: wie heiß es doch sei, typisch August; für einen normalen Wochentag sei der Zug ungewöhnlich voll, und schon die Vorstellung, aus New York herauszukommen, lasse einen aufatmen.

Als er sie nach ihrem Namen fragte, war sie ins Stocken geraten. Er hatte die Verwirrung zuerst in ihren Augen bemerkt, dann in ihrer Stimme.

Mein Name, sagte sie. Ich war – hm, also – ich war Oscar Lourde –

Sie hatte sich unterbrochen und ihn hilflos angeschaut, als wüßte sie nicht weiter. Dann hatte sie es gesagt:

Ich habe fünf Jahre als Mann gelebt.

Sie sagte es, als bäte sie um Verständnis, als wollte sie sagen:

Ich weiß gar nicht mehr, wie ich heiße. Ich habe so lange nicht als ich selbst gelebt. Er hätte gern mehr erfahren, merkte aber, daß sie es gar nicht hatte sagen wollen, daß es ihr nur herausgerutscht war – Fremde erzählten sich manchmal indiskrete Dinge. Sie entschuldigte sich und legte den Finger auf ihre Lippen.

Während der Zug durch die verdorrten Gärten einer Kleinstadt in Pennsylvania ratterte, sagte sie noch etwas. Sie schaute lange aus dem Fenster, drehte sich dann zu ihm und erklärte: Ich habe einfach ein Taxi zur Penn Station genommen und eine Fahrkarte nach Los Angeles gelöst; ich habe niemanden angerufen, kein Fax verschickt, sondern mein Leben in Trümmern hinter mir gelassen.

Lächelnd schaute sie wieder weg, und er konnte nicht sagen, ob das, was sie gesagt hatte, stimmte, aber die Worte *in Trümmern* hallten in ihm wider.

Am Nachmittag zog sie sich in ihre Schlafkabine zurück, und er suchte sie ein paar Stunden später dort auf. Es war eine Luxuskabine in der ersten Klasse. Dafür mußte sie einiges bezahlt haben. Jedenfalls mehr, als er für sein Standardquartier, das eigentlich nur aus einer schmalen Pritsche bestand. In der ersten Klasse hingegen hatte man ein eigenes Bad und ein Fenster, und für einen kleinen Aufpreis (den sie offenbar bezahlt hatte) bekam man weiße Bettwäsche und einen roten Samtvorhang, der das Bett von der winzigen Sitzecke abtrennte.

So bin ich der Vergangenheit am nächsten, sagte sie.

Und die Vergangenheit lag ihr am Herzen. Sie wollte die Gegenwart hinter sich lassen, und sei es auch nur für eine Woche, ihr ein letztes Mal entfliehen, ehe es kein Entkommen mehr gab. Sie wollte so tun, als lebte sie in einer Zeit, in der es noch keine Resopaltische und Plastikstühle gegeben hatte, in einer Zeit ohne Faxgeräte und Internetanschlüsse und Terroristen. Als Damen noch Damen waren und Männer noch Männer, sagte sie lächelnd.

Er interessierte sich eigentlich nicht für die Vergangenheit, sondern wollte wissen, was hinter der Gegenwart lag. Er wollte jemand werden, der er jetzt nicht war; er wollte, daß sich in seinem Kopf eine völlig andere Denkart entwickelte, damit er die Welt neu sehen und andere Gedanken denken konnte als diejenigen, die er jetzt immer dachte. Deshalb hatte er getan, was er getan hatte.

Beim Gedanken daran überkamen ihn Schuldgefühle; Bilder stürzten auf ihn ein – zerbrochenes Geschirr, der umgeworfene Tisch, die zerfetzten Vorhänge. Er versuchte, die Bilder abzuschütteln. Für seinen Absprung war das alles nötig gewesen, sagte er sich. Deshalb hatte er getan, was er getan hatte – er hatte so radikal mit seinem bisherigen Leben gebrochen, um sich zu verändern. Dann war er in den Zug gestiegen, weil er Zeit gewinnen wollte, um über das, was er getan hatte, nachzudenken. Konnte er durch seine scheinbar irrationale Entscheidung ein anderer werden oder wenigstens einen Teil von sich selbst entdecken, den er verloren oder zumindest nicht gesehen hatte? Es mußte gehen, sagte er sich, aber ganz sicher war er sich nicht.

Er machte sich auf die Suche nach ihr und fand sie in ihrer Kabine. Sie wirkte ganz zufrieden in ihrer Schlafecke mit den weißen Baumwollaken und dem roten Samtvorhang. Er blieb nur eine Viertelstunde. Sie hatte gelesen, bevor er gekommen war. Als er ging, schloß er die Tür hinter sich und ging ein paar Schritte den Gang entlang, bis ihm einfiel, daß er sein Buch auf dem kleinen Tischchen neben ihrem Bett liegenlassen hatte. Vorsichtig klopfte er an die Tür – er hatte sich ja erst vor ein paar Sekunden verabschiedet –, sie saß im Schneidersitz auf dem Bett, die Augen geschlossen, die Hände mit den Handflächen nach unten auf den Knien. Er hätte gern gewußt, ob sie betete, fragte aber lieber nicht. Als es dunkel wurde, schaute er wieder bei ihr vorbei. Sie war gerade beim Abendessen, nebenbei las sie ein Buch und schaute immer wieder auf die kleinen Ortschaften hinaus, die wie aufgefädelte Perlen eine nach der anderen vorbeiglitten.

Ein paar Stunden später trafen sie sich im Passagierwagen. Sie saßen eine ganze Weile im Dunkeln, wechselten nur hin und wieder ein Wort. Ihre Stimme war leicht und weich wie Puder. Es war schon spät, als sie ihn schließlich zu sich in die Kabine einlud. Anfangs fand er die Situation unangenehm, weil er nicht wußte, wohin mit sich – bis er sich schließlich auf dem Bett ausstreckte und die langen Beine übereinanderschlug. Sie saß mit dem Rücken zur Wand neben ihm, die Knie angezogen wie ein junges Mädchen. Beim Reden bewegte sie die Hände, als wären sie die Schatten ihrer Worte, gestikulierte ständig und sprach leise und lebhaft. Sie machte Geräusche, ahmte Akzente nach und verwendete Formulierungen, die ihn amüsierten, wie beispielsweise *rauchen wie ein Schlot*. Es gelang ihm nicht, ihren Akzent einzuordnen. Wahrscheinlich hatte sie ihn im Verlauf der Jahre bewußt verändert.

Während sie redete, kniff er die Augen zusammen und versuchte, sie sich als Mann vorzustellen; sie hatte kurzes, dunkles Haar, einen langen, blassen Hals und grüne Augen. Was hatte sie getan, um ihr Gesicht zu verändern, wie hatte sie ihr kurzes Haar getragen, wie hatte sie sich bewegt, fragte er sich. Sie war ziemlich groß und nicht besonders zierlich, aber eindeutig eine Frau: Die Rundungen an den richtigen Stellen, der Hüftschwung, die typischen Handbewegungen.

Sie trug einen langen weißen Rock mit Seitenschlitz. Rotgeschminkte Lippen, rotlackierte Fingernägel. Er fand sie wunderschön. Sie lachte, als er es ihr sagte. Aber es stimmte; sie hatte volle Lippen und hohe, feine Backenknochen. Vielleicht eine Spur zu elegant für ihn, befürchtete er. Aber gleichzeitig fühlte er sich stark zu ihr hingezogen. Er meinte scherzhaft, sie sei ein bißchen zu glamourös für ihn. Sie entgegnete, das liege an dem roten Lippenstift und dem roten Nagellack, den sie seit fünf Jahren nicht mehr aufgetragen habe. Es sei ein komisches Gefühl gewesen, als sie ihre Hände angeschaut und die zehn roten Fingerspitzen gesehen habe und als ihr aus dem Badezimmerspiegel ein Gesicht mit roten Lippen entgegengeblickt habe.

Weil Sie als Mann gelebt haben? fragte er.

Ja, sagte sie.

Er bat sie erneut, ihm zu sagen, warum.

Das ist eine lange Geschichte, sagte sie und warf ihm einen Blick zu, den er so verstand, daß sie mit *lang* die Komplexität der Geschichte meinte.

Dürfte ich Ihnen wenigstens eine Frage stellen? sagte er, und als sie nickte, stellte er ihr die Frage, die ihn die ganze Zeit beschäftigt hatte und die er jetzt kaum auszusprechen wagte.

Genital gesehen, sind Sie da ein Mann oder eine Frau?

Sie fand die Formulierung sehr komisch und wiederholte sie im Verlauf des Abends immer wieder, baute sie überall ein, wo es nur ging. *Genital gesehen.* Zum ersten Mal hörte er sie laut lachen, und danach versuchte er immer wieder, sie zum Lachen zu bringen. Es klinge so wohltuend, sagte er, so produktiv und voll.

Später am Abend, als sie nebeneinander auf ihrem Bett lagen, sagte sie: Ich wollte schon immer eine Zugreise quer durch die Staaten machen und jemandem begegnen, den ich noch nie gesehen habe und den ich nie wiedersehen werde, und eine Geschichte über mich erfinden. Einfach alles erfinden.

Haben Sie das schon mal getan? fragte er.

Sie sah ihn an und lachte.

Nein, noch nie, antwortete sie.

Ist das, was Sie mir bisher erzählt haben, wahr? wollte er wissen.

Ich habe Ihnen doch so gut wie nichts erzählt, sagte sie. Wir haben doch nur über unpersönliche Dinge gesprochen, und wir haben gelacht.

Mit einer Ausnahme, sagte er. Sie haben mir erzählt, daß Sie fünf Jahre als Mann gelebt hätten.

Ja, das stimmt.

Dann schaute sie ihn an, sah, daß er verletzt war, weil er sich zurückgewiesen fühlte, und sie sagte: Tut mir leid. Ich hätte es nicht sagen sollen. Es ist mir rausgerutscht. Ich war selbst ganz überrascht.

Ihr Gesicht verlor seine Lebendigkeit, und plötzlich sah sie unglaublich traurig aus, als wäre ihre Ernte vernichtet worden, als hätte sie Ehemänner zu Grabe getragen, totgeborene Kinder in Holzsärge gelegt. Da wußte er, daß sie etwas Schwieriges durchgemacht hatte. Er kannte diesen Gesichtsausdruck, den gesenkten Blick, die schlaffen Mundwinkel, die Trauer – den gleichen Ausdruck hatte er oft bei sich selbst gesehen, wenn er morgens beim Rasieren in den Spiegel schaute.

Und als sie ihren Pullover auszog, weil die Klimaanlage nicht funktionierte, war er sich ganz sicher, daß er mit seiner Überlegung recht hatte. Sie hatte zwei lange Narben auf dem rechten Arm, die eine lang und gezackt, die andere breit und hufeisenförmig. Ihm fiel auf, daß sie nicht versuchte, die Narben zu verbergen. Fast als wäre sie stolz auf sie. Er konnte den Blick nicht abwenden.

Was ist da passiert? fragte er.

Ein Steakmesser, sagte sie.

Wer war es?

Mein Exmann.

Mehr sagte sie nicht.

Sie sagte ihm auch nicht ihren Namen. Es sei schon mehr als genug, daß sie ihm den Namen gesagt habe, den sie als Mann benutzt habe, erklärte sie.

Laufen Sie vor etwas davon? wollte er wissen.

Ich laufe nicht davon, erwiderte sie. Ich fahre mit dem Zug weg. Man muß sich von einer Ruine entfernen, weil man die Distanz braucht, um sie als das sehen zu können, was sie ist, und sich dann davon lösen. Ich hab's Ihnen doch gesagt. Sie schwieg und fügte dann lächelnd hinzu: Mein Leben liegt in Trümmern hinter mir.

Er glaubte, daß sie meinte, was sie sagte, aber gleichzeitig war sie sich der Melodramatik durchaus bewußt und schien sich darüber zu amüsieren.

Was für Trümmer? fragte er, um das Spiel mitzuspielen.

Sie lächelte wieder und legte den Finger auf seine Lippen.

Da er keine Antwort bekam, malte er sich Bilder aus: ihr ungemachtes Bett, weiße Laken, ein rosafarbenes Seidennachthemd, so wie ihres jetzt, übers Bett geworfen, Bilder von Limoges-Geschirr in der Spüle, ein tropfender Wasserhahn, ein offenes Fenster und ein weißer Vorhang, der sich im Wind bauscht, während ein Telefon klingelt und ein Anrufbeantworter anspringt, immer wieder. Ein Liebhaber. Ein Ehemann.

Aber *in Trümmern* war alles, was sie ihm als Erklärung anbot.

Als sie sich auf den Rücken legte, tat er das auch und drehte den Kopf zu ihr.

Wie wollen wir uns nennen? wollte er wissen.

Wir müssen uns gar nicht anreden, wir befinden uns in einem Zug.

Ich könnte Sie Oscar Lourde nennen, sagte er.

Er sah, daß ihr wieder die Trauer in die Augen stieg und daß ihre Mundwinkel sich nach unten verzogen. Man konnte ihr Alter sehen: Sie war über dreißig, vielleicht zweiunddreißig oder dreiunddreißig.

Das dürfen Sie nicht, sagte sie.

Und er wußte, daß sie es ernst meinte. Sie hatte sich auf die Seite gerollt und drehte ihm jetzt den Rücken zu.

Er wartete eine Weile, ehe er sie fragte: Und wenn ich jetzt eine Geschichte über Sie und mich schreiben wollte – wie würde ich uns nennen? Er sagte es beiläufig, spielerisch, um sie zurückzuholen.

Der Mann und die Frau, antwortete sie. Das sind wir ja auch. Der *Mann* und die *Frau* im Zug. Sie dehnte die Wörter übertrieben.

Er machte mit, tippte lässig-blasiert die Asche von seiner Zigarette und fragte: Und das ist das letzte Wort?

Sie blickte über die Schulter, zeigte ein Stück von ihrem Gesicht, von ihren Augen, kokettierte mit ihrer Weiblichkeit.

Weiß ich nicht, sagte sie.

Das gefiel ihm an ihr, daß sie nicht so tat, als wüßte sie alles. In der kurzen Zeit, die er sie jetzt kannte, hatte sie sich bei keinem Thema als Autorität aufgespielt, außer wenn es um sie selbst ging. Sie wußte, daß das Leben seinen eigenen Gesetzen folgte, ohne Logik, ohne Rücksicht – daß das Leben alle Erwartungen über den Haufen werfen konnte. Sie wußte das, ohne deswegen bitter zu sein, aber sie wußte es sehr genau. Vielleicht besser als er.

Als er sie fragte, wie sie ihr Geld verdiene, sagte sie: Darüber will ich nicht sprechen.

Warum? Spielt das denn eine Rolle? fragte er leicht verärgert.

Nein, sagte sie. Es spielt überhaupt keine Rolle, aber das hier ist meine Zugreise, und ich bestimme, wie sie für mich aussehen soll. Sie haben die Wahl – Sie können hier im Zug mit mir zusammensein oder nicht, aber so möchte ich meine Zugreise haben.

Also würde er ihren Namen nicht erfahren. Und auch nicht, wie sie ihr Geld verdiente. Aber im Verlauf der Nacht erzählte sie ihm andere Dinge. Und er sammelte alle Einzelheiten, die sie ihm erzählte, als wären sie Teile eines Puzzles, das jemand aus dem Fenster geworfen hatte – ein Puzzle, das zusammengesetzt eine Frage beantworten würde, die wie ein nie ausgehendes Kellerlicht in seinem Körper brannte, und das seine Denkmuster neu ordnen würde, bis er anders dachte, bis er nicht mehr derselbe Mann war wie der, der in den Zug gestiegen war. Er gab es ungern zu, aber er brauchte etwas von ihr. Er wollte wissen, was der Bruch in ihrem Leben gewesen war, weshalb sie als Mann gelebt hatte. Vor allem aber wollte er wissen, was sie gelernt hatte: War sie verändert zurückgekommen, als ein völlig anderer Mensch?

Das, was sie am nächsten Abend in ihrer Kabine taten, während draußen die sanften Hügel Ohios vorbeiflogen, konnte er nicht richtig einordnen. Sie dachten sich alle möglichen Situationen aus: Was sie tun würden, wenn dies oder jenes passierte, oder wie es hätte sein können oder wie sie es gern gehabt hätten. Am nächsten Morgen versuchte er, sich zu erinnern und die ganzen Geschichten miteinander zu verbinden, aber es gelang ihm nicht. Als er versuchte, ihr im Geist eine Gestalt zu verleihen, sie irgendwie einzuordnen, bekam er sie nicht zu fassen. Keine klaren Fakten, nur beliebige, austauschbare Details, die zu nichts in Beziehung standen. In ihrer Kabine bestand die Welt aus weißen Baumwollaken und roten Samtvorhängen (eine Welt, die er nicht kannte). Und aus einem Fenster, durch das sie die Landschaft draußen vorbeiziehen sahen – die riesigen Farmen von Ohio und Indiana, die endlosen, dunklen Felder im Glanz des Mondlichts; die hohen Gräser und die zarten Weizenspitzen, die sich matt glänzend im Wind wiegten. Er konnte sich nicht genau erinnern, worüber sie geredet hatten. Manchmal hatten sie überhaupt nicht gesprochen, hatten nur dicht nebeneinander dagelegen, eingelullt vom regelmäßigen Rattern des Zuges. Als er am Morgen in seine Kabine zurückgekommen war, hatten sich ihre Worte schon in Luft aufgelöst.

Während er sich in dem allgemeinen Waschraum wusch und

in den Spiegel schaute, sah er die Angst in seinen Augen. Er stand leicht nach vorn gebeugt da, seine Größe und seine breiten Schultern sprengten fast den kleinen Raum. Er strich sich die glatten braunen Haare aus der Stirn und spritzte sich Wasser ins Gesicht. Und während er sich mit seinen langen Fingern die Wangenknochen massierte, fiel ihm wieder ihre Formulierung *in Trümmern* ein. Ja, auch er hatte sein Leben in Trümmern zurückgelassen.

In dem Moment begannen seine Bronchien sich zusammenzuziehen. Ein Asthmaanfall. Seit seiner Kindheit litt er an Asthma; damals war es extrem hinderlich gewesen, jetzt war es eher nur unpraktisch. Er japste nach Luft und holte seinen Inhalator aus der Tasche. Nachdem er ihn an den Mund geführt hatte, atmete er tief ein, und schon innerhalb weniger Sekunden spürte er die Erleichterung. Vielleicht hatte der enge Waschraum den Anfall ausgelöst, vielleicht erinnerte er ihn zu stark an das Sauerstoffzelt, unter dem er als Junge so oft gelegen hatte. Er erinnerte sich an die scheußlichen Dämpfe, an das Gesicht seiner Mutter, das außerhalb der Plastikschicht waberte, als wäre sie unter Wasser, und an ihre Hand, die seine Beine, seine Arme, seine Brust betastete. Wie hatte er sich gewünscht, ihr entkommen zu können, aber er war so dünn und schwächlich gewesen. Er stopfte den Inhalator tief in seine Tasche, als könnte er damit die Erinnerung unterdrücken.

Plötzlich bekam er Angst, seine Entscheidung, seine Flucht mit dem Zug könnte vielleicht gar kein radikaler Akt sein, kein großer Befreiungsschlag. Und wenn dieses Unternehmen etwas ganz anderes war, etwas Langweiliges, Alltägliches, etwas ganz Banales? Nein, das konnte nicht sein, diese Ängste waren nur ein Beweis für die Unterdrückung, für die innere Zensur, die jedem Mann von der Kultur aufgezwungen wurde, um ihn vor seinen dunkelsten Impulsen zu schützen und ihn in die Zivilisation einzubinden. Er hatte recht mit dem, was er getan hatte. Er hatte recht damit, daß er mit seinem bisherigen Leben gebrochen hatte, daß er in diesen Zug gestiegen war, daß er die innere Zensur zu durchbrechen versuchte. Es gab keine Alternative. Man konnte nichts Neues finden, wenn man unterdrückt und zensiert wurde und sich der Konvention unterwarf. Das war der Tod aller Kreativität. *Wer in sich wie in einen ungeheuren Weltraum hineinsieht und Milchstraßen in sich trägt, der weiß auch, wie unregelmäßig alle Milchstraßen sind; sie führen ins Chaos und Labyrinth des Daseins hinein.* Dieses Zitat von Nietzsche beruhigte ihn.

Langsam ging die Sonne über den letzten Farmen Indianas auf. Er fand sie in einem der Passagierabteile. Mit großen, gleichmäßigen Schritten war er den Gang entlanggegangen und blieb nun kurz vor ihrem Platz stehen, um sie anzusehen: Sie hatte die Beine übereinandergeschlagen, einen grauen Schal um den Hals geschlungen, und schaute aus dem Fenster. Wortlos setzte er sich neben sie. Als sie seine Gegenwart spürte, drehte sie sich lächelnd zu ihm.

Warum fragen Sie mich nicht, was ich tue? begann er. Er hatte zwar nicht die geringste Lust, es ihr zu sagen, aber er interessierte sich für ihre Art zu denken – für die Gedanken einer Frau, der es egal war, was er tat.

Ich habe schon zu viele Lebensgeschichten gehört, sagte sie.

Was für Lebensgeschichten? fragte er.

Viele.

Von wem? beharrte er.

Von Leuten wie Ihnen, sagte sie ernst. Von Leuten wie denen hier im Zug, von Leuten vom Land, aus der Stadt, von glücklichen Menschen, traurigen Menschen, alten Menschen. Sie hielt kurz inne. Von Männern in der Todeszelle.

Das hatte er nicht erwartet. Er konnte sehen, daß sie die Wahrheit sagte. Aber er konnte auch sehen, daß sie die Schockwirkung genau berechnet hatte.

Jetzt hätte er gern etwas über diese Männer in der Todeszelle erfahren; aber er befürchtete, wenn er zu direkt fragte, würde sie zurückweichen, also ging er ganz behutsam vor. Wie kommt es, daß Sie die Lebensgeschichten von Männern in der Todeszelle gehört haben?

Aber er hatte zu aufgeregt geklungen, er hatte zu sehr gedrängt, sie verschloß sich. Immerhin machte es ihm Hoffnung, daß ihr solche Dinge herausrutschten. Bestimmt war es nur eine Frage der Zeit. Wenn er lange genug schwieg, wenn er sein Tempo drosselte, sich anschlich wie eine Katze und nur beobachtete, dann würde sie sich ihm preisgeben. Noch vor der Ankunft in Los Angeles würde er Bescheid wissen.

Vielleicht hatte er zwischen dem Versuch, sie kennenzulernen, und seinem Wunsch, sich selbst kennenzulernen, unbewußt eine Verbindung geknüpft. Er verstand nicht ganz, warum, aber jetzt kam es ihm so vor. Er war mit dem Plan, ein anderer zu werden, in diesen Zug gestiegen, und irgendwie war sie in dieses Vorhaben hineingewoben worden, diese Frau, die als Mann gelebt hatte, die Männer in der Todeszelle kannte. Warum gerade sie? Von all den Menschen im Zug – warum hatte sich ausgerechnet diese Frau neben ihn gesetzt?

Den frühen Abend verbrachte er im Café-Wagen, der wie ein fahrender McDonald's aussah und auch entsprechend roch. Er trank mehrere Tassen Kaffee, rauchte einige Zigaretten und las dabei ein zerfleddertes Taschenbuch, das er mitgenommen hatte, und dann eine *Newsweek*, die herumgelegen hatte. Er dachte über das *Newsweek*-Foto des dunkelhäutigen Kenianers nach, der in seinem traditionellen Gewand mitten auf der Straße stand, in der einen Hand einen Speer, in der anderen ein Mobiltelefon. Früher wäre so ein Bild in einer amerikanischen Zeitschrift etwas Ungewöhnliches gewesen und hätte die Leute zum Nachdenken gebracht, aber inzwischen hatte es den Reiz des Neuen verloren. Er fragte sich, was wohl als nächstes «neu» erscheinen und wie dieses «Neue» das Denken beeinflussen würde. Solche Überlegungen fand er spannend.

War sie vielleicht ein Beispiel für dieses Neue – die Frau, die als Mann gelebt hatte und nun keine Lust mehr dazu hatte, die sich jetzt in einer Schlafkabine der ersten Klasse ausruhte, in einer Kabine mit roten Samtvorhängen und weißer Bettwäsche? Diese Frau, die nach der Vergangenheit suchte und sich nichts sehnlicher wünschte, als genau die Wirklichkeit auszuschließen, die er ergründen wollte? Was war es, was sie wußte?

Er schaute zu den jungen Männern hinüber, die am Nachbartisch Karten spielten. Kahlrasierte Schädel. Auf den muskulösen Oberarmen prangten Tätowierungen. Aber was sie für subversiv hielten, hatte die allgemeine Kultur längst absorbiert. In New York hatte er vom Bus aus Calvin-Klein-Plakate mit Bildern von tätowierter Haut und rasierten Köpfen gesehen. Es war nichts Neues mehr, aber an der Haltung dieser jungen Männer, an ihrer Art zu sprechen, an der präparierten Haut konnte er sehen, wie sehr sie sich wünschten, von Konventionen frei zu sein. Eigentlich hätte er sich gern zu ihnen gesetzt, aber ihre Masche war bereits veraltet. Also wandte er sich von ihnen ab, von ihrer brutalen Lache. Wie lange würde es dauern, bis ihre Gedanken nicht mehr ihnen gehörten, bis ihnen Körper und Seele ganz und gar abhanden gekommen waren?

In seinem Kopf hörte er jetzt den Satz: *Du mußt ein Mann sein.* Wie ihn diese Worte empört hatten, gesprochen von jemandem, der keine Ahnung hatte, was es bedeutete, ein Mann zu sein. Aber warum fielen sie ihm jetzt ein? Warum hatten sie sich festgesetzt wie Glassplitter? Enthielten sie ein Stück Wahrheit, oder waren sie auch ein Beispiel für die unentrinnbaren Vorschriften der Kultur – sei dies, sei jenes, sei brav –, die er längst so verinnerlicht hatte, daß sie ihn zum Sklaven machten?

Er zündete sich eine Zigarette an und schnippte das Streichholz aus. Sie wußte nichts von ihm, und sie sollte auch nichts über ihn erfahren, beschloß er. Gut, daß sie nicht fragte, wo er herkam oder was er machte oder auch nur wie er hieß. Er hatte viele Jahre damit verbracht, vor den Fragen der Frauen, vor ihrer Wißbegierde wegzulaufen. Und doch wollte er, daß sie ihn fragte, wollte, daß sie sich über seine Schulter beugte und ihn mit ihren Blicken ausquetschte, während er auf der Seite liegend zu schlafen versuchte. Ich muß reden, wollte er sie sagen hören. Aber sie tat es nicht. War sie so unnahbar, weil sie ihn dazu bringen wollte, auf sie zuzugehen?

Als er den Café-Wagen verließ, fand er sie in einem der Passagierwagen. Wieder setzte er sich neben sie, und als er sie fragte: Haben Sie je mit einer Frau geschlafen, als Sie ein Mann waren? merkte er, daß er sich über ihre Schulter beugte und sich wie eine Frau verhielt.

Ich war nie ein Mann, sagte sie scharf. Ich habe nur als Mann gelebt.

Okay, sagte er. Haben Sie je mit einer Frau geschlafen, als Sie als Mann gelebt haben?

Als er sich diese Frage stellen hörte, mußte er an eine Nacht mit einer Geliebten denken – während er schlafen wollte, hatte sie auf die gleiche Weise seine Schulter berührt und ihn gefragt: Mit wie vielen Frauen außer mir hast du geschlafen? Er kam sich jetzt blöd vor, weil sie ihm nicht antwortete; er erinnerte sich, wie dämlich er die Frage seiner Geliebten gefunden hatte. Wieder nahm er sich vor, nicht zu drängen, sondern loszulassen, aber er hörte sich erneut fragen:

Haben Sie mit einer Frau geschlafen?

Das spielt doch keine Rolle, sagte sie.

Ich weiß – aber ich möchte es trotzdem wissen.

Genau das hatte seine Geliebte auch gesagt.

Nein, sagte sie schließlich. Ich habe mit keiner Frau geschlafen.

Als der Zug sich dann durch Nebraska zu schlängeln begann, traf er sie wieder. Sie schaute wie gebannt aus dem Fenster. Draußen die endlose Weite der Prärie, die sich bis zum Horizont und dem hohen blauen Himmel erstreckte. Er hatte sich nach ihrer Nähe gesehnt und war langsam durch die Waggons gegangen, hatte jedes Abteil nach ihr abgesucht. Reglos saß sie da, die Nase nur ein paar Zentimeter von der Fensterscheibe entfernt, während Steppengras und Windmühlen vorbeisausten.

Ich bin noch nie durch Nebraska gefahren, sagte sie.

Wirklich?

Es ist wunderschön, sprach sie weiter. Die Wiesen sind wie wehende Horizonte, und die Windmühlen vor dem leicht bewölkten Himmel sehen aus, als würden sie mit gefalteten Händen beten.

Ihr Gesicht wurde weich, und ihre Augen waren ganz hell. Als sie den Blick senkte, wußte er, daß sie etwas preisgegeben hatte. Sie ist poetisch, dachte er, romantisch.

Als er wieder aus dem Fenster blickte, sah er die Wiesen und Windmühlen auf einmal ganz anders. Er fragte sich, wie sie es sich leisten konnte, so etwas zu sagen – es war so kitschig, aber anders als bei den meisten Menschen klang es bei ihr ehrlich, und das verblüffte ihn.

Als der Zug in Conklin, Nebraska, zwei Stunden Aufenthalt hatte, fragte sie ein älteres Paar im Bahnhof nach dem besten Restaurant in der Stadt. Es sei das Linklaen House, wurde ihr gesagt. Sie schlenderten in der Abendhitze durch die menschenleere Stadt, vorbei an den Ladenfronten der roten Backsteinhäuser, die sich wie Scherenschnitte gegen den sternklaren Nachthimmel abhoben.

Das Linklaen House war an der Ecke. Sie gingen die Stufen hinauf, betraten durch die knallrote Tür den vornehmen Speiseraum. Überall Holzschnitzereien aus schwarzem und dunkelbraunem Mahagoni. Die weißen Leinentischtücher waren ziemlich verwaschen und mottenzerfressen, aber in der gedämpften Beleuchtung fiel das nicht sonderlich auf. Er sah, daß sie den gestärkten Leinenstoff auf seine Qualität überprüfte und den Blick liebevoll über den Raum schweifen ließ: die silbernen Kerzenhalter und Servierplatten, der Kronleuchter über ihnen, dessen Kristall staubgedämpft schimmerte, der ausgetretene Teppich, wunderschön in seinem Dunkelrot.

Hier steht die Zeit still, sagte sie.

Sie bestellte Reis und Gemüse und eine Flasche Rotwein. Sie aß ihr Gericht nur zur Hälfte und bat dann, den Rest mitnehmen zu dürfen. Er bestellte Kalbfleisch und trank den größten Teil des Weins. Sie trank nur ein Glas, aber er vermutete, daß der Wein der Grund war, weshalb sie später in ihrer Kabine etwas gesprächiger wurde.

In der Kabine war es heiß und stickig. Zwei Stunden lang hatte der Zug ohne Klimaanlage im Bahnhof gestanden. Er zog sein T-Shirt aus, sie ihre Bluse. Darunter trug sie ein weißes, ärmelloses T-Shirt. Ob er wollte oder nicht, er starrte auf ihre Brüste – das T-Shirt lag eng an und war durchsichtig. Er konnte sich nicht erklären, warum ihm ihre Brüste nicht schon vorher aufgefallen waren. Er fand sie sehr aufregend; sie waren nicht groß, aber rund, und er konnte nicht anders, er mußte sich seine Hände auf ihnen vorstellen. Was hatte sie mit ihnen gemacht, solange sie als Mann gelebt hatte?

Wie haben Sie Ihre Brüste kaschiert? fragte er.

Ich habe sie bandagiert, sagte sie.

Wie?

Was, wie? Ich habe sie eben bandagiert.

Das müssen Sie mir genauer erklären.

Also führte sie ihm pantomimisch vor, wie sie ihre Brüste abgebunden hatte. Sie habe eine lange elastische Binde genommen, erzählte sie, ein etwas festeres Material als die normalen, und die habe sie sich um den Oberkörper gewickelt. Er schaute ihr fasziniert zu.

War das bequem? fragte er.

Ja, antwortete sie.

Aber jetzt wollen Sie es nicht mehr?

Nein.

Wann haben Sie sich das letzte Mal die Brüste bandagiert? fragte er.

Vor zwei Wochen.

Das wunderte ihn. Sie lebte also erst seit kurzem wieder als Frau. Er spürte jetzt, wie dünnhäutig sie war, wie zerbrechlich, und ihm war klar, daß er darauf Rücksicht nehmen mußte.

Wo ist die elastische Binde jetzt? fragte er leise.

Am Fußende meines Bettes.

Er konnte sich nicht von der Vorstellung lösen, wie sie ihre Brüste aufwickelte und die elastische Binde ans Fußende des ungemachten weißbezogenen Bettes warf. Und er sah ihre Brüste, warm und ungebunden, als sie sich in die weißen Kissen zurückfallen ließ.

Wo waren Sie, als Sie Ihre Brüste das erste Mal bandagiert haben? fragte er.

Die Frage meinen Sie nicht ernst, oder?

Doch, das tue ich.

Sie seufzte und sagte: In Ordnung. Ich saß neben meinem Bett, in meiner New Yorker Wohnung. Die elastische Binde habe ich gefunden, als ich einen alten Koffer durchwühlt habe. Sind das die Details, die Sie wissen wollen?

Ja, sagte er.

Es war sehr heiß. So ähnlich wie heute abend. Ein Abend im Juli. Oder vielleicht war es auch August. Ein Mann war gerade gegangen, und irgend etwas zog mich zu dem Koffer. Es war der Koffer meines Vaters, und darin habe ich die elastische

Binde gefunden. Als ich die Binde gesehen habe, wußte ich, daß ich meine Brüste bandagieren sollte, aber ich kann nicht sagen, warum ich es wußte. Ich ging zu meinem Bett, legte die Binde aufs Kopfkissen, zog meine Bluse aus und warf sie ans Fußende der Matratze. Dann habe ich meinen BH aufgehakt und ihn in den Papierkorb geworfen. Danach habe ich angefangen, mit der elastischen Binde meine Brust zu bandagieren. Auf ihren Lippen erschien ein Lächeln. Ist das detailliert genug?

Ja, sagte er. Bitte, reden Sie weiter.

Als ich fertig war, zog ich ein weißes T-Shirt über und betrachtete mich im Spiegel. Ich war fasziniert von meinem Ebenbild. Die Haare hatte ich mir schon abschneiden lassen, aber jetzt fand ich, daß ich wirklich wie ein Mann aussah. Na ja – eher wie ein Junge.

Wie Oscar Lourde? fragte er.

Ja, sagte sie, wie Oscar Lourde.

Er sah, wie sich ihre Brüste unter dem weißen T-Shirt beim Atmen hoben und senkten. Am liebsten hätte er ihr das Hemd ausgezogen und den BH aufgehakt, um ihre Brüste zu befreien, damit sie richtig atmen konnten.

Statt dessen berührte er die Narben auf ihrem Arm. Zuerst die lange, gezackte, die aussah wie ein Zweig, dann das dicke Hufeisen. Es schien ihr nichts auszumachen. Er spürte, daß es ihr sogar gefiel. Als er die Narben jedoch mit der Zunge berühren wollte, sagte sie nein.

Warum nicht? fragte er.

Das paßt nicht zu dem, was zwischen uns ist.

Aber warum nicht? fragte er.

Weil wir einander nicht kennen.

Das ist nicht meine Schuld, sagte er. Seit wir hier im Zug sind, versuche ich, Sie kennenzulernen.

Sie warf ihm einen kurzen Blick zu und sah, daß er sich zurückgewiesen fühlte. Er merkte, wie sich ihre Augen seinen Wünschen öffneten.

Ich weiß, sagte sie. Tut mir leid. Und leise, fast scheu fügte sie hinzu: Ich habe vergessen, was es heißt, eine Frau zu sein. Dann berührte sie sein Gesicht mit den Fingern.

Er wußte nicht, welche Gefühle sie bei ihm wecken wollte.

Nach einer langen Pause versuchte er wieder, mit der Zunge über ihre Narbe zu fahren, und diesmal hielt sie still. Er begann bei der Schulter, leckte über die feinen blonden Härchen, über die pochenden blauen Venen, zur Armbeuge, wo er die Haut in den Mund saugte und mit der Zunge hin und her drehte, bis hinunter zu ihrem schmalen Handgelenk, wo die Narbe abrupt abbrach. Er nahm ihre Finger in den Mund, lutschte an ihnen, und als er sie ansah, hatte sie die Augen geschlossen, und eine Träne lief ihr über die Wange.

Da wußte er, daß die Haut der Person, zu der sie geworden war, hauchdünn war.

Ein paar Stunden danach trennten sie sich wieder. Sie wollte noch ein bißchen lesen, und er begriff, daß sie allein sein wollte. Obwohl er es kindisch fand, ging er später nicht zu ihr in die Kabine, denn er wollte, daß sie zu ihm kam. Er lag auf seiner Pritsche, die Hände hinter dem Kopf verschränkt. Es kam ihm vor, als würde er ihr nachstellen, auf so eine seltsame, freundliche Art, aber trotzdem. Dabei war er eigentlich gar nicht der Typ, der den Frauen nachstellte. Normalerweise liefen die Frauen ihm nach. Doch da lag er nun, horchte auf ihre Schritte und ließ sich vom Rhythmus des Zuges einlullen, zufrieden damit, daß er hier im Zug war und auf sie wartete.

Er hätte gern gewußt, warum ihn ausgerechnet diese Erfahrung erwartet hatte und keine andere. Warum eine Frau, die als Mann gelebt hatte, warum nicht ein Mörder oder eine Ehebrecherin oder ein ganz normaler Mann? War es reiner Zufall, oder war noch etwas anderes im Spiel? Er hielt es für Zufall, für ein beliebiges Zusammentreffen der Ereignisse – aber vielleicht besaß ja doch der freiheitsuchende Teil seiner Psyche die Fähigkeit, die Umstände zu steuern, gezielt eine bestimmte Kollision herbeizuführen und sie dann zufällig aussehen zu lassen. Hatten er und die Frau im Zug sich zueinander hingezogen gefühlt, weil es etwas Unerklärliches gab, etwas, das man weder wissen noch sehen konnte und das alle Vernunft überstieg? Er wußte es nicht, aber er merkte, daß alles andere für ihn aufgehört hatte zu existieren. Er wollte sie entblößen, sie aufbrechen, sich nehmen, was er brauchte. Es gab keine andere Möglichkeit.

Da öffnete sie die Tür und spähte herein.

Da sind Sie ja, sagte sie. Ihr Gesicht war gerötet, die kurzen Haare waren zerzaust. Sie wollen nicht mit mir zusammensein?

Er hörte sich selbst eine Antwort geben, die ihn ärgerte, weil sie so durchschaubar war.

Sie spielen mit mir, sagte er.

Die Worte kamen einfach aus seinem Mund heraus, er konnte nichts dagegen machen. Aber es war die Wahrheit.

Sie schaute ihn eine Weile an, suchte seinen Blick, sagte aber nichts.

Er stützte sich auf die Ellbogen.

Erst erzählen Sie mir, daß Sie bis vor kurzem als Mann gelebt haben, und dann wollen Sie mir nicht sagen, warum. Ich darf nichts über Sie erfahren, und ich soll Ihnen nichts über mich sagen, keine Namen, nichts. Aber Sie lassen zu, daß ich Sie berühre. Sie spielen ein Spiel, ein ganz merkwürdiges Frau-und-Mann-im-Zug-Spiel – aber ich habe keine Lust mehr mitzuspielen, ehrlich gesagt.

Aber wir *sind* doch in einem Zug, sagte sie, um einen Scherz zu machen.

Aber das war nicht alles, das wußte er, und sie wußte es auch, doch es konnte noch nicht ausgesprochen werden. Vorher mußte etwas anderes gesagt werden.

Das ist mir völlig egal, sagte er schließlich. Meinetwegen könnten wir allein in einem Iglu hocken – ich hätte trotzdem Schwierigkeiten mit diesem Arrangement. Sie spielen mit mir, und das paßt mir nicht.

Sie atmete tief durch, schloß die Augen und überlegte kurz. Sie haben recht, sagte sie. Es tut mir leid. Dann schwieg sie und kam etwas näher. Was kann ich tun, um dich zu halten? fragte sie leise.

Er rührte sich nicht, schaute sie nur an.

Du könntest mir von dir erzählen, sagte er dann.

Es ist eine lange Geschichte, sagte sie wieder, und ich erzähle sie nicht besonders gern.

Ja, das hast du schon mal gesagt. Erzähl sie noch einmal – und dann nie wieder.

Ihre Blicke verhakten sich, und sie schaute als erste weg.

Gut, einverstanden. Ich werde dir erzählen, was passiert ist, als ich fünfzehn Jahre alt war. Aber danach ist Schluß – mit dem Erzählen.

Warum ausgerechnet das, was passiert ist, als du fünfzehn warst? fragte er. Warum nichts von deinem Leben als Mann?

Das geht nicht, ohne daß ich alles andere erzähle, was vorher passiert ist. Sonst wäre es unverständlich, und außerdem – ich biete dir nur diese eine Geschichte an.

Und dann? Wenn du die erzählt hast – was dann? fragte er.

Dann willst du sicher etwas von dir erzählen.

So wie du das sagst, klingt es ganz schrecklich, sagte er, und plötzlich fühlte er sich wie ein kleiner Junge, der seiner Mutter unbedingt ein Bild zeigen will, das er gerade gemalt hat.

Das ist mein letztes Angebot, sagte sie. Entweder – oder.

Sie verließ seine Kabine, und er folgte ihr, durch die graue

Dunkelheit des Schlafwagens der zweiten Klasse, den engen Gang entlang, der von halb bekleideten Menschen belagert war, zu dem breiten, hellerleuchteten des Luxuswagens der ersten Klasse. Sie öffnete ihre Tür mit einem Schlüssel. Sie traten ein, und nachdem sie sich hinter dem roten Samtvorhang niedergelassen hatten, fiel ihm auf, daß die Atmosphäre in ihrem Abteil völlig anders war als in seinem. Es war der Duft ihres Parfüms, ihr rosafarbenes Trägernachthemd am Fußende des Bettes, der gleichmäßig tickende Wecker.

Sie zog ihren Rock über die Knie. Ihre Haut war so hell, ihre Waden so schlank, ihre Fesseln so fragil, wie er es noch nie gesehen hatte.

Kommt jetzt die Wahrheit, sagte er, oder wird es eine Geschichte, die du im Zug erfindest?

Sie lächelte. Er schaute ihr in die Augen und sah in ihnen eine Distanz, als würde sie zehn oder fünfzehn Meilen dahinter leben. So eine innere Distanz hätte er auch gern gehabt. Wie hatte sie die gewonnen? fragte er sich.

Kann's losgehen? fragte sie.

Ja, sagte er.

Also gut. Meine Mutter hatte manchmal Visionen und betete drei Stunden am Tag. Ich finde, das ist ein guter Einstieg.

Okay, sagte er.

KAPITEL 2

Sie hatte dunkle Haare und rotgeschminkte Lippen, und sie hieß Bo. Sie war eine Schönheit, und mein Vater sagte, ein Hauch von Glamour folge ihr überallhin, wie ein stummer, ergebener Diener. Mein Vater hieß Benjamin Lourde, wir nannten ihn aber alle nur Lourde. Er war ein stattlicher Mann, groß und muskulös, mit braunen Locken und grauen Augen. Jeden Morgen verschwand er in grünen Arbeitshosen und einem weißen T-Shirt oben in unserer Dachkammer, wo er von neun bis fünf auf einer Matratze saß und Theaterstücke schrieb und nie genug Geld verdiente, um für eine Frau und vier Kinder zu sorgen. Genaugenommen verdiente er nie einen Cent.

1972 aßen wir Cornflakes zu Mittag und Rührei zum Abendessen, und jeden Abend schrien sich Bo und Lourde in ihrem Schlafzimmer an, während meine Schwester Zellie, mein Bruder Oscar und ich unsere billige Stereoanlage von Montgomery Ward aufdrehten und Led Zeppelin oder Grand Funk Railroad als Schutzwall zwischen sie und uns errichteten. Dann, in der schwülen Dämmerung eines Juniabends, ging Bo unsere Straße hinunter, in einer Schlaghose von Oscar, die Hände hinter dem Rücken verschränkt. Die Sonne wartete, bis sie Ross Yeagers Farm erreichte, und verschwand dann hinter dem Horizont. Wir dachten, Bo würde Yeager erzählen, wie arm wir waren, wie die Leute zur Zeit der Großen Depression, und ihn um Milch und Eier bitten, vielleicht um ein Huhn. Aber Bo wollte keine Lebensmittel. Sie wollte lernen, wie man Alkohol brennt.

Ross Yeager war entzückt, daß eine so attraktive Frau etwas von ihm wollte, und betrachtete es als eine große Ehre, drei Abende schwitzend im Hinterzimmer unserer Küche zu verbringen, denn so lange dauerte es, bis er und Bo dieses Ding aufgestellt hatten, dieses schiefergraue Riesenmonstrum. Und als es da stand und brodelte und zischte, zog Bo mitten am Tag los, eine alte, wertvolle Decke aus Indien über dem Arm, und kam auf Ross Yeagers Lastwagen zurück, der mit lauter alten Tischen und Stühlen und Bildern und einem schwarzen Klavier beladen war. Lourde wollte nichts damit zu tun haben, also blieb uns Kindern nichts anderes übrig, als den ganzen heißen Juniabend lang Sofas und Stühle aus dem Wohnzimmer nach oben in unser Gästezimmer zu schleppen und dann Bos neuerworbene Tische und Stühle in dem leergeräumten Raum herumzuschieben. Lässig wanderte Bo mit ihren rotgeschminkten Lippen und ihrem langen Filmstarkleid zwischen dem Mobiliar hin und her, während unsere kleine Schwester Frieda von einem Tisch zum andern rannte, sich überall hinsetzte und das Klavier anstarrte, als müßte es gleich zu spielen anfangen. Bo wiegte den Kopf von einer Seite zur andern, versuchte, alles mit anderen Augen anzuschauen, bis sie schließlich sah, was sie sehen wollte – etwas, was wir übrigen nicht sahen –, nämlich den Salon eines Speakeasy, einer Flüsterkneipe aus den zwanziger Jahren. Wo wir nur ein Durcheinander aus alten Tischen und Stühlen in unserem Wohnzimmer erkennen konnten, sah Bo eine vielversprechende Möglichkeit. Wie sie es immer tat.

Eine Woche später lag auf dem Eßzimmertisch eine hellbraune Schankkonzession, die Bo, wie sie zugab, ein Vermögen gekostet hatte, und da sie diese Gebühr eigentlich nicht bezahlen konnte, wurde sofort der Brennkessel im Hinterzimmer angeworfen, um Schnaps zu brennen, einen Schnaps, von dem Ross Yeager sagte, so guten habe er noch nie getrunken. Wir hatten keine Ahnung von illegalem Schnaps – und genau darum handelte es sich, gleichgültig, was Bo behauptete, und obwohl die Prohibition längst der Vergangenheit angehörte. Es war illegal gebrannter Alkohol, so wie ihn der inzwischen über siebzigjährige Ross Yeager von seinem Großvater aus den zwanziger Jahren kannte. Keiner von uns verstand etwas von diesem Geschäft, und wir wußten nicht, was es hieß, etwas verspätet einen Speakeasy aufzumachen. Bo auch nicht. Sie war in New York City groß geworden, in einer wohlhabenden Familie, in der man Cognac trank. Wie sie also auf diese Schnapsidee gekommen war, konnten wir uns alle nicht erklären. Zellie meinte, es sei Bos Version der Zurück-zur-Natur-Ideologie der Hippies, ihre Art, Brot zu backen und Marmelade einzukochen, aber ich war davon überzeugt, daß Bo sich einfach interessant machen wollte. Ihre Mutter Georgia war Ärztin gewesen und mit fünfundfünfzig in einem New Yorker Gefängnis gestorben, weil sie im Hinterzimmer ihrer Wohnung in der Park Avenue unzählige illegale Abtreibungen vorgenommen hatte. Vielleicht wollte Bo sie übertrumpfen oder wenigstens mit ihr gleichziehen. Aber wer konnte das sagen? Vielleicht wollte Bo mit der Schnapsbrennerei auch nur Lourde beschämen, ihm demonstrieren, daß sie besser ihren Mann stehen konnte als er. Ich zwang mich, nicht darüber nachzudenken; es war absurd, mitten in den siebziger Jahren Schnaps zu brennen, aber Bo ließ sich nicht hineinreden. Sie hatte eine Idee – und damit Schluß.

Wir wohnten in einer Kleinstadt, etwa eine Dreiviertelstunde von Syracuse entfernt. Der Ort hieß Morrisville, unbedeutend, eigentlich nur eine Mulde zwischen zwei Hügeln, ein Kaff mit zweitausend Einwohnern, einer Ampel und einem Zwei-Jahres-College, das ein gewisses Maß an Drogen und Antikriegsdemonstrationen mit sich brachte – ausreichend, um uns vor der tödlichen Langeweile der Provinz zu bewahren. Bo und Lourde waren mit uns dorthin gezogen, als wir noch klein waren. Nach dem Studium an der Universität von Syracuse hatten sie Bos Erbschaft genommen (das Geld aus der illegalen Abtreibungspraxis ihrer Mutter) und ein riesiges altes Haus gekauft, das von Weizenfeldern und Pinienwäldern umgeben war. In diesem Haus sollte Lourde Dramatiker werden, Bo sollte uns hier großziehen, und letztendlich sollten von hier aus Lourdes Stücke den Sprung vom Salt City Playhouse zum Broadway schaffen. Aber natürlich kam es anders, Bos Erbschaft war aufgebraucht, und zwei Menschen, die normalerweise ihre Kämpfe eher schweigend ausfochten, begannen sich anzuschreien. Davor hatte ich sie nur einmal streiten gehört: Als ich zehn war, horchte ich erschrocken in meinem Bett, während sie unten in der Küche herumbrüllten. Bo schrie, ich müsse zum Psychiater, weil ich emotional gestört sei, aber Lourde entgegnete lautstark, nein, nur über seine Leiche, und dann war Schluß. Aber ich vergaß diese Szene nie. Sie fiel mir immer wieder ein, als würde sie auf elementare, endgültige Art meine ganze Kindheit erfassen.

Was Bo an jenem Juniabend in unserem Wohnzimmer schuf, erhielt den Namen *Bo's Place*. *Bo's Place* sollte uns eigentlich nur über die Krise hinweghelfen, aber als Bo einen schwarzen Klavierspieler namens Coleman engagierte, kamen neben den Collegestudenten Bos und Lourdes Freunde aus ihrer Syracuser Studienzeit; und als die es ihren Freunden erzählten, die es dann wiederum ihren Freunden weitersagten, mußten Lourde und Oscar schon bald den Sonnenblumengarten abhacken und in einen Parkplatz verwandeln. Nach ein paar Monaten kamen alle möglichen Leute – Collegestudenten aus Colgate und Morrisville und Cazenovia, alte Leute, die sich noch an die echten Speakeasies erinnerten, Schwarze, die Coleman zu allen seinen Auftritten folgten, Italiener und Juden aus Syracuse und ein alter Russe namens Mr. Antonovsky. Eine Zeitlang war *Bo's Place* die Bar, an der kein Weg vorbeiführte, eine der ersten Bars mit Erlebnis-Charakter, ehe «Erlebnisgastronomie» etwas wurde, was jeder fabrizieren konnte. Hier trugen die Leute, was ihnen gerade einfiel, von Flapperer-Kleidern bis zu Schlaghosen und Tops mit Spaghettiträgern, und sie konnten sich in Szene setzen, was meistens hieß, daß sie auf einer Bühne, die Bo aufgebaut hatte, Gedichte oder Folksongs vortrugen.

Angeblich wußte niemand, daß Bo den Alkohol selbst brannte, aber sie verbrachte ja auch viele Stunden damit, den Geschmack zu kaschieren, indem sie im Hinterzimmer alle möglichen Aromamischungen produzierte und diese dann in alten Milchflaschen, die sie in einem Antiquitätenladen in einer verstaubten Ecke aufgetrieben hatte, auf den Regalen aufbewahrte. Abends paßte sie auf, daß die Küchentür geschlossen blieb und nur ja niemand in die Nähe des Hinterzimmers kam, wo das graue Metallmonstrum zischend und brodelnd Schnaps brannte und die Milchflaschen mit den verfeinernden Geschmacksmischungen auf den Regalen warteten. Wir wurden alle zu absolutem Stillschweigen verpflichtet. Für meine ältere Schwester Zellie und meinen älteren Bruder Oscar kann ich nicht die Hand ins Feuer legen, aber ich selbst habe nie ein Sterbenswörtchen verraten.

Es war die Geheimniskrämerei, die Lourde schließlich dazu brachte, Bos Unternehmen doch zu unterstützen. Lourde liebte Geheimnisse – nicht alle, nur ganz bestimmte: solche, die es ihm erlaubten, Leuten Gemeinheiten zuzufügen, die diese unmöglich durchschauen konnten, und am besten war es natürlich, wenn er dabei nicht nur nicht ertappt werden konnte, sondern gar nicht erst in Verdacht geriet. Einmal bestellte er zum Beispiel eine Hundepfeife aus England, weil er den Nachbarhund haßte; der bellte nämlich, wenn Lourde schreiben wollte, und es bereitete ihm unglaublich viel Spaß, aus dem Fenster seines Dachzimmerfensters zu pfeifen und dann zu beobachten, wie sich der Hund unten auf dem Rasen wälzte und die Nachbarn sich völlig ratlos fragten, was ihn denn so quälte. Und wenn Lourde dann das Gras mähte oder ähnliches, unterhielt er sich immer mit den Nachbarn über die Probleme ihres Hundes, äußerte Vermutung darüber, was ihm fehlen könnte, als hätte er keine Ahnung, und beim Abendessen erzählte er uns davon und wollte sich ausschütten vor Lachen.

So wurde Bos Geheimnis für ihn zu einer Quelle des Vergnügens – es amüsierte ihn köstlich, daß er einem Gast einen Drink anbot, der aus dem illegalen Brennkessel im Hinterzimmer seiner Küche stammte und ihn zwei Cents kostete, während der Gast glaubte, seine zwei oder drei Dollar für ein normales Getränk zu zahlen – ein Vergnügen, das dadurch, daß Lourde viele Leute in der Stadt nicht ausstehen konnte, noch gesteigert wurde. Und während die Gäste herumstanden und ihre gepanschten Getränke konsumierten, machte er sich einen Spaß daraus, ihnen dreckige Witze zu erzählen, als wären sie allesamt seine dicksten Freunde.

Aber eigentlich waren die Drinks gar nicht so wichtig, denn niemand kam ausschließlich, um zu trinken. Die Leute kamen, weil Bo mit ihren langen, wehenden Filmstarkleidern und ihren roten Lippen so exotisch und so elegant war, und die Bar galt als unglaublich chic, ein Speakeasy in einem verschlafenen Kaff mitten im Nirgendwo, Anfang der siebziger Jahre, als es keine Romantik gab, als der Vietnamkrieg noch wütete, als die Leute nur mit Mühe Arbeit fanden, als sie an den Tankstellen in japanischen Kleinwagen um Benzin Schlange standen. Es war ein Zufluchtsort: die hübschen Fransenlampen, die alten Bilder, Coleman, der auf dem Klavier Ragtime spielte; und die Leute traten durch die Glastüren hinaus auf die Terrasse, von der aus man in der Ferne die wogenden Weizenfelder sah.

Wir arbeiteten alle in *Bo's Place*. Lourde war für die Bar zuständig und erzählte schmutzige Witze, bei denen ich immer wegzuhören versuchte, Oscar brannte den Schnaps, und Zellie und ich flitzten hin und her und bedienten an den Tischen. Frieda war viel jünger als wir und vertrieb sich die Zeit damit, von einem Schoß zum nächsten zu wandern. Es waren anstrengende Abende, nach einem langen Schultag und zwei Stunden Hausaufgaben am Küchentisch unter der Aufsicht von Bos blaßblauen Augen, aber es ging nicht anders. Keiner von uns hätte das Geschrei wieder haben wollen, lieber waren wir todmüde. Um ein Uhr nachts war Schluß, als alle Gäste weg waren, gingen Lourde und Bo nach oben, während Zellie, Oscar und ich zu Ende aufräumten. Falls es zur Sache ging, sagte derjenige von uns, der als erster das Bett hörte: «Jetzt geht's wieder los», und dann verdrückten wir uns in die Küche und warteten ab, froh, daß sie wieder nett zueinander waren. Wenn wir nicht zu erschöpft waren, zogen Oscar und ich alte Boxhandschuhe an und schlugen die Zeit tot, indem wir in der Küche herumtänzelten und Haken und Schwinger plazierten, während Zellie die Augen verdrehte und irgendeine Zeitschrift las. Irgendwie war es sehr schön, und wenn ich schließlich ins Bett sank, fand ich, daß es uns doch wirklich gutging und daß sich alles zum besten gewendet hatte, vor allem, wenn man bedachte, was für schwere Zeiten wir durchgemacht hatten. Ich versuchte dabei, den widerlichen Apparat im Hinterzimmer zu vergessen, der mir noch nie richtig vorgekommen war, der uns aber gerettet hatte, das konnte man nicht leugnen.

Dann geschah etwas, etwas völlig Unwahrscheinliches, das mein Leben verändern sollte. Ich war fünfzehn. Ich weiß nicht, wie alt Mr. Antonovsky war, bestimmt in den Siebzigern. Er war ein alter Russe, der in die Vereinigten Staaten gekommen war, um in der Nähe seiner Großnichte Patty Barker zu leben, einer Frau, die noch nie in Rußland gewesen war und keine Ahnung von diesem Land hatte. Er hatte sich ein Haus im Stadtzentrum gekauft, zwischen Pattys Haus und der Feuerwehr, und um ein bißchen Geld zu verdienen, vermietete er seine Hinterzimmer an Collegestudenten.

Er kam oft in unsere Bar und saß ganz allein da, immer in der vorderen Ecke beim Fenster; den Tumor an seinem Hinterkopf drehte er netterweise der Wand zu, während er trank und auf dem Barfernseher die Sechs-Uhr-Nachrichten verfolgte. Mr. Antonovsky war groß, und sein Tumor sah aus wie eine Idaho-Kartoffel, weiß und mißgestaltet, und obwohl niemand es je ansprach, konnte man fast mit bloßem Auge sehen, wie er sich unter seiner kahlen Schädeldecke ausbreitete und hoffnungslos tödliche Schößlinge ausschickte, wie die Triebe bei wilden Erdbeeren. Niemand sollte die Geschwulst sehen, und wenn Mr. Antonovsky zur Toilette ging, drehte er auf dem ganzen Weg durch die Bar den Hinterkopf zur Wand.

«Bring mir bitte einen Drink, Miss Hemy. Ich warte schon sehr lang.» Mehr sagte er eigentlich nie. Die übrige Zeit saß er da wie ein riesiger brodelnder Schmelzofen und schwieg auf diese vielsagende Art, die einen wissen ließ, daß sein Gehirn ständig arbeitete. Lourde, der allen Leuten, die er nicht mochte, einen Spitznamen gab, nannte ihn immer Mr. Arschlonovsky. Keiner von uns wußte viel über Mr. Antonovsky, schon gar nicht darüber, was er in Rußland gemacht hatte, und wenn man ihn danach fragte, reagierte er genauso, wie wenn man ihn nach seinem Tumor fragte. Er verkroch sich. Als einziges wußten wir, wie er über Schwarze dachte. Er bestand darauf, sie «Farbige» oder «Neger» zu nennen und gelegentlich auch «Nigger», obwohl er genau zu wissen schien, daß das eine Beleidigung war, und wenn in den Nachrichten eine Meldung über die Black Panthers oder über Black Power kam, konnte Mr. Antonovsky sich kaum beherrschen. Es störte ihn nicht, daß Vietnam kaputtgebombt wurde, aber wenn irgendein Terrorist ein Haus in die Luft jagte, drehte Mr. Antonovsky fast durch. Er haßte alle

Schwarzen, doch ganz besonders haßte er Coleman, unseren Pianisten. Er liebte den Jazz, den Coleman spielte, aber Coleman selbst konnte Mr. Antonovsky nicht ausstehen.

Er scheute sich nicht zu sagen: «Es ist so hübsch hier, aber warum laßt ihr einen Schwarzen Klavier spielen?» und deswegen scheute sich auch Coleman nicht zu sagen: «Dieser Song ist für meinen *lieben* Freund Mr. Anton.» Er sagte das betont süßlich und schwul, und danach spielte er ein Liebeslied, bei dem er die Tasten mit einer hingebungsvollen Zärtlichkeit bearbeitete, als hätte er es mit Mr. Antonovskys Haut zu tun, und gleichzeitig fixierte er Mr. Antonovsky mit einem Grinsen, das diesen fast zur Weißglut brachte. Empört schlug er dann auf den Tisch und rief: «Nein, dieses Grinsen! Sieht aus wie Idiot, wie grinsender Idiot!»

Ihr gegenseitiger Haß wurde ein fester Bestandteil von *Bo's Place*, und wir gewöhnten uns so an die Konstellation, daß wir sie gar nicht mehr registrierten, sie ging im allgemeinen Getümmel unter, wie das Klicken des Deckenventilators oder das Dröhnen des Fernsehers über der Bar oder der Schnapsgeruch. Ich glaube, Lourde genoß das Ganze sogar. Mr. Antonovsky sagte immer wieder, daß er Schwarze nicht leiden könne, und Coleman trat dann an Mr. Antonovskys Tisch, verbeugte sich, schaute unter seinen buschigen Brauen hervor und sagte mit zuckriger Stimme: «Mastah, soll ich einen Drink bringen? Ist keine Mühe. Ich hol Ihnen was, Mastah. Ich spiel was, was Sie froh macht.» Dann kam das Grinsen, das funkelnde weißzahnige Idiotengrinsen, das Coleman von Abend zu Abend perfektionierte, und wenn Mr. Antonovsky ihn wegstoßen wollte, sprang Coleman zurück und rief laut: «Oh, Mastah, Verzeihung, verzeihen Sie einem armen, verrückten Nigger wie mir», bis Mr. Antonovsky am Rand eines Nervenzusammenbruchs schrie: «AUFHÖREN! ICH BIN EIN ZAHLENDER GAST! MR. LOURDE. *Mr. Lourde!*»

Es gab Tage, an denen ich, angestachelt von Oscar und Zellie, zu Mr. Antonovsky an den Tisch ging und mich in meiner ganzen Blödheit zu ihm beugte und flüsterte: «Was würden Sie tun, wenn ich Ihnen sage, daß ich einen pechschwarzen Afrikaner heirate, einen kohlpechrabenschwarzen, so wie Coleman?» Und manchmal erzählte ich Mr. Antonovsky, ich sei wie verrückt, wie wahnsinnig in Coleman verliebt, weil Oscar und Zellie sein Gesicht sehen und hören wollten, wie er ächzte: «Ach, sag nicht so was! Es kann passieren, und dann tut es dir leid. Du kriegst Kinder – Affenkinder, und das ist nicht gut.» Ich wußte genau, daß ich solche Sachen nicht zu ihm sagen durfte, aber ich sagte sie trotzdem.

Eines Abends geriet Mr. Antonovsky durch Colemans ständige «Niggereien» ganz aus dem Häuschen und schrie völlig entnervt los; es war ein heißer Abend, vielleicht der heißeste des Jahres, und *Bo's Place* war rammelvoll, als Mr. Antonovsky schrie: «Du bist nichts als ein Nigger. NIGGER, NIGGER, NIGGER. Du dreckiger, widerlicher Nigger. Du gehörst in einen Stall, zu den Schweinen. Geh weg von mir. Du verdienst es nicht, dich in meiner Nähe aufzuhalten, du häßlicher, häßlicher ... *Affe!*»

Bo's Place erstarrte, keiner sagte etwas, als würden allen die Worte in der Kehle steckenbleiben. «Nigger» sagte man einfach nicht mehr in den siebziger Jahren, nicht einmal in einer Kleinstadt wie unserer, nicht seit der Bürgerrechtsbewegung, nicht seit Martin Luther King, Jr., nicht seit diesen ganzen Veränderungen, und wenn man es unbedingt sagen mußte, dann höchstens in irgendeinem Hinterzimmer und ganz leise, aber auf keinen Fall vor vielen Leuten, unter denen sich auch viele Schwarze befanden. Aber Mr. Antonovsky war ein Fremder in einem fremden, verrückten Land, und er hatte es einfach gesagt, und jetzt wandte er ohne jede Scham den Blick von Coleman ab, schaute in seinen Drink und drehte dann langsam den

Kopf zum Fenster, als würde Coleman gar nicht existieren. Coleman drehte sich um und ging, und ich spürte ganz genau meine Rolle bei dem Ganzen, wie einen spitzen Stock zwischen den Rippen, meinen Beitrag dazu, daß Mr. Antonovsky und Coleman immer aufeinander losgingen.

Das Schlimmste kam aber erst, als Coleman sich ein paar Abende später ans Klavier setzte. Er hatte ein schmales weißes Gummiband um den Kopf gebunden. Niemand dachte sich viel dabei. Es sah aus, als sollte das Band verhindern, daß ihm der Schweiß übers Gesicht lief, aber als er sich dem Publikum zuwandte und verkündete: «Dieser Song ist für meinen alten Freund Mr. Anton», wußte ich, daß er es Mr. Antonovsky jetzt heimzahlen wollte. Es war ein schmalziges Liebeslied, er spielte mit exaltierten Handbewegungen, leckte sich die Lippen und schaute Mr. Antonovsky an, nur ihn, als wäre sonst niemand im Raum. Mr. Antonovsky wand sich schwitzend und schnauzte mich an: «Miss Hemy, bitte, ich bin bester Kunde, ich warte schon sehr lange!» Drei Stücke später drehte Coleman sich um, und nun konnte man sehen, was er an seinem Hinterkopf befestigt hatte: eine große, bleiche Kartoffel. Unter dem Elastikband steckte eine dicke weiße Kartoffel, genauso groß und genau an der gleichen Stelle wie Mr. Antonovskys Tumor. Wir schnappten alle nach Luft: ich, Zellie, Oscar, Bo und Lourde und sämtliche Stammgäste, die über die ständigen Sticheleien zwischen Coleman und Mr. Antonovsky Bescheid wußten. Ein unüberhörbares, durchdringliches Ächzen ging durch die Menge, auf das nicht etwa Colemans lustiges Lachen folgte, sondern ein Stöhnen, ein waidwundes Stöhnen, das tief aus Mr. Antonovskys Innerem drang, ein Stöhnen, das klang, als hätte es sich seit hundert Jahren dort aufgestaut. Als Coleman sicher war, daß Mr. Antonovsky die Kartoffel gesehen hatte, setzte er sich einfach wieder normal hin und drehte den Kopf, so daß die Kartoffel nicht mehr zu sehen war.

Ich dachte, Lourde würde sich vor Lachen auf dem Boden wälzen, und obwohl Bo gleich zu Mr. Antonovsky rannte, um ihn zu trösten, vergaß er Colemans Beleidigung nie. Und während in der Augusthitze die Abende miteinander verschmolzen, vermischte sich auch der Haß mit ihnen und heftete wie ein unsichtbarer Faden diese heißen, lauten Abende zusammen. Dann, mittendrin, lief der Brennkessel mit seinen überforderten Metallnerven heiß und explodierte während der Elf-Uhr-Nachrichten.

Bei dem Knall gingen fast alle Glasscheiben zu Bruch, die Hälfte der Tische fiel um, und ein paar Leute wurden durch den halben Raum geschleudert. Sämtliche Gläser in der Bar landeten mit Geklirre auf dem Boden, wie die Fermate einer tödlichen Symphonie. Oscar kam aus dem Hinterzimmer gerannt, sein Hosenbein brannte, Lourde packte ihn und kippte die Wanne mit Eis um, in der Frieda den ganzen Abend herumgepanscht hatte. Die Leute rappelten sich auf, torkelten ins Freie, als bebte der Boden unter ihren Füßen, Frauen schrien, Gläser klirrten, und über allem gellte Friedas ohrenbetäubendes Geschrei. Mr. Antonovsky klammerte sich mit weißverfärbten Knöcheln an seinem Tisch fest, als hätte er das alles schon einmal erlebt. Ich wollte ihm beistehen, ihm helfen, seinen schweren Körper hochzuhieven, aber da sah ich Coleman durch den Raum rennen, mit großen Schritten und ausgestreckten Armen kam er auf mich zu, das Gesicht ganz verzerrt vor lauter Sorge. Und schon drückte er meinen Kopf an seine Brust, als wollte er mich vor diesem Anblick bewahren, und ich vergaß Mr. Antonovsky, vergaß, daß ich ihm hatte helfen wollen – bis ich laut und unverkennbar seine Stimme hörte: «NIMM DEINE AFFENHÄNDE VON IHR WEG!» Erschrocken drehten Coleman und ich uns um und sahen, wie Mr. Antonovsky sich von seinem Tisch erhob und wie ein Wal, der durchs Wasser pflügt, auf uns zu eilte. Mit seinen riesigen

Händen packte er Coleman und drückte ihm die Kehle zu. Er drückte mit dem ganzen Gewicht seiner unglücklichen Jugend, seines einsamen Alters, seiner ruinierten Gesundheit. Coleman wehrte sich, bearbeitete Mr. Antonovskys mächtigen Körper mit den Schlägen und Stößen, die er beim Sport gelernt hatte, aber damit konnte er Mr. Antonovskys Griff nicht lokkern. Es war nicht so, daß der alte Mann die Schläge nicht gespürt hätte, er ignorierte sie nur einfach. Der aufgestaute Zorn war stärker als Colemans Fäuste, stärker als der Schmerz, stärker als alles übrige.

Er wollte Coleman umbringen, ganz eindeutig.

Zellie schrie, so laut sie nur konnte: «LOURDE!», aber Lourde konnte sie nicht hören. Im Hinterzimmer brannte es, und Lourde und die ganzen anderen Männer versuchten, die Flammen zu löschen. Bo hatte Oscar hinaus ins Gras gezerrt und war dabei, das Hosenbein abzureißen. Ihr langes schwarzes Kleid war verrutscht, ihre schwarzen Haare waren völlig zerzaust. Die anderen Leute standen wie gelähmt auf dem Rasen herum. Es war niemand mehr im Raum, der hätte helfen können, und als Zellies Geschrei keine Menschenseele herbeirief, fiel ihr Blick auf mich.

«HEM!» schrie sie. «HOL DEN REVOLVER!»

Das Blut rauschte mir in den Ohren.

«MACH SCHON!» schrie sie. Sie hielt Frieda fest, brüllte ihr in die Ohren, und wir wußten beide, daß es in den nächsten paar Sekunden um Coleman geschehen war.

Ich weiß nicht, wie ich hinter den Tresen gelangt bin und wie ich es schaffte, Lourdes Revolver zu holen, aber dann spürte ich das kalte Gewicht der Waffe in meiner Hand, und Zellie schrie: «Erschieß ihn, Hemy. *Schieß!*»

Ich hörte ein Gurgeln aus Colemans Kehle dringen und sah, wie seine Augen hervorquollen. Es war ein Todesröcheln. Ich wußte das ganz sicher, und dann ertönte wieder Zellies

Stimme, verzweifelt, heiser, ein Befehl, der von einer höheren Instanz zu kommen schien: «VERDAMMT NOCH MAL, HEMY, SCHIESS!»

Ich zielte auf Mr. Antonovsky, schloß die Augen und drückte ab. Den Knall werde ich nie vergessen. Dieser Knall beendete mein Leben, so wie ich es bis dahin gekannt hatte, und mit Mr. Antonovskys Schrei begann etwas ganz Neues. Es war ein tiefer Schrei, Baritonlage, unvergeßlich für ein fünfzehnjähriges Mädchen, das noch nie einen Mann auch nur hatte stöhnen hören. Ich öffnete die Augen und sah Coleman japsend auf den Scherben liegen. Mr. Antonovsky lag auf dem Rücken, Arme und Beine von sich gestreckt wie ein Hampelmann, überall an seiner Kleidung waren Glasscherben, als trüge er ein bizarres Liberace-Kostüm. Unter ihm hatte sich bereits eine Blutlache gebildet, aber das schlimmste war sein Schrei – rauh, tief und männlich. Es war die Männlichkeit seiner Qual, die sie so unerträglich machte.

Mr. Antonovsky Blick fiel auf mich, und plötzlich erkannte ich die Ungeheuerlichkeit meiner Tat. Ich hatte auf ihn geschossen! Ich hatte auf einen Menschen geschossen. Ich hatte auf Mr. Antonovsky geschossen. Dann ging alles ganz schnell, ich bekam kaum noch Luft. Leute rannten herum, schrien, Mr. Antonovskys Stöhnen wurde heftiger. Der Sheriff, bierbäuchig und aufgeregt, und sein hektischer Deputy bahnten sich einen Weg durch die gaffende Menge, die sich hinter den kaputten Fenstern drängte. Von Mr. Antonovsky, der auf dem blutgetränkten Boden lag, schauten sie zu mir. Ich hielt immer noch Lourdes Revolver in der Hand, aber jetzt glitt er mir aus den Fingern, und dann spürte ich, wie lauter Hände nach mir griffen, ich weiß nicht, wessen Hände, ich wurde schnell, gewaltsam weggeführt, die Menge teilte sich, zwei Hände in meinen Achselhöhlen, meine Füße nicht immer auf dem Boden. Ich wurde durchs Wohnzimmer geschleift, über den Flur, und immer hatte ich Zellies Stimme in den Ohren, als würde sie diesen Rückzug dirigieren: «Sie mußte es tun! Mr. Antonovksy wollte Coleman *umbringen!*» Das Wort «umbringen» wirkte wie ein Adrenalinstoß.

Ich wurde an Oscar vorbeigeschleift. Er streckte die Hand aus, wollte mich berühren, wurde aber weggestoßen, als wäre ich endgültig tabu. Man zerrte mich den Flur entlang, ich hörte Sirenen heulen, sah die Lichter rotieren, über die Wände schwirren. Ich wurde die Treppe hinaufgezerrt, in den ersten Stock, den Flur entlang, meine Knie schrappten über das Holz. Zellie folgte uns, ihre Stimme wurde immer verzweifelter: «Sie mußte es tun! Coleman ... er hätte sonst Coleman umgebracht!» Wieder dieses Wort, wie ein Messer, das sich in meinen Kopf bohrte.

Man warf mich auf mein Bett, Zellie wurde von mir weggezogen. Sie wehrte sich und hielt so lange meine Hand fest, bis sie mir fast die Finger ausrenkte. Dann fiel krachend die Tür ins Schloß, sofort ging das Licht aus, und die Dunkelheit raste auf mich zu wie eine Herde wilder Pferde. Ich hörte nur das ferne Getrappel von Schritten, als würden alle vor mir weglaufen.

Ich spürte, wie mein Herz hämmerte, wie alles in mir pochte, ich war nur noch ein pulsierendes Etwas. Da merkte ich, daß meine ganze Perspektive umgepolt wurde – als würde eine Hand aus dem Dunkeln in meinen Kopf fassen und mein Gehirn umkippen. Plötzlich sah ich mein Leben völlig anders, unangenehm, in grelles Licht getaucht, als hätte es sich bis zu diesem Augenblick in tiefster Dunkelheit abgespielt, als wäre ich mir bisher meines Lebens gar nicht bewußt gewesen und hätte nichts bemerkt, weder die Dunkelheit noch das Licht. Aber ich hatte auf einen Menschen geschossen. Meine Schwester hatte gerufen: «Erschieß ihn!», und ich hatte einen Revolver genommen und abgedrückt. Wie hatte ich das nur tun können? Niemand außer mir hätte so etwas getan, sie hätten einen anderen finden müssen, der es für sie getan hätte – jemanden wie mich. Plötzlich tauchten lang unterdrückte Erinnerungen auf, Erinnerungen an Dinge, die ich getan hatte, seltsame, unverzeihliche Dinge, und sie sprengten in dieses grelle Licht, wie Zirkusartisten in die Manege stürmen, mit Peitschen und Ketten, während von oben die Sonne durch das Loch scheint. Das war's: vier Paar Schlaghosen und sechs T-Shirts, die ich bei Mrs. Connell gestohlen hatte, deren Laden ich samstags immer putzte; die Kleidungsstücke hatte ich eins nach dem andern zusammen mit den Staubsaugerbeuteln in die Müllklappe gesteckt, Woche für Woche, und sie dann anschließend aus der Tonne geholt, wenn ich mein Geld kassiert hatte. Dann hatte ich immer dieses traurige, unglückliche Mädchen angerufen und ihr mit verstellter Stimme weisgemacht, ich sei ein Mann namens Steve, der sie von weitem gesehen und sich in sie verliebt habe. Ein dutzendmal wählte ich ihre Nummer, und sie kam in der Schultoilette zitternd vor Aufregung zu mir und erzählte mir von diesem Typ namens Steve, der in sie verliebt sei, und wollte meinen Rat. Und dann die Sache mit Oscar, der, seit ich zehn war, bei jedem Gewitter zu mir ins Bett gekrochen kam und mich festhielt, weil ich mich so vor dem Donner und dem Blitz fürchtete, und ich wurde immer älter, Jahr für Jahr, bis ich die Situation insgeheim zu genießen begann und ganz erregt wurde, wenn ich das Gewicht seines Körpers spürte und er sich an mich drückte, und am Morgen war die einzige Spur von ihm der berauschende Duft seines Haars auf meinem Kopfkissen und ein warmer Fleck in der Nähe meiner Hüfte, auf den ich meine Lippen preßte.

Ich spürte seine Fingerspitzen auf meinen Augenlidern. Ich öffnete sie. Er schaute auf mich herunter und schwieg so penetrant, als lähmte ihm etwas ganz Entsetzliches die Zunge. Seine Lippen bewegten sich, aber es kam nichts heraus; dann lächelte er verlegen. Dieses Lächeln ließ mich an Mr. Antonovsky denken.

«Oscar», sagte ich, und plötzlich meldete sich hinten in meiner Kehle mein Abendessen.

Seine Fingerspitzen berührten ganz leicht mein Gesicht, fuhren langsam über meine Wangenknochen, über meinen Nasenrücken.

«Wie geht's Mr. Antonovsky?»

Ich beobachtete Oscars Adamsapfel, der wie ein Tischtennisball auf und ab hüpfte. «Hemy.» Er nahm meine Hand und drückte sie, als wollte er mir damit Kraft geben. «Ich weiß nicht recht, wie ich es sagen soll.»

Panik stieg in mir hoch. «Ich habe ihn umgebracht.»

«Nein, du hast ihn nicht umgebracht.» Er schwieg sehr lange. «Du hast ihn nur angeschossen – im Schritt.»

«Im *Schritt?*» wiederholte ich. Was für ein merkwürdiges Wort, was für eine merkwürdige Stelle, wie konnte man einen Mann ausgerechnet da treffen, an dieser schrecklichen, unaussprechlichen Stelle.

«Ja», sagte er.

«Wie, im Schritt?»

«Seinen … du weißt schon», flüsterte Oscar. Er wollte das Wort nicht aussprechen.

«Hab ich ihn weggeschossen?» fragte ich gequält. «Seinen ganzen …» Ich versuchte, es mir nicht zu deutlich auszumalen, aber schon sah ich das unausgesprochene Objekt vor mir, wie es, an der Wurzel abgetrennt, auf einem Teller lag, den mein Gehirn heraufbeschworen hatte.

«Ich glaube, nicht ganz. Nur halb», flüsterte Oscar, und das wabbelige rosarote Fleischstückchen auf dem Teller schrumpfte zusammen. Wenigstens nicht ganz, dachte ich, aber bei näherem Überlegen wurde mir klar, daß es auch so nichts mehr taugte – halb oder ganz, jetzt war es nutzlos.

Ich begann zu schreien, und Oscar wollte mich beruhigen, seine Finger bearbeiteten mein Gesicht, als könnten sie meine Gefühle formen. Aber dann hörte er damit auf, als würden Berührungen nicht mehr genügen, und er küßte mich, auf die Wangen, auf die Stirn, und flüsterte so gepreßt meinen Namen, daß es mir fast die Kehle zuschnürte. Mein ganzer Kummer fiel von mir ab wie ein aufgeknöpftes Kleid, und ich erwiderte seine Küsse, küßte ihn auf die Augen, die Wangen, die Nase, und als unsere Lippen sich begegneten, spürte ich etwas in meiner Brust, das ich noch nie gespürt hatte – ein junges wildes Pferd riß sich los, kickte gegen meine Rippen, trat mir in den Magen, stieß gegen mein Herz, bäumte sich auf, warf sich hin und her, um sich von meinen Knochen, meinen Gelenken, meinen Sehnen zu befreien, um sich von all dem zu lösen, was mich zusammenhielt, aber ich hielt es im Zaum, ich benützte nur seine Energie. Er ist mein Bruder, dachte ich, aber ich dachte es in klitzekleinen Buchstaben: «er ist mein Bruder», ganz hinten im Hinterkopf, ein winziger Stich, eine lästige Mücke. Ich vergaß alles, ich bestand nur noch aus Lippen und Zunge und einem rasend klopfenden Herzen, ich begehrte den männlichen Körper, ich sehnte mich nach dem Geruch, den Berührungen, dem Atem eines Mannes. Und gemeinsam verwandelten wir uns, wir wurden wie zwei Rennwagen, die ohne Bremsen einen Berg hinunterrasen und irgendwie wissen, daß sie jederzeit gegen einen Telefonmast knallen können, die aber trotzdem nicht anhalten.

Die Tür flog auf, und Zellie kam hereingestürmt. Oscar sprang auf die Füße. Hatte Zellie etwas mitgekriegt? Sie ging zu meinem Nachttisch und machte die Lampe an.

«Steh auf, Hemy», sagte sie. «Wir müssen heute nacht bei Coleman schlafen.» Ich schluckte erleichtert. Sie hatte keine Ahnung, in was sie da eben hereingeplatzt war, aber schon beim Gedanken daran wurde mir ganz schwindlig vor Scham.

«Komm schon», rief sie und schlug mich auf die Beine. «Coleman wartet auf uns.» Je schrecklicher eine Situation, desto besser konnte Zellie damit umgehen. Insgeheim liebte sie Katastrophen, denn während alle anderen funktionsunfähig waren, konnte Zellie das Kommando übernehmen.

«Wo sind Bo und Lourde?»

«Im Gefängnis», sagte Zellie so beiläufig, als wären sie im Kino.

«*Im Gefängnis?*»

«Ja, im Gefängnis», wiederholte sie, während sie in meiner Kommode Kleider zusammensuchte. «Und Mr. Antonovsky ist im Krankenhaus.» Sie nahm einen meiner Koffer und warf einen Armvoll Kleider hinein. «Du hast ihm den Schwanz abgeschossen – das weißt du ja.» Sie klappte den Koffer zu und sah mich an. «Komm jetzt. Wir müssen los.»

Ich starrte sie fassungslos an. Sie war wirklich unglaublich dreist.

«*Du* hast doch gesagt, ich soll ihn erschießen. Ich hab nur auf ihn geschossen, weil du es gesagt hast, Zellie.»

«Ich habe aber nicht gesagt, du sollst ihm den Schwanz abschießen», entgegnete sie und nahm meinen Koffer.

«Du hast gesagt, ich soll ihn erschießen, Zellie! Ich wäre überhaupt nicht auf die Idee gekommen, wenn du es nicht gesagt hättest!»

«Was hätte ich denn sagen sollen – ‹Schieß, Hemy, aber schieß ihm nicht den Schwanz ab›?»

«Du kannst mich mal!» Ich riß ihr meinen Koffer aus der Hand und taumelte aus dem Zimmer, mein Herz raste, das Blut stieg mir ins Gesicht. Ihr ganzes Leben hatte sie auf mir herumgetrampelt; ich war immer unten gewesen und hatte mühsam versucht, mir unter ihr ein eigenes Leben zusammenzustückeln, immer von dem Wunsch getrieben, sie bei irgend etwas auszustechen, sie zu besiegen, triumphierend über ihr zu stehen und ihr die Flagge meines Erfolgs in den Bauch zu rammen. Ich hörte Oscar hinter mir her rennen. «Mach dir keine Gedanken wegen Mr. Antonovsky. Wahrscheinlich konnte er sowieso nichts mehr damit anfangen.» Ich hörte Zellie lachen, ich hörte Oscars Atem, und ich dachte: Was ist nur los mit mir? Ich möchte meine Schwester durchbohren und mit meinem Bruder schlafen, und jetzt habe ich auch noch auf einen Mann geschossen.

KAPITEL 3

Sie schwieg. Bis jetzt hatten sie nebeneinander auf dem Rücken gelegen, doch jetzt drehte sie sich auf die Seite, stützte sich auf einen Ellbogen und schaute aus dem Fenster auf die vorbeifliegenden Wiesen, auf das wogende Gras, undeutlich und schattenhaft in der Dunkelheit. Er beobachtete sie, wie sie so reglos schaute, bewunderte die Biegung ihres Rückens unter dem dünnen Baumwollshirt, das in der Hitze an ihrer Haut klebte, berührte vorsichtig ihren langen, blassen Nacken.

Da begann sie wieder zu sprechen.

War es das, was du hören wolltest? fragte sie.

Ja, antwortete er. Aber kann ich dir glauben?

Sie rollte auf den Bauch und spähte kokett durch die Beuge ihres Ellbogens. Meinst du, ich erzähle dir etwas und will nicht, daß du mir glaubst?

Es ist eine seltsame Geschichte, sagte er.

Ich weiß. Sehr seltsam, sagte sie.

Sie klingt wie aus den dreißiger Jahren, sagte er.

Sie drehte sich wieder auf den Rücken und starrte zur Decke. Das haben die Leute immer über Bo gesagt – man hätte das Gefühl, sie stamme aus einer anderen Zeit.

Hast du wirklich Mr. Antonovskys Schwanz zerschossen?

Sie schaute ihn an und sagte: Ja.

Der Teil der Geschichte erschien ihm an befremdlichsten. Er erinnerte sich an die Geschichte von Pierre Rivière, einem

Mann aus dem neunzehnten Jahrhundert, der seine Mutter und seine Schwestern erschossen hatte, um seinen Vater aus der Knechtschaft zu befreien. Hatte sie vielleicht ein ähnliches Motiv gehabt? War Mr. Antonovsky ein Ersatz für ihren Vater gewesen? Hatte sie versucht, das männliche Glied unschädlich zu machen, weil sie die Mutter vor der Sklaverei bewahren wollte?

Meinst du, das war reiner Zufall? fragte er sie.

Sie musterte ihn mit neuem Interesse im Blick.

Als Mädchen habe ich das gedacht.

Und als Frau? fragte er.

Sie lächelte.

Wie klug von ihr, nicht zu antworten, dachte er.

Du heißt also Hemy Lourde? fragte er.

Ja.

Und als Mann hast du den Namen deines Bruders angenommen?

Ja.

Du hast ihn geliebt?

Ihr Blick sagte ihm, ja, sie hatte ihn geliebt, sehr sogar. Bei der Erwähnung ihres Bruders waren ihre Augen vor Schmerz ganz dunkel geworden. Er wußte, daß er sie jetzt nicht fragen durfte, warum sie seinen Namen angenommen hatte. Aber ihre Geschichte faszinierte ihn – die inzestuöse Beziehung zu ihrem Bruder, die Tatsache, daß sie mit fünfzehn auf einen Mann geschossen hatte. Er hätte gern gewußt, wie das alles damit zusammenhing, daß sie später ihre Brust bandagiert und als Mann gelebt hatte. Es hatte alles mit dem Körper zu tun, mit Sexualität. Was war mit seinem Körper, mit seiner Sexualität? Welche Rolle spielte der körperliche Aspekt für ihn bei seiner Entscheidung?

Warum hat dein Vater Bo nicht daran gehindert, den Brennkessel aufzustellen? fragte er.

Weil Lourde Stücke schreiben wollte und weil Bo wollte, daß er Stücke schreibt.

Sie muß ihn geliebt haben, sagte er.

Sie schwieg kurz. Dann sagte sie sehr nachdrücklich, als wollte sie keinerlei Zweifel aufkommen lassen: Sie hatte Angst vor ihm.

Du auch?

Vielleicht sogar noch mehr als sie, antwortete sie. Jetzt funkelten ihre Augen und ließen seinen Blick nicht los.

Er holte eine Zigarette aus der Tasche, zündete sie an und ließ dann das Streichholz in die Coladose fallen, die er als Aschenbecher verwendet hatte.

Sie schaute auf seinen Mund und fuhr sanft mit dem Finger über seine Lippen.

Du hast einen schönen Mund, sagte sie.

Er küßte ihren Finger.

Sie entzog ihm ihre Hand, aber ihr Blick haftete auf seinem Mund.

Erzähl mir den Rest, sagte er.

Es sollte dir nicht so wichtig sein, sagte sie.

Sie rollte wieder auf den Rücken und schaute ihn an.

Du hast doch gar nichts mit mir zu tun.

Sie lächelte, und als sie ihm in die Augen schaute, wußte er, daß das nicht stimmte und daß sie es sowenig glaubte wie er.

Er schnippte die Asche in die Coladose, zog an seiner Zigarette, atmete langsam aus. Aber du erzählst weiter?

Sie lächelte wieder. Einverstanden, ich erzähle dir den Rest, und danach reden wir einfach über nichts. Okay?

Er freute sich schon auf diese letzte Stunde, in der sie über nichts reden würden, lange nach Mitternacht, schläfrig. Vielleicht würden ihre Hände sich berühren, und er würde nur noch an ihren und an seinen Körper denken und an das, was sie miteinander tun konnten.

Sie nestelte sich zurecht, und es war keine Minute vergangen, da spürte er, daß ihre Gedanken sich wieder ihrer Geschichte zugewandt hatten. Er wartete darauf, daß sie zu sprechen begann, als könnten ihre Worte etwas Wichtiges für ihn enthalten.

KAPITEL 4

Ich wurde aufs Polizeirevier gebracht. Dort saß ich zwischen Zellie und Oscar, blinzelte in das grelle Neonlicht und behandelte die Fragen des Sheriffs wie verwundete Vögel, die mir in den Schoß gefallen waren. «Wie kommt ein fünfzehnjähriges Mädchen dazu, auf einen Mann zu schießen?» fragte mich der Sheriff. Das Licht in seinen Augen verbarg, wie sehr ihn diese Frage interessierte. Ich sagte: «Mr. Antonovsky wollte Coleman umbringen, und Zellie schrie, ich soll auf ihn schießen, und weil sonst niemand da war, habe ich gedacht, wenn ich nichts mache, dann bringt er Coleman um, und deshalb habe ich abgedrückt.» Der Deputy, der nur aus ellenlangen Beinen und widerspenstigen Haaren zu bestehen schien, verschränkte die Arme vor der Brust und machte ein unglaublich ernstes Gesicht, als handelte es sich hier um ein kompliziertes Verbrechen, bei dem man sehr gründlich ermitteln mußte. «Tust du immer alles, was andere dir sagen?» fragte er. Ich sah das Flackern in seinen Augen, und ich konnte fast sehen, welche Bilder unter seinen Augenlidern abliefen: wie er in seinem Streifenwagen auf dem Vordersitz kniete und von mir verlangte, ihm einen zu blasen.

«Weiß ich nicht», sagte ich.

Sie starrten mich beide an, und niemand wollte das unbehagliche Schweigen durchbrechen, bis mich der Sheriff fragte, ob ich eine abschließende Aussage machen wolle. Mir fiel nur der Satz «Ich habe auf einen Mann geschossen» ein. «Shotaman.» Klingt fast wie ein Nachname, dachte ich. Mr. und Mrs. Shotaman. Hallo, hier bei Shotaman. Nein, tut mir leid, Mrs. und Mrs. Shotaman sind im Moment leider nicht zu Hause. Kann ich etwas ausrichten? Ja, hier ist Mr. Ikissed Mybrother. Ich bin Eskimo und rufe aus Alaska an. Könnten Sie bitte Mr. Shotaman sagen, er soll mich zurückrufen?

Schließlich sagte ich: «Es ist ein Trauerspiel» – was Oscar und Zellie dermaßen komisch fanden, daß sie auf dem Weg zu Coleman die ganze Zeit kicherten und immer wieder «Es ist ein Trauerspiel» sagten, ob es paßte oder nicht. Dadurch mußte ich wenigstens nicht über das Trauerspiel selbst nachdenken, aber als später alles still war, begriff ich erst so richtig, daß ich auf einen Mann geschossen hatte.

Bo und Lourde saßen im Kreisgefängnis Wampsville, einem zweistöckigen grauen Backsteingebäude, in dem man so wenig auf echte Verbrechen eingestellt war, daß es keinen Stacheldraht und so gut wie keine Kontrollen gab, man stellte sein Auto auf dem Parkplatz ab und ging hinein. Coleman fuhr uns jeden Tag hin und wartete draußen mit Frieda, während Zellie, Oscar und ich uns an das Glasfenster drängten und zuerst mit Lourde redeten, dann mit Bo. Die beiden waren vermutlich die einzigen Gefangenen, die nicht wegen Drogen einsaßen. Ich stand zwischen Oscar und Zellie und fand alles sehr seltsam: Du gehörst zu einer Familie, und alles läuft wunderbar, und dann explodiert der Brennkessel, den deine Mutter nicht hätte aufstellen dürfen, aber trotzdem aufgestellt hat, und weil ein schwarzer Pianist und ein dicker weißer Mann sich hassen, passiert es plötzlich, daß du in eurem Wohnzimmer stehst, das in eine Bar umfunktioniert wurde, und mit dem Revolver deines Vaters dem weißen Mann in den Schritt schießt, und dann bist du hier im Gefängnis und unterhältst dich mit deiner Mutter und deinem Vater durch Panzerglas.

Bo meinte, es gebe noch viel Schlimmeres. Sie erwähnte die

Manson-Morde, und im selben Atemzug sagte sie zu mir, sie wolle, daß ich zu Mr. Antonovsky gehe und mich entschuldige, aber ich weigerte mich. Es war schon furchtbar genug, mit ihm in derselben Stadt zu leben, und ich konnte mir beim besten Willen nicht vorstellen, bei ihm im Wohnzimmer zu sitzen und höflich über das verletzte Glied zu sprechen – oder schlimmer noch, nicht darüber zu sprechen und so zu tun, als ginge es um einen anderen Körperteil, einen Arm, ein Bein, ein Ohr. Nein, ich weigerte mich, und als Bo insistierte, schrieb ich ihm einen Entschuldigungsbrief, der schnell so verwickelt und verkrampft wurde, daß Lourde ihn schließlich für mich schrieb. «Lieber Mr. Antonovsky, es vergeht kein Tag, an dem ich nicht an Sie denke. Ihr schweres Schicksal läßt mich nicht los, und ich bedaure alles zutiefst. Es gibt gar nicht genug Worte, um Ihnen das Ausmaß meiner Qual zu schildern. Ich bitte Sie inständig um Verzeihung. Hochachtungsvoll, Miss Hemy.»

Solange Bo und Lourde im Gefängnis saßen, wohnten wir bei Coleman. Er lebte in einem kleinen weißen Haus in einer Stadt namens Peterboro, etwa fünf Meilen westlich von Morrisville. Eine ganze Woche schlief ich dort auf dem Wohnzimmerfußboden, zwischen Zellie und Oscar eingequetscht. Oscar und ich redeten nie über das, was in meinem Schlafzimmer vorgefallen war, obwohl immer wieder sehnsüchtige und zugleich schuldbewußte Blicke zwischen uns hin und her gingen. Als wir einmal in Colemans Garten boxten, wollte ich es ansprechen, aber ich brachte es nicht über die Lippen; in der Gesellschaft von Mutter Colemans Trauerweiden und Fliederbüschen, in der Stille, die dort herrschte, während sich Oscars und mein Atem wieder keuchend vermischten, ging es einfach nicht. Ich behielt es für mich, daß ich ständig denken mußte: Ich habe auf einen Mann geschossen, und während er noch ins Krankenhaus transportiert wurde, habe ich nichts Besseres zu tun gehabt, als oben in meinem Bett mit meinem Bruder herumzuknutschen. Eigentlich müßte bei so furchtbaren Ereignissen immer eine Kerbe in den Nacken geritzt werden, die man anfassen kann, um sich ins Gedächtnis zu rufen, wie oft man ein Leben hinter sich läßt und ein neues anfängt, fand ich. Denn genauso fühlte ich mich: Ich hatte mein altes Leben abgeschlossen und ein neues angefangen.

Nach einer Woche wurde Bo aus dem Gefängnis entlassen. Als sie aus der Zelle geholt wurde und durch die Eingangstür in die Sommerluft trat, ihre Sonnenbrille auf der Nase und die Lippen rot geschminkt, da sagte sie immer wieder, man solle sie dabehalten und Lourde freilassen, denn die Sache mit dem Brennkessel sei schließlich ihre Idee gewesen, aber keiner hörte auf sie. «Lourde ist der Mann», erklärte sie uns, «und so wie eine Frau nichts wirklich Großes tun darf, so darf sie auch keine Sünden begehen.» Auf der Fahrt nach Morrisville erklärte sie, am Tag der Explosion seien anderswo viel schlimmere Dinge passiert. «Zum Beispiel haben amerikanische Flugzeuge irrtümlicherweise ein kambodschanisches Dorf bombardiert und aus Versehen viertausend Menschen getötet», sagte sie. «Vergeßt das nicht. Was uns passiert ist, war nur eine winzige Explosion in einer Kleinstadt. Mehr nicht.»

Als wir durch Morrisville fuhren, saß sie mit hocherhobenem Haupt da, obwohl alle Leute auf der Straße stehenblieben und uns nachstarrten, ein Auto voller Problemfälle. Wir waren jetzt berühmt-berüchtigt, die berüchtigten Lourdes – die Eltern im Knast, und die Tochter schießt auf einen Russen und trifft ihn, na, ihr wißt schon wo. In einer Kleinstadt wie Morrisville konnte man so etwas nicht wiedergutmachen.

«Die Leute vergessen das nie», sagte Zellie, während die Passanten uns angafften. Bo löste den Silberschal, den sie um den Hals trug, und sagte: «Ja, ich glaube auch, das vergessen sie nie, aber sie haben ja keine Ahnung.» Ich schaute Bo an, sie schaute mich an, und da wußte ich, daß ich gern mit ihr getauscht hätte. Ich hätte lieber den Brennkessel aufgebaut und wäre lieber verhaftet worden und ins Gefängnis gegangen, so wie sie, statt auf einen Russen zu schießen, jeder weiß, wohin.

Als wir nach Hause kamen, starrte uns im Küchenfußboden ein riesiges Loch an, dort, wo der Brennkessel bei der Explosion gelandet war. Bo schob einen Sessel über das Loch und sagte, wir sollten es einfach ignorieren und so tun, als sei es nicht da. Im Wohnzimmer war der Boden fast kniehoch mit dunklem, brakigem Wasser bedeckt, auf dem lauter schwarze Möbelbruchstücke herumschwammen. Die Tische und Stühle hatte jemand in unserer Abwesenheit kaputtgeschlagen, Beine und Lehnen durch die Gegend geworfen, und an der Wand stand in kindlicher Schrift: GOTTES ZORN IST DIE STRAFE – BEREUT, IHR MISSETÄTER und DER SÜNDE LOHN, als hätte eine Kinderkirchgruppe einen Ausflug zu *Bo's Place* gemacht, um mit eigenen Augen zu sehen, wohin die Sünde führte.

Oscar und ich mußten uns zusammenreißen, um uns nicht ständig über das schwarze Wasser hinweg heimlich Blicke zuzuwerfen, während wir auf Bos Anweisung den ganzen Müll zu dem hinteren Feld schleppten, um ihn dort zu verbrennen. Ich gab mir große Mühe, alles zu vergessen, vor allem, als wir in die Flammen des großen Feuers schauten und Oscar sagte: «Es geht nicht, Hemy.» Ich nickte, aber später, in meinem Zimmer, mußte ich dauernd an seinen Blick denken, der gesagt hatte: «Aber wir machen's trotzdem.»

Das Feuer schwelte noch tagelang draußen auf der Wiese, bis es schließlich spät nachts von einem Gewitter gelöscht wurde, und dieses Gewitter führte Oscar in mein Bett. Während der Regen gegen das halboffene Fenster prasselte und der Wind durch die Vorhänge wehte, lagen wir lange nebeneinander, ohne etwas zu sagen; wir atmeten nur.

Ich kann nicht sagen, wie es kam, aber unsere Lippen begegneten sich wieder, und schon verschwand die Welt, in der wir lebten – die Welt von *Bo's Place*, die Welt der Bäume, Wiesen und Felder, die in die Hügel übergingen, verwandelte sich in etwas anderes – zwei junge Körper voller Verlangen, die Augen weit aufgerissen, neugierig, erstaunt, trunken tastende Hände, unsicher, aber zielbewußt. Die Stimmen in meinem Kopf riefen warnend: Hey, hey, hey, er ist dein Bruder, aber sie konnten mich nicht zurückhalten, denn als er meine Hand nahm und sie auf den Bund seiner Unterhose legte, schob ich sie mit angehaltenem Atem weiter, ohne zu wissen, was mich erwartete, ob es furchtbar oder herrlich sein würde. Hart, die Haut so samten, so seidig weich, etwas so Aufregendes hatte ich noch nie berührt. Meine Fingerspitzen strichen über die herzzerreißend samtene Haut, hielten an einer pulsierenden Vene inne; ich umschloß ihn mit meiner Hand, hielt ihn fest, drückte ihn gegen meinen Bauch, in dem sich das Verlangen entfaltete wie eine Rose, so daß es weh tat vor lauter Sehnsucht. Ich stellte mir vor, wie ich dem Mann, den ich einmal heiratete, sagen würde: *Ich habe meine Unschuld an meinen Bruder verloren*, und wie Oscar einem atemlosen, hübschen Mädchen eröffnen würde: *Meine erste Liebe war meine Schwester.* In dem Moment war alles vorbei, und ich zog meine Hand zurück. Wir schauten nicht weg, wie man vielleicht hätte erwarten können, nein, unsere Augen ließen sich nicht los, als suchten wir nach etwas, nach einem Hinweis, nach dem Grund unseres Verlangens. «Ich liebe dich», sagte er. Er formte die Worte nur mit den Lippen, und ich erwiderte sie genauso, als wären sie dadurch, daß wir ihnen den Klang unserer Stimme versagten, nicht richtig wahr, nicht im eigentlichen Sinn, nicht wie die Liebeserklärungen zwischen richtigen Liebenden, wie wir sie nie sein konnten; als wäre dieses tonlose Flüstern die einzige Sprache für Brüder und Schwestern.

Wir ließen uns beide in die Kissen sinken und starrten hinauf zur Decke, wo die Lichter sich kreuzten. Er nahm meine

Hand und flüsterte kaum hörbar: «Ich bleibe, bis das Gewitter vorbei ist.» «Ich habe keine Angst mehr vor Gewittern», erwiderte ich mit einer Stimme aus gehauchtem Atem. Er lachte, und ich lachte, weil er lachte, und er mußte noch mehr lachen, weil ich so verzweifelt versuchte, nicht laut herauszuplatzen. Dann hörten wir auf und lagen still da, wir waren nicht mehr besessen voneinander, wir lachten nicht mehr, aber wir wußten nicht, wie alles weitergehen sollte, als gäbe es ein Protokoll für einen Bruder und eine Schwester, die die Grenze überschritten hatten.

Dann hörte ich wieder seine Stimme, sie war weniger als ein Flüstern, ein Geräusch irgendwo zwischen Stimme und Stille, das man nur wahrnahm, wenn man ganz genau horchte: *Wenn du mich eine Weile nicht siehst, hat es nichts mit dir zu tun.* Ich bekam plötzlich Angst vor etwas, woran ich vorher noch nie gedacht hatte – ich bekam Angst, er könnte weggehen. Verzweifelt überlegte ich mir, ob ich Migräne vortäuschen sollte oder die Türen verriegeln oder ihn anflehen, nicht zu gehen, aber tief in meinem Innern wußte ich, daß ich kein Wort sagen durfte, nur nicken und lächeln, als würde ich verstehen. Dann war es vorbei. Er drückte meine Hand und war verschwunden, und ich blieb allein zurück.

Am nächsten Morgen wachte ich auf und fragte mich, ob ich nichts taugte.

Als ich das erste Mal mit dem Fahrrad ins Stadtzentrum fuhr, wurde ich von einer Gruppe Jungen, die vor *Sautter's Diner* rumstanden, mit Gejohle begrüßt. «He, Halbschwanz Hemy!» Ich radelte mit klopfendem Herzen an ihnen vorbei und fühlte mich so riesengroß wie Godzilla, dabei hätte ich mich am liebsten in ein Mauseloch verkrochen. Ein paar Wochen lang verschanzte ich mich in meinem Zimmer und bat meine Freundinnen Louise und Hillary, nicht im Eaton Brook schwimmen zu gehen oder vor *Sautter's Diner* herumzuhängen, sondern stattdessen mit mir in meinem drückend heißen Zimmer zu sitzen und darauf zu warten, daß die Leute die Geschichte von mir und Mr. Antonovsky vergaßen.

«Die vergessen nie, was passiert ist», sagte Zellie. «Es ist schlicht unvergeßlich, Hemy. Wer vergißt denn so was?»

Aber Louise Van Sant und Hillary Holden waren netter zu mir. Sie meinten, es könne durchaus sein, daß die Leute die Sache vergaßen, und sie hatten nichts dagegen, tagelang in meinem blöden Zimmer zu sitzen und Joni Mitchell und Neil Young zu hören und abends mit mir auf den Landstraßen spazierenzugehen. Sie fanden es spannend, meine Leibwächterinnen zu spielen, mich im Schutz der Nacht von hier nach da zu begleiten und tagsüber dafür zu sorgen, daß keiner mich sah oder hörte. Ich tat alles, um sie mit meinen dramatischen Lesungen aus einem Liebesroman bei Laune zu halten – es war die Geschichte von Mindy und Brandon, die sich im heißen Sand an der kalifornischen Küste wälzten, von Katherine und Aubrey in der überhitzten Dachkammer in der Villa von Katherines Vater auf Cape Cod. Und wenn sie loszogen, um im Laden etwas für mich zu kaufen, taten sie unglaublich verschwörerisch, schauten sich dauernd um, rasten in den Laden hinein und wieder heraus und versteckten alles, was sie für mich gekauft hatten. Sie redeten auch nie über mich. Wenn die Jungs sie fragten: «Hey, wo steckt Hemy Halbschwanz?» antworteten sie: «Sie ist aufs Land gefahren.» Spätabends klopften sie an unsere Hintertür und schlenderten mit mir die Straße hinunter, wobei sie sich wie zwei brave Geheimagenten ständig umschauten. Es wurde ein Spiel – in die Nacht hinauszuschwirren und spurlos mit der Dunkelheit zu verschmelzen, ohne auch nur von einem vorbeifahrenden Auto gesehen zu werden.

Oscar lief tatsächlich davon. Er fuhr morgens mit dem Fahrrad weg und kam abends spät nach Hause, wenn es schon dunkel war. Wir redeten kaum miteinander. Statt dessen tauschten wir im Wohnzimmer oder im Flur oder auf der Treppe schmollende, verlegene Blicke. Er ging mir aus dem Weg, und ich trottete gekränkt hinter ihm her und kam mir vor wie verbannt. Als ich es nicht mehr aushielt, klopfte ich in einer Augustnacht an seine Tür. Er saß an der Schreibmaschine, die Lourde ihm geschenkt hatte. Ich wollte unbedingt sehen, was er tippte, als könnten seine Worte meine Fragen beantworten, meine Nerven beruhigen, aber er ließ mich nichts lesen. Er sagte nur, es habe mit dem, was zwischen uns vorgefallen sei, zu tun, er müsse dauernd daran denken, er nehme es alles andere als leicht – und ob ich es denn akzeptieren könne, daß wir uns liebten, uns einfach nur liebten, nicht wie zwei zahnlose Hillbillies aus den Bergen, denn genau davor habe er Angst. Er wolle nicht wie die Leute in dem Film «*Deliverance* – Beim Sterben ist jeder der erste» sein. Nein, er wolle ganz sichergehen, daß das, was wir getan hatten, nicht das gleiche sei wie das, was die getan hatten. Ich sagte, ich würde mir deswegen auch Gedanken machen, ich hätte auch keine Lust, wie die Deppen aus den Appalachians zu sein und mit meinem Bruder Inzucht zu treiben, aber so sei es zwischen uns doch nicht. Ich sagte, ich fühlte mich niedergeschlagen oder vielleicht auch kaputt, aber vielleicht sei es ja gar nicht so schlimm, wahrscheinlich fühlte ich mich einfach nur desorientiert. Die Sache mit Mr. Antonovsky und dann die Sache mit ihm, und jetzt sei auch noch die Bar geschlossen, und Bo sei nicht mehr sie selbst und Lourde im Gefängnis. Vermutlich wäre da jeder desorientiert, und es würde vielleicht alles ganz anders aussehen, wenn wir wieder boxen würden, so wie früher, ehe alles zu Bruch ging. Da grinste er, und wir gingen die Treppe hinunter, an Bo und Zellie vorbei, die über den Tisch gebeugt saßen und Zahlen addierten. Wortlos gingen wir zum hinteren Feld, unsere Boxhandschuhe über den Schultern, und ich dachte, ich hätte meinen Bruder wiedergefunden. Wir boxten im Weizen, im Mondlicht, lachend plazierten wir Haken und Schwinger, genau wie früher, und ich bemerkte ein neues Funkeln in seinen Augen, spürte dasselbe Funkeln in meinen, ich war mir seiner Macht bewußt und freute mich, daß wir trotz aller Schwierigkeiten und Verwirrungen immer noch Bruder und Schwester waren und wie verrückt in diesem Feld boxen konnten.

Lourde nahm zwölf Pfund ab, und jeden Tag, nachdem wir ihn im Gefängnis besucht hatten, versank Bo auf der Heimfahrt in stumme Verzweiflung und ging sofort in ihr Zimmer, wenn wir nach Hause kamen. Dort saß sie im Schneidersitz auf dem Bett und betete, wie ein Indianerhäuptling, die Augen leicht geschlossen, wie Reispapierrollos vor hellen Fenstern. An einem Nachmittag sahen wir Lourde tatsächlich in seiner Zelle, mit lustlos baumelnden Beinen hockte er auf seiner Pritsche – ein Bild, das mich nie wieder losließ und das Bo noch mehr quälte. Aber irgend etwas daran fand ich aufregend, und abends überlegte ich mir im Dunkel meines Zimmers, ob nicht doch alles seine Schuld war – vielleicht hatte er ja mit irgendwelchen unhörbaren, unsichtbaren Mitteln die ganzen Katastrophen hervorgerufen. Bo war fest davon überzeugt, daß sie an allem schuld sei, und einmal fanden wir sie auf dem Holzfußboden ihres Zimmers liegend, das Gesicht nach unten, die Arme kreuzförmig weggestreckt. So habe sie während der fünf Jahre immer gebetet, die ihre Mutter in Manhattan im Gefängnis saß, weil sie im Hinterzimmer ihrer Wohnung in der Park Avenue illegale Abtreibungen durchgeführt hatte, sagte sie. Zellie bezeichnete es als Knastgebet, aber Bo erklärte, es sei die ernsteste Gebetsposition, die es gebe, sie dürfe nur in ganz schwierigen Lagen angewandt werden. Sie legte nicht einmal mehr roten Lippenstift auf, sie trug keine Kleider mehr, sondern Lourdes Khaki-Hosen, die sie an der Taille umschlug, und dazu seine weißen T-Shirts, als würde ihn das zurückbringen. Sie glaubte, er sitze nur ihretwegen im Gefängnis, und deshalb redete sie so unablässig auf den armen Anwalt ein, er solle Lourde rausholen, daß er ihr schließlich sagte, sie brauche keinen Anwalt, sondern einen Zauberkünstler.

Als ein paar Wochen später Happy in unserer Küche auftauchte, da sah Bo in ihm den Zauberkünstler, fürchte ich. Ich wußte nie genau, ob Happy zu Bo Kontakt aufgenommen hatte oder ob es umgekehrt gewesen war – jedenfalls saß er jetzt mit übergeschlagenen Beinen in dem Polstersessel, der das Loch in unserem Küchenfußboden verdeckte. Er trug einen dunklen Anzug mit einem offenen weißen Hemd, und statt einer Krawatte hatte er eine goldene Kette um. Seine dichten dunklen Haare trug er im Afrolook. Er kam aus Syracuse, war Stammgast in *Bo's Place* gewesen, ein smarter Typ, und Zellie war in ihn verliebt. Er war etwa vierunddreißig, sah auf eine eher grobe, pockennarbige Art gut aus und gehörte zu den Männern, die in *Bo's Place* immer mit wunderschönen Frauen aufgekreuzt waren, die Miniröcke und hautenge Tops trugen und kaum je etwas sagten.

An vier Abenden kam er vorbei, aber wir hörten nicht, worüber er und Bo redeten, denn Bo schloß die Tür und sagte, wir sollten uns verdrücken, aber wir hatten kein gutes Gefühl, weil wir befürchteten, daß Bo in unserer Küche etwas Fürchterliches ausheckte. Sie war keine Frau, die sich in die Enge treiben ließ – egal was, sie fand immer einen Ausweg. Eine Woche nach Happys Erscheinen wurde Lourde aus dem Kreisgefängnis von Wampsville entlassen, und kaum war er zu Hause, da stand auch schon Happy in unserer Küche, und das Gespräch zwischen ihm, Lourde und Bo dauerte keine drei Minuten. Während Happy am Küchentisch saß, standen Bo und Lourde vor ihm, als würden sie sich für eine Stelle bewerben, und ein Schatten fiel auf den Tisch, als könnte sich Happy wie eine Wolke vor die Sonne schieben. Als Happy Zellie, Oscar und mich aufforderte, den Raum zu verlassen, gab uns Lourde mit einem Nicken zu verstehen, wir sollten gehen, und Bo schob Frieda hinter uns her, und dann standen wir vier in dem schwarzen, feuchten Wohnzimmer und spitzten die Ohren, um mitzukriegen, was gesprochen wurde. Wir tauschten beunruhigte Blicke; nur Frieda wirbelte munter zwischen uns herum und ahnte nicht, daß sich etwas ganz Falsches anbahnte.

Nachdem Happy gegangen war, verschwanden Bo und Lourde in dem Weizenfeld hinter unserem Garten, wo Zellie und ich sie vom Fenster aus kaum sehen konnten. In dem dunklen Feld sahen ihre Köpfe aus wie zwei wackelnde Bojen auf rauher See. Nur zwei Wörter schnappten wir auf, die Wörter, die Lourde am lautesten brüllte, nämlich «Teufel» und «für immer», aber gegen Ende schrie Bo die Wahrheit heraus, und der Wind trug sie zu uns: «Ich liebe dich, verdammt noch mal, das ist der Grund.» Dann hörten wir nichts mehr, nur noch ein wütendes Gezeter, und wir verfolgten hilflos, wie sie immer tiefer im Weizenfeld verschwanden, bis Zellie schließlich aufgab und das Fenster zuknallte.

«Wenn du nicht Mr. Antonovskys Schwanz abgeschossen hättest, wäre das alles nie passiert», sagte sie und ließ sich auf ihr Bett fallen.

«Der Brennkessel wäre trotzdem explodiert», entgegnete ich.

«Wenn du nicht Mr. Antonovskys Schwanz abgeschossen hättest, wäre die Polizei nicht gekommen.»

«Die Feuerwehr mußte trotzdem kommen.»

«Aber die Feuerwehr ist nicht die Polizei», hielt Zellie dagegen. «Die Polizei hat *Bo's Place* zugemacht, nicht die Feuerwehr, Hemy. Die Polizei hat Bo und Lourde verhaftet.»

«Du kannst mich mal, Zellie», sagte ich.

Am nächsten Morgen erschienen zwei Handwerker in einem großen Pickuptruck mit allen möglichen Werkzeugen, und eine ganze Woche lang reparierten sie unser Haus, setzten Fenster ein, verlegten die Böden neu, strichen, pinselten, hämmerten und sägten und stellten im Hinterzimmer der Küche nur ein paar Meter voneinander entfernt zwei neue Brennkessel auf. Ich fragte Bo, warum sie nicht einfach Alkohol kaufe, statt sich mit Brennkesseln abzumühen, vor allem angesichts der Tatsache, daß die Leute keine Brennkessel mehr herstellten, und daß der erste Destillierapparat explodiert war und sie ins Gefängnis gebracht hatte. «Ich bekomme jetzt keine Schankkonzession mehr», sagte sie.

«Happy kann dir keine verschaffen?»

«Er sagt, nein.»

Sie fuhr sich mit den Fingern durch die kurzen, dunklen Haare und schaute aus dem Fenster. Ihr Blick bekam etwas Abwesendes. In diesem Moment sah sie so schön aus, mit den roten Lippen und der blassen Haut, dem langen, dünnen Hals, eine schlanke Gestalt in einem langen schwarzen Kleid.

In *Bo's Place* war es nie mehr wie früher. Wir hatten mehr Gäste, und Coleman spielte Klavier, Bo war immer noch elegant und exotisch, Lourde goß Drinks ein und erzählte noch schmutzigere Witze, Zellie und ich bedienten an den Tischen, Oscar brannte den Schnaps, und Frieda wanderte noch immer von einem Schoß zum andern, aber unter der Oberfläche war alles sehr angespannt. Bo und Happy stritten sich ständig im Hinterzimmer, Happy verlangte mehr Geld, Bo wollte es ihm nicht geben. «Er sagt, er bringt uns die meisten Kunden und hat deshalb Anspruch auf mehr Geld, aber Bo sagt, das war nicht vereinbart, er kriegt nicht mehr», erzählte Oscar mir und Zellie, denn Oscar war derjenige, der zwischen Bo und Happy hin und her ging, der von beiden Prügel bezog, der Happy beruhigte, der ihm nötigenfalls einen Weg zu Bo ebnete, denn Lourde konnte es nicht mit Happy in einem Raum aushalten, und sonst war niemand da. Außerdem mochte Happy Oscar, vielleicht war da sogar noch mehr, aber darüber redete niemand, wir beobachteten nur stumm, wie er Oscar an seinen Tisch einlud, an dem all die schönen Frauen saßen, und dann redete Happy kein Wort mehr mit den Frauen, sondern nur noch mit Oscar, er hatte nur noch Augen für Oscar, lächelte nur noch Oscar an. Als ich Oscar fragte, ob ihm das eigentlich gefalle, sagte er: «Nein, überhaupt nicht, aber wenn Happy das will, dann muß ich es tun, Hemy. Leuten wie Happy darf man nichts abschlagen.»

Lourde verzieh Bo nicht, daß sie sich auf einen Mann wie Happy eingelassen hatte. Es machte ihn wahnsinnig, von diesem pockennarbigen Kerl regiert zu werden. Bo sagte, man solle es ignorieren, wenn Lourde davon redete, er werde Happy umbringen, aber immerhin kaufte er einen Revolver, mit dem er, sehr zu Bos Entsetzen, im Feld Schießübungen machte, und er erzählte immer dreckigere Witze, nur um Happy zu ärgern. Eines Abends erzählte Lourde einen besonders üblen Witz von einem jungen Mädchen, das seinem Vater einen blasen mußte, um ein Kleid für den Abschlußball zu bekommen, aber ich hörte den Witz nicht ganz, und ich kriegte auch nicht richtig mit, was sich zwischen ihm und Happy abspielte – ich rannte vor dem Witz weg, vor der ganzen Spannung, ich floh hinaus ins Freie auf die Terrasse und sah vom Fenster aus, wie Happy mit der Faust auf den Tisch schlug. Ich sah, wie Lourde aufgebracht aus der Bar stürmte, und als ich wieder hineinging, lachte Bo nur, um alles herunterzuspielen. Bo versuchte Happy zu besänftigen; sie sagte, Lourde sei eigentlich ein sehr gebildeter Mensch, nur eben mit einem leichten Hang zum Vulgären, aber das interessierte Happy nicht, er habe genug gehört, sagte er.

Danach gab Lourde keine Ruhe mehr – bei jeder Gelegenheit fing er an, von Bos Kotzbrockenfreund zu reden. Er sagte, sie sei doch eine Frau, die etwas vom Leben verstehe, und sie müßte doch wissen, daß man sich auf so einen nicht einlassen dürfe. «Ohne diesen Kotzbrocken würdest du immer noch im Gefängnis sitzen», sagte Bo dann immer, aber sie wußte genau, was Lourde meinte. Bo verstand die Dinge. Sie wußte Dinge, die sonst keiner wußte, und mit dem, was sie wußte, hatte sie immer recht, aber warum sie Happy nicht durchschaute, das konnte Lourde einfach nicht begreifen. Sie hatte 1968 eine Flut vorausgesagt, und tatsächlich war der Fluß über die Ufer getreten und hatte fünfzehn Häuser zerstört. Sie hatte gespürt, daß Lourdes Vater gestorben war – und zwei Stunden später hatte seine Schwester Bella mit der Nachricht angerufen. Sie hatte prophezeit, daß unsere Nachbarn drei Töchter bekommen würden, und so war es dann auch. Sie schaute die Kinder an und wußte, was sie später im Leben tun würden, und sogar uns sagte sie, daß Zellie Malerin werden würde und Oscar in einer anderen Welt leben würde als die, in der er jetzt lebe. Aber warum konnte sie bei Happy nichts sehen? Das wollte Lourde wissen, aber Bo sagte, da könne sie nichts sehen, und wenn Bo etwas nicht sah oder wenn sie es nicht ganz genau wußte, dann sagte sie nichts, bis sie sich ihrer Sache absolut sicher war.

Deshalb erschreckte es mich, als sie eines Abends in der stillen, heißen Dunkelheit unseres Wohnzimmers meinen Arm berührte und mir sagte, was sie über mich wußte. Ihre dunklen Locken waren wirr, das lange dunkelblaue Kleid hing schlaff an ihr herunter, weil sie stark abgenommen hatte, und zwischen ihren Fingern hielt sie eine brennende Zigarette. Was sie sagte, war verrückt, aber wenn Bo einmal etwas über einen gesagt hatte, wurde man es nicht mehr los. Sie sagte nie etwas, was nicht wahr wurde, und deshalb glaubten wir ihr alles, jedes einzelne Wort. Jetzt wanderten ihre Fingerspitzen über meine Wange. «Hemy», flüsterte sie, «ich hab's in diesem Leben nicht sehr weit gebracht. Ich hätte es weit bringen sollen, aber es kam anders. Ich wurde aufgehalten, als ich gerade loslegen wollte.» Zwei ihrer Tränen tropften warm und salzig auf meinen Arm. Sie waren längst überfällig gewesen. «Ich habe gemerkt, wie das Leben an mir vorbeiging, und konnte es nicht ändern. Aber du wirst es tun, Hemy.»

«Was werde ich tun?»

«Du hast eine große Bestimmung vor dir, Hemy.»

«Was?» sagte ich.

«Du wirst den Gang der Geschichte verändern.»

In mir gab es eine Explosion, als hätte ein kleiner Mann in weißer Uniform im Atemraum zwischen meinen Lungen einen Schalter umgelegt.

«Ich will aber nicht.»

«Doch, Hemy.» Sie sprach jetzt sehr schnell. «Später, wenn du älter bist, wirst du es verstehen.» Sie strich mir die Haare aus den Augen. «Okay?»

«Vielleicht verwechselst du etwas, Bo.»

«Nein.» Sie schüttelte heftig den Kopf. «Nein, bestimmt nicht. Ich weiß es wegen Mr. Antonovsky.»

«Ich will nicht, daß irgendwas seinetwegen geschieht», sagte ich. Mr. Antonovsky war der Schandfleck in meinem Leben, mein Makel, mein Stigma. Ich zuckte schon zusammen, wenn ich nur seinen Namen hörte, und wenn ich ihm auf der Straße begegnete, fröstelte mich. In der Dunkelheit meines Zimmers dachte ich oft daran, mir seinetwegen das Leben zu nehmen. Bitte, du hast doch keine Ahnung, laß nichts wegen Mr. Antonovsky geschehen, nichts, gar nichts, nicht die winzigste Kleinigkeit!

Tränen liefen mir übers Gesicht, und ehe ich mich's versah, zog mich Bo ins Auto und fuhr in rasendem Tempo durch die schwarze Nacht zum Eaton Brook. In der Dunkelheit schaute ich sie an und mußte immer das Wort «verzweifelt» denken, Bo verzweifelt, wie 1966, als sie für den Kongreß kandidierte, nachdem sie sich in den Kopf gesetzt hatte, sie sei Politikerin – und dann hatte sie die Wahl verloren. Damals hatte sie aufgehört zu beten, und nach drei Monaten hatte Lourde sie in eine psychiatrische Klinik einweisen lassen müssen, weil es ihr dermaßen schlechtging. Ich wußte noch genau, wie er nach Hause gekommen war und gesagt hatte: «Bo muß drei Stunden am Tag beten, einfach nur, um wie andere Menschen sein zu können», und es durchfuhr mich eiskalt, als mir auffiel, daß sie wieder aufgehört hatte zu beten. Seit dem Tag, als Happy in unser Leben getreten war, betete sie nicht mehr.

Ich schaute sie wieder an. Ihr schwarzes Haar war dünn und strubbelig, der rote Lippenstift verschmiert. Sie war eine Rose in ihrer letzten Blüte. Sie rauchte schon wieder eine Old Gold aus Lourdes Schachtel, sie rauchte eine endlose Kette von Old Golds. Das tat sie, statt zu beten, und jetzt zitterte die Zigarette zwischen ihren Fingern.

Es ängstigte mich, daß jemand zu rauchen anfangen und zu beten aufhören konnte, und die Mauern, die vorher weit weg und kompakt gewirkt hatten, waren auf einmal ganz nah, und man konnte sehen, daß sie viel brüchiger waren als erwartet.

Bo bog in den Feldweg beim Eaton Brook ein und stoppte abrupt auf einer kleinen Klippe, die wie eine vorstehende Braue über den See ragte. Sie zerrte mich an den Rand, ich trug ihren weißen Mantel, der wie die spastischen Flügel eines verwundeten Engels um mich herumflatterte. Sie brachte uns immer am Ende des Sommers hierher, nachdem der Löwenzahn sich in Pusteblumen verwandelt hatte, und hier nahmen wir an Bos Religion teil, sofern sie eine besaß.

«Laß ihn los, Hemy! Laß Mr. Antonovsky los!» schrie sie gegen den Wind. Ihre Finger krallten sich in meinen Arm, und ich stand da, ihr Seidenmantel wehte gegen meinen Rücken, und ich wußte, daß sie verrückt war, aber trotzdem nahm ich die Pusteblumen, die sie mir in die Hand drückte, und sprach ihr nach: «Das sind die Gedanken, die in meinem Kopf lauern und mir den Frieden rauben», während die Löwenzahnköpfe davonflogen und die kleinen Sporen vom Wind erfaßt wurden. Ich schrie wie eine Irre: «Geht alle weg – geht alle weg – geht alle weg», bis die Worte klangen wie ein geheimnisvolles Hindugebet, *Gehtalleweg, gehtalleweg, gehtalleweg.* Vielleicht war es die Nacht oder Bos heisere Stimme, oder vielleicht gehörte es einfach zu meinem Leben – jedenfalls spürte ich, wie sich Mr. Antonovsky tiefer und tiefer in mein Herz grub; ich wußte, daß ich ihn nicht abschütteln konnte, sowenig wie ich meine Haut abstreifen konnte, aber ich behielt es für mich und kletterte wieder zu Bo ins Auto. Sie steuerte einhändig nach Hause, den rechten Arm legte sie mir um die Schultern, ein schwerer Anker in der Dunkelheit. Selbst in der schwarzen Nacht konnte man sehen, wie besessen sie war.

Ich wartete eine Weile, dann fragte ich sie: «Bo, wieso betest du nicht mehr?»

«Ich muß wieder damit anfangen.» Sie warf mir einen kurzen Blick zu. Ich atmete durch den Mund und starrte sie mit aufgerissenen Augen an. Sie tätschelte mir das Knie. «Keine Bange, Hemy, ich werde schon nicht verrückt. Immerhin habe ich zehn Jahre lang gebetet.»

Ich wollte ihr glauben, also glaubte ich ihr.

Doch in der Stille drängten die Worte nach oben, vom Grund meiner Gedanken, sie wollten einfach nicht dort bleiben, diese unmöglichen Worte: *Wie soll ich den Gang der Geschichte verändern, Bo?* An einer Straßenbiegung, einer ganz dunklen Stelle, rutschten sie mir heraus, ein Wort nach dem anderen, und da saß ich nun in Bos Wagen, nachdem ich sie gesagt hatte, ein jämmerlicher, häßlicher Tropf, mit dünnen, nackten Beinen, zitternd in einem weißen Seidenmantel.

«Ich weiß es nicht genau. Zur gegebenen Zeit wirst du es schon wissen», sagte Bo, und ich war erleichtert, daß sie mir nicht die exakten Umstände nannte, sondern daß alles eher dunkel und ungenau blieb. Vielleicht konnte ich ja die Zeichen übersehen und den falschen Weg einschlagen und so der ganzen Prophezeiung entgehen. Am liebsten hätte ich alles vergessen, es in der Zukunft belassen, aber sobald ich meine Zimmertür hinter mir geschlossen hatte und mich ins Bett legte, hatte ich das schreckliche Gefühl, daß die Mauern, die ich vorhin plötzlich als viel brüchiger und näher empfunden hatte, im Grunde noch weniger stabil waren. Sie waren gar nicht brüchig, sondern besaßen keinerlei Substanz, man konnte sie nicht anfassen, sie waren nur eine Idee. Es gab gar keine Mauern. Aus eigener Erfahrung wußte ich, daß die Nacht wie eine Mörderin kommen und dich in ein Komplott verwickeln kann, dem du folgst, ohne es zu wissen, und erst viel später merkst du, daß du ihm gefolgt bist. Und der Sinn, der deine Tage und Nächte bisher erfüllt hat, verschwindet auf einmal wie ein Seufzer, und deine Augen sehen alles ganz neu – nicht einmal die kleinste Kleinigkeit, wie dein Bett und die Vorhänge, die darüber flattern, siehst du je wieder im selben Licht.

Ich hätte gern gewußt, was mir bevorstand, was meine Bestimmung war. Ich dachte an Oscar und an Mr. Antonovsky, die wie zwei schwere Bleigewichte auf meiner Seele lasteten. Was würde man wohl sehen, wenn man mich aufschneiden würde? Schuldgefühle und bebende Neugier. Ich konnte niemandem von Oscar erzählen; doch eines Abends wanderte ich in meinen weichen Hausschuhen hinauf ins oberste Stockwerk, wo Lourde seine Stücke schrieb und wo ich eigentlich nie hinging, ich hatte Angst da oben, als wäre es ein Keller und kein hellerleuchtetes Dachgeschoß. Aber es gab sonst niemanden, dem ich von meiner Angst erzählen konnte – daß ich befürchtete, ich hätte Mr. Antonovsky eigentlich umgebracht. Lourde versicherte mir, ein Mann sei mehr als nur seine Genitalien, aber schon das Wort war mir furchtbar peinlich, und das, was Lourde sagte, konnte mein schlechtes Gewissen nicht beruhigen. Nein, mein Gewissen ließ mich nicht in Ruhe, es trieb mich an, etwas zu unternehmen, als könnte ich irgend etwas tun, als könnte ich irgendeine Maßnahme ergreifen, zum Beispiel in einer katholischen Kirche Kerzen anzünden oder den Armen Geld in ihre Koffer werfen. Ich mußte etwas geben, etwas tun, eine Tat, eine Geste, und in der dunklen, drückenden Luft meines Zimmers kämpfte ich gegen die groteske Vorstellung, Mr. Antonovsky eine Kette deutscher Saitenwürstchen oder eine Packung Wiener Würstchen zu schenken, aber eines Abends hatte ich eine Idee. Sie tauchte aus dem Nichts auf, so schien es mir – ich würde für ihn Jazzpiano spielen lernen, denn er liebte Jazz über alles.

TEIL 2

Buschlandschaft

KAPITEL 5

Sie schaute aus dem Fenster in die Nacht von Wyoming. Der Himmel war klar, und der Mond beleuchtete das staubige, brüchige Tumbleweed, die graubraunen, klobigen Berge. Die Vegetation war karg und dürr, das Land weit, aber alles wirkte so ramponiert, als wäre man in einer von Gottes heimlichen Rumpelkammern.

Er berührte ihren blassen Nacken und malte neben ihrem Ohr mit dem Finger kleine Kreise.

War Happy in der Mafia? fragte er.

Den Blick unverwandt aufs Fenster gerichtet, atmete sie tief durch, und er sah, wie sich ihre Brust unter dem dünnen Baumwollstoff hob und senkte.

Ich weiß es nicht, sagte sie. Schon möglich. Ich hab's nie herausgefunden.

Er hätte sie gern gefragt, ob sie den Gang der Geschichte bereits verändert habe oder ob sie noch darauf hinarbeite oder ob sie gerade dabei sei, doch er tat es nicht. Irgendwie wäre es ihm respektlos vorgekommen. Aber die Vorstellung, den Gang der Geschichte zu verändern, fand er aufregend; dabei interessiert ihn nicht unbedingt das Blutvergießen, wenn die Unterdrückten ihre Unterdrücker abschüttelten, sondern die Frage, wie eine Veränderung des Gangs der Geschichte auch die Ideen veränderte und so eine unerklärliche Wendung herbeiführen konnte, die unter Umständen eine ganze Kultur zu einem neuen Denken brachte – oder auch nur einen einzigen Menschen. War das alles beliebig, reiner Zufall, oder gab es einen Fortschritt? An den Fortschritt mochte er nicht so recht glauben, aber es faszinierte ihn, daß Bo die große Bestimmung und die Veränderung des Gangs der Geschichte gleichgesetzt hatte – und daß sie dafür eine Tochter ausgewählt hatte, nicht einen Sohn.

Was glaubst du – warum hat deine Mutter den Brennkessel aufgestellt? fragte er.

Jetzt sah sie ihn an, und er merkte, daß seine Frage sie interessierte.

Vielleicht hatte sie Angst, sie könnte sonst langweilig sein, sagte sie bedächtig. Oder vielleicht hat sie einfach etwas Primitives gebaut, etwas Fehlerhaftes, etwas, das explodieren würde.

Was wollte sie denn in die Luft sprengen? fragte er.

Ihr Blick ließ ihn nicht los.

Vielleicht wollte sie einfach nur etwas aufbrechen.

Und zwar? fragte er.

Aber das wollte sie nicht sagen.

Sie schwieg, und sie schauten nun beide aus dem Fenster. Selbst in der Dunkelheit konnten sie die Schroffheit der Landschaft sehen, die Zerrissenheit, als hätte eine grobe Hand zugepackt und etwas weggerissen.

Sie sah ihn an und sagte: Das ist die letzte Rate. Danach kommt nichts mehr.

Er strich ihr die Haare aus der Stirn und sagte: Okay. Aber er wußte, daß es nicht stimmte. Er wußte zwar nicht, wie – aber den Rest würde er auch noch erfahren, davon war er überzeugt.

Sie schaute wieder zur Decke, und nachdem das Pfeifen des Zuges verhallt war, begann sie zu sprechen.

KAPITEL 6

Bo's Place wurde immer größer und berühmter, und wir hatten schließlich genug Geld, um nicht mehr mittags Cornflakes und abends Rührei essen zu müssen. Bo und Happy stritten sich die ganze Zeit, aber daran gewöhnten wir uns alle mehr oder weniger und betrachteten Happy als den typischen nervigen Verwandten, den jeder vergeblich loszuwerden versucht. Bo qualmte wie ein Fernfahrer, ihre Haare wurden immer dünner und fisseliger, und ihre Filmstarkleider schlotterten um ihre große, dünne Gestalt, aber wie sie mir versprochen hatte, wurde sie nicht verrückt, und wir waren alle sehr dankbar dafür. Lourde schrieb zwei Stücke und schickte sie ein paar Agenten in New York, aber beide kamen so blitzschnell wieder zurück, daß er davon überzeugt war, daß keiner sie gelesen hatte. Die Ablehnungen hatten zur Folge, daß er trank; wochenlang war er betrunken, und je mehr er soff, desto öfter redete er davon, Happy umzubringen, und dann beschrieb er bis ins letzte Detail, was er mit Happys Leiche anfangen würde. Seine Lieblingsidee war, sie draußen auf dem Feld liegen zu lassen, wo sie Stück für Stück von den Geiern aufgefressen werden würden. «Und ich hätte überhaupt kein schlechtes Gewissen dabei. Nicht die Spur», sagte er dann immer.

Bo sagte, wir sollten Lourde gar nicht weiter beachten, aber eines Abends sagte er etwas zu Zellie und mir, was ich nicht überhören konnte. Er sah uns beim Abendessen an und sagte:

«Falls ihr zwei mit irgendwelchen Jungs Versteck-das-Würstchen spielt, dann dulde ich nicht, daß ihr weiter hier an meinem Tisch sitzt.» Zellie warf angewidert ihre Gabel weg, ich starrte stumm in meinen Teller, während Bo mit großem Geklapper allen noch mehr Kartoffelbrei servierte. Zellie sah das als Beweis dafür, daß wir den Verfall zweier Persönlichkeiten miterlebten, und Oscar meinte, wir sollten daraus lernen, daß Leben nichts anderes sei als Verfall, es sei der natürliche Gang der Dinge und alles andere sei eine Lüge.

Ich wußte, was Verfall bedeutete, und wollte kein Risiko mehr eingehen, und weil ich Angst hatte, es würde auch Oscar und mich treffen, wenn wir uns berührten, hielten wir uns zurück. Ein paarmal waren wir kurz davor, als Lourde eine Wand im Wohnzimmer durchbrach und Bo uns beide aufforderte, den Schutt wegzuräumen. Wir schleppten den ganzen Schotter hinunter in den Keller – dort war es warm und dunkel, und wir waren allein. Wir taten nichts, aber nachts lag ich im Bett, schwitzend vor Begierde und vor Schuldgefühlen, und ich erforschte mein Innerstes, versuchte, das schreckliche Verlangen auszurotten, als könnte ich es einfangen wie einen wilden Hund, der durch die ungepflasterten Straßen meines Herzens raste.

An einem heißen Sommertag ging ich schließlich zu Mr. Antonovsky, um ihm das zu überreichen, was ich mir für ihn ausgedacht hatte. Schüchtern klopfte ich an die Fliegengittertür, mein Herz flatterte wie ein Laken im Wind. Drinnen dröhnte der Fernseher, ein Ventilator surrte, sonst war nichts zu hören, keine Schritte, keine Stimmen, keine Spur von Leben. Ohne Vorwarnung erschien Mr. Antonovsky hinter dem Fliegengitter. «Miss Hemy», rief er ehrlich überrascht, als er mich sah, und dann öffnete er ganz schnell die Tür, als wollte er nur ja keine Zeit verlieren, und trat zur Seite.

Über seinem Wohnzimmer lag die Dunkelheit wie ein Leichentuch. Ich hörte sofort auf, durch die Nase zu atmen, als ich den Raum betrat, und suchte nach etwas Hellem, nach einem Orientierungspunkt in diesem düsteren Verlies, und plötzlich deutete er auf einen Sessel, einen beigefarbenen Ohrensessel, dessen Armlehnen von verschwitzten Händen richtig speckig waren. Ich setzte mich ganz vorsichtig hin, um möglichst wenig mit dem Material in Berührung zu kommen, während er auf einem dunkleren Zwillingssessel Platz nahm und die Hände in den Schoß legte, wie zwei dicke Steaks. Ich wollte nicht hinschauen, schaffte es aber nicht.

Es war still und stickig im Raum, als hätte man ihn mumifiziert und in einer dunklen Schublade verstaut. Ich hörte den Pulsschlag mehrerer Standuhren und aus einem der Studentenzimmer im hinteren Teil des Hauses das ferne Baßgewummer einer Rockband. Aber die Luft zwischen mir und Mr. Antonovsky war ganz still, und diese schreckliche Stille dehnte die Zeit unendlich in die Länge.

Ich zupfte nervös an meinen Fingern herum, und meine Stimme drang kaum durch die Stille, als ich schließlich sagte: «Ich wollte Ihnen sagen, wie leid mir alles tut.»

«Nicht nötig. Dein Brief sagt es sehr gut», entgegnete Mr. Antonovsky. Seine gefalteten Hände bewegten sich in seinem Schoß.

«Ich wollte es Ihnen gern persönlich sagen. Es tut mir wirklich sehr leid.»

«Nicht wichtig», sagte er. Er räusperte sich laut. «Ist jetzt nicht viel mehr als ein Wasserschlauch.»

Ich zuckte zusammen. «Trotzdem», sagte ich. *Trotzdem.*

«Ist nicht so schlimm», sagte er und beugte sich verschwörerisch vor, als wollte er mir ein Geheimnis anvertrauen. «Willst du sehen?» fragte er. Wie ein Wasserfall rauschte mir das ganze Blut in die Füße. «Nein», sagte ich, und er lehnte sich grinsend in seinen Sessel zurück. «Ihr macht immer

Witze über Mr. Antonovsky. Jetzt macht Mr. Antonovsky Witz über dich.» Ein knochentrockenes, rostiges Lachen kam aus seinem Mund.

Ich fand es überhaupt nicht lustig, verzog aber trotzdem den Mund zu einem Lächeln, und weil mir keine andere Möglichkeit einfiel, wie ich ihm mein Vorhaben eröffnen könnte, sagte ich ohne jede Einleitung: «Ich habe für Sie Klavier spielen gelernt. Jazzpiano.» Er schien amüsiert. «Dann spiel», sagte er und deutete mit seiner Riesenpranke auf das Klavier. Er ebnete mir einen Weg zu dem schwarzen Klavier, wo ich mich auf die Klavierbank setzte und ohne Umschweife mit einer Nummer von Scott Joplin begann, die Coleman mir beigebracht hatte. Mr. Antonovsky zeigte keine Reaktion, ich sah nur sein faltiges, stoisches Gesicht mit den mürrischen Augen, aber dann begann sein Zeigefinger den Rhythmus auf die schmierige Armlehne zu klopfen, auch beim zweiten und dritten Stück, und als ich aufhörte, hörte auch der Finger auf zu klopfen und wanderte langsam zu seinen feuchten Augen. «Das war das Netteste, was mir in den letzten Jahren passiert ist», sagte er.

Ich schob die Klavierbank zurück, stand auf und ging auf ihn zu. Ich war dankbar für die heftige Reaktion. Damit hatte ich gar nicht gerechnet. Ich blieb bei dem dunklen Couchtisch stehen, auf dem lauter russische Zeitungen lagen, machte den Mund auf, und heraus kam das Versprechen, ich würde jederzeit wiederkommen und für ihn spielen, wenn er es wolle. Aber sobald ich das gesagt hatte, hätte ich die Worte am liebsten mit meinem Atem wieder eingesogen.

«Du kommst Mittwoch abends um acht Uhr», sagte er.

Ich nickte, aber ich spürte den Fluchtimpuls in meinen Füßen, in meinen Beinen, meine Knie taten richtig weh, weil sie sich beugen und strecken wollten, um vor Mr. Antonovsky davonzulaufen. Nur mit größter Anstrengung blieb ich stehen, wo ich war. Mr. Antonovsky bestand darauf, daß ich noch eine Tasse russischen Tee mit ihm trank, obwohl es drückend heiß war und uns beiden dicke Schweißtropfen auf der Stirn standen, als hätten wir einen Ausschlag mit Wasserblasen, und ich wagte es nicht, mich ihm zu widersetzen. Ich hatte auf ihn geschossen. Sonst gab es keine Gemeinsamkeiten, über die wir hätten reden können, und da wir das heikle Thema nicht noch einmal ansprechen konnten, saßen wir da wie zwei schwitzende Taubstumme, führten die Tassen an die Lippen, sahen uns immer wieder kurz an, bis die Situation schließlich so unerträglich wurde, daß Mr. Antonovsky auf eins der Schwarzweißfotos an der Wand deutete und sagte: «Das war mein Bruder. Und seine Frau.» Ich nickte und wollte gerade eine Bemerkung über ihr gutes Aussehen machen, da fügte Mr. Antonovsky hinzu: «Zwei Monate nach diesem Foto – beide tot.» Ich sackte in mir zusammen, und Mr. Antonovsky deutete auf ein anderes Foto, auf dem ein älterer Mann und eine Frau am Küchentisch zu sehen waren, und er sagte: «War Lehrer, und seine schöne Frau. Wir machten viele Filme zusammen.» Er schwieg kurz, bevor er fortfuhr: «Beide tot, nur ein Jahr später. Diese beiden» – er zeigte auf ein jüngeres, strahlendes Paar – «tot nach drei Wochen.» Ich mußte den Blick von diesem gespenstischen Wandfriedhof abwenden, was hätte ich sonst tun können.

Aber jeden Mittwochabend um acht erschien ich in Mr. Antonovskys Wohnzimmer, spielte für ihn Klavier und blieb dann noch eine Stunde, trank russischen Tee und hörte mir seine Lebensgeschichte an, die er mir in kleinen, traurigen Häppchen servierte. Ich hatte noch nie so eine grauenvolle und zugleich so spannende Geschichte gehört, ich lauschte wie gebannt, als würde ich einen fesselnden Kriminalroman lesen. Mr. Antonovsky hatte 1917 im Alter von sechzehn Jahren seine gesamte Familie verloren. Er hatte gesehen, wie seine Mutter und sein Vater nicht weit von ihrem Haus auf offener Straße erschossen wurden. «Sie fielen nach vorn auf den Stein, ihre Köpfe knackten wie Nüsse. Das Geräusch vergesse ich nie», sagte er. Sein Bruder starb unter den Hufen heranstürmender Pferde, seine Schwester wurde in ihrem Zimmer vergewaltigt und dann erschossen. Er hatte das alles miterlebt, nur wie sein Bruder zertrampelt wurde, das hatte er nicht gesehen. Vielleicht war ja der Tumor eine Art Ergänzung zu seinem Gehirn, wie ein zusätzliches Zimmer, das nötig war, um den ganzen Schmerz zu beherbergen.

Es dauerte keinen Monat, da war Mr. Antonovsky für mich der exotischste Mensch, den ich kannte; sein Leben mit den Grafen und Gräfinnen, den Bolschewiken und Revolutionen, begann sich meinem Kopf einzunisten und bahnte sich Stück für Stück einen Weg durch die dicken Mauern meines kleinstädtischen Denkens. Ich fand ihn richtig nett und merkte bald, daß ich ihm eigentlich alles erzählen konnte. Nichts erschütterte ihn; nach Stalin gebe es nicht mehr viel, was einen schockieren könne, meinte er, und so kam es, daß ich ihm sehr viel erzählte, Dinge, bei denen man normalerweise nicht annehmen würde, daß man sie einem siebzigjährigen Mann aus Rußland erzählte, noch dazu 1973, als es für ein Mädchen meines Alters nichts Außergewöhnliches war, Gras zu rauchen oder LSD einzuwerfen oder mit ihrem Freund zu schlafen.

Im Lauf der Zeit kursierten wilde Gerüchte über Halbschwanz Hemy und was sie Mittwoch abends bei Mr. Antonovsky trieb, wenn sie dort Klavier spielte. Es hieß, ich würde zu Mr. Antonovsky gehen und an seinem Stummel herummachen, daran lutschen, ihn reiben, massieren, waschen, streicheln, festhalten, rubbeln, in mich hineinstecken. Es hieß sogar, ich hätte Mr. Antonovsky heimlich geheiratet. Am liebsten hätte ich eine öffentliche Versammlung einberufen und die ganze Stadt dazu geladen, um allen die Wahrheit zu sagen, mit

Mr. Antonovsky als Zeugen, aber Bo meinte, das würde nichts bringen. Statt dessen lehrte sie mich, es auszuhalten: die Straße entlangzugehen, an den glotzenden und von lüsternen Gedanken verschleierten Blicken vorbei, nicht unterwürfig, sondern hocherhobenen Hauptes, den Leuten in die Augen zu schauen und sie alle wissen zu lassen, ich schämte mich für nichts.

KAPITEL 7

Er lag auf der Seite, sie auf dem Rücken. Ihr Gesicht war ihm zugewandt, und einen Momentlang versank er in ihren blaßgrünen Augen, aber das verschlingende Dunkel ihrer Pupillen ließ ihn wegschauen.

Hast du mir gerade die Wahrheit erzählt? fragte er mißtrauisch.

Sie lächelte.

Soll ich dir einfach glauben? fragte er.

Sie nickte, aber ihr Blick hatte etwas leicht Spöttisches.

Vielleicht spielst du ja nur mit mir, sagte er. Du hast schon mal mit mir gespielt. Warum soll ich dir glauben, daß du es jetzt nicht wieder tust?

Du mußt mir einfach vertrauen, sagte sie und fuhr sich dabei lächelnd mit den Fingern durch die kurzen dunklen Haare.

Wie wär's, wenn du mir einfach einen Ausweis oder so was zeigen würdest? sagte er. Deinen Führerschein oder meinetwegen auch eine Kreditkarte.

Sie lachte, und er stützte sich auf seinen Ellbogen auf.

Warum lachst du?

Du hast gesagt, du willst etwas über mich erfahren, also habe ich dir etwas von mir erzählt. Aber es war nie die Rede davon, daß ich mich ausweisen muß, nachdem ich die Geschichte erzählt habe. Ich habe nichts versprochen, und ehrlich gesagt, ich habe auch nicht die geringste Lust, dir irgend etwas zu beweisen.

Na, gut, sagte er.

Sie drehte sich weg und schaute wieder in die fast pechschwarze Wyoming-Nacht. Die Lichter des Zugs erleuchteten die Gleisstriche in der rissigen Landschaft mit dem narbigen Gestrüpp.

Ich würde gern aussteigen, wenn der Zug heute abend hält, sagte sie. Ich möchte in dieser Landschaft herumlaufen. Es reicht mir nicht, sie nur durchs Fenster zu sehen. Willst du mitkommen? Wir bleiben einfach über Nacht in der Stadt und nehmen morgen den nächsten Zug.

Als der Zug in den Bahnhof von Laredo einfuhr, sagte er: Gut, einverstanden, und folgte ihr. Sie holten ihr Gepäck, und draußen auf dem Bahnhof fragten sie ein paar Leute, welches Hotel in Laredo das älteste und nobelste sei. Man empfahl ihnen das Maclarean in der Giant Street. Also gingen sie dorthin.

Sein Zimmer erinnerte ihn an das einer alten Frau: dunkle, kompakte Möbel, die einen fast erschlugen, schwere, bodenlange Vorhänge. Sie hingegen arrangierte ihr Zimmer so, daß die bedrückende Atmosphäre sofort verschwand. Sie zog die Vorhänge auf und drehte die dunkle Tagesdecke um, so daß die weiße Rückseite sichtbar wurde; sie entfernte die häßlichen Deckchen überall und ersetzte sie durch eine Schildpattbürste, einen Elfenbeinhandspiegel, ein paar Fläschchen Parfüm und zwei gelbweiße Kerzen. Er fand es schön, wie sie barfuß im Zimmer hin und her ging, und bewunderte ihren Hüftschwung unter dem langen grauen Rock. Wie elegant sie aussah mit den rotgeschminkten Lippen, mit dem lose um den Hals geschlungenen weißen Seidenschal, mit dem vorne bis zum Schenkel geschlitzten Rock.

Sie gingen hinaus in die Nacht und schlenderten durch die kleine, dunkle Stadt – Plastik und rostiger Stahl klebten dicht aneinander, *McDonald's* und *Busy Bees* gleich neben tristen Fabriken, ein paar Diner hier und da, die sich wie Spuren der Vergangenheit an die Straßenecken klammerten. Ein deprimierender Ort, sagte sie, ein Loch voller Dreck und Stahl und kaputten Familien, eingeschlossen von den Saw Tooth Mountains. Sie fühlten sich beide richtig erleichtert, als sie in die dekadente Eleganz des Hotels zurückkamen. Sie finde die Stadt nicht besonders interessant, erklärte sie, sie wolle draußen auf dem offenen Land spazierengehen. Morgen früh, wenn es hell sei, werde sie aufbrechen.

Sie lud ihn zu sich in ihr Zimmer ein und zündete die gelbweißen Kerzen an. Er streckte sich auf dem Bett aus und folgte ihr mit den Blicken, während sie in ihrem langen rosenfarbenen Nachthemd durchs Zimmer ging. Es gefiel ihm, wie sich der Stoff um ihre Hüften schmiegte, wie der rechte Träger von ihrer Schulter glitt, es gefiel ihm, wie sich ihre Brüste unter dem Satin bewegten, als sie sich wortlos neben ihn legte. Sie verschränkte die Hände hinter dem Kopf und schaute zum Deckenventilator hinauf. Sie wolle eine dieser Straßen entlanggehen, bei denen man das Gefühl hatte, sie würden nie aufhören, sagte sie leise. Während sie sprach, versuchte er sich vorzustellen, wie sie als Mann ausgesehen hatte. Irgendwie konnte er an nichts anderes denken.

Als sie schwieg, fragte er sie: Wenn du immer noch als Mann leben würdest und mich im Zug kennengelernt hättest – wie hättest du dich da verhalten?

Weiß ich nicht. Sie zuckte die Achseln.

Was wäre passiert, wenn ich dir eine Frage gestellt hätte?

Ich hätte dir geantwortet.

Darf ich dir jetzt eine Frage stellen – und du antwortest dann so, als wärst du noch –

Nein, sagte sie. Ich habe nicht zu deiner Unterhaltung als Mann gelebt.

Sie setzte sich auf, und er drehte sich auf die Seite.

Aber warum hast du als Mann gelebt? fragte er.

Es war eine Übergangsphase, erklärte sie.

Was für eine Art von Übergang?

Eine sehr moderne, sagte sie.

Was heißt das? wollte er wissen.

Sie sah ihn an, sah seine Neugier, und er merkte, daß sie sich über ihn amüsierte. Hör auf, sagte sie und versetzte ihm einen leichten Rippenstoß. Er nahm lachend ihre Hand, aber es war ihm peinlich, so hartnäckig zu sein. Sie zu durchschauen war eine Sache, selbst durchschaut zu werden, eine andere.

Sie griff nach seiner Zigarettenschachtel und schüttelte eine Zigarette heraus, nahm sie zwischen die Finger und steckte sie in den Mund.

Früher habe ich drei Päckchen am Tag geraucht, sagte sie. Sie tat so, als würde sie ziehen, atmete dann genüßlich aus.

Er nahm ihr die Zigarette aus den Fingern und suchte ihren Blick.

Komm schon, erzähl mir, warum du als Mann gelebt hast, sagte er.

Sie schlang die Arme um ein Kissen und drückte es an sich.

Ich war sehr nett zu dir, sagte sie. Ich habe dir sehr viel erzählt, aber wir haben nicht vereinbart, daß ich noch mehr erzähle. Kannst du das denn nicht respektieren?

Doch, ich kann es respektieren, aber inzwischen wäre es mir lieber, du hättest gar nicht erst angefangen. Jetzt hast du mich neugierig gemacht.

Was ich mache, ist falsch, sagte sie. Wenn ich nichts sage, spiele ich mit dir. Wenn ich etwas erzähle, mache ich dich neugierig.

Warum hast du mir überhaupt etwas erzählt? fragte er.

Sie senkte lächelnd den Blick. Dann sah sie ihn an und sagte: Ich wollte dich nicht verlieren.

Er berührte ihre Wange und schaute ihr in die hellen Augen.

Dann legte er zärtlich die Hand um ihren blassen Nacken und zog sie an sich, preßte seine Lippen auf ihre. Sie schob das Kissen weg, er drückte sie an sich, spürte den Satinstoff ihres Nachthemds unter seinen Fingern. Es begann langsam; er drang mit der Zunge in ihren Mund, zog sie gleich wieder zurück, doch dann wurde der Kuß tief und leidenschaftlich – viel tiefer und leidenschaftlicher von ihrer Seite als von seiner. Es ging auf einmal so schnell, daß ihm angst und bange wurde. *Ich begehrte den männlichen Körper, den Geruch, die Berührung, den Atem eines Mannes* – er mußte an ihre Worte denken, sie erregten ihn, aber trotzdem hatte er Angst, ihrer Leidenschaft nicht gewachsen zu sein. Er wich zurück und schaute ihr in die Augen. Sie waren tief und hell, wie warme, offene Fenster mit riesigen Räumen dahinter – Räume, in denen man verschlungen werden konnte.

Ihre Augen füllten sich mit Trauer, und stumm wandte sie sich von ihm ab. Er hätte sie gern gefragt, was passiert sei, warum sie sich wegdrehe. Jetzt, da sie sich von ihm entfernt hatte, löste sich seine ganze Angst in Luft auf, und er spürte wieder die Erregung. Er wollte ihren Mund wieder haben, ihre gierigen Lippen, die Leidenschaft ihres Atems, ihr verschlingendes Verlangen. Hatte sie sich deswegen abgewandt, weil sie wußte, daß er sie dann begehren würde?

Die Rundung ihrer Hüfte wirkte unter dem Satinnachthemd so verführerisch, daß er seine Hand dorthin legte und ihren weichen Haaransatz im Nacken zu küssen begann, die zarten Wirbel ihres Rückgrats. Da sie stillhielt, küßte er ihren verlängerten Rücken, die Kuhle unter den Schulterblättern, dann wieder ihren Nacken, doch als er sie umdrehen wollte, hörte er ihre Stimme.

Das ist alles, was ich jetzt geben kann.

Er verstand das nicht, und als sie mit dem Rücken zu ihm einschlief, fühlte er sich alleingelassen. Was war passiert? Er hatte vielen Frauen den Rücken zugewandt und sie sich selbst überlassen, so wie sie ihn jetzt sich selbst überließ. Auf einmal wurde ihm klar, daß diese Frauen sich gefragt haben mußten, ob sie etwas falsch gemacht hatten. Manche hatten leise ins Kissen geweint, manche waren im Dunkeln auf und ab gegangen, während er geschlafen hatte. Er war sich ihrer Gegenwart immer vage bewußt gewesen, aber er hatte eine große Distanz empfunden, als hätten diese Frauen nichts mit ihm zu tun, als würden sie von irgendeinem hysterischen weiblichen Gen beherrscht, das niemand – schon gar kein Mann – nachvollziehen konnte.

Nun lag er wach im Bett, und sie drehte ihm den Rücken zu. Er verschränkte die Hände hinter dem Kopf und schaute zu, wie der Deckenventilator sich drehte und wie die Vorhänge sich bauschten, als wären sie atmende Lungen. Das Zimmer erschien ihm plötzlich riesengroß, wie ein gigantischer Karton, den man niemals füllen konnte, und in der nächtlichen Stille hörte er seinen eigenen Atem. Jetzt bin ich es, der der Nacht Gesellschaft leistet, dachte er, zusammen mit tausend Frauen, und es tat ihm weh.

Er fühlte sich immer elender, als würde sein Wunsch, sie kennenzulernen, ihm nur Schmerzen bereiten. Es wäre ihm jetzt lieber gewesen, wenn ihn im Zug eine andere Erfahrung erwartet hätte. Warum ausgerechnet sie, diese Frau, die als Mann gelebt hatte? Er spürte einen kleinen Riß in seiner sonstigen Gelassenheit. Konnte es sein, daß der radikale Bruch mit seinem bisherigen Leben jetzt erst begann? Angst überschwemmte ihn, aber er wußte, daß man einen gewissen Preis dafür zahlen mußte, wenn man ein anderer werden wollte. Man bekam nichts geschenkt, also war er bereit, das zu fühlen, was diese Erfahrung mit sich brachte, was immer es sein mochte, sich nötigenfalls auch wie eine Frau zu fühlen – obwohl er sich freiwillig dafür nicht entschieden hätte.

Gerade noch war ihm das Zimmer viel zu groß erschienen,

und jetzt hatte er auf einmal das Gefühl, als würden die Wände auf ihn einstürzen. Er spürte wieder die Enge des Sauerstoffzelts, die klebrige Präsenz seiner Mutter, die sich über ihn beugte, ihre widerlichen Hände, die über seine Haut strichen. Er konnte kaum atmen. Er spürte, wie sich seine Bronchien verkrampften, eine Reaktion, die sein Körper immer gewählt hatte und über die er keinerlei bewußte Kontrolle besaß. Wie ärgerlich, daß er ausgerechnet jetzt einen Anfall bekam! Er wühlte in seinen Hosentaschen nach dem Inhalator und drehte sich weg, um das Adrenalin in die Lungen zu saugen. Es dauerte nicht lange, bis es wirkte, und danach lag er die ganze Nacht wach, wie eine Frau.

Am Morgen fragte sie ihn, ob er sie eine Stunde lang allein lassen könne. Er wußte, sie würde mit geschlossenen Augen auf dem Bett sitzen, die Hände auf den Knien. Er hätte gern gewußt, was das für sie bedeutete, aber die Frage schien ihm zu indiskret.

In der Giant Street entdeckte er einen kleinen Diner. Er setzte sich zu einer Gruppe von Arbeitern an die Theke, trank drei Tassen Kaffee und rauchte fünf Zigaretten. Als er an den Kuß vom Vorabend dachte, wurde ihm ganz schlecht bei dem Gedanken, daß er vor der Leidenschaft ihrer Lippen solche Angst gehabt hatte. Was hatte er denn befürchtet? Aber er konnte sich keine Antwort geben.

Als er wieder im Hotel war, packten sie ihre Sachen, ehe sie sich auf den Weg machten. Sie fanden eine staubige Straße, die endlos weiterzugehen schien, so wie sie es sich gewünscht hatte. Zu sehen war nicht viel, nur der blaue Himmel und das verdorrte Land, keine Zeichen von Zivilisation, außer den Telefonmasten und einer Reklametafel für Kool-Zigaretten.

Sie trug einen langen beigefarbenen Rock, eine weiße Baumwollbluse und einen Strohhut. Er hatte seine hellbraune Hose und ein weißes T-Shirt angezogen. Ohne Sonnenbrille wäre ihm von dem gleißenden Licht sicher ganz schwummerig geworden. Es war glühend heiß, die Luft flirrte, und der Himmel sah aus wie blaue Glasur auf einem Wüstenkuchen.

Sie war sehr wortkarg, und als er sie fragte, warum, antwortete sie: Ich habe nichts zu sagen.

Sie hatte keine Angst davor, zu schweigen. Das mochte er an ihr – daß sie die Stille unangetastet lassen konnte.

Er ging neben ihr her und horchte auf die Stille, die durch ihr Schweigen entstand – das rhythmische Klappen ihrer Schritte auf dem Asphalt, ab und zu ein Vogelruf in der Luft, der Cha-cha-Rhythmus unsichtbarer Insekten, das Geräusch ihres Atems.

Schließlich blieb sie stehen und sagte: Ich gehe jetzt in diese Richtung.

Ich warte hier auf dich, sagte er.

Ihm war klar, daß sie allein sein wollte.

Er folgte ihr mit den Blicken, beobachtete den Schwung ihrer Hüften unter ihrem Rock. Wie weiblich sie wirkt, dachte er wieder, aber als sie den Rock anhob, um einen leichten Abhang hinaufzuklettern, fiel ihm auf, daß sie muskulöse Beine hatte. Das überraschte ihn, weil ihre Fesseln so schmal waren.

Er dachte nicht weiter darüber nach, aber trotzdem fragte er sich, ob sie, solange sie als Mann lebte, Steroide oder Hormone oder sogar Testosteron eingenommen haben könnte. Da fiel ihm wieder ein, daß sie seine Frage: *Genital gesehen, sind Sie da ein Mann?* nie richtig beantwortet hatte.

Nachdem sie ein ganzes Stück gegangen war, blieb sie mit dem Rücken zu ihm stehen und schaute hinaus in das weite, pockennarbige, fiebrige Land. Sie wirkte wie ein Teil dieser Landschaft, mit ihrer blassen Haut und ihrer hellen Kleidung. Sie hätte ein Produkt dieser Landschaft sein können, ihre Frucht, ihre weiche, weiße Opfergabe, geboren aus der verbrannten, kargen Erde, als hätte das Land lange gerungen und alles Wasser und alle Flüssigkeiten und alles Licht gebündelt und sie erschaffen.

Sie kniete auf der rissigen Erde nieder, während die Sonne auf sie herunterbrannte und über ihr die Krähen kreisten. Bestimmt gefiel ihr die Idee, hier in der Einöde niederzuknien und auf das Leben in New York zurückzublicken, das sie in Trümmern zurückgelassen hatte. Er hätte zu gern gewußt, was jetzt in ihrem Kopf vorging. Wie dachte eine Frau, die fünf Jahre lang als Mann gelebt hatte? Warum hatte sie es getan? War es so entsetzlich, eine Frau zu sein?

Er erschrak fast, als ihm klar wurde, daß er sich noch nie in die Gedanken einer Frau hineinversetzt hatte. Sie waren ihm immer so chaotisch erschienen, daß er sie gemieden hatte. Warum interessierte er sich dann für ihre Gedanken? Hätte er sich überhaupt mit ihr abgegeben, wenn sie nicht als Mann gelebt hätte? Der Gedanke, daß sie etwas mit seiner Selbstfindung zu tun haben könnte, war ihm auf einmal unangenehm. Was wollte er überhaupt von ihr? Wollte er ihre Augen, ihre Art zu *sehen*, weil seine Augen müde und abgenutzt waren? Wieder wußte er keine Antwort.

Als sie schließlich aufstand und auf ihn zukam, hatte er das Gefühl, als wäre sie wieder eine Fremde geworden, als hätte sie sich durch den Kontakt mit der Landschaft in ein undurchdringliches Geheimnis verwandelt. Das beunruhigte ihn sehr, und er wußte, daß er sie bedrängen mußte, um den Rest zu erfahren.

Sie redeten nicht viel, als sie in die graue Kleinstadt zurückgingen, obwohl er zu gern gewußt hätte, was ihr die Begegnung mit der Landschaft gebracht hatte, aber sie äußerte sich nicht dazu. Sie ging kerzengerade, den Blick stur nach vorne gerichtet, als stünde sie unter einem Bann. Sie gingen in ein Café, und ehe das Erlebnis wieder aus ihren Gedanken verschwinden konnte, fragte er sie: Was hat dir das Land gegeben?

Es ist verwundet. Mehr sagte sie nicht.

Er betrachtete die Narben auf ihrem Arm, die lange, astartige, die fette, hufeisenförmige. Er dachte daran, wie er mit der Zunge über die lange Narbe gewandert war, und wieder fiel ihm ein, daß sie seine Frage noch nicht beantwortet hatte: Genital gesehen, sind Sie da ein Mann?

Auf dem Weg zum Bahnhof sagte er: Ich würde gern den Rest deiner Lebensgeschichte hören.

Habe ich dir noch nicht genug erzählt, um dich festzuhalten? fragte sie und hakte sich bei ihm unter. Mit den Koffern in der Hand gingen sie an den Läden vorüber.

Ich möchte noch mehr wissen, sagte er.

Er mußte den Rest der Geschichte hören. Das brauchte er einfach – sie mußte die Geschichte bis zu dem Punkt erzählen, als sie mit ihm zusammen auf dem Bett in dem Schlafabteil der ersten Klasse gelegen hatte. Es gab keine Alternative.

Warum bedeutet es dir denn soviel? fragte sie.

Das weiß ich nicht. Und er wußte es wirklich nicht.

Er ging schweigend weiter.

Ich habe einmal im Wald ein Buch gelesen, begann er dann, und habe es dort vergessen. Am Abend wollte ich unbedingt weiterlesen, ich mußte wissen, wie es weitergeht, und schließlich bin ich fünf Meilen zu Fuß durch die stockdunkle Nacht gewandert, um es zu holen.

Man sollte sich möglichst nicht so sehr an etwas klammern, sagte sie.

Als er ihr in die Augen schaute, fiel ihm wieder die Distanz auf, und er beneidete sie.

Tja – ich kann nicht anders, Hemy, sagte er.

Ihr Name ließ sie aufmerken. Sie blieb abrupt stehen und starrte ihn an.

Meinetwegen, sagte sie schließlich. Ich erzähle weiter. Ich erzähle dir den nächsten Teil, aber der ist alles andere als lustig. Gefällt es dir nicht besser, wenn wir lachen?

Ja, schon, sagte er, aber es ist wichtig.

Nichts ist wichtig, entgegnete sie, und schon gar nicht meine Geschichte. Sie ging wieder weiter. Ich möchte auf keinen Fall, daß du denkst, ich erzähle dir die Geschichte, weil ich sie wichtig finde.

Warum erzählst du sie dann? Zum ersten Mal kam ihm der Gedanke, daß sie ihre eigenen Gründe haben könnte, die Geschichte zu erzählen, Gründe, die nichts mit ihm zu tun hatten.

Ich habe mich an dich gewöhnt, sagte sie, und jetzt muß ich dich bei mir im Zimmer haben. Sie schwieg und sah ihn vielsagend an. Und wenn ich dir nicht die Geschichte erzähle, dann verliere ich womöglich die Beherrschung und falle über dich her.

Sie lachte. Wußte sie etwa, daß er Angst hatte, ihre Leidenschaft nicht erwidern zu können?

Du darfst ruhig jederzeit die Beherrschung verlieren, sagte er nervös.

Dann lachte er, und sie warf ihm wieder diesen Blick zu, bei dem er das Gefühl hatte, er würde soviel bedeuten wie: Du kannst sowieso nicht mithalten. Aber er wußte, daß das nicht der wahre Grund war, weshalb sie ihre Geschichte erzählte. Vielleicht kannte sie ihn selbst nicht – obwohl er das eher bezweifelte. Sie wußte ganz genau, warum sie ihm ihre Geschichte erzählte, und vielleicht wußte sie etwas, wovon er nichts ahnte – und das zermürbte ihn.

Als sie in ihrem Abteil nebeneinander auf dem Bett lagen (es war eine ähnliche Schlafkabine erster Klasse wie im anderen Zug) und sie ihre Beine über seine legte, ging es ihm gleich viel besser. Die weißen Laken, der rote Samtvorhang, das Fenster, hinter dem die zerklüftete Landschaft Wyomings vorbeiflog – all das tröstete ihn. Sie nahm seine Hand, und er war dankbar für ihre Anwesenheit, für das bequeme Abteil und für ihre Geschichte, die ihm hoffentlich helfen würde, alles andere zu begreifen.

Es fällt mir nicht leicht, den nächsten Teil zu erzählen, sagte sie. Wenn es ginge, würde ich ihn lieber auslassen, aber das wäre so, als würde jemand die Geschichte einer Kuh erzählen, die zur Schlachtbank geführt wird, und den Teil mit der Schlachtbank auslassen.

Sie lockerte den grauen Seidenschal und legte kurz den Finger ans Auge, um ein Jucken zu beruhigen.

Also gut, sagte er.

Es wird nicht lustig, sagte sie.

Ja, ich verstehe.

KAPITEL 8

An einem Abend im Juli, etwa ein Jahr, nachdem ich auf Mr. Antonovsky geschossen hatte, spielte ich in seinem Wohnzimmer gerade ein Jazzstück, als plötzlich der Feueralarm losging. Da sich die Feuerwehr direkt nebenan befand, hörten wir die Sirene und den ganzen darauffolgenden Tumult so deutlich, als würde sich alles im selben Raum abspielen.

«Ich will nicht daran denken, was los ist», sagte Mr. Antonovsky.

Ich zuckte die Schultern, und wir horchten beide auf das Getöse der losbrausenden Feuerwehrautos und Rettungswagen. Dem ganzen Aufwand nach zu schließen, mußte etwas wirklich Schlimmes passiert sein. Der Krach störte so, daß ich nicht weiterspielte und wir statt dessen dazu übergingen, unseren Tee zu trinken. Ich dachte, Mr. Antonovsky würde nicht mit seinen Geschichten über Mord und Folter unter Stalin fortfahren wollen, weil draußen schon genug Chaos herrschte, doch er sagte nur: «Es wundert mich immer noch, wie gleichgültig unser Gott ist», und erzählte dann wieder von Stalin, von der Arbeit im Steinbruch, von zerstörten Leben, von abgetöteten Seelen, und draußen heulten die Sirenen, ein Höllenspektakel, das seine Geschichte wie Filmmusik untermalte.

Es dauerte nicht lange, bis ich aufhörte, den Sirenen nachzuhorchen, und mich ganz Mr. Antonovskys neuester Tragödie widmete: Seine Ehefrau war mitten in der Nacht auf Nimmerwiedersehen in eines von Stalins Arbeitslagern verschleppt worden, und Mr. Antonovsky hatte nur durch ein kompliziertes geheimes Netzwerk die näheren Umstände ihres Todes erfahren – sie war mit einem Stein erschlagen worden, weil sie sich weigerte, mit einem der Lageraufseher zu schlafen. Daran mußte ich von nun an jeden Tag denken. Jeden Tag, ausnahmslos, dachte ich in irgendeiner Form an Konzentrationslager, an Mrs. Antonovskys Widerstand gegen die Aufseher, immer gefolgt von der Frage: Wie konnte irgend jemand das überleben?

Und als ich kurz nach neun von Mr. Antonovsky wegging und mit dem Fahrrad durch die laue Nacht fuhr, da achtete ich nicht auf die Sirenen, sondern dachte an Mrs. Antonovsky, an den Schlag auf den Hinterkopf, an ihr Gesicht, an den dumpfen Aufprall, an ihren letzten Atemzug. Ich überlegte gerade, wie sie wohl ihre Leiche beseitigt hatten – da sah ich die riesigen Flammen, die Silhouetten der Feuerwehrleitern, die kreiselnden Lichter der Rettungswagen und Polizeiautos, die über die Felder und Hügel fegten.

Es dauerte eine ganze Weile, bis ich begriff, daß das brennende Gebäude unser Haus war, aber als ich es begriffen hatte und das letzte Stück Straße hinunterfuhr, jagte mein Puls hoch, mein Herz hämmerte, meine Beine waren wie Gummi, und in meiner Erinnerung verschmilzt alles zu einem einzigen Horrorszenario: keuchender Atem, rasendes Herzklopfen; jaulende Sirenen, schreiende Menschen; Lichterwirbel in der Dunkelheit, als würden irrlichternde Lebewesen herumhuschen. Ich weiß nicht, wie ich bis zum Haus gekommen bin oder was ich mit meinem Fahrrad gemacht habe (ich sah es nie wieder), aber ich erinnere mich, daß ich über den Rasen rannte, an mindestens zehn Feuerwehrmännern vorbei, die wie Soldaten vor den Flammen postiert waren. Jemand schrie: «Da ist sie!» und zeigte auf mich, als wäre ich ein entlaufener Hund, und ich rannte noch schneller, als hätte ich ein Ziel vor Augen, bis mich einer der freiwilligen Feuerwehrmänner an den Handgelenken packte und mich ohne Rücksicht auf Verluste über die Schulter warf. Ich schlug um mich, ich strampelte und schrie, als spielte sich das eigentliche Drama zwischen mir und diesem Mann ab, weil ich es nicht ertragen konnte, daß meine Brüste gegen seinen Rücken schlugen, daß mein Bauch gegen seine Schulter drückte und mein Schambein gegen seine Brust preßte – es schien nur noch um ihn und mich zu gehen, als wäre das brennende Haus im Hintergrund nichts als die flakkernde Kulisse für unseren klebrigen, verschwitzten, spuckenden Zweikampf.

Er warf mich auf den Beifahrersitz eines Toyota und ließ mich allein, und als ich aussteigen wollte, merkte ich, daß die Türen verriegelt waren. Es war niemand bei mir im Auto, keiner, der mir auch nur die kleinste Erklärung angeboten hätte. Ich hätte genausogut ein Affe im Zoo sein können. Ich schrie nach Bo und Lourde, nach Zellie und Frieda, und am meisten schrie ich nach Oscar, ich klang wie ein heulender Wolf, so unendlich allein. Dann setzte sich eine dicke grauhaarige Frau neben mich, legte mir ihren wabbeligen Arm um die Schulter und zog mich an ihren üppigen Busen. Sie sagte mir ihren Namen, Gussy Keys, und gleich darauf quetschte sich noch eine Frau neben mich, die eher klein war und laut keuchte. Sie ließ den Motor an, wir fuhren los, und Gussy Keys flüsterte ganz leise: «In eurem Haus ist eine Bombe hochgegangen», während die keuchende Frau mir die Hand drückte.

Sie brachten mich ins Hamilton Hospital und führten mich durch verschiedene dunkle Korridore in ein Büro, wo sie mich auf einen Stuhl setzten. Die Vorhänge wurden zugezogen, und Gussy Keys holte eine Ottomane ganz nah zu mir heran, beugte sich vor, nahm meine Hände und wisperte kaum hörbar: «Dein Vater ist bei der Explosion ums Leben gekommen.»

«Lourde?» fragte ich. Gussy Keys nickte und beugte sich

noch näher zu mir, umschloß meine Hände noch fester, als hätten ihre Hände tiefe Taschen. «Deine Mutter ist sofort ins Crouse Memorial Hospital gebracht worden. Sie liegt auf der Intensivstation», sagte sie.

Ich starrte sie einen Moment lang wortlos an, dieses Riesenteil von einer Frau, dann steckte ich mir die Finger in die Ohren. Gussy und die keuchende Frau versuchten, sie herauszuziehen, aber ich wehrte mich so wild, daß sie schließlich aufgaben und mich statt dessen über einen schummrigen Gang in ein kleines grünes Krankenzimmer mit einem schmalen weißen Bett und Linoleumfußboden brachten, und dort verkündete die Keucherin: «Wir werden dich jetzt ausziehen.» Ich stand mitten im Zimmer und ließ alles mit mir geschehen, ich wußte nicht, was ich sonst hätte tun sollen. Die Bluse konnten sie mir nicht ausziehen, weil ich immer noch die Finger in den Ohren hatte, und ich erklärte mich erst bereit, sie herauszunehmen, als Gussy Keys versprach, nichts mehr zu sagen. «Kein Wort», sagte sie mit einer Handbewegung, als würde sie ihre Lippen mit einem Schlüssel verschließen.

Ich schlüpfte unter die Bettdecke, die Gussy Keys für mich hochhob, und hörte die keuchende Frau «Viel Glück» flüstern, als wäre ich ein hoffnungsloser Fall, und kaum lag mein Kopf auf dem Kissen, da legte Gussy mir eine Tablette auf die Zunge und sagte, das würde mir die Nacht erleichtern. Ich schluckte die Tablette und wartete auf die Erleichterung, während Gussy mir einen kalten Lappen auf die Stirn legte und mit ihren weichen Fingerspitzen mein Gesicht streichelte. Einmal kam eine Frau und sagte, Gussy werde am Telefon verlangt, aber sie erklärte: «Sag den Leuten, sie sollen sich gedulden. Ich kann das Mädchen jetzt nicht allein lassen.» Die Besucherin sagte, sie werde bei mir bleiben, solange Gussy telefoniere, doch sie erwiderte nur: «Egal, wer es ist – die Leute müssen warten. Ich lasse dieses Mädchen nicht allein.»

Ich lag in dem stillen Zimmer, atmete die gleiche Luft wie Gussy Keys und spürte, daß meine Seele eng mit ihrer verbunden war, als würde sie mir ihre für die Nacht ausborgen, so wie man jemandem eine Decke oder ein Kissen oder vielleicht auch eine Hand leiht. Ich dachte daran, daß Lourde bei der Explosion ums Leben gekommen war, und dann brachen die Verbindungen plötzlich zusammen, die sonst so einwandfrei funktionierten, und ich dachte an etwas ganz anderes, an die schwarzen Schuhe, die Gussy trug, und wie es sein konnte, daß eine Frau, die einmal ein junges Mädchen wie ich gewesen war, je den Punkt erreichte, an dem sie schwarze orthopädische Schuhe akzeptabel fand.

Ich ging immer wieder die Dinge im Zimmer durch, zeichnete im Geist ihre Umrisse nach, als wären meine Augen Bleistifte; ich wanderte von der runden Kante des Bettes, wo das weiße Laken perfekt eingeschlagen war, zu dem schwarzen Fernseher an der Wand, zu dem grauen Metallschrank, dann ins Schrankinnere, wo meine in Mrs. Connells Kleidergeschäft gestohlene Schlaghose hing und meine Wildledertasche mit den Fransen, umrandete diese zweimal, dreimal, während ich an alles dachte, was sich in der Tasche befand. Dann umrundete ich wieder die Bettkante, den Fernseher an der Wand, den grauen Schrank mit meinen Kleidern, und nachdem ich mir alles ins Gedächtnis gerufen hatte, was in meiner Tasche war, nahm ich auch Gussys Hand in mein Programm auf. Ich studierte die Hand, während Gussy den weißen Waschlappen aus der Schüssel mit kaltem Wasser holte, ihn auswrang und mir dann das Gesicht wusch, zuerst die Stirn, dann die Wangen, dann das Kinn und den Hals. Sie kam mir vor wie eine Maschine, bis mein Blick ihrem begegnete, und dann wußte ich, daß sie genausowenig eine Maschine war wie ich – ihre Augen gehörten zu etwas, das größer war als alles, was ich bisher gesehen hatte, etwas Vitales, Lebendiges, das sich in diesem ausgeleierten Körperklumpen nur vorübergehend einquartiert hatte. Ich sah uns als zwei Lebewesen, die stumm aus dem Galeerenschiff des Körpers herausspähten, in das sie ohne Aussicht auf Rettung eingekerkert waren, und die nur mit den Augen Signale verschicken konnten, um zu zeigen, daß sie am Leben waren.

Ich weiß nicht, wie spät es war, aber irgendwann in dieser Nacht drehten sich meine Gedanken um, wie ein Mensch im Schlaf, und ich fragte mich plötzlich, was mit Zellie und Frieda passiert war, was mit Oscar passiert war, pausenlos kamen diese Fragen, wie Wellen, die sich aufbauten, den Höhepunkt erreichten und sich dann brachen. «Meine Schwester Zellie?» fragte ich, und sofort ließ Gussy den weißen Waschlappen in die Wasserschüssel fallen, nahm meine Hand in ihre Hände, legte sie an ihre Wange und beugte sich zu mir. «Sie liegt auch auf der Intensivstation im Crouse Memorial», sagte sie behutsam.

«Und meine kleine Schwester, Frieda?» flüsterte ich. Gussy drückte die Lippen auf meinen Handrücken, preßte meine Hand dann wieder an ihre Wange, kam noch näher, bis ihr Mund fast mein Ohr berührte. «Sie war verschüttet, und sie sind erst zu ihr durchgekommen, als es schon zu spät war.» Da strömte mein Atem aus mir heraus, wie die Luft aus einem Ballon weicht, schnell, unaufhaltsam, und einen Moment lang lagen meine Lungen in meiner Brust, als hätte jemand in sie hineingestochen. Gussy Keys preßte ihre Lippen auf meine Stirn, und ich weiß nicht, warum, aber ich schaute ihr in die Augen und sagte ihr, daß ich Oscar liebte. «Ich liebe ihn mehr als irgend jemanden auf der Welt», sagte ich, denn sie sollte wissen, welche Art von Liebe ich meinte. Sie drückte meine Hand und nickte, dann legte sie die Lippen an mein Ohr und flüsterte: «Sie haben ihn nicht gefunden. Sie vermuten, daß er zu dicht an der Bombe dran war.» Mit ihren warmen, weichen Lippen berührte sie meine Wange und dann meine Stirn. «Wenn das Feuer gelöscht ist, wollen sie nach seinen Überresten suchen.»

Sie gab mir eine zweite Tablette und gleich darauf noch eine.

Als die Wirkung der Tabletten nachließ, schlug ich die Augen auf. Der Schlaf war mir weggezogen worden wie eine Decke in eisiger Nacht. Gussys erschöpftes Gesicht erschien über mir, und ich dachte wieder an all das, was sie mir gesagt hatte, ehe die Tabletten mich netterweise davongetragen hatten. Wie ein bleischwerer Anker mit Stacheln verhakte sich das Wissen in meinen Magen und zog ihn in endlose Tiefen. Ob ich noch so eine Tablette haben könne, fragte ich Gussy, aber sie lehnte ab, es sei nicht gut, wenn ich noch eine nehmen würde, sagte sie, und ich bettelte fast, doch sie war klug genug, um hart zu bleiben. Sie stellte ein Frühstückstablett vor mich hin, ehe sie wieder von meiner Familie anfing, aber ich nahm keinen Bissen zu mir, und sie begann zu erzählen. Sie redete ganz leise und streichelte mich mit ihren knochigen, puderweichen Fingern, aber trotzdem.

Bo liege im Koma, sagte sie. Die Ärzte dächten, sie sei möglicherweise blind, aber das könne man erst feststellen, wenn sie aufwache – falls sie je aufwachen sollte, und Gussy vermittelte mir den Eindruck, daß ich nicht damit rechnen dürfe. Zellie liege nicht richtig im Koma, aber sie sei auch nicht bei Bewußtsein. Sie sei von einem Tischbein durchbohrt worden, aber niemand wisse so recht, wie es passiert sei. Das Tischbein sei diagonal durch sie hindurchgegangen und habe dabei ihre Wirbelsäule, ihren Magen und ihre Leber getroffen. Die Ärzte glaubten, sie könne durchkommen, aber in welchem Zustand, das wisse niemand.

Wir schwiegen beide eine Weile. Gussys Blick ruhte auf mir, während meine Augen wieder über die Wände wanderten und ich mir Tischbeine vorstellte, die Zellie durchbohrten, und Bo, die im Koma lag, aber so richtig konnte ich es mir doch nicht vorstellen, es waren nur Wörter, Wörter, die mir bisher nichts bedeutet hatten: «durchbohren» und «Koma». Als ich schließlich fragte: «Wer hat unser Haus in die Luft gejagt?», bekam ich nur eine ausweichende Antwort. «Das weiß niemand so genau, aber es gibt Gerüchte, daß es jemand von der Baptistenkirche in Morrisville war.» Da versuchte ich mir vorzustellen, wie sich einer der Baptisten mitten in der Nacht in unser Haus schlich und dort eine Bombe legte, aber das ging auch nicht, denn die Baptisten erlaubten nicht einmal ihren käsigbleichen Kindern, ins Kino im Stadtzentrum von Morrisville zu gehen, weil in den Filmen vielleicht ein bißchen Sex vorkommen könnte.

Gussy sagte, sie werde mich in einer Stunde nach Syracuse bringen, damit ich Bo und Zellie besuchen könne, aber in der Zwischenzeit müsse sie ihre Sozialarbeitervisite im Krankenhaus machen. Als sie zehn Minuten später den Kopf hereinstreckte – vermutlich um sich zu vergewissern, daß ich mich nicht mit den Laken erhängt oder mir die Pulsadern aufgeschlitzt hatte –, sagte ich: «Was soll ich tun?» Sie sah ganz traurig aus, weil sie so in Eile war, obwohl es doch um eine derart fundamentale Frage ging, aber eine Antwort gab sie mir trotzdem. «Nichts.»

Ich rührte mich kaum. Leute, die in einem Blizzard erfroren, fühlten sich wahrscheinlich so wie ich jetzt, dachte ich: Alles verlangsamte sich, sie bewegten sich immer seltener, während sie Molekül für Molekül erfroren, bis kein Molekül mehr übrig war, das erfrieren konnte. Direkt proportional dazu ließ auch die Geschwindigkeit ihres Denkens nach, bis schließlich mehrere Minuten vergingen, ehe ihr Gehirn das nächste Wort fand. Der einzige Unterschied war nur, daß ich irgendwo meilenweit entfernt mein anderes Selbst klopfen und brennen fühlte, wie eine halbabgetrennte Zehe unter mehreren Lagen Stoff.

Als wir zum Crouse Memorial kamen, schlug Gussy vor, ich

solle zuerst in Bos Zimmer gehen, sie werde draußen warten. Ich schlich mich auf Zehenspitzen an Bos Bett und schaute auf sie hinunter. Sie sah aus wie tot. Ihre Brust hob und senkte sich kaum unter dem weißen Laken. Ihr Kopf war bis über die Augen mit weißer Gaze umwickelt. Zwei durchsichtige Plastikschläuche führten in ihre Nasenlöcher, und aus ihrem Kopf, gleich hinter dem Ohr, ragte eine kleine Plastikkanüle heraus, die gelbe Flüssigkeit in einen Plastikbeutel ableitete. Ihre Hände waren ebenfalls mit weißer Gaze umwickelt, und die kleinen Brandflecken auf ihren Armen, die mit einer glänzenden Tinktur bestrichen waren, wirkten wie ausgebrannte Lagerfeuer. Auf jeder Seite stand eine Maschine, mit der sie durch schwarze Plastikstrippen verbunden war. Die eine überprüfte ihre Gehirnströme, die andere das Herz. Beide gaben ein keuchendes Atemgeräusch von sich, mechanisch, aber rhythmisch, als wären sie lebendiger als Bo.

Ich hob vorsichtig das Decklaken hoch, um sie anzusehen. Ihr rechtes Schienbein schien zertrümmert, der Oberschenkel war nichts als eine schwarzblau marmorierte Masse. Ein dünner Plastikschlauch kam zwischen ihren Beinen heraus, gelb von Urin. Lieber Gott, Bo, murmelte ich. Hatte sie mich wirklich in ihren Seidengewändern umflattert, kettenrauchend, hypernervös? Hatte sie wirklich ohne Punkt und Komma gequasselt und mir eingeredet, ich würde den Gang der Geschichte verändern? Und jetzt lag sie da, so gut wie tot. Wohin war alles verschwunden? Die ganze Aufregung immer, wer was anziehen sollte und ob die Tischtücher weiß oder kariert sein sollten und was Oscar am College studieren sollte und ob wir Frieda zu sehr verwöhnten – die tausend Sorgen um die Mitglieder eines Haushalts, der jetzt in Schutt und Asche lag? Man konnte mir doch nicht weismachen, daß das für immer verschwunden war, puff, weg, als hätte es nie etwas bedeutet.

Ich zog das Laken wieder bis zu Bos Kinn hoch und ließ mich auf den Stuhl sinken. Ich hatte das Gefühl, als wären meine Augen völlig ausgetrocknet, wie zwei geschälte Trauben in der Mittagssonne. Ich wußte nicht, was tun, also nahm ich eine von Bos verbundenen Händen und legte sie an meine Wange. Ich versuchte ihre Gegenwart zu erspüren, schaffte es aber nicht. «Bo, bist du da?» flüsterte ich ihr ins Ohr. «Wenn du mich hörst, dann drück bitte meine Hand oder nicke mit dem Kopf.» Ich wartete ein paar Minuten. Nichts. Ich beugte mich wieder zu ihr, noch dichter diesmal, und redete ein bißchen lauter. «Bo, bist du da? Wenn du mich hörst, drück bitte meine Hand oder nicke mit dem Kopf. Irgendwas.» Ich wartete wieder. Nichts. Beim nächsten Mal berührte ich mit den Lippen Bos verbundenes Ohr und rief: «BO, HÖRST DU MICH?»

Gussy streckte den Kopf zur Tür herein. «Hemy», sagte sie, «deine Mutter liegt im Koma.»

Ich sah erst Gussy an, dann sah ich Bo an. Meine Augen brannten wie Feuer.

Danach sagte ich kein Wort mehr, aber ich dachte: Sie hätte es wissen müssen. Es wäre anders gekommen, wenn sie ein Püppchen gewesen wäre, atemlos und kapriziös, wenn sie ihr Geld rechts und links für Klamotten zum Fenster hinausgeworfen und sich ständig vor dem Spiegel gedreht hätte, wenn sie sich Tag und Nacht an den Arm eines Mannes geklammert hätte und auf hohen Absätzen herumgestöckelt wäre und nur an Besitz und Konsum gedacht hätte. Aber Bo war nicht so. Sie betete drei Stunden am Tag und hatte manchmal Visionen. Ihr Leben sprach für sich, nicht wahr – ein paar elegante Kleider und flache Schuhe, und sie hatte sich an Lourdes Arm gehängt, um seine Nähe zu spüren, eine Welt voller Ideen und Hoffnungen; das war keine Frau, die Brennkessel aufstellte. Warum hatte sie es dann getan? Für mein Leben gern hätte ich das gewußt, und als keine Antwort kam, saß ich mit leeren Händen da, die Handflächen nach oben gedreht, den Blick zur Decke gerichtet.

Man hätte mich auf Zellies Anblick vorbereiten müssen. Ihr Gesicht war so verquollen, daß ich sie gar nicht erkannte, aufgedunsen, als hätte sie tagelang im Wasser gelegen. Die Farben, vor allem Gelb und Lila, schwammen auf den Schwellungen wie auf Öl. Zellie war auf ein Bett geschnallt, das alle fünfzehn Sekunden rotierte. Es sah aus wie ein Bett für ein Raumschiff, kalt und kantig und aus rostfreiem Stahl, eine klickende Maschine mit Feedback- und Output-Konsolen, die rot aufleuchteten. Zuerst schaute sie zur Decke, dann sprang der Motor an, und das ganze Bett drehte sich, und sie wurde fünfzehn Sekunden zur rechten Wand gedreht. Dann kam die nächste Drehung, diesmal in Richtung Fußboden. Als ich hereinkam, lag sie auf der Seite und war zur Tür gedreht. Ihre Augen waren geschlossen, aber ich konnte sehen, wie sich ihre Augäpfel unter den Lidern hin und her bewegten, als sähe sie einen Traum. Ich setzte mich auf einen Stuhl und wartete, während das Bett seinen Zyklus durchlief, sich in Richtung Boden drehte, dann zur linken Wand und wieder nach oben. Als es sich wieder zu mir drehte, waren Zellies Augen offen.

«Zellie?» sagte ich.

Ihr Blick fiel auf mich, aber ihre Augen registrierten nichts, als könnte sie mich zwar sehen, ohne jedoch die geringste Ahnung zu haben, wer ich war. Ich starrte auf das geschwollene, lilagelbe Gesicht, in ihre toten Zombie-Augen, bis das Bett sie auf die Seite und nach unten drehte und ich sie nicht mehr sehen konnte. Da mußte ich einen Gedanken denken, dem ich nicht ausweichen konnte, er kam einfach daher: Ich kann sie nicht richtig leiden. Es schien ziemlich unpassend, das ausgerechnet jetzt zu denken, wo sie doch alle nur erdenkbare Liebe brauchte, aber sie war immer so gemein zu mir gewesen, das war einfach nicht zu leugnen. Sie hatte es dauernd darauf angelegt, mich fertigzumachen, von zehn bis fünfzehn hatte sie mich PeGe genannt, als Abkürzung für «psychisch gestört», weil sie mitbekommen hatte, wie Bo zu Lourde sagte, ich bräuchte einen Psychiater. Später hatte sie vor Bos Gästen auf mich gezeigt und gesagt: «Ah, da ist sie ja, das Mädchen, das Mr. Antonovskys Schwanz abgeschossen hat», oder «Seht mal, wer da kommt – Duke Ellington und sein Jazzpiano!», weil ich für Mr. Antonovsky Klavier spielen lernte. Aber das Bett kam zurück, und da war wieder ihr kaputtes, groteskes Gesicht, und ich machte mir furchtbare Vorwürfe, weil ich solche Gedanken dachte, während sie halbtot hier lag – ich hätte doch lieber daran denken sollen, wie sie Frieda immer mit sich herumgeschleppt hatte, bis diese fast vier war, an manchen Tagen hatte sie sich mehr um Frieda gekümmert als Bo, und die beiden waren so nett und zärtlich zueinander gewesen, daß ich mich ausgeschlossen fühlte und mit Oscar boxte. Sie hatten mich nicht so gern gehabt wie einander, die beiden Unzertrennlichen. «Bitte», sagte ich. «Es tut mir leid, daß ich etwas Böses gedacht habe.»

Als die Krankenschwester hereinkam, sagte ich ihr, Zellie habe die Augen aufgemacht.

«Das tut sie oft», erklärte die Schwester. «Aber sie nimmt nichts wahr.»

Die Schwester hielt das Bett an und öffnete die Gurte, die dafür sorgten, daß Zellie nicht herausfiel. Ich sah zu, wie sie die Decke wegzog und Zellies Nachthemd aufknöpfte. Wo vorher nur makellos weiße Haut gewesen war, verliefen jetzt kreuz und quer lauter mit Blut und einer gelben Flüssigkeit getränkte Verbände, und darunter kam eine Wunde hervor, die aussah, als hätte sie ein Eigenleben, sie zog sich wie eine gespenstische rote Straße über ihren ganzen Oberkörper. Der Teil von mir, der davon geträumt hatte, ihr die Flagge meines Erfolgs in den Bauch zu rammen, erschrak zu Tode.

«Ich muß den Verband wechseln», sagte sie. «Das solltest du lieber nicht mit ansehen.»

Ich ging aus dem Zimmer und setzte mich auf einen Metallstuhl neben der Tür. Aus einem Radio auf der anderen Seite des Flurs trällerte «Tie a Yellow Ribbon Round the Ole Oak Tree», und ich dachte: Mein Gott, jetzt spielen sie Tony Orlando und Dawn für meine Mutter im Koma. Ich bemühte mich, nicht an die Zukunft zu denken, sie schien so finster, so bodenlos, wie ein Schiffswrack, das in der pechschwarzen, eiskalten Seele des Ozeans versinkt.

«Ich habe meine ganze Familie verloren», sagte ich auf der Heimfahrt zu Gussy.

«Das kannst du nicht wissen», entgegnete sie. «Das letzte Wort ist noch nicht gesprochen.»

Ich glaubte ihr nicht. Ich hatte Bo und Zellie gesehen.

Als wir zu dem Haus kamen, in dem Gussy wohnte, entschuldigte ich mich und ging hinauf in das Zimmer, das Gussy für mich hergerichtet hatte. Als ich hörte, daß sie sich am andern Ende des Flurs bettfertig machte, brannten meine Augen so, daß ich die Finger mit Spucke befeuchten und die Lider betupfen mußte. Dann lag ich auf dem Rücken, schwer wie Stein, die Arme angelegt, den Blick zur Decke gerichtet. Meine Gedanken rasten, und ich versuchte verzweifelt, die Panikwellen zu unterdrücken, die immer wieder in mir hochstiegen. Bo im Koma, Zellie ein Zombie – immer wieder sagte ich mir die Fakten auf: Lourde ist ums Leben gekommen, Frieda ist ums Leben gekommen; manchmal trug ich die Liste rhythmisch vor, manchmal mit einer Melodie. Dein Leben wird nie wieder so sein wie früher, Zellie und Bo sterben wahrscheinlich auch, du bleibst allein zurück. Die Angst schoß hoch wie ein Geysir, dann schnell die Besänftigung: Vielleicht kommen sie durch, vielleicht kommt Oscar zurück. Aber vielleicht kommen sie nicht durch, vielleicht ist Oscar für immer fort, und wieder öffneten sich die Schleusen, und der Schmerz überschwemmte mich. Was ist, wenn alle sterben und ich allein zurückbleibe? Ich zuckte, biß mir auf die Lippe, klammerte mich an Gussys Matratze und sagte mir: Es ist okay, wenn du deine Familie verlierst, es wird dich stärker machen, du wirst damit fertig. Die nächste Attacke: Dein Leben ist ruiniert, und ich schloß die Augen und spürte, wie es mich packte, mich durchschüttelte, mich zerriß. O Gott, soll das gerecht sein?

Am Morgen brachte mich Gussy nach Morrisville, damit ich das Haus sehen und die Sachen mitnehmen konnte, die noch zu retten waren. Sie bog in die Einfahrt ein und stellte den Motor ab. Wir saßen stumm da, betrachteten das Haus, die zersplitterten Fenster, die verkohlten Balken, schwarz wie verbrannter Toast, den Rasen, auf dem lauter kaputte Tische und Stühle, Kleider und Schuhe herumlagen. Das Feuer war so gewaltig gewesen, daß ich eigentlich gedacht hätte, das Haus wäre nur noch ein schwelender Aschehaufen, aber da stand es noch, schwarz und stolz und völlig durchnäßt.

«Möchtest du, daß ich mit dir reingehe?» fragte Gussy.

Ich schüttelte den Kopf.

Ich überquerte den Rasen, kletterte über die nassen, schwarzen Trümmer und stieg mit zittrigen Knien die Stufen zur vorderen Veranda hinauf. Das darf man nicht tun, dachte ich, man darf niemandem die Familie und das Haus wegnehmen. Das Wohnzimmer war leer, keine kaputten Tische und Stühle, was ich eigentlich erwartet hatte; das Hinterzimmer war ebenfalls leer, keine Spur von den Brennkesseln, kein Stückchen Metall, keine Meßgeräte, nichts, nur zwei schwarze Kreise auf dem Boden als Beweismittel. Die Zimmer waren wie ausgebrannte Hohlräume, wie die dunklen Höhlen im Gebiß, wo kein Zahn mehr ist, als wäre alles, was sich hier befunden hatte, entweder vom Feuer vernichtet oder weggebracht worden.

Ich schaute mich nach Gussy um. Sie war aus dem Auto ausgestiegen und saß jetzt auf der Terrasse. Ich sagte ihr, ich würde nach oben gehen. Als sie wegen der Einsturzgefahr Bedenken anmeldete, versprach ich ihr, jede Stufe vorher zu testen, aber ich hielt mich nicht daran. Ich ging einfach die Treppe hinauf und den Flur entlang und dachte: Wenn ich durchbreche, ist mir das egal.

Zuerst ging ich in mein Zimmer. Mein Bett war zusammengekracht, die Matratze verschmort, keine Spur von Laken und Bettdecke. Meine billige kleine Stereoanlage war geschmolzen, genau wie meine Schallplatten – Neil Young, Cat Stevens, Led Zeppelin, die Beatles – nur noch eine schwarzgeschmolzene Plastikmasse. Plötzlich kamen mir Wörter in den Sinn, künstliche, zusammenhanglose Wörter, die klangen, als würden sie aus irgendeinem Lautsprecher herausgebellt, wie ein laufender Kommentar, als würde vorne in meinem Gehirn ein Reiseführer sitzen und alles erklären. Das war das Haus, in dem du aufgewachsen bist. In diesem Zimmer. Hier hast du geweint. Hier hast du gelacht. Das ist das Bett, in dem Oscar bei dir gelegen hat. Eine Welle der Übelkeit überschwemmte mich, ich wollte nur noch weg, nichts mehr sehen, es war zuviel, alles nur schwarz und scheußlich. Ich wollte in die Knie gehen, mich ergeben, und so stand ich blinzelnd im Morgenlicht.

Ich ging über den Flur zu Oscars Zimmer. Langsam öffnete ich die Tür. Als ich seine Boxhandschuhe, halb verkohlt und geschmolzen, am Bettpfosten hängen sah, fingen meine Hände an zu zittern, und ich erinnerte mich klar und deutlich daran, wie ich ihn das letzte Mal gesehen hatte. Er hatte an seinem Schreibtisch gesessen und ein Theaterstück getippt, und er hatte mich gebeten, Lourde nichts davon zu erzählen. Ich hatte ihm versprochen, niemandem auch nur ein Sterbenswörtchen zu verraten, keiner Menschenseele. Auf diese Erinnerung folgte gleich der Gedanke: Er ist fort, alles, was er gesagt hat, gilt nicht mehr, ist für immer ausgelöscht. Ich rannte zum Fenster, als könnte ich so der Gewißheit entkommen, die wie ein Pulsschlag durch mich hindurchpumpte: Er ist weg, er ist weg, er ist weg. Mein Atem stockte, und mein Kopf pochte, als wollte er den Puls verstärken, ich griff nach dem halbverbrannten Vorhang, um nicht das Gleichgewicht zu verlieren, aber der kam sofort herunter, ich sank zu Boden wie ein Segel und sagte mir: Du weißt nicht, ob es stimmt.

Gussy rief die Treppe herauf: «Ist alles in Ordnung?»

«Ja!» rief ich. Ich schaute an mir hinunter, wie ich rußverschmiert dalag, und ich wollte die Hände ausstrecken und jemandem zurufen: «Seht doch, was passiert ist.»

«Hast du etwas gefunden?» rief Gussy. Ich konnte sie unten auf dem Rasen stehen sehen, in ihren großen weißen Sandalen und dem blauen Baumwollkleid.

Die Idee, ich könnte etwas finden, erschien mir wie ein rettender Strohhalm, ich klammerte mich daran fest – als könnte es mir helfen, wenn ich diese verbrannten Sachen berührte und mitnahm, als könnte es mir helfen, endlich am Schlußpunkt anzukommen, denn danach sehnte ich mich – ich wollte ans Ende kommen und von einem sicheren, ungefährlichen Ort aus zurückblicken. Also stand ich auf, es gab etwas zu tun – ich mußte alles finden, was zu finden war. Ich kämmte Oscars Zimmer durch, durchwühlte jeden Zentimeter, auf der Suche nach ihm und auf der Suche nach irgend etwas, was mit ihm zu tun hatte. Ich nahm alles mit, was nicht völlig verbrannt und kaputt war und was ich irgendwie identifizieren konnte: nasse Kleider, halbverbrannte Kissen, Schuhe, Bücher, Hefte und seine kleine Schreibmaschine, die nicht mehr zu gebrauchen war, weil die Tasten miteinander verschmolzen waren. Ich trug alles nach unten, und Gussy war begeistert.

Wir durchsuchten die Küche und fanden Flaschen und Töpfe und Pfannen, Bücher, weiße Schüsseln mit Rissen und

Lourdes Revolver. Ich entdeckte ihn hinter der Tür, sagte aber Gussy nichts davon, sondern ließ ihn wortlos in Oscars Schreibmaschine verschwinden. Ich war ganz aufgeregt, als würde es Spaß machen, diese Dinge zusammenzutragen, und dann nannte ich in einem winzigen Satz den wahren Grund meiner guten Laune. «Vielleicht lebt Oscar noch», sagte ich, während wir die Sachen auf die Veranda trugen. Die ganze Zeit war mir dieser Satz durch den Kopf gegangen, wie der Text eines Liedes, das im Hintergrund spielt. Gussy sah mich an. «Ach, Schätzchen», sagte sie, «man hat seine Überreste gefunden.»

Ich wollte nicht mehr weitersuchen, ich wollte nur noch weg, mich in dem Zimmer bei Gussy in den dunklen Falten des Schlafs verkriechen, aber sie sagte, ich solle noch hinauf ins Dachgeschoß gehen und Lourdes Manuskripte aus seinem großen Koffer holen. Also ging ich hinauf in sein Arbeitszimmer, mit einem Anker im Herzen, und alles war so ruhig, als ich dastand und den Blick über die verkohlten Dinge wandern ließ: Die Matratze, auf der er geschrieben hatte, war völlig durchnäßt, die letzte Seite des Manuskripts lag in einer Pfütze, die Tinte war ganz verschwommen. Ich hob das Blatt auf und versuchte zu lesen, was seine letzten Gedanken gewesen waren. Immerhin konnte ich die Worte entziffern ... *es ist besser, einem Mörder in die Hände zu fallen, als in die Träume einer begehrenden Frau.*

Der Gedanke, daß das Lourdes letzte Worte waren, machte mich sprachlos.

«Was tust du?» rief Gussy von unten.

Ich gab mir Mühe, gleichmäßig zu atmen. Wie entsetzlich still alles war!

Ich bekam eine Gänsehaut, als ich auf den Boden schaute und gleich neben meinem Fuß ein halbverbranntes Familienfoto entdeckte. Man sah mich und Oscar und ein kleines Stück von Bo und Zellie. Der Rest war verbrannt. Als wäre etwas durch mich hindurchgegangen, das nicht aus Fleisch und Blut war, schaute ich mich im Zimmer um, ob sich etwas verändert hatte. Aber ich merkte, daß sich nur meine Wahrnehmung verändert hatte. Ich war mir meiner Situation vollkommen bewußt: Ich kauerte hier, mitten im Chaos, das Wasser ging mir bis an die Knöchel, aber es hatte mir etwas auf die Schulter getippt, ohne mich zu berühren, und mich dazu gebracht, ein halbverbranntes Foto aufzuheben, das mir etwas mitteilen sollte.

Ich wollte glauben, daß das Foto von Gott für mich dort hingelegt worden war. Gussy meinte, es sei wohl eher Zufall, aber ich nahm es als Fingerzeig Gottes, daß Oscar noch lebte und daß Bo und Zellie durchkommen würden. Wenn ich das Foto anderen Leuten zeigte und ihnen meine Überlegungen erläuterte, wurden ihre Augen dunkel vor Mitleid. Sie glaubten nicht an Dinge, die sie nicht sehen oder anfassen konnten. Sie hatten vergessen, daß sie das, was in diesem Leben am realsten war, weder sehen noch berühren konnten. Man wußte, daß es da war, weil es einen berührte. Ich hatte vorher auch nicht so gedacht, aber als ich das verbrannte Foto sah, hatte ich gespürt, daß es etwas gab, das größer war als ich und das nur darauf wartete, daß ein Mensch aufhörte, sich dagegen zu sperren, und sich darauf einließ.

An den beiden nächsten Tagen ging ich zurück zum Haus, einmal mit Gussy Keys, das andere Mal mit Louise und Hillary, die rauchten und gelegentlich traurige Blicke austauschten, die ich so deutete, daß sie beide mich für bemitleidenswert hielten. «Hemy», sagten sie nach einer Weile. «Oscar ist nicht hier. Sie haben alles, was sie von ihm gefunden haben, ins Beerdigungsinstitut gebracht.» Ich sagte, ich würde gar nicht nach ihm suchen, aber das war gelogen. Ich wußte, daß ich ihn nicht intakt und unversehrt in irgendeiner Ecke antreffen würde, aber irgend etwas von ihm mußte ich doch finden, einen Beweis dafür, daß die Explosion ihn tatsächlich zerrissen hatte. Keinen Arm, kein Bein, nur einen Fetzen von seinem Hemd oder eine Haarsträhne oder seine Schuhe, denn ich konnte einfach nicht glauben, daß er nicht mehr lebte.

Ich schleppte alle meine Fundstücke zu Gussy. Die nassen Sachen ließ ich auf dem Rasen trocknen. Mit Hilfe der anderen Objekte verwandelte ich das Zimmer in Gussys Haus in ein Museum der Familie Lourde, mit mir als einziger Kuratorin und Besucherin. Die Worte, die zu diesen Dingen gehörten, hielten mich am Leben und sorgten dafür, daß ich nicht mitten im Zimmer zusammenbrach: Stelle Bos Töpfe und Pfannen auf den Schaukelstuhl. Lege Lourdes Buch daneben. Hole alle Sachen, die Lourde und Bo gehört haben, und stelle sie auf den Schaukelstuhl. Ordne sie – Lourdes Sachen auf die eine Seite, Bos Sachen auf die andere... Als ich damit fertig war, wußte ich nicht weiter, also nahm ich Oscars Boxhandschuhe und legte sie mir wie eine Kette um den Hals.

Dann lag ich zwei Tage lang in meinem Zimmer in Gussys Haus, rauchte Old Gold Zigaretten und sah zu, wie die Sonne über den Sommerhimmel kroch und wieder verschwand und einen Nachthimmel hinterließ, der wie ein riesiges schwarzes Laken mit winzigen Lichttupfern aussah. Ich horchte auf den Herzschlag der Felder draußen, auf das Zirpen der Grillen, und ich rührte mich kaum, als wären in meinem Inneren an allen möglichen Stellen Dutzende von rohen Eiern gestapelt. Und obwohl ich nicht immun dagegen wurde, gewöhnte ich mich an die Sätze, die lauteten: Lourde ist tot, Frieda ist tot, Bo und Zellie sind halbtot, und Oscar wird man vielleicht nie finden.

Irgendwie überlebte ich jene Tage und Nächte, ich weiß nicht wie. Ich war jeden Morgen ganz verblüfft, wenn ich die Augen aufmachte und merkte, wie ruhig es war. Da wußte ich, daß der ganze Aufruhr nur in meinem Inneren stattfand; der Rest, die ganze übrige Welt, blieb unbeeindruckt.

Was mich bei den Vorbereitungen für die Trauerfeier am meisten verstörte, war der Sarg für Oscar. Ich sah ein, daß es einen für Lourde und einen für Frieda geben mußte, aber warum einen für Oscar, einen ganzen Sarg für seine Überreste, einen goldverzierten schwarzen Lacksarg, so lang wie der von Lourde?

«Was ist da drin?» fragte ich Hank Lester, als ich ins Bestattungsinstitut ging, um die Feierlichkeiten zu besprechen. Hank war ein gedrungener, nervöser Mann mit riesigen Ekzemflecken, die er unter seinem gestärkten weißen Hemd versteckte, und wohnte mit seinen fünfundfünfzig Jahren immer noch bei seiner Mutter. Er entschuldigte sich, verließ kurz den Raum, und als er nicht zurückkam, ging ich zu Oscars Sarg und versuchte, ihn zu öffnen. Ich schaffte es nicht, also schaute ich mich um und entdeckte einen Schürhaken. Damit versuchte ich den Sarg aufzubrechen. Ich zerkratzte den Lack und schwitzte vor Anstrengung, aber ich war wild entschlossen, den Sarg aufzukriegen – wie eine Katze, die sich Zugang zu einem Vogelkäfig verschaffen will. Als Hank Lester zurückkam und sah, was ich machte, fiel er fast tot um.

«STOP!» schrie er und stürzte sich auf mich. «Sie können das nicht tun!» Er fing an, ganz fanatisch den Sarg zu polieren, wo der Eisenhaken den Lack beschädigt hatte. Zwischendurch schaute er mich kurz an.

«Ich will nur reingucken», sagte ich. «Ich glaube einfach nicht, daß er da drin ist.»

Einen Moment lang zitterte Hank Lester richtig, dann preßte er die Lippen aufeinander, und seine Augen wurden ganz dunkel, wie die von Louise und Hillary, als sie mir bei meiner Suche nach Oscar zugeschaut hatten. «Da gibt es nichts zu sehen», sagte er leise.

«Was ist da drin?»

«Nichts, was man erkennen kann.»

«Woran merkt man dann, daß es Oscar ist?»

«Am Gebiß», sagte er schließlich.

«Heißt das, daß sein Kiefer da drin ist?» Ich wußte nicht, wie ich es sagen sollte, aber ich mußte Hank Lester begreiflich machen, daß ich Oscars Kiefer haben wollte, falls er da drin war. Hank Lester sagte nie, ob Oscars Kiefer darin war oder nicht. Er legte nur den Arm um mich und führte mich an den Särgen vorbei in sein Büro, wo er mich auf einen Stuhl setzte und mir ein Glas kaltes Wasser reichte. Ich schaute in das Wasser und sah die Spiegelung meines Mundes, riesengroß und fischig, und ich sagte mir, sobald das alles vorüber war, konnte ich von der Brücke springen. Diese eine Sache mußte ich noch hinter mich bringen – ich mußte eine Trauerfeier für Lourde und Frieda organisieren, und wenn die vorbei war, konnte ich ins Krankenhaus gehen und für Bo und Zellie eine Rose und einen Brief abgeben, in dem stand, daß ich nicht mehr warten könne, ob sie wieder aufwachen würden. Es sei einfach zuviel verlangt, würde ich schreiben.

Ich verbrachte die ganze Trauerfeier hinter dem schwarzen Schleier, den Mr. Antonovsky mir geborgt hatte, und konnte so den mitleidigen Blicken entgehen. Mr. Antonovsky und Gussy Keys saßen rechts und links von mir und paßten auf, daß ich nicht von der Bank rutschte. Louise und Hillary saßen hinter mir, und immer wieder landeten ihre zitternden kleinen Hände auf meinen Schultern, wie Kolibris.

Ich konnte mich nicht auf die Trauerfeier konzentrieren, denn als Pastor fungierte Reverend Scott Packard, ein nichtssagender, kleingeistiger Heuchler mit Hängebacken, der das in seinen Berufsstand gesetzte Vertrauen betrog und in seiner ganzen Jämmerlichkeit Hillarys Vater erzählt hatte, was Hillary ihm unter Tränen im Schutz der Kirche gebeichtet hatte – daß sie auf dem Rücksitz des Autos mit einem Jungen geschlafen hatte. Im Verlauf der Trauerfeier hätte ich ihn am liebsten immer wieder unterbrochen, um zu verhindern, daß er die Erinnerung an meine Familie zertrampelte, weil sein Herz und seine Seele zu weit von seinem Gehirn entfernt waren, von dem Teil, der Sätze bildete und sprach. Der Blödsinn, den er über Frieda, über Lourde quatschte, hätte auf jeden beliebigen gepaßt: *Frieda, ein junges, unschuldiges Mädchen ... Benjamin Lourde, ein guter Mensch, ein Mensch, den wir vermissen werden, ein Mensch, der uns allen sehr viel bedeutet hat.* Ich schämte mich vor Lourde, schließlich war er Schriftsteller gewesen, er hätte etwas Besseres verdient gehabt. Ich hätte es wissen müssen – warum hatte ich nicht selbst etwas geschrieben, warum war ich nicht vor alle hingetreten und hatte, schüchtern und kaputt wie ich war, etwas Wahres gesagt? Ich entschuldigte mich im stillen bei ihnen. Verzeih mir, Frieda, verzeih mir, Lourde, und dann fing ich an, Bo zu verfluchen. Besten Dank für diese ganze Scheiße, Bo. Danke, daß ich das jetzt alles allein machen muß.

Als dann Oscar dran war, konnte ich nicht mehr zuhören. Es war so grauenhaft, daß ich mir nach der ersten Hälfte der Ansprache die Ohren zuhielt und auf meinen Atem hörte. Wahrscheinlich konnte ich es einfach nicht akzeptieren, daß Oscars Überreste in diesem Sarg lagen – das war zuviel für mich. Ich hatte Angst, es könnte tatsächlich stimmen, und ich kam mir oft völlig idiotisch vor – aber trotz aller gegenteiligen Beweise glaubte ich oft zu wissen, daß Oscar noch lebte. Dieses Wissen brachte mich fast um den Verstand, ich jagte ihm nach, lauerte ihm auf, versuchte, es festzuhalten, damit ich es mir anschauen, es berühren, es hin und her drehen konnte, ich wollte mich dagegendrücken und fragen, ob es wirklich ein Wissen war, wußte ich es wirklich, oder machte ich mir etwas vor? Dann entglitt es mir wieder, und ich mußte mich erneut auf die Suche machen, mußte das Wissen wiederfinden, und in meinem Schmerz und meiner Raserei versuchte ich immer wieder, es einzufangen, es in etwas Konkretes, in einen faßbaren Beweis zu verwandeln, und gerade in dem Moment, wenn ich ganz sicher zu sein glaubte, verlor ich es wieder, und ich wußte nicht mehr, ob ich es wußte.

Den Friedhof konnte ich auch nicht ertragen. Der Wind blies mir die Haare über die Augen, aber ich strich sie mir nicht aus dem Gesicht. Ich schaute nicht hin, und ich hörte nicht zu, bis sie Oscars Sarg versenkten. Da blickte ich auf und dachte: Ich muß zurückkommen und den Sarg ausgraben. Eigentlich war das eine Verschwendung, wenn man bedachte, daß man den Sarg jetzt mühelos hätte öffnen können; und während sie ihn in die Grube hinunterließen, mußte ich mich unheimlich zusammenreißen, um nicht zu schreien: «Halt, wartet mal!»

Den Rest der Woche verbrachte ich damit, Bo und Zellie zu besuchen. Ich saß auf meinem Stuhl und schaute zu, wie Bo atmete und wie Zellies Bett sich drehte, und meine Augen brannten und waren so trocken wie die Sahara, mein Kopf war völlig leergeräumt, als wären ein paar Gangster gekommen und hätten ihn ausgeraubt. Am liebsten hätte ich ihn vom Hals genommen und auf meinen Nachttisch gelegt, um endlich durchatmen zu können und ihm den Rücken hinzudrehen.

Nachts saß ich in Gussy Keys Schaukelstuhl in meinem Zimmer und stickte in die Ärmel meines Jeanshemds winzige Friedenssymbole, die aussahen wie Tränentropfen, und nebenher hörte ich mit halbem Ohr Helen Reddy im Radio «I Am Woman» singen, während ich mir überlegte, wie ich mich umbringen könnte. Methoden gab es mehr als genug, und wenn Gussy ins Bett ging, berührte ich die Innenseiten meiner Handgelenke mit Rasierklingen. Ich hielt eine Handvoll Schlaftabletten in der einen Hand und in der anderen ein Glas Wasser, und manchmal ging ich spätabends noch zum Highway, wo die Sattelschlepper vorbeibretterten. Ich haßte Bo dafür, daß sie den Brennkessel aufgestellt hatte, und ich haßte Lourde dafür, daß er unfähig gewesen war, unseren Lebensunterhalt zu verdienen, und dadurch Bo überhaupt erst auf die Idee gebracht hatte. Dann haßte ich mich dafür, daß ich überlebt hatte – und das nur, weil ich auf Mr. Antonovsky geschossen und zur Wiedergutmachung für ihn Klavier gespielt hatte. Und als ich Zellies Stimme sagen hörte: «Es ist alles deine Schuld, Hemy. Wenn du nicht Mr. Antonovskys Schwanz abgeschossen hättest, wäre das alles nie passiert», da haßte ich auch Zellie.

«Besten Dank für diese ganze Scheiße», sagte ich zu ihnen. «Und danke dafür, daß ihr mich hier allein gelassen habt.»

KAPITEL 9

Sie setzte sich auf und wischte sich mit einem Zipfel des weißen Lakens die Stirn. Ihr Nacken war mit Schweißperlen bedeckt, die Bluse klebte ihr am Rücken.

Das muß wahr sein, sagte er. Er ließ seine Zigarette in die Coladose fallen und hörte sie zischend ausgehen.

Sie drehte sich um, sah ihn mit tiefer Trauer in den Augen an.

Warum? fragte sie.

Sie sprach müde, leise und senkte den Kopf.

Ich sehe doch, wie aufgewühlt du bist, sagte er. Er studierte ihr Gesicht. Sie wußte, was es hieß, wenn sich das Leben abrupt veränderte, sie kannte die Art von Umbruch, wie er sie mit dieser Zugreise anstrebte. Um diese Grenzerfahrung beneidete er sie, er beneidete sie darum, daß sie gesagt hatte: «Besten Dank, daß ihr mich hier allein gelassen habt», und daß sie sich dem Undenkbaren hatte öffnen müssen. Nach diesem Ausgelöschtwerden sehnte er sich. Und nach dem, was darauf folgte.

Aber auch ein anderer Gedanke beschäftigte ihn: Warum hatte diese Frau einen Brennkessel aufgestellt, der eine Familie zerstörte und einen Ehemann tötete, der als letztes geschrieben hatte: *Es ist besser, einem Mörder in die Hände zu fallen als in die Träume einer begehrenden Frau*? Was bedeutete das alles? Vielleicht besaß die Geschichte Allgemeingültigkeit, und Bo und Lourde waren keine isolierten Charaktere, sondern Repräsentanten von Mann und Frau. Vielleicht bargen diese Explosion und die darauffolgende Stille eine umfassende Wahrheit über die Geschlechter. Der Gedanke war ihm unheimlich; denn er verstand genau, was Lourde geschrieben hatte – er hatte auch schon so empfunden. Aber daran mochte er jetzt nicht denken.

Wie war es? fragte er sie, als könnte sie ihm weiterhelfen.

Es war ein abgrundtiefer Schmerz, sagte sie.

Nur Schmerz?

Sie antwortete nicht.

Bist du durchgedreht?

Ja, klar.

Tränen traten ihr in die Augen, aber sie versuchte, sie zu unterdrücken. Na, zufrieden? sagte sie. Ist es das, was du wolltest? Mich weinen sehen? Mich, die Frau, die als Mann gelebt hat?

Nein, sagte er, aber in seinem Innern wußte er, daß sie recht hatte.

Er legte ihr sanft die Hand auf die Schulter. Tut mir leid, sagte er.

Sie drückte die Augen gegen die Knie, um die Tränen aufzuhalten.

Es tut mir leid, daß du deine Familie verloren hast, es tut mir leid, daß ich deine Geschichte hören wollte, und es tut mir auch leid, daß ich dich weinen sehen wollte.

Sie rieb sich das Gesicht mit den Handflächen und glitt dann wortlos durch die roten Vorhänge in den Hauptteil der Kabine. Er zog die Vorhänge auf und schaute sie an. Ihre Haare waren feucht, und sie stopfte gerade mit gesenktem Kopf ihre weiße Bluse in den Rock.

Ich brauche ein Glas Wasser, sagte sie.

Ich hol's dir, sagte er.

Nein, ich brauche Luft.

Also folgte er ihr mit großen, gleichmäßigen Schritten den schmalen Gang entlang durch drei Wagen bis in den Café-Wagen, wo sie stumm eine Flasche Evian trank. Sie wirkte irgendwie deplaziert in dieser Umgebung, fand er. Sie sehnte sich so nach der Vergangenheit, und jetzt saß sie an diesem Plastiktisch, und aus irgendeinem Lautsprecher kam Rapmusik. Ein Teil von ihr gehörte nicht hierher und würde auch nie hierhergehören, denn er war losgelöst von allem, als käme sie aus einer anderen Welt, die untergegangen oder ihm nicht zugänglich war. Mit seinen langen, schmalen Fingern berührte er ihren Unterarm. Sie blickte lächelnd auf, und ein Bild erschien vor seinem geistigen Auge, ein seltsames Bild von Gefängniszellen, von Männern, die mit gesenktem Kopf und apathisch hängenden Armen auf schmalen Pritschen saßen.

Wie kommt es, daß du Männer in der Todeszelle kennengelernt hast? fragte er sie.

Bei dieser Frage zuckte sie kurz zusammen, und er wußte, daß er einen zentralen Punkt berührt hatte. War sie in der Todeszelle gewesen? Er strich sich die Haare aus den Augen.

War Oscar Lourde in der Todeszelle? fragte er scharf, als würde er eine Angeklagte ins Kreuzverhör nehmen.

Sie sah ihm tief in die Augen, als versuchte sie, an seiner Haut, an seinen Knochen vorbei direkt in seine Seele zu blikken.

Wer bist du? fragte sie.

Mit einem nervösen Lachen schaute er weg. Er spürte, daß sie direkt zu jener nackten, ungeschützten Stelle blicken konnte, die jeder Mensch zu verbergen sucht, und das beunruhigte ihn.

Willst *du* jetzt alles wissen? fragte er mit gespielter Empörung.

Ja, sagte sie. Ich kriege nämlich langsam Bedenken – mit jedem Wort, das ich sage, verliere ich etwas, während du gewinnst.

Er grinste schelmisch, legte den Daumen an die Lippe, aber sie erhob sich wie eine Flamme vom Tisch und verließ den

Café-Wagen. Er stand ebenfalls auf, doch bis er sich an der Warteschlange am Eingang vorbeigedrängt hatte, war sie bereits verschwunden. Er ging zu ihrem Abteil, aber dort war sie nicht. An den weißen Laken konnte er sehen, daß sie gar nicht dagewesen war. Panik stieg in ihm hoch, sein Herz begann zu rasen, aber dann machte er sich klar, daß sie ja nicht aus dem fahrenden Zug ausgestiegen sein konnte.

Systematisch suchte er nun einen Wagen nach dem anderen ab. Er schaute von einer Seite zur andern, während er mit raschen Schritten die Gänge durchquerte. Als er sie nicht auf den Sitzplätzen fand, kontrollierte er die Raucherabteile. Im letzten fand er sie schließlich. Sie saß in einem der abgewetzten Kunstledersitze vor einem halbgeöffneten Fenster und schaute hinaus in die Nacht von Wyoming.

Als sie die Tür aufgehen hörte, blickte sie über die Schulter, als hätte sie ihn erwartet. Ihre Augen schauten so wehmütig, und er begriff nicht, warum.

Er setzte sich wortlos neben sie, legte die langen Beine auf den Metallrand des Fensters und verfolgte, wie Wyoming langsam in der Nacht verschwand. Sogar in der Dunkelheit konnte er erkennen, wie das struppige Buschwerk nach und nach vom weißen Sand Utahs abgelöst wurde.

Bald sind wir in der Wüste, sagte er.

Ich weiß, antwortete sie leise.

Er holte eine Zigarette aus der Schachtel und zündete sie mit einem Streichholz an. Ihre Blicke folgten dem blaugrauen Rauch, der blitzschnell aus dem Fenster flog. Sie schwiegen beide endlos lange, wie ihm schien; sie gaben sich dem Rhythmus des Zuges hin, schaukelten hin und her, als würden sie in den Schlaf gewiegt. Sie legte den Kopf an die rote Lehne und schloß die Augen, während er seine zweite Zigarette rauchte; und der kleine Wasserhahn neben ihnen tropfte und zischte.

Als es zwischen ihnen ganz still war, begann er zu sprechen.

Wer hat das Haus in die Luft gejagt?

Sie öffnete nicht einmal die Augen. Wen verdächtigst du?

Happy, sagte er.

Gut geraten.

Mehr sagte sie nicht, und ihm war klar, daß er unbedingt erfahren mußte, was danach geschehen war, aber er wartete erst einmal ab, was sie sagen würde. Er schwor sich, kein Wort zu sagen, ehe sie etwas sagte, selbst wenn es Stunden dauern sollte. Während sie mit geschlossenen Augen dasaß, den Kopf zurückgelehnt, rauchte er schweigend seine Zigarette und beobachtete, wie das Buschland in Wüste überging.

Es dauerte fast fünfzehn Minuten, bis sie zu reden begann.

Wie heißt du? fragte sie.

Als er nicht antwortete, schlug sie die Augen auf und sah ihn an.

Warum ist das wichtig? fragte er, so wie sie immer.

Es ist nicht wichtig. Aber du weißt ja inzwischen auch, wie ich heiße.

Und? sagte er.

Du hast recht, sagte sie. Es spielt keine Rolle. Behalt deinen Namen meinetwegen für dich.

Als sie sich wieder mit geschlossenen Augen zurücklehnte, lächelte er in sich hinein. «Behalte deinen Namen meinetwegen für dich», hatte sie gesagt. Er hatte das Gefühl, daß er Boden gewann, er sah sich schon fast als Sieger. Aber warum lag ihm daran? Er schwor sich wieder, nichts zu sagen, bis sie etwas sagte, doch diesmal hielt er es keine zehn Minuten durch.

Also hat Happy die Bombe gelegt? fragte er.

Sie schlug die Augen auf und sah ihn an. Was?

Ich wüßte gern, wer euer Haus zerstört hat.

Sie überlegte lange und sagte dann: Dazu fällt mir als erstes folgendes ein: Möchtest du nicht lieber jemand anders mit deinen Fragen nerven?

Und was fällt dir als zweites ein? fragte er kokett.

Ich könnte nachgeben, mich darauf einlassen – mich auf dich einlassen, sagte sie.

Und? Er grinste, strich sich mit dem Daumen über die Unterlippe und schob ihn dann langsam in den Mund.

Sie musterte ihn lange und intensiv. Sie durchschaut mich, dachte er, sie weiß, was ich brauche.

Da nahm sie die Füße vom Fensterrand und setzte sich aufrecht hin. Okay, meinetwegen, sagte sie. Er wußte nicht, warum sie sich jetzt bereit erklärte weiterzuerzählen, aber er mußte an das denken, was sie vorhin gesagt hatte: *Ich spürte, daß es etwas gab, das größer war als ich und das nur darauf wartete, daß ein Mensch aufhörte, sich dagegen zu sperren, und sich darauf einließ.* Er hätte gern erfahren, ob ihre Entscheidung damit zu tun hatte, aber er traute sich nicht zu fragen.

Sie stand auf und verließ den Raucherwagen, schlängelte sich die Gänge entlang, zurück zu ihrer Kabine. Er folgte ihr und beobachtete, wie der Schlitz ihres Rockes ihre kräftigen Waden freilegte.

Als sie dann nebeneinander in den weißen Laken hinter dem roten Samtvorhang lagen, ging es ihm besser. Er zog die Stiefel aus, ließ sie auf den Boden fallen, drehte sich zu ihr hin und legte den rechten Arm über ihr Kissen. Sie atmete langsam und gleichmäßig.

Sie sagte lange nichts, sondern schaute aus dem Fenster, schaute hinaus in den weißen Sand, während er mit den Fingerspitzen ihren blassen Nacken streichelte.

Jetzt sind wir in der Wüste, sagte sie.

Er schaute nun auch aus dem Fenster. Der Sand schien endlos wie der Ozean, und Licht und Schatten malten ein Wellenmuster.

Utah, sagte er.

Sie sah ihn an.

Ich werde dir erzählen, wer die Bombe gelegt hat und wie es danach weiterging, sagte sie, aber dann möchte ich schlafen, und morgen früh steige ich aus und verbringe eine Nacht in der Wüste.

Möchtest du, daß ich mitkomme? fragte er.

Ja, sagte sie.

Danke, sagte er.

Sie nahm seine Hand und begann mit klarer, fast hitziger Stimme zu sprechen.

KAPITEL 10

Ich weiß nicht genau, wann, aber irgendwie tauchte Happys Name in meinem Kopf auf, unauffällig zuerst, aber beharrlich, wie eine Haifischflosse in blutigem Gewässer, und Stück für Stück kam ich zu der Erkenntnis, daß er wegen ein paar Prozent Beteiligung, die Bo ihm verweigert hatte, die Bombe gelegt und meine Familie umgebracht hatte. Ich weiß nicht, warum ich so lange brauchte, um das zu kapieren, denn eigentlich war es von Anfang an klar gewesen, aber nachdem ich die Logik einmal durchschaut hatte, zweifelte ich keine Sekunde mehr.

Die Erkenntnis holte mich aus meinem Bett, wo ich tage- und nächtelang gesessen, geraucht und wütend vor mich hin gebrütet hatte, und führte mich nach Morrisville ins Polizeirevier, zur Feuerwehr und zu den Leuten, die am Abend der Explosion in *Bo's Place* gewesen waren. Ich trat vor sie hin, mager und bleich, mit lockigen Haaren und dünnen Beinen, und ich stellte mehr Fragen, als irgend jemand beantworten wollte. Ich erzählte ihnen alles, was ich über Happy und die Bombe wußte, ich marschierte die Route 20 hinauf und hinunter, in meinen Riemchensandalen, den zerrissenen Bluejeans und der Bauernbluse, die ich an dem Abend getragen hatte, als unser Haus abgebrannt war, meine Fransentasche über der Schulter. Von einem zum andern ging ich, den ganzen Tag lang, manchmal bis in den frühen Abend, ich redete und stritt mit ihnen, bis mir der Kiefer weh tat und mein Mund ganz trocken war.

Als ich der Polizei das erste Mal mitteilte, es sei Happy gewesen, fiel mir auf, daß keiner mehr von einer Bombe sprach. Die Polizisten redeten nur noch von einer Explosion. «Der illegale Brennkessel deiner Mutter ist explodiert», sagten sie, aber ich erinnerte mich haargenau daran, wie Gussy Keys am Abend des Brandes zu mir im Auto gesagt hatte: «In eurem Haus ist eine Bombe hochgegangen.» Als ich Gussy deswegen fragte, sagte sie, das habe sie von den Feuerwehrleuten gehört, und sie war sogar so nett und teilte der Polizei mit, was sie mir gesagt hatte, aber danach hieß es: «Ja, am Anfang haben wir das gedacht, aber die Ermittlungen haben ergeben, daß der Brennkessel deiner Mutter explodiert ist.»

Die Feuerwehrleute behaupteten, sie hätten nie an eine Bombe geglaubt und im Zusammenhang mit der Explosion auch nie von einer gesprochen. Ich fragte: «Warum hat dann die Polizei zuerst gesagt, es sei höchstwahrscheinlich eine Bombe gewesen, und jetzt heißt es, es war eine Explosion?» Sie erwiderten, sie hätten der Polizei nie gesagt, es sei eine Bombe im Spiel gewesen. Als ich aufs Präsidium zurückging und dort die Aussagen der Feuerwehrleute wiedergab, nahmen die Polizisten ihre vorherige Behauptung zurück und sagten das, was von nun an die offizielle Version werden sollte: «Wir haben nie von einer Bombe gesprochen. Das war nur ein Gerücht.»

Danach ging ich zu den Leuten, die an dem Abend in Bo's Place gewesen waren, und zu den Familien der Todesopfer. Mit einer zitternden, neuen Stimme erzählte ich ihnen, Happy habe in unserem Haus ein Bombe hochgehen lassen. Viele waren böse auf mich, als wäre es meine Schuld, daß sie oder ein Familienmitglied überhaupt in unserer Bar gewesen waren. Manche sagten, sie hätten nicht gewußt, daß Bo im Hinterzimmer illegale Brennkessel aufgestellt hatte, die explodieren konnten, und drohten, mich vor Gericht zu ziehen; andere sagten, ich solle die ganze Sache vergessen, ich sei nur ein dünnes junges Mädchen, auf mich würde sowieso niemand hören; wieder andere sahen mich mit verschwommenem Mitleid an, und ein Mann, ein mittelalter Kirchgänger namens Spike Harris, nahm mich beiseite und flüsterte: «Paß bloß auf, was du über diesen Happy sagst.»

Nachts lag ich schlaflos in meinem Zimmer bei Gussy. Ich bestand nur noch aus Klauen und Zähnen und brodelnder Wut, alles in mir war angespannt, pulsierte, Alarmstufe Rot, die Fäuste geballt, ein einziger, hämmernder Gedanke: Keiner soll es wagen, mich zu verarschen. Es gibt keine Fairness, keine Gerechtigkeit, nicht einmal in dieser Kleinstadt mit ihrer weißen Kirche und ihren grünen Rasenflächen, kein Gramm Gerechtigkeit. Die Leute sind nichts als feige Pappkameraden, die sich nur für ihr eigenes mickriges Leben interessieren, keiner von ihnen wird sich für mich einsetzen. Erwarte nichts, nicht einmal, daß morgen die Sonne wieder aufgeht. Es gibt kein Gesetz, nur Happys Gesetz, das Lourde verfrüht aus dem Gefängnis geholt und Bo ermöglicht hat, die Bar wieder aufzumachen. Etwas, das tief in mir geschlummert hatte und bisher noch nie an die Oberfläche gekommen war, meldete sich jetzt zu Wort: Wehr dich, Mädchen, kämpfe wie der Teufel, wie ein Pitbull. Diese Stimme war neu, rücksichtslos und radikal, und sie sagte: Verpiß dich – du hast meine Familie vernichtet, ich werde dich vernichten.

Ich zwang Louise, sich auf mein Bett zu setzen, während ich in dem Zimmer mit dem ausgetretenen Fußboden atemlos, erhitzt, zornig auf und ab ging, mit den Fäusten auf die Kommode trommelte, immer wieder die Tatsachen auflistete und jedesmal zum gleichen Schluß kam: Es war Happy, wer konnte es sonst gewesen sein, es gab sonst niemanden.

Nachts lag ich im Bett, ein zähneknirschendes Bündel aus Nerven, Sehnen und Knochen, rauchte und sah mich in neuer Montur: in Springerstiefeln, mit glattrasiertem Schädel, in ärmellosem T-Shirt und mit Bomben-Tätowierungen auf den Armen.

«Du hast dich unheimlich verändert, finde ich», sagte Louise.

«Wenn man seine ganze Familie bei einem Bombenattentat verliert, ist man nicht mehr derselbe Mensch.»

«Aber du hast doch gar nicht die ganze Familie verloren», sagte sie. «Bo und Zellie leben noch.»

«Das nennst du *leben*?»

Während der drei Wochen, die ich sie jetzt besuchte, hatte Bo keinen einzigen Muskel bewegt, und Zellie machte zwar die Augen auf, aber ihre Augen waren stumpf und leer wie bei einem Fisch. Ich wollte Louise begreiflich machen, wie sich das anfühlte, wenn man daneben saß und nichts tun konnte als warten und dem flachen, todesähnlichen Atmen zuhören, während die Zeit verging, an ihnen vorbeiging, ohne daß es auch nur den geringsten Fortschritt gab – kein Licht in den Augen, keine erhobene Hand. Ich versuchte ihr zu erklären, wie sich der Magen verkrampfte, als würde eine Hand danach greifen, während man dasaß und irgendwie auf ein Wunder hoffte, und dann die kalte Stimme, die zischte: Bist du denn vollkommen bescheuert? Nichts wird geschehen! Und dann nimmt man den Bus nach Hause, das heißt, von «zu Hause» kann man gar nicht sprechen, und man liegt hellwach in einem Bett, das einem nicht gehört, so gnadenlos allein und verzweifelt, ausgehöhlt von der Ungerechtigkeit, von der beschissenen Grausamkeit.

Aber Louise hatte recht. Ich hatte mich verändert. Wenn man seine ganze Familie verliert, bekommt man das Gefühl, man hätte nichts mehr zu verlieren.

«Aber das kannst du doch nicht bis an dein Lebensende als Argument nehmen», sagte Louise. «Du kannst nicht dauernd sagen, wenn irgend etwas los ist: ‹Tja, tut mir leid, ich habe meine ganze Familie verloren, und deswegen bin ich so.›»

Bei diesen Worten hörte ich irgendwie Louises Mutter durchklingen. Ich sah die knochendürre Frau vor mir, wie sie in ihrer Kartoffelsuppe rührte und sagte: «Das Mädchen kann das doch nicht jedesmal anbringen, wenn etwas passiert. Es ist ja wirklich eine Tragödie, aber deswegen kann sie trotzdem nicht tun und sagen, was sie will, und sich dann damit herausreden, daß sie ihre Familie verloren hat.» Darum zog ich nicht bei den Van Sants ein, als sie mich deswegen fragten. Eine innere Stimme sagte mir, daß Mrs. Van Sant wenig Toleranz besaß und ihr Herz genauso knöchern war wie sie, dünn wie Papier. Statt dessen schleppte ich einen geborgten Koffer mit ein paar geschenkten Kleidern und all den Artefakten, die ich aus den Ruinen unseres Hauses gerettet hatte, in das Zimmer, das Mr. Antonovsky mir hinten in seinem Haus anbot. Er sagte, er habe in meinem Alter auch seine ganze Familie verloren und könne mich verstehen. Und das stimmte. Er verstand mich. Im Gegensatz zu Louise und Louises Mutter verstand mich Mr. Antonovsky sogar mehr als gut: meinen Haß, meinen brodelnden Zorn, das brennende Gefühl der Ungerechtigkeit, und er verstand mich nicht nur, sondern teilte die Gefühle sogar mit mir, als wäre er selbst betroffen. Was Happy für mich war, das war Stalin für ihn, und wir verbrachten viele Abende in seinem Wohnzimmer und redeten stundenlang über das Wesen des Bösen. Wir wurden zu wahren Leidensgefährten, so daß ich schließlich die Sache mit seinem Schwanz ganz vergaß. Ich begriff, was er gemeint hatte, als er mir vor nicht allzu langer Zeit gesagt hatte: «Macht jetzt nichts. Nicht viel mehr als ein Wasserschlauch.» Wenn man seine ganze Familie verliert, weil es einem brutalen Verbrecher so gefällt, ist es vergleichsweise unwichtig, wenn man seinen halben Schwanz einbüßt.

Das Zimmer oben an der Treppe wurde mein Zuhause. Viele Stunden lag ich dort auf dem Bett, die Hände über dem Bauch gefaltet, und rief mir immer wieder ins Gedächtnis, was ich alles verloren hatte. Nichts auf dieser Welt gehörte mir, bis auf die paar Sachen, die jetzt hier auf dem Schreibtisch standen, im Schrank hingen und in der Kommode lagen. Wie ein Credo sagte ich mir immer wieder vor, daß ich einen richtigen, echten Feind auf dieser Welt hatte, und die ganze Wut und der ganze Haß in meinem mageren Körper rasten zu einer Stelle in meinem Herzen, als wäre dort der Name Happy eingraviert.

Wenn ich mir Happy vorstellte, wie er irgendwo herumsaß und zu Mittag aß, sich mit seinen Freunden Witze erzählte und keinen Gedanken darauf verschwendete, daß er eine ganze Familie umgebracht und nur ein dünnes Mädchen zurückgelassen hatte – in solchen Augenblicken begriff ich, was Wahnsinn ist. Ich kam ganz nah an den Wahnsinn heran, berührte ihn, schmiegte mich an ihn und lernte irgendwo tief in mir die Mörderin kennen. Ich kannte jetzt dieses dunkelste Innere. Ich war erfüllt von den scheußlichsten Gedanken, Gedanken, die mir bis dahin untersagt gewesen waren, Gedanken voller Haß. Alle Hemmungen schienen von mir abzufallen, ich fühlte mich aus dem Leben hinausgeschleudert, ich gehörte nicht mehr in die Welt, die so funktionierte, als gäbe es solche Dinge nicht, als würde nie jemand wie Happy im Garten aufkreuzen; ich gehörte nicht mehr in die Welt, wo man abends den Tisch deckte, wo die Teller mit leckeren Speisen gefüllt wurden und man im warmen Lampenschein gemeinsam aß; die Welt der frischgewaschenen Kleidungsstücke und der weißen Laken. Dort, wo ich jetzt stand, war alles anders – die Welt war düster und böse, chaotisch und irrational, voller Haß und Wut, ein bedrohlicher Ort, und jetzt war diese Welt auch in mir. Hätte man mich aufgeschnitten, hätte man festgestellt, daß der Name «Happy» in meine Adern tätowiert war, daß er mit schwarzen Lettern in mein Herz eingraviert war. Ich haßte diesen Mann zutiefst, wünschte ihm nichts sehnlicher als den Untergang und verbrachte jede freie Minute damit, sein Ende zu planen. Es gab für mich keinen schlechteren Menschen, niemanden, der die Todesstrafe mehr verdient hätte als er. Jeden Abend wurde ich in meinem Bett in Mr. Antonovskys Haus ein Stückchen größer, verwandelte mich immer mehr in einen kampferprobten Krieger. Ich sah mich in Springerstiefeln durch die Straßen gehen, Lourdes Old Gold Zigaretten im Mundwinkel, das Kinn vorgeschoben, kein Lächeln auf den Lippen, den Blick stur geradeaus gerichtet, ohne Pardon, ein Mensch, der sich nicht mehr herumschubsen ließ.

Wochenlang lag ich in meinem Zimmer bei Mr. Antonovsky und betete, daß Happy Streit mit jemandem bekommen möge, der ihn dann ohne Skrupel umlegen würde. Besonders gut gefiel mir die Vorstellung, daß dieser Jemand die Tür zu Happys Schlafzimmer eintrat, ihn mit einer seiner vollbusigen Frauen in flagranti erwischte und mit einem Kugelhagel durchlöcherte, ehe er auch nur piep sagen konnte. Ich wäre auch schon zufrieden gewesen, wenn er von einem Bus oder einem großen Lastwagen überrollt würde. Dabei war mir sein Tod eigentlich gar nicht so wichtig, solange er nur zerfetzt und verstümmelt wurde, wie der Mann in dem Film «Johnny zieht in den Krieg», der Arme und Beine verlor und sich ernsthaft überlegte, ob er als Freak im Zirkus auftreten sollte.

Als ich Louise das alles erzählte, meinte sie, ich würde von Tag zu Tag komischer. Ich wußte nicht, wie ich es ihr erklären sollte – ich war nicht komisch, nur irgendwie weit weg, konnte aber nicht beschreiben, was mich weggeführt hatte. Ich konnte nur sagen, daß ich großen Respekt vor den unsichtbaren, wirbelnden Mächten der Welt hatte, die ich in keiner Weise kontrollieren konnte.

«Wir sind wie Ameisen, Louise, und als Ameisen leben wir in einer Welt, in der die Leute mit großen Füßen hintreten, wo es ihnen gerade paßt. Und weil wir nur Ameisen sind, können wir nie berechnen, wo diese großen Füße landen. Und wir können nichts dagegen tun. Aber wenn man merkt, wie leicht man zerquetscht werden kann, ist man schon dankbar dafür, wenn man aus dem Ameisenhaufen raus und rein gehen und seine Lasten rumschleppen kann, ohne kaputtgetrampelt zu werden.»

«Aber wir sind doch keine Ameisen, Hemy», sagte Louise. «Wir sind die Leute mit den großen Füßen.»

Ich gab auf.

Zuerst schlug ich Louise nur vor, Happy zu suchen. «Aber wenn du ihn findest, kannst du ihn doch nicht nur blöd anglotzen», sagte Louise. Ich wollte ihn finden und ihn anglotzen, damit er wußte, daß ich es wußte. Ich erwog auch, ihn anzusprechen, ihm zu sagen, daß ich wußte, was er getan hatte – bis mir klar wurde, daß ich mich dadurch quasi als Zielscheibe anbot. Und wenn ich es mir richtig überlegte, war es eigentlich schon viel zu gefährlich, ihn anzuglotzen, denn schließlich hatte er ein ganzes Haus und eine ganze Familie in die Luft gejagt. Für ihn wäre es eine Bagatelle, ein trauriges sechzehnjähriges Mädchen um die Ecke zu bringen.

«Ich glaube, es gibt für mich im Grunde nur eine Möglichkeit», sagte ich schließlich zu Louise.

«Und die wäre?»

«Ihn umbringen.»

Ich weiß nicht, wie ich es schaffte, Louise in meinen Mordplan hineinzuziehen. Sie meinte, wahrscheinlich sei sie mir hörig, denn sie war natürlich ganz und gar nicht einverstanden mit meinem Vorhaben. Wenn wir darüber redeten, schlug sie sich manchmal an die Stirn und rief: «Ich kann's nicht fassen, daß wir hier sitzen und darüber reden, einen Menschen umzubringen.» Ich erinnerte sie dann immer daran, daß Happy kein Mensch sei. «Er ist ein Teufel», sagte ich und wiederholte damit das, was Lourde damals in dem hinteren Feld gesagt hatte, als unser Schicksal besiegelt wurde.

«Vielleicht gibt es ja doch noch andere Möglichkeiten», sagte Louise.

«Zum Beispiel?»

«Vielleicht kannst du bis zum Obersten Gerichtshof gehen oder so was.»

«Mit welchen Argumenten? Es gibt keine Beweise für eine Bombe. Von den Brennkesseln ist auch nichts mehr da. Ich weiß über Happy nur Sachen aus zweiter Hand, und außerdem ist Bo auch kein Unschuldslamm. Sie hat illegal Schnaps gebrannt, Louise. Wenn man sich außerhalb der Gesetze bewegt, kann einem so was passieren.»

«Aber du wirst dein ganzes Leben ruinieren», sagte sie.

Ich erwiderte, es sei schon kaputt.

«Aber du kannst doch wieder von vorn anfangen, Hemy. Wenn du jemanden umbringst, hilft dir das auch nicht weiter.»

Ich sagte, es würde mir Frieden geben.

«Du bist verrückt», sagte sie.

Ich lächelte. Das war meine neue Identität. Die verrückte Hemy Lourde.

Als Louise im letzten Moment kalte Füße bekam, führte ich sie auf den Friedhof und zeigte ihr die drei Gräber, und dann nahm ich sie ins Krankenhaus mit, wo wir beide zuerst in Bos Zimmer saßen und ihr beim Atmen zuschauten und dann in Zellies Zimmer das drehende Bett bewunderten. Louise sollte die Hilflosigkeit spüren, sie sollte wissen, wie es war, wenn man sah, wie die Zeit verrann und ohne den geringsten Fortschritt an den beiden vorüberging.

«Ich verstehe dich», sagte sie.

Es kostete etwas Mühe, aber wir fanden heraus, daß Happy in Syracuse in der Onondaga Avenue wohnte, in der Nummer 124, und daß er sich oft in einem Club namens Rocky's aufhielt, der nur drei Straßen vom Syracuse Motel entfernt war. Ich beschloß, wir sollten auf der anderen Straßenseite vor seinem

Haus warten, und wenn er abends nach Hause kam, wollte ich ihn mit Lourdes Revolver erschießen, mit demselben Revolver, mit dem ich auch auf Mr. Antonovsky geschossen und den ich in den Ruinen gefunden hatte. Louise war bei mir, als ich ihn aus der obersten Schublade meiner Kommode bei Mr. Antonovsky holte und ihn mit dem Lauf voran in meine Fransentasche stopfte, zwischen meinen Geldbeutel und eine große Flasche Aspirin. Er war ein bißchen angekohlt, aber es waren immerhin noch drei Kugeln drin.

Louise hatte furchtbar Angst, und während der Busfahrt versuchte sie die ganze Zeit, mir mein Vorhaben auszureden, aber ich blieb stur. Es war nicht leicht, ihr zu erklären, daß man nicht wie ein aufgespießter Käfer in seinem Bett liegen und immer nur strampeln konnte, sondern daß der Punkt kam, an dem man handeln mußte, sonst war es um einen geschehen, und man wurde zermatscht, Herz und Leber, alles kaputt, es würgte einen, man konnte nicht mehr weiterleben, nicht mehr atmen. «Warum soll er atmen, wenn ich nicht atmen kann?» sagte ich.

An der Greyhound Station stiegen wir aus, und während wir auf einen der Linienbusse warteten, sagte Louise: «Was machen wir, nachdem du ihn erschossen hast, Hemy?» Der Dialog war inzwischen schon ein Spiel geworden; er begann immer mit dieser Frage.

«Abhauen, so schnell es nur geht», sagte ich.

Louise dachte darüber nach, und nachdem sie lange genug geschwiegen hatte, fragte ich: «Was ist das Schlimmste, was uns passieren könnte?»

«Daß wir erwischt werden und ins Gefängnis kommen.» Am allermeisten fürchtete sich Louise vor dem Gefängnis. Das ängstigte sie mehr als die Vorstellung, erschossen zu werden.

«Erstens – du kommst bestimmt nicht ins Gefängnis», sagte ich. «Du bist ja nicht diejenige, die schießt. Sie können dir höchstens anhängen, daß du Mitwisserin bist, aber ich verspreche dir, wenn wir geschnappt werden, dann sage ich, du hättest versucht, mich zurückzuhalten. Du kommst nicht ins Gefängnis. Die sperren nur mich ein.»

Wir stiegen in der Grant Street aus, zwei Querstraßen von der Onondaga Avenue entfernt, und gingen stumm die zweihundert Meter bis zu Happys Haus, Louise zaghaft und zitternd, ich in meinen imaginären Springerstiefeln, mit Stiernacken und geschwollenen Adern, ein Killer mit einem Auftrag: Es soll nur keiner wagen, mich zu verarschen, kapiert? Dann blieben wir stehen – auf der anderen Straßenseite war ein flacher roter Backsteinbau mit drei schwarzen, goldumrandeten Zahlen: 124. Genausogut hätte dort stehen können «Hier wohnte Happy», solche Angst jagten mir diese Zahlen ein. Ich hatte nicht gedacht, daß ich Angst kriegen würde. Ich hatte erwartet, der Haß würde sie übertönen, hatte ein Rückgrat aus Stahl erwartet, aber jetzt betete ich um ein bißchen Mut, denn immerhin hatte ich den ganzen weiten Weg zurückgelegt und keine Lust, als dünner Teenager wieder in den Bus zu steigen. Ich wollte als Killer zurückfahren.

Also setzten wir uns auf die Verandastufen des gegenüberliegenden Hauses und warteten auf Happys Rückkehr, damit ich ihn erschießen konnte. Zwei Stunden saßen wir auf den kalten Betonstufen, setzten uns alle paar Minuten anders hin, redeten, hielten Ausschau, schauten in jedes Auto, in jeden Lastwagen, jedes Gesicht. Es waren alle möglichen Leute unterwegs – ältere Herren in grauen Hosen, die ihre Boxerhunde ausführten, Mädchen in knappen Schlaghosen, die Zigaretten rauchten und sich hinter ihren langen, glatten Haaren versteckten, Lieferwagen mit langhaarigen jungen Männern und Frauen, die lauthals zu Musik von Pink Flloyd mitsangen, Joints kreisen ließen und den Rauch aus dem Fenster bliesen, schwarze Jungen mit Afros und engen Hosen, die im Vorbeischlendern über

Black Power redeten und mir und Louise mißtrauische Blicke zuwarfen, weil wir so hoffnungslos weiß waren.

Schließlich fuhr ein Taxi vor. Jetzt mußten der Revolver hervorgeholt und meine Nerven beruhigt werden, also versetzte ich Louise einen Rippenstoß, damit sie still war, aber sie keuchte sofort ganz laut. «Louise», schimpfte ich, holte den Revolver aus meiner Tasche und hielt ihn im Schoß bereit, während ich darauf wartete, daß die Taxitür aufging und das Monster ausstieg. Als ich den Revolver in die Hand nahm und zielen wollte, fiel mir Louise in den Arm und schrie: «Tu's nicht, Hemy! Es lohnt sich nicht. Bitte nicht!»

Ich schubste sie mit dem Ellbogen weg. «Halt die Klappe, Louise!»

Happy stieg aus dem Taxi aus, eine vollbusige Frau im Schlepptau, und als ich mir vorstellte, wie er sich mit ihr im Bett wälzte, ohne auch nur im geringsten daran zu denken, daß er eine ganze Familie ausgelöscht und nur ein zitterndes Mädchen zurückgelassen hatte, zielte ich auf sein Herz und drückte ab. Es klickte nur, aber Louise schrie trotzdem. Happy und die vollbusige Frau drehten sich irritiert um, starrten zu uns herüber, aber wir saßen auf den Stufen wie zwei ganz normale Teenager. Ich hätte noch einmal zielen können, hätte immer wieder abdrücken können, bis ich eine Kammer mit einer Kugel erwischt hätte, aber ich tat es nicht. Irgend etwas in mir zerplatzte, wie eine hauchdünne Blase, die mit warmem Salzwasser gefüllt ist, und ich ließ den Revolver in meine Tasche plumpsen.

Nach einer Weile standen Louise und ich auf und stolperten davon. Ich atmete schwer, meine Hände zitterten, ich hörte immer noch das Klicken, wieder war es ein Revolver, der eine zentrale Veränderung in meinem Leben markierte, nur diesmal ohne lauten Knall. Aber ich hatte abgedrückt. Zum zweiten Mal in meinem Leben hatte ich auf einen Menschen gezielt und abgedrückt, und während der Heimfahrt fragte Louise immer wieder: «Und wenn jetzt eine Kugel in der Kammer gewesen wäre, Hemy?»

«Es war aber keine drin», sagte ich, denn das entsprach schließlich den Tatsachen.

«Ja, aber trotzdem – wenn eine drin gewesen wäre, hättest du ihn erschossen. Du hättest ihn tatsächlich erschossen, Hemy!» Sie sah mich an, halb bewundernd, halb entsetzt, und sagte: «Ist dir das klar? Wenn eine Kugel in der Kammer gewesen wäre, hättest du ihn erschossen.»

Ich versuchte Louise zu erklären, was passiert war – gleich nachdem ich abgedrückt hatte und Happy immer noch auf dem Gehweg stand, die Frau mit den hohen Absätzen am Arm, hatte ich einen Augenblick absoluter Klarheit gehabt. Ich hatte im Geist lauter pechschwarze Löcher gesehen, eine allesverschlingende Dunkelheit, und in diesem Bruchteil einer Sekunde hatte ich begriffen, daß Happys Tod nichts dazu beigetragen hätte, das Loch zu stopfen, das in mich gerissen worden war – sein Tod hätte nur ein neues Loch aufgerissen, das seinerseits wiederum eines aufreißen würde und so weiter und so fort, bis nichts mehr übrig war. Besser konnte ich es nicht beschreiben, aber plötzlich hatte sich etwas in mir gelöst, als würde sich eine Tür öffnen und Luft hereinströmen, und ich ließ den Kopf in Louises Schoß sinken und weinte laut, wie eine Violine mit abgezogenen Saiten. Die arme Louise tätschelte mir die Wange, und mein Schluchzen erregte soviel Aufsehen, daß die Leute zu uns nach hinten kamen und Louise ihnen erklären mußte: «Sie hat fast ihre ganze Familie bei einem Bombenanschlag verloren.» Und dann tasteten lauter Hände nach mir, lauter unbekannte Hände, sie berührten meine Haare, mein Gesicht, meine Schultern, kurz, aber zärtlich, gefolgt von gurrenden, wispernden, notwendigen Worten.

KAPITEL 11

Sie schwieg und schaute ihn an. Er lag auf der Seite, hatte den Arm um ihre Taille geschlungen und konnte den Blick nicht von ihr abwenden.

Soll ich weitererzählen? fragte sie.

Ja, natürlich.

Aber du weinst ja, sagte sie und wischte ihm mit den Daumen die Tränen vom Gesicht.

Er wußte nicht, warum er weinte. Er war ganz durcheinander, und gleichzeitig faszinierte es ihn, daß sie tatsächlich vorgehabt hatte, Happy zu erschießen und außerhalb des Gesetzes ihre eigene Art von Gerechtigkeit zu üben. Es wäre so perfekt gewesen, aber der Zufall hatte es anders gewollt, die Kugel war in der nächsten Kammer gewesen. Und statt Gerechtigkeit zu erfahren, hatte sie etwas anderes gefunden, etwas, dessen Bedeutung er nicht ermessen konnte.

Warum wolltest du nicht noch ein Loch reißen? fragte er leise.

Das wäre uninteressant gewesen, sagte sie.

War es denn interessanter, unverrichteter Dinge wegzugehen?

Dadurch konnte etwas anderes geschehen, und es wurden nicht immer nur Löcher aufgerissen.

Etwas Gutes?

Nein, einfach etwas anderes. Etwas, wovon ich noch nichts wußte.

Also eine existentielle Entscheidung? fragte er.

Sie lächelte.

Hast du dich moralisch überlegen gefühlt?

Nein, antwortete sie. Ich hatte ja abgedrückt.

Er war verblüfft. War es wirklich keine Erleichterung für sie gewesen, daß sie Happy nicht erschossen hatte?

In dem Augenblick merkte er, daß er ihr jetzt eher vertrauen konnte.

Warum weinst du? fragte sie und trocknete vorsichtig seine Tränen.

Er sah das Mädchen Hemy vor sich, wie sie schluchzend im Bus saß, nachdem sie alles verloren hatte.

Es ist sehr traurig, sagte er.

Ihre Blicke begegneten sich, und diesmal war sie es, die sich zu ihm beugte und ihn auf den Mund küßte. Sie küßte ihn so ungeniert, so genußvoll, daß es ihm den Atem verschlug. Dann löste sie sich von ihm und schaute ihm in die Augen, als wollte sie ihn herausfordern. Nun warf er sich auf sie, preßte gierig seinen Mund auf ihren, drang mit der Zunge in ihn ein. Er drückte sich mit seinem ganzen Gewicht an sie, als wäre sein ganzer Körper erigiert und bereit. Er wollte sie mit seiner Kraft, mit seiner körperlichen Überlegenheit beeindrucken, in ihr Angst und zugleich Lust wecken, so wie sie es am vergangenen Abend mit ihm gemacht hatte; aber sie reagierte mit der gleichen Kraft, umklammerte ihn mit so starken Armen, daß er sich wieder fragte, ob sie ein Mann oder eine Frau war. Er konnte den leidenschaftlichen Kuß gar nicht mehr richtig genießen, weil lauter störende Bilder vor seinem inneren Auge auftauchten – er sah Frauenkörper vor sich, die durch groteske Anhängsel chirurgisch in Männerkörper verwandelt wurden. Die Vorstellung irritierte ihn so, daß er den Kuß abbrach.

Du hast meine Frage immer noch nicht beantwortet, flüsterte er.

Welche Frage? flüsterte sie zurück.

Genital gesehen, bist du ein Mann oder eine Frau?

Einen Moment lang schaute sie ihn sprachlos an, dann warf sie den Kopf zurück und lachte. Er schämte sich, aber das Gefühl verschwand schnell wieder, weil sie so hemmungslos lachte.

Sie beruhigte sich wieder, suchte seinen Blick, nahm seine Hand und legte sie zwischen ihre Beine. Durch den Baumwollstoff ihres Rockes spürte er die perfekte Rundung ihres Schambeins, das Fleisch ihrer Lippen, die Spalte. Lächelnd griff sie dann ihm zwischen die Beine, fühlte, wie er steif wurde, und als er hart war, nahm sie ihre Hand wieder weg.

Fühlt sich an, als wärst du ein Mann, sagte sie.

Hattest du etwa Zweifel?

Sie lachte, als sie die Kränkung in seinen Augen sah, die bei jedem Mann eintrat, wenn seine Männlichkeit irgendwie in Frage gestellt wurde.

Zärtlich küßte sie ihn auf die Lippen und flüsterte: Was hättest du getan, wenn du zwischen meinen Beinen einen Penis vorgefunden hättest?

Ich würde nicht mehr hier bei dir liegen.

Würdest du immer noch meine Geschichte hören wollen? fragte sie.

Ja, aber im Café-Wagen.

Lachend ließ sie sich in die Kissen zurückfallen. Er sah ihre nackte weiße Kehle, hörte ihr tiefes, volles Lachen. Ihr Gelächter entzückte ihn, und er hauchte einen Kuß auf ihre Kehle.

Erzähl weiter, flüsterte er. Zwar wurde es ihm allmählich etwas unbequem, daß sie ihm ihre Geschichte erzählte, aber er wollte trotzdem wissen, wie sie weiterging.

Sie schaute stirnrunzelnd auf ihren Wecker.

Es ist schon ziemlich spät. Meinst du wirklich, ich soll noch weitererzählen?

Ja, bitte, sagte er.

Wo war ich stehengeblieben?

Du hast den Kopf in Louises Schoß gelegt und geweint, wie eine Violine mit abgezogenen Saiten.

Ja, stimmt.

Er drehte sich auf die Seite und beobachtete, wie ihr Mund das erste Wort formte und wie ihre Knie dabei leicht gegeneinander schlugen, als wären sie der Motor, der alles antrieb.

KAPITEL 12

Das nächste, was ich weiß, ist, daß Zellie aufwachte. Eine Krankenschwester vom Crouse Memorial Hospital rief an, um es mir mitzuteilen, und mit bebendem Herzen fuhr ich mit dem ersten Bus nach Syracuse. Es kam mir komisch vor, daß Zellie zurückgekommen war. Ich hatte es nicht mehr für möglich gehalten, ich hatte die Hoffnung ganz aufgegeben, aber dann dachte ich plötzlich einen ganz schrecklichen Gedanken, einen von denen, die man nie im Leben zugeben möchte, sondern am allerliebsten gleich wieder rückgängig machen würde. Warum Zellie? Warum war ausgerechnet Zellie durchgekommen – und nicht Lourde, Bo, Oscar oder Frieda? Ehe ich mich daran hindern konnte, wünschte ich mir, es hätte jemand anderes überlebt, irgend jemand, nur nicht Zellie, denn Zellie mochte ich am wenigsten von allen. Außerdem brachte es mich ganz durcheinander, daß ich nun nicht mehr allein war. Ich hatte die Einsamkeit wie einen Umhang um mich gelegt, hatte mich abgekapselt und die Kraft gesucht, die tief im Innern eines Menschen liegt, der absolut alleine ist. Mich umgab jetzt eine Art Schutzzone, einen Meter breit, einsachtzig hoch, eine Rüstung, ein Schild, und dieser geheiligte Raum war alles, was ich besaß. Ich hatte Angst, Zellies Erwachen könnte den Panzer aufbrechen und ihn wegsprengen.

Als ich die Intensivstation betrat, versammelten sich sämtliche Krankenschwestern um mich, und plötzlich war das Wort «Wunder» in aller Munde. Es ist ein Wunder, sie ist ein Wunder, wir haben ein Wunder erlebt. «Weiß sie Bescheid?» fragte ich leise, und sofort verschlossen sich ihre Gesichter, das Wort «Wunder» verklang, als wäre es vom Gewicht unseres Wissens erdrückt worden, bis schließlich eine der Schwestern sagte: «Wir haben ihr noch nicht alles gesagt.» Sie hatten ihr nur mitzuteilen gewagt, daß der Brennkessel ihrer Mutter explodiert und sie von einem Tischbein durchbohrt worden sei. «Ich verstehe», sagte ich. «Das heißt, ich soll ihr den Rest erzählen.» Und als alle nickten, sah ich meine Mission vor mir: ein langer, steiniger, häßlicher Weg. Aber sobald die Schwestern meinen Widerstand bemerkten, flatterten ihre Arme empor und landeten auf meinen Schultern, und sie flüsterten, ich sei die einzige, die diese Aufgabe übernehmen könne, ich sei ein sehr ungewöhnliches Mädchen mit einer enormen Kraft, das sei ihnen schon lange aufgefallen, aber gegen meine Angst kam das alles nicht an.

Zellie schlief, als ich in ihr Zimmer kam, also mußte ich irgendwie die Zeit totschlagen. Ich saß da und zerrte an meinen Fingern, während ich mir überlegte, wie ich ihr beibringen sollte, daß sie ihren Vater, ihre Schwester, ihren Bruder und höchstwahrscheinlich auch ihre Mutter verloren hatte und daß ich als einzige noch am Leben war, ich, die sie am wenigsten mochte, denn unsere Gefühle beruhten auf Gegenseitigkeit. Ich sah zu, wie ihr Bett sich drehte, und merkte, wie sehr ich mich daran gewöhnt hatte, an das Bett und daß die darauf geschnallte seltsame Gestalt meine Schwester war. Ich hatte mich an mein Zimmer bei Mr. Antonovsky gewöhnt, ans Alleinsein und daran, daß alle meine Besitztümer in einen einzigen Koffer paßten, aber an das ganze Ausmaß des Verlusts, an das Gefühl, alles, aber auch wirklich alles verloren zu haben, konnte ich mich nicht gewöhnen. Das lastete immer noch bleischwer auf mir, und mein Herz fühlte sich an, als wäre ein Teil von ihm amputiert worden.

Als Zellie die Augen aufmachte und ihr Blick auf mich fiel, hatte ich ein ganz eigenartiges, glitschiges Gefühl. Wie oft war ihr leerer, glasiger Blick auf mir gelandet, ohne etwas zu erkennen; aber jetzt tauchte plötzlich wieder Zellie im Hintergrund der Augen auf.

«Hallo, Zellie. Wie fühlst du dich?» fragte ich. Ich wollte es wirklich nicht, aber ich redete mit ihr, als wäre sie höchstens halb so alt wie ich.

«Die Schwestern haben gesagt, daß Bos Brennkessel explodiert ist und daß mich ein Tischbein durchbohrt hat», sagte sie.

Ich hatte nicht erwartet, daß sie gleich darüber sprechen würde, als hätte sie zuerst übers Wetter oder sonst irgend etwas reden müssen, aber eigentlich war es ja nur logisch, daß sie an nichts anderes denken konnte.

«Stimmt das?» fragte sie.

«Es stimmt schon – aber ich glaube nicht, daß Bos Brennkessel explodiert ist. Ich bin felsenfest davon überzeugt, daß Happy eine Bombe gelegt hat, weil Bo ihm nicht das Geld gegeben hat, das er aus ihr rauspressen wollte.»

Das Bett drehte sich, ich konnte Zellie nicht mehr sehen, aber ich hörte laut und deutlich ihre Stimme. «Das glaube ich nicht. So was würde er nicht tun, dafür ist er gar nicht der Typ.»

«Oscar hat mal gesagt, Happy ist jemand, dem man nichts abschlagen darf.» Ich schwieg, und es war still im Zimmer, bis auf das Klicken des Bettmotors.

«Was ist mit Bo?» fragte Zellie, als sie wieder auftauchte.

Ich schaute ihr in die Augen und merkte, daß ihnen ein gewisses Leuchten fehlte, das Licht, das direkt mit der Seele verbunden war. Zellies Seele war so lebendig und hoheitsvoll gewesen, auch wenn mir das überhaupt nicht gepaßt hatte, aber jetzt schien dieses Licht gedämpft, schwach, vielleicht war es sogar ganz erloschen.

«Sie liegt im Koma. In einem Zimmer hier auf der Station.»

Das Bett drehte sich wieder und nahm Zellie mit, und mein Magen krampfte sich zusammen, als hätte ich Gift geschluckt.

«Lourde?» fragte sie.

Am liebsten wäre ich aufgestanden und aus dem Zimmer gerannt. Ich wollte den Schwestern sagen, sie müßten Zellie informieren, ich würde es nicht über mich bringen, einem Mädchen, das auf ein sich drehendes Bett geschnallt war, mitzuteilen, daß seine ganze Familie tot war!

«Lourde ist tot?» flüsterte sie.

Ich wartete, bis sie zurückkam, dann nickte ich.

«Was ist mit Oscar und Frieda?»

Ich schaute in ihre dunklen, unerschrockenen Augen und nickte einmal für Oscar und ein zweites Mal für Frieda.

Einen Moment lang herrschte fassungslose Stille. Dann öffnete Zellie den Mund, und ich dachte, sie würde etwas sagen wollen, aber statt eines Wortes kam ein tiefer, klagender Schrei aus ihr heraus, der gar kein Ende nahm. Ich wollte ihre Hand nehmen, aber das Bett trug sie davon, und sie schrie immer weiter, der Schrei hörte nicht mehr auf, als wäre er in ihrer Kehle steckengeblieben, wie ein Saphir in einer Schallplattenrille. «Zellie!» schrie ich, etwas Besseres fiel mir nicht ein, und das Bett drehte sich immer weiter, und dazu dieser Schrei, wie eine Sirene, unerbittlich, hemmungslos, ohne Erbarmen.

Mit quietschenden Gummisohlen kam eine Krankenschwester angerannt.

«Was ist passiert?» rief sie.

«Ich habe ihr alles gesagt.»

Noch mehr Schwestern kamen hereingeeilt, eine stellte den Schalter von Zellies Bett ab, eine zweite band Zellie los, hob sie an und zog ihr das Nachthemd über den runzligen weißen Hintern, während eine dritte eine Spritze vorbereitete und dann die Nadel in dieses jämmerliche Fleisch jagte, und innerhalb von Sekunden verstummte Zellies Schrei, sie verdrehte die Augen, und ihre Lider flatterten wie zwei Laken in einer leichten Brise. Die Schwester hielt sie fest und murmelte ihr beschwichtigende Worte ins Ohr, bis Zellie ganz schlaff wurde und ihr knochendürrer Körper federleicht in den Armen der Schwester lag. Die bettete sie dann zurück in die Kissen. Dabei fiel das Nachthemd auf, und ich sah wieder ihre Wunde – ein enges, eiterndes Loch direkt unter dem Rippenbogen, und von dem Loch gingen zackige Linien aus, wie Risse in der Haut, als wäre sie von einer Abrißbirne getroffen worden.

Es dauerte lange, bis Zellie ihr Schicksal akzeptierte. Sie bäumte sich mit aller Kraft dagegen auf, wie ein ungebrochenes Fohlen, und außer mir und einer buckligen alten Sozialarbeiterin namens Shirley Comstock gab es niemanden, der zu ihr durchzukommen versuchte. Jeden Tag nach der Schule fuhr ich mit dem Drei-Uhr-Bus nach Syracuse, ging durch die längst vertrauten Korridore des Crouse Memorial, dreimal rechts, dann links, mit dem Fahrstuhl fünf Stockwerke nach oben, dann links und wieder rechts, unterwegs nickte ich allen Schwestern zu, und meine Schlaghosen fegten über den Fußboden, während in meinem Magen die Angst aufquoll wie Hefeteig, denn ob ich es wollte oder nicht, ich war auf dem Weg zu einer lodernden Flamme. Ich setzte mich auf den Stuhl neben Zellies drehendem Bett, das jetzt immer wieder stundenweise abgestellt wurde, was man allerdings nicht als riesigen Fortschritt bezeichnen konnte. Ich saß da und konnte nichts sagen, weil sie mir sowieso nicht zugehört hätte. Nein, die Welt war stockfinster, es gab keine Hoffnung auf Besserung, es war alles aus und vorbei, und ich saß nur da und hörte zu, denn sonst konnte ich nichts tun – ich war ja verschont geblieben.

«Und ich kapiere überhaupt nicht, warum ausgerechnet du

verschont geblieben bist», schimpfte Zellie immer wieder. «Du bist doch gar nichts Besonderes.»

Sie haßte Gott, weil er mich verschont hatte; sie haßte ihn auch für alles andere, aber ganz speziell dafür, und sie redete nicht mehr von Gott, sondern immer nur von dem Wichser. «Findest du' s nicht komisch, daß der Wichser dir nichts getan hat?» fragte sie mich die ganze Zeit, und als ich eines Tages entgegnete, meiner Meinung nach habe der Wichser mir sehr viel angetan, immerhin hätte ich genauso viele Familienmitglieder verloren wie sie, da stellte sie ihr rotierendes Bett ab, holte tief Luft und schrie mit einer ganz harten, lauten Stimme: «DU HAST NOCH DEINE BEINE. DIR HAT SICH NICHTS DURCH DEN BAUCH GEBOHRT. DU HAST KEIN LOCH, DAS GANZ DURCH DICH DURCHGEHT. DU KANNST IMMER NOCH EINEN BIKINI TRAGEN. DU KANNST DEIN ESSEN VERDAUEN. DU KANNST IMMER NOCH MIT JUNGS AUSGEHEN. UND DU KANNST IMMER NOCH KINDER KRIEGEN, DU BLÖDE KUH, VERDAMMT NOCH MAL!»

Sofort ging ich in die Knie und legte den Kopf auf ihren Bauch. «Es tut mir ja so leid, Zellie. Es tut mir so unendlich leid!» Ich nahm ihre Hand und drückte sie, und da war es plötzlich, als fiele mir eine Binde von den Augen, die mich bisher daran gehindert hatte zu sehen, daß es jemanden gab, dem es noch viel schlechter ging als mir – sie hatte ihre ganze Familie und ihre Beine verloren, ihr Körper funktionierte nicht mehr, sie hatte die körperliche Schönheit und Unversehrtheit ihrer Jugend verloren, sie hatte eine ganze Zukunft verloren.

Danach erkundigte ich mich, wie eigentlich Zellies Genesungschancen standen, ich wollte die langfristige Prognose wissen, und man sagte mir, sie werde ihr ganzes Leben über Probleme mit der Verdauung haben; ihre Narbe werde verblassen und abschwellen, aber doch nicht so weit, daß sie ungeniert einen Bikini tragen konnte; vermutlich könne sie Geschlechtsverkehr haben, aber bestimmt nicht ohne Beschwerden, und außerdem würde sie nie eigene Kinder zur Welt bringen. Als ich fragte, ob sie je wieder gehen könne, sagte man mir, das sei durchaus möglich.

Das nahm ich als gutes Orakel und widmete mich von nun an Zellies Beinen. Ich ging in die Bibliothek des Morrisville College, lieh mir sämtliche Bücher über Lähmung und ihre Heilungsmöglichkeiten aus und las sie zwischen den Schulstunden, beim Mittagessen, während Louise und Hillary von beiden Seiten auf mich einquasselten, im Bus, während der langen Fahrt ins Krankenhaus und zurück nach Hause, und spätabends in meinem Zimmer bei Mr. Antonovsky, bis ich vor Erschöpfung einschlief. Ich las wissenschaftliche Abhandlungen, medizinische Fachliteratur, Gebetsbücher, Traktate von Gurus aus den sechziger Jahren und von Gesundheitsaposteln, Heile-dich-selbst-Bücher, Bücher über Wunderheilung, alles, was mir in die Hände fiel. Ich fand Übungen, die regelmäßig gemacht werden mußten, Ernährungsvorschriften, die eingehalten werden mußten, ich fand Anleitungen für Kompressen, für Kräuter und Vitamine, und falls alles fehlschlagen sollte, Rezepte für Zaubertränke, mit deren Hilfe man Kontakt mit den heilenden Geistern aufnehmen konnte.

Ich schleppte die Umschläge, die Kräuter und Vitamine, die Gemüsesäfte und Mungobohnen in Zellies Zimmer, und sie nahm alles mit resignierter Leidensmiene entgegen. Aber immerhin schluckte sie meine Vitamine und gestattete mir, ihr Kompressen auf die Wirbelsäule zu legen; sie trank meine Gemüsesäfte und aß meine Mungobohnen und jammerte die ganze Zeit: «Ach, das hilft doch alles nichts!», aber ich ließ mich nicht aus dem Konzept bringen. Ich durfte nicht aufgeben oder pausieren, ich mußte weitermachen, weiterlesen, suchen und finden, mischen und applizieren und mich kümmern. Aufhören wäre das allerschlimmste gewesen. Es hätte Stillstand bedeutet, und ich hätte wieder in meinem Zimmer bei Mr. Antonovsky auf dem Bett gelegen, hätte gegrübelt und haßerfüllt gegen jene unsichtbare Macht gewütet, die mir alles genommen hatte.

Ich habe keine Ahnung, wieviel meine Umschläge und Gemüsesäfte und Mungobohnen dazu beitrugen, aber nach einem Monat konnte Zellie das Bett verlassen, und ich durfte sie im Rollstuhl herumschieben. Von nun an schob ich sie ständig durch die Gegend – die Flure entlang, zu den Aufzügen, zu den Aufenthaltsräumen in den verschiedenen Stockwerken, zum Frühstückszimmer der Hausmeister, zur Entbindungsstation, wo die Babys eines neben dem andern in ihren Bettchen lagen, in Bos Zimmer, wo wir zwischen den fiependen Maschinen saßen und Bo anstarrten. Ich konnte es kaum erwarten, bis ich nach der Schule ins Krankenhaus kam und die Plastikgriffe von Zellies Rollstuhl in meinen Händen spürte und sie herumschieben konnte, soviel ihr Herz begehrte, diesen Flur hinauf und jenen hinunter, zu jenem Warteraum oder zurück zu diesem, der Genesung entgegen, als könnte ich sie so lange schieben, bis der Alptraum vorbei war, zu einem Ort, wo wir das alles endlich hinter uns hatten.

Als es soweit war, daß Zellie die ersten Schritte versuchen sollte, brachte ich ihr die Schlaghosen und ein Paar Schuhe mit, die ich in ihrem halbverbrannten Schrank gefunden hatte. Ich dachte, die Klamotten würden sie beflügeln, aber sie schluchzte los: «Die Sachen erinnern mich doch nur an alles, was ich verloren habe!» Ich konnte ihr Fenster im fünfzehnten Stockwerk nicht schnell genug öffnen und alles hinauswerfen.

Tapfer stellte sie sich dem Barren, nahm ihre ganze Kraft zusammen und wollte wirklich den ersten Schritt tun, aber ihre Beine machten nicht mit, ihre Füße auch nicht, und dann verlor sie die Lust. Sie war davon überzeugt, daß sie nicht gehen konnte, nie wieder. Der Krankengymnast und seine muntere Assistentin versuchten, ihr gut zuzureden, ihr Mut zu machen, aber sie erklärte kategorisch: «Es geht nicht. Kapieren Sie das denn nicht? Es ist aus und vorbei, verdammt noch mal.»

Ich wollte mich einschalten, aber bevor ich noch ihren Namen herausgebracht hatte, schrie sie: «DU HAST GUT REDEN! DU HAST NOCH DEINE BEINE, DU HAST NOCH ALLES – SIEH MICH BLOSS NICHT SO AN – DU BIST DOCH HEILFROH, DASS ES MICH ERWISCHT HAT UND NICHT DICH. DU KANNST MICH MAL, HEMY, DU KANNST MICH KREUZWEISE!»

Der Krankengymnast mußte mich schließlich hinausschikken, damit Zellie zu schreien aufhörte. Ihre Stimme schallte nämlich durch die ganze Station und regte die Patienten auf, die doch alle Ruhe und Frieden brauchten.

So ging es ein paar Wochen – der Krankengymnast versuchte alles, um Zellie zu den Übungen am Barren zu bewegen; Zellie weigerte sich lautstark; ich saß draußen vor der Tür und wartete. Ich hätte ihr liebend gern einen Teil ihrer Verletzungen abgenommen, eins ihrer kaputten Beine, ein Teil des eiternden Lochs, ein Stück von ihrer krummen Wirbelsäule, irgend etwas, um die Last umzuverteilen. Es war zuviel für sie, und ich hatte doch alles. Die Lage schien völlig aussichtslos, und eines Tages kam der Krankengymnast im Flur auf mich zu und fragte: «Gibt es denn nicht irgend jemanden, der mit ihr reden könnte?»

«Bo», sagte ich.

«Dann sollten wir ihn anrufen und hierherkommen lassen.»

«Sie ist schon hier», antwortete ich. «In Zimmer 201 J. Sie liegt im Koma.»

Ich lieh mir alle Koma-Bücher aus der College-Bibliothek aus und las in jeder freien Minute. Louise fing auch an zu lesen, während der Mittagspause und spätabends, wenn sie noch bei mir in meinem Zimmer bei Mr. Antonovsky saß. Sogar ihre Mutter las ein paar Bücher. Am liebsten mochte ich die Bücher mit den unwissenschaftlichen Ratschlägen, wie man ein Koma durchbricht, weil die in einem die zaghafte Hoffnung weckten, man könnte mit den Komapatienten sprechen, ihr Unbewußtes erreichen, sie zurückrufen, ihnen einen Grund für eine Rückkehr geben. Obwohl Zellie immer sagte: «Das hat doch alles keinen Sinn», schob ich sie in Bos Zimmer und stellte sie rechts von Bos Bett ab. Ich selbst nahm links von Bo Platz und flüsterte ihr ins Ohr: «Bo, wir sind's, Hemy und Zellie. Verlaß uns nicht. Komm zurück. Bitte, komm zurück.» Als ich schwieg, sagte Zellie: «Meinst du, Gott gibt uns irgendwas zurück? Der Wichser hat uns alles weggenommen, da gibt er es uns doch nicht wieder zurück!»

Aber nach ein paar Tagen machte sie mit: Wir beugten uns beide ganz nah zu Bo hinunter und flüsterten in ihre verbundenen Ohren: «Bo, wir sind's, Hemy und Zellie. Komm zu uns zurück. Du bist schon viel zu lange weg. Wir lieben dich.» Diese Sätze sagten wir immer wieder, gehauchte Wisperworte, zuerst flüsterten wir nur ein paar Minuten, dann immer länger, bis wir schließlich eine ganze Stunde lang auf Bo einflüsterten. Da saßen wir, auf die Ellbogen gestützt, und flüsterten ihr zu, beschworen sie, und Zellie sagte die ganze Zeit, es würde bestimmt nichts helfen, wohingegen ich die Hoffnung nicht aufgab. Mir blieb ja nur noch die Hoffnung. Die Hoffnung, daß Zellie eines Tages wieder gehen konnte. Die Hoffnung, daß Bo wieder aufwachen würde. Die Hoffnung, daß Oscar noch lebte. Nachts, wenn ich wach lag, schloß ich die Augen und ließ mich auf den Wassern der Hoffnung treiben, begrüßte die wehenden Nebelgeister, die unsichtbaren übernatürlichen Kräfte – wer wußte schon, was wirklich Hilfe brachte? Ich sog die Hoffnung in mich auf, atmete sie ein, machte sie zu meiner Heimat.

Ich mußte warten, bis Zellie robuster war, ehe ich ihr von

Oscars Überresten erzählen konnte und daß ich versucht hatte, Happy zu töten. Ich hatte zwar immer das Gefühl, daß ich ihr etwas Wichtiges vorenthielt, als würde ich ein altes Mütterchen schonen, weil sein Herz zu schwach war, aber ich wußte, ich durfte es ihr erst sagen, wenn sie die ersten Schritte gemacht hatte und ihre innere Kraft zurückgekehrt war. Oder wenigstens ein Teil ihrer Kraft. Als ich mir sicher war, daß sie es verkraften konnte, rollte ich sie zu dem großen Panoramafenster im fünften Stock des Crouse Memorial Hospital, von wo aus man die Skyline von Syracuse sehen konnte, und dann erzählte ich ihr von Happy. Ich setzte mich auf die Fensterbank und faltete die Hände im Schoß. «Ich weiß, du hast Happy immer gemocht, aber er hat in *Bo's Place* eine Bombe gelegt», sagte ich. Sie hörte aufmerksam zu, während ich erzählte, wie ich mit der Polizei und den Feuerwehrleuten gesprochen hatte, mit den Leuten, die bei dem Bombenattentat verletzt worden waren oder Angehörige verloren hatten, und daß Spike Harris mich beiseite genommen und gesagt hatte, ich solle aufpassen, was ich über diesen Happy sage. Langsam aber sicher arbeitete ich mich zum schwierigsten Teil vor. Ich sagte es ganz leise: «Ich wollte Happy umbringen.»

Sie schaute mich entgeistert an, ihre Augenlider flatterten.

«Nach der Explosion habe ich Lourdes Revolver in der Asche gefunden. Und Louise und ich haben vor Happys Haus gewartet, und als er mit einer seiner Frauen nach Hause kam, habe ich auf ihn gezielt und abgedrückt, aber es war keine Kugel in der Kammer. Die Kugel war in der nächsten.»

«Ich würde das gleiche mit Gott machen, wenn ich könnte», sagte Zellie.

Ein paar Tage später schob ich sie in den Aufenthaltsraum und kaufte ihr eine Cola und eine Tüte Chips und erzählte ihr von Oscars Überresten. Ich sagte: «Oscar war angeblich so nah an der Bombe dran, daß so gut wie nichts von ihm übrigblieb.» Zellie spuckte die Chips, die sie im Mund hatte, wieder in die Tüte zurück, und ich fuhr fort: «Sie haben mir nicht erlaubt, daß ich in den Sarg schaue, obwohl ich es unbedingt wollte. Ich kann mir einfach nicht vorstellen, daß er da drin ist.» Zellie schloß die Augen, spuckte noch einmal in die Tüte und warf die Chips weg. Ein Junge mit fettigen Haaren, nicht viel älter als ich, kam in den Aufenthaltsraum und machte ein Friedenszeichen, als wären wir alle Mitglieder eines Clubs, für den man nichts anderes tun mußte, als Schlaghosen und Jeansjacken und lange Haare zu tragen. Zellie zeigte ihm einen Vogel, und ich winkte verlegen, als wollte ich mich für Zellie, für mich, für das peinliche Friedenszeichenritual entschuldigen. Er setzte sich ganz in unsere Nähe, als hätte er nicht kapiert, daß wir kein Interesse an ihm hatten, und schlug sich mit den Händen auf die Knie, schlug den Rhythmus des Led-Zeppelin-Songs *Whole Lotta Love*, der gerade im Radio kam. Ich wollte ihm irgendwie signalisieren, daß er störte, damit er wieder ging oder sich wenigstens woanders hinsetzte, um dort den Rhythmus zu schlagen, aber da sagte Zellie etwas, was mir die Luft nahm.

«Ich weiß genau, daß ich gesehen habe, wie Oscar zur Hintertür hinausgegangen ist», sagte sie. «Ich habe gesehen, wie er zur Hintertür rausging.»

«Wann?»

«Vorher.»

«Vor was?»

«Vor der Explosion.»

«Ja – aber *wann*, Zellie? Kurz vorher oder eine Stunde vorher?»

«Kurz vorher», sagte sie. Doch dann fügte sie hinzu: «Glaube ich.»

«*Was heißt das, glaubst du?*»

«Ich *glaube* es, Hemy!» schrie sie. «Wie soll ich denn hundert

Prozent sicher sein? Herrgott, ich bin von einem Tischbein durchbohrt worden!»

«Wieviel Prozent? Fünfzig Prozent? Achtzig? Sag schon – wieviel Prozent?»

Zellie überlegte. «Siebzig Prozent», sagte sie schließlich.

Ich brauchte nicht lang, um zu beschließen, daß ich nun doch Oscars Sarg ausgraben mußte. Ich wollte sehen, ob er wirklich darin lag. Ständig mußte ich daran denken, daß Zellie mit siebzigprozentiger Wahrscheinlichkeit gesehen hatte, wie Oscar kurz vor der Explosion aus dem Haus ging. Was, wenn in seinem Sarg gar nichts drin war? Ich traute mich eigentlich nicht, Louise um Beistand zu bitten, nachdem ich sie zu meinem Attentat auf Happy mitgenommen hatte, aber ich fragte sie trotzdem.

Louise war sehr nervös, und während der kurzen Fahrt zum Friedhof im Auto von Louises Mutter sagte sie: «Es ist ganz schön anstrengend, deine Freundin zu sein, Hemy. Dauernd ziehst du mich in solche Sachen rein – ich soll mitgehen, wenn du Leute erschießen willst und wenn du Särge ausgräbst, das ist wirklich zuviel verlangt, finde ich, ehrlich gesagt. Ich glaube, mit dir stimmt was nicht. Tut mir leid, aber ich muß das mal sagen, ich will dich ja nicht beleidigen, aber ich finde inzwischen wirklich, mit dir stimmt was nicht. Du müßtest mal zum Psychiater gehen.»

Ich sei nicht beleidigt, versicherte ich ihr, wahrscheinlich habe sie sogar recht, aber ich könne trotzdem nicht zurück. Sie seufzte und bog mit Märtyrermiene in den Friedhof ein. Ich zählte auf ihre Märtyrerhaltung – auf die war immer Verlaß. Es war nicht so einfach, ein Grab auszuheben; immerhin mußte man anderthalb Meter tief graben, was im Dunkeln ziemlich schwer war, vor allem für zwei dünne junge Mädchen, die sich mit einer stumpfen, rostigen Schaufel aus Mr. Antonovskys

Garage abwechseln mußten. Wir pichelten bei der Arbeit eine Flasche Rotwein, die ich aus Mr. Antonovskys Vorratskammer gestohlen hatte, und redeten über ganz harmlose Dinge, obwohl wir keine Sekunde lang vergaßen, daß wir dabei waren, die Leiche eines Bruders auszugraben. Wir verloren aber kein Wort darüber, als würden wir etwas ausbuddeln, was vor langer Zeit vergraben worden war, eine Flasche, einen Ring oder ein Foto, nichts wirklich Wichtiges.

Wir gruben vier Stunden, unser verkrampftes Geplapper verstummte immer mehr, bis nur noch das Scharren der Schaufel und unser Atmen zu hören waren, ein gleichmäßiger Rhythmus aus Schaufel, Atem, Schaufel, Atem – bis wir schließlich auf den Sarg stießen. Dann dauerte es noch einmal zwei Stunden, um den Sarg aus der erbarmungslosen Erde zu lösen. Louises Mutter wäre bestimmt in Ohnmacht gefallen, wenn sie gesehen hätte, wie wir das eine Ende eines Seils um die Stoßstange ihres Ford Torino wickelten, das andere Ende um den Sarg, und wie dann der Wagen mühsam anfuhr, sich eingrub, zog, den Friedhofsrasen aufriß, während er den Sarg dem zähen Griff der Erde zu entreißen versuchte. Der Sarg verkantete sich immer wieder, also gingen wir dazu über, daß Louise mit dem Wagen ihrer Mutter anfuhr, während ich in das Loch kletterte und keuchend und schwitzend den Sarg zu dirigieren versuchte. Die ganze Zeit über redete ich mir ein, ich wäre eine Gefangene in einem von Stalins Arbeitslagern, so wie Mr. Antonovksy, und müßte Steine ausgraben und wegschleppen.

Nachdem wir den Sarg aus dem Loch gehievt hatten, ließen Louise und ich uns erst einmal ins feuchte, kalte Gras fallen, um zu verschnaufen. Wir blickten hinauf in den sternenlosen Himmel, dann sahen wir einander an und dann den Sarg. Wir zitterten. Wer wußte, welche Geister herausgeflogen kamen, wenn wir den Sargdeckel öffneten? Wer wußte, wessen Zorn wir auf uns zogen? Und wie die Toten dieses Vergehen ahnden würden?

«Mach du's», sagte Louise und schob mir die Schaufel hin. Das kalte Metall berührte meine schmutzigen Fingerspitzen.

Ich wollte, daß sie es machte. Sie sollte den Deckel anheben und mir sagen, was darin war. Ich brauchte eine Mittelsperson zwischen mir und Oscar, jedenfalls für den Anfang, den Rest konnte ich dann schon übernehmen. Ich würde hineinschauen, ich würde ihn berühren, falls es überhaupt etwas zu berühren gab.

«Ich mach das nicht, Hemy – du brauchst mich gar nicht erst zu bitten», sagte Louise.

Ich rappelte mich hoch, nahm die Schaufel und ging zögernd zum Sarg. Dort ließ ich mich auf die Knie fallen und betrachtete meine dünnen, erdverkrusteten Arme, meine schmutzigen Hände, meine Jeans, die vor Dreck starrten. Ich dachte: Das ist Oscars Erde. Im Tod ist die Erde so etwas wie im Leben das Blut. Ich schob das spitze Ende der Schaufel unter den Deckel und drückte ein paarmal, aber ich hatte kaum noch Kraft, meine Muskeln fühlten sich an wie Pudding. Nichts tat sich. Ich versuchte es noch einmal und noch einmal, aber ich konnte das Schloß nicht aufbrechen.

«Du mußt mir helfen, Louise», rief ich.

Sie stöhnte, den Blick zum leeren Himmel gerichtet. «Ich kann's nicht fassen, daß ich hier auf dem Friedhof mit dir einen Sarg ausgegraben habe, nachdem ich erst vor ein paar Wochen auf einer Verandatreppe gehockt und darauf gewartet habe, daß du Happy erschießt.»

«Ich weiß», murmelte ich. «Tut mir leid.»

Louise stand auf und packte den Schaufelgriff. Als ich «Los» sagte, drückten wir beide mit aller Kraft. Dann holten wir Luft, ich rief wieder «Los!», und so ging es ein paarmal: Drücken, Luft holen, ausruhen, drücken, Luft holen, ausruhen, aber es tat sich nichts. Es war, als hätte jemand den Sarg mit einem eisernen Faden zugenäht.

Da hörten wir ein Auto auf dem Kies. Wir drehten uns blitzschnell um und sahen die roten Sirenenlichter, die offenbar in allen meinen Tragödien auftauchten. «Das ist die Polizei!» rief Louise. «Nichts wie weg hier!»

«Du kannst ruhig gehen. Ich muß den Sarg aufkriegen. Mir ist das egal.»

Louise wimmerte und rannte los, blieb stehen, rannte weiter, kam zurück, griff wieder nach der Schaufel, und wir drückten noch einmal, mit allerletzter Kraft. Wir schauten immer wieder über die Schulter, um zu sehen, ob das Auto näher kam. Louise hatte Angst, erwischt zu werden; ich hatte Angst, wir könnten den Sarg nicht rechtzeitig aufkriegen.

«Mach schon, Hemy. Die kommen hierher! Du hast gesagt, wir hauen ab.»

Ich sagte, wir hätten die ganze Mühe auf uns genommen und sieben Stunden lang gegraben – da wolle ich wenigstens sehen, was in diesem Sarg sei. Aufgeputscht vom Adrenalin drückten wir ein letztes Mal, und tatsächlich, mit einem Plopp wie bei einer Vakuumflasche sprang der Deckel auf.

Das Polizeiauto kam knapp fünfzig Meter von uns zum Stillstand, und der grelle Lichtstrahl einer Polizeitaschenlampe traf uns. «Wen haben wir denn da – das ist ja die verrückte Hemy Lourde mit ihrer Freundin Louise Van Sant!» rief der Deputy. Louise stand wie erstarrt im Lichtkegel, aber ich drehte mich schnell um und hob den Sargdeckel an. Als ich ein bißchen beiseite trat, fiel der Strahl der Taschenlampe direkt in den Sarg und beleuchtete das Innere – eine quadratische Blechschachtel, die aussah wie eine Keksdose.

Schwer atmend und aufgeplustert von der Autorität seines Amtes stieg der Sheriff aus, gefolgt von seinem Deputy. «Keine Bewegung!» rief der Sheriff, aber ich gehorchte nicht. Ich hörte, wie die Beamten über den Rasen rannten, hörte das Rascheln ihrer Nylonmäntel, hörte ihre Pistolen und Knüppel am Gürtel schlagen und klappern, hörte Louises ängstliches Ächzen. Der Sheriff schrie: «Ich habe gesagt ‹Keine Bewegung›!» Aber ich gehorchte immer noch nicht. Ich schaute nicht einmal über die Schulter, um zu sehen, ob er die Pistole gezogen hatte. Ich öffnete ganz schnell den Deckel der roten Dose und schaute hinein. Ein Häufchen hellgraue Asche.

Die Polizeibeamten verfrachteten Louise und mich auf den Rücksitz des Polizeiwagens und fuhren mit uns über die dunklen Hügel zum Gefängnis von Wampsville County, wo Bo und Lourde damals gesessen hatten. Immerhin waren sie so nett, uns keine Handschellen anzulegen, und sie verlangten nicht einmal von mir, daß ich ihnen die Blechdose aushändigte, die ich immer noch krampfhaft umklammerte. Louise heulte in ihren dreckigen Blusenärmel. Es war alles meine Schuld! Ich hätte sie nicht einbeziehen dürfen, die ganze Sache hatte nichts mit ihr zu tun. Also legte ich den Arm um sie und flüsterte: «Arme Louise.» Ich hätte gern die richtigen Worte gefunden, um ihr begreiflich zu machen, daß alles nur halb so schlimm war, daß es einen Ort gab, von dem aus die Welt anders aussah, und daß ich selbst mich an diesem privilegierten Ort befand und die Wahrheit ganz deutlich sehen konnte – daß es nämlich völlig belanglos war, wenn jemand ein Grab aushob und dafür verhaftet wurde.

Als sie uns fotografierten und unsere Fingerabdrücke abnahmen, hielt Louise es nicht mehr aus. «Jetzt sind wir für immer vorbestraft», heulte sie – als ob sich das auch nur im geringsten auf den Rest ihres Lebens auswirken würde. Mir war das alles unwichtig, und ich tat alles, um sie zu entlasten, aber da stand sie, mit dreckigen Armen, dreckigem Gesicht, dreckigen Kleidern. Als man uns in eine Zelle brachte, begann sie ganz laut zu schluchzen, und ich hatte ein furchtbar schlechtes

Gewissen, weil ich ihr doch versprochen hatte, sie würde nicht ins Gefängnis kommen.

«Louise – es tut mir schrecklich leid. Ich mach's wieder gut», flüsterte ich, und in der trüben Beleuchtung sah ich, daß ihr die Tränen wie kleine Silberrinnsale übers Gesicht liefen. Als sie sagte: «Jetzt habe ich bis an mein Lebensende eine Akte, und dagegen kannst du gar nichts machen», stellte ich mir vor, wie ich nachts ins Polizeirevier schlich, die Aktenschränke nach Louises Unterlagen durchsuchte und sie dann vernichtete. Für Louise Van Sant hätte ich das getan.

Als Mr. Antonovsky kam, um mich abzuholen, musterte er Louise und mich durch die Gitterstäbe, zwei verdreckte, dünne Mädchen. «Was denkt ihr euch eigentlich – ein Grab ausschaufeln!» zischte er.

Ich öffnete den Deckel der roten Schachtel und zeigte ihm die Asche. «Das ist Oscar», sagte ich.

«Pfui!» schimpfte er. «Das ist schlecht, sehr schlecht. Wenn man die Toten stört, weiß keiner, was passiert.» Er wandte sich ganz aufgeregt an einen der Wärter und sagte: «Sie ist noch jung, wissen Sie. Das Mädchen hat ganze Familie verloren. Da kann man nichts machen.»

Es wurde trotzdem Anzeige gegen mich erstattet. Gesetz ist Gesetz, hieß es. Ich war in einen privaten Friedhof eingedrungen und hatte einen Sarg ausgegraben, und das war illegal, auch wenn es sich um den Sarg des eigenen Bruders handelte, das Gesetz nahm auf die Gefühle des Täters keine Rücksicht. Wenigstens wurde erlaubt, daß Mr. Antonovsky mich mitnahm. Und ich mußte die Blechdose mit Oscars Asche nicht abgeben.

Ich stellte sie auf das Holztischchen mit den dunklen Flekken, das neben meinem Bett stand. Nachts machte ich sie manchmal auf, ließ die Asche durch meine Finger rieseln und stellte mir dabei vor, ich würde Oscar berühren, sein Wesen, und dabei empfand ich eine seltsame Spannung, als wären die Aschepartikel, die da durch meine Finger rieselten, die Teile seines Körpers, die zu berühren mich so erregt hatte. Manchmal öffnete ich nur die Schachtel und starrte auf die helle Asche und versuchte zu ergründen, ob mein Bruder, dessen Körper mir so viel bedeutet hatte, sich tatsächlich in Asche verwandelt hatte – ich wußte ja nicht einmal mit Sicherheit, ob es seine Asche war. Manchmal glaubte ich es, aber dann wieder konnte ich es mir überhaupt nicht vorstellen, weil ich mir sehnlichst wünschte, er würde noch leben. Als Mr. Antonovsky mir einen wunderschönen Seidenschal schenkte, den seine Frau immer getragen hatte, wickelte ich diesen um die Blechdose, und immer wieder kaufte ich beim Blumenladen vom College ein paar Schnittblumen und steckte sie in die beiden schlanken weißen Vasen, die Gussy Keys mir geschenkt hatte.

Als ich Zellie erzählte, ich hätte Oscars Sarg ausgegraben und eine Schachtel mit Asche darin gefunden, sagte sie: «Du bist verrückt, Hemy.»

«Ich weiß», sagte ich. «Das sagen alle.»

Als wir in Bos Zimmer gingen, saß Zellie wie immer rechts von Bo, und während ich ihr die üblichen Sätze ins Ohr flüsterte, murmelte Zellie: «Bo, du mußt unbedingt zurückkommen. Hemy hat den Verstand verloren. Sie hat Oscars Grab aufgemacht und seine Asche rausgeholt. Die Dose mit der Asche steht jetzt auf ihrem Nachttisch, Bo! Ich finde, du mußt jetzt wirklich kommen. Du mußt ihr sagen, daß sie die Asche zurückgeben muß.»

Der Anwalt, den Mr. Antonovsky einschaltete, teilte mir mit, juristisch gesehen müsse ich die Asche zurückgeben. «Es ist verboten, den Inhalt eines Sargs zu behalten», sagte er.

«Dann müssen Sie mich einsperren lassen», sagte ich. «Ich rücke die Asche nicht raus.»

Der Anwalt hieß Vic Ponti. Mr. Antonovsky hatte ihn gleich angerufen, nachdem er mich abgeholt hatte. Vic Ponti war achtundzwanzig und hatte eine Kanzlei in Morrisville. Man konnte nicht behaupten, daß er gut aussah, dazu fehlte einiges. Seine Nase war zu groß, sein Kinn nicht richtig ausgeprägt, und er hatte zwar dichte schwarze Haare, aber sie waren weder lang noch gut frisiert. An Vic Ponti war nichts, was ich als «hip» bezeichnet hätte.

Er interessierte mich nicht im geringsten, aber ich interessierte ihn. Er hatte noch nicht viele sechzehnjährige Mädchen getroffen, die behaupteten, ein gutaussehender Typ namens Happy habe in der Bar ihrer Mutter eine Bombe gelegt und ihre ganze Familie umgebracht, weil er die ihm seiner Meinung nach zustehende Gewinnbeteiligung nicht bekommen hatte, nachdem er dafür gesorgt hatte, daß die Polizei die illegale Schnapsbrennerei der Mutter nicht auffliegen ließ. Er fand mich teils amüsant, teils faszinierend. Meine Geschichte kannte er natürlich (es gab niemanden in der Stadt, der nicht vom Schicksal unserer Familie gewußt hätte), und er empfand ein gewisses Mitgefühl, weil ich ja so gut wie verwaist war.

Er begutachtete ziemlich ausführlich meine Beine, und als ich ihn um ein Glas Wasser bat, kam er mit Mineralwasser und drei verschiedenen Sorten Limo zurück; aber als ich ihm meine Geschichte erzählte, glotzte er nicht mehr auf meine Beine, sondern hörte mir konzentriert zu. Ich erzählte meine Geschichte so, wie Mr. Antonovsky es mir geraten hatte: völlig leidenschaftslos, als läge mir nichts an der Wirkung, als wäre ich Reporterin und würde nur die nüchternen Tatsachen berichten – denn wenn ich zuviel Gefühl hineinpacken würde, so hatte Mr. Antonovsky mir erklärt, dann würde der Anwalt mich für eine Irre mit komischen Ideen halten. Deshalb redete ich wie eine Patientin, an der man gerade eine Lobotomie vorgenommen hat.

Als ich fertig war, musterte mich Vic Ponti über seinen großen Eichenschreibtisch hinweg mit einer Mischung aus Rührung und fiebrigem Verlangen, als hätte er am liebsten meinen Kopf an seine Schulter gedrückt und gleichzeitig die Hand unter meinen Rock geschoben.

Keine drei Tage vergingen, da rief er schon bei Mr. Antonovsky an und lud mich zum Essen ein. Ich sagte, ich würde ihn später zurückrufen, und als ich Mr. Antonovsky um Rat fragte, sagte er: «Du mußt gehen, Hemy. Mr. Ponti übernimmt deinen Fall ohne Bezahlung.»

Wir fuhren zu einem Restaurant in Syracuse, eine ziemlich lange Fahrt, aber sie verlief keineswegs schweigend, wie ich befürchtet hatte. Nein, Vic Ponti war ein charmanter Unterhalter, und er konnte auch einigermaßen gut zuhören. Er stellte Fragen, und dann hörte er sich an, was ich zu sagen hatte. Die Hälfte der Zeit lachte er, weil er mich so lustig fand. Beim Essen erzählte er mir, er sei in Queens in einer armen italienischen Familie mit sechs Schwestern aufgewachsen. Zum Glück habe er für das Jurastudium an der Syracuse University ein Stipendium bekommen, denn seine Familie hätte so gut wie kein Geld gehabt. Ich konnte ihm nicht viel erzählen, was er nicht schon wußte, mein Leben war zwölf Jahre kürzer und großenteils allgemein bekannt, aber ich erzählte ihm von *Bo's Place* vor der Explosion: wie Mr. Antonovsky und Coleman sich gegenseitig gequält hatten, wie Oscar, Zellie und ich die beiden immer noch aufeinander gehetzt hatte und daß mein Leben damals so viel einfacher gewesen war und ich viel weniger gewußt hatte, als ich jetzt wußte. Vic Ponti lachte über meine Geschichten, es war ein hysterisches, schrilles, unechtes Lachen, und er lachte immer viel zu schnell. Den ganzen Abend unterbrach er das Gespräch mit Aufforderungen wie: «Mach doch noch mal Mr. Antonovsky nach!» oder «Rede wie Coleman!», und da ich mich wegen seines Angebots, meinen Fall ohne Bezahlung zu übernehmen, zu Dankbarkeit verpflichtet fühlte, sagte ich immer wieder: «Ach, Mr. Lourde, ich bin zahlender Gast» oder «Hier, Mastah, ich spiele ein Stück, um Sie aufzuheitern», worüber Vic Ponti dann laut und übertrieben lachte, wie ein kleines Kind.

Vic Ponti hatte eine Schwäche für Mütter und Schwestern und bestand darauf, daß wir nach dem Essen ins Krankenhaus fuhren, um Bo und Zellie zu besuchen. Er lernte Zellie kennen, und obwohl ich ihn nicht einlud, mit zu Bo zu kommen, folgte er mir in ihr Zimmer, stand mit mir an ihrem Bett und quetschte ein paarmal meine Hand, als wollte er damit sein Verständnis oder sein Mitgefühl oder seine Zuneigung ausdrücken, und mir drehte sich fast der Magen um.

Als mich Vic Ponti dann später auf Mr. Antonovskys Veranda küssen wollte, preßte ich die Lippen zusammen, wandte den Kopf ab und flüsterte: «Bitte nicht.» Er faßte mich am Kinn, drehte meinen Kopf wieder zu sich und quetschte einfach seine Lippen auf meine. «Bitte!» sagte ich und schubste ihn weg, wie einen Hund, der zwischen meinen Beinen schnuppert. «Aber ich empfinde schon soviel für dich», flüsterte er. «Das ist nicht meine Schuld», sagte ich. Vic Ponti lachte schrill und schlug mir auf den Rücken. «Du bist mir 'ne Nummer, Hemy. Du bist echt 'ne Nummer.»

T E I L 3

Wüste

KAPITEL 13

Sie drehte sich um und schaute auf den Wecker.
Es ist sehr spät, sagte sie. Schon drei Uhr morgens. Sie setzte sich auf, zog sich wortlos aus und schlüpfte in das rosafarbene Nachthemd.

Während er ihr zuschaute, dachte er über ihre Geschichte nach: Statt Zellie zu überreden, mit ihr gemeinsam die Gerechtigkeit in die Hand zu nehmen, hatte sie die Hoffnung gewählt. Warum gerade diese Entscheidung – warum nicht irgendeine andere? Sie schien ihm vorhersagbar, durchsichtig … uninteressant, um ihr Wort zu benutzen.

Ging es dir plötzlich um das Gutsein?

Nein, sagte sie.

Sondern?

Um Macht, antwortete sie.

Um Macht? wiederholte er. Mit dieser Antwort hatte er nicht gerechnet, aber er fand sie spannend.

Sie sah ihn an, und ihre Blicke verhakten sich. Da wußte er, daß sie über diese Fragen schon oft nachgedacht hatte. Sie hatte ihr Schicksal nicht einfach so hingenommen.

Er hätte gern gewußt, welche Art von Macht sie meinte, aber sie drehte sich weg und zog sich die Decke über die Schultern. Er lehnte sich zurück und rauchte eine Zigarette. Da fiel es ihm wie Schuppen von den Augen. Die Macht, Beine zu heilen, die unheilbar waren. Die Macht, jemanden aus dem Koma zu holen, der nicht mehr ansprechbar war.

Warum hast du die Asche deines Bruders ausgegraben und sie neben deinem Bett aufbewahrt, als wäre es die Asche eines –

Eines Gottes? fragte sie leise.

Ja.

Ich konnte mich nicht von ihr trennen – sowenig wie von meiner eigenen Haut, sagte sie.

Das verstand er nicht. Er schwieg und horchte auf den synkopischen Rhythmus des Zuges und auf seinen eigenen Atem. In der Ferne schrie ein Baby, kurz, aber durchdringend. Er dachte an Zellie, an Bo, an Oscar. An ihre Körper. Hatte sie sich das Ziel gesetzt, durch ihre Macht die Körper dieser drei zu befreien? Sie selbst hatte sich die Brust bandagiert, hatte versucht, ihren eigenen Körper, den Körper einer Frau, auszulöschen. War das ein Versuch gewesen, ihren Körper zu befreien? Aber wovon? Dann dachte er an seinen eigenen Körper, und Panik ergriff ihn. Im Grunde befand sich sein Körper auf der Flucht, aber es zermürbte ihn, in solchen Kategorien zu denken, weil es ihm dann vorkam, als wäre sein Körper von etwas eingesperrt, das er nicht sehen konnte. Er fühlte seinen Herzschlag. Schnell zog er sich aus und legte sich neben sie.

Als er erwachte, war es auf ihrem Wecker gerade erst sechs Uhr. Sie schlief auf der Seite; das rosafarbene Nachthemd war halb das Bein hochgerutscht. Vorsichtig faßte er über sie weg und schob den Vorhang beiseite, um aus dem Fenster sehen zu können. Der Anblick der Wüste erschreckte ihn fast: Weißschimmernd lag sie in der Morgensonne, die Sandwellen eng an den Boden geschmiegt, wie auf die Stirn einer Frau geklebte Lokken. Der Sand wirkte ausgebleicht und fast beängstigend sauber. Gegen seinen Willen sah er diese kahle Landschaft als eine Metapher für sein Innenleben, für die nächste Etappe seiner Reise, den Gang in die Wüste. Er wollte eigentlich nicht nach innen schauen, er wollte auch die Landschaft nicht sehen, aber er wußte, es blieb ihm keine Wahl, sonst würde er nie wieder aus diesem Zug herausfinden. Er würde ewig auf der Flucht sein, sich forttragen lassen. So viele verschiedene Erfahrungen hätten ihn in diesem Zug erwarten können, und nun ging er ausgerechnet mit einer Frau, die als Mann gelebt hatte, in die Wüste. Er nahm sich vor, diese Erfahrung zu bejahen. Solange sie nur eine Idee war, schien das nicht allzu problematisch, nur ob er die Wirklichkeit ertragen konnte, das wußte er nicht.

Er drehte sich zu ihr und schaute ihr beim Schlafen zu: wie sich ihre Brust unter der Seide ihres Nachthemds hob und langsam wieder senkte; die blassen Augenlider; ihr sinnlicher rosaroter Mund; die verlockende kleine Öffnung zwischen Unter- und Oberlippe.

Da schlang er die Arme um sie und spürte die Seide ihres Nachthemds an seiner nackten Brust und an den langen Beinen. Er preßte seinen Steifen gegen ihre Hüfte und grub seine Nase in ihren weichen Nacken, wo er noch einen Hauch ihres Parfums ahnen konnte.

Wie hatte sie es je geschafft, sich als Mann auszugeben? Ihre Haut war viel zu zart. Hatte sie die Geschichte etwa doch nur erfunden? Hatte sie es nicht selbst gesagt – *Ich wollte schon immer eine Zugreise quer durch die Staaten machen und eine Geschichte über mich erfinden?*

Der Gedanke, daß sie vielleicht nicht die Wahrheit sagte, machte ihn ganz verrückt. Und im Grunde paßte es ihm überhaupt nicht, daß sie aussteigen und die Nacht in der Wüste verbringen wollte – und daß er ihr trotz seiner Abneigung gegen diese karge Landschaft folgen würde.

Sie stiegen in Abilie aus, einem winzigen Ort, der eigentlich nur aus drei staubigen Straßen mit zweigeschossigen Gebäuden bestand, von denen die Hälfte mit Brettern vernagelt war. Der Bahnhof diente gleichzeitig als Drugstore, und der Verkäufer dort meinte, im Ort selbst gebe es kein Motel, nur drei, vier Meilen außerhalb, aber es gebe leider auch kein Taxi. Er werde aber seinen Cousin fragen, ob der nicht mal schnell vorbeikommen und die beiden Reisenden zu diesem Motel bringen könne. Eine gute Idee, sagte sie, vielen Dank.

Er fand es eigenartig, aber auch irgendwie interessant, als er neben ihr hinten auf der Ladefläche des Pickup-Trucks saß und durch das Niemandsland fuhr. Sie saßen auf ihrem Gepäck, Futterkorn wirbelte um sie herum, und wahrscheinlich sahen sie beide nicht so aus, als würden sie hierhergehören, aber bei ihr, mit ihrem grauen Rock und der schwarzen Seidenbluse und dem Strohhut, den sie mit der Hand festhalten mußte, war dieser Eindruck noch ausgeprägter. Er hatte ein ärmelloses weißes T-Shirt an und Khakihosen, die in der Hitze an seiner Haut klebten, und der Wind blies ihm dauernd die Haare ins Gesicht.

Sie gab dem Cousin zwanzig Dollar für die Fahrt und vereinbarte mit ihm, daß er sie am nächsten Tag um zwölf Uhr mittags wieder abholen würde.

Nun standen sie also mitten im Nichts, umgeben von Sand und Staub, und blickten sich um: eine alte Tankstelle, ein Motel mit vier Einheiten gleich links von der Tankstelle. Es war weiß getüncht, eine Nuance heller als der Sand, und vom Boden kroch grünlicher Schimmel die Wände hoch.

Sonst war hier nichts, kein Haus, kein Restaurant, nur die Straße und der makellos blaue Himmel. Er schmeckte den Sand im Mund, fühlte die feinen Körner auf seiner verschwitzten Haut, die sich in der sengenden Mittagssonne fast fiebrig anfühlte. Es mußte an die vierzig Grad heiß sein, schätzte er. Sie sagte nichts, aber er sah das Entzücken auf ihrem Gesicht – was er seinerseits völlig unbegreiflich fand.

Eine schwerfällige Indianerin trat in die Tür. Sie trug türkisfarbene Leggings und ein langes rosarotes T-Shirt, mit der Aufschrift LET'S BOOGIE quer über dem gewaltigen Busen. Die langen Haare fielen ihr über die Schultern, schöne, dichte Haare, die gar nicht zu ihrem erschlafften, pockennarbigen Gesicht paßten. Sie wirkte sehr müde und abgearbeitet. Ein vier- oder fünfjähriger Junge klammerte sich an ihr Bein, versteckte halb sein Gesicht und musterte die Ankömmlinge mit einem mißtrauischen, neugierigen Auge. Wahrscheinlich langweilte er sich sonst immer ganz entsetzlich.

Wir hätten gern ein Zimmer für eine Nacht, sagte sie.

Die Frau nickte.

Der Raum war weiß gestrichen, kahl und groß. Im Grunde waren es zwei Etagen: eine kleine Kochnische und ein Wohnzimmer unten, Schlafzimmer und Bad im ersten Stock.

Sobald sie ihr Gepäck abgestellt hatten, sammelte sie im ganzen Raum die Plastikblumen in den weißen Vasen ein, verstaute sie alle in einer leeren Schublade und ersetzte sie durch ihre gelbweißen Kerzen, ihren Elfenbeinspiegel und die Schildpattbürste.

Danach ging sie ins Bad und rollte die Ärmel ihrer schwarzen Seidenbluse auf. Er setzte sich auf die Bettkante und schaute zu, wie sie ihre langen, muskulösen Arme mit Seife wusch. Es sah irgendwie komisch aus, und er dachte daran, wie verdreckt ihre Arme gewesen sein mußten, nachdem sie Oscars Asche ausgegraben hatte.

Wie lange hast du gebraucht, um deine Arme wieder sauber zu kriegen, nachdem du Oscars Sarg ausgegraben hattest? fragte er sie.

Sie warf ihm einen konsternierten Blick zu, als hätte sie keine Ahnung, wovon er redete.

Weiß ich nicht, sagte sie achselzuckend. Sie zog ein weißes Handtuch vom Handtuchständer und begann sich die Arme abzutrocknen.

Ich hätte gedacht, du erinnerst dich an so etwas, sagte er. Er zog Stiefel und Socken aus und spürte den kalten Fußboden unter den Füßen.

Was meinst du mit so etwas?

Wie du dir damals die Arme gewaschen hast.

Warum? fragte sie und rollte die Ärmel wieder herunter.

Weil du gedacht hast, die Erde an deinen Armen sei Oscars Erde, wie das Blut des Lebens.

Wieder sah sie ihn seltsam an, als würde sie nichts begreifen.

Du hast gesagt, du hättest deine Arme angeschaut und gedacht: Das ist Oscars Erde, und die Erde ist wie das Blut des Lebens.

Ach so, sagte sie.

Aber es war zu spät, er hatte schon Verdacht geschöpft. Sie konnte sich nicht daran erinnern, weil sie es erfunden hatte! Wenn die Geschichte stimmen würde, dann hätte sie sich mit Sicherheit daran erinnert. Es war schließlich ein zentrales Detail. Vielleicht hatte sie den Sarg ihres Bruders nie ausgegraben. Was für ein unangenehmer Gedanke, daß sie ihn womöglich nur an diesen gräßlichen Ort geschleppt hatte, um sich insgeheim über ihn lustig zu machen.

Wann hast du dir die Arme gewaschen? fragte er sie.

Bei Louise, oben im Badezimmer, sagte sie. Wieso fragst du?

Nur so.

Sie hängte das Handtuch säuberlich über einen kleinen Holzstuhl. Dann kam sie ins Schlafzimmer und musterte ihn, wie er da auf der Bettkante saß und sie anschaute, als hätte sie etwas falsch gemacht.

Was ist denn los? fragte sie.

Ich dachte, du wärst gleich zu Mr. Antonovsky gegangen, als du aus dem Gefängnis gekommen bist.

Sie überlegte kurz.

Nein, vorher bin ich noch mit zu Louise gegangen, um ihre Mutter zu beruhigen. Dann erst zu Mr. Antonovsky, sagte sie.

Warum hast du das nicht erwähnt, als du deine Geschichte erzählt hast?

Ich kann dir doch nicht jede Einzelheit erzählen, das würde viel zu lange dauern.

Dagegen konnte er nichts sagen, aber überzeugt war er trotzdem nicht. Sie hatte sich nicht daran erinnert, daß sie sich die Arme gewaschen hatte, und was ihm noch wichtiger erschien: Sie hatte sich nicht an Oscars Erde erinnert.

Sie holte ein weißes T-Shirt aus ihrem Koffer, legte es aufs Bett und ging zur offenen Tür. Da stand sie, das Gewicht auf eine Hüfte verlagert, und schaute hinaus auf die endlose Straße, auf die alte Tankstelle mit dem verwitterten Penzoil-Schild, den alten roten Pumpen, der Werkstatt, deren weißer Verputz ganz vernarbt aussah, weil ständig Sand dagegenwehte.

Nach einer Weile kam sie zu ihm zurück und blieb erst stehen, als ihre nackten Zehen seine berührten.

Was ist denn eigentlich los mit dir? Du wirkst so gereizt, sagte sie und beugte die Knie, so daß sie dann leicht gegen seine stießen.

Er starrte sie nur stumm an. Seine Zweifel und Vorwürfe brachte er nicht über die Lippen.

Du denkst, ich lüge, sagte sie lächelnd.

Ja, es kommt mir so vor.

Bist du deswegen so komisch – weil du denkst, ich lüge dir etwas vor?

Ja. Es paßt mir einfach nicht, wenn ich denke, daß ich neben dir schlafe, mit dir aus dem Zug steige und in irgendwelchen blöden Motels übernachte – und du bist nicht die Frau, für die du dich ausgibst.

Erstens bin ich die Frau, für die ich mich ausgebe, und zweitens – was würde es schon machen, wenn ich jemand anders wäre?

Genau das ist es, was mich so nervös macht, sagte er. Dieses dauernde Was-macht-es-Schon.

Na gut – würde es denn einen Unterschied machen?

Er fuchtelte hilflos mit den Armen herum. Für mich schon, schrie er. Der Unterschied ist, daß ich entweder die Wahrheit gehört habe oder angelogen worden bin. Und ich möchte lieber die Wahrheit hören – ich lasse mich nämlich nicht gern auf den Arm nehmen.

Ach, dann geht es also nicht darum, ob ich lüge, sondern darum, daß du dich nicht ernstgenommen fühlst, meinte sie lächelnd. Es ärgert dich, daß ich dich vielleicht an der Nase herumführe.

Meinetwegen – wenn du es so ausdrücken willst.

Sie lachte, und nach einer Weile sagte sie: Ich habe dir die Wahrheit gesagt.

Sie küßte ihn sanft auf die Stirn und suchte seinen Blick. Sie lächelte, aber als er ihr in die Augen blickte, konnte er nicht sagen, was er sah – waren das die Augen einer Frau, die ihm die Wahrheit sagte, oder die Augen einer Frau, die sich über ihn lustig machte? Er sah sie ganz verschwommen, mal so, mal so, wahr, falsch, wahr, falsch – bis er schließlich wegschaute.

Zeig mir doch irgendeinen Beweis – zum Beispiel deinen Führerschein. Nervös fuhr er sich mit den Fingern durch die Haare.

Sie musterte ihn wortlos, dann sagte sie: Deine Zweifel und Ängste haben nichts mit meiner Geschichte zu tun. Sie kommen aus dir selbst. Dort mußt du suchen – nicht in meiner Brieftasche.

Mit diesen Worten drehte sie sich um, ging ins Bad und schloß leise die Tür hinter sich.

Er wußte nicht, was er denken sollte, und einen Moment lang haßte er sie. Wenn sie ihn wenigstens anflehen würde, ihr zu glauben! Aber offenbar war es ihr völlig gleichgültig, ob er ihr glaubte oder nicht. Er spürte ihre Distanz, und dafür haßte er sie.

Sie kam ganz in Weiß gekleidet aus dem Bad – ein langer weißer Rock, mit einem Schlitz hinten, dazu ein weißes T-Shirt, und bis auf ein schwarzes Band war auch ihr Hut weiß.

Wo gehst du hin? fragte er beunruhigt.

Ich gehe ein bißchen raus.

In die Wüste, sagte er.

Ja, gut – ich gehe in die Wüste. Hast du Lust mitzukommen?

Nein, sagte er. Ich gehe rüber zur Tankstelle und kaufe mir etwas zu trinken.

Die Wüste macht ihm angst. Sie war ohne Leben, ohne Mitleid. Nur Geier kreisten in der Luft.

Okay, sagte sie. Könntest du mir eine Flasche Wasser mitbringen, falls sie so was haben?

Ja, klar, sagte er und fügte dann hinzu: Was suchst du eigentlich da draußen?

Totenschädel und Knochen, sagte sie mit einer perfekten Horrorfilmstimme.

Sie lachte dazu, aber er konnte es nicht komisch finden. Er ging hinter ihr aus dem Zimmer und schaute ihr nach, als sie hinter dem Motel in die gottlose Wüste einbog, die sich wie eine erdrückende Decke vor ihm ausbreitete.

Eine Weile folgte er ihr mit dem Blick, bis die Helligkeit seine Augen zu sehr strapazierte – ihre weißgekleidete Gestalt, die sich unter einer weißen Sonne durch gleißend weißen Sand bewegte.

Mit bloßen Füßen ging er zu der Tankstelle, wo die Indianerin und ihr Sohn saßen. Die Frau nähte etwas, das aussah wie ein traditioneller Perlenkopfschmuck, während der Junge mit seinem Gameboy spielte. Das kleine Gerät wirkte in dieser Umgebung völlig fehl am Platz. Hier war die Zeit stehengeblieben. Die Glastheke mit den verstaubten Motoröldosen war uralt und klebrig. Überall lagen vergilbte Papiere herum, die allerdings nicht nach gerade eben abgewickelten Geschäften aussahen, sondern eher wie Requisiten in einem Tankstellenmuseum.

Auf einem der Papierstapel stand ein Fernsehapparat, und die Indianerin schaute sich gerade die Übertragung des O. J. Simpson-Prozesses an. Wie seltsam, daß O. J. und Nicole, seine weiße Frau, deren gewaltsamer Tod die ganze Nation beschäftigte, ihm auch hier draußen in der Wüste begegneten. Und noch befremdlicher schien es ihm, daß diese stoische Indianerin, die einen traditionellen Kopfschmuck nähte, sich für den Prozeß interessierte. Aber irgendwie tröstete es ihn auch. Sein Blick wanderte vom Gameboy über das Faxgerät in der Ecke zum Videogerät und dann zu Simpsons müder Gerichtssaalmiene. Wie beruhigend – es war doch nicht alles verschwunden. Die Wüste hatte nicht die ganze Zivilisation verschlungen.

Er ging über die staubige Zufahrt und an sechs traurigen Ziegen vorbei, die neben der Tankstelle hinter einem Zaun in dem kargen Boden scharrten. Er sah die Frau mit dem Rücken zu ihm in der Wüste stehen. Schaute sie sich um, oder hatte sie die Augen zum Gebet geschlossen? Im Gegensatz zu ihm schien sie sich nicht vor der Wüste zu fürchten. Sie konnte sich hineinbegeben, ohne darin verlorenzugehen, eine schmale, einsame, weißgekleidete Gestalt. Da empfand er wieder Mitleid mit ihr, weil sie so viel gelitten hatte. Aber trotzdem war es ihm nicht geheuer, daß er sich auf sie eingelassen hatte – was war, wenn sie nur mit ihm spielte, während er bereit war, Gefühle zu entwickeln?

Er wartete im Motel auf sie. Zuerst saß er in dem Sessel beim Fenster, und die Tür stand halb offen, aber dann begann er den Sand und Staub in der Kehle und auf seinen verschwitzten nackten Armen zu spüren. Er wollte sich aufs Bett legen, ging aber vorher noch einmal hinaus, um nach der weißgekleideten

Gestalt zu schauen. Sie befand sich immer noch an derselben Stelle, kauerte aber auf den Fersen. Es sah fast so aus, als würde sie Stück für Stück im Sand versinken. Warum blieb sie so lang da draußen?

Er ging zurück ins Zimmer und streckte sich auf dem Bett aus. Sein ärmelloses weißes T-Shirt und die Khakihose klebten an ihm. Heute ist Donnerstag, und ich bin in der Wüste, dachte er. Es ist höllisch heiß hier, öde und kahl. Wo waren sie alle, was taten sie – *die, die er verlassen hatte*? Schweißtropfen traten ihm auf die Stirn, liefen ihm übers Gesicht. Schuldgefühle überschwemmten ihn, und das paßte ihm überhaupt nicht. Vielleicht war er nur feige. Er hatte mit seinem bisherigen Leben gebrochen, um sich, seine Art zu denken, seine Weltsicht zu verändern. Er war in den Zug gestiegen, um ein anderer zu werden. Aber da meldete sich plötzlich ein beunruhigender Gedanke – mit wem oder was hatte er eigentlich gebrochen?

Schnell zündete er sich eine Zigarette an und ging wieder hinaus ins Freie, um nach ihr zu sehen, aber er konnte sie nirgends entdecken. Als hätte die Wüste mit ihren knochigen Fingern zugepackt und sie zu sich genommen, als würde sie ihr gehören. Er schaute in alle Richtungen. Keine Spur von ihr! Plötzlich fühlte er sich wie ein kleines Stück Fleisch, das in dieser Wüstenpfanne gebraten werden sollte; während sie von der Wüste vereinnahmt worden war, würde er ihr verkohltes Sühneopfer werden, geopfert für das, was er getan hatte.

Er rannte zu der Tankstelle, aber dort war sie auch nicht, und die Indianerin erklärte, sie sei nicht dagewesen. Also ging er zurück ins Zimmer. Da stand sie und nahm gerade ihren Hut ab.

Wo warst du? fragte er atemlos.

Er wußte, daß er sehr schroff klang, als wäre sie tagelang verschwunden gewesen.

Ich habe einen Spaziergang gemacht, genau wie ich dir gesagt habe.

Ihr Gesicht war gerötet und verschwitzt, ihre Haut staubig, aber sie wirkte zufrieden, fast glücklich.

Er sah, daß sie einen weißen Totenschädel mitgebracht hatte, von Gott weiß was für einem Tier – auf jeden Fall gruselte er sich.

Warum hast du das denn mitgebracht? Er deutete auf den Totenschädel.

Jemand hat mich gebeten, ihm einen mitzubringen.

Ich dachte, du hast keinem von deiner Reise erzählt, sagte er vorwurfsvoll. Du hast gesagt, du bist losgefahren, ohne irgend jemanden anzurufen oder ein Fax zu schicken. Und jetzt behauptest du, es hat dich jemand gebeten, ihm etwas mitzubringen. Also muß derjenige gewußt haben, daß du wegfährst.

Sie lachte und sagte mit britischem Akzent: Elementar, mein lieber Watson – das beweist, daß sie jemandem von ihrer Abreise erzählt hat.

Er konnte nicht über ihre Antwort lachen.

Er ging ins Schlafzimmer, seine nackten Füße klatschten leise über den gekachelten Fußboden. Er setzte sich wieder auf die Bettkante.

Hast du jemandem erzählt, daß du wegfährst? fragte er.

Sie sah ihn an und seufzte.

Ja, sagte sie. Ich hab's jemandem erzählt.

Wem?

Das ist nicht wichtig, sagte sie.

Einem Mann?

Sie antwortete nicht, und er zögerte einen Moment, ehe er weiterfragte: Einem Mann in der Todeszelle?

Sie warf ihm einen ungeduldigen Blick zu, der ihm zu verstehen gab, daß er sie nervte.

Diese Fragerei ödet mich an, sagte sie. Ich habe keine Lust auf dieses Spiel.

Welches Spiel?

Das Beweis-daß-du-nicht-lügst-Spiel.

Sie sah ihm wieder in die Augen.

Ich lüge nicht, und wenn du dermaßen mißtrauisch bist, mußt du als erstes in dein eigenes Inneres blicken.

Sie verschwand im Badezimmer, und er folgte ihr bis zur Tür. Seine Anhänglichkeit war ihm selbst peinlich, aber er wollte unbedingt in ihrer Nähe sein.

Als er das Wasser rauschen hörte, ließ er sich an der Wand hinunterrutschen und setzte sich mit angezogenen Beinen auf den Boden. Mit geschlossenen Augen lauschte er dem fließenden Wasser. Er registrierte alles sehr genau – seine Körperhaltung, seinen Atem, die ganze Situation: ein Mann, der wie gelähmt vor einer Badezimmertür hockt und auf eine Frau wartet, die drinnen ein Bad nimmt, eine Frau, die als Mann gelebt hat. Wie war er nur in diese absurde Lage geraten?

Als sie den Hahn zudrehte, hörte er, wie sie sich plätschernd im Wasser bewegte, ein sehr erfrischendes Geräusch in der Stille der Wüste. Der Gedanke an eine nackte Frau in der Badewanne erregte ihn. Wie gern würde er mit ihr im Wasser liegen, ihre Körper ineinander verschlungen. Er konnte jetzt nicht allein sein. Falls sie log, wollte er es erst später erfahren, nicht in dieser Einöde.

Er neigte sich zum Türschlitz und sagte: Es tut mir leid, ich wollte dir nicht unterstellen, daß du lügst. Das war nicht nett von mir. Tut mir wirklich leid.

Er hörte ihre Bewegungen im Wasser und stellte sich vor, wie sie sich Gesicht, Hals und Brüste wusch.

Okay, sagte sie. Aber ich warne dich – mir werden solche Spielchen sehr schnell langweilig.

Diese Bemerkung ärgerte ihn – schließlich war sie doch diejenige, die ihn überhaupt erst auf solche Gedanken brachte. Aber er würde sie freundlich darauf hinweisen, ihr nicht schon wieder Vorhaltungen machen.

Er rutschte noch näher zur Tür, bis seine Lippen den Türschlitz berührten.

Als ich dich ganz am Anfang gefragt habe, ob deine Geschichte wahr ist – warum hast du dann so provozierend geantwortet: «Meinst du, ich erzähle dir etwas und will nicht, daß du mir glaubst?» Warum hast du nicht einfach gesagt: «Ja, es ist die Wahrheit»?

Das war albern von mir, sagte sie. Ich wollte meine weibliche Masche ausprobieren.

Das hat mich ziemlich durcheinandergebracht.

Entschuldige, sagte sie. Ich kann mir vorstellen, wie das für dich gewesen sein muß. Verzeih mir.

Er wußte nicht genau, ob sie es tatsächlich ernst meinte, aber er sagt: Okay.

Sie schwiegen beide. Er atmete tief durch, strich sich die Haare aus der Stirn und fragte dann:

Darf ich ins Bad kommen und dort mit dir weiterreden?

Stille. Nicht einmal Wassergeplätscher.

Ja.

Er öffnete die Tür und setzte sich mit angezogenen Beinen neben die Wanne auf den Fußboden, den Rücken zur Wand. Sie saßen sich gegenüber, und ob er wollte oder nicht, er mußte sie anschauen. Deshalb war er ja hier, sagte er sich, deshalb hatte sie ihn hereingelassen – damit er ihren Körper sehen konnte. Er musterte sie jetzt ganz unverhohlen. Wie muskulös sie war! Daß sie kräftige Arme und Oberschenkel hatte, war ihm ja schon aufgefallen, aber jetzt sah er, daß ihr ganzer Körper sehr gut durchtrainiert war. Trotzdem machte sie keinen unweiblichen Eindruck, ihre Muskeln waren nur besser entwickelt als bei den meisten Frauen. Ihre runden, festen Brüste, ihre schmale Taille, ihre Hüften, die elegant geschwungenen Beine, ihre Fesseln – das wirkte alles sehr feminin. Und ihr Gesicht, mit einem Hauch Lippenrot, war wunderschön.

Er sah, daß sie sich immer wieder mit der Hand Wasser über die Schultern goß.

War es nicht komisch für dich, daß du da keinen Lippenstift auftragen konntest, solange du als Mann gelebt hast? Und überhaupt die ganzen Sachen, die Frauen normalerweise tun? fragte er leise.

Nein, überhaupt nicht, sagte sie. Es ist mir viel schwerer gefallen, diese Rituale wieder aufzugreifen, nachdem ich sie so lange nicht praktiziert hatte. Manchmal komme ich mir jetzt noch vor wie ein Mann, der Lippenstift und Nagellack aufträgt.

Wieso das denn? fragte er.

Keine Ahnung, lachte sie und spritzte ihn naß.

Er nahm ein Handtuch, um sich das Gesicht abzutrocknen. Dann legte er das Handtuch auf den Fußboden und sah ihr zu, wie sie sich mit geschlossenen Augen das Gesicht wusch und mit den Fingern Nase und Backenknochen massierte.

Leise fragte er: Bin ich der erste Mann, den du berührt hast, seit ...

Mit zwei Handvoll Wasser wusch sie sich die Seife vom Gesicht. Ja, sagte sie.

Wärst du manchmal gern ein Mann?

Sie öffnete die Augen und sah ihn an. Nein.

Aber hast du es dir je gewünscht?

Ich glaube schon, sagte sie, aber nicht so, wie du denkst. Egal, wie sehr Frauen verachtet werden – wenn du eine Frau bist, ist dir das lieber.

Wärst du jetzt immer noch gern –

Nein. Ich bin eine Frau. Unvollendet, unvollkommen, aber trotzdem eine Frau. Daran ist nichts zu ändern. Ich trage den Stempel einer Frau.

Nach diesen Worten stand sie auf, als wollte sie das Gesagte unterstreichen, und er sah das Spiel ihrer Muskeln unter der glatten, hellen Haut, sah die perfekte Rundung der Pobacken.

Er streckte sich jetzt wieder auf dem Bett aus, während sie sich anzog: einen grauen Rock und eine dünne weiße Baumwollbluse, durch die man durchsehen konnte. Dann setzte sie sich neben ihn und flocht ihre Finger durch seine.

Kann ich dich sehen? fragte sie und biß sich leicht auf die Unterlippe.

Wie meinst du das?

Kann ich deinen Körper sehen? Sie lächelte scheu.

Du willst, daß ich mich ausziehe?

Nein, das mache ich.

Er war einverstanden, obwohl er sich etwas albern dabei vorkam.

Sie begann ihn auszuziehen und schaute ihm dabei in die Augen, als wollte sie ihn beruhigen. Sie zog ihm das ärmellose weiße T-Shirt über den Kopf, ließ den Blick bewundernd über seine Brust, seinen Bauch, seine Schultern wandern. Er war gut in Form, die Muskeln zeichneten sich deutlich ab unter der straffen Haut.

Zärtlich streichelte sie ihn mit den Fingerspitzen – seine Brust, seinen Nacken, seine Kehle. Dazu murmelte sie ganz leise vor sich hin. Ich liebe diesen Teil eines Mannes, sagte sie, als sie seine Seite berührte. Diese Biegung hier, unterm Arm. Wunderschön. Und später sagte sie: Die Stelle hier liebe ich ganz besonders. Sie meinte seine Kehle und die Stelle, wo das Kinn in den Hals übergeht.

Dann begann sie ihn zu küssen. Dieselben Stellen, die sie gerade berührt hatte, küßte sie jetzt ganz zart. So war er noch nie geküßt worden, mit soviel Hingabe. Er hätte sie gern gefragt, warum sie ihn so küßte, aber er wußte, damit würde er alles kaputtmachen. Kam es daher, daß sie so lange keinen Mann mehr berührt hatte?

Vorsichtig öffnete sie den Reißverschluß seiner Khakihose und zog zuerst die Hose, dann die Unterhose nach unten und über seine Füße. Sie betrachtete seinen ganzen Körper und sagte dann:

Du bist wunderschön.

Er glaubte Tränen in ihren Augen zu entdecken, aber er war sich nicht ganz sicher. Aus dem Badezimmer fiel nur mattes, diffuses Licht. Wieder hätte er sie gern gefragt, aber sie streichelte nun seine Beine, die Innenseite seiner Schenkel, die empfindliche Haut seiner Hüften und küßte ihn so hingebungsvoll, als wäre sein Körper etwas Heiliges. Es war fast wie eine Anbetung. Er fühlte sich sehr eigenartig, als würde sie ihn zu sehr verklären.

Als sie fertig war, legte sie sich neben ihn.

Danke, flüsterte sie und drückte ihre Lippen auf seine nackte Brust.

Er lächelte und fuhr ihr mit der Hand vom Nacken aufwärts durch die Haare. Dann schloß er sie in die Arme und hielt sie fest. Er wußte nicht genau, was zwischen ihnen vorgefallen war, aber er fühlte sich den Tränen nahe.

Sie konnte trotz der Hitze schlafen. Er nicht. Er lag neben ihr, wälzte sich unter dem Laken unruhig hin und her. Der Staub würgte ihn in der Kehle, als wollte die Wüste ihn ersticken. Im Geist sah er lauter grellweiße Bilder vor sich. Ihre Hände und ihre Lippen auf seiner Haut. Was sie getan hatte, hatte sich heilig angefühlt, und das störte ihn jetzt. Er hatte es nicht verdient, so berührt zu werden.

Er stand auf, zog seine Hose über und ging in die kleine Kochnische, um in den Schränken nach etwas Eßbarem zu fahnden. Er entdeckte eine Minitüte Erdnüsse, wie man sie im Flugzeug bekam, und aß sie schnell. Er hörte, daß sie sich aufsetzte.

Was ist los? fragte sie. Der schmale Träger ihres Seidennachthemds rutschte ihr über die rechte Schulter.

Nichts, sagte er.

Aber das stimmte nicht. Er war rastlos und wäre gerne in eine Bar oder einen Diner gegangen, aber so etwas gab es hier ja nicht. Er saß mit ihr fest, und ihre Geschichte ließ ihn nicht los, die Geschichte des Mädchens Hemy Lourde, das er wie entblößt vor sich sah. Er liebte dieses junge Mädchen. Aber plötzlich stockte er – das Mädchen war ganz anders als sie! Er wußte nicht, wer die Frau im Bett war.

Er ging zur Tür, um ein bißchen Luft hereinzulassen, aber draußen war es viel zu stickig, und das Gescharre der Ziegen deprimierte ihn. Sie kratzten im Sand hektisch nach ein bißchen Futter, obwohl gar nichts da war, und stießen dabei immer wieder gegen eine leere Blechdose. Ihr Gemecker klang ganz verhungert. Plötzlich konnte er nicht mehr atmen und schloß die Tür.

Sie saß blinzelnd im Bett.

Was hast du denn?

Nichts.

Du findest keine Ruhe, sagte sie.

Das liegt an der Wüste, glaube ich.

Komm zu mir, sagte sie. Leg den Kopf in meinen Schoß.

Er rollte sich neben ihr zusammen und legte den Kopf in ihren Schoß. Wie gern hätte er sich an sie geklammert! Aber er tat es nicht.

Also – was ist los? fragte sie wieder.

Ich fühle mich nicht gut. Irgendwie ist mir so komisch – ich weiß auch nicht.

Sie fuhr ihm mit den Fingern durch die Haare und begann seine Kopfhaut zu massieren.

Kann ich etwas für dich tun?

Er schloß die Augen und konzentrierte sich ganz auf den Druck ihrer Finger. Wenn doch ihre Finger unter seine Schädeldecke fassen und alles neu ordnen könnten! Er dachte an die Ziegen, an all die Dinge, die ihn nicht schlafen ließen, an ihre weißen Finger auf seiner Haut, an ihre Lippen. Was hatten ihre Körper getan? Er hatte kein anderes Wort dafür als *Zärtlichkeit*. Wenn sie doch gemein gewesen wäre – und plötzlich merkte er, wie sehr er sie für ihre Zärtlichkeit bestrafen wollte. Aber warum nur? In Gedanken malte er sich lauter brutale Strafen aus – er wollte sie schlagen, sie zu Boden stoßen, auf sie einprügeln. Sie mit den Zähnen zerreißen, sie zersägen, auf ihr herumtrampeln! Warum sah er diese brutalen Bilder vor sich? Warum diese völlig unangemessene Reaktion – sie hatte ihn doch nur berührt!

Verzweifelt suchte er in seinem Kopf nach einer Erklärung. Da fiel ihm etwas ein, was er einmal gelesen hatte: Was man am andern haßt, ist nichts anderes als das, was man an sich selbst haßt. Aber was haßte er? Die Frau? War er innerlich eine Frau?

Er tastete nach ihr. Erzähl mir, was mit Hemy passiert ist, sagte er. Er konnte die Verzweiflung in seiner Stimme nicht verbergen. Was ist mit Bo passiert?

Würde dich das beruhigen?

Ja. Ich könnte dann etwas anderes denken.

Sie lehnte sich ans Kopfende des Bettes, und er kuschelte sich an sie, den Kopf immer noch in ihrem Schoß.

Okay, sagte sie. Wo war ich stehengeblieben?

Vic Ponti hat dich auf der Veranda von Mr. Antonovsky geküßt, und du hast ihn weggeschubst, als wäre er ein Hund, der an deinem Schritt schnüffelt.

Ja, stimmt, sagte sie.

Sie zog ihm das Laken über die Beine und strich ihm die Haare aus dem Gesicht. Dann begann sie zu reden, und er hing an ihren Lippen, als ob ihn ihre Stimme am Leben hielte.

KAPITEL 14

Bo erwachte aus dem Koma. Ich war gerade im Chemieunterricht und zog Kunststoffstränge aus einem Reagenzglas, als die Schulverwaltung anrief und der Lehrerin mitteilte, sie solle mich für heute entlassen, meine Mutter sei aus dem Koma aufgewacht. Die ganze Klasse klatschte spontan Beifall, was mich sehr überraschte. Ich sah die freundlich lächelnden Münder. Man hätte denken können, sie hätten gerade die Bestätigung dafür bekommen, daß es im Leben doch Gerechtigkeit gab, daß das Schicksal fair war, daß alles wieder gut wurde. Aber irgend etwas fehlte in ihren Gesichtern, fand ich, ein gewisses Leuchten in den Augen, und ich bemerkte die leicht nach unten gezogenen Mundwinkel, wie ich sie jeden Morgen bei mir im Spiegel sah, und diese verrieten ganz andere Gedanken: Mach dir keine Hoffnungen, womöglich ist sie blind, womöglich ist sie ein Krüppel – vielleicht ist sie beides.

Während der ganzen Fahrt nach Syracuse versuchte ich, irgendwie mein Herz unter Kontrolle zu behalten, es zu beruhigen und am Pläneschmieden zu hindern, denn es flatterte in meiner Brust, und das Hin und Her zwischen hochfliegenden Hoffnungen und tödlicher Angst war mir zu anstrengend. Als ich Zellies Zimmer betrat, legte ich beide Hände schützend über mein Herz, damit ich jederzeit meine Finger darum schließen und es dazu bringen konnte, regelmäßig und ohne Hoffnung, ohne Angst zu schlagen. Zellie stand vor dem Spiegel, das ganze Gewicht auf ihr gutes Bein verlagert, und steckte sich Haarnadeln in die Haare, als würde sie sich selbst zusammenheften. Ohne ein einziges Mal Luft zu holen, sagte sie: «Bo ist heute morgen um halb elf aufgewacht und wollte sofort Eier und Pfannkuchen essen, und dann hat sie gesagt, man soll ihr den Verband von den Augen nehmen. Sie hat die ganze Zeit dermaßen herumgenervt, daß ihr jetzt tatsächlich die Verbände abgenommen werden, aber wir sollen dabeisein. Mir haben die Ärzte gesagt, aller Wahrscheinlichkeit nach sei sie blind, und ihr haben sie das auch gesagt, aber ich glaube nicht, daß sie es so ganz kapiert hat.»

Ich wollte die Hand um mein Herz schließen, damit es keine Angst bekam, aber da sah ich, wie Zellies Hände zitterten, als sie sich die letzte Nadel in die Haare steckte, und da verlor ich den Zugriff auf meinen Glauben, auf dieses kleine, flackernde Ding, über das ich manchmal verfügte, manchmal nicht. «Ist sie noch Bo?» fragte ich bebend, und als Zellie antwortete: «Bin ich noch Zellie?», rutschte mir auch die Hoffnung weg, es war, als stünde ich auf einer glitschigen Klippe. Zellie war sie selbst, aber sie war auch nicht sie selbst, und man konnte überhaupt nicht richtig sagen, was Sache war.

«Weiß sie Bescheid?» fragte ich. Ich bekam fast keine Luft mehr, wenn ich nur daran dachte, ich müßte Bo mitteilen, daß sie ihren Mann, ihren Sohn und ihr Nesthäkchen verloren hatte. Ich wußte, das würde ich nicht überleben.

«Ja», sagte Zellie. «Ich hab's ihr gesagt.»

Mir wurde ganz schwindlig vor Dankbarkeit.

Bo saß in einem Sessel, als wir in ihr Zimmer kamen. Sie war an zwei klickende, keuchende Geräte angeschlossen und hielt ihren verbundenen Kopf stolz und gerade, wie eine Baumwollblüte, die sich gegen den Wind behauptet.

«Hemy – bist du das?» fragte sie. Als ihre mageren, weißen Finger meine Hand berührten, sagte ich: «Ja, Bo», und dann versagte mir die Stimme. Ich dachte, wie kann das Bo sein, diese schmale, zitternde Gestalt, die eigentlich nur aus weißer Gaze besteht, diese dünne Frau mit der brüchigen Flüsterstimme?

«Zellie hat mir erzählt, daß du bei Mr. Antonovsky wohnst», sagte sie. «Ist das nicht komisch? Ausgerechnet bei Mr. Antonovsky! Ist das Leben nicht manchmal verrückt?»

Für uns war das Leben so verrückt gewesen, daß wir alle schwiegen.

«Du hattest es bestimmt nicht leicht in letzter Zeit», sagte Bo, und obwohl ich nicht antwortete, sah ich im Geist eine gezackte Zeitlinie vor mir, mit ganz tiefen Einschnitten, obwohl ich die dargestellte Zeit noch gar nicht gelebt hatte. Die Tage und Jahre sahen alle gleich aus, nichts als tiefe Löcher. Bo nahm meine Hände, als würde sie gleich weggehen, und zog mich näher zu sich. «Was hab ich getan, Hemy?» sagte sie. Ich brachte kein Wort heraus, aber ich sah, wie sich ihr Mund vor Verzweiflung verzerrte und wie die Gaze über ihren Augen erst feucht, dann naß wurde, bis die Tränen schließlich durch die weiße Binde drangen und ihr übers Gesicht liefen.

Als die Krankenschwester Bo holte, gingen Zellie und ich rechts und links neben dem Rollstuhl her, wie die Sargträger bei einem Begräbnis, stumm, den Blick unbewegt nach vorn gerichtet. Wir versuchten, nicht daran zu denken, wohin wir gingen, aber das Wort «blind», die Bilder von tastenden Händen, von unsicheren Füßen wurden wir nicht los. Im Behandlungszimmer wurde Bo auf die Kante des Untersuchungstischs gesetzt, und wir stützten sie von beiden Seiten ab. Die abgerundete Stahlschere des Arztes arbeitete sich durch den Verband, und wir schauten genau zu, wie er langsam und mit ruhiger Hand seine exakten Schnitte setzte. Die gedämpfte Beleuchtung verhinderte, daß die Szene zu grell erschien, und als der Arzt durch die letzte Schicht schnitt, fiel die Gaze ab und landete kaum hörbar auf dem Fußboden. Wir starrten auf

Bos geschlossene, bleiche Augenlider. Sie waren der Mittelpunkt der Welt.

«Lassen Sie sich Zeit, öffnen Sie die Augen ganz, ganz langsam», sagte der Arzt und blendete das Licht noch mehr ab.

Bo schlug abrupt die Augen auf, schaute geradeaus, drehte die Augen dann nach oben, nach rechts, nach links. «Ich bin blind», sagte sie. Es klang, als hätte sie gesagt: «Ich habe Hunger.» Meine Augen fingen wieder an zu brennen, als hätte ich sie der heißen Sonne ausgesetzt. Der Arzt leuchtete mit einer kleinen Lampe zuerst in Bos rechtes Auge, dann in ihr linkes, spähte neugierig in sie hinein wie in zwei verschmierte Fensterscheiben. Nach einer Weile ließ er resigniert die Hand sinken – er konnte nichts mehr für sie tun.

Tagelang lebte Bo ihre Trauer; ihre Tränen und ihre Klagen kamen schnell, heftig, unerbittlich wie der Regen und der Wind des Monsuns. Zellie und ich saßen neben ihr, hielten ihr die Hand, trockneten ihre blinden Augen mit Papiertaschentüchern, trösteten sie, so wie sie uns als Kinder getröstet hatte. Wir wußten genau, daß die Frau, die wir so lange ins Leben zurückgerufen hatten, nicht die Frau war, die jetzt vor uns saß. Ich fragte mich die ganze Zeit, wo diese Bo wohl steckte. Und ich hätte auch gern gewußt, wo Zellie und ich waren – das Leben hatte uns bis zur Unkenntlichkeit entstellt. Wenn man Bo eine Frage stellte, antwortete sie zwar, aber man konnte sich nicht richtig mit ihr unterhalten, denn sie sagte immer nur: «Was habe ich getan? *Was … habe … ich … getan?*» Das war die sinnvollste, wichtigste Frage, die sie stellen konnte, aber man konnte sie natürlich nicht beantworten, denn wer hätte alles, was sie getan hatte, auflisten wollen? Es wäre grausam gewesen; es wäre sinnlos gewesen.

Ich blieb zwei Wochen im Krankenhaus und schlief auf einer Pritsche neben Bos Bett. Jede Nacht wurde ich mindestens sechsmal geweckt, weil Bo nach mir tastete, um sich zu versichern, daß ich noch da war. Ihre Arme funktionierten nicht besonders gut, also schob ich die Liege direkt an ihr Bett. Ich kam mir vor wie der Leithund eines schweren Hundeschlittens, der keine Ahnung hat, wohin die Fahrt geht. Wenn ich unten im Aufenthaltsraum saß, nachdem die beiden ins Bett gegangen waren, hatte ich oft das Gefühl, als würde meine Zukunft draußen hinter den ungeputzten Krankenhausfenstern untätig herumliegen und warten, lang und dünn und zerfranst, wie ein kaputter Gartenschlauch, der im Schlamm liegt und sich durch Rinnsteine und Hinterhöfe schlängelt, durch ölverschmierte Schuppen und dreckige Keller, und der so durchlöchert ist, daß am Ende nichts mehr davon übrig ist als eine schmutzige, knochentrockene Silbertülle.

Ein paar Wochen später hörte Bo auf zu weinen, verlangte nach einem Telefon, und kaum war es installiert, da rief sie einen Anwalt, einen Börsenmakler und eine Bank an, sowie einen Heimwerkerladen namens Levitt. Als sie auflegte, erklärte sie, wir würden wieder in unser Haus ziehen, sobald es instand gesetzt sei. Da wir uns das sehnlichst wünschten, glaubten wir ihr, Zellie und ich, bis der Arzt uns aus dem Zimmer winkte und uns unmißverständlich zuflüsterte, Bo dürfe nicht allein leben, sie habe ein sogenanntes Aneurysma, so daß jede Art von Trauma, selbst ein relativ harmloses, ihren Tod bedeuten könne. Sie müsse in ein Rehabilitationszentrum namens Cedar Valley, denn ihre körperlichen Probleme erforderten ständige Überwachung und komplizierte medizinische und physiotherapeutische Behandlungen, die im häuslichen Umfeld nicht möglich und zu denen wir zwei sowieso nicht fähig seien. Das Aneurysma sei ziemlich gravierend, sagte er und fügte hinzu, er habe große Zweifel, ob Bo je nach Hause könne – mit Sicherheit jedenfalls nicht in absehbarer Zeit. Ich stellte mir Bo vor wie ein Ei, das an der Tischkante liegt, und ich fragte Zellie, ob sie es ihr nicht sagen könne, daß sie nicht nach Hause entlassen würde, denn Zellie konnte schlechte Nachrichten viel besser überbringen als ich.

Eine Frau von der Krankenhausverwaltung bat mich am Tag vor Bos Überweisung ins Rehazentrum zu sich ins Büro und eröffnete mir, daß Bo kein Geld mehr hatte. Unsere Hausratversicherung verweigere jede Zahlung, weil die Brennkessel illegal gewesen seien, sagte sie, und das Geld, das Bo noch gehabt habe, sei jetzt durch die Krankenhauskosten verbraucht. Zwar bekämen Bo und Zellie Unterstützung von der Versicherung, aber dadurch sei nur die Grundbehandlung abgedeckt, alle individuellen Therapien müßten aus anderen Mitteln bezahlt werden. Von mir, wollte sie sagen.

Also ging ich am nächsten Tag ins College und bewarb mich um einen Job bei der Abendschicht in der Mensa. Ich mußte Gemüse für den Salat putzen, hinter der Glastheke heiße Mahlzeiten ausgeben und anschließend mit zwei korpulenten Frauen, die beide dicke rosarote Arme und keine Zähne hatten, die schmutzigen Tabletts entgegennehmen, eins nach dem andern.

Als die Ärzte mir mitteilten, Zellie müsse auch in ein Rehazentrum, das zwar nicht ganz so aufwendig war wie bei Bo, aber trotzdem ein Rehazentrum, suchte ich mir einen zweiten Job. Ich half Louise, am Wochenende das Studentenwohnheim von Mrs. Taintor putzen. Fast hätte ich den Job nach zwei Wochenenden schon wieder verloren, weil ich mit einem Schwamm, an dem lauter Schamhaare von Onkel P. hingen, Louise durch die Gänge jagte. Onkel P. war Mrs. Taintors sabbernder alter Onkel, und als sie mich dabei erwischte, wie ich mit dem Schwamm durchs Haus raste, feuerte sie mich. Louises Mutter marschierte nach dem Abendessen zu Mrs. Taintor, um sich für mich einzusetzen. «Sie können das Mädchen nicht rausschmeißen», sagte sie. «Sie muß ihre ganze Familie unterstützen. Sie sollten sich schämen!» Dann drehte sie sich zu mir und sagte: «Und du läßt Onkels P.s Schamhaare in Ruhe, Hemy, verstanden?»

Nachdem Bo und Zellie in ihren Rehazentren untergebracht waren und alles hatten, was sie brauchten, fand ich, daß ich Bo nun endlich wegen der Explosion fragen konnte. Ich hatte lange genug gewartet, fand ich, und immer nur zugeschaut, wie Zellies Bett sich drehte und Bo atmete, und jetzt wollte ich wissen, welche Rolle Happy bei der Explosion gespielt hatte, aber Zellie schimpfte: «Tu das ja nicht!», packte mich am Arm und schüttelte mich. «Sieh sie doch nur an!»

Es stimmte, man brauchte Bo nur anzuschauen, und schon wußte man, daß sie sich größte Mühe gab, sich nicht hängenzulassen. Da saß sie in ihrem Rollstuhl, mit dunkler Sonnenbrille, rotgeschminkten Lippen und ihren alten Filmstarkleidern; ihre Haare waren immer noch schwarz und lockig, aber inzwischen dünn und fisselig. Die Hälfte der Zeit funktionierten entweder ihre Arme oder ihre Hände nicht richtig, und auch sonst hatte sie so wenig Kontrolle über sich, daß sie gegen die Wand oder gegen das Bett knallte und alles umstieß, vom Papierkorb bis zu den Tabletts mit den heißen Mahlzeiten, aber sie ließ sich nichts sagen. Wir konnten nur stumm dabeisitzen und zuschauen, während sie den Raum auskundschaftete, und wenn wir ihr einen Tip geben wollten und riefen: «Bo, du stehst direkt vor der Wand», dann schimpfte sie: «Ihr sollt mir nichts sagen!», als würde sie sich auf eine Prüfung vorbereiten, bei der sie gut abschneiden wollte. Als das Personal ihr den Rollstuhl wegnehmen wollte, schafften Zellie und ich es, das zu verhindern. «Das würde sie umbringen», sagte ich zu den Krankenschwestern, «Sie kennen Bo nicht.»

«Sie ist unglaublich stur – sie will unbedingt der beste Krüppel sein, den es gibt», sagte Zellie.

Inzwischen hatte ich jede Verbindung zu dem Leben verloren hatte, das ich vor dem Bombenattentat geführt hatte, als wäre jemand vorbeigekommen und hätte es von der Tafel gewischt und statt dessen etwas anderes daraufgemalt, etwas Komplizierteres, Anstrengenderes, wesentlich Verzwickteres. Ich ging in die Schule, und nach der Schule arbeitete ich in der Mensa, und wenn ich dort fertig war, fuhr ich mit dem Bus entweder nach Utica oder nach Syracuse, je nachdem, ob ich Bo oder Zellie besuchte, und wenn ich nach Hause kam, ging ich in mein Zimmer bei Mr. Antonovsky, und Louise und ich lasen Bücher über Wirbelsäulenverletzungen. Als uns diese Bücher zu deprimierend wurden, brachte Louise die Heiligenbücher ihrer Mutter mit, und wir verbrachten unsere Abende damit, uns zu überlegen, welche Heiligen für Zellie und Bo die richtigen wären. Wir entschieden uns für verschiedene Kombinationen. Wie zum Beispiel den heiligen Osmond, den Patron der Wirbelsäulenverletzungen, und den heiligen Raphael, den Patron der Blinden. Als ich das nächste Mal in Syracuse war, ging ich in den katholischen Laden und kaufte mehr als zehn verschiedene Heiligenanhänger für Zellie und Bo, und in einer von Louise und mir gestalteten kleinen Zeremonie hängten wir sie den beiden um.

Manchmal kam Vic Ponti mich besuchen, nachdem Louise nach Hause gegangen war, und weil Mr. Antonovsky ihn für einen guten Fang hielt, störte es ihn nicht, wenn er an die Tür klopfte und Vic Ponti auf meinem Bett herumsaß. Meistens redete Vic Ponti auf mich ein, erzählte mir Sachen, von denen ich noch nie gehört hatte und über die ich mehr erfahren wollte, weil er sie dermaßen interessant schilderte – von den Gemälden in einem Pariser Museum namens Louvre und von Kunstströmungen wie dem Dadaismus und dem Surrealismus und von Schriftstellern wie Beckett und Brecht und Thomas Mann und von Büchern wie «Malone stirbt» und «Tod in Venedig», die er mir dann eins nach dem andern borgte.

Manchmal sah ich ihn im milden Schein meiner Lampe an und dachte, wie klug, gebildet und nett er doch war, aber dann fiel mir immer wieder etwas ein, was er bei einem Besuch bei Bo getan hatte, und ich konnte ihn nicht mehr als guten Menschen sehen. Wir hatten an jenem Abend neben Bo in ihrem kleinen Zimmer in Cedar Valley gesessen, und er hatte so getan, als würde er nach meinen Brüsten grabschen und seine Finger in mein «Äffchen» stecken, wie er immer sagte. Er hatte das nur getan, weil Bo blind war und nichts sehen konnte. Obwohl es nur einmal vorgekommen war, sah ich darin einen Beweis für eine dunkle Seite, die man sonst nicht sehen konnte, so wie ein kleiner Fleck ein Anzeichen dafür sein kann, daß sich innerlich eine Krebsgeschwulst ausbreitet.

In meinem Zimmer bei Mr. Antonovsky wälzte ich mich mit ihm auf dem Bett, und wir küßten uns, aber ich wollte nicht, daß Vic Ponti meine Brüste anfaßte oder seine Finger in mein sogenanntes Äffchen steckte, aber er hätte es gern getan, und im Grunde stritten wir uns dauernd darüber: Er behauptete, mit mir würde etwas nicht stimmen, und ich sagte, ich müßte erst noch eine Trennung überwinden. Wenn wir in meinem Zimmer waren, hatte ich oft das Gefühl, wir säßen auf einem Ast, ich ein kleiner Spatz und Vic Ponti ein Berglöwe, der so tat, als wäre er auch nur ein Spatz, und ich schaute ihm in die Augen und sah etwas Dunkles, Brodelndes, etwas Primitives, einen finsteren, fleischfressenden Instinkt, der ganz tief in seinem Inneren verborgen lag.

«Was hast du vor?» fragte Vic Ponti mich immer wieder. Ich glaube, am liebsten wäre es ihm gewesen, wenn ich mich ihm an die Brust geworfen und gerufen hätte: «Oh, Vic, ich weiß nicht, was ich tun soll!» Ich hatte schreckliche Angst vor der Zukunft, und manchmal, wenn Louise und Vic Ponti weg waren, ging ich spätnachts noch zum Highway, so wie ich es während der Zeit bei Gussy Keys oft getan hatte. Aber jetzt wollte ich nicht mehr von einem Sattelschlepper überfahren werden. Nein, ich wollte, daß einer der Laster anhielt und mich mitnahm, mich von hier wegbrachte, weit weg, und wenn die Lastwagen an mir vorbei die Steigung hinaufkrochen, erfüllte mich ein tiefes, seltsames Bedauern, als hätten sie mich aufgefordert mitzukommen und ich hätte abgelehnt.

Eines Abends kam Vic Ponti vorbei, als ich am Highway stand. Er bremste abrupt, ich kletterte in seine weiße Corvette, und nach kurzem Schweigen sagte er zu mir: «Möchtest du mich heiraten?»

Als ich nicht antwortete, schaute er mich durch die Dunkelheit hindurch an. «Bist du dir etwa zu gut für mich?»

«Nein, natürlich nicht», sagte ich, aber eigentlich hatte er recht. Ich brauchte nur daran zu denken, wie er in Bos Anwesenheit so getan hatte, als würde er meine Brust begrabschen, bloß weil sie blind war und ihn nicht sehen konnte.

«Du denkst, du könntest einen Besseren kriegen?»

Ja, dachte ich, aber ich sagte es nicht. «Vielleicht gehe ich aufs College», sagte ich.

«Ich übernehme die Studiengebühren», sagte er. «Auf welches College möchtest du gehen? Syracuse University? Cornell?»

«Wie wär's mit Harvard?»

«Wir wohnen nicht in Cambridge. Wir wohnen in Morrisville.»

Als er mit mir auf mein Zimmer kam, ließ ich zu, daß er mich anfaßte, denn die Idee, daß jemand mein Studium bezahlte, war sehr verlockend; und alles in allem war es gar nicht so übel, sich von Vic Ponti anfassen zu lassen, jedenfalls nicht so schlimm, wie ich erwartet hatte. Es war allerdings auch nicht besonders gut, schon gar nicht im Vergleich zu dem, was ich mit Oscar erlebt hatte, obwohl ich daran nie mehr dachte, das tat viel zu weh. Es war also nicht unangenehm, von Vic Ponti angefaßt zu werden, aber es löste keine wilden Reaktionen in meinem Körper aus. Mein Herz rührte sich nicht, nichts wühlte in meinem Bauch, meine Hände waren ganz zufrieden damit, ruhig in meinem Schoß zu liegen, und keine Sekunde lang hatte ich das Gefühl, als wären wir zwei Autos, die ohne Bremsen einen Abhang hinuntersausen. Vielleicht war es dumm von mir, aber dieses Gefühl hätte ich gern wieder gehabt. Entweder das – oder gar nichts.

Als Coleman mich ein paar Wochen später am Highway aufgriff, machte er mir ein bißchen Hoffnung. «Schau an, schau an», sagte er, als ich zu ihm in den Wagen kletterte. «Du siehst jetzt richtig erwachsen aus.» Als ich sagte, ich hätte das Gefühl, ich würde demnächst sechzig, musterte er mich kurz und sagte: «Du hast in letzter Zeit viel Pech gehabt, Mädchen. Jetzt ist es Zeit, daß dir mal was Gutes passiert.» Ich sagte: «Amen, Bruder», und als er mich vor Mr. Antonovskys Haus absetzte, rannte ich hinauf in mein Zimmer und fiel vor Oscars Asche auf die Knie und betete zu Gott, daß mir etwas Gutes passieren möge.

Zellie gefiel es nicht in ihrem Reha-Zentrum in Syracuse. Sie beschwerte sich die ganze Zeit, sie sei nur von Krüppeln umgeben und sie könne nichts essen, weil ihr schon schlecht werde, wenn sie die Leute nur sehe. Die Frau in ihrem Nachbarzimmer war querschnittgelähmt, ihr lief ständig ein Spuckefaden aus dem Mund, wie ein Wasserfall in Zeitlupe, meinte Zellie, und die Frau im Zimmer gegenüber trug schwere Metallschienen, mit denen sie Tag und Nacht durch die Flure stampfte. «Ich bin einfach nicht verkrüppelt genug für dieses Zentrum hier», sagte sie zu allen Leuten, als würde das die Verbindungsschnur zwischen ihr und der sabbernden Frau und der Frau mit den polternden Beinschienen durchtrennen. Ich hätte sie gern zu Mr. Antonovsky mitgenommen, aber die Reha-Ärzte sagten: «Sie braucht mehr Hilfe, als sie sich eingesteht.»

Aus heiterem Himmel schenkte ihr Vic Ponti ein Buch über Frida Kahlo. Er dachte, es könnte sie interessieren, da ja Frida Kahlo bei einem Straßenbahnunfall von einer Eisenstange durchbohrt worden war, als sie etwa gleich alt war wie Zellie bei der Explosion. Er ahnte nicht, daß dieses Buch Zellies Leben komplett umkrempeln würde. Sie las das Buch und schickte mich los, um sämtliche Bücher über Frida Kahlo und die Reproduktionen ihrer Bilder zu kaufen und überhaupt alles, was irgendwie mit Frida Kahlo zu tun hatte. Die Bücher verschlang sie gierig, sie wurden ihr wertvollster Besitz. Die Drucke hängte sie an die Wand, studierte sie, sah ihre eigenen Träume in diesen Bildern, auf denen Frida Kahlo ihre kaputte Wirbelsäule und ihren zerstörten Körper gemalt hatte. Sie frisierte sich wie Frida und fing an, kurze, dicke Zigaretten zu rauchen, weil Frida solche geraucht hatte. Sie dachte sogar, sie könnte vielleicht eines Tages einen Freund haben, denn trotz ihrer Verletzungen hatte Frida Kahlo die große Liebe mit dem mexikanischen Maler Diego Rivera gelebt. Einmal fragte ich Zellie im Scherz, ob ich ihr schwarze Farbe kaufen solle, damit sie ihre Augenbrauen miteinander verbinden könne, wie die Augenbrauen von Frida Kahlo, und da verriet sie mir ihren geheimen Herzenswunsch, der in den vergangenen Wochen entstanden war und der ihr nachts, wenn sie nicht schlafen konnte, immer durch den Kopf ging: Sie wollte malen wie Frida Kahlo. Das war jetzt ihr großer Plan, und nach diesem schüchternen Geständnis gab sie mir eine Liste mit allen Malutensilien, die man sich nur denken konnte. Ich nahm die Liste nach Hause, addierte die Beträge und war schockiert, als ich bei einer Summe von fünfhundert Dollar landete, aber es war Zellies zwanzigster Geburtstag, und sie konnte ja kein College besuchen wie normale Mädchen. Sie hatte nicht mal einen Freund. Statt dessen hatte sie ein Loch im Bauch, das so groß wie ein Baseball war; ein so verknotetes Verdauungssystem, daß sie zum Frühstück, zum Mittagessen und zum Abendessen nur Pudding zu sich nehmen konnte; und sie hatte eine Wirbelsäule, die jederzeit kollabieren konnte.

«Frag doch Vic Ponti, ob er dir das Geld borgt», schlug Louise vor. «Er hat doch genug.»

Ich machte mir keine Sorgen wegen seines Geldes, aber ich befürchtete, ich müßte mich dann öfter, als mir lieb war, mit ihm auf dem Bett wälzen, aber andererseits wollte ich unbedingt an Zellies Geburtstag die Sachen in ihr Zimmer tragen. Also begab ich mich zu Vic Ponti ins Büro und sagte: «Ich brauche fünfhundert Dollar, um Zellie zum Geburtstag Malutensilien zu kaufen. Sie will malen wie Frida Kahlo.»

«Heißt das, du willst fünfhundert Dollar von mir haben?»

«Nein, ich will sie mir nur von dir leihen. Ich zahle alles zurück.»

«Wie willst du das Geld zurückzahlen?»

«Ich suche mir noch einen Job», sagte ich.

«Aber du hast schon zwei Jobs.»

«Dann habe ich eben drei.»

Er schob seinen Stuhl zurück, kam um den Schreibtisch herum und setzte sich auf die Kante. «Hemy, warum heiratest du mich nicht einfach? Dann kannst du deine beiden Jobs kündigen, aufs College gehen und studieren, was du willst, und du mußt dir um die Versorgung von Bo und Zellie keine Sorgen mehr machen.»

Das klang toll – jedenfalls der Teil mit den Jobs und mit Bos und Zellies Versorgung. Was mir nicht paßte, war der Teil mit der Heirat.

Ich schaute auf meine Hände in meinem Schoß, dann hinauf zur Decke, nur nicht in Vic Pontis flehende Augen. Ich erbat mir Bedenkzeit; er sagte, ich könne darüber nachdenken, so lange ich wolle, und als ich sein Büro verließ, hielt ich einen Scheck über fünfhundert Dollar in der Hand.

Als ich Bo erzählte, Vic Ponti habe mir einen Heiratsantrag gemacht, fragte sie: «Liebst du ihn?»

«Nein», antwortete ich sofort.

«Gut.»

«Was heißt ‹gut›?»

Sie nahm meine Hände zwischen ihre und drückte sie. «Wenn du eine Frau sein willst, liebe einen Mann», sagte sie. «Wenn du eine große Frau sein willst, mußt du eine Festung um dein Herz errichten.» Sie schwieg, und dann sagte sie das Schlimmste, was sie je zu mir gesagt hatte: «Du kannst nie einen Mann lieben, Hemy.» Plötzlich sah ich, wie Bauarbeiter eine hohe Betonmauer um mein Herz hochzogen, und meine Augen brannten wieder, als würde ich aus meinem Ich vertrieben, von meiner Gefühlswelt abgeschnitten, um nie die Geheimnisse meines Herzens kennenzulernen und letztlich ein Leben wie nach einer Lobotomie zu führen.

Bo berührte meine Augenlider mit den Fingerspitzen. «Du hast ein großes Schicksal vor dir. Vergiß das nicht», flüsterte sie. «Hörst du mich, Hemy Lourde? Du hast ein großes Schicksal vor dir.»

Ich war richtig schockiert, als ich sie wieder so über mein Schicksal reden hörte. Seit dem Bombenattentat hatte sie es nicht mehr erwähnt, vor allem nicht ihre Prophezeiung, daß ich den Gang der Geschichte verändern würde, weil mir das alles viel zu peinlich war.

«Es kommt mir aber nicht so vor», sagte ich. Ich hätte ihr stunden- und tagelang erklären können, weshalb es mir nicht so vorkam; ich hätte ihr detailliert die Geschichte meines Herzens und alles dessen, was sich dort abspielte, erzählen können, wie ein Soldat, der von den Kriegen berichtet, in denen er gekämpft hat, und seine Verletzungen vorzeigt. Ich tat es nicht, weil ich wußte, sie würde sich Vorwürfe machen; es gab ja sonst niemanden, dem sie hätte Vorwürfe machen können.

Die Frage, ob ich Vic Ponti heiraten sollte, führte dazu, daß sie wieder drei Stunden am Tag betete, wie vor dem Bombenattentat, und dieses Beten gab ihr soviel Kraft, daß das Personal gar nicht mehr mitbekam, wo sie mit ihrem Rollstuhl herumfuhr. Man taufte sie «der Wind». «Gerade war sie noch hier – aber sie ist schon wieder weg», hieß es immer. Bo kundschaftete das ganze Gebäude aus, sie lernte alle Leute kennen und konnte sie am Klang ihrer Stimme unterscheiden, manche auch an ihrem Gang. Sie unterhielt sich mit allen – mit dem Personal, den Patienten, den Hausmeistern, sie kannte jeden beim Namen. Sie half in der Küche Plätzchen backen, Eintopf kochen, den Fußboden wischen. Sie beantwortete das Telefon für die Sekretärinnen, wenn die eine Pause machen wollten. Sie pflanzte in den Blumenkästen Ringelblumen und Petunien und organisierte für das Personal Picknicks im Freien. Sie lernte Blindenschrift und half beim Waschen und beim Wäschefalten.

Abends, wenn alles still war, kamen dann die Visionen, viele, mehr noch als vor der Explosion. Ihre Gebete hätten die Visionen aktiviert, sagte Bo, aber sie hatten nichts mit Vic Ponti und mir zu tun, was ich eigentlich gehofft hatte. Nein, die Visionen drehten sich um andere Leute außerhalb unserer Familie, manchmal sogar um Leute, die Bo kaum kannte, wie zum Beispiel Clementine Burcott, eine alte Farmersfrau, die etwa eine Meile von unserem früheren Haus entfernt lebte. Bo hatte eine Vision von dieser Frau und rief sie an, um ihr zu sagen, sie solle ihre Farm nicht an den Mann im Anzug verkaufen. Als Clementine sie fragte, woher sie wisse, daß ein Mann in einem Geschäftsanzug angeboten habe, ihre Farm zu kaufen, sagte Bo, sie wisse nicht, woher sie es wisse, aber sie wisse es, und die Frau solle ihm auf keinen Fall ihre Farm verkaufen. «Es wird ein anderer vorbeikommen, der für Sie und für die Farm besser ist. Warten Sie nur ab.» Und tatsächlich kam ein jüngerer Mann mit seiner Frau vorbei, der ein ganz ähnliches Konzept wie Clementine Burcott hatte, der die Landarbeit genauso leidenschaftlich liebte wie sie und der seine eigene Farm bei einem Brand verloren hatte.

Bo hatte viele Visionen von allen möglichen Leuten, und obwohl ich ihr abriet, rief sie alle an. Und die armen Leute, die sich irgendwie durchs Leben schlugen, waren gerührt von Bos Interesse und konnten es kaum glauben, daß jemand Visionen von ihnen hatte, obwohl sie doch eigentlich so unbedeutend waren. Sie riefen Bo zurück und dankten ihr oft unter Tränen; manche kamen sogar nach Utica und nahmen ihre Hand, um sich persönlich zu bedanken und in ihrer Gegenwart zu weinen, so gerührt waren sie. Bos Visionen hatten ihr Leben verändert. Am Ende des Sommers hatten sich Bos ehemalige Raffgier, ihre Gottlosigkeit, ihre Dummheit in pure Weisheit verwandelt. «Manchmal ist ein schrecklicher Schicksalsschlag nötig, um einen Menschen näher zu Gott zu bringen», lautete die allgemeine Theorie über Bo.

Ich fand, wenn alle diese Leute mit Bo über ihr Leben reden durften, dann konnte ich sie auch nach Happy und Oscar fragen, denn diese Fragen waren ja nicht verschwunden.

Ich stützte mich mit den Ellbogen auf die kühle Edelstahltheke in der Küche, wo Bo gerade Plätzchen backte, und fragte: «Meinst du, Happy hat in unserem Haus eine Bombe hochgehen lassen?» Bos Hände hörten auf zu arbeiten, und ich sah an ihren Schläfen blaue Venen pulsieren, als wäre das Wort «Happy» direkt mit einem Nerv verbunden.

Sie rückte mit der linken Hand ihre Sonnenbrille zurecht und sagte: «Das weiß ich nicht», und als ich sie fragte: «Hattest du Krach mit ihm?», antwortete sie: «Ich hatte immer Krach mit ihm.» Ihr Atem stockte, das Blut wich ihr aus dem Gesicht, und obwohl ich wußte, daß ich in ihren Wunden herumstocherte, fragte ich sie: «Meinst du nicht, daß er es war, Bo?»

Bo preßte das Messer, mit dem sie den Teig geschnitten hatte, an ihre Brust. Ihr Stimme klang zornig und heiser, fast erstickt, wie wenn sie ganz lange nicht gesprochen hätte. «Es war der größte, fatalste Fehler, den ich je gemacht habe, daß ich mich auf diesen Mann eingelassen habe. Das Ausmaß dieses Fehlers kann ich gar nicht beschreiben. Wenn ich mich nicht dagegenstemmen würde, dann würde er mich mit Haut und Haar verschlingen. Ich kann nicht darüber sprechen, und er wird mich mein ganzes Leben lang verfolgen, bis ins Grab und durch meine nächsten zwanzig Leben.»

«Ja, aber wenn er's getan hat, Bo –»

Sie drehte sich blitzschnell zu mir und fuchtelte mit dem Messer in meine Richtung. «Hör gut zu, Hemy Lourde. Einem Mann wie ihm kannst du nicht vorwerfen, er habe in deinem Haus eine Bombe hochgehen lassen und deine Familie getötet – jedenfalls nicht, solange du willst, daß der Rest deiner Familie weiterlebt. Hast du mich verstanden?» Als ich «Ja», sagte, murmelte sie «Dann ist ja gut», und ich beschloß, ihr nicht zu sagen, daß ich versucht hatte, Happy zu erschießen.

Ich wartete ein paar Tage, bis ich sie fragte, was ihrer Meinung nach mit Oscar geschehen sei. Sie war draußen auf der Veranda und grub die Erde in den langen Blumenkästen um. Sie sah aus wie die alte Bo: das lange, dunkle Kleid, der rote Lippenstift, die Sonnenbrille. Sie hatte sogar einen Seidenschal locker um den Hals geschlungen.

«Wo ist er, Bo?» fragte ich.

Sie richtete sich auf und wandte das Gesicht zum Himmel. Dann pflanzte sie weiter. «Oscar ist nicht unter den Lebenden, aber er ist auch nicht unter den Toten», sagte sie. Es klang wie ein Sphinxrätsel. Ich wollte wissen, ob das hieß: Er ist zwar tot, aber sein Geist hat sich noch nicht verabschiedet, oder ob es hieß: Er ist noch am Leben, aber sein Geist leidet Höllenqualen. Sie antwortete nur: «Ich weiß es nicht.» Ich ließ ihr keine Ruhe, ich sagte, sie solle doch eine Vision von Oscar haben, damit wir Bescheid wüßten, aber sie entgegnete, die Visionen seien Geschenke, die man nicht herbeizwingen könne. Die Visionen kämen zu ihr, nicht umgekehrt. Falls sie eine Vision von Oscar haben sollte, dann würde diese einfach zu ihr kommen. Sonst eben nicht.

Ich fand es besser, ihr nicht zu erzählen, daß ich sein Grab aufgegraben und seine Asche gestohlen hatte.

Als ich an diesem Abend ins Bett ging, glaubte ich, daß Oscar noch am Leben war, aber in einem schrecklichen Zwischenzustand schwebte. Vielleicht war er bei der Explosion verletzt worden und aus dem Haus gerannt. Im Schock war er in den Wald gleich hinter dem Feld getaumelt und hatte sich verlaufen, und weil er verwundet war, besaß er nicht mehr genug Kraft, um einen Ausweg zu finden. Halbtot suchte er nach irgend etwas Eßbarem, sein Geist war dem Wahnsinn verfallen, sein Körper wurde von Kälte und Hunger verzehrt.

Während ich mich vorher in Hoffnung gewiegt und in der Dunkelheit meines Zimmers bei Mr. Antonovsky in ein riesiges, unbekanntes Universum geblickt hatte, kniete ich nun vor der Asche nieder. Ich sehnte mich so nach Oscar, nach seiner Berührung, ich wollte ihn wiederhaben. Ich faltete die Hände und fixierte mit meinem Blick die Schachtel mit Oscars Asche, um die ich Mrs. Antonovskys Seidenschal geschlungen hatte. Ich hatte begriffen, wie wichtig es war, um das Richtige zu bitten. Ich konnte nicht um sein Leben bitten, wenn er tot war, und genauso sinnlos war es, darum zu bitten, daß etwas Gutes passierte, denn «gut» war ein relativer Begriff, und es passierte nichts Gutes, nur weil man litt, solche Dinge folgten einem anderen Rhythmus, gehorchten einem anderen Prinzip, das ich jedoch nicht verstand. Also bat ich um die Wahrheit. Ich wollte die Wahrheit erfahren und betete ganz vorsichtig um ein Zeichen, irgendein Zeichen, das mir Oscars Zustand offenbaren würde; und obwohl ich mir vorgenommen hatte, es nicht zu tun, bat ich dann doch darum, daß mir etwas Gutes passieren möge.

Ich betete jetzt immer als erstes am Morgen, und statt spätabends am Highway zu stehen, blieb ich in meinem Zimmer und betete um ein Zeichen. Ich betete vor der Asche, ich betete im Bus, wenn ich nach Syracuse oder nach Utica fuhr, ich betete im Wald. Ich betete so viel und so oft, daß Louise anfing, mich «Little Bo» zu nennen. Manchmal betete Louise mit mir in meinem Zimmer oder draußen im Wald, und zwischen den Gebeten rauchten wir Zigaretten, und wenn sie nicht mit mir betete, dann rief sie mich an, oder sie kam vorbei und fragte: «Schon was gehört?»

Ich suchte überall nach Zeichen. Wenn der Toast verbrannt war, dachte ich, es bedeute: Oscar ist tot; wenn ein dunkelhaariger Collegestudent sich in der Schlange vordrängte, dachte ich, es bedeute: Oscar lebt. Louise meinte, wenn ich ein Zeichen erhalten würde, wäre es bestimmt so groß und deutlich, daß man es nicht übersehen konnte. Ich würde mit diesem Kleinkram nur meine Zeit verplempern, sagte sie, und wenn ich nicht sofort damit aufhörte, dann verlöre ich noch den Verstand.

Also wartete ich auf ein größeres Zeichen und darauf, daß etwas Gutes passierte. Es passierte auch tatsächlich etwas, aber es schien weder ein Zeichen noch etwas Gutes zu sein. Spätabends rief das Reha-Zentrum Cedar Valley bei Mr. Antonovsky an. Er weckte mich und führte mich die Treppe hinunter, und dann stand ich in seinem Wohnzimmer, den kalten Hörer ans Ohr gepreßt, und halb im Schlaf hörte ich jemanden sagen, daß Bo gestorben sei. Sie habe gerade Wäsche gefaltet, als der Herr sie heimgeholt habe. «Es war das Aneurysma», sagte die Stimme. Es sei von Anfang an eine tickende Zeitbombe gewesen.

Als ich auflegte und zu Mr. Antonovsky sagte, Bo sei gestorben, gaben meine Beine nach, und ich sank zu Boden, auf die Knie. Er versuchte, mich hochzuziehen, aber ich dachte, ich würde nie wieder aufstehen. Ich dachte, ich würde für immer und ewig auf Mr. Antonovskys Wohnzimmerfußboden knien, wie eine abgestürzte Kirchenglocke.

«Hemy», flüsterte Mr. Antonovsky. «Es tut mir so leid.» Mühsam ließ er sich ebenfalls auf dem Fußboden nieder, schlang die Arme um mich und zog mich an seine Brust. Ich spürte zuerst ein inneres Beben, dann hörte ich ihn eine Melodie summen, ein russisches Schlaflied. Als ich seine Hand auf meinem Arm sah, seine Finger, die sanft den Takt klopften, das tiefe Loch in seiner Handfläche, wo Stalins Schaufel ihn verletzt hatte, da schloß ich die Augen. Was verstand ich schon von Leiden? Ich lauschte der Melodie, seinem rauhen Atem, dem traurigen Abschiedslied, das er für sein und jetzt auch für mein Leben sang. Mr. Antonovsky, der in Sibirien im Steinbruch gearbeitet hatte und der nach all dem die Größe gehabt hatte, das Mädchen bei sich aufzunehmen, das ihm den Schwanz zerschossen hatte. Mr. Antonovskys Summen hörte auf, und es folgten Tränen, und sein Weinen rief meine Tränen herbei. Während er vor Trauer zitterte, liefen sie mir langsam über die Wangen, wie eine flüssige Prozession von Ameisen, die den Kummer zu ihrem Ameisenhügel zurücktragen.

KAPITEL 15

Der Mann drehte sich auf die andere Seite und legte den Kopf wieder in ihren Schoß. Er weinte, aber er wollte nicht, daß sie es sah. Männer können mit ihren eigenen Tränen noch schlechter umgehen als mit den Tränen einer Frau, dachte er.

Was ist los? fragte sie leise.

Ich weiß nicht. Und es stimmte – er wußte es wirklich nicht.

Sie fuhr ihm mit den Fingern durch die feuchten Haare. Er hatte das Gefühl, als würde er sich an sie verlieren, als wäre er in ihre Welt gefallen. Und plötzlich sah er im Geiste vor sich, wie er sich in einem Geschäft, in das seine Mutter ihn geschleppt hatte, in einem Kleiderständer versteckte. Er war höchstens acht Jahre alt gewesen, und statt mit ihr in die Umkleidekabine zu gehen, um ihr mit den Reißverschlüssen oder Knöpfen zu helfen, hatte er sich zwischen den Kleidern verkrochen. Es machte ihm angst, ihr bei der Entscheidung, welches Kleid ihr am besten stand, helfen zu müssen – als wäre er derjenige, für den sie sich schönmachte. Er haßte ihre Aufgeregtheit, den penetranten Geruch ihres Parfüms, wenn er ihr zu nahe kommen mußte; er haßte es, wenn sie ihn umarmte, als wollte sie ihn nie mehr loslassen.

Willst du, daß ich weitererzähle? fragte sie ihn.

Er spürte, wie sie die Situation kontrollierte, indem sie ihm ihre Geschichte häppchenweise servierte, und das machte ihm angst.

Oder soll ich lieber aufhören? Sie schob ihre Hand in seine. Der Gedanke, sie könnte nicht weitererzählen, versetzte ihn genauso in Panik.

Nein, hör nicht auf, sagte er. Erzähl mir den Rest – erzähl mir, was du als nächstes getan hast, wie Zellie reagiert hat, als sie es erfahren hat.

Er versuchte, die Tränen in seiner Stimme zu verbergen, aber es gelang ihm nicht.

Ganz sicher? Sie beugte sich vor, um sein Gesicht sehen zu können.

Ja, ganz sicher. Er trocknete sich die Tränen mit dem Laken.

Aber du bist doch ganz aufgewühlt. Vielleicht wühlt es dich noch mehr auf, sagte sie leise.

Bestimmt nicht. Es wäre schlimmer, wenn du nicht weitererzählen würdest.

Gut, meinetwegen, sagte sie. Sie lehnte sich zurück, und er zog unter dem dünnen Laken die Knie an.

Danke, sagte er.

KAPITEL 16

Ich schlief kaum, höchstens drei Stunden. Als ich aufwachte, saß Mr. Antonovsky auf einem seiner Eßtischstühle an meinem Bett, eine fleckige rosarote Decke um die Schultern gelegt. Mit seiner riesigen Pranke hielt er meine Hand so fest umschlossen, daß sie jetzt ganz warm und verschwitzt und von dem Druck gerötet war.

Er fragte, wie ich mich fühle, aber ich konnte nicht sprechen. Ich hatte keine Lust, irgend etwas mitzuteilen, ich wollte meine Stimme nicht hören. Die Welt erschien mir jetzt finster und stumm, als wäre jemand in mich hineingegangen und hätte alle lebenswichtigen elektrischen Verbindungen gekappt, alle Lichter ausgemacht, alle Ventile zugedreht. Mit seinen Händen, die so groß waren wie ein Fanghandschuh beim Baseball, strich er mir so zart die Haare aus der Stirn, als wäre er eine Ballerina. «Ich verstehe», flüsterte er. «Das Leben nimmt etwas weg, nachdem es schon soviel weggenommen hat, und da verschließt sich die Seele. Aber deine Schwester braucht dich jetzt. Du mußt zu ihr gehen, Hemy.»

Mr. Antonovsky fuhr mich zu Zellie. Ich saß auf dem Beifahrersitz und starrte auf meine dünnen Hände, die wie kleine Knochenhäufchen in meinem Schoß lagen. Mr. Antonovsky tätschelte sie und sagte: «Sag was, Hemy.» Ich schaute ihn an; meine Augen brannten. «Ich möchte nur deine Stimme hören. Du hast so eine schöne Stimme.» Da deutete ich mit meiner mageren Hand auf ihn. «Darf ich um diesen Tanz bitten?» Sein

Blick wurde ganz weich, und etwas blubberte aus seiner Kehle hoch, ich wußte nicht, ob es ein Lachen oder ein Schluchzen war. «O ja», sagte er, «sehr gern.» Und er nahm meine Hand und begann einen Walzer zu summen, und so fuhren wir die vereiste Straße entlang, meine Hand auf seiner Handfläche, und zum Rhythmus von Mr. Antonovksys gesummtem Walzer schwenkten sich unsere Hände über der Gangschaltung. Seine Augen waren zwei sprühende Funken, umgeben von dunklen, traurigen Gewässern, und seine Stimme sagte: «Diese Zellie, sie ist alles, was wir noch haben, wir müssen sie behandeln wie Gott.»

Als ich das Zimmer betrat, lag Zellie weinend im Bett. «Du bist nicht gekommen», schluchzte sie. «Bo stirbt, und du kommst nicht!» Ich schaute ihr in die Augen, durch die Tränenflut und das blutunterlaufene Weiß hindurch, und da sah ich Zellie, ein kleines, dünnes Wesen, so herzzerreißend in ihrer Not. Ich war alles, was sie hatte. Ich zog nicht einmal die Schuhe aus, ich kroch zu ihr ins Bett und hielt sie fest, ich drückte ihren zitternden Körper an meinen, preßte meine Finger auf ihre kaputte Wirbelsäule, und ich dachte an die Zeit, als das nicht möglich gewesen wäre, als ich mich nicht an Zellie hätte schmiegen können. Ein Brennkessel, eine kochende, brodelnde Maschine aus Metall, ohne Herz und Verstand, war explodiert und hatte dies bewirkt.

Eine Woche lang blieb ich bei Zellie und hörte ihr zu, wie sie sich an Bo erinnerte: lebhaft, energisch, mit flatternden Gewändern – während ich Bo im Rollstuhl vor mir sah, Bo, die mit verbundenen Augen fragte: «Was habe ich getan?» Ich war im Grunde fast erleichtert. Es mußte doch die Hölle für sie gewesen sein, immer noch weiterzuleben, nachdem der Brennkessel, den sie aufgestellt hatte, um die Familie zu ernähren, explodiert war und die Hälfte der Familie getötet hatte.

So wie ich Zellie durchs Krankenhaus gefolgt war, folgte ich ihr jetzt durchs Rehazentrum und schaute ihr über die Schulter, während sie die Stiche und Narben ihrer Wunden malte, und wenn sie keine Lust mehr hatte, zog ich sie warm an, und wir wanderten durch die Straßen von Syracuse wie zwei Matrosen auf Urlaub und redeten über die Zukunft. Aber ich war nicht ehrlich. Im Geist packte ich insgeheim meine Sachen und flog mit dem Nachtflug zu einem wunderschönen, weit entfernten Ort, nach Indien oder Neuseeland oder meinetwegen auch nach Deutschland, wo ich all die Dinge studieren konnte, von denen Vic Ponti mir erzählt hatte. Ich würde einen anderen Namen annehmen und alles vergessen, was passiert war, und einfach wieder von vorn anfangen. Zellie wollte etwas weniger Schwieriges: an der Syracuse University Malerei studieren, außerdem eine helle Wohnung und einen Freund, der so interessant war wie Diego Rivera, und einen riesigen Schrank voller Klamotten.

Ganz Morrisville kam zu Bos Beerdigung, mindestens zwanzig Leute standen bei der Trauerfeier auf und sprachen davon, wie Bo ihr Leben verändert habe. Birdy Washington richtete sogar einen Bo-Lourde-Gedächtnisfonds ein und hätte Bo fast eine Heilige genannt. Ich hingegen hätte die ganze Zeit am liebsten gerufen: Man muß nur ein paar Visionen haben, und schon ist alles vergessen! Bos Bestechungen, ihre krassen Verstöße gegen das Gesetz, ihr schlechter Einfluß – alles war aus den Köpfen verschwunden, als wäre es nie geschehen. Mit ihren Visionen war Bo für sie als Heilige zurückgekehrt.

Nach dem Begräbnis versammelten sich die Frauen um mich und Zellie, berührten unsere Ärmel, unsere Schultern, unsere Handrücken, als besäßen wir auch ein paar visionäre Fähigkeiten, und später drängten mich mehrere Frauen, unter ihnen auch Louises Mutter, in der Küche in eine Ecke und sagten, sie hätten das Gefühl, daß Bos Kräfte auf mich übergegangen seien. Es war nicht besonders nett von mir, aber ich lachte. «Ich habe Gott angefleht, mir etwas Gutes widerfahren zu lassen, und dann ist meine Mutter gestorben», sagte ich. Als es vorbei war, wollte ich nur noch in einer Ecke sitzen und in mir versinken, so wie eine Feder in ein Tintenfaß gleitet.

Vic Ponti und ich lieferten Zellie im Rehazentrum ab. Sie fing sofort an, ein Rinderhirn zu malen, das sie von einem speziellen Labor bestellt hatte; Bo zu Ehren malte sie jetzt Gehirne statt Narben. Vic Ponti wollte wissen, wo Zellie wohnen würde, wenn sie in einem Monat aus der Rehaklinik herauskam, und als ich sagte, in meinem Zimmer bei Mr. Antonovsky, wo sonst, sah er mich an und sagte: «Ich habe dir doch gesagt, ich kümmere mich um Zellie, wenn wir heiraten.»

«Würdest du auch dafür zahlen, daß sie an der Syracuse University Kunst studiert?»

«Ja.»

«Könnte sie in einem schönen Apartment wohnen?»

«Warum nicht?»

«Würdest du ihr tolle Kleider kaufen?»

«Selbstverständlich», sagte Vic Ponti.

Ich bedauerte es, daß Bo gestorben war, ehe sie mir richtig gesagt hatte, ob ich Vic Ponti heiraten sollte oder nicht. Jemanden wie ihn durfte ich nicht ohne Bos Erlaubnis heiraten, vor allem, weil sie gesagt hatte, ich könne nie einen Mann lieben, ich hätte ein großes Schicksal vor mir und würde den Gang der Geschichte verändern. Ich wußte nicht, ob ich ihren Worten wirklich glaubte, aber einfach wegschieben konnte ich sie auch nicht, weil sie zu verlockend und letztlich unvergeßlich waren, und nun lagen ihre Worte in meinem Kopf wie ein wertvolles Geschenk, das man noch nicht auspacken durfte. Nein, ohne Bos Erlaubnis konnte ich es nicht tun.

«Du mußt herausfinden, was Bo gesagt hätte», meinte Louise. «Du kannst nicht ja oder nein sagen, ehe du das weißt.»

Als ich sie fragte, wie ich es denn herausfinden solle, immerhin sei Bo jetzt tot, zog sie mich zu der Schachtel mit Oscars Asche und sagte: «Knie nieder.» Brav sank ich auf die Knie und betete darum, Bos Antwort zu erfahren, ob ich Vic Ponti heiraten solle oder nicht. Ich betete in jeder freien Minute, überall, wo ich auch nur andeutungsweise für mich war, bis zur völligen Erschöpfung. Wenn ich an einem Tag weniger als drei Stunden betete, war das die große Ausnahme.

Ich suchte überall nach Fingerzeigen und wälzte mich mit Vic Ponti auf dem Bett, ein Abend ging in den nächsten über, es war eine nicht enden wollende Serie von Wälzereien, bei denen ich mir immer überlegte, ob es für ein ganzes Leben gut genug war. Ich wehrte mich gegen seine Zunge, seine Lippen, seine Hände, die immer aufdringlicher wurden, die zu weit gingen, und ich schaute ihm in die Augen, weil ich hoffte, nicht diesen dunklen, fleischfressenden Instinkt dort lauern zu sehen, aber ich sah ihn trotzdem.

Als nichts passierte, beschloß Louise, wir sollten ein Medium aufsuchen, eine Person, die im Umgang mit Toten mehr Erfahrung hatte als wir, eine Frau mit seherischen Fähigkeiten, die stark genug waren, um jemand so Gewaltiges wie Bo herbeizurufen. Also gingen wir die Gelben Seiten von Syracuse durch und fanden Zynia, eine spirituelle Beraterin, die behauptete, große seherische Fähigkeiten zu besitzen und schon ehemaligen Bürgermeistern und Gouverneuren die Karten gelegt zu haben. Sie wohnte in der Grant Street, nicht allzu weit von Zellies Rehazentrum entfernt. Louise meinte, wenn sie für Bürgermeister und Gouverneure die Karten gelegt habe, dann kommt sie bestimmt auch mit Bo zurecht, aber Zynia war nicht das, was Louise und ich uns erhofft hatten. Sie war unglaublich dünn, gar nicht wie die molligen europäischen Hellseherinnen, wie ich sie aus Filmen kannte, und sie trug keine weiten, geblümten Flatterkleider, sondern einen Hosenanzug – beige

Jerseyhosen und das dazu passende Jackett. «Sie könnte doch wenigstens einen Schal um den Kopf tragen», flüsterte Louise, als Zynia kurz den Raum verließ, und sie hatte recht, Zynia Drumbolt hatte überhaupt nichts Exaltiertes, nichts an ihr wirkte überspannt oder mysteriös. Sie hätte genausogut Avon-Verkäuferin sein können.

Als sie uns in ihre Küche führte, war ich enttäuscht. Es war nur eine Küche, ärmlich, klein, mit einer Teekesseltapete, einem Tisch mit Metallbeinen und vier Stühlen ebenfalls mit Metallbeinen, die mit blaugrünem Plastik gepolstert waren. Ich hätte es lieber gehabt, wenn sich alles geheimnisvoll und jenseitig angefühlt hätte. So konnte ich mir nicht vorstellen, wie ich die Botschaften glauben sollte. Wenn wenigstens überall im Raum Kerzen gebrannt hätten. Ich vermißte die Perlenschnüre in der Tür oder um den Tisch herum, die brennenden Räucherstäbchen, aber ich hätte mich auch mit einer Kristallkugel zufriedengegeben – einfach irgend etwas, was mir das Gefühl gegeben hätte, daß diese Frau mit der anderen Seite in Kontakt stand. «Komm, wir hauen ab», sagte ich zu Louise, als Zynia kurz draußen war. Ich meinte es ernst, ich wäre sofort gegangen, wegen Zynia Drumbolt hatte ich keine Skrupel, aber eine so eklatante Unhöflichkeit ging Louise gegen den Strich. Sie besaß einen ausgeprägten Sinn für Anstand. «Wir müssen hierbleiben und uns anhören, was sie zu sagen hat.»

Also ließ ich mich darauf ein. Ich überreichte Zynia mein Geld und erklärte ihr, ich müsse wissen, ob meine tote Mutter gewollt hätte, daß ich Vic Ponti heirate – oder nicht. Zynia überlegte kurz, schob dann die Tarotkarten beiseite und sagte, wir sollten uns an der Hand halten. Die Deckenbeleuchtung, eine wackelnde Glühbirne mit einem billigen Metallschirm, knipste sie aus, als könnte sie damit die richtige Stimmung schaffen. Sie sagte, wir sollten wie sie die Augen schließen, und dann fing sie an, tief zu atmen, ohne uns zu sagen, ob wir das auch tun sollten. Wir taten es nicht, und wir durften uns nicht anschauen, weil wir sonst losgeprustet hätten, und als sie begann, sich hin und her zu wiegen und den Kopf auf den Schultern zu rollen, konnte ich gar nicht mehr hinschauen, weil sie dermaßen lächerlich aussah.

Aber da saß Zynia, wiegte sich hin und her und hielt Louise und mich an der Hand. Wir wollten nicht mitschaukeln, während sie immer weitermachte, hin und her, und dabei tief atmete, ein und aus, bis Louise und ich schließlich doch mit ihr zu schwingen begannen, wenn auch etwas steif und mit geradem Rücken, und plötzlich erstarrte sie, als hätte Bos Geist oder irgendein anderer von ihr Besitz ergriffen, und ihre Stirn runzelte sich vor lauter Konzentration. Ich wartete darauf, daß sie etwas sagen würde. Ich hatte gedacht, die Stimme der Toten müsse aus dem Medium sprechen, aber aus Zynia kam überhaupt keine Stimme heraus. Sie öffnete nur die Augen wieder, und es war vorbei.

«Du kannst ihn heiraten», verkündete sie.

«War das alles?» fragte ich.

«Deine Mutter sagt, du kannst ihn heiraten.»

Als wir draußen waren, sagte ich als erstes zu Louise: «Bo hätte das nie gesagt.»

«Das kannst du gar nicht wissen», erwiderte Louise. «Bos Worte haben wahrscheinlich eine ziemlich lange Strecke zurückgelegt. Vielleicht ist das ja so ähnlich wie bei ‹Stille Post›. Du weißt doch – der eine flüstert dem andern was ins Ohr, und es geht im Kreis rum, und nach einer Weile kommt was ganz anderes raus. Vielleicht war es so ähnlich.» Ich sagte, das sei großer Quatsch, die Frau sei ein Scharlatan, eine Art Granny Clampett mit einem Deck Tarotkarten, aber keine spirituelle Beraterin. «Ich weiß», sagte Louise. «Aber ich könnte schwören, ich habe Bos Gegenwart im Zimmer gespürt.» Das ging mir durch und durch – die Vorstellung, Bo in einem Zimmer zu spüren, in irgendeinem Zimmer, der verzweifelte Wunsch, sie zu spüren, zu erfahren, daß sie auf der anderen Seite angekommen und immer noch da war. Der Gedanke, daß ich sie nicht spüren konnte, griff mein innerstes Gewebe an, als würde ihr Tod kleine Mottenlöcher hineinfressen, winzige, feine Löcher, die man anfangs kaum sehen konnte, die aber nach und nach das zerstörten, was mich zusammenhielt.

Fast wären wir nicht zu Zellie ins Rehazentrum gegangen, weil ich mich so elend fühlte. Außerdem war es bitterkalt, und da weder Louise noch ich so weit laufen wollten, sagte Louise: «Komm, wir gehen gleich zum Busbahnhof und fahren nach Hause und rufen Zellie von da aus an.» Als der eisige Wind mich in die Wangen biß, sagte ich ja, doch sobald wir in Richtung Busbahnhof gingen, wußte ich, daß ich nicht nach Hause fahren konnte, ich mußte Zellie besuchen, das war jetzt das allerwichtigste. «Du kannst gern nach Hause fahren, Louise, aber ich muß sie besuchen.»

Louise ging dann doch mit, und das war gut so, denn kaum hatten wir das Gebäude betreten, kamen zwei Schwestern angelaufen und sagten, wir sollten erst mal Platz nehmen. Zellie hatte versucht, sich umzubringen. Nachdem sie sich mit einer Rasierklinge die Arme aufgeschnitten hatte, schluckte sie hundert aus der Zentralapotheke gestohlene Schlaftabletten. Jetzt stehe sie unter Beruhigungsmitteln und werde rund um die Uhr überwacht, sagten sie, und eine der beiden Schwestern führte mich und Louise in einer beklommenen Prozession zu Zellies Zimmer. Die Vorhänge waren zugezogen, und Zellie schlief. Mein Herz klopfte holperig zum Rhythmus von Selbstmord, was für ein absurdes Wort, Selbst-Mord, es hatte doch schon so viele Tote gegeben, wie konnte sie nur so etwas tun? Als die Krankenschwester ging, hob ich das Laken an und betrachtete Zellies Arme, zwei schlaffe Blumenstengel, die ganz mit Gaze umwickelt neben ihr verwelkten, aber ich konnte harte rote Linien unter dem Baumwollgewebe sehen, fünfundzwanzig Schnitte, sie hatte sich jeden Arm fünfundzwanzigmal aufgeschlitzt. Ich weiß es so genau, weil ich sie gezählt habe.

Eine andere Krankenschwester winkte mich aus dem Zimmer und gab mir einen kleinen Zettel mit einer Telefonnummer. «Dr. Redding ist ein ausgezeichneter Psychiater, vor allem für Fälle wie Zellie.» Als ich sie fragte, was «ein Fall wie Zellie» sei, da ich diese Kategorie nicht kennen würde, antwortete die Krankenschwester: «Sie ist eine Selbstverstümmlerin.» Und dann zählte sie eine ganze Liste auf: Zigarettenverbrennungen auf dem ganzen rechten Bein; Schnittwunden im Hintern; Stiche im linken Oberschenkel; Öffnen alter Wunden. Es gab noch weitere Verstümmelungen, aber die Schwester war so nett, diese nicht aufzuzählen.

Ich war entsetzt, und als ich ganz empört fragte, warum man mir das nicht mitgeteilt habe, warum ich weder von den Schnittwunden noch von den Stichen, noch von den Verbrennungen gehört hatte, erklärte sie, Zellie habe ausdrücklich darum gebeten, mir nichts zu sagen. Ich erwiderte, man hätte mich trotzdem informieren müssen, schließlich sei ich der einzige Mensch, den sie noch habe – wen gab es denn sonst noch, den man informieren konnte. Und als die Krankenschwester ziemlich lautstark erklärte, Zellie sei nicht minderjährig und ich sei nicht ihr Vormund, da stieg in mir eine rasende Wut hoch. «Wer ist denn dann ihr Vormund, verdammt noch mal?» schrie ich, und meine Stimme hallte durch den ganzen Korridor. Ich war doch Zellies Vormund, ihre einzige Verwandte, ihre Mutter, ihr Vater, ihre Schwester, ihre Freundin, ihr einziges Was-weiß-ich. «Sonst ist niemand mehr da!» schrie ich. «Außer mir ist keiner da, ich bin alles, was sie noch hat, verstehen Sie das denn nicht?» Damit die Schwester auch wußte, von wem ich sprach, schlug ich mir mit der Faust auf die Brust, was ziemlich dumpf und hohl klang. «Natürlich verstehe ich das», sagte sie. «Es tut mir sehr leid.» Ich nickte und steckte den Zettel in die Hosentasche. Ich wußte, daß ich diesen Mann anrufen mußte, noch bevor es dunkel wurde; ich mußte dafür sorgen, daß er Zellie half.

Ich ging zurück in ihr Zimmer, setzte mich neben Louise und sah Zellie an, wie schon so oft: wie sie atmete, wie sie den ganzen Raum einnahm. Wie würde sie sein, wenn sie die Augen aufschlug? Das ist mein Leben, dachte ich, ich sitze in Krankenzimmern, schaue zu, wie andere Leute atmen, warte, ob sie durchkommen, ob sie gesund werden, blicke unter die Gaze, mit der ihre Wunden und Schnitte verbunden sind, und durch diese Verbände bin ich mit ihnen verbunden und werde erst durch ihren Tod frei, durch die langen, glänzenden, eleganten Särge, die an mir vorbeigetragen werden. Wieder stieg die Wut in mir hoch, noch wilder als vorher, und mit der Wut kam der Impuls, die Stühle aus dem Fenster zu schmeißen, die Vorhänge herunterzuzerren und zu zerfetzen, mit einer Axt auf die Wände einzuschlagen und sie aufzureißen wie mit einer riesigen Kralle. Ich konnte mich kaum beherrschen, ich war so wütend auf das Schicksal, das mir meine Familie weggenommen und nur eine Schwester übriggelassen hatte, die Selbstmordversuche machte und sich mit Messern aufritzte, ich war wütend auf die absolute Gleichgültigkeit der Welt. Aber ich unterdrückte diese Wut, Louise zuliebe, Zellie zuliebe, ich schluckte sie hinunter, und meine Kehle war wie zugeschnürt und schmeckte nach Erbrochenem.

«Was hat die Schwester gesagt?» fragte Louise.

«Sie meint, Zellie muß zum Psychiater.»

«Das hätte ich dir auch sagen können.»

«Red nicht so, Louise. Sieh sie doch nur an.»

So saßen wir beide eine ganze Stunde lang, schauten Zellie

an, ihr zartes, hübsches Gesicht, ihre Arme mit den fünfzig Rasierklingenschnitten, ihr Leben, das irgendwo drüben in der Ecke zu warten schien und nicht genau wußte, ob es noch gebraucht wurde oder nicht. Ich wäre die ganze Nacht geblieben, aber das war im Rehazentrum nicht erlaubt, also zogen Louise und ich unsere Mäntel über und stapften durch die trostlosen Straßen von Syracuse zum Busbahnhof, und in mir spielte sich etwas Fürchterliches ab, als würde sich in meiner Magengrube ein Dämon entwickeln. Der Kloß in meiner Kehle war so dick, daß ich kaum schlucken konnte. Ich hätte jemanden umbringen können, mit bloßen Händen erwürgen. Aber ich behielt die Wut in mir drin und ging weiter durch diese tristen Straßen, der Regen war eigentlich nur ein kalter Nebel, ein klammer Schleier, den ich am liebsten abgeschüttelt hätte, und Louise trottete hinter mir her wie ein verschüchterter Tapir, und sie rief immer wieder: «Was ist denn los?», denn sie spürte das Böse aus mir heraustriefen.

Als wir zum Busbahnhof kamen, stolperte ich an ein paar schwarzen Männern vorbei, die auf einen Münzfernseher starrten, und sagte dann zu Louise, ich müsse mich übergeben, sie solle mich so schnell wie möglich aufs Klo bringen. Louise packte mich am Ellbogen und steuerte mich durch die versifften Flure zur Toilette, wo sie laut verkündete: «Meine Freundin muß sich gleich übergeben, Sie sollten lieber Platz machen.» Alle wichen bereitwillig zur Seite und hörten sofort auf, sich die Hände zu waschen.

Louise trat eine Zellentür auf, und ich kniete gerade noch rechtzeitig nieder, um in die völlig verstopfte Kloschüssel zu kotzen. Es schwammen so viele Exkremente darin, daß mir von dem Anblick noch viel übler wurde. Die arme Louise stand neben mir, die Hand auf meiner Schulter, und die Leute im Waschraum glotzten uns an. «Sie hat sich bei McDonald's eine Lebensmittelvergiftung geholt», sagte sie; sie hatte irgendwie das Gefühl, den Leuten eine Erklärung schuldig zu sein. Dann beugte sie sich zu mir und massierte mir mit pumpenden Bewegungen den Nacken, und ich kotzte, bis ich nichts mehr in mir hatte, und dann ließ ich mich ächzend gegen Louise fallen, und ein wimmernder Klageruf kam aus mir heraus, der gar nicht aufhören wollte, wie das Heulen eines verrückt gewordenen Wolfs. Ich hatte diesen Klageruf schon einmal gehört, in Gussy Keys Auto, als unser Haus brannte, und ich hatte ihn eigentlich nie wieder hören wollen.

Das Gejaule war unerträglich, also packte ich den Klopapierhalter und wollte ihn aus der Wand reißen, und als er nicht nachgab, riß ich das Papier ab und schleuderte es durch die Gegend. Louise wich meinen Windmühlenarmen aus, rief immer wieder meinen Namen: «Hemy, Hemy!», als könnte sie mich damit zur Vernunft bringen. Ich riß den Metallbehälter für Binden heraus und warf ihn gegen die Rückwand, dann hob ich ihn wieder auf und rammte ihn ein paarmal in die Blechwand der Zelle, was für ein befreiendes Geräusch, dieses Metallgeschepper, und schließlich pfefferte ich ihn in die Kloschüssel. Ich fiel auf die Knie, warf den Kopf in den Nacken, schaute hinauf zu der dreckverschmierten Decke und hämmerte gegen die Metallwände, rechts, links, rechts, links, wie ein Affe in einem kleinen Zookäfig. «Ahhhhhhhhhhhhhhhh.»

Dann verlor ich einen Moment lang das Bewußtsein, und Louise nahm mich in die Arme, wiegte mich vor und zurück, sagte meinen Namen, als würde der Klang mich zurückholen. Und als es soweit war, half sie mir auf, öffnete die Tür der Kabine und stützte mich, während ich über die Fliesen humpelte. Ein gruseliges Spektakel für die acht Frauen, die immer noch da waren; sie glotzten uns erschrocken nach, als wären wir vom Teufel besessen, und Louise, die tapfere Louise, rief: «Machen Sie doch ein Foto von uns, dann haben Sie mehr davon!»

Im Bus legte Louise meinen Kopf in ihren Schoß und strich mir tröstend darüber, so fuhren wir zurück nach Morrisville, der Wind rüttelte heulend an den vereisten Fenstern, und Louises Hand strich mir unbeirrt über den Kopf. Ich fragte mich, wie man so etwas durchstehen konnte, wenn man keinerlei Reserven besaß, wenn das Sparkonto der inneren Kraft leergeräumt war. Wahrscheinlich blieb einem das Herz stehen und Schluß, aber meines war nicht stehengeblieben. Nein, es klopfte kräftig und regelmäßig in meiner Brust, ohne auszusetzen.

Louise brachte mich in mein Zimmer bei Mr. Antonovsky und schlief auf meinem Bett ein, den Arm um meine Schulter gelegt. Ich lag stundenlang neben ihr und dachte schreckliche Gedanken. Ich dachte an Zellie und ihre Schnitte, an Vic Ponti und die Hellseherin, an mein Geheule im Busbahnhof. Und wie lieb Louise zu mir gewesen war. Dann, irgendwann nach ein Uhr nachts, zog ich meine Stiefel und meinen Mantel über und ging hinaus in die Eiseskälte und wanderte durch die stillen Straßen von Morrisville zu dem Haus, in dem Vic Ponti wohnte. Ich klopfte an seine Tür. Es war komisch – ich ging eigentlich nie zu ihm. Vermutlich weil ich wußte, daß wir in seinem Schlafzimmer gelandet wären und daß ein «Nein» in seinem Bett wesentlich weniger Gewicht gehabt hätte als in meinem.

Er öffnete in einem schwarzen Morgenmantel die Tür. «Hemy!» rief er. «Was ist passiert?»

«Zellie hat versucht, sich umzubringen», sagte ich. «Sie hat sich die Arme mit einer Rasierklinge aufgeschlitzt. Fünfzig Schnitte.»

Barfuß wie er war, kam Vic Ponti heraus und legte mir den Arm um die Schulter. «Komm rein», sagte er.

Aber ich ging nicht ins Haus. «Ich wollte dir nur etwas sagen.»

«Was?»

Ich schaute auf meine Stiefelspitzen und dann in sein Gesicht. «Ich werde dich heiraten», sagte ich.

«Wirklich?»

Ich nickte, und Vic Ponti schloß mich in die Arme.

KAPITEL 17

Sie hörte auf zu erzählen, als er zu weinen begann. Zuerst weinte er ganz leise, doch dann brach ein lautes Schluchzen aus ihm heraus. Sein Kopf lag immer noch in ihrem Schoß, und sie küßte ihn rasch und liebevoll aufs Ohr, um ihn zu beruhigen.

Was ist los? fragte sie leise.

Merkte sie es denn nicht – er war völlig überwältigt von ihren Gefühlen. Er ertrank in ihnen!

Das weißt du doch genau, sagte er.

Er war kaum zu verstehen, so tränenerstickt war seine Stimme.

Nein, ich weiß es nicht, sagte sie.

Er löste sich aus ihren Armen und schaute sie an. Sie wirkte so ruhig, daß er Angst bekam, sie könnte sich an seinen Tränen weiden. Schnell wischte er sich mit den Handflächen übers Gesicht. Er konnte es kaum fassen, daß er tatsächlich weinte – in seinem ganzen Leben hatte er so gut wie nie geweint, und schon gar nicht vor einer Frau. Und sie war eine Frau, berechnend, manipulativ, immer darauf aus, sich durchzusetzen.

Du spielst mit mir, sagte er. Der Gedanke ängstigte ihn nach wie vor.

Sie wollte ihm die Hand auf die Schulter legen, aber er schüttelte sie ab. Erst jemanden zum Weinen bringen und ihn anschließend trösten – so waren die Frauen. Das war ihr Lebenszweck. Einen Mann fertigmachen.

Wie meinst du das, ich spiele mit dir? fragte sie leise und kniete sich hin.

Er nahm die Hände vom Gesicht und sah sie an – ihr glattes, klares Gesicht, das von seinen Tränen nur sehr wenig betroffen schien.

Du spielst mit mir – und sag jetzt bitte nicht, daß es nicht stimmt, sagte er. Du willst mich fertigmachen.

Wieso denn?

Als sie ihn berühren wollte, wich er ihr aus, setzte sich auf die Bettkante, die Füße auf dem Boden, das Gesicht in den Händen vergraben. Er versuchte, tief durchzuatmen, um die Tränen zu bremsen. Sein Nacken war schweißnaß.

Ich will dich nicht fertigmachen, sagte sie.

Behutsam näherte sie sich ihm, und der Seidenstoff ihres Nachthemds raschelte über das Laken.

Warum sollte ich? fragte sie.

Er hätte eine ganze Reihe von Gründen nennen können: Sie durchschaute ihn; sie wußte, was er getan hatte; sie wollte jeden Mann fertigmachen, weil sie selbst keiner sein konnte; sie wollte jeden Mann in die Knie zwingen.

Du lügst mich an, sagte er. Du erfindest diese ganze Geschichte, um irgendwelche Psychospielchen mit mir zu spielen. Er nahm sein T-Shirt, das am Fußende des Bettes lag, und zog es sich über den Kopf.

Ach, Unsinn, sagte sie. Warum soll ich eine Geschichte erfinden, nur um mit dir irgendein Psychospielchen zu spielen?

Aus dem gleichen Grund, weshalb du dein Leben in Trümmern hinter dir gelassen hast, sagte er.

Es war in Trümmern, weil ich als Mann gelebt habe, und jetzt fange ich an, als ich selbst zu leben.

Du kannst gar nicht als Mann gelebt haben! fuhr er sie an. Du hast doch keine Ahnung davon, was es heißt, ein Mann zu sein. Du bist kein Mann, und du wirst nie einer sein.

Genau, sagte sie und ließ die Hände in den Schoß sinken.

Er starrte sie an. Er war so verwirrt, daß es richtig weh tat. Er wußte nicht, was er denken sollte – warum machte er ihr so eine Szene? Aber die Geschichte des Mädchens Hemy Lourde brach ihm das Herz, und er wollte sich nicht veralbern lassen.

Zeig mir deinen Führerschein, sagte er.

Ohne eine Antwort abzuwarten, griff er nach ihrer Handtasche neben dem Bett, aber sie war schneller als er. Ihre Behendigkeit verblüffte ihn. Wie gut sie aufpaßte!

Du willst nicht, daß ich deinen Führerschein sehe? fragte er. Offenbar hatte er doch eine empfindliche Stelle getroffen. Mit einer energischen Kopfbewegung warf er die Haare zurück.

Es geht nicht um meinen Führerschein.

Ach, nein? Warum hast du dann so schnell deine Tasche geschnappt?

Darin ist etwas, was du nicht sehen sollst, sagte sie und drückte die Tasche an sich.

Ja – dein Führerschein.

Was du denkst, ist mir egal, sagte sie und setzte sich aufs Bett. Als die Träger ihres rosafarbenen Nachthemds über die Schulter rutschten, schob sie sie mit den Daumen rasch wieder hoch.

Einen Moment lang wußte er nicht weiter. Er fand die ganze Situation unerträglich. Sie waren zwei Fremde in einem Motelzimmer mitten in der Wüste, und es gab keine Chance, vor dem Morgen hier wegzukommen.

Ihr Gesicht entspannte sich, und sie sagte: Ich lüge dich nicht an. Du mußt jetzt schlafen, du kannst doch gar nicht mehr richtig denken. Sie wollte ihm die Hand reichen.

Zeig mir erst deinen Führerschein, sagte er.

Sie blickte ihm so tief in die Augen, daß er zu verglühen glaubte.

Wieso sollte ich? Ich bin zu nichts verpflichtet, sagte sie. Du wolltest, daß ich dir meine Geschichte erzähle – meine Idee war es nicht –

Ja, klar, schrie er, du hast mich im Zug angesprochen und mir erzählt, du hättest fünf Jahre lang als Mann gelebt. Du hast das Gespräch angefangen! Du hattest etwas vor mit mir, Lady, du hattest einen geheimen Plan.

Ich weiß selbst nicht, warum ich es dir gesagt habe, sagte sie. Es hat mir hinterher sofort leid getan, und ich habe mich entschuldigt. Es ist mir einfach so rausgerutscht. Ich wollte es irgend jemandem erzählen. Das tut mir ehrlich leid, aber trotzdem – du bist derjenige, der nicht lockergelassen hat. Ich habe dich nicht darum gebeten, dir meine Geschichte erzählen zu dürfen.

Beim Gedanken an ihre Geschichte, an das Mädchen Hemy Lourde, kamen ihm wieder die Tränen. Gleichzeitig ärgerte es ihn, daß das Mädchen ausgerechnet jetzt eine solche Macht über ihn hatte, während er mit dieser Frau, der er nicht vertraute, in der Wüste festsaß.

Sie legte den Kopf schief und sah ihn an. Wer bist du? fragte sie.

Ihr Blick war ganz komisch, fast als würde sie ihn kennen.

Kenne ich dich? fragte sie.

Er strich sich die Haare aus den Augen. Wie kommst du plötzlich auf die Idee?

Weil wir nicht mehr nur ein Mann und eine Frau in einem Zug sind, sagte sie.

Nein? Was sind wir dann?

Aus irgendeinem Grund hat sich zwischen uns eine Verbindung entwickelt – warum, weiß ich auch nicht. Ich versuche noch dahinterzukommen. Aber daß da etwas ist, das spüre ich. Und außerdem – ich habe dir gesagt, wer ich bin, und jetzt frage ich dich, wer du bist.

Er kämpfte eine Weile mit sich, aber dann sagte er es.

Oscar Lourde, sage er.

Sie blinzelte ein paarmal, als wären die Wörter «Oscar Lourde» mit den Nerven verbunden, die ihre Augen auf und zu gehen ließen.

Er schluckte und musterte sie aufmerksam.

Sie schloß die Augen. Betete sie – oder versuchte sie nur, sich zu sammeln, um nicht die Geduld zu verlieren?

Es war meine Schuld, daß der Brennkessel explodiert ist, sagte er nach einer Pause.

Sie schlug die Augen auf und starrte ihn an.

Ich habe daran herummontiert, weil ich Happy den zusätzlichen Gewinnanteil geben wollte, ohne daß Bo etwas merkte – auf die Weise hätte jeder bekommen, was er wollte. Aber dann ist der Brennkessel explodiert.

Sie schaute auf die Wand hinter ihm, als wollte sie ihre Augen ausruhen, während ihre Gedanken weiterliefen. Dann sah sie ihm wieder ins Gesicht.

Wo bist du nach der Explosion hingegangen? fragte sie betont sachlich.

Ich war ein paar Tage im Wald, sagte er. Nach zwei oder drei Tagen bin ich wieder rausgekommen, weil ich rasenden Hunger hatte. Ich wußte mir nicht mehr zu helfen, also bin ich nach Syracuse getrampt. Zu Happy.

Sie nickte.

Warum bist du nicht zurückgekommen? fragte sie sanft.

Den Blick auf seine Hände gesenkt, sagte er leise:

Ich wußte doch, es war alles meine Schuld. Wie hätte ich da zurückkommen können?

Sie zog das Laken von den Beinen und stand auf. Barfuß ging sie zur Tür und öffnete sie. Sie atmete die Nachtluft ein, und er beobachtete, wie sich das Nachthemd um ihre Hüften schmiegte, wie es über ihren Rücken fiel. Er hörte die Ziegen auf dem harten, trockenen Boden scharren.

Ohne sich zu ihm umzudrehen, sagte sie: Warum hast du immer Angst, ich würde nicht die Wahrheit sagen?

Ich habe gedacht, du wüßtest es, sagte er. Er saß auf der Bettkante, die Füße auf dem Boden, die Hände auf den Knien.

Ich wüßte was?

Ich dachte, du wüßtest, daß ich Oscar Lourde bin, und würdest mich dafür bestrafen, daß ich dich verlassen habe. Ich dachte, du erfindest die Geschichte, um mich zu quälen.

Sie trat einen Schritt hinaus ins Freie und blieb mit dem Rücken zu ihm stehen.

Wie hast du mich gefunden? fragte sie.

Ich habe deinen Namen im Telefonbuch nachgeschlagen, und dann bin ich dir gefolgt.

Woher wußtest du denn, daß ich in New York bin?

Ich wußte es nicht. Ich bin zufällig auch in New York gelandet. Aber egal, wo ich gelebt habe – ich habe immer deinen Namen im Telefonbuch gesucht. Die ganzen letzten zwanzig Jahre. Und diesmal habe ich dich gefunden.

Ach, und warum hat es so wunderbar geklappt, daß ich mich neben dich gesetzt habe? Ich steige in den Zug, und wo setze ich mich hin? Ausgerechnet neben dich.

Sie blickte über die Schulter, ohne zu lächeln.

Ich bin dir zum Zug gefolgt, sagte er. Seit Wochen bin ich dir überallhin gefolgt. Ich weiß nicht, weshalb du dich ausgerechnet neben mich gesetzt hast, aber das ist auch völlig gleichgültig – ich hätte dich gefunden, egal, wo du dich hingesetzt hättest. Er fuhr sich mit den Fingern durch die Haare.

Eine ganze Weile stand sie reglos da. Sie sprach nicht, sie atmete nur. Er spürte, daß sie genau das tat: nur atmen.

Er hätte eine Flut von Fragen erwartet: Wann hast du Geburtstag, wann habe ich Geburtstag, wie heißen unsere Großeltern, unsere Cousins, wie sah der Grundriß unseres Hauses aus?

Aber sie stellte keine Fragen. Statt dessen kam sie ins Zimmer zurück.

Rasch erhob er sich, ging auf sie zu und holte zu einem Schwinger aus. Sie konterte mit einem Bolo. Er wehrte ihren Bolo ab, aber nur knapp, weil er gar nicht damit gerechnet hatte.

Du hast geübt, sagte er.

Sie setzte sich aufs Bett, ohne den Blick von ihm abzuwenden.

Ich habe keinen Bolo mehr geschlagen, seit ich fünfzehn war, sagte sie.

Er ließ sich mit vorsichtigen Bewegungen neben ihr nieder, als müßte er aufpassen, um das feine Gespinst ihrer Beziehung nicht zu zerreißen.

Er sprach ganz leise, seine Stimme war nur ein Hauch.

Wo waren wir, als wir das letzte Mal geboxt haben? fragte er.

Ihre Blicke verhakten sich. Auf einmal schien es, als hätten sie sich auf eine andere Ebene begeben, auf eine Art Bühne, auf der jedes Wort, jede Geste zählte.

Im Flur, sagte sie leise.

Kurz bevor du mein Stück gelesen hast?

Ja, genau. Sie lächelte.

Was für einen Schlag habe ich geboxt? Eine Gerade? Einen Uppercut? Er sprach leise, vorsichtig.

Einen Schwinger, sagte sie.

Ich erinnere mich genau, wie ich dich das letzte Mal vor der Explosion gesehen habe, sagte er.

Ein neues, dunkles Glühen erschien in ihren Augen.

Ich stand an meinem Fenster, sagte er. Du bist mit dem Fahrrad die Einfahrt hinuntergefahren. Du hattest eine Schlaghose an und eine Bauernbluse und hattest deine Handtasche über der Schulter, so daß sie dir auf dem Rücken hing. Deine Haare wehten im Wind, deshalb konnte ich dein Gesicht nicht sehen.

Das war das letzte Mal? fragte sie leise.

Ich habe dich noch einmal gesehen, später am Abend, sagte er fast unhörbar. Ich habe gesehen, wie der Feuerwehrmann dich auf seiner Schulter zu Gussy Keys' Auto getragen hat. Damals habe ich natürlich nicht gewußt, wie sie heißt.

Wo warst du?

Ich war im Garten hinten, zwischen den Sonnenblumen. Ich habe dich meinen Namen rufen hören.

Ein paar Tränen liefen ihm übers Gesicht, er wischte sie weg. Sie erschrak über diese Tränen, das konnte er genau sehen, und ihre Lippen öffneten sich.

Warum bist du nicht gekommen? Warum hast du mir nicht geholfen? fragte sie leise.

Weil alles meine Schuld war, sagte er. Du hast ja keine Ahnung …

Wieder weinte er, und diesmal wischte sie ihm die Tränen weg. Ihre Berührung war so zart, daß er sie kaum ertragen konnte. Er fühlte sich ihrer so unwürdig.

Ich habe dich danach noch oft gesehen, sagte er noch leiser.

Wo? hauchte sie.

Ich bin oft nach Morrisville gekommen, um dich zu sehen. Ich habe dich auf dem Friedhof gesehen, wie du zwischen Louise Van Sant und Mr. Antonovsky gestanden hast. Ich habe gesehen, wie du zugeschaut hast, als die Särge versenkt wurden. Ich hatte keine Ahnung, daß du meinen ausgraben wolltest, weil du nicht glauben konntest, daß ich wirklich drinlag. Du mußt gewußt haben, daß ich hinter einem Baum stand.

Ihr Blick ließ ihn nicht los.

Ich bin oft gekommen und habe vor Mr. Antonovskys Haus gewartet, sagte er. Manchmal war Louise bei dir, und ihr habt gelacht, aber ich habe auch oft gehört, wie du geweint hast.

Und du hattest so wenig Mitgefühl mit mir, daß du nie an die Tür geklopft hast? sagte sie.

Ich hätte furchtbar gern geklopft. Aber ich kam mir vor wie ein Verbrecher – ich konnte mich nirgends blicken lassen, nicht einmal bei dir. Er schlug die Hände vors Gesicht und schluchzte.

Du hast keine Ahnung, was für ein Leben ich geführt habe, stieß er hervor.

Er spürte ihre Hand auf seiner Schulter und schluchzte noch heftiger.

Happy änderte meinen Namen in Vinnie Dupre, sagte er. Er war Teilhaber von Rosie's Supper Club, und ich habe angefangen, dort in der Küche zu arbeiten. Ich habe das Geschirr abgetragen und die Töpfe geschrubbt. Ich habe bei Happy gewohnt, in dem Zimmer hinter der Küche. Es war eine winzige Kammer, aber ich wußte nicht, wohin. Ich habe nur dafür gelebt, dich zu sehen, obwohl ich dich ja immer nur von weitem beobachten konnte. Es hat mir schon geholfen, wenn ich dich nur die Straße entlanggehen sah.

Dann eröffnete Happy noch ein Restaurant. Es war ein bißchen eleganter und hieß *Artemus*. Ich wurde dort Koch und arbeitete wie verrückt. Jahrelang. Im Ganzen war es nicht übel, aber dann hat Happy angefangen, mich in seine Dealereien einzubeziehen. Zu Typen wie Happy sagt man nicht nein, und da war ich mit meinen zweiundzwanzig Jahren, schob Drogen für Happy und verkaufte illegale Wetten, und alle klopften mir auf den Rücken und nannten mich Vinnie Dupre.

Wieder kamen ihm die Tränen, und er schwieg.

Sie legte den Finger an seine Tränen, und sie kullerten ihr über den Handrücken.

Und dann? fragte sie.

Ich bin ausgestiegen, sagte er. Ich habe zu vielen Menschen weh getan. Ich habe zuviel gesehen.

Was hast du gesehen? Wem hast du weh getan? fragte sie sanft.

Zum Beispiel dem alten Juden Rausha, der in einer Querstraße von der Onondaga Avenue einen Zeitungsladen hatte. Happy wollte von seinem Laden aus Wetten verkaufen, ihn als Tarnung nehmen. Rausha war aber nicht einverstanden. Er war alt, und seine Frau war auch schon ganz verschrumpelt, und er wollte nichts mit diesem Zeug zu tun haben, also trug Happy mir auf, ihn zu bearbeiten. Jeden Tag mußte ich in seinen Laden gehen und ihn weichklopfen, ihm zu verstehen geben, daß es gewisse Konsequenzen haben würde, wenn er sich nicht darauf einließ – ein unglücklicher Sturz, ein schwerer Unfall, er liebte doch seine Enkelkinder, oder? Ich tat das ungern, der alte Mann zitterte, seine Frau drehte ihr Taschentuch zwischen den Fingern. Das ging etwa zwei Wochen so, und dann hat er sich erschossen . Als ich das nächste Mal in den Laden kam, saß die alte Frau schluchzend zwischen den ganzen Zeitungen.

Er schwieg. Tränen liefen ihm übers Gesicht. Sie wischte sie wieder weg. Eine so zärtliche Geste hatte er noch nie erfahren, er hatte nicht einmal gewußt, daß es so viel Zärtlichkeit gab. Aber er war sich sehr unsicher – glaubte sie ihm? Oder glaubte sie ihm nicht und spielte nur mit ihm? Oder glaubte sie ihm nicht und hatte trotzdem Mitleid mit ihm? Warum hatte er ihr das alles erzählt? Er wurde von tausend verschiedenen Gefühlen überschwemmt – von ihren, von seinen, er konnte sie nicht mehr unterscheiden. Er hatte sich zu weit vorgewagt – als wäre er so weit aufs Meer hinausgeschwommen, daß er das Ufer nicht mehr sehen konnte. Nirgends war die Wahrheit auszumachen. Und nun war er gestrandet, ohne Sinn und Zweck, und die Schuldgefühle nagten an ihm mit Haifischzähnen.

Kannst du mir verzeihen? fragte er.

Was soll ich dir verzeihen? fragte sie zurück.

Er schwieg. Dann sagte er: Daß ich dich verlassen habe.

Er sah, wie sich ihr Blick veränderte. Als würde sie ihre Augen zurücknehmen. Dann stand sie auf und ging wieder zur Tür.

Wer bist du – und wen hast du verlassen? fragte sie leise, ohne sich zu ihm umzudrehen.

Da wußte er, daß sie ihm nicht glaubte, daß sie nur mitgespielt hatte. Sie hatte ihn einfach gewähren lassen. Diese Kränkung! Dadurch vertraute er ihr noch weniger, und wieder erwachte die Angst, sie könnte die ganze Zeit gelogen haben. Er fühlte sich richtig krank bei der Vorstellung, daß er hier mitten in der Wüste hockte und in einem schäbigen Motel in Gegenwart einer verlogenen Frau den Verstand verlor.

Er erhob sich.

Da sieht man's, sagte er. Du bist nicht ehrlich zu mir. Du spielst mit mir.

Sie drehte sich um und ging auf ihn zu.

Ich spiele mit dir? sagte sie und zog eine Augenbraue hoch.

Du glaubst mir nicht, und trotzdem stellst du mir Fragen, als wäre ich Oscar Lourde.

Bist du's? fragte sie.

Er sah sie an. Es tat ihm weh, daß ihr Blick nicht mehr ihm galt. Er war jetzt leer, ohne Wärme. Er wußte nicht, was er tun sollte, also schlüpfte er in seine Schuhe und stapfte hinaus in die drückend schwüle Nacht.

Einen Moment lang blieb er auf der Veranda stehen. Sein Herz raste. Als sie ihm nicht folgte, ging er an den Ziegen vorbei zu den Benzinpumpen, überquerte die Tankstellenzufahrt und strebte mit raschen Schritten zur Straße und dem Mond entgegen. Es war so still, daß seine Schritte laut über den Asphalt dröhnten. Er wischte sich die Tränen aus den Augen. Er weinte ja wie ein Mädchen, Himmelherrgott, und sein Herz raste! Was war nur los mit ihm? Reiß dich zusammen, Mensch!

Er konnte es nicht fassen, daß er weinend diese leere Straße mitten in der Wüste entlangrannte und die Frau im Motelzimmer zurückgelassen hatte, nachdem er behauptet hatte, er sei Oscar Lourde.

Plötzlich würgten ihn Schuldgefühle, schlimmer als alle Schuldgefühle, die er vor dieser Zugreise empfunden hatte. Er hatte ein schlechtes Gewissen, wegen allem, was er getan hatte; weil er in den Zug gestiegen war; weil er ihr gesagt hatte, er sei Oscar Lourde. Es war ihm nicht gelungen, mit seinem bisherigen Leben zu brechen. Seine Schuldgefühle waren der Beweis dafür. Er starrte zum Himmel hinauf und dachte: Das ist also der beschissene Triumph der westlichen Zivilisation! Sie wurde zu einem ausgehungerten Wachhund. Ja, dachte er, nehmt nur die ganzen grausamen, dunklen, niedrigen Instinkte und leugnet sie, dann werdet ihr sehen, wie sie sich nach innen wenden und sich wie Stacheln in die Seelen all der armen Menschen bohren, die auch nur eine Minute lang geglaubt haben, diese Instinkte könnten überwunden werden.

Er öffnete den Mund und schrie ganz laut SCHEISSE! Er spürte die befreiende Wut in der Kehle, und eine Welle der Erleichterung schwappte über ihn. Plötzlich fand er alles, was er getan hatte, großartig – daß er in den Zug gestiegen war, daß er der Frau im Motel erzählt hatte, er sei Oscar Lourde, daß er sein Leben in Trümmern hinter sich gelassen hatte. Es machte ihm richtig Spaß, an das zerbrochene Geschirr zu denken und daß er Stühle geworfen und den Tisch umgekippt hatte und daß sie erschrocken geschrien hatten. Es bereitete eine gewisse Genugtuung, anderen weh zu tun und die Wut nicht nach innen zu kehren. Er blieb stehen, um dieses Gefühl auszukosten.

Eine unbändige Freude stieg in ihm hoch. War das die ersehnte Freiheit? fragte er sich. Hatte er es geschafft? Hatte er die Fesseln gesprengt? Sein Herz klopfte. Ja, vielleicht war es ihm endlich gelungen! Was erwartete ihn hinter diesem winzigen Durchbruch? Was lag jenseits seines bisher so begrenzten Denkens? Welche Ideen? Welche Gedanken? Er wollte sie haben, sie denken. Wie sahen die Dinge aus, die er sich bisher nie hatte vorstellen können? Welche neuen Worte konnten geschrieben werden? Er wollte sie sehen, sie schreiben. Er wollte etwas entdecken, daß wahrer war als das, was er bis jetzt kannte. Er wollte ein anderer werden.

Aber er wußte nicht weiter. Da war nur die Wüste. Und sein erschrocken klopfendes Herz.

Und was wäre, wenn er den nächsten Schritt machen und seinen dunkelsten Instinkten folgen würde? Was würde passieren? Er sah es vor sich: Zerstörung, nichts als Zerstörung. Wie grauenhaft! Gab es denn nichts anderes? Nur Schuld oder Zerstörung?

Der Gedanke machte ihn noch konfuser.

Man mußte bereit sein, sich aufzulösen, um auf der anderen Seite anzukommen. Vielleicht befand er sich in dieser Übergangsphase.

Da hörte er plötzlich seine eigene Stimme. Es war ein schreckliches, trockenes Schluchzen, das ihn an das lästige Gescharre der Ziegen auf dem unfruchtbaren Boden erinnerte. Und in der darauffolgenden Stille, die ihm genauso quälend erschien, sah er auf einmal ganz deutlich, wie winzig er war: Er spürte die Grenzen seines Geistes, seines Verstandes und wie sehr sie ihn einschränkten.

Ihm wurde eng ums Herz. Der Asthmaanfall kam überraschend schnell. Die Verkrampfung war so schlimm, daß er Angst hatte, er könnte ohnmächtig werden. Er schnappte nach Luft, fummelte hektisch den Inhalator aus der Tasche, atmete so tief ein, wie seine Lungen es nur erlaubten, schloß die Augen und wartete verzweifelt auf die Wirkung. Er durfte jetzt nicht in Panik geraten, das würde alles nur noch verschlimmern! Als Kind hatte er immer furchtbare Panikattacken gehabt. Erinnerte ihn die Wüste, die Luft hier draußen, an die widerliche Luft unter dem Sauerstoffzelt, an die erstickende Gegenwart seiner Mutter, die immer da war, ihn immer berührte?

Er japste, atmete noch einmal durch den Inhalator ein. Als er nicht gegen die Panik ankam, kauerte er sich mit angezogenen Knien auf den Asphalt. In der Stille der Wüstennacht keuchte sein Atem so laut, daß er unwillkürlich ans Sterben dachte. Man würde ihn zusammengekrümmt und blau im Gesicht hier auf der Straße finden. In gewisser Weise fand er diesen Gedanken richtig erleichternd. Dann hätte er alles hinter sich – diesen Kampf, diesen endlosen Kampf.

Aber nach und nach dehnten seine Bronchien sich wieder, und er sog gierig Luft ein. Wie hartnäckig der Überlebenswille doch war! Und weil er kein Ziel hatte, ging er zurück. Zu ihr, dachte er.

Als er sah, daß in dem Motelzimmer das Licht brannte, überlegte er, was er zu ihr sagen sollte. Er beschloß, einfach gar nichts zu sagen.

Sie schlief. Gekränkt blieb er vor ihr stehen. Warum hatte sie nicht auf ihn gewartet, warum hatte sie sich keine Sorgen um ihn gemacht? Am liebsten hätte er sie jetzt als Schlampe beschimpft, aber dann dachte er an ihre zärtliche Berührung, die ihm fast unerträglich gewesen war.

Sein Blick fiel auf ihre Handtasche. Vorsichtig hob er sie auf und trug sie aus dem Zimmer, hinaus auf die Veranda. Mit einem leisen Klick öffnete er die Tasche, aber das Gekratze der Hufe auf dem rissigen Boden nervte ihn dermaßen, daß er lieber zu den Benzinpumpen hinüberging, weg von den Ziegen. Er setzte sich auf eine der Betoninseln und räumte im Schein der Laterne die Tasche aus: ein schwarzer Geldbeutel, drei rote Lippenstifte, eine Rolle Briefmarken, eine kleine Kompaktkamera, ein schwarzes Notizbuch mit festem Einband, ein kleiner zweiseitiger Spiegel, zwei Damenbinden und ein paar Kugelschreiber. Er legte alles säuberlich aufgereiht auf den Beton.

Was würde die Indianerin wohl denken, wenn sie zufällig aus dem Fenster schaute und ihn hier in einem weißen, ärmellosen T-Shirt und Khakihosen sitzen sah, den Inhalt einer Damenhandtasche ordentlich neben sich aufgereiht. Was für ein absurder Anblick – da hockte er mitten in der endlosen Wüste und starrte auf diesen Frauenkram.

Das schwarze Notizbuch legte er getrennt von den anderen Sachen. Als erstes öffnete er den Geldbeutel. Keine Fotos, keine Visitenkarten, keine Kreditkarten, kein Führerschein. Nur Hundertdollarnoten. Und ein Preisschild zwischen zwei der druckfrischen Scheine. Überhaupt war alles nagelneu – der Geldbeutel, die Tasche, die Kamera. Sie mußte die Sachen gerade erst gekauft haben. Warum? Er konnte sich keinen Reim darauf machen.

Also packte er alles wieder in die Tasche, bis auf das Notizbuch. Er ahnte dessen Mysterium – als enthielte es ein schlagendes Herz. Auf einmal hatte er die Idee, mit diesem Buch in die Wüste zu gehen und es im runden Lichtschein der Taschenlampe, die er neben einer der roten Zapfsäulen gefunden hatte, zu öffnen. Er marschierte los, bis ihn die unbekannten Geräusche, die ihm alle irgendwie feindselig erschienen, stehenbleiben ließen. Er ging in die Hocke, legte die Notizensammlung vorsichtig auf den Boden, öffnete die Bänder, und ein Stapel von etwa zwanzig getippten Seiten wurde sichtbar. Er blätterte sie durch und begann dann im gelblichen Licht der Taschenlampe zu lesen:

Lieber Dr. Mattair,

Sie müssen entschuldigen, daß ich so lange gebraucht habe, um alles aufzuschreiben, aber ich sehe immer noch nicht wieder ganz klar, und auch mein Gleichgewicht ist noch gestört, aber es ist doch schon wesentlich besser, die Probleme sind nur noch rudimentär. Es ist mir allerdings schwergefallen, länger am Stück zu schreiben – ganz zu schweigen davon, daß mein Inneres nur zögernd die Geschichte dieser schrecklichen körperlichen Qualen preisgeben wollte.

Ich sehe das, was ich geschrieben habe, als eine Art Interpretation. Eigentlich ist es nur die halbe Geschichte, nur ein Flügel des Schmetterlings; die andere Hälfte ist mir ebenfalls bekannt, nur ist sie schwieriger zu erzählen. Darüber schreibe ich später. Sie werden das sicher verstehen.

Bellevue, 7. April 1995

Ich heiratete ihn im Frühsommer, an einem wunderschönen heißen Junitag. Ausgerechnet eine Junibraut, ein weißes Kleid, das sich um mich bauschte, kleine, feste weiße Satinschuhe, alles weiß, das Schleierkraut in meinem Haar, die Handschuhe an den Händen, selbst meine Unterwäsche war weiß, aber es war nur eine Verkleidung, eine Maskerade, fast eine Travestie, ein Mann, der sich als Frau verkleidet, nur mein Herz konnte man kaum als weiß bezeichnen, es war purpurrot und schwarz, wie das Herz einer Kuh, wenn man es aus dem Gefrierfach holt.

Ich ging den Gang hinunter, und die Leute standen da, verkleidet wie eine Orchideenparade in hellen Pastelltönen und Weiß, die Hüte und Handschuhe wie Blütenblätter, eine ganze Versammlung von Henkern, und alle lächelten mir so ekelhaft zu, dieses verlogene Lächeln, und ihre Augen sagten: Tut mir leid, daß du leiden mußt, du Arme, aber ich bin froh, daß du leidest und nicht ich. Aber sie waren bereit, so zu tun, als wäre es eine Hochzeit wie jede andere auch, und der Pfarrer, der genau wußte, daß das nicht stimmte, erwartete mich am Ende des langen roten Teppichs.

Am 5. Juni 1976 entschlief ich, Hemy Lourde.

Juni und Juli vergingen, ohne daß die Ehe vollzogen wurde. Ich machte einfach nicht mit. Schon der Gedanke war mir zuwider. Ich entwischte ihm, als wäre ich ein Gespenst und kein Wesen aus Fleisch und Blut; ich schwebte durchs Halbdunkel seines Zimmers und erfand kleine Spiele, wie: «Weißt du, was ich tun würde, wenn ich ohne Kamel in der Sahara festsäße?» Und dann erzählte ich ihm die dazugehörigen Geschichten, während er auf seinem Bett saß und sich wunderte, daß ich überhaupt in seinem Zimmer war, eine Flamme in einem weißen Nachthemd, eine Phantom, nichts weiter. Wenn seine Hände auf meine Schultern fielen, entglitt ich ihm sofort wieder und ließ mir etwas anderes einfallen.

Als der August kam, griffen seine Hände immer öfter nach mir, und es wurde immer schwieriger, ihnen elegant zu entkommen. Er packte jetzt so fest zu. Nach einer Weile mußte ich mich richtig freikämpfen, und wenn ich ihm in meinem weißen Nachthemd gegenüberstand, fand er mich nicht mehr amüsant. Jetzt war ich nur noch etwas, das ihm nicht gehorchte. Ich müßte ihm eigentlich für seine Zuneigung dankbar sein, sagte er, mich würde doch sonst keiner haben wollen – eine Familie, auf der ein Fluch lastet, eine Irre als Mutter, eine Schwester, die sich mit Rasierklingen die Arme aufschlitzt. Ich war ja wirklich kein Hauptgewinn, eine Landpomeranze ohne jede Bildung, außer den Dingen, die er mir beigebracht hatte, ich hatte noch mal Glück gehabt, daß er mir über den Weg gelaufen war. Wer sonst hätte mich geheiratet?

In mir war ein Loch, von dem ich bisher nichts geahnt hatte, und durch dieses Loch gingen seine Worte hindurch.

Es war Ende August, als sich Vic Ponti auf seinem breiten Bett endlich nahm, was ihm zustand. Es war dunkel im Zimmer, bis auf das Licht aus der Schrankkammer, das sich wie ein langer, dünner Finger über dem beigefarbenen Teppichboden entlangzog.

«Keine Angst», flüsterte er. Er zog mir mein weißes Nachthemd aus, als würde er einer Mücke die Flügel ausreißen. Ich flüsterte: «Vielleicht könnten wir für eine Stunde ein Schubfach in der Leichenhalle mieten – der Bestatter könnte mir eine Spritze verpassen, und wenn du fertig bist, kannst du einfach an die Schublade klopfen und rufen.»

Vic Ponti grinste, und schon spürte ich seine Lippen auf meinen, wie zwei warme Radiergummis, die aufs Geratewohl herumrieben, während seine Hände hektisch über meinen Körper fuhren und seine Finger sich tief in meine intimsten Stellen gruben. Ich vergrub meinen Kopf wehrlos in seiner Nackenkuhle. «Ich will das nicht», stöhnte ich. «Es muß aber sein», sagte er und wollte in mich hineinstoßen. Ich erstarrte, die Welt schrumpfte auf einen Radius von einem halben Meter zusammen, ich sah nur noch Vic Pontis Beine zwischen meinen Beinen pumpen und seine Hand, die sein Glied auf meine zugefrorene Öfnung zusteuerte. «Es tut weh», sagte ich, aber er konnte mich gar nicht hören, weil er so ächzte. Er mühte sich auf mir ab, gewann an Boden, der miefige Geruch seiner Haare stieg mir in die Nase, sein röchelnder Atem dröhnte mir in den Ohren, ich hatte noch nie erlebt, daß jemand so grotesk die Kontrolle über sich verlor. Ich war eine rostige Buchse, trocken und metallen, und ein lähmendes Gefühl kroch in mir hoch, als hätte man mich gezwungen, einen Marathonlauf zu machen, aber ohne Beine.

Es war nie anders, und ich schrie abends ganz laut, um mich davor zu schützen. Einmal brach ich ihm sogar das Nasenbein und versetzte ihm einen Schlag, der auf seinem linken Brustkasten einen münzgroßen blauen Fleck hinterließ. Ich war seine Frau. Er wollte, daß ich stillhielt wie ein Kind, das man abends wickelt, und wenn ich das nicht tat, dann nahm er mich einfach.

Einmal im Monat schob ich mit spitzen Fingern einen Scheck über den Küchentisch und sah zu, wie Zellies Fingerspitzen ihn übernahmen. Es war ein Scheck über tausend Dollar, ausgestellt auf Zellie Lourde, unterschrieben von Vic Ponti. Er bezahlte für Zellies Wohnung mit der großen Schrankkammer, für ihr Essen, ihre Kleidung, ihre Malutensilien, die genauso waren wie die von Frida Kahlo. Außerdem bezahlte er zu Beginn jedes Semesters ihre Studiengebühren und die Krankenversicherung, die alle drei Monate fällig war. Zellie kostete zwanzigtausend Dollar im Jahr.

Das Erstaunliche war – er beschwerte sich nie.

Ich koordinierte meinen Stundenplan an der Syracuse University mit Zellies Kursen, damit ich sie abholen und wieder nach Hause bringen konnte, wo ich ihr half, die Schienen abzunehmen, und die Druckstellen massierte, wo das Metall gescheuert hatte. Die Schienen mußten immer abends abgenommen und morgens wieder angelegt werden, und ich tat das jeden Tag, außer samstags und sonntags. Da kam eine ältere Frau namens Doris Briggs, die auf demselben Stockwerk wohnte, und kassierte dafür vierhundert Dollar im Monat, das heißt, fünfundzwanzig pro Mal.

Zellie studierte Malerei, ich Fotografie. Ich fotografierte alles, um zu beweisen, daß die Dinge tatsächlich existierten, aber die Bilder waren nur kleine Gedanken am Rand eines endlosen Sturms. Das, was am Abend geschah, warf lange Schatten auf sie.

Ich versuchte, Louise Van Sant von mir zu erzählen, wenn wir bei ihr auf den Dachboden kletterten und unter den Balken saßen. Ich redete halb traurig, halb abgebrüht, fast ohne Rückgrat, und ich erzählte Louise Van Sant alles, was ich in bezug auf meine Ehe mit Vic Ponti über die Lippen brachte. Louise hörte mit großen Augen zu, und ich wiederholte mit gedämpfter Stimme die Gemeinheiten, die Vic Ponti gesagt hatte, aber über die Gewalt sagte ich kein Wort. Louise blickte zu mir auf, für sie war ich kein Mensch, der sich herumschubsen ließ.

Mr. Antonovsky hingegen erzählte ich alles. Wir saßen in seinem Wohnzimmer in den Zwillingssesseln, in denen wir auch gesessen hatten, als ich mich dafür entschuldigen wollte, daß ich ihm den Schwanz kaputtgeschossen hatte. Es war jetzt, drei Jahre später, auch nicht leichter, ihm von meiner Ehe zu berichten, aber ich erzählte ihm alles, so gut ich es konnte. Mit vor Scham erstickter Stimme sagte ich: «Er schlägt mich, Mr. Antonovsky, und er tut mir Gewalt an.»

Mr. Antonovsky sagte: «Du mußt ihm geben, was er haben will. Das ist Männerart. So sind die Männer. Man kann nichts machen.»

«Sie haben Mrs. Antonovsky auch geschlagen?» fragte ich leise.

«Das war nicht nötig. Mrs. Antonovsky hat nie nein zu mir gesagt.»

«Aber zu den Männern im Lager», sagte ich.

«Ich weiß. Und was ist passiert? Sie haben sie totgeschlagen.»

«Aber trotzdem», sagte ich. «Aber trotzdem.»

Er tätschelte mir die Hand. «Du bist so jung, das ist Problem. Du gewöhnst dich dran. Alle Frauen gewöhnen sich dran. Es ist nicht so schlimm, wenn du akzeptierst, so ist es.»

Nachts im Bett hörte ich seine Worte immer wieder. So sind die Männer.

Als Vic Ponti beschloß, ich sei frigide, versuchte ich mich zu verteidigen. Ich sagte, ich hätte durchaus schon sexuelle Gefühle für einen Jungen empfunden. Er wollte wissen, für wen, und sagte, ich würde lügen; er drängte mich, den Namen zu sagen, lachte mich aus, weil ich dazu nicht bereit war, sagte, es könne ja auch gar keinen Namen geben, weil es den Jungen nicht gegeben habe; er drückte mich so gnadenlos an die Wand, daß ich schließlich sagte, der Junge sei mein Bruder gewesen, ich hätte eine sexuelle Beziehung mit Oscar gehabt.

Das war für Vic Ponti ein gefundenes Fressen. Bei jeder Gelegenheit brachte er es an, wärmte sich hämisch die Hände daran, die Information wurde seine teuerster Besitz – ich hatte eine sexuelle Beziehung mit meinem Bruder gehabt. Ich sei pervers, das sei mein Problem, sagte er. Ich würde nur unter perversen Umständen Erregung empfinden, nicht unter normalen Bedingungen wie bei ihm. Es sei nicht normal für eine Frau, ihren Bruder zu begehren, und daß es schon so früh passiert sei, beweise nur, wie abgrundtief pervers ich sei.

Also nahm mich Vic Ponti in die katholische St. Mary's Church mit, wenn sonst niemand da war, und in dem überirdischen Licht, das durch die bunten Glasfenster fiel, hielt er meine Hand, tätschelte sie und versuchte mich zu trösten – er verstehe sehr gut, wie schlimm dieses sexuelle Problem für mich sein müsse.

Ich saß neben ihm in dem stillen Kirchenraum und wand mich innerlich vor Verzweiflung. Ich hatte das Gefühl, als wäre ich in einer stockdunklen Kammer eingesperrt, in der ich keine Luft mehr bekam. Als er für mich zu Gott betete, begann in meinem Herzen etwas mit harten Flügeln zu schlagen. «Hilf ihr, lieber Gott», sagte er laut. «Bitte, lieber Gott, nimm diese Frau und mache sie ganz.» Ich flüsterte: «Nimm diesen Mann, lieber Gott, und mache ihn impotent.» Vic Ponti lachte. Ich nicht.

Wie konnte ich nur Angst haben, fragte ich mich, wenn die Beleuchtung in der Kirche so weich und ungenau war, wenn der Altar bleich unter einem Schleier der Stille lag, untätig für den Augenblick, aber dennoch atmend, als lebte er auch in der Abwesenheit der Priester weiter, wie ein Baby, das in seinem Bettchen schläft?

Aber das Beten half nichts. Im Gegenteil – ich wich noch mehr zurück; er brauchte mich nur zu berühren, nur das Wort Sex zu erwähnen, und schon fing ich an zu zittern, mir wurde eiskalt, und als ich an beiden Handgelenken einen roten Ausschlag bekam, der sich wie ein Armband um das Gelenk legte, wußte ich nicht, warum. Ich wollte ja normal sein und natürlich empfinden, wie er es mir immer sagte, aber sobald ich unter ihm lag, erstarrte ich. Die wildesten Gewaltphantasien gingen mir durch den Kopf, eine Grausamkeit jagte die andere, grotesk, gemein, krank – sein Körper von Kugeln durchlöchert, auf eine verkehrsreiche Straße geschleudert, von tausend Autos überrollt, nichts als blutiger Matsch, der sich in den Reifenprofilen festsetzte, so wurde er zerrieben, in den Asphalt gequetscht, bis nichts mehr von ihm übrig war, keine Muskelfaser, keine Zelle. Keine Asche, keine Knochen, nichts, höchstens ein Fleck, den der Regen wegwaschen würde. Solche Gedanken hatte ich, wenn seine Finger meine Brüste berührten und sich in mich bohrten.

Oh, ihm mit Klavierdraht den fetten Hals aufzuschlitzen.

Louise Van Sant merkte, daß irgend etwas mit mir nicht stimmte. «Du bist ganz anders als früher», sagte sie, als wir zitternd unter den Balken auf ihrem Speicher saßen. «Ich weiß», sagte ich.

Als Vic Ponti beschloß, ich sei lesbisch, ging er nicht mehr mit mir in die Kirche. Während ich nach Syracuse und zurück fuhr, mich um Zellie kümmerte oder in meinen Kursen saß, beschäftigte mich dieser Gedanke die ganze Zeit. Er brachte mein Herz ins Stocken. Was, wenn ich tatsächlich lesbisch war?

Dann, im Frühling meines ersten Ehejahres, passierte es. Ich war in der kunstgeschichtlichen Bibliothek und schaute mir ein Buch mit Kunstdrucken an, als ich auf das Bild einer üppigen nackten Frau stieß, die provozierend auf einem roten Divan ruhte. Eine unverkennbare Erregung erwachte in meinem Bauch und raste begeistert durch mich hindurch, gierig, vital, und da wußte ich, es stimmte. In meiner wirren, verdrehten Logik dachte ich, für mich könnte es keinen anderen Ort mehr geben als das Kloster. Ich mußte Nonne werden, eine andere Möglichkeit sah ich nicht. Eine Nonne in einem Kloster. Eine lesbische Nonne in einem Kloster. Bestimmt war das der Grund, weshalb Bo zu mir gesagt hatte, ich könne nie einen Mann lieben! Es war mein Schicksal, eine große Nonne zu werden. Eine große, lesbische Nonne. Das schien nur konsequent, auch wenn es mich frösteln ließ. Ich würde Zellie mitnehmen, eine Sonderregelung für sie erbitten und ihr eine Zelle mit guter Beleuchtung verschaffen, damit sie malen konnte.

Beim Abendessen erzählte ich Vic Ponti von meinem Plan. Ich hatte sogar schon ein Kloster ausgewählt. In Goshen, New York. Dort werde ich hingehen, sagte ich, und obwohl ich es nicht aussprach, hörte er es trotzdem – UM VON DIR WEGZUKOMMEN. Er nahm sein Steakmesser und stach zu.

Ein paar Tage lag ich sprachlos im Bett. Ich hatte schon alles mögliche gesehen, was man mit der menschlichen Haut tun konnte – Verbrennungen, Schnitte, Verstümmelungen –, aber noch nie bei mir selbst. Die Schnittwunde ging bis zum Knochen, hatte man mir gesagt. Hatte das Messer den Knochen berührt? War in meinem Knochen ein Zwillingseinschnitt, der dem in meiner Haut entsprach? Wenn meine Knochen unter der Erde lagen und jemand sie ausgraben würde, könnte er dann feststellen: «Dieser Frau hat jemand eine tiefe Schnittwunde zugefügt»?

Man gab mir Demerol gegen die Schmerzen, und meine Augen rollten vor und zurück, während er mir Tabletts mit Tee und Kuchen brachte und winselnd um Verzeihung bat.

Als Vic Ponti sagte, Frauen seien Männern unterlegen, war ich schockiert. Das hatte ich noch nie gehört, ganz ehrlich. Bo hatte nie etwas in der Richtung gesagt, Lourde nicht, Oscar auch nicht, meine Lehrer und Freunde sowieso nicht. Niemand hatte je so eine These aufgestellt. Aber es fiel mir etwas ein, was ich lange vergessen hatte, die letzten Worte, die Lourde geschrieben hatte: ES IST BESSER, EINEM MÖRDER IN DIE HÄNDE ZU FALLEN ALS IN DIE TRÄUME EINER BEGEHRENDEN FRAU.

Als Vic Ponti schrie: «In der Geschichte gibt es nur Männer, die wirklich Großes geleistet haben, keine Frauen. Wer hat denn deiner Meinung nach diese Welt aufgebaut?», da wußte ich nicht, was ich antworten sollte.

Aber an einem kalten, windigen Nachmittag im Februar ging ich zwischen Mittag- und Abendessen in die Bibliothek in Syracuse und suchte nach Frauen – nach Frauen in der Geschichte, in der Kunst, in der Politik, in Nachschlagewerken, im Who's Who, ich flippte die Katalogkarten durch, immer auf der Suche nach Frauen. Wochenlang sammelte ich ihre Namen in einem Notizbuch, über hundert hatte ich schon, und ich hätte weitergemacht, hätte Vic Ponti nicht gesagt: «Na und – ich kann dir aus dem Stegreif zweihundert Männer aufzählen, ohne lange überlegen zu müssen.» Und das tat er dann auch. Er saß in der Küche, aß ein Steak und rasselte ein paar hundert Namen herunter, obwohl ich schrie, er solle aufhören, ihn anbrüllte, endlich still zu sein. «BENJAMIN FRANKLIN, NAPOLEON BONAPARTE, GEORGE WASHINGTON, ALBERT EINSTEIN, ABRAHAM LINCOLN, FRANK LLOYD WRIGHT, VINCENT VAN GOGH, DEGAS, RENOIR, REMBRANDT, YEATS, SHELLEY, D. H. LAWRENCE, HENRY MILLER, THOMAS WOLFE, GANDHI, J. D. SALINGER, SHAKESPEARE, CHARLIE CHAPLIN, ROCK HUDSON, CARY GRANT, HUM-

PHREY BOGART, ALEXANDER GRAHAM BELL, JACK KENNEDY, GENERAL PATTON ...»

Als Mr. Antonovsky wegen seines Diabetes die Zehen verlor, kam er in ein Altenheim. Dort hielt er es keine drei Wochen lang aus, es sei zu ähnlich wie Stalins Straflager, sagte er mir, und obwohl ich ihm versprach, ihn rauszuholen, starb er. Eines Abends starb er einfach, und ich mußte dauernd an Stalin denken, an die Konzentrationslager, die Mr. Antonovsky überlebt hatte, und jeden Tag kehrte ich in Gedanken zu der Frage zurück: Wie hat er das überlebt? Wie hat überhaupt irgend jemand dort überlebt?

Dann verlor ich Louise Van Sant: Sie heiratete einen jungen Mann namens Ryan Mourn und zog nach Pennsylvania, wo er einen Job als Straßenbauarbeiter hatte. Louise Mourn bereitete das Mittagessen für ihn zu und saß zu Hause, wurde schwanger und dick, strickte Babymützchen und sammelte kleine Kleidchen.

Danach tat ich Verschiedenes, lauter Dinge, die sich wie eine Kette aneinanderreihten, eine endlose Liste:

Ich kümmerte mich um Zellie,
besuchte Kurse,
nahm den Bus,
arbeitete bei Dan-dee Donuts,
bei Ethel's Ice Cream,
dann im Blue Bird Restaurant,
abends,
um Geld für ein Auto zu verdienen,
von dem Vic Ponti nichts wissen wollte.

Eine Menge Zucker und klebrige Finger, Langeweile und Männer, die herumhingen und sich mit dem Mädchen hinter der Theke unterhalten wollten, das völlig verkrampft war und sich in seiner Haut so unwohl fühlte, daß es sich hinter seinen Haaren versteckte, und diese Männer hatten keine Ahnung.

Ich freundete mich mit einem Mann namens Alan Ryce an, einem netten, blauäugigen blonden Jungen mit vollen Lippen und mit Armen wie Popeye, der zwei leidenschaftliche Wünsche hatte, nämlich Romane wie John Steinbeck zu schreiben und mit mir ins Bett zu gehen. Ich versuchte es ein paarmal in seiner Wohnung in Syracuse, aber ich konnte nicht, aber nicht, weil ich verheiratet war. Die Rolle der Ehebrecherin hätte mir sogar gefallen, aber es war ganz komisch, ich kam mir vor wie Pawlows Hund. Trainiert, konditioniert, darauf getrimmt, blinden Haß zu empfinden und instinktiv jeden, aber wirklich jeden, der mich zu intim berührte, töten zu wollen.

Das wurde ein Geheimnis, das ich tief in mir verschloß, einmauerte, mit Stacheldraht umgab. Alles, was ich irgendwie entbehren konnte, das überschüssige Blut, die Antikörper meiner Emotionen, wurde sofort dorthin transportiert, zu diesem … Ding, dieser Wunde ohne Narbe. So konnte ich mich schützen, mich polstern und mich davor bewahren, daß ich provoziert, gesehen oder erkannt wurde. Für den Rest mußte das genügen, was übrigblieb.

Zellie ging es von Tag zu Tag besser. Sie kam immer länger ohne ihre Schienen zurecht. Sie arbeitete sogar als Kartenverkäuferin beim Theater, beim Salt City Playhouse, und lernte dort den Bühnenbildner kennen. Sie ging sofort mit Frank Pinter ins Bett und konnte mit der Liebe so frei und normal umgehen, wie ich in jener Nacht mit Oscar.

Es fiel mir schwer, abends zu ihr zu gehen und ihr mit den Schienen zu helfen oder ihr den Scheck zu bringen – und dann draußen auf dem Sofa warten zu müssen, während sich Zellie und Frank Pinter im Schlafzimmer tummelten. Nicht, daß das Sofa unbequem gewesen wäre oder ich es unangebracht gefunden hätte, sondern weil ich schon so lange mit Vic Ponti zusammenleben mußte, damit Zellie dieses Apartment haben konnte, dieses Wohnzimmer, dieses Bett, auf dem sie nun mit Frank Pinter schlief.

Jetzt hatte man den Eindruck, als wäre Zellie diejenige, der alles in den Schoß fiel, und ich war diejenige mit dem Loch im Bauch, mit dem verknoteten Verdauungsapparat und der kaputten Wirbelsäule.

Ein Jahr verging, begleitet von bösen Gedanken, von widerlichen, schäbigen Gedanken: Enthauptungen, wilde Axtmassaker, Rädern und Vierteilen – alles von mir durchgeführt.

An einem Tag ist noch alles in Ordnung, und am nächsten Tag wirst du plötzlich gepackt und das Klo hinuntergespült, in den dunklen Orkus, in die endlose Dunkelheit einer unbekannten, trostlosen Welt, die dich letztlich ersticken wird. Niemand sprach je davon, aber Leben hieß Leiden, ohne Pause, gnadenlos, von dem Moment an, wenn man morgens aufstand, bis zu dem Augenblick, wenn man, endlich, einschlief.

Die Tage sausten an mir vorbei, schubsten mich beiseite.

Der Morgen verlief folgendermaßen:

Okay, steh auf.

Und jetzt ins Bad.

Putz dir die Zähne. Mehr mußt du nicht tun. Putz dir nur die Zähne.

Und nun zieh dich aus. Sonst nichts.

Okay, jetzt unter die Dusche.

Gut, jetzt trocknest du dich ab.

Schön, jetzt ziehst du dich an, irgend etwas. Es spielt keine Rolle.

Trink einen Schluck Milch. Nur ein halbes Glas, wenn du nicht mehr runterkriegst.

Gut, und jetzt zieh den Mantel an.

Geh die Treppe hinunter.

Zwei Querstraßen, bis zur Bushaltestelle.

Der Rest des Tages bestand ebenfalls aus einer Serie von Befehlen, von einem Moment zum nächsten. Geh den Berg rauf. Öffne die Tür. Geh den Gang entlang, bis zum Seminarraum. Okay, setz dich hin. Hol dein Ringbuch raus. Einen Stift. Schreib mit, wenn du kannst.

Was ist mit mir passiert? fragte ich mich immer wieder und ging dann in Gedanken die Ereignisse durch.

Familie verloren.

Louise Van Sant verloren.

Mr. Antonovski verloren.

Mit Vic Ponti verheiratet.

Verloren.

Nachts weinte ich oft, weil mein Körper eingekerkert war und meine Seele in der Hölle der Depression verkümmerte.

Dann gesellten sich zu den Depressionen auch noch lähmende Angstzustände, als wären sie Gefährten, die nicht alleine reisen wollten. Es war ein Gefühl, als wäre der Deckel einer ekelhaften Hölle geöffnet worden – und mich hatte man hineingestoßen und dann den Deckel wieder fest zugeschraubt. Ich versank in Sprachlosigkeit, in tödlichem Schweigen, ich war wie eine Sonne, die hinter dem Horizont versinkt, um nie wieder aufzugehen.

Bestimmte Dinge wurden unmöglich, zum Beispiel konnte ich nicht mehr Auto oder Bus fahren, aber ich hatte keine Ahnung, warum. Ich merkte nur, daß ich in beiden Situationen das Gefühl hatte, nicht jederzeit davonlaufen zu können – aber warum ich davonlaufen wollte, wußte ich nicht. Es wurde so schwierig, daß ich oft dachte: Ich würde mir lieber einen Finger abschneiden als in einem Auto sitzen.

Die Angstzustände schlugen erbarmungslos zu, und die Minuten, die Stunden, die Tage zogen sich fürchterlich in die Länge. Ich nahm jeden Atemzug, jeden Herzschlag quälend bewußt wahr – und immer mit dem Gefühl, der nächste könnte der tödliche sein, und ich würde mit Schaum vor dem Mund umfallen und unwiederbringlich den Verstand verlieren.

So vergingen zwei Jahre, und der Ausschlag an meinen Handgelenken wurde immer schlimmer, als wäre er Ausdruck einer stummen, zehrenden Krankheit, die unter meiner Haut wütete.

Eines Abends holte ich Lourdes grünen Koffer und Oscars Asche hervor. Ich wollte alles auf einem kleinen Tisch in der Ecke des Wohnzimmers arrangieren, wickelte Mrs. Antonovskys Schal um die Metalldose, holte die Vasen hervor, die Gussy Keys mir gegeben hatte, und trottete sogar durch den Schnee zum A & P, um ein paar Nelken zu kaufen. Das gesamte Arrangement sollte perfekt sein, genauso wie damals, als ich es in meinem Zimmer bei Mr. Antonovsky aufgebaut hatte.

Aber ich konnte die Gedankenflut nicht aufhalten. Es waren finstere, würgende kompromißlose Gedanken, die sich um Tod und Selbstmord drehten, um Äxte, Rasierklingen, Tabletten. Diese Gedanken ließen keinen Raum für Gebete, und nach ein paar Anläufen verstaubten der Seidenschal, die Dose, die Vasen und der Tisch.

An einem Junitag im dritten Sommer meiner Ehe mit Vic Ponti rannte ich in das Feld hinter seinem Haus, um ihm zu entkommen. Er hatte mich als Nutte beschimpft und mich angespuckt, weil ich nicht mit ihm schlafen wollte, und ehe er mich gegen die Wand schleudern konnte, floh ich. Der Weizen stand hüfthoch, und ich hoffte, mich irgendwie darin verstecken zu können. Vic Ponti schrie laut meinen Namen, und sein Gebrüll trieb mich immer weiter. Als ich ihn nicht mehr hören konnte. blieb ich stehen, um zu verschnaufen. Da sah ich, nicht weit von mir, ein Haus. Es wirkte unbewohnt und baufällig, die Farbe blätterte ab, und es war so still, als hielte es den Atem an. Ich kam gar nicht auf die Idee, daß dort jemand wohnen könnte, bis ich eine Stimme hörte. «Bist du das, Hemy Lourde?»

Die Stimme war rauh und heiser, die Stimme einer Kettenraucherin. So hatte Bo zum Schluß auch geklungen. Ich blickte auf und sah Birdy Washington, die ihr altes, faltiges Gesicht ans Fenster drückte, ihr Kiefer ruhte praktisch auf dem Fenstersims. Sie lag halbgelähmt im Bett, eine verschrumpelte Erbse in einer zerrupften Schote. Birdy Washington war die Frau, die nach Bos Bestattung aufgestanden war und den «Bo-Lourde-Gedächtnisfonds» ins Leben gerufen hatte – die Frau, die Bo am liebsten als Heilige bezeichnet hätte. Bo hat mir das Leben gerettet, hatte sie früher immer gern gesagt.

Sie lebte jetzt hinter dem Haus ihres Sohnes in einer Art Schuppen, der durch einen Abstellraum, in dem die Waschmaschine und der Trockner standen, mit dem Haupthaus verbunden war. Ihr Zimmer war in sehr schlechtem Zustand. Im Boden gähnte ein Loch, und da sich selten etwas regte, hatte sich in einer Ecke ein Wespennest gebildet. Und da lag Birdy auf den angegilbten Laken wie ein alter Zehennagel, und die Wespen summten ihr um den Kopf.

«Ach, ich störe sie nicht», sagte sie, als ich sie darauf ansprach. Die Wespen würden sie niemals stechen, behauptete sie.

Ihre Schwiegertochter, Gwenivere Bing, ließ Birdy in dem Zimmer vermodern. Sie kam einmal am Tag, meistens morgens, und schaute nach Birdy, leerte den Nachttopf und stellte ihr etwas zu essen hin. Dann schloß sie die Tür, und die Wespen kamen heraus.

Am nächsten Tag kletterte ich mit einem Koffer voller Sachen durchs Fenster und wusch Birdy Washington. Ich bezog das Bett frisch, gab ihr ein sauberes Nachthemd, und als ich sah, daß sie sich wundgelegen hatte, verarztete ich sie, so wie ich es bei Zellie und Bo gemacht hatte. Dann nagelte ich ein Brett über das Loch, damit Birdy sich nicht die Knochen brach.

Den ganzen Sommer über kletterte ich regelmäßig durch Birdys Fenster und brachte ihr alles, was ihr Herz begehrte: Paranüsse, Schokokekse, Baumwollbettwäsche, Gauloises. Als Birdy schimpfte, es sei zuviel, sagte ich: «Ich bin mit einem gutbetuchten Mann verheiratet. Irgend jemand muß doch etwas davon haben.»

Birdy begriff gleich, daß ich selbst wenig davon hatte, und ermunterte mich immer wieder, ihn zu verlassen. Ich brachte ihr immer wieder eine Schachtel Gauloise mit, nach denen sie lechzte, seit Gwenivere Bing gesagt hatte, sie würde keine Zigaretten mehr kriegen. Und wir rauchten beide die Zigaretten bis zum letzten Tabakkrümel, während die Wespen uns um den Kopf flogen. Die ganze Zeit versicherte mir Birdy Washington, ich müsse nicht bei einem Mann bleiben, den ich nicht liebte.

Erst sagte ich eine Weile gar nichts, aber ich war froh, daß ich die Wahrheit nicht zu verstecken brauchte, daß Birdy Bescheid wußte, obwohl sie nur ein knöchernes, verhutzeltes Menschenkind war, das sich gerade noch mit Mühe ans Leben klammerte.

«Ich hasse ihn bis aufs Blut», sagte ich eines Tages. Fast erschrocken schwiegen wir beide. Als sich unsere Blicke begegneten, sagte Birdy das entscheidende Wort.

«Zellie», flüsterte sie. Ich saß stocksteif da und sah sie unverwandt an.

«Du bist nicht die Hüterin deiner Schwester», sagte sie.

«Aber wer ist es dann?»

«Wenn deine Schwester wüßte, wie sehr du diesen Mann haßt, würde sie dann wollen, daß du bei ihm bleibst?»

Als Gegengabe für diese Worte las ich Birdy Washington jeden Wunsch von den Augen ab – Hering in Sahnesauce, Regenbogenforelle, Brezel, Seidenpyjamas. Wenn sie durchs halbe Feld getragen werden wollte, tat ich es. Ich setzte ihr einen Sonnenhut auf und nahm sie huckepack, und mitten im Feld machten wir ein Picknick, rauchten Zigaretten und aßen teure Pralinen. Alles auf seine Rechnung, bitte schön. Gwenivere Bing, der das alles nicht ganz entgehen konnte, äußerte sich nie.

«Was sagt sie eigentlich?» fragte ich Birdy, denn die Veränderungen in Birdys Zimmer waren nicht zu übersehen – eine weiße Bettdecke aus Chintz, orangegestreifte Vorhänge, ein Korbschaukelstuhl, in dem Birdy Washington sich wiegen konnte.

«Sie weiß, wer du bist», sagte Birdy.

Wer bin ich? fragte ich mich.

Als Birdy Washington herausfand, woher die Narbe auf meinem Arm stammte, nahm sie meine Hände und schüttelte sie, und in ihren großen tiefliegenden Augen braute sich ein Unwetter zusammen. «Du stiehlst soviel von seinem Geld, wie du nur in die Finger kriegen kannst», sagte sie, «und dann haust du ab, aber hopplahopp.»

Ein paar Tage später sagte Birdy noch etwas anderes. Wir saßen in ihrem Zimmer, die Vorhänge wehten gegen den vermoderten Fensterrahmen, die Wespen summten uns um den Kopf. «Bo hat mir gesagt, ich soll dir sagen, du sollst diesen Mann verlassen. Du hättest ihn gar nicht heiraten sollen.»

Als sie Bos Namen erwähnte, stockte mir der Atem.

«Wie?» fragte ich.

«Wie was? Wie du diesen Mann verlassen sollst?»

«Nein – wie hast du mit Bo gesprochen?»

«Sie ist mir heute morgen in den Sinn gekommen, das war alles.»

Ich glaubte Birdy Washington. Ich glaubte, daß Bo ihr am Morgen in den Sinn gekommen war. Ich beugte mich vor und atmete stoßweise.

Wie aus dem Nichts kam Birdy Washingtons Hand angeflattert und landete auf meinem Hinterkopf. «Schätzchen, du solltest dich ruhig ein bißchen amüsieren, solang du noch jung bist», sagte sie. «Denn wenn du alt bist, sperren sie dich in einen Schuppen und schmeißen dir das Essen hin.»

Das war es, was Birdy Washington sagte.

Ich stahl Geld von Vic Ponti, dreitausendfünfhundert Dollar, und stopfte sie in das Futter von Lourdes altem grünem Koffer. Am 15. Oktober 1977 verließ ich Vic Pontis Haus und trat hinaus in den ersten Schnee. Ich stellte den Koffer in einen Einkaufswagen und schob ihn ins Stadtzentrum, wo ich den Sechs-Uhr-Bus nahm, aber nicht ohne daß Vic Ponti mich noch einmal auf den Boden schubste und mich anspuckte. «Du bist total verrückt. Dich will doch niemand, du verrücktes, blödes Weibstück.» Als ich durchgefroren und zitternd in den Bus stieg, hätte ich alles sein wollen auf dieser Welt – nur keine Frau.

Als Zellie die Tür öffnete und mich mit Lourdes grünem Koffer vor sich stehen sah, war sie erst einmal sprachlos.

«Ich habe ihn verlassen», sagte ich und zog den schneefeuchten Koffer in Zellies Wohnzimmer.

«Warum?» fragte Zellie.

«Weil ich ihn hasse.»

Zellie hatte es nicht gewußt. Sie hatte gar nichts gewußt, aber als ich es ihr erzählte, schien es so, als hätte sie von Anfang an so ein Gefühl gehabt, ganz tief innen, eine schattenhafte Ahnung, die jetzt erst an die Oberfläche kam.

Bei einer Tasse Kaffee schob ich das Geld über den Küchentisch. Für ihre Semestergebühren, für die Arztrechnungen, drei Monate Miete und Essen. Ich gab es ihr in bar, in Hundertdollarscheinen.

Zellie schob das Geld sofort zurück. «Das ist dein Geld. Ich kann selbst welches verdienen.»

«Das mußt du aber nicht», sagte ich. «Das reicht für vier Monate. Es tut mir so leid, Zellie, aber –»

Zellie legte mir den Finger auf den Mund. Sie wollte die Gründe nicht hören, das war zuviel, sie wußte ohnehin Bescheid, es brauchte nicht ausgesprochen zu werden, jedenfalls jetzt nicht. Als Zellie die Narbe auf meinem Arm sah, sank sie in ihrem Wohnzimmer auf die Knie.

Spätabends kroch ich zu Zellie ins Bett. Ich lag im Dunkeln neben ihr und horchte auf ihren Atem, so wie ich es getan hatte, als ihr Bett sich drehte, als sie zu viele Demerols genommen hatte, als sie sich die Arme aufgeschlitzt hatte. Zellies Atem, mein Herzschlag – und da begann ich mich an mich selbst zu erinnern. Das Mädchen, das mit Louise Van Sants Unterstützung Bo und Zellie Heiligenbilder um den Hals gehängt hatte; das Mädchen, das Oscars Asche ausgegraben hatte; das Mädchen, das in dem Zimmer bei Mr. Antonovsky Bücher über Wirbelsäulenverletzungen und über Koma-Patienten gelesen hatte; das Mädchen, das sich mit Vic Ponti auf dem Bett gewälzt und versucht hatte, sich das für das ganze Leben vorzustellen; das Mädchen, das zu einer Wahrsagerin gegangen war und gefragt hatte, ob es Vic Ponti heiraten solle oder nicht.

Das Mädchen, das Vic Ponti geheiratet hatte.

KAPITEL 18

Hinten in dem Notizbuch lagen noch ein paar einzelne Blätter. Das erste war leer, aber auf dem zweiten stand etwas. *«10. August 1995. Ich sitze im Zug nach Los Angeles. Gleich nachdem ich aus Bellevue entlassen wurde, bin ich losgefahren. Ich habe im Zug einen Mann kennengelernt, aber seinen Namen möchte ich nicht wissen. Namen öffnen Herzen.»*

Bellevue, dachte er. War sie in der Psychiatrie gewesen? Sein Herz begann wieder zu klopfen. Er blätterte die übrigen Seiten durch, aber sie waren alle leer. Den zweiten Teil der Geschichte hatte sie offenbar noch nicht geschrieben.

Er schloß das Notizbuch und knipste die Taschenlampe aus. Ein paar Minuten lang saß er einfach nur da. Was war das, was er gerade gelesen hatte? Eine Geschichte, deren Figuren Hemy und Zellie, Oscar und Bo hießen? Hatte diese Frau schon zu Beginn der Reise vorgehabt, dem Mann, der neben ihr sitzen würde, zum Jux eine von ihr geschriebene Geschichte zu erzählen? Er mußte wieder an das denken, was sie gesagt hatte: *Ich wollte schon immer eine Zugreise machen und eine Geschichte über mich selbst erfinden.*

Fröstelnd schüttelte er den Sand von dem schwarzen Heft. Er hatte miterlebt, wie das Mädchen Hemy sich selbst verlor, wie sie das verlor, was sie zu Hemy Lourde machte, und davon wurde ihm ganz schlecht.

Er stand auf, ging mit raschen Schritten in Richtung Licht und lehnte sich an den Laternenpfahl. Wie dankbar er war für das leise Summen und für die Motten und Moskitos, die über ihm das gelbe Licht umschwirrten.

Er spürte das Notizbuch unter seinem Arm. Er bekam Angst, sie könnte seinen Diebstahl bemerkt haben, aber als er ins Zimmer kam, schlief sie immer noch fest.

Rasch steckte er das Buch in ihre Tasche, die er immer noch bei sich trug, setzte sich auf die Bettkante und bedeckte ihre nackte Schulter mit dem Laken. Er betrachtete ihren langen, schlanken Hals, ihre blassen Lider. Wer war sie wirklich? Bilder tauchten auf, verschwanden wieder – eine gelangweilte Schriftstellerin, die eine Zugreise machte und mit ihm spielte. Immer und immer wieder, Hemy Lourde, Psychiatriepatientin; Hemy Lourde, Schriftstellerin, dann Patientin. Nur kurz erschien sie einfach als Hemy Lourde.

Rauchend ging er im Wohnzimmer auf und ab. Wo sollte er schlafen? Er konnte sich doch nicht neben sie legen, nachdem er behauptet hatte, er sei Oscar Lourde! Aber das Sofa wäre selbst für einen Zwerg zu kurz gewesen, und der Fußboden bestand aus schmutzigen, löchrigen Fliesen.

Er setzte sich aufs Sofa. Da hörte er wieder das sinnlose Gescharre der Ziegen, ihr besorgtes, müdes Gemecker, das ihn so nervte. Gleich darauf war alles ruhig, aber die Stille konnte er auch nicht aushalten.

Das Laken war ihr wieder von der Schulter gerutscht, und ihr nackter Rücken schimmerte weiß. Er spürte ihre Präsenz wie heißen Atem im Nacken. Wie gern hätte er sich zu ihr gelegt, sie endlich wiedergefunden! Wer immer sie war – er fühlte sich unwiderstehlich zu ihr hingezogen.

Er konnte nicht mehr stillsitzen und streckte sich auf dem Sofa aus. Die langen Beine schwang er über die Lehne. Mit geschlossenen Augen versuchte er, gleichmäßig zu atmen. Er spürte seinen Herzschlag, drückte die Augen fester zu und stellte sich vor, er würde schwimmen: in einem See, einer

Quelle, einem stillen Teich, in trüben Gewässern, schließlich im Ozean, wo er ans Ufer gespült wurde, der einzige Mensch, der noch auf der Erde lebte. Er fühlte sich mutterseelenallein, aber diese Vorstellung lockte ihn. Sie war mächtig und hatte die Kraft, seine Gedanken zu fesseln.

Er sah das Ende der Menschheit vor sich, das Ende von Mann und Frau auf dieser Erde – keine Autos mehr, keine Flugzeuge, keine Atombomben, keine Handys, keine Datenautobahnen. Nichts. Nur ein erleichterter Planet. Er konnte das Aufatmen der Erde spüren – endlich war sie ihre schwierigsten und undankbarsten Gäste los. Er stellte sich die zernarbte Oberfläche der Erde vor, die sich ein paar Millionen Jahre von den ständigen Attacken durch die Menschheit erholen mußte und endlich ungestört ihr Ökosystem wieder ausgleichen und die geplünderten Resourcen auffüllen konnte.

Er stand vom Sofa auf, und ohne recht zu wissen, warum, holte er ein Blatt Papier aus der Schreibtischschublade, setzte sich an den kleinen Schreibtisch und schrieb rasch:

Heute ist der 19. August 1995, morgens sechs Uhr acht. Ich bin der letzte Mensch auf der Erde und fühle mich verpflichtet, folgendes festzuhalten:

Es gibt in Ruanda eine katholische Mission, in der die Hutu die Tutsi systematisch abgeschlachtet haben, während diese versuchten, sich hinter den Kirchenbänken oder unter den Schultischen, in den Sümpfen oder hoch oben in den Bäumen zu verstecken. Als die Hutu vom Morden erschöpft waren, schnitten sie angeblich den Tutsi an Armen und Beinen die Sehnen durch, um sie bewegungsunfähig zu machen; dann gingen sie zum Mittagessen und machten anschließend mit dem Morden weiter. Als ein Mann namens Boutros Ghali, der Generalsekretär der Vereinten Nationen, mit den Hutu und Tutsi Gespräche führte, behaupteten die Hutu, die Tutsi führten eine Vernichtungskampagne gegen sie. Die Tutsi sagten, die nächtlichen Übergriffe der extremistischen Hutu machten Friedensverhandlungen unmöglich. Vor lauter aufgestauter Wut war die Luft im

Raum zum Schneiden dick. Als schließlich alle schwiegen, ergriff Boutros Ghali das Wort. «Ihr seid erwachsene Menschen», sagte er. «Gott hilft denen, die sich selbst helfen. Euer Feind ist nicht der andere Volksstamm, eure Feinde sind Angst und Feigheit. Ihr müßt den Mut haben, Kompromisse zu schließen. Dafür ist die politische Klasse da. Ihr müßt Verantwortung übernehmen.» Dann nahm er seine Unterlagen und verließ den Raum.

Er warf den Stift auf den Tisch und schob den Stuhl zurück. Er versuchte, ruhig zu atmen, sein Herz regelmäßig schlagen zu lassen, aber es ging nicht. Da merkte er, daß er Angst hatte.

Der Schweiß lief ihm über die Stirn. Er rollte das Blatt zusammen, nahm den ausgebleichten Totenschädel, den sie in der Wüste gefunden hatte, und schob den Zettel durch die Öffnung, wo früher die Nase gewesen war. Warum, wußte er selbst nicht, aber er nahm den Schädel und ging damit gut dreißig Meter in die Wüste. Dort kniete er im Sand nieder, und auf einmal begriff er, daß er dabei war, sich aufzulösen. Sie gewinnt, dachte er. Sie gewinnt! Er warf die Taschenlampe auf den Boden und begann mit den Händen ein Loch zu buddeln. Als es etwa einen halben Meter tief war, legte er den Totenschädel mit dem Zettel hinein und begrub ihn.

Zurück im Motelzimmer kam es ihm vor, als würde er gleich durchdrehen. Er wollte sich aufs Sofa setzen, aber das ging nicht. Er ging ganz laut auf und ab, weil er hoffte, sie würde davon aufwachen, aber sie schlief tief und fest. Schließlich fand er es unerträglich, auch nur eine Minute länger allein zu sein. Er ging zum Bett und schüttelte sie.

Was ist los? fragte sie schläfrig.

Er zögerte kurz, dann sagte er:

Ich bin nicht Oscar Lourde.

Sie blinzelte, zuerst heftig, dann langsamer, bis sie ihm in die Augen sehen konnte. Ihr Gesicht war gerötet vom Schlaf, ihr Seidennachthemd klebte feucht am schlafwarmen Körper.

Er wollte nicht weiterreden. Zuerst sollte sie etwas sagen – er mußte wissen, was in ihrem Kopf vor sich ging. Es dauerte eine ganze Weile, bis sie sagte:

Na gut.

Er wußte nicht, was er davon halten sollte. «Na gut» – was hatte das zu bedeuten? Aber er schwieg.

Komm schlafen, sagte sie und schlug das Laken zurück. Ihre Beine waren nackt, das Nachthemd war bis zu den Schenkeln hochgerutscht.

Er zog sich das T-Shirt über den Kopf, schlüpfte aus seiner Khaki-Hose und kroch zu ihr ins Bett. Schweigend schloß er sie in die Arme und wartete ab, was sie sagen würde.

Ihre Stimme war ein Hauch, er spürte sie als warmen Atem an seinem Hals.

Wer bist du?

Keine Ahnung, antwortete er. Seine Kehle wurde eng, seine Augen begannen plötzlich zu brennen. Er drückte sie an seine Brust. Sein Atem ging keuchend, aber er gab sich Mühe, keinen Ton von sich zu geben. Als sie ihn anschauen wollte, preßte er sie noch fester an sich.

Dann sagte sie: Schlaf einfach. Als hätte sie alles verstanden.

Er hatte keine Ahnung, wen er in den Armen hielt, und er wußte, daß sie keine Ahnung hatte, wer sie an sich drückte. Das war nur gerecht, fand er. Im Moment war es jedenfalls gerecht.

Als er am nächsten Tag die Augen aufschlug, merkte er an der Beleuchtung, daß es schon spät war. Sie lag nicht mehr neben ihm im Bett, und er bekam sofort panische Angst, sie könnte weg sein. Aber sie saß im Schneidersitz mit geschlossenen Augen auf dem Sofa. Sie trug einen langen dunkelblauen Rock mit Seitenschlitz und eine blaßgelbe Bluse. Als er das Laken zurückschlug, öffnete sie die Augen.

Du hast noch eine halbe Stunde, dann holt uns der Cousin mit seinem Pickup ab, sagte sie.

Er stand auf und nahm zwei Handtücher vom Ständer.

Komm, unterhalte dich mit mir, solange ich dusche, sagte er.

Aber das wollte sie nicht.

Als er wieder herauskam, fragte er sie: Was tust du?

Sie kniete auf dem Fußboden und packte ihren Koffer. Wo ist mein Totenschädel? fragte sie.

Sein Herz klopfte so heftig, daß es ihm in den Ohren rauschte. Wie sollte er ihr beibringen, daß er den Schädel mit einer Botschaft für spätere Zivilisationen draußen in der Wüste verscharrt hatte?

Ich fand ihn unheimlich, log er. Da hab ich ihn rausgeschmissen.

Dann hol ihn wieder, sagte sie. Du kannst ihn doch nicht einfach wegschmeißen! Sie schloß ihren Koffer und zog den Reißverschluß zu.

Er rollte die Ärmel seines weißen T-Shirts hoch und ging hinters Haus. In der Hitze der Mittagssonne starrte er auf die Stelle im Sand, wo er sich in der vergangenen Nacht ausgetobt hatte. Der Sand war zerwühlt, als hätte dort ein Ringkampf stattgefunden.

Als sie hinter ihn trat, zuckte er vor Schreck zusammen.

Wo ist er? fragte sie.

Keine Ahnung. Ich muß ihn ziemlich weit geworfen haben. Er blickte hinaus in die Wüste, als würde er nach dem Totenkopf Ausschau halten.

Ich habe ihn jemandem versprochen, sagte sie kühl.

Einem Mann in der Todeszelle? fragte er.

Ihre Blicke begegneten sich.

Ja, antwortete sie.

Sie drehte sich um und ging zurück ins Zimmer, während er

in der sengenden Sonne einen neuen Totenschädel suchte. Er fand auch prompt einen, und es störte sie nicht, daß er nicht ganz so groß war wie der erste.

Der ist okay, sagte sie.

Warm und sandig lag der Schädel auf seiner Handfläche.

Als er ihn ihr reichte, fragte er: Warum will ein Mann in der Todeszelle einen Totenkopf?

Sie zog ihren Koffer über den gefliesten Fußboden. Was weiß ich? sagte sie. Als ich im Krankenhaus war, wollte ich unbedingt einen roten Rosenkranz.

Du bist aber nicht katholisch, oder? fragte er.

Nein.

Warum warst du im Krankenhaus?

Darüber möchte ich nicht reden, sagte sie und ging hinaus.

Als sie auf der Ladefläche des Pickup in den Ort zurückfuhren, hielt sie den Totenschädel im Schoß. Das sah richtig unheimlich aus, weil er so mit den Zähnen klapperte. Sie saß auf dem einen Radhöcker, er auf dem anderen. Es wehte ein heftiger Wind, und die Futterkörner auf der Ladefläche flogen in alle Richtungen.

Tut mir leid, daß ich behauptet habe, ich sei Oscar Lourde, rief er. Die Haare wehten ihm ins Gesicht.

Warum sagte er das ausgerechnet jetzt? Vielleicht weil er gegen den Wind anschreien mußte.

Sie saß mit übergeschlagenen Beinen da und hielt mit der Hand den Rockschlitz zu. Ihre Lippen waren knallrot geschminkt, ein krasser Kontrast zu ihrer blassen Haut. Der Wind blies ihre dunklen kurzen Haare direkt nach hinten, sie trug eine Sonnenbrille.

Du willst nichts dazu sagen? rief er.

Er fühlte sich absolut unwohl.

Ich wüßte nicht, was, sagte sie und schaute weg.

Es tut mir wirklich leid, daß ich es gesagt habe, wiederholte er.

Diese zweite Entschuldigung klang sehr verkrampft.

Sie nickte trotzdem.

Schweigend fuhren sie weiter.

Du hast mir sowieso nicht geglaubt, stimmt's? fragte er sie schließlich.

Ja, das stimmt – ich habe dir nicht geglaubt. Ich würde Oscar überall erkennen. Und –

Sie unterbrach sich.

Und was?

Ich weiß, wo er ist, sagte sie.

Wo ist er?

Das wollte sie nicht sagen, und er fragte sie, ob sie die Schachtel mit Asche meine.

Oh, bitte! sagte sie nur, schob ihre Sonnenbrille zurecht und wandte sich ab.

Er nickte, und sie fuhren weiter durch die Wüste und an Plakatflächen vorbei, auf denen mit wunderschönen Bildern von Quellen und Flüssen für Kool- und Newport-Zigaretten geworben wurde.

Er setzte sich auf einen zwischen ihnen stehenden Karton, um ihr etwas näher zu sein, und legte ihr die Hand aufs Knie.

Ich werde dir meinen Namen sagen, sagte er. Sein Name schien im Moment das einzige zu sein, dessen er sich wirklich sicher war.

Sie legte ihm den Finger auf die Lippen.

Nein, sag ihn nicht. Ich will ihn nicht wissen, sagte sie.

Er dachte an das, was sie geschrieben hatte. *Ich habe im Zug einen Mann kennengelernt, aber seinen Namen möchte ich nicht wissen. Namen öffnen Herzen.* Also behielt er seinen Namen für sich.

Während sie auf dem Bahnhof in Abilie auf den Zug warteten, sagte sie zu ihm: Ich glaube, es ist besser, wenn wir jetzt in den Zug steigen und uns nicht mehr treffen.

Wieder klopfte sein Herz heftig.

Warum?

Etwas läuft falsch, sagte sie. Die Szene gestern abend …

Ich hatte einfach solche Angst, daß deine Geschichte erfunden ist! sagte er. Du mußt doch zugeben, sie ist nicht gerade alltäglich. Himmelherrgott – wir sitzen mitten in der Wüste, und du suchst nach Totenschädeln für irgendwelche Männer in der Todeszelle. Was soll ich davon halten?

Ich weiß, sagte sie. Das ist bestimmt nicht einfach. Aber du mußt dir mal überlegen, wie es für mich ist. Ich erzähle dir meine Geschichte, weil du mich darum bittest – und dann glaubst du mir nicht. Und behauptest außerdem noch, du seist mein toter Bruder, Oscar Lourde.

Diese Version hörte sich schrecklich an, aber er konnte jetzt nicht darüber nachdenken – der Zug näherte sich bereits, und er fühlte sich unter Druck, weil er sie auf keinen Fall verlieren wollte. Am liebsten hätte er die Zeit zurückgedreht bis zu dem Augenblick, als sie begonnen hatte, seinen Körper zu küssen. Dann könnte er sein Verhalten korrigieren und diesmal nicht sagen, er sei Oscar Lourde. Damit hatte er alles kaputtgemacht.

Ich tu's nie wieder, das verspreche ich, sagte er. Er spürte, wie ihm der Schweiß das Rückgrat hinunterlief.

Ich habe sonst keine Brüder, sagte sie kühl.

So meine ich es nicht, entgegnete er rasch.

Als sie ihren Koffer nahm, faßte er sie am Arm.

Bitte, Hemy.

Der Klang ihres Namens ließ sie innehalten. Sie drehte sich zu ihm um.

Was?

Bitte, tu das nicht, sagte er.

Er hatte diese Worte noch nie zuvor ausgesprochen.

Du hast doch selbst gesagt, wir sind nicht mehr nur ein Mann und eine Frau in einem Zug, sagte er. Wir sind mehr als das, hast du gesagt, es hat sich zwischen uns etwas entwickelt.

Ja, sagte sie, aber ich finde, wir sollten jetzt wieder ein Mann und eine Frau in einem Zug sein. Und zwar ein Mann und eine Frau, die nicht miteinander sprechen.

Sie lächelte, und er stand hilflos da, während donnernd der Zug einfuhr.

Er brüllte gegen das Dröhnen der Räder an: Warum hast du mich dann mit dir schlafen lassen?

Er hatte so laut geschrien, daß ein anderer Passagier – ein älterer Herr – ihn verstanden hatte. Das war ihm peinlich.

Ich bin eben ein netter Mensch, sagte sie höflich.

Was du jetzt tust, ist aber nicht besonders nett.

Ich bin nicht immer nett.

Können wir nicht wenigstens gemeinsam zu Abend essen?

Nein, sagte sie.

Er drehte sich um und bemerkte, daß der ältere Herr ihn anstarrte.

Die Zugtüren gingen auf, sie nahm ihren Koffer und kletterte die Stufen hinauf. Er stieg hinter ihr ein und schaute ihr nach, als sie den Gang entlangging. Sein Herz raste so schnell, daß er sich auf den erstbesten freien Sitzplatz fallen ließ. Und wenn er sie nun nie wiedersah? Er stellte sich vor, wie er Jahre seines Lebens damit verbringen würde, sie zu suchen, ganze Städte nach ihr zu durchkämmen.

Dann stand er auf, rannte zu den Schlafkabinen der ersten Klasse und klopfte an alle Türen. Außer bei dreien wurde ihm überall geöffnet, aber niemand hatte sie gesehen.

Er durchsuchte den ganzen Zug, sämtliche Raucherwagen – keine Spur von ihr. War sie womöglich gleich wieder ausgestiegen und in die Wüste zurückgegangen? Er eilte zurück zu den drei Kabinen, bei denen vorhin keiner geöffnet hatte. In der ersten traf er einen älteren Mann an; bei den anderen beiden war immer noch niemand da. Also machte er eine weitere Runde durch den Zug, und als er sie nicht fand, ging er in seine eigene Kabine und legte sich hin.

Er schwitzte und war ziemlich außer Atem. Er kickte seine Stiefel weg und knöpfte sein weißes Baumwollhemd auf. In der Kabine durfte man eigentlich nicht rauchen, aber er tat es trotzdem, vier Zigaretten nacheinander. Du weißt nicht mal, wer sie ist, sagte er sich immer wieder, vielleicht ist sie tatsächlich ein psychiatrischer Fall. Aber das änderte nichts.

Er ging zurück zu den beiden Kabinen, an die er vergeblich geklopft hatte, aber wieder machte niemand auf. Also durchstreifte er den Zug ein drittes Mal. Es wurde schon langsam dunkel. Diesmal fand er sie im Café-Wagen. Sie unterhielt sich mit einem Mann. Es versetzte ihm einen Stich, als er sie mit einem anderen am Tisch sitzen sah. Dieser Typ ist eine Null, sagte er sich, schütteres Haar, absolut langweilig. Er setzte sich neben ihn.

Hallo, sagte er zu ihr.

Leise, fast liebevoll antwortete sie: Hallo.

Der andere Mann nickte ihm zu, beachtete ihn aber nicht weiter. Seine ganze Aufmerksamkeit galt ihr.

Ich habe dich überall gesucht, sagte er.

Tut mir leid.

Er war furchtbar ernst, fast aufdringlich, und er merkte, daß das den anderen Mann nervös machte.

Ich muß zurück an meinen Platz, erklärte der andere prompt.

Er machte Platz und ließ ihn vorbei. Als er weg war, schaute sie ihn an.

Er konnte sehen, daß sie geweint hatte.

Was ist passiert?

Er faßte über den Tisch und berührte vorsichtig eines ihres bleichen Augenlider.

Sie schwieg.

Ist es, weil ich gesagt habe, ich sei Oscar Lourde?

Sie schaute ihn nur stumm an.

Weil ich dich nackt in der Badewanne gesehen habe und weil du dann –?

Tränen traten ihr in die Augen und flossen ihr über die Wangen. Sie sagte nichts, sie bewegte sich nicht, und er begriff, daß er etwas in ihr angerührt hatte. Er selbst spürte es auch. Er spürte in dieser bebenden Stille die Frau, die Oscar Lourde besessen hatte und von der er dann weggerannt war.

Das erregte ihn.

Sie erhob sich, und er ließ sie gehen. Ein paar Stunden später fand er sie in einem der Raucherwagen. Sie saß wieder auf einem der roten Plastiksitze, die Arme auf dem Fensterrand, und schaute hinaus in die Nacht. Sie waren jetzt in der Wüste von Nevada. Der Sand leuchtete nicht so hell im Mondlicht, und er war auch nicht so glatt wie in Utah. Immer wieder waren Büsche und Sträucher zu sehen. Er setzte sich neben sie, und lange wechselten sie kein einziges Wort. Er schaute ebenfalls aus dem Fenster, hinaus auf die vorbeisausende Wüste.

Schließlich wandte sie sich um und musterte ihn aufmerksam.

Du kannst mich nicht in Ruhe lassen, stimmt's? sagte sie.

Ja, es stimmt, sagte er.

Warum?

Am liebsten hätte er gesagt: Weil ich dich liebe, aber davor hatte er große Angst. Wie oft hatte er das schon zu anderen gesagt – nur um es dann wieder zurücknehmen zu müssen.

Fast wäre es ihm lieber gewesen, wenn sie wieder weggeschaut hätte. Aber sie hatte sich wieder gefangen und fixierte ihn mit ruhigen, hellen Augen.

Ich will dich nicht verlieren – erst, wenn es sein muß, sagte er.

Mit den Fingerspitzen berührte er ihren Handrücken. Als sie ihn nicht abwehrte, sagte er vorsichtig: Ich möchte gern den Rest deiner Geschichte hören.

Er sprach mit gesenkter Stimme, so wie am vergangenen Abend.

Aber du glaubst mir doch gar nicht, entgegnete sie, legte den Kopf auf den Arm und sah ihn an.

Ich kann nicht vergessen, was du ganz am Anfang gesagt hast, sagte er leise. Daß du schon immer eine Zugreise machen wolltest und eine Geschichte erfinden. Und die Geschichte, die du erzählt hast, ist sehr eigenwillig, um nicht zu sagen, unwahrscheinlich.

Sie hob den Kopf. Entweder du glaubst mir – oder du glaubst mir nicht. Aber du mußt dich entscheiden.

Was für ein verblüffender Gedanke – daß er einfach entscheiden könnte, ob er ihr glauben wollte oder nicht, völlig unabhängig von der objektiven Wahrheit.

Aber was ist die Wahrheit?

Ich erzähle dir die Wahrheit, aber du stellst sie dauernd in Frage.

Warum steigen wir nicht einfach aus? Dann rufen wir Zellie an, und ich rede mit ihr. Sie könnte deine Geschichte bestätigen.

Er fand diesen Vorschlag perfekt, aber sie schüttelte den Kopf.

Ich muß dir nichts beweisen.

Du hast mich nicht in deine Tasche schauen lassen, sagte er, und das hat mich mißtrauisch gemacht.

Ich habe keinen Vertrag unterschrieben, in dem steht, daß ich dir den Inhalt meiner Handtasche zeigen muß! sagte sie kühl.

Du hast recht, sagte er, aber wir sind nicht mehr nur ein Mann und eine Frau in einem Zug, verdammt noch mal! So klar sind die Verhältnisse nicht mehr. Es ist mir egal, was du sagst. Ich möchte wissen, wer du bist.

Ich bin Hemy Lourde, sagte sie laut.

Was ist in deiner Tasche, das ich nicht sehen soll?

Ein Umschlag.

Aber er erinnerte sich an keinen Umschlag. Hatte er ihn womöglich übersehen? Vielleicht steckte er in einer der Seitentaschen, die er nicht untersucht hatte. Aber das konnte er sie schlecht fragen.

Du hast meine Notizen gelesen, sagte sie. Sie schaute ihm in die Augen, bis er den Blick abwandte. Aber er schwieg.

Ich habe das Notizbuch heute morgen aus meiner Tasche geholt, um etwas zu schreiben. Zwischen den Blättern war Sand, sagte sie.

Er wußte nicht, was er sagen sollte. Er fühlte sich klein und lächerlich, und als er sich im Geist wieder in der Wüste kauern sah und im Lichtschein der Taschenlampe verstohlen ihre Blätter lesen, schämte er sich richtig. Welcher Teufel hatte ihn geritten?

Bitte, verzeih mir, sagte er. Ich weiß nicht, was über mich gekommen ist. Es war unmöglich.

Hast du alles gelesen? fragte sie.

Ja, sagte er. Das muß ich leider zugeben.

Sie wurde rot, stand auf und ging in Richtung Tür, als wollte sie für immer aus seinem Leben verschwinden, aber er packte sie schnell am Arm.

Es tut mir leid, sagte er. Bitte, geh nicht.

Ihre Blicke begegneten sich.

Ich möchte dich richtig kennenlernen, sagte er. Ich möchte den Rest deiner Geschichte hören.

Warum? fragte sie. Warum willst du das so unbedingt?

Weil es mir wichtig ist. Darf einem denn nichts wichtig sein? fragte er. Er wußte, daß das so nicht stimmte. Da war noch etwas anderes, aber das konnte er ihr nicht erklären. Wie sollte er ihr verständlich machen, daß er etwas suchte und daß sie in diese Suche verwickelt war und er nicht mehr allein weitermachen konnte.

Doch, es kann einem etwas wichtig sein.

Plötzlich fand er es maßlos albern, daß er hier saß, ihr Handgelenk umklammerte und sie anbettelte. Am liebsten wäre er weggelaufen. Und sie hätte ihm dann nachlaufen müssen und ihn anflehen, er solle bitte, bitte nicht gehen. Aber statt dessen sagte er: Bitte, setz dich wieder zu mir und erzähl mir, was passiert ist, nachdem du Vic Ponti verlassen hast.

Einen Moment lang stand sie reglos da. Sie schaute ihn an, als wollte sie die Bitte durchdringen, seinen Wunsch erfassen. Es fiel ihm schwer, nicht wegzuschauen.

Ich erzähle weiter, wenn du mir auch etwas erzählst. Deinen Namen will ich nicht wissen, aber ich will hören, wen du verlassen hast und warum.

Er strich sich die Haare aus dem Gesicht. Okay, sagte er. Er wußte nicht, ob er ihr die Wahrheit sagen sollte. Wenn nötig, würde er lügen, beschloß er.

Sie setzte sich wieder auf den roten Kunstledersitz. Er schaute aus dem Fenster, und plötzlich sah er lauter Bildausrisse vor sich – seine Hände, wie sie Tische umstießen. Teller und Gläser, die zu Boden fielen und klirrend zerbrachen, überall Essensreste. Seine Arme, wie sie über Kommoden fegten. Kaputte Bilderrahmen, Cremedöschen, Parfümflaschen, die Luft plötzlich von weiblichen Gerüchen erfüllt. Er sah ihre Gesichter, ihre vom Weinen geröteten, verquollenen Augen. Er sah die Angst in den Augen. Und die Hände, die trotzdem nach ihm griffen, als wollten sie ihn zurückholen.

Ihre Stimme unterbrach ihn. Wer zuerst? fragte sie.

Er sah sie an. Du, sagte er.

Gut, einverstanden. Wo soll ich anfangen?

Nachdem du Vic Ponti verlassen hast.

Sie rutschte ein bißchen tiefer in den roten Sitz und legte die Füße wieder auf den Fensterrand. Der Schlitz in ihrem dunkelblauen Rock fiel auf und entblößte ihre langen, blassen Beine. Er konnte den Blick nicht abwenden. Sie räusperte sich und fuhr sich mit den Fingern durch die kurzen Haare; er zündete sich eine Zigarette an. Diesmal lehnte er sich nicht zurück, um einfach nur zuzuhören. Diesmal beobachtete er sie aufmerksam – jede Bewegung, jede Geste.

KAPITEL 19

Der Ausschlag an meinen Handgelenken verschwand. Kaum hatte ich Vic Ponti verlassen, war nichts mehr davon zu sehen, aber trotzdem konnte ich es mir nicht verzeihen, ihn überhaupt geheiratet zu haben. Ich sah im Geiste vor mir, wie ich in seinem Haus herumgeschlichen war, ein mageres, kaputtes Ding – ich mußte etwas unternehmen, einen Trennungsstrich ziehen, eine blutige Grenze zwischen dem Mädchen, das Vic Ponti geheiratet hatte, und der jungen Frau, die jetzt in Zellies dunklem Schlafzimmer lag. Wenn ich mich nicht wehrte, dann würde das, was mich dazu getrieben hatte, Vic Ponti zu heiraten, sich unbemerkt wieder in mir zusammenbrauen und mich verfolgen. Zitternd saß ich mit einem Messer in der Hand auf dem Rand der Badewanne. Unterhalb der langen, tiefen Narbe, die Vic Ponti mir zugefügt hatte, schnitt ich eine zweite Wunde in meinen Arm, eine geschwungene Linie diesmal, einen Bogen, als könnte ich so die Richtung meines Lebens für immer umbiegen.

Ich brach die Universität ab und besuchte nur noch ein paar Abendkurse, während ich tagsüber bei einer Versicherungsgesellschaft arbeitete und Schadensersatzforderungen der Schlachtergewerkschaft auswertete. Zellie machte verschiedene Kunstseminare und hatte weiterhin ihren Teilzeitjob als Kartenverkäuferin am Salt City Playhouse. Als ihr Freund Frank sie wegen einer anderen Frau verließ, die weniger Narben hatte und normaler war als Zellie, mußte sie den Job aufgeben. Sie konnte es nicht ertragen, ihn jeden Tag zu sehen, weil er an ihrem Schalter vorbeiging und freundlich hallo sagte, als wäre es völlig egal, daß sie nicht mehr miteinander schliefen und sich nicht mehr ständig Liebeserklärungen ins Ohr flüsterten. Er wollte sie als gute Freundin, mehr nicht.

Also suchte sich Zellie einen anderen Job als Kartenverkäuferin, und zwar in Loews Kino in der Innenstadt, aber sie konnte nur hinter dem Schalter sitzen und fragen: «Welche Vorstellung? Wie viele Karten? Zehn Dollar, bitte.» An Pläne für die Zukunft war nicht zu denken. Ihre ohnehin fragile Gesundheit verschlechterte sich, und ich mußte, ob ich es nun wollte oder nicht, darauf aufpassen, daß sie sich nicht auf dem Altar der Liebe opferte, nachdem sie sich wegen dieses Mannes schon zweimal die Pulsadern aufgeschlitzt hatte, weil er sie jetzt wie eine flüchtige Bekannte begrüßte.

Als ich merkte, daß wir demnächst die Miete nicht mehr zahlen konnten, von ihren Studiengebühren und den sonstigen Verpflichtungen ganz zu schweigen, suchte ich uns eine Wohnung in einer billigeren, weniger gepflegten Gegend. Aber auch da reichte es kaum, und mehr als einmal ließ ich die Stromrechnung unbezahlt herumliegen und kümmerte mich wochenlang nicht um die Telefonrechnung, weil es dringender war, dies oder jenes für Zellie zu kaufen, und Zellie brauchte ständig irgend etwas. Ich wußte nicht weiter. Die Sache mit Frank machte sie so fertig, daß ich schließlich eines Abends zu ihm ging und mit ihm redete, während Zellie derweil nägelkauend in ihrem Zimmer wartete, aber als ich nach Hause kam, konnte ich ihr nichts Besseres berichten als: «Er liebt dich nicht mehr. Er hat eine neue Freundin, Zellie. Ihr Foto hängt bei ihm an der Wand.»

Aber Zellie wollte es einfach nicht kapieren. Schließlich zerrte ich sie aus dem Bett und zwang sie, vor Oscars Asche niederzuknien, wie ich es selbst schon so oft getan hatte und neuerdings auch wieder tat. Aber es war wie früher, wie im Krankenhaus, als sie nicht aus ihrem Rollstuhl hatte aufstehen wollen. «WESHALB SOLL ICH BETEN, VERDAMMT NOCH MAL?» schrie sie. «SOLL ICH BETEN, DAMIT ICH MEINE BEINE WIEDERKRIEGE? ODER SOLL ICH BETEN, DAMIT MEINE WIRBELSÄULE WIEDER GERADE WIRD? WARUM SOLL ICH BETEN, HEMY? DAS IST DOCH ALLES QUATSCH! MEINST DU, DIESER WICHSER GIBT MIR IRGEND ETWAS? ER NIMMT ES MIR DOCH GLEICH WIEDER WEG!» Ich antwortete, ich könne ihr auch nicht sagen, wofür sie beten solle, das sei ihre Sache, aber als ich sie endlich dazu brachte, vor der Asche niederzuknien, betete sie vermutlich darum, daß Frank zurückkommen möge. Ich duldete sogar ihre Blumen auf dem Altar, Nelken, Iris, manchmal auch Rosen, wenn sie mal ein paar Dollar übrig hatte, und ich hörte mir an, wenn sie sich über ihre Gefühle für diesen miesen Kerl ausließ, während ich selbst ganz andere Gefühle hatte, ich hatte kein gebrochenes Herz, nein, in mir kroch ein verwundetes Tier herum, langsam und zu verschiedenen Zeiten.

Eines Abends beschlossen wir, die Erinnerung an Frank Pinter und an Vic Ponti gemeinsam im Wohnzimmer zu verbrennen. Es war im tiefsten Januar, und ich hatte die Heizungsrechnung nicht bezahlt. Die Fenster waren vereist, wir saßen eng aneinander geschmiegt auf dem Sofa und hatten fast unsere gesamte Garderobe übergezogen. In meiner Verzweiflung stellte ich einen Metallpapierkorb mitten ins Zimmer und verbrannte darin unsere alten Zeitungen, und dabei kam uns die Idee, noch andere Sache zu verbrennen – Zellies alte Liebesbriefe, die Fotos, an denen sie endlos herumgefingert hatte, die tränenverschmierten Tagebücher, dann Vic Pontis schlechte Gedichte, seine Briefe, seine Bilder, seine Bücher und schließlich alles, was er je berührt hatte.

Die Flammen schlugen hoch, und plötzlich packte es uns, als das Feuer so unwiderstehlich in unserem Wohnzimmer loderte. Wir fingen an, wie wild um den Papierkorb herumzuhüpfen, und immer wieder drangen Schreie aus unserem tiefsten, bisher verschlossenen Inneren, und wir ruderten mit den Armen auf und ab, als müßten wir etwas aus uns herauspumpen.

Unsere Kleider landeten ebenfalls im Feuer, der Schweiß lief uns über den Rücken, eine fiebrige Ekstase hatte uns erfaßt, wir schrien immer lauter und immer schriller und ruderten noch wilder mit den Armen. Wenn wir Farbe gehabt hätten, dann hätten wir uns bestimmt die Gesichter angemalt; wenn wir Speere gehabt hätten, dann hätten wir sie uns ins Herz gestoßen – aber wir hatten nur eine Gürtelschnalle mit dem Buchstaben O für Oscar de la Renta. In unserem Rausch erhitzten wir sie im Feuer, und Zellie brannte sich ein O in den Unterarm, ich in meine rechte Ferse. Als ich sie fragte: «Wofür steht das O?», antwortete sie «Für Orgie», aber bei mir stand das Brandzeichen für Oscar Lourde; ich genoß das Pulsieren in meiner Ferse und wünschte mir nur, ich hätte das O an einer Stelle angebracht, die näher an meinem Pulsschlag war, zum Beispiel am Handgelenk oder neben meinem Ohr oder über dem Herzen.

Als ich am nächsten Morgen frierend aufwachte, gab ich meine Abendkurse auf und suchte mir einen zweiten Job – ich übernahm die Spätschicht als Putzfrau auf der Sozialstation des Crouse Memorial Hospital. Ich schrubbte die Flure, wischte die Zimmer, wobei ich mich immer vorsichtig um die Betten herumarbeitete, weil die meisten Patienten schliefen. Das Brummen der Beatmungsgeräte, die Krankenschwesternschuhe mit den weichen Gummisohlen und der gequälte Atem der Kranken leisteten mir Gesellschaft. Ich fühlte mich unter den Kranken wie zu Hause, als gehörte ich zu ihnen und wäre nur kurz von meinem Krankenbett aufgestanden, um den Fußboden zu putzen.

Manchmal wachten sie auf, wenn ich um ihre Betten herum wischte, aber meistens waren es ihre Schmerzen oder ihre Ängste, die sie weckten, und dann war ich in ihrem Zimmer, wenn sie nach jemandem riefen, nach irgend jemandem, nach einer Krankenschwester, aber die Schwestern waren überlastet, sie mußten sich um so viele arme Leute kümmern, die alle nachts nach ihnen riefen. Also lehnte ich meinen Schrubber an die Wand, setzte mich auf einen Stuhl und hielt den Kranken die Hand, bis eine Schwester kam. Ich hörte mir ihre Klagen an, und ich sagte mindestens tausendmal: «Ich weiß, ich weiß», und irgendwie wußte ich es tatsächlich. Ich wußte, wovon sie redeten, aber ich weiß nicht, warum ich es wußte.

Als ich anfing, den Schwestern beim Umbetten und Waschen der Kranken zu helfen, redete ich mit denen, die sprechen konnten, und erfuhr manchmal mehr über sie, als mir lieb war, weil ihr Mitteilungsbedürfnis so stark war. Es waren traurige, ergreifende Geschichten, von kaputten Familien, von Gewalttätigkeiten, von der Abwesenheit der Liebe, und jetzt kam noch die brandige Zehe dazu oder das schwache Herz oder die versagende Niere oder die Schußwunde im Kopf, in der Brust.

Manchmal tat ich ihnen einen kleinen Gefallen, schob sie hinaus zum Telefon, wenn sie nicht schlafen konnten, schlich mich in die Küche, um ihnen einen Keks oder ein Stück Maisbrot zu holen, wenn sie Hunger hatten, erzählte ihnen Geschichten, wenn sie die Flut ihrer eigenen schrecklichen Gedanken nicht aufhalten konnten.

Eines Abends zeigte ich einer Frau, deren Mutter im Koma lag, wie ich Bo geholfen hatte, aus dem Koma zurückzukommen. Ich forderte sie auf, sich auf die eine Seite des Bettes zu setzen, während ich auf der anderen Platz nahm. Ich sagte ihr, was sie flüstern müsse und wie lang sie es flüstern müsse, und ich fragte sie, ob sie eine Schwester, einen Bruder, eine Tante oder irgend jemanden habe, der mit ihr flüstern könne, weil das mehr bringen würde. Am nächsten Tag brachte sie ihren Bruder mit. Die beiden baten mich, in der Nähe zu bleiben, während sie flüsterten, weil sie sichergehen wollten, daß sie alles richtig machten. «Ihr müßt mit mehr Überzeugung flüstern», sagte ich. «Mit Gefühl! Nicht einfach nur ‹Komm zurück, Mutter›, sondern ‹*Komm zurück, Mutter!*› Hier drinnen.» Und ich schlug mir mit der Faust auf die Brust. «Es kommt von hier drinnen. Ihr müßt es wirklich wollen. Sonst funktioniert es nicht.» Sie fanden, daß ich es besser könne als sie, und deshalb wollten sie, daß ich mitmachte, also setzte ich mich neben den Bruder und flüsterte der alten Frau ins Ohr: *«Komm zurück, Clara, deine Kinder möchten, daß du zurückkommst, sie lieben dich.»*

Eine andere Frau hielt mich auf dem Flur fest und fragte mich, ob ich ihr auch «die Flüsterei» beibringen könne. So nannte Claras Tochter meine Methode, die Menschen aus dem Koma zurückzuholen. Ihr Mann liege im Koma, sagte sie. Sie wollte ihn zurückholen, also ging ich mit ihr ans Bett ihres Ehemannes und setzte mich auf die eine Seite, sie setzte sich auf die andere, und ich brachte ihr bei, wie man einem Menschen, der im Koma liegt, zuflüstert. Immer mehr Leute sprachen mich an und fragten mich, ob ich auch für ihre Mutter oder ihren Vater, ihren Mann oder ihre Frau flüstern könne, und ich tat es – was hätte ich sonst tun sollen? Manchmal kam ich sehr spät nach Hause, weil ich so lange an irgendwelchen Betten gesessen hatte, in Familienknoten, die nicht meine eigenen waren, und ich mußte ja außerdem noch putzen. Ich spürte, daß ich eine gewisse Macht besaß, aber ich verstand nicht, was für eine.

So vergingen ein paar Jahre, und dann lernte ich eines Tages einen Mann kennen. Er war zwei Jahre älter als ich und kam immer abends, um am Bett seines geistig behinderten Onkels Irwin zu sitzen, der nachts im Krankenhaus Angst hatte, weil die Erinnerungen an ein anderes Krankenhaus ihm das letzte bißchen Verstand raubten, das er noch besaß. Der Mann kam immer gegen zehn Uhr abends und saß bei Irwin, bis der arme alte Mann eingeschlafen war. Um ihn von seinen quälenden Gedanken abzulenken, rief er ihm irgendwelche Bibelstellen ins Gedächtnis, denn Irwin predigte gern. Während ich putzte, hörte ich ihn oft predigen. Ich war ganz erstaunt, daß ein Mann, der geistig höchstens auf dem Stand eines Siebenjährigen war, dermaßen lange Bibelzitate auswendig aufsagen konnte. Und er hatte eine Begabung dafür, die Priester zu nachzumachen, denen er ein Leben lang zugehört hatte. «Brüder», sagte er, «bereut eure Sünden. Der Tag des Jüngsten Gerichts steht nahe bevor. Tut Buße, und Jesus wird euch vergeben. Er ist für euch am Kreuz gestorben, damit euch eure Sünden vergeben werden …» Es war unglaublich komisch, denn Irwin war ja kein Priester und warf manchmal alles durcheinander. Wenn das passierte, sagte er ganz geknickt zu seinem Neffen: «Wolfe, ich hab was verwechselt. Aber wie soll ich das den Leuten erklären? Ich hab's wieder verbockt.» Und der Mann sagte dann sehr freundlich: «Das macht nichts, Reverend Irwin, du bist auch nur ein Mensch. Die Leute werden dir vergeben, so wie Jesus ihnen vergibt. Mach dir nichts draus.» Und dann sagte Irwin «Amen» und predigte weiter.

Als der Mann eines Abends nicht kam, wurde Irwin so unruhig, daß die Schwestern sich nicht mehr zu helfen wußten, also setzte ich mich an sein Bett. «Reverend Irwin», sagte ich. «Ich muß unbedingt eine Ihrer Predigten hören, denn ich bin eine arme Sünderin.» Und Irwin vergaß die Krankenschwestern, strich sein Nachthemd glatt und begann zu predigen.

Als ich nach einer Weile aufblickte, stand der Mann neben mir. Ich hatte ihn vorher noch nie richtig angeschaut, hatte noch nie sein Gesicht wahrgenommen. Ich sah im Lauf des Abends so viele Patienten, so viele Besucher, aber jetzt schaute ich ihn an, und einen Augenblick lang sah ich nur seine flehenden braunen Augen. Er hatte dunkle, fast schwarze glatte Haare, die ziemlich fettig waren. Sie fielen ihm ins rechte Auge, wodurch er etwas ganovenhaft aussah. Er trug einen alten schwarzen Polyesterpulli, der an den Ellbogen ziemlich durchgescheuert war, und am Ausschnitt hatte er lauter Löcher, so daß man kleine weiße Hautstellen sehen konnte, was irgendwie indiskret wirkte. Dazu abgetragene Springerstiefel, die sich vorne leicht nach oben bogen, als wären sie viel zu groß. Er war klein, jedenfalls kleiner als ich, und als er lächelte, sah ich braune Nikotinflecken auf seinen Zähnen. Das fand ich sehr abstoßend, wie wenn diese braunen Flecken ein Zeichen für einen grundsätzlicheren Verfall wären, für einen ganz elementaren Mangel.

Er setzte sich neben mich, als wollten wir beide nun den ganzen Abend den Predigten seines verrückten Onkels zuhören, aber ich stand schnell auf und packte meinen Schrubber. Er schaffte es trotzdem noch, meinen Handrücken zu berühren.

«Danke», sagte er. «Das war sehr nett von Ihnen.» Er hatte eine ganz sanfte, fast weibliche Stimme.

Ich hätte ihn wieder vergessen, hätte er nicht am nächsten Abend nach der Arbeit vor dem Krankenhaus auf mich gewartet. Er trug einen Ledermantel, in dem er fast ertrank, und rauchte hektisch eine Camel. Der Mantel war ziemlich ramponiert und abgescheuert, als hätte sich eine streunende Katze an ihm die Krallen gewetzt.

«Ich konnte Sie gar nicht mehr nach Ihrem Namen fragen», sagte er. «Ich wüßte sehr gern, wie Sie heißen.» Er war nervös, das merkte ich gleich, weil er den Kopf so abrupt bewegte und mit den Händen in der Luft stocherte.

«Petunia», sagte ich und ging weiter.

«Meine erste Freundin hieß Rose», sagte er. Er strich sich die Haare aus dem rechten Auge und folgte mir.

Er folgte mir bis zum Kino und mußte immer zwei Schritte machen, während ich einen machte. Die ganze Zeit redete er auf mich ein, erzählte von irgendeiner reaktionären Verschwörung, über die er etwas in der Zeitung gelesen hatte. Er heiße Luke Irgendwas, sagte er, und lange nannte ich ihn in Gedanken nur «dieser Luke», aber ihn selbst redete ich nie mit Namen an, und er mich auch nicht.

Er richtete es so ein, daß er mich mindestens ein- oder zweimal in der Woche traf. Er paßte mich vor dem Krankenhaus ab, wenn er seinen Onkel besucht hatte und ich von der Arbeit nach Hause ging. Dann begleitete er mich bis zum Kino, wo ich Zellie abholte, und während ich in dem griechischen Schnellrestaurant auf der anderen Straßenseite auf sie wartete, setzte er sich zu mir. Wir saßen in einer Nische und tranken eine Tasse Kaffee, und das Ganze dauerte nie länger als fünfzehn Minuten.

Mit der Zeit merkte ich, daß er intelligent war und sich gut ausdrücken konnte. Die braunen Zähne, die fettigen Haare und seine Kleidung hatten mich irritiert, aber nach und nach begriff ich, daß das alles nur eine Verkleidung war – er war hochgebildet und hatte fast alle Bücher gelesen, die ich kannte, und außerdem einige, von denen ich noch nie gehört hatte. Es war seine Masche, sich so anzuziehen, heimlich Proust und Joyce zu lesen und das dann einfließen zu lassen, wenn man es am wenigsten erwartete – offenbar wollte er gern sehen, wie das Bild, das man sich von ihm gemacht hatte, zerbrach. Das machte ihm Spaß, aber ich fand es nicht besonders interessant.

Als sein Onkel aus dem Krankenhaus entlassen wurde, wartete Luke nicht mehr vor dem Krankenhaus auf mich. Viele Wochen vergingen. Ich dachte schon, ich würde ihn nie wiedersehen. Er fehlte mir. Aber eines Abends stand er mit fünf roten Rosen vor dem Krankenhaus.

«Ich hätte Ihnen gern Petunien geschenkt, aber das ist im Winter ein bißchen schwierig», sagte er.

«Ich heiße nicht Petunia», sagte ich. «Tut mir leid, daß ich Ihnen das gesagt habe.»

«Ich weiß. Sie heißen Hemy Lourde.»

Unsere Blicke begegneten sich.

Er lud mich in sein italienisches Lieblingsrestaurant ein. Es hieß Angelina's. Er bestellte mir einen großen Teller Spaghetti mit Fleischsoße, und während ich aß, las er mir einen von ihm verfaßten Artikel gegen Richard Nixon vor, obwohl Nixon längst passé war. Ich achtete mehr auf seinen leidenschaftlichen Tonfall als auf das, was er las. Die Leidenschaft sammelte sich in seinen braunen Augen, bis man den Eindruck hatte, als würde in ihrer Tiefe ein richtiges Gewitter toben. Am Schluß sagte ich, ich sei sehr beeindruckt, was auch stimmte – allerdings weniger vom Inhalt als von seiner Art zu lesen. Er lächelte und bedankte sich. Und dann sagte er: «Ich denke die ganze Zeit an dich.»

Ich wußte nicht, was ich sagen sollte, denn ich dachte eigentlich nie an ihn, außer wenn ich mit ihm zusammen war. Also redete ich statt dessen über Vic Ponti, als wäre Vic Ponti der Grund, weshalb ich nicht dasselbe sagen konnte wie er. Ich erzählte von meiner furchtbaren Ehe, und obwohl ich es eigentlich gar nicht wollte, gestand ich ihm, daß Vic Ponti mich unzählige Male vergewaltigt hatte. Unzählige Male, sagte ich. Kurz davor hatte er mir eröffnet, er sei Alkoholiker, aber trotzdem war ich schockiert, wie mühelos mir mein Geständnis über die Lippen kam, als hätte es unter dem stillen Wasserspiegel meiner Gelassenheit gewartet wie ein Geysir. Da faßte Luke über den Tisch und zupfte ein Härchen aus meinem Mundwinkel, als wollte er damit ausdrücken, daß es ihm leid tue; seine Hand war klein, aber seine Berührung war süß, und ich genoß sie, bis er lächelte und die braunen Flecken auf seinen Zähnen das Gefühl der Nähe sofort vertrieben; anscheinend dienten sie dazu, alles abzuwehren.

Ich erlaubte ihm an dem Abend, mir mit Zellie zu helfen. Immerhin hatte er mich zum Essen eingeladen, also schien das nur angemessen. Zu dritt wanderten wir mit Gegenwind den Berg hinauf, Zellie kämpfte sich mit ihren Schienen ab, ich stützte sie, während er mit seinen fettigen Haaren, den ausgetretenen Springerstiefeln und seinem Ledermantel wie eine Art Ratso Rizzo hinter mir her stapfte. Da fragte ich mich, wann ich endlich aus der Aufgabe entlassen würde, immer die Krüppel, die Versehrten, die Kaputten zu begleiten.

Als wir in die Wohnung kamen, entschuldigten Zellie und ich uns und gingen ins Schlafzimmer, damit ich ihr aus den Schienen helfen konnte. Ich hätte ihr auch die Druckstellen massiert, aber er saß im Wohnzimmer und wartete, und ich spürte die Last seiner Gegenwart, atmend und schwer.

Er hockte auf der Sofakante, und als ich mich neben ihn setzte, merkte ich an dem weichen Ausdruck in seinen braunen Augen, daß er mindestens einen Teil unseres allabendlichen Rituals gesehen oder gehört hatte.

«Was hat sie?» fragte er leise.

«Sie wurde bei einem Unfall schwer verletzt», sagte ich. Ich wußte, daß er gern die Einzelheiten erfahren hätte, aber ich erzählte niemandem von meiner Familie, das war zuviel, dafür brauchte man viele, viele Stunden.

«Du versorgst sie jeden Abend?» fragte er.

Ich nickte, und plötzlich brach er in Tränen aus, was ihm derart peinlich war, daß er sein Gesicht hinter seinen kleinen, flatternden Händen verbarg und stammelte: «Entschuldige, Hemy, bitte, verzeih mir, es tut mir leid, lieber Gott, ich kann's nicht fassen.»

«Das macht doch nichts, Luke», sagte ich. Weil mir nichts Besseres einfiel, tätschelte ich sein Knie. Er nahm die Hände vom Gesicht und schaute mich wie erstarrt an. «Ich heiße Luther, nicht Luke.»

«Entschuldige – Luther. Es tut mir leid.»

Er nickte, und wir saßen völlig verkrampft auf dem Sofa herum, und als ich ihn gerade bitten wollte, nach Hause zu gehen, weil ich mich noch um Zellie kümmern müsse, fragte er: «Darf ich dich küssen?» Ich fand die Vorstellung absolut widerlich, aber das konnte ich ihm natürlich nicht sagen, also sagte ich statt dessen, so eine Frage dürfe er nicht stellen, das sei doch furchtbar peinlich – als hätte er sich einfach in der Dunkelheit über mich beugen und mich küssen sollen.

Als ich später in Zellies dunklem Zimmer lag, mußte ich dauernd an ihn denken. Wie er geweint hatte, wie er mich gefragt hatte, ob er mich küssen dürfe, wie ich so mühelos mit ihm hatte reden können. Nachträglich erschien es mir fast unwirklich.

Wenn er mich jetzt vom Krankenhaus abholte, kam er immer mit mir und Zellie nach Hause und tat so, als wollte er die kaputten Sachen in unserer Wohnung reparieren, das Klo oder die lockeren Kacheln, aber er war nicht besonders praktisch veranlagt. Manchmal begegneten sich unsere Blicke, und ich sah, wie fiebrig und begehrlich seine Augen glänzten, und ich bekam ein ganz schlechtes Gewissen, weil ich seine Gefühle nicht erwiderte. Als er schließlich nicht mehr anders konnte und das Thema ansprach, erzählte ich ihm wieder von Vic Ponti und meiner furchtbaren Ehe – bis diese Ausrede dermaßen abgegriffen war, daß ich sie nicht mehr benutzen konnte.

Als wir in der Weihnachtszeit im Diner saßen und Kaffee

tranken, überreichte mir Luther eine kleine Schachtel, die er sorgfältig in rote Alufolie gepackt hatte. Ich wickelte sie ganz langsam aus. Innen befand sich eine Karte, auf der stand: «Für Hemy – damit brutale körperliche Gewalt nie über einen so edlen Geist wie deinen siegen kann.» Und in der Schachtel lag ein Geschenkgutschein für einen Karatekurs. Ich weinte fast vor Rührung. Wie rücksichtsvoll er mit meiner Wunde umging! Und dann kam ich mir ganz schäbig vor, weil ich kein Geschenk für ihn hatte.

Als er mich fragte, ob ich zum Abendessen mit zu ihm kommen wolle, fühlte ich mich dazu verpflichtet, denn immerhin hatte er mir ein Geschenk gemacht, während ich nichts für ihn hatte. Ich befürchtete, er könnte in einer Bruchbude wohnen, in der die Kakerlaken über den Boden huschten, aber ich hatte mich getäuscht, seine Wohnung war zwar ein bißchen heruntergekommen, aber elegant, wie das Wohnzimmer eines alten viktorianischen Hauses, mit hohen Decken und gut erhaltenen Parkettfußböden und großen Fenstern, die von überfüllten Bücherregalen flankiert waren. Die Einrichtung war sparsam, aber geschmackvoll – ein kleines, dunkles Sofa, ein Ledersessel und ein Couchtischchen mit schwarzer Marmorplatte.

Er trug eine ordentliche schwarze Hose mit Bügelfalten, dazu ein weißes Hemd, eine schwarze Wollweste und frischgeputzte schwarze Schuhe. Seine Nervosität war so groß, daß sie eine eigene Präsenz annahm, die man fast mit Händen greifen konnte. Ich wollte ihm sagen, er habe keinen Grund, so aufgeregt zu sein. Es ging ja nur um mich, eine Frau, der nichts Menschliches fremd war und die nie den Blick abgewandt hatte. Aber ich konnte es ihm nicht sagen, also ließ ich ihn einfach machen. Er rannte hektisch zwischen Wohnzimmer und Küche hin und her und trug das Essen, das Geschirr und das Besteck herein.

Ich saß auf dem Sofa, er hatte mir gegenüber in dem schwarzen Ledersessel Platz genommen, die Teller hielten wir auf dem Schoß. Bisher war es uns immer erstaunlich leichtgefallen, miteinander zu reden, aber plötzlich konnte ich mich nicht mehr daran erinnern, worüber wir uns eigentlich sonst immer unterhalten hatten. Ich wußte so gut wie nichts über sein Privatleben, fiel mir auf, ich wußte nichts über seine Herkunft und seine Familie, ich hatte keine Ahnung, wie er seinen Lebensunterhalt verdiente, und er wußte im Grunde auch nicht viel über mich, außer den Details, die mit meiner Ehe und mit Zellie zusammenhingen. Von meiner Familie hatte ich sonst gar nichts erzählt.

Ich wußte überhaupt nicht, was ich sagen sollte, deshalb erzählte ich von meinem Karatekurs. Er mache auch Karate, sagte Luther, schon seit vielen Jahren. Als Junge sei er wegen seiner Familie oft von den anderen Kindern gehänselt worden und er habe lernen müssen, sich zu verteidigen. Dann täuschte er spielerisch einen Schlag an, um zu sehen, ob ich ihn blockieren konnte. Ich erstarrte – es fühlte sich so an wie zwischen mir und Oscar, wie die Schläge, die Oscar über den Eßtisch hinweg angetäuscht hatte, und ganz spontan streckte ich die Hand aus und strich ihm die Haare aus den Augen. Er schwieg, und zum allerersten Mal schaute ich ihn wirklich an.

Ich war schockiert – er sah Oscar so verblüffend ähnlich, die glatten schwarzen Haare, die dunklen Augen, die helle Haut, und einen Augenblick lang hatte ich das Gefühl, ich müßte in die Knie gehen, aber ich tat es nicht. Mit den Haaren aus dem Gesicht und den vollen sinnlichen Lippen wirkte er plötzlich attraktiv.

Er hieß Wolfe mit Nachnamen, und später kletterte ich hinter ihm die Leiter zu seinem Schlafzimmer hinauf – eine kleine Kammer über dem Wohnzimmer, mit einer Matratze, einem Bücherregal und einer Lampe. Wir setzten uns auf die Matratze und erzählten uns Geschichten aus unserem Leben, seine waren herzergreifende Zeugnisse von Einsamkeit und Isolation; der arme Luther hatte eine schwere Kindheit gehabt, er war bei seinen Großeltern aufgewachsen, auf einer kleinen Farm in der Nähe von Buffalo, seine Mutter hatte ihn dort abgegeben, einen Vater gab es eigentlich nicht. Seine Großeltern waren Vetter und Cousine, und nur eins ihrer vier Kinder war normal, nämlich Luthers Mutter. Die anderen, zwei Tanten und ein Onkel, waren geistig zurückgeblieben. Als Luther dort aufwuchs, waren sie längst erwachsen. Irwin war der älteste, dann kam Sally, eine Frau Mitte Dreißig, die auf dem Entwicklungsstand eines Kleinkindes war, Windeln tragen mußte und ständig heulte. Als letzte kam dann Dorothy, die eigentlich am besten dran war – sie konnte immerhin Geschirr spülen und beim Kochen helfen, kleine Erledigungen machen, Telefonnummern wählen und auf Sally aufpassen, damit die sich nicht dauernd Teppichfusseln in den Mund steckte. Wenn Sally das tat, dann schrie Dorothy immer ganz laut: «Ma, Sally ißt wieder den Teppich!»

Luther mußte mit Irwin ein winziges Zimmer teilen und auf ihn aufpassen. Irwin predigte schon damals immer, und außerdem betatschte er Luther, im Dunkeln tasteten seine Hände nach ihm, wanderten über sein Gesicht, bohrten sich in seine Nasenlöcher, seine Augen, seine Ohren, in die Kuhlen seiner Schulterblätter. Luther rief dann immer: «Gramma, Irwin betatscht mich wieder!» Und gleich dröhnte die Stimme seiner Großmutter durch die Dunkelheit: «Irwin, laß Luther in Ruhe – sonst komm ich rüber und versohl dich mit dem Stock!» Vor dem Stock hatte Irwin solchen Respekt, daß er eine Weile mit seinen Fummeleien aufhörte, aber schon nach fünf Minuten hatte er die Prügeldrohung vergessen, und dann ging alles wieder von vorne los, er konnte die Finger einfach nicht von Luthers Kinderhaut lassen.

Luther mußte Irwin hüten, obwohl dieser fast dreißig Jahre

älter war als er. Er mußte ihn auf die Farm zurückholen, wenn er abhaute, er mußte verhindern, daß er zu laut predigte, mußte ihm beim Essen helfen, ihn morgens anziehen, abends ausziehen, ihn waschen, ihm sagen, wann er in die Kirche gehen mußte, ihn ermahnen, während des Gottesdienstes leise zu sein, ihm sagen, was richtig und was falsch war. «Er war mein Kind», sagte Luther.

Was ihn rettete, war ein kleines Transistorradio, über das er einen Sender in Buffalo hereinbekam. Er hörte Opern und lernte Spanisch, verfolgte politische Debatten und Hörspiele. Wenn sein Großvater ihm dieses Tansistorradio nicht geschenkt hätte, wäre er wahrscheinlich zugrunde gegangen. Ja, das waren seine Worte: Ich wäre zugrunde gegangen.

Ich legte den Arm um ihn und erzählte ihm von meinem Leben, von Bo und ihren Brennkesseln, von Happy und der Explosion und den ganzen Rest. Ich wunderte mich über die Macht dieser Geschichte, über die Macht der Katastrophe. Und nachdem ich ihm alles erzählt hatte, beugte er sich zu mir und küßte mich.

Es war, als wäre seit Oscars Küssen und diesem Kuß keine Zeit vergangen, mein Herz raste wieder genauso ungestüm los wie damals. Als läge ich wieder in meinem Bett in jener regnerischen Augustnacht, mit Oscar, als würde mir wieder ein Pferd gegen meine Rippen treten, aber so wild und hemmungslos, als wäre sein Temperament im Lauf der Jahre noch hitziger geworden. Jetzt, nachdem es so viele Jahre in einer schrecklichen Einöde angebunden gewesen war, ließ ich es wieder los, und es trat mir in den Magen, stieß gegen mein Herz, bäumte sich auf, kickte gegen meine Rippen, warf sich hin und her, um sich von meinen Knochen, meinen Gelenken, meinen Sehnen zu befreien, um sich von all dem zu lösen, was mich zusammenhielt, aber ich hielt es im Zaum, ich benützte nur seine Energie. Er ist nicht mein Bruder, dachte ich, und ich sah es in Großbuchstaben vor mir, ER IST NICHT MEIN BRUDER, in Leuchtschrift am morgenhellen Himmel, hörte es mit der hohen, enthusiastischen Stimme, die das Kriegsende verkündete. Ich vergaß alles, ich bestand nur noch aus Lippen und Zunge und einem klopfenden Herzen, ich begehrte den männlichen Körper, ich sehnte mich nach dem Geruch, den Berührungen, dem Atem eines Mannes. Und das Pferd riß sich los, es löste sich von meinen Ängsten und von meinen Wünschen und rannte allein weiter.

«Irgend etwas passiert hier, aber ich weiß nicht, was es ist», sagte ich. Luther Wolfe lächelte, und schon verschwand die Welt, in der wir lebten – die Welt von Syracuse, die Welt des Krankenhauses, der abwesenden Mütter und Väter, die Welt des Betons und des Asphalts, sie verschwand und verwandelte sich in etwas anderes – zwei Körper voller Verlangen, die Augen weit aufgerissen, neugierig, erstaunt, trunken tastende Hände, unsicher, aber zielbewußt. Die Stimmen in meinem Kopf riefen warnend: Hey, hey, du kennst den Mann doch kaum, aber sie konnten mich nicht zurückhalten, denn als er meine Hand nahm und sie auf den Bund seiner Unterhose legte, schob ich sie mit angehaltenem Atem weiter, ohne zu wissen, was mich diesmal erwartete, ob es mich an Vic Ponti erinnern würde oder ob ich es genießen konnte. Hart, die Haut so samten, so seidig weich, etwas so Aufregendes hatte ich bisher erst einmal berührt. Meine Fingerspitzen strichen über seine herzzerreißend samtene Haut. Ich umschloß ihn mit meiner Hand, hielt ihn fest, drückte ihn gegen meinen Bauch, der weh tat vor lauter Verlangen, es war dieses sehnsüchtige Verlangen, das sich vor langer, langer Zeit in mir entfaltet hatte und das ich bis jetzt vergessen hatte.

Tränen traten mir in die Augen, es war zuviel, alles war wieder so nah, Oscars Gegenwart schien greifbar, während gleichzeitig Vic Ponti im Hintergrund lauerte, schwarz wie der Tod.

Ich zog meine Hand zurück, und da hörte ich Luther Wolfes Stimme, tief und genau richtig, als würde sie eine verborgene Saite in mir zum Klingen bringen. «Was ist los?» fragte er.

«Das ist so ungewohnt», sagte ich, und Luther Wolfe strich mir die Haare aus dem Gesicht und sagte: «Ich weiß», und ließ sich in die Kissen zurückfallen. Wir sahen uns an und suchten in unseren Blicken nach einer Erklärung, nach einem Grund für den abrupten Wechsel. «Du bist mir sehr wichtig», flüsterte er. Ich nickte, als wäre es wahr, und wir lagen lange nebeneinander, ohne etwas zu sagen. Wir atmeten nur und warteten ab, was als nächstes kommen würde.

Dann nahm er meine Hand und sagte leise: «Kommst du wieder?» und ich sagte: «Ja.» Wir schwiegen beide, immer noch besessen voneinander, immer noch voller Sehnsucht, und wir staunten darüber, wie sich von einer Sekunde zur nächsten alles ändern konnte, wie wir einander gefunden hatten – konnte das alles wahr sein?

Dann hörte ich wieder seine Stimme, sie war weniger als ein Flüstern, ein Geräusch irgendwo zwischen Stimme und Stille: *Ich möchte dir ein guter Mann sein.* Das berührte etwas in mir, das noch nie berührt worden war – Bedürfnisse und Wünsche, von denen ich bisher nichts gewußt hatte. Nun waren sie geweckt, und ich konnte mich nicht mehr wehren.

Von da an ging ich jeden Abend zu ihm. Sobald ich Zellie nach Hause gebracht und ihr aus den Schienen geholfen hatte, zog ich mich um und rannte zu Luther. Manchmal erwartete er mich schon auf der Straße, weil er sich so freute. Er lief mir entgegen, weil er es vor Sehnsucht nicht mehr aushalten konnte, und sein Lächeln war so verführerisch, seine Augen glühten. Mit jungenhaftem Übermut schlang er die Arme um mich; seine Begeisterung war richtig ansteckend. Wir kletterten die Leiter zu seinem Schlafzimmer hinauf und ließen uns auf die

Matratze fallen, wo wir bis drei oder vier Uhr in der Frühe blieben, bis wir uns schließlich draußen auf der Straße wieder trennten, weil ich am Morgen Zellie versorgen mußte.

Ich lebte und atmete nur für Luther Wolfe, und er lebte und atmete nur für mich.

Sein Schlafzimmer, kuschelig und weit weg von allem, besaß irgend etwas, was uns das Reden leicht machte, und wir erzählten uns alles. Ich kehrte mein Innerstes nach außen, ich entleerte mich für Luther Wolfe, gab ihm alles, was ich hatte, und er hörte zu, wie mir noch nie jemand zugehört hatte, betrachtete mit seinen dunklen, leuchtenden Augen meine Hände, meinen Mund, meine Augen. Ich war Luther Wolfes Opfergabe, und er nahm mich dankbar entgegen.

Oben in seinem Schlafzimmer zeigte er mir die Fotoalben, die sein Leben dokumentierten, Bilder von ihm als Kind, aus der Zeit auf der Farm seines Großvaters, klapperdürr, mit riesigen Augen, traurig und überfordert, sein Onkel Irwin immer irgendwo im Hintergrund, und auf jedem Bild hielt Luther sein Transistorradio in der Hand, oder er trug es an einer Schnur um den Hals. Dann seine Studentenzeit in Syracuse, mit diesen irren Klamotten, Hippiehosen und scheußlichen Stiefeln, ein Paar rote Stiefel mit wahnsinnig hohen Absätzen, sicher sieben Zentimeter, er war eine Art Rädelsführer gewesen, zuerst Marxist, später Leninist, Fotos von ihm bei Demonstrationen, Pflastersteine in der Hand. Dann alle seine Freundinnen, er mit dem Arm um ihre Schultern, es waren viele, die meisten dunkelhaarig, bis auf eine winzige Frau namens Winona, die blond war und sich seinetwegen fast das Leben genommen hatte, nachdem sie ihm sechs Monate nachgelaufen war.

Er sei gemein geworden, wenn er getrunken habe, sagte er. Er habe viele Leute verletzt, viele Herzen gebrochen, eine endlose Reihe von Herzen, hatte vieles wieder gutmachen müssen. Ich sagte, ich könne ihn mir gar nicht als Trinker vorstellen;

und wollte es gar nicht hören und klammerte mich daran, daß er seit zwölf Jahren keinen Tropfen Alkohol mehr angerührt hatte. «Er ist trotzdem ein Trinker», sagte Zellie zu mir. «Einmal ein Trinker, immer ein Trinker», aber so konnte ich Luther nie sehen. Er kniete jeden Abend nieder und betete mit gefalteten Händen, wie ein lieber Junge. Er spielte wunderbar Geige, wirklich sagenhaft gut, er schrieb selbst die Lieder, die er sang, und dazu spielte er Geige, wie andere Leute Gitarre spielten. Er saß auf dem Klodeckel und spielte, während ich ein Bad nahm, und nachts sang er mir ins Ohr. Er unterrichtete an einer katholischen Jungenschule Geschichte und kannte sich im Rußland des achtzehnten Jahrhunderts so gut aus, wie ich mich in Krankenhäusern auskannte, wußte mehr über Opern, als ich mir vorstellen konnte, und sang ganze Passagen aus *Turandot*, wenn man ihn darum bat.

An manchen Abenden berührte ich Luther Wolfe nur. Er lag ganz still da für mich und schaute zu, wie ich seinen Körper streichelte. Ich hatte noch nie einen Mann richtig angefaßt. Mit der Rückseite meiner Finger strich ich über seine Arme, seine Brust, seine Seiten, seinen Rücken, dann spreizte ich seine Beine und berührte die Innenseite seiner Schenkel. Ich berührte jeden Zentimeter, und Luther Wolfe lag da und schaute mit seinen dunklen, leuchtenden Augen zu. Es war perfekt, meine Finger und Lippen auf seiner Haut, und das Licht aus der Küche fiel auf uns, spärlich, aber ausreichend. Lange fragte er gar nicht, ob er mich berühren dürfe; er wußte ja von Vic Ponti und kannte meine Angst, ich könnte mich nicht mehr anfassen lassen, Vic Ponti könnte mich kaputtgemacht haben. In der gedämpften Beleuchtung seines Schlafzimmers ließ er mich mit dieser Angst kämpfen, mit diesem ekligen Gefühl tief in mir, diesem Tier, das seit dem Tag, als Vic Ponti sich auf mich gelegt hatte, schwerfüßig in mir herumgekrochen war.

Als wir schließlich miteinander schliefen, ging es sehr langsam. Luther zog uns aus, drang in mich ein, bewegte sich vorsichtig, Hüften aus Seide, seine Augen feuersprühend. Da berührten mich seine Hände, ich war eine blasse Hostie und hatte große Angst, ich könnte zerbrechen, aber etwas in mir begann zu atmen und wurde lebendig. Da wollte ich ihn, wollte seine Berührung, seinen Geruch, seinen Schweiß, seinen Atem, sein Innerstes, und immer, wenn ich Angst bekam, suchte ich seine Augen, diese dunklen, leuchtenden Augen, die ich schon kannte. «Ich liebe dich», flüsterte er. «Ich liebe dich hoffnungslos.» Und ich entgegnete genauso leise: «Ich liebe dich auch hoffnungslos.» «Du bist mein Leben, du bist mein Blut», sagte er. «Ich liebe dich mehr als alles.»

Niemand hatte mir je gesagt, wie überwältigend es sein kann, einen Mann in sich zu spüren. Bo hatte nie davon geredet, selbstverständlich nicht. Erst als Luther Wolfe in mir war und ich meine Beine um seinen Rücken geschlungen hatte und meine heißen Hände wie Fieber über seine Haut wanderten – erst da merkte ich, daß das eine ernste Angelegenheit war, daß es das ganze Leben verändern, das Aussehen umkrempeln konnte. Warum hatte mich keiner gewarnt, mir etwas zu lesen gegeben, mir den Weg gezeigt? Diese ungeheure Macht hätte nicht unerwähnt bleiben dürfen! Aber ich hatte es nicht einmal geahnt, und als er in mir war, merkte ich, daß ich ihn liebte und wie sehr ich ihn liebte, und dieses Gefühl verschlug mir den Atem. Es war fast zuviel. Als ich mich ihm ganz und gar öffnete, ihn in mein Innerstes aufnahm, da spürte ich, daß noch etwas anderes geschah, etwas, das ich nicht zurücknehmen konnte. Ich suchte seine Augen, und er schaute auf mich herunter und flüsterte: «Du bist mein Gottesgeschenk», und ich weinte.

Als er später einschlief, richtete ich mich auf und schaute ihn an, mein Blick wanderte über seinen nackten, schlafenden Körper, und im weichen, staubigen Licht wirkte seine helle Haut rührend und verletzlich. Es war alles so klar, so absolut rein: seine Schönheit, mein Verlangen, meine Liebe, da war kein einziger Makel.

Ich war noch nie so glücklich gewesen.

Als ich Luther Wolfe gut genug kannte, setzte ich ihn in die Badewanne, wusch und schrubbte ihn, schnitt ihm die Haare, damit sie ihm nicht mehr in die Augen hingen. Und obwohl es einige Überzeugungsarbeit erforderte, brachte ich ihn dazu, zum Zahnarzt zu gehen und sich die Nikotinflecken von den Zähnen entfernen zu lassen. Ich feilte seine Finger- und Zehennägel und kaufte ihm Stiefel mit Absätzen, weil es mich störte, daß ich größer war als er. Wir tanzten in seinem Wohnzimmer zu den Liedern, die er mir ins Ohr summte, aber trotz der Stiefel war ich immer noch größer. Ich sah uns in einem seiner Spiegel, und es gab mir einen Stich, daß ich größer war als Luther Wolfe, aber oben in seinem Schlafzimmer, wenn er mich liebte, war Luther Wolfe größer als ich.

Manchmal spätabends, ehe ich nach Hause ging, saßen wir nebeneinander auf dem einzigen Stuhl in seiner Küche und aßen große, dicke Scheiben Brot mit ganz viel Himbeermarmelade. Wenn wir fertig waren, fragte ich Luther Wolfe manchmal, ob er sich auf meinen Schoß setzen könne, und dann drückte ich ihn an mich und atmete den Duft seiner Haut ein. Ich vergrub meine Nase in seinem Nacken, und er machte das gleiche bei mir. «Du riechst so gut», sagte er dann immer. Dann bissen wir einander in die Wangen wie zwei Hunde.

Er war nicht perfekt, er war kleiner als ich, hatte einen schlaksigen Gang, er rauchte so viel, daß seine Zähne immer wieder Flecken bekamen, seine Hände flatterten und stocherten herum, und er war so nervös, daß er oft überhaupt nicht stillsitzen konnte. Ich kapierte nie, warum, aber Luther Wolfe war von einer unglaublichen Rastlosigkeit erfüllt, man merkte es an seinen Füßen, an der Art, wie er seinen Stuhl zurückschob und mit schweren Schritten in die Küche rannte, um einen Cracker oder eine Feige zu holen. Man konnte sehen, wie die Nervosität ihm folgte, wie sie ihn von einem Zimmer ins andere trieb, ihn dazu zwang, sich ständig Zigaretten anzuzünden, den Kopf hin und her zu drehen, mit den Händen herumzustochern. Was war das? Rannte er vor Onkel Irwins Fingern davon, wollte er diesem Mann endlich entkommen, oder hätte er gern einen Drink gehabt, aber er sagte, nein, das würde ihn nicht locken. Er quasselte stundenlang über Politik, und manchmal schlief er abends ein, obwohl ich gern noch eine Weile geredet hätte, aber ich ließ nichts auf Luther Wolfe kommen, ich betete ihn an, ich hörte ihm immer zu. Ich putzte ihn heraus und machte ihn zu dem meinen. Ich war fest davon überzeugt, daß Luther Wolfe und ich uns gefunden hatten, weil wir füreinander bestimmt waren, zwei fast identische Waisenkinder. Ich glaubte, daß ich für all das, was ich verloren hatte, Luther Wolfe geschenkt bekommen hatte.

Als Luther Wolfe sagte, ich sei seine Frau, wir würden heiraten und Kinder bekommen, machte es mir plötzlich angst, daß ich ihn liebte. Vielleicht wollte ich zeigen, daß es keine besonders gute Idee war – jedenfalls bekam ich sofort eine Blasenentzündung, die nicht mehr weggehen wollte, egal, wie viele Antibiotikazyklen ich schluckte. Nachdem ich bei drei Ärzten gewesen war, hieß es schließlich, ich sei hyperaktiv, weiß der Himmel, warum, und ich mußte von da an immer ein Medikament nehmen, das die Beschwerden linderte und meinen Urin orangerot färbte. Siedendheiß fielen mir Bos Worte wieder ein: *Du kannst nie einen Mann lieben.* Sie dröhnten mir in den Ohren, drängten sich in meine Gedanken: *Wenn du eine Frau sein willst, liebe einen Mann. Wenn du eine große Frau sein willst, errichte eine Festung um dein*

Herz. Ich empfand es fast als eine Belastung, daß ich Luther Wolfe liebte und jeden Abend zu ihm ging, um mich ihm hinzugeben. Es störte mich, die ganze Nacht mit ihm im Bett liegen und seinen Atem spüren zu wollen, sonst nichts. Im Grunde war ich froh, daß ich jeden Tag ins Krankenhaus gehen mußte, daß die Leute dort mich brauchten, sonst wäre ich womöglich den ganzen Tag zu Hause geblieben und hätte Luther Wolfes Hemden gewaschen und gebügelt, hätte ihm Kaffee gebracht, ihn gebadet, ihn versorgt, ihm zugehört, ihn angeschaut. Es war ein gräßliches Gefühl – wo kam es nur her? Ich schämte mich, so hatte ich mich noch nie gesehen, Bo wäre bestimmt entsetzt gewesen! Ich konnte niemanden fragen: Woher kommt dieses Gefühl? Aber es war so stark, daß ich davor weglaufen mußte.

Ich ging schließlich in die Bibliothek und recherchierte wieder unter dem Stichwort «Frauen»; diesmal, weil ich wissen wollte, ob diese Besessenheit nur mein Problem war oder ob sie einfach in den Frauen drinsteckte. Ich ging zurück bis zu dem Punkt in der Geschichte, als das geschriebene Wort begann, und erschrak. Nichts als Stille, Jahrtausende der Stille, nicht ein Wort von einer Frau, außer von Sappho, irgendwann 600 vor Christus, und was hatte sie geschrieben? Natürlich Liebesgedichte. Es gab auch vor Christi Geburt Frauen, von Männern beschrieben, von Männern dargestellt, aber wenigstens waren sie da: Penelope, die ein ganzes Epos damit verbrachte, auf Odysseus, ihren Mann, zu warten, und es gab Dido, die Königin, die sich hoffnungslos in Äneas verliebte; aber nachdem er sie verführt hatte, fiel ihm ein, daß er Länder erobern und Männer töten mußte, und er ließ sie mit gebrochenem Herzen zurück, woraufhin sie sich mit dem Schwert tötete. Und Antigone, die sich ihrem Onkel widersetzte, indem sie ihren Bruder bestattete, und die sich erhängte, als sie zur Strafe lebendig eingemauert werden sollte. Mir blieb das Herz stehen, als ich mir vorstellte, wie ich den Sarg meines Bruders ausgegraben, seine Asche gestohlen und einen Altar dafür gebaut hatte.

Ich suchte weiter, durchpflügte die Jahrhunderte, kein Wort von den Frauen, ihre Stimmen waren von Erdwällen, Gewölben, Klostergängen spurlos verschluckt worden, und die Seiten, die sie geschrieben hatten, hatten die Motten und Würmer zerfressen oder sie waren mit verschimmeltem Essen und zerrissenen Kleidern weggeworfen worden. Ich hatte Angst vor dem, was sie gesagt hätten, diese Frauen mit ihren geschrumpften Welten, mit ihren verkürzten Blickwinkeln und ihren Körpern, die in irgendwelche Zimmer eingesperrt waren und von Kinderhänden festgehalten wurden, diese Frauen, deren Gedanken durch einen Kreislauf geregelt wurden, der damit begann und endete, daß sie sich für zweitrangig hielten. Ich war fast froh, daß ich nichts von ihnen hören mußte, denn es wäre mir sicher nur peinlich gewesen.

Langsam begannen sie dann zu sprechen, zu schreiben, sich Gehör zu verschaffen. Ich packte ihre Bücher auf einen Wagen und setzte mich an einen langen, breiten Tisch, an dem außer mir niemand saß. Ich ging nach dem Zufallsprinzip vor und las alles, was mir in die Finger kam; ich verschlang die Bücher so gierig, als wäre ich am Verhungern und könnte gar nicht schnell genug essen. Ich las über Frauen, über Männer und Frauen, über romantische Liebe und Kinder, über Frauen in der Literatur, Frauen im Film, über Schriftstellerinnen, Dichterinnen, Wissenschaftlerinnen, über den Körper der Frau, das Gehirn der Frau, bis aus dem Nichts eine Hand auftauchte und mir auf die Schulter tippte und eine Stimme verkündete: «Die Bibliothek wird jetzt geschlossen.» Ich klappte das Buch zu, das ich gerade las, verstaute es unter meinem Mantel und eilte die Steintreppe hinunter, ging die halbe Meile zum Krankenhaus zu Fuß, und was am Ende übrigblieb, was sich mir einprägte und sich von allem übrigen abhob, war ein Satz der Geliebten von Victor Hugo, Juliette Drouet, den sie in einem ihrer siebzehntausend Briefe geschrieben hatte: *Ich möchte, daß du deine Kleider möglichst viel und oft zerreißt, und dann will ich sie flicken und wieder in Ordnung bringen.*

Fast ein Jahrhundert trennte mich von Juliette Drouet. Ich hatte die Frauenbewegung miterlebt, ich wußte von der Unterdrückung der Frau, ich hatte sie während meiner Ehe mit Vic Ponti am eigenen Leib erfahren. Als Mädchen war ich nicht im Haus eingesperrt gewesen, niemand hatte mir Nähen und Kochen beigebracht und mich auf Ehe und Kinder vorbereitet, ich war nie in diese Richtung gedrängt worden, hatte nie in solchen Kategorien gedacht, ich kochte nicht, nähte nicht, dachte nicht viel an Kinder und noch seltener ans Heiraten, und trotzdem verstand ich Juliette Drouet ganz genau, so einen Satz hätte ich auch an Luther Wolfe schreiben können, ich hätte ihm auch gern siebzehntausend Briefe geschrieben. Der Unterschied war nur, daß ich mich nicht traute.

Ich haßte dieses Gefühl, es ärgerte mich, wenn ich daran dachte, daß ich Luther Wolfe am liebsten siebzehntausend Briefe geschrieben und ihm gesagt hätte: *Ich möchte, daß du deine Kleider möglichst viel und oft zerreißt, und dann will ich sie flicken und wieder in Ordnung bringen.* Ich wäre gern abgehauen – ich wollte nicht soviel empfinden, ich wollte nicht, daß sich mein ganzes Fühlen und Denken zu ihm hinneigte, wie ein Baum, der sich dem unerbittlichen Wind beugt. Es paßte mir nicht, daß jemand in mein Leben eindrang und von mir Besitz ergriff, aber da war Luther Wolfe, der warmherzige, liebevolle Luther Wolfe mit seinen dunklen, leuchtenden Augen. Vielleicht hatte Bo das gewußt, vielleicht war das der Grund, weshalb sie zu mir gesagt hatte: «Wenn du eine Frau sein willst, liebe einen Mann. Wenn du eine große Frau sein willst, mußt du eine Festung um dein Herz errichten.»

In Zellies dunklem Schlafzimmer kamen mir das erste Mal

Zweifel, ob ich wirklich eine große Frau werden würde. Hatte ich diese Möglichkeit womöglich für immer verspielt, weil ich einen Mann liebte? War etwa gar kein Raum mehr dafür da? Sollte ich am besten meine Liebe aufgeben, Luther Wolfe verlassen, ihn vergessen und Stück für Stück eine Festung um mein Herz errichten?

Bisher war mir das gar nicht so klar gewesen, aber ich wollte groß sein.

Was werde ich tun? hatte ich Bo einmal gefragt, als ich mit zittrigen Knien in unserem Wohnzimmer stand, blaß und rührend mit meinen fünfzehn Jahren, Bos Hand auf meinem Arm, ihr Atem in meinem Gesicht. Du wirst den Gang der Geschichte verändern, hatte sie gesagt.

Den Gang der Geschichte verändern.

Die Idee war nicht klar umrissen, aber sie tauchte immer wieder an den Rändern meines Bewußtseins auf, ein Gedanke wie ein Kuckucksei, der jedenfalls nicht von mir stammte. Nur eine Verrückte sagte so etwas zu ihrer Tochter, erklärte ich mir, aber ich merkte gleichzeitig, wie ich in die andere Richtung gezogen wurde, in das Hinterzimmer meines Bewußtseins, in dem ich es mir erlaubte, mir auszumalen, wie ich den Gang der Geschichte veränderte. Ich dachte an große Menschen, ich überlegte, was eigentlich Größe ausmachte und wie man da hinkam, und plötzlich merkte ich, daß man Opfer bringen mußte, unzählige Opfer, die Liebe zu einem Mann war nur ein Aspekt unter vielen. Ich sah den Weg vor mir, aber nicht als richtiges Bild, eher als ein klaustrophobisches Gefühl, er war so schmal, so schwierig. Und überhaupt – welche Art von Größe war gemeint? Groß wie Napoleon? Welche großen Taten? Länder erobern? Ich war wütend auf Bo, weil sie mir keinen Hinweis gegeben hatte. Inwiefern groß, Bo? *Inwiefern groß?*

Ich hatte die Gegenwart noch nie so deutlich gespürt, aber jetzt fühlte ich ihren Atem, ihren Herzschlag, als würde die

Größe direkt neben mir sitzen und warten. Vielleicht gehörte sie nicht mehr in die Zukunft, sondern ins Jetzt, weil sie lange genug gewartet hatte. Aber da war Luther Wolfe, der neben mir eingeschlafen war, ehe ich zu Zellie nach Hause ging. Er schlief so schön: auf dem Rücken liegend, die Hände ganz dicht am Gesicht, die Finger leicht gekrümmt, den Kopf ein bißchen zur Seite geneigt.

Wenn Zellie neidisch war, sagte sie es nie, es ging ihr nur immer schlechter, als wollte sie mich dafür bestrafen, daß ich Luther Wolfe hatte, und an einem Wintertag brach sie auf der Straße zusammen, und ich mußte sie in ein Taxi setzen und mit ihr ins Rehazentrum fahren. Als der Arzt sie untersuchte, erfuhr ich, daß sie aufgehört hatte, ihre Übungen zu machen; sie war verloren ohne Frank und ohne mich, und seit ich zwei Jobs hatte und auch noch Luther Wolfe, war sie dazu übergegangen, alle lebenswichtigen Dinge sausenzulassen, sie hatte sogar aufgehört zu essen, und an ihrem Körper waren wieder Schnittwunden, Messerschnitte an der Innenseite ihrer Arme, die der Arzt nun säuberte und verband.

Während die Schwestern Zellie auf ihr Zimmer brachten, erklärte mir der Arzt, sie müsse voraussichtlich sechs Monate bleiben, vielleicht sogar ein ganzes Jahr, ihre Wirbelsäule müsse unbedingt weiterbehandelt werden. Außerdem brauche sie psychiatrische Hilfe, ein Kostenfaktor, den die Versicherung selten übernahm. Das hieß, ich mußte sehr viel Geld aufbringen. Es genügte nicht, daß ich sie jeden Abend von der Arbeit abholte, ihr aus den Schienen half und auch morgens immer für sie da war. Sie brauchte mehr. Ich ging in ihr Zimmer, setzte mich auf den Stuhl neben ihrem Bett und sah ihr beim Schlafen zu, und ich wußte, daß ich, während ich ihr zuschaute, Geld verlor, das Geld, das ich brauchte, um ihre Psychotherapie bezahlen zu können. Ich berührte ihr Gesicht mit den Fingerspitzen. Sie war so schön, mit ihrer schimmernden Haut, genau wie die Haut von Bo, es war ein Jammer. Ich stellte mir Bo vor, wie sie den Brennkessel aufstellte und so stolz auf ihren Einfall war; wie sie den blöden Apparat Stück für Stück zusammensetzte, bis er da stand, in seiner ganzen metallenen Schönheit, und spuckte und brodelte und sich auf den Moment vorbereitete, in dem er explodieren würde und man ihn durch zwei andere ersetzen mußte, die ebenfalls explodieren sollten und das Leben eines Mädchens ruinierten, es all seiner Chancen beraubten. Ganz zu schweigen von *meinem* Leben!

Ich blieb fast die ganze Nacht bei ihr, massierte ihr den Rükken und die Beine, bis mir die Hände weh taten. Ich wußte, daß ich aus dieser Pflicht nie entlassen werden würde – meine Hände würden immer wissen, wie sich ihre Haut anfühlte, wie ihre Knochen gebaut waren, bis eine von uns schließlich aufgeben und sterben würde.

Bei Luther ging ich aufgeregt gestikulierend im Wohnzimmer auf und ab. Das kann doch nicht gerecht sein, schimpfte ich, ihr Leben immer auf meinem Leben drauf, ihr Atem, mein Atem, das ist nicht fair, habe ich nicht schon genug verloren? Wann hört das endlich auf, es kann doch unmöglich fair sein, daß einem Menschen so viel weggenommen wird! Ich liebte Zellie, aber es ging nun schon Jahre so, hin und her, hin und her, mein ganzes Leben spielte sich auf dem ausgetretenen Pfad ab, der von meinem Zimmer zu ihrem führte. War es denn ein Verbrechen, daß ich leben wollte, daß ich mein *eigenes* Leben haben wollte, ohne ständig von ihrem kaputten Rückgrat, ihren Selbstverstümmelungen, ihrem penetranten Liebeskummer erdrückt zu werden, hatte ich nicht schon genug durchgemacht, wozu das alles?

An dieser Stelle hörte ich auf und suchte Luther Wolfes Arme. Aber obwohl es mir völlig unmöglich erschien, öffnete er sie nur zögernd und hielt mich nicht richtig fest, es war eine lauwarme Umarmung, und als ich ihm in die Augen schaute, war ich schockiert – ich sah nichts. Ich existierte nicht mehr für ihn, innerhalb von Sekunden war ich ein Nichts geworden. Was hatte ich getan, was hatte er gesehen? Was war passiert? Sah er durch mich hindurch? An mir vorbei? War die Beleuchtung ungünstig? War mein Gesicht verzerrt und häßlich? Was für eine furchtbare Vorstellung, daß der Verlauf des Lebens von irgendeinem Zufall abhängig sein sollte! Sah ich vielleicht fett aus? Schwach? Hatte ich ihm meine Geschichte zu ungeschützt erzählt? Was paßte ihm nicht? Er versicherte mir, es sei nichts, es habe ihn nichts gestört, aber ich wußte, daß das nicht stimmte.

KAPITEL 20

Sie schwieg, stand auf und ging zu dem kleinen Metallwaschbecken neben dem Kunstledersitz im Raucherwagen, um sich ein bißchen Wasser ins Gesicht zu spritzen.

Und was ist dann passiert? fragte er.

Sie trocknete sich das Gesicht mit ein paar Papierhandtüchern ab und warf sie anschließend in die Mülltonne.

Es war vorbei, sagte sie.

Was meinst du mit «vorbei»?

Sie sah ihn an.

Es war vorbei.

Aber warum?

Einfach so.

Er nahm die Füße vom Fensterrand.

Es kann doch nicht einfach vorbei gewesen sein! sagte er. Du hast doch bestimmt etwas gesagt. Habt ihr nicht darüber gesprochen? Irgend etwas müßt ihr doch getan haben.

Mit der Hüfte gegen das Metallbecken gelehnt, fuhr sie sich mit den Fingern durch die Haare.

Ja, sagte sie, aber es war trotzdem vorbei.

Was ist passiert?

Ihr Gesicht wurde ganz verschlossen.

Bitte, sagte er, du mußt es mir sagen.

Er begriff jetzt, warum er es wissen wollte – er wollte wissen, wie andere Männer sich von ihren Frauen trennten.

Aber jetzt bist eigentlich du dran, oder? sagte sie mit einem verkrampften Lächeln.

Nein, du mußt mir den Rest der Luther-Wolfe-Geschichte erzählen, sagte er. Dann bin ich an der Reihe.

Er faßte sie vorsichtig am Handgelenk, und sie setzte sich wieder in den roten Plastiksitz.

Warum fandest du das Gefühl, von Luther Wolfe besessen zu sein, so furchtbar? fragte er leise. Er hatte immer angenommen, bei Frauen sei das halt so – in seinen Augen waren sie tatsächlich Besitztümer, als hätten sie keine andere Wahl. Es schien für sie das Normalste auf der Welt zu sein – aber jetzt hatte sie behauptet, für sie sei das ganz schrecklich gewesen. Das erleichterte ihn richtig, weil er es verstehen konnte.

Warum fandest du es so furchtbar? fragte er noch einmal. Er studierte sie aufmerksam, und zum ersten Mal wurde ihm so richtig klar, daß sie ihre eigene Welt hatte, die nur ihr gehörte.

Es war zuviel, sagte sie.

Inwiefern?

Zu weiblich, sagte sie.

Sie lächelte, und plötzlich fühlte er sich wie ihr Verbündeter, als wären sie tief im Innersten identisch. Seine eigenen Schuldgefühle verschwanden für den Augenblick, und die Bilder, die ihm immer durch den Kopf gingen – das kaputte Geschirr, der umgestürzte Tisch, die Cremedöschen und die gerahmten Fotos, die klirrend auf den Boden fielen –, quälten ihn auf einmal nicht mehr. Es konnte tatsächlich so etwas wie zuviel Weiblichkeit geben! Sie hatte es selbst gesagt.

Erzähl mir, was als nächstes passiert ist, sagte er.

Gut, meinetwegen, sagte sie, aber keine Einzelheiten. Ihre Mundwinkel gingen nach unten, und er entdeckte wieder diese Traurigkeit an ihr, als hätte sie Ehemänner zu Grabe getragen, als wäre ihre Ernte vernichtet worden, als hätte sie totgeborene Kinder in kleinen Holzsärgen begraben.

Sondern?

Das Wesentliche. Mehr nicht.

Er legte seine Finger auf ihren Handrücken.

Gut, abgemacht, sagte er.

KAPITEL 21

Unsere gemeinsamen Nächte waren von da an schrecklich, Luther Wolfe war nicht mehr derselbe. Wenn ich ihn fragte, was los sei, wollte er nie darüber reden. Zuerst sagte er es ganz freundlich, aber ich ließ nicht locker, ich sehnte mich so nach seinen schmelzenden braunen Augen, nach seinem Atem in meinem Ohr. Aber Luther Wolfe war nicht in seinen Augen, sein Atem berührte nie mehr mein Ohr, seine Stimme wurde scharf, bissig, heiser vor Wut. War das der Mann, der früher über alles mit mir geredet hatte? Ich verstand das nicht und wollte es doch unbedingt verstehen, noch nie hatte ich mir etwas so sehr gewünscht, ich bedrängte ihn immer wieder: Was ist los? Aber je mehr ich ihn bedrängte, desto gemeiner wurde er, bis ich begriff, daß das, was in Luther Wolfe rumorte und ihn von einem Zimmer ins andere trieb, auch hinter seinem Schweigen steckte; es war ein Wespennest, an das man nicht rühren durfte. Wenn ich genug gestochert hätte, wäre etwas herausgeflogen gekommen, das spürte ich, aber irgendwie gab er mir auch ohne Worte deutlich zu verstehen, daß ich nur auf Zehenspitzen drum herumschleichen und es ja nicht anfassen durfte.

Wenn ich ihm in die Augen schaute, sah ich nichts außer Kälte und Distanz. Die Zukunft war verschwunden, sie wurde nicht mehr erwähnt, wir schmiedeten keine Reisepläne mehr – es war, als hätte es nie irgendwelche gemeinsamen Ziele gegeben. Ich konnte mich nirgends mehr festhalten, er war mir entglitten, meine Hände taten richtig weh, weil ich dauernd versuchte, ihn irgendwie zu fassen zu bekommen, meine Gedanken waren wie gelähmt vor Panik, ich wußte nicht, wie ich mich verhalten sollte, ich überlegte jedes Wort, jede Bewegung, und die Befangenheit machte mich so starr, als hätte ich Arthritis. Meine Geschichten interessierten ihn nicht mehr; wenn ich etwas sagte, um ihn zum Lachen zu bringen, rang er sich mühsam ein mageres Grinsen ab, als wollte er mich nicht zu sehr in Verlegenheit bringen.

Ich wurde ein Teil von dem, was Luther Wolfe von einem Zimmer ins andere trieb. Ich redete, und er zündete sich eine Zigarette an, raste davon. Mein Körper verlor jeden Reiz für ihn, und er enthielt mir seinen vor. Alles tat mir weh, und ich hätte diese Schmerzen gern gegen irgendwelche physischen Beschwerden eingetauscht, gegen amputierte Beine meinetwegen oder ausgestochene Augen. Ich lief den ganzen Tag völlig zerquetscht herum, konnte an nichts anderes denken, wußte mir nicht zu helfen – ich kann die endlosen Qualen gar nicht beschreiben, sie hörten einfach nicht auf, Stunde um Stunde, um Stunde. Ich versuchte, wenigstens im Krankenhaus alles wegzuschieben und mich auf die Patienten zu konzentrieren, aber selbst das schaffte ich kaum. Statt dessen spielte ich eine Rolle, für die ich mich selbst nicht leiden konnte – dieses unterwürfige, geduckte Wesen, das innerlich völlig verkrüppelt war!

Ich lernte, mich in Luther Wolfes Gegenwart ruhig zu verhalten, denn das war die einzige Möglichkeit, wie ich ihn bei mir im Zimmer halten konnte. Ich benahm mich so still und unauffällig, daß das, was Luther Wolfe von einem Zimmer ins andere trieb, wenigstens vorübergehend eingelullt wurde und er ein paar Minuten stillhalten konnte. Es war, als hätte sich ein Kolibri neben mich gesetzt – ich durfte kaum atmen, um ihn nur ja nicht zu vertreiben. Und das war der Mann, der früher den ganzen Abend mit mir im Bett gelegen hatte.

Ich fotografierte Luther Wolfe frühmorgens, wenn er noch schlief, mit einer Boxkamera, deren Gebrauch er mir erklärt hatte. Er war nackt und wunderschön, sein athletischer Körper zwischen den weißen Laken. Ich machte Hunderte von Bildern, ohne daß er etwas davon ahnte, und ich bewahrte sie in meinem Schließfach im Krankenhaus auf.

So vergingen Wochen und Monate, und eines Abends kam Luther Wolfe zu mir in die Wohnung und erklärte, er könne nicht mehr. Ich würde ihn fertigmachen, sagte er. Seine Nerven seien total am Ende. Es war spät, schon nach Mitternacht, und das, was ihn von einem Zimmer ins andere trieb, hatte ihn nun völlig in der Hand, er konnte überhaupt nicht stillhalten, er bekam keine Luft, seine Augen schossen hektisch hin und her, von meinem Gesicht zur Tür, er war nur noch ein kleiner Mann mit nervös stochernden Händen. Er sei nicht fähig, eine Bindung einzugehen, er habe sich noch nie festgelegt, das könne er einfach nicht, er wisse gar nicht, wie man das mache. Was er sagte, war tödlich, aber ich versuchte trotzdem, ihn festzuhalten, ich erinnerte ihn an das, was wir gehabt hatten, aber er sagte, es sei zu spät. Er hatte mich verlassen, und obwohl ich versuchte, ihn an mich zu drücken, setzte er sich durch, und schließlich wurde die Situation so unerträglich für ihn, daß er aus der Wohnung floh.

Ich rannte hinter ihm her, ich wollte wissen, was ihn mir weggenommen hatte, und schließlich stand ich vor seiner verschlossenen Tür, hämmerte mit den Fäusten gegen das kalte, angeschlagene Holz und schrie: «Ich bin's, Luther. Warum tust du das?» Und er stand auf der anderen Seite der Tür und schrie: «Du mußt gehen. Geh weg, Hemy. Bitte, geh!» «Du hast doch gesagt, ich bin dein Gottesgeschenk», sagte ich. «Ich weiß», sagte er. «Es tut mir leid.» «Ich liebe dich, Luther. Du fehlst mir so», sagte ich. «Ich liebe dich auch, und du fehlst mir auch, aber es geht einfach nicht», sagte er. So ging es fünfzehn Minuten hin und her, und wahrscheinlich wäre es noch länger so gegangen, hätte er nicht die Tür einen Spaltbreit geöffnet und gezischt: «Wenn du nicht sofort abhaust, Hemy, rufe ich die Polizei.»

Da spürte ich, wie etwas aus mir wich, eine feine Rauchfahne, lebendig, so schien es, wie der Rauch einer brennenden Seele, und plötzlich sah ich mich, wie ich mit den Fäusten gegen die Tür trommelte, und ich sah den Mann vor mir, den ich damals kennengelernt hatte – den kleinen Mann mit den flekkigen Zähnen und den dunklen, fettigen Haaren, den ich derart abstoßend gefunden hatte, daß ich mir nie hätte vorstellen können, ihn auch nur zu küssen, geschweige denn, mit ihm zu schlafen – und ich erschrak so, daß ich augenblicklich verschwand.

TEIL 4

Berge

KAPITEL 22

Sie schwieg und lehnte den Kopf an die rote Rückenlehne. Die Luft wurde kühler, würziger; die Wüste von Nevada wich den Bergen Nordkaliforniens. Die braungrüne Landschaft mit ihren robusten Bäumen huschte vorbei, die Hügel schon die Vorboten der Berge.

Sehr traurig, sagte er.

Der Gedanke war ihm nicht besonders angenehm, aber er mußte zugeben, daß er Luther Wolfe verstehen konnte. Er zündete sich eine Zigarette an und beobachtete, wie der blaugraue Rauch zum offenen Fenster strebte.

Was hat denn deiner Meinung nach Luther Wolfes Gefühle plötzlich verändert? fragte er.

Er hat gesehen, daß ich nicht perfekt bin, sagte sie.

Aber es war doch ganz harmlos, sagte er. Du hast dich nur aufgeregt.

Er hatte Angst, antwortete sie.

Wovor? fragte er. Vor Frauen?

Sie sah ihn an. Vielleicht, sagte sie. Aber ich war auch nicht vollkommen.

Sie schwieg. Dann seufzte sie.

Ich war keine große Frau, sagte sie.

Er hätte keine Angst vor dir gehabt, wenn du eine große Frau gewesen wärst?

Wie soll ich das wissen? entgegnete sie.

Es beeindruckte ihn, daß sie nicht alles Luther Wolfe in die

Schuhe schob, sondern selbst ein Stück Verantwortung übernahm.

Könntest du je wieder so lieben?

Nein, nie, sagte sie. Man kann nicht so lieben und gleichzeitig ganz bei sich bleiben.

Er wußte nicht, warum, aber dieser Satz erleichterte ihn irgendwie.

Wieder spürte er ganz deutlich, daß sie nicht mehr das Mädchen Hemy Lourde war, das Mädchen, das Luther Wolfe geliebt hatte. Sie war inzwischen jemand anders. Wahrscheinlich hatte sie durch ihr Leben als Mann einen so radikalen Bruch vollzogen, daß alle vorherigen Krisen und Konflikte, die zu dieser Entscheidung geführt hatten, vergleichsweise klein schienen.

Ihm wurde wieder ganz schwindlig, als er merkte, wie sehr er sich bemühte, sie zu verstehen. Was hatte sie überhaupt mit ihm zu tun, verdammt noch mal?

Er nahm ihre Hand, und als sie sie ihm nicht entzog, ging es ihm besser. Er hatte schon geglaubt, sie verloren zu haben, weil er behauptet hatte, Oscar Lourde zu sein.

Jetzt bist du an der Reihe, sagte sie und schloß die Augen.

Komm, wir gehen in deine Kabine, sagte er. Er wollte dorthin, um sich zu versichern, daß sie für ihn noch nicht verloren war.

Sie sah ihn an und sagte:

Zuerst mußt du mir etwas erzählen.

Er spürte, daß er ihr nicht die Wahrheit sagen konnte, noch nicht. Was er ihr schließlich erzählte, war keine Lüge, aber es war auch nicht die Wahrheit: Er erzählte ihr, seine Mutter habe Lungenkrebs und liege im Sterben. Sie rufe ihn ständig an, fünfmal, zehnmal am Tag, um sich über dies oder jenes zu beklagen, um ihn um dies oder jenes zu bitten. Das habe derart überhandgenommen, daß er schließlich seine Schwester in

Ohio gebeten habe, zu kommen und sich eine Weile um sie zu kümmern.

Als er schwieg, sagte sie: Du lügst. Aber dann grinste sie belustigt.

Warum soll ich dir nicht die Wahrheit sagen? fragte er, sie imitierend.

Es ist mir egal, sagte sie. Eine Lüge ist oft mindestens so aufschlußreich wie die Wahrheit.

Wie wenn jemand als Mann lebt? fragte er.

Ja, sagte sie. Sie lächelte, dann schaute sie wieder aus dem Fenster, und das Lächeln verschwand von ihren Lippen.

Als sie in ihrer Kabine waren, ging sie in das kleine Badezimmer, um sich das Gesicht zu waschen, und er streckte sich auf ihrem Bett aus, als wollte er sein Terrain zurückfordern. In der Stille dachte er an die Ähnlichkeiten zwischen ihrer Geschichte mit Luther Wolfe und der Geschichte, die er ihr von seinem angeblichen Leben als Oscar Lourde erzählt hatte: Er hatte einen Schwinger angetäuscht, um zu beweisen, daß er Oscar Lourde war, und zwischen ihr und Luther Wolfe war der entscheidende Augenblick gekommen, als Luther Wolfe einen Karateschlag ausprobiert hatte. Und dann die Szene, wie sie Luther Wolfe das erste Mal richtig berührt hatte – genauso, wie sie ihn am Abend zuvor gestreichelt hatte. Was sollte er davon halten?

Als sie aus dem kleinen Badezimmer kam, schüttelte sie ihre Sandalen ab und setzte sich aufs Bett, den Rücken an die Wand gelehnt. Sie klappte ihre Puderdose auf und trug roten Lippenstift auf, wischte ihn wieder ab und trug ihn noch einmal auf, etwas weniger kräftig diesmal. Dann steckte sie den Stift weg und schaute ihn an, und in ihren Augen war etwas, was er bisher noch nicht gesehen hatte, etwas Wildes, fast Wölfisches.

Bin ich eine Frau? fragte sie ihn.

Klar, antwortete er.

Manchmal frage ich mich das. Frauen sind so albern. Wir verlangen immer, daß die Männer uns bestimmte Sachen sagen, und ich schwör's dir – von den Dingen, die wir wichtig finden, sind viele unglaublich blöd.

Zum Beispiel? fragte er.

Lächelnd schüttelte sie den Kopf. Sie wollte es ihm nicht sagen.

Statt dessen nahm sie seine Hand und küßte sie; dann küßte sie seinen Unterarm, die Ellbogenkuhle, den ganzen Arm, bis zur Schulter. Zuerst begriff er nicht, was sie machte – bis er die Lippenstiftspuren sah: Sie bildeten eine richtige Straße den Arm hinauf. Er überlegte kurz, ob er sie abwischen sollte, aber eigentlich gefielen sie ihm.

Er beugte sich vor und küßte sie auf den Mund. Dann schaute er sie an, sie lächelte, und der Lippenstift war immer noch zu sehen. Er schob ihr seinen Daumen in den Mund, um ihre Reaktion zu testen. Sie nuckelte daran und schaute ihm dabei in die Augen. Diese Szene – ihre Lippen, die an seinem Daumen lutschten, sein Handrücken mit den roten Lippenspuren – erregte ihn. Als sie ihm zwischen die Beine faßte, suchte er wieder ihre Lippen. Sie öffnete ihren Mund so weit sie konnte, und etwas verzögert gab er nach und öffnete seinen ebenfalls. So hatte er noch nie geküßt, ihre Leidenschaft hatte einen unerklärlichen Sog. Er drückte sie gegen die Wand und legte sich auf sie, als wollte er die Kontrolle übernehmen.

Was sind wir jetzt? flüsterte er. Ein Mann und eine Frau in einem Zug?

Ein konfuser Mann und eine alberne Frau in einem Zug, sagte sie und grinste.

Er lachte.

Ich bin der konfuse Mann?

Etwa nicht?

Doch, wahrscheinlich schon, sagte er.

Aber er wollte nicht darüber nachdenken.

Warum bist du die alberne Frau?

Weil ich hier mit dir in dieser Kabine sitze und dich küsse, und du bist ziemlich konfus, sagte sie.

Er lachte wieder, drückte seine Nase an ihren weichen, hellen Hals und küßte sie dann wieder. Er spürte, wie sie dahinschmolz, so mußte es Luther Wolfe gespürt haben. Als er sie wieder in den Nacken küßte, schmiegte sie sich an ihn.

Da erstarrte er – auf einmal kam es ihm vor, als würde er sich an eine gelangweilte Hausfrau aus New Jersey klammern, die eine fesselnde Geschichte erfunden und alles so genau geplant hatte, daß sie vorsichtshalber sämtliche Ausweise zu Hause in der Nachttischschublade gelassen hatte. Die Vorstellung fand er ekelhaft. Es hätte ihm weniger ausgemacht, wenn sie eine frisch entlassene Psychiatriepatientin wäre.

Er machte sich los.

Was ist? fragte sie. Sie drehte sich auf die Seite und schaute ihn mit ihren grünen Augen plötzlich ganz durchdringend an.

Nichts, sagte er.

Er verschränkte die Hände hinter dem Kopf und überlegte. Er könnte ja nach Morrisville gehen und die Leute fragen, ob sie eine Hemy Lourde gekannt hatten, eine Familie Lourde. Und anschließend ins Krankenhaus von Syracuse, um herauszufinden, ob dort eine Frau namens Hemy Lourde gearbeitet hatte. Die Wahrheit war nicht völlig unfaßbar. Es gab Fakten, die er überprüfen konnte, wenn er wollte.

Er sah sie an, ihre blasse Stirn, ihre leicht geschminkten Lippen. Er berührte sie kaum, hatte aber das Gefühl, ihren Herzschlag zu spüren, als wäre es sein eigener. Er wollte die Stille nicht durchbrechen, aber je länger er so dalag, desto brennender wurden die Fragen. Er mußte noch soviel von ihr erfahren, aber die Zeit verging, das Ende der Reise kam immer näher. Und er stand noch ganz am Anfang.

Er holte eine Zigarette aus seiner Hemdentasche und zündete sie an. Was ist passiert, nachdem du von Luther Wolfe weggegangen bist? fragte er.

Sie sah ihn an, dann legte sie sich hin und schloß die Augen. Als er ihre Stimme hörte, war er richtig dankbar.

KAPITEL 23

Ich ging zu Zellie und erzählte ihr, daß Luther Wolfe mit mir Schluß gemacht hatte. Sie breitete die Arme aus, und ich legte den Kopf in ihren Schoß, schluchzte in die Falten ihres Rocks und preßte meine Stirn gegen das kalte, harte Metall ihrer Beinschienen. Zellie tätschelte mir den Hinterkopf und freute sich, daß sie nicht mehr allein war. Sie kannte das ja alles, sie wußte Bescheid – Luther, Frank, Frank, Luther, sie waren jetzt untrennbar. Sie habe es kommen sehen, sagte sie, es sei kein Wunder, Luther Wolfe sei nicht der, für den er sich ausgebe. Wer dann? wollte ich wissen, und sie antwortete ganz, ganz leise: «Er war Luft.»

Ich lag in unserer Wohnung, krallte mich in die Matratze und stammelte immer dieselbe Litanei: «Luther Wolfe hat dich verlassen, er hat dich verlassen, er hat dich nie geliebt, es ist vorbei, er kommt nicht zurück», worauf dann unvermeidlich der genauso furchtbare Refrain folgte: «Vielleicht kommt er zurück, man kann nie wissen, vielleicht kommt er doch zurück», aber Luther Wolfe rief nie an, kein einziges Mal. Das brachte mich fast um.

Zwei Wochen lang lebte ich in einem Vacuum. Ich hockte mit angezogenen Knien auf Zellies Bett, den Rücken an das Kopfbrett gelehnt, und fragte mich, wie es gekommen war, daß ich jetzt mit leeren Händen dastand. Ich aß so gut wie nichts. Ich hätte nicht einmal den Unterschied zwischen Tag und Nacht bemerkt, wenn ich nicht Zellie hätte besuchen müssen.

Sobald ich dann wieder zu Hause war, setzte ich mich aufs Bett, den Rücken am Kopfbrett, und wenn der Schlaf kam, falls er überhaupt kam, rollte ich mich nur zusammen und breitete einen Mantel über mich. Ich dachte oft an die Tabletten, die Gussy Keys mir im Krankenhaus gegeben hatte, am liebsten hätte ich jetzt ständig solche Pillen geschluckt, aber ich hatte keine. Immerhin verschwanden meine Blasenbeschwerden, als hätte Luther Wolfe oder etwas an ihm sie verursacht, als wären sie ein Zeichen oder eine Warnung gewesen. Jedenfalls mußte ich die Tabletten, die meinen Urin orangerot färbten, jetzt nicht mehr nehmen.

Ich quälte mich mit aufgequollenen, schwerfälligen Gedanken herum, die immer denselben Pfad entlangtrotteten, der durch die Erinnerungen an Luther Wolfe ganz ausgetreten war, als gäbe es sonst nichts auf der Welt; und ständig stellte ich mir dieselben Fragen: Was ist passiert, warum hat er mich verlassen? Die Antworten variierten: Er hatte Angst; irgend etwas hat nicht gestimmt, wovon ich nichts gewußt habe; es war alles meine Schuld, ich hätte mich wegen Zellie nicht so aufregen sollen. Manchmal schlossen sich die Antworten zu Gruppen zusammen, oder sie nahmen neue Formen an und konnten vorübergehend als Betäubungsmittel in die offene Wunde der Fragen gestopft werden – bis dann alles wieder von vorne losging. Ich konnte nichts dagegen tun, die Trauer kam in wilden Wellen, und nur das Kopfbrett hielt mich aufrecht. Es gab keine Erklärungen, keinen Trost, aber trotzdem mußte man weitermachen. Aber wie? Ich hatte Luther Wolfe mein Herz geöffnet, so wie man jemandem die Tür aufmacht und ihn hereinläßt. Ich war auf Luther Wolfe eingestellt, mein ganzer Körper, die empfindliche Haut, nur auf Luther Wolfe ausgerichtet, und jetzt war alles verquollen, gedunsen, Herz, Lungen, Innereien, alles ein formloser Brei.

Ich hätte auf Bo hören sollen. Ich hätte eine Festung um

mein Herz errichten sollen. Es hatte keine Schutzmauer gegeben, keinen Zaun, keinen einzigen Stein.

Am schlimmsten war es abends, wenn ich nirgends hingehen, mit keinem reden konnte, sondern nur in meiner Wohnung saß und an Luther Wolfe dachte und mich daran erinnerte, wie er roch, wie er redete, wie er schmeckte. Und wenn das Telefon klingelte, war es nie Luther Wolfe, es war jemand wegen der Telefonrechnung, wegen der Stromrechnung, wegen der Miete. Die Rechnungen hätten längst bezahlt sein müssen, aber das Geld lag auf der Kommode, ich konnte mich nicht überwinden, es wegzugeben.

So vergingen endlose Wochen. Dauernd klingelte das Telefon. Ich mußte abnehmen, denn es hätte ja Luther Wolfe sein können, aber es war nie Luther Wolfe, es waren die Elektrizitätswerke oder die Telefongesellschaft oder der Vermieter, und alle wollten ihr Geld haben. Aber ich faßte das Geld nicht an, es lag nach wie vor auf der Kommode und rührte sich nicht.

Dann tauchte abends, wenn ich schlafen wollte, ein Bild auf, das mich nicht mehr losließ. Die Stille rief es herbei, es tat weh, aber ich mußte es immer wieder anschauen, weil es so befremdlich war und weil ich mich wunderte, daß es überhaupt da war: Ich stand vor Luther Wolfe, den Rücken an seine Brust gepreßt, wir streckten beide die Arme ein bißchen vom Körper weg und waren an den Handgelenken miteinander verbunden. Unser Blutkreislauf war zusammengeschlossen, und die gemeinsamen Adern pulsierten so überdeutlich, daß jedes einzelne Kapillargefäß zu erkennen war. Es sah richtig grotesk aus, aber es wurde noch schlimmer: Eines Abends drehte ich den Kopf und schlug meine Zähne in Luther Wolfes Hals, um sein Blut in mich aufzusaugen. Es war ein unstillbares Verlangen, ich wollte sein Leben, sein Blut; seine Abwesenheit hatte ein riesiges Loch in meinen Bauch gerissen. Ich war ein Vampir, der Luther Wolfes Blut trank. Dieses Bild verfolgte mich tagelang; dauernd sah ich es vor mir, während ich auf Zellies Bett saß und auf dem Tisch neben mir Teller mit lauter halbvertrocknetem Essen vergammelten. Ich war zugleich fasziniert und angewidert von meiner maßlosen Gier, von meinen Zähnen, die sich tief in Luther Wolfes Hals gruben.

Kein Wunder, daß er mich verlassen hatte!

Doch dann fiel mir eines Abends etwas auf, was ich vorher noch nicht bemerkt hatte – durch die Schnitte in meinen Handgelenken pumpte ich mein Blut in Luther Wolfes Adern. Ich hatte ihm mein ganzes Herzblut gegeben, es gehörte jetzt ihm, und ich konnte nicht mehr weiterleben. Ich war entsetzt – wie war es möglich, daß ich so leichtfertig meine Adern für Luther Wolfe geöffnet hatte?

Als Telefon und Strom abgestellt waren, kam ein Schuldeneintreiber und hämmerte gegen die Tür. Nach einer Weile hielt ich es nicht mehr aus: das Geklopfe und die schwarzen Nächte und daß ich Luther Wolfe mein Blut gegeben hatte. Da warf ich meine und Zellies Kleider in Lourdes grünen Koffer und schleppte ihn bis zum Rehazentrum, über Gras und Gehwege, über die Straßen, immer weiter. Der Koffer schrappte über den Asphalt, ich schnaufte so laut und unkontrolliert wie ein Affe, fand ich, und über mir ein schwarzer, kalter, sternenloser Nachthimmel.

Schwitzend und verheult gelangte ich schließlich zum Rehazentrum. Meine Hände waren halb erfroren von der eisigen Märzkälte. «Ich möchte meine Schwester besuchen», sagte ich. Ich erwartete ein gewisses Maß an Entgegenkommen, immerhin hatte ich den schweren Koffer sehr weit geschleppt, aber dem alten Wärter war das völlig egal, er sagte, die Besuchszeit sei vorbei, ich könne nicht zu Zellie. Dann wandte er sich wieder dem kleinen Schwarzweißfernseher zu, als wäre mein Anliegen absolut nebensächlich, als wäre ich nichts weiter als eine heulende, schwitzende, nervige Frau. Ich ging einfach an ihm vorbei und zog den Koffer hinter mir her. Der Wärter schrie, ich solle sofort stehenbleiben, er werde mir den Sicherheitsdienst auf den Hals hetzen, aber ich ignorierte sein Gezeter.

Ich ging zu Zellie ins Zimmer und rüttelte sie wach.

«Steh auf!» rief ich. «Wir gehen.»

«Was soll das heißen, wir gehen?»

«Wir hauen ab», sagt ich. «Hier hält uns nichts mehr. Wir hätten schon längst verduften sollen.»

«Was redest du da?»

«Wir gehen nach New York», sagte ich. «Da gibt es mehr Möglichkeiten für uns.»

«Woher willst du das wissen? Bos Mutter ist dort im Gefängnis gestorben.»

«Bo ist dort auf die Welt gekommen», sagte ich.

Ich ging zu Zellies Kommode, holte ihre Kleider aus den Schubladen und packte sie in den Koffer.

«Und was ist mit meinen Anwendungen?» fragte sie.

«In New York gibt es genug Rehazentren.»

«Das ist zu früh, ich kann nicht wechseln», sagte sie. «Außerdem ist jetzt Mitternacht, und was ist mit unserer Wohnung, die kannst du doch nicht einfach leerstehen lassen, und überhaupt alles, und –»

«Wir müssen sofort weg», sagte ich laut. «Die Miete ist fällig, sie haben uns das Telefon und den Strom abgestellt, jeden Tag hämmert so ein Typ an die Tür. Ich habe das ganze Geld bei mir, Zellie. Wenn ich die Rechnungen bezahle, kommen wir hier nie raus.»

«Ist es wegen Luther Wolfe?» fragte sie.

Ich schloß kurz die Augen, um den Schmerz auszublenden, der wie eine Stichflamme aufschoß und mein Herz versengte, und als ich die Augen wieder öffnete, sagte ich: «Ich möchte keinen einzigen Atemzug mehr in derselben Stadt wie Luther Wolfe tun.»

Ich konnte die Angst in ihren Augen sehen, aber sie sagte: «Gut, einverstanden.» Sie hatte begriffen, daß ich es ernst meinte. Sie holte ihre Beinschienen unter dem Bett vor, und ich half ihr wortlos, sie anzulegen. Wir schwiegen beide, und wir wußten, ohne ein Wort sagen zu müssen, daß, aus Gründen, die wir nicht verstanden, unser Leben aus abrupten Anfängen und Enden bestand. Während sie den Rest ihrer Sachen packte, ging ich hinaus auf den Korridor und holte ihren Rollstuhl. Ich konnte es kaum erwarten, Zellie wegzuschieben, uns beide für immer aus dieser Stadt zu schieben, die zur Hölle geworden war.

Ich schob Zellie den Flur entlang, den Koffer balancierte ich auf den Griffen des Rollstuhls, ich hörte meinen keuchenden Atem, und mein Herz hämmerte so heftig wie eine trommelnde Faust. Als uns ein Trio von Sicherheitsbeamten einholte und mir mitteilte, ich dürfe die Patientin nicht wegbringen, dazu sei ich nicht berechtigt, blieb ich nicht stehen, ich sagte kein Wort, ich schob den Rollstuhl immer weiter, noch nie war mir so klar gewesen, was getan werden mußte. Und als sich die Beamten mir in den Weg stellten und den Ausgang versperrten, da sah ich sie an und verkündete feierlich: «Das ist meine Schwester. Ich bin der einzige Mensch, den sie hat. Wir haben unsere Familie bei einem Bombenattentat verloren. Meine Schwester ist von einem Tischbein durchbohrt worden – Sie sehen ja selbst, sie ist verkrüppelt. Ich ziehe von hier weg, da kann ich sie doch nicht allein zurücklassen.»

Inzwischen hatten sich Patienten und Krankenschwestern in der Halle versammelt, um zu sehen, was los war. Die Sicherheitsleute waren völlig überfordert, schauten erst einander an, dann mich, dann die Versammlung von Krankenschwestern und Patienten, und jeder wartete darauf, daß der andere eine Entscheidung treffen würde. Schließlich fragte einer von ihnen Zellie: «Möchten Sie weg?» Und als Zellie antwortete: «Ja, ich muß», da seufzte er, als wäre ihm das zu hoch, aber er öffnete eine der Glastüren, wer weiß, warum, trat beiseite, und ich schob Zellie hinaus. Ich schob sie schweigend den Gehweg entlang, und als sie endlich den Mund aufmachte, sagte sie: «Du bist verrückt», und ich sagte: «Ich weiß. Ich hatte es nur vergessen.»

Ich schob sie zum Bahnhof und war nur noch ein Bündel aus Energie, das wie eine Maschine durch die Straßen preschte. Ich hatte ein Ziel vor Augen, etwas, worauf ich mich konzentrieren konnte, ich hätte Zellie zur Not bis nach New York geschoben. Als wir in den Zug einstiegen, war es bereits nach zwei Uhr morgens, und während Zellie mit dem Kopf in meinem Schoß einschlief, zählte ich das Geld, das ich mitgenommen hatte, und versuchte zu berechnen, ob es reichen würde. Ich wußte es nicht, aber ich saß voller Hoffnung in dem nächtlichen Zug und genoß die Aufregung, die dieser Aufbruch mit sich brachte. Ich malte mir aus, wie Luther Wolfe anrief, nur um zu erfahren, daß das Telefon abgestellt war, und wie er vorbeikam und sah, daß man mich hinausgeschmissen hatte und meine Möbel auf dem Rasen herumlagen. Immer wieder stellte ich mir schadenfroh sein schockiertes Gesicht vor.

Ich drückte die Stirn ans Fenster und ließ mich in meinem Sitz weiter nach unten rutschen. Meine Augen begannen zu glühen, als sie das dunkle Wasser des Hudson sahen. Eine brodelnde, giftige Wut rumorte in meinem Bauch und stieg mir in die Kehle hoch, und die alte Stimme kam zurück, die Stimme des Pitbulls: Ihr könnt mich alle kreuzweise, ich hab's satt, kommt mir bloß nicht in die Quere.

Es war Morgen, als wir Penn Station verließen, ein klarer, sonniger Morgen, der Himmel voller Häuser, dieser Überfluß, dieser geradezu lächerliche Überfluß, dieses Gefühl der Unendlichkeit, das einen richtig froh machte. Hier waren keine

Erinnerungen, außer Bos Erinnerungen, es gab keine Geschichte, hier hatte kein Luther Wolfe geatmet, es war perfekt. Die Vergangenheit liegt hinter uns, dachte ich, in Trümmern.

Während Zellie in einer Nische eines Diner frühstückte, ging ich zum Münzfernsprecher neben der Tür und suchte in dem dicken, an einem Draht hängenden Telefonbuch nach Rehazentren. Es gab sechs, die meiner Meinung nach gut klangen. Lourdes Koffer auf den Rollstuhlgriffen balancierend, schob ich Zellie von einem zum andern, bis sie in einem hübschen kleinen Haus namens *Unsere liebe Frau vom unbefleckten Herzen* einen Platz bekam. Es lag in einer ruhigen Seitenstraße in Little Italy. Zellie gefielen die Nonnen in ihren schwarzen Trachten, mit den ausdrucksvollen bleichen Gesichtern unter den Hauben und mit den schmalen, sanften Händen, die immer bereit zum Gebet schienen. Vor allem ihr Zimmer fand sie schön: Die Wände waren weiß, die Tagesdecke auf dem Bett war dunkelblau, mit einer weißen Borte; das Fenster ging auf einen Innenhof mit einem kleinen Brunnen hinaus, der Himmel war klar, die Beleuchtung ideal zum Malen.

Die Nonnen ließen mich die erste Nacht bei Zellie im Zimmer übernachten. Umgeben von Sauberkeit und Ruhe schmiegten wir uns aneinander und wunderten uns darüber, daß die Nonnen in ihren Trachten an unserer Tür vorbeigingen und ihre Schuhe kaum ein Geräusch machten. Mich verblüffte vor allem ihre Frömmigkeit, sie schienen ganz zu Gott hingeneigt, als wäre jede Bewegung ein Gebet, und ich hatte gar keine Frömmigkeit in mir.

Beim Einschlafen begleitete uns ihr Rosenkranzgemurmel, und wir erwachten in einem Meer aus Sonnenlicht.

Nach dem Frühstück verabschiedete ich mich von Zellie. Sie wurde zur Krankengymnastik abgeholt, und ich suchte mir in ihrer Nähe eine Wohnung. Viel bezahlen konnte ich nicht, aber ich fand eine Einzimmerwohnung zwei Straßen von *Unserer lieben Frau vom unbefleckten Herzen*, eine Wohnung mit Holzfußboden und einer über vier Meter hohen Blechdecke. Die hohen Fenster gingen auf die Elizabeth Street hinaus; das Zimmer war einmal eine Art Salon gewesen, man konnte die stilvolle Eleganz noch sehen, wenn auch etwas verblaßt, aber ich spürte sie, als hätte sie Venen, die immer noch unter den unzähligen Farbschichten pulsierten. Hinten waren eine Küche und ein kleines, altmodisches Badezimmer, alles aus altem, geflecktem abgerundetem Porzellan mit klobigen, runden Armaturen. Unter mir befand sich ein italienisches Restaurant namens *Filomena's*, und nebenan wohnte ein Transvestit namens Baby Faith, der Perücken, rote hochhackige Schuhe und Make-up trug – so jemand war mir noch nie begegnet. Auf der anderen Seite wohnte eine bucklige alte Frau, die Fatima hieß und dauernd Opernmusik hörte, vor allem Puccini, und über uns lebten zwei Familien, die eine aus Puerto Rico, die andere aus Italien.

Zwei Wochen lang saß ich in der Leere, ohne Möbel, und las Bücher aus der Bibliothek, Bücher über Frauen – «Schreibende Frauen», «Das andere Geschlecht», «Verteidigung der Rechte der Frauen», «Der weibliche Eunuch» – ich wollte herausfinden, was ich war, was für ein Wesen, welche Gattung. Als ich damit fertig war, lag ich tagelang da, von den Büchern umgeben wie von Mauern, während in meinem Kopf ein Bild der Frau entstand: Sie erhob sich aus dem Schlamm meiner Phantasie, ein unglückliches Geschöpf, das Wesen, das man das schwächere Geschlecht nannte, das Zweite, das Andere, mit den geringeren Attributen, den körperlichen, sinnlichen, natürlichen, während den Männern die spirituellen, die intellektuellen, die transzendentalen Fähigkeiten zugeschrieben wurden. Sie war ein Spiegel, der den Männern vorgehalten wurde, damit diese sich sehen konnten, sie war ein Loch, der nicht symbolisierbare Bodensatz, der dunkle Kontinent, der unvollkommene Mann, kastriert, kastrierend, ein Wesen ohne eigenes Subjekt. Eine Kreatur, die letztlich zum Schweigen gebracht und in den Staub gedrückt werden mußte.

Ich konnte die Frauen vor mir sehen, wie sie in der Küche schufteten, Kinder am Rockzipfel, wie sie sich über Krankenbetten beugten, wischten, wuschen, bedienten, während die Männer in der Küche herumsaßen, im Türrahmen lehnten, zuschauten und dachten: Sie wurde als Frau geboren, die Ärmste, sie ist kein ganzer Mensch.

Ein Bild formte sich in meinem Kopf, die Frau als ein sumpfiges Gefäß, unbewußt an eine Biologie gebunden, die sie zwingt, sich einen Mann zu suchen, einen Mann in sich aufzunehmen, schließlich einem Mann ein Kind zu schenken, als gäbe es nur den einen Zweck, nur das eine Ziel: Mutter zu werden.

Was ich las, war eine Geschichte der Sklaverei, deren enormes Ausmaß mir so nicht bewußt gewesen war. Ich spürte plötzlich, daß das, was ich las, meine Existenz widerspiegelte. Das war mir bisher nicht klar gewesen, aber jetzt schalteten sich die Worte ein, um auszudrücken, was nicht ausgesprochen worden war. Es stimmte, ich fühlte mich zweitrangig, ich spürte das ganz genau, ich war minderwertig, geringer, draußen vor der Tür.

Wenn eine Frau schrieb: «Uns fehlen unser Subjekt, unser Verb, unsere Prädikate: unser elementarer Satz, unser Grundrhythmus, unsere morphologische Identität, unsere generische Inkarnation, unsere Genealogie», verstand ich genau, was sie meinte.

Ich schaute mich in meiner Wohnung um, die kahlen weißen Wände, die Leere, ich auf der Matratze, Bücherstapel um mich herum – und ich dachte: Ich bin eine Frau, die einen Mann geliebt hat, mein Opfer ist so vorhersagbar gewesen, es war nichts, ich habe keinen Liebhaber, kein Geld, keinen Job, keine Ausbildung. Aber trotzdem wollte ich nicht zweitklassig sein, nicht untergeordnet, ohne Stimme. Ich wollte heraus, ich wollte etwas anderes, ich wollte mehr, und da kam mir ein Gedanke, bei dem mir der Atem stockte: Ich wollte das Schicksal, das Bo mir vorausgesagt hatte, das große Schicksal, das den Gang der Geschichte verändern würde.

Aber plötzlich bekam ich Angst, ich könnte mein Schicksal verpaßt haben. Vielleicht hatte das Schicksal ja eine bestimmte Zeit, einen bestimmten Rhythmus. Hatte es über meinem Leben geschwebt und den idealen Moment abgewartet – und als der Moment gekommen war, hatte ich in Luther Wolfes Armen gelegen, und das Schicksal hatte keine andere Wahl gehabt, als anderswohin zu gehen.

Ich blinzelte in die Dunkelheit. Ich hatte nicht auf Bo gehört. Sie hatte es mir gesagt! Es deprimierte mich maßlos, wenn ich dachte, ich könnte für Luther Wolfe das große Schicksal aufgegeben haben und würde den Gang von gar nichts verändern, schon gar nicht den Gang der Geschichte, weil ich Luther Wolfe geliebt hatte. Ich bekam keine Luft mehr, begann zu keuchen. Luther Wolfe war nichts. Ich hatte mein Leben für *nichts* gegeben.

Es war fast dunkel im Zimmer, als ich mich aufsetzte, mich im Schneidersitz auf die von Baby Faith geborgte Matratze setzte, so wie Bo es immer getan hatte, und die Augen schloß. Eine ganze Stunde lang saß ich so da, atmete ein und aus und betete darum zu erfahren, ob es für mich immer noch ein großes Schicksal gab, ich betete darum zu erfahren, was ich tun konnte, um es gegebenenfalls wiederzubekommen, ich versprach mich diesem Schicksal wie einem Bräutigam. Ich wollte in ein großes Schicksal gehüllt weiterleben, den Gang der Geschichte verändern.

Als es nicht mehr zu genügen schien, im Schneidersitz auf

dem Bett zu sitzen, streckte ich mich auf dem kühlen Holzfußboden aus, das Gesicht nach unten, die Arme von mir gestreckt, wie am Kreuz, so wie Bo es damals getan hatte, und ich schwor flüsternd, nichts anderes mehr zu tun, als mein Schicksal zu suchen. Ich bot mein Herz als Opfergabe an, mein Herz, das Luther Wolfe zerstückelt hatte, und ich gelobte, eine Festung darum zu errichten.

Ich stand vom Fußboden auf. Es mußte noch etwas geschehen, ein Ritual vollführt, ein Opfer gebracht werden, und im frühen Morgenlicht stand ich vor dem Badezimmerspiegel und schnitt mir die Haare ab, bis sie nur noch zwei Zentimeter lang waren. Ich warf alle meine Kleider weg, und von dem Augenblick trug ich nur noch dunkle Hosen und Jacken und schwarze Stiefel, wie in Trauer, und als ich endlich eine Arbeit fand, brachte ich ein letztes Opfer. Ich gab meinen Namen auf. Ich sagte, ich sei Oscar Lourde.

Niemand bei der Arbeit fragte mich genauer. Namen interessierten dort nicht. Ich konnte problemlos aus und ein gehen, es wurde nicht viel von mir verlangt. Die Institution hieß *Bellevue*. Ich mußte nicht viel sagen, manchmal gar nichts, ich mußte nur Patienten waschen, alte Männer und alte Frauen. Sie wurden mit ihren Rollstühlen in Reih und Glied vor den Duschen aufgestellt, schon im Bademantel, ihre persönliche Seife in einer kleinen Plastikschale auf der Armlehne. Ich arbeitete in einer großen, mit Marmor ausgelegten Dusche. Die alten Menschen nahmen einer nach dem andern auf einer Holzbank Platz, ich seifte ihnen Arme, Beine, Rücken, Gesicht und Haare ein, falls sie noch welche hatten. Danach wusch ich die Seife sorgfältig mit einem Schlauch ab und rieb sie behutsam trocken, fing bei den Füßen an und arbeitete mich über ihre faltige Haut nach oben. Jeden Tag wusch ich zwanzig Personen, manchmal auch fünfundzwanzig. Ich erkannte die Alten an ihren Hammerzehen, an ihren knorrigen Händen, an dem schwabbeligen Gesäß, an den krummen Beinen, aber vor allem erkannte ich sie an den eingesunkenen Augen, die wie dunkle Feuerfunken glühten.

Abends besuchte ich Zellie im Rehazentrum auf ihrem Zimmer, wo sie sich am wohlsten fühlte. Ich brachte ihr Farbe, Leinwand und Pinsel mit und Poster mit Bildern von Frida Kahlo, die sie an die Wand hängte. Sie malte den ganzen Tag, aber nicht mehr ihre eigenen Wunden, sondern die Wunden anderer; die Patienten saßen stundenlang für sie Modell und entblößten ihre verstümmelten Körper, damit Zellie sie malen konnte. Einmal malte sie mich vor ihrer Wand stehend, mit meinen kurzen schwarzen Haaren, in einem schwarzen Anzug, unter dem sie die Umrisse eines weißen Kleides andeutete und schemenhafte weiße Schuhe unter den schwarzen Stiefeln.

Wenn ich schließlich spätabends zu Hause war, versuchte ich krampfhaft, mir nicht Luther Wolfe neben mir vorzustellen, aber ich spürte so oft seine Haut auf meiner, hörte seine Stimme in meinem Ohr, sah seine dunklen Augen, seine vollen, warmen Lippen, ich roch den Duft seines Nackens, hörte uns lachen. Ich sah unser Leben durch ein Fenster, das ich weder zertrümmern noch berühren konnte. Und jeden Abend gab ich ihn auf, jeden Abend legte ich mein Gesicht auf den kühlen Holzfußboden, wie Bo es getan hatte, und gab ihn auf. Immer und immer wieder gab ich ihn auf: Hier, nimm ihn, er gehört dir. Und ich bat statt dessen um mein Schicksal. Bitte, sagte ich.

Ich suchte es jeden Tag, suchte nach Zeichen, nach irgend etwas, wartete auf eine Veränderung, und sei sie auch noch so klein, aber es vergingen zwei Jahre, ohne daß sich das geringste bewegte. Ich wanderte durch die Straßen von New York, durch SoHo und Greenwich Village, manchmal bis zur Upper East Side, wo Bo und ihre Mutter Georgia in der Park Avenue gewohnt hatten. Ich ging in Buchhandlungen, ich saß in Cafés, wo ich heiße Schokolade trank und Bücher las. Spätabends ging ich in Restaurants und ins Kino; ich nahm meine Kamera und fotografierte die alten Menschen unter der Dusche, ich fotografierte Zellies Freunde in *Unsere liebe Frau vom unbefleckten Herzen* und entwickelte die Bilder in einer gemieteten Dunkelkammer.

Trotzdem vergingen die zwei Jahre in absoluter Stille. Ich redete mit niemandem, außer mit Zellie und Baby Faith, gelegentlich mit Fatima, der Frau, die Opern hörte, aber sonst war ich ganz still. Es sah so aus, als würde nichts passieren, bis mir nach und nach etwas auffiel: Ich konnte sehen, daß die Dinge oft nicht so waren, wie sie schienen. Da war zum Beispiel der Koreaner mit dem kleinen Supermarkt in unserer Straße. Er schrie seine kleine, verhärmte Frau immer an, und sie reagierte auf jedes Wort, zog gedemütigt die Schultern hoch, preßte die Lippen aufeinander. Er war brutal, aber was weniger klar zu sehen war: Sie hatte ihn dabei unterstützt.

Dann klopfte an einem heißen Augustabend Baby Faith an meine Tür. Er wollte mich einem jungen Mann namens Jack Tortorre vorstellen, der am Wochenende immer die italienische Familie im Stockwerk über uns besuchte. Ich hatte Jack Tortorre schon ein paarmal gesehen, wir waren uns im Treppenhaus begegnet, aber ich hatte kein Interesse an ihm, ich dachte immer noch an Luther Wolfe. Jack hatte dunkle Locken und glänzende schwarze Augen. Er war mittelgroß, schlank und beweglich, mit muskulösen Armen, die von blauen, berührbaren Venen durchzogen waren. Er trug locker sitzende schwarze Kordsamthosen, ein weites weißes Hemd und schwarze Stiefel. Er sei Schauspieler, sagte Baby Faith, und habe gerade in Hollywood einen Film gedreht, keine Hauptrolle, aber trotzdem eine ganz gute Rolle, mit Robert De Niro oder Al Pacino, ich weiß nicht mehr, mit welchem der beiden. Es war eine peinliche Situation, Baby Faith wußte nicht, daß ich ein Gelübde abgelegt hatte und daß ein Mann das letzte war, wonach ich suchte, aber die beiden fragten mich, ob ich mit ihnen zum Feast of San Gennaro gehen wolle, also sagte ich ja.

Jack Tortorre hatte eine starke physische Präsenz, das spürte ich gleich; in ihm pulsierte eine Energie, die nicht alle Leute besaßen. Diese Energie machte seine Gesten präzise, seine Bewegungen harmonisch, ließ seine Augen glänzen und seinen Mund feucht schimmern. Man spürte, er war auserwählt – wofür, war nicht klar, aber man hatte Lust, ihm zu folgen, als könnte er einen an hochinteressante Orte führen. Ich war erstaunt, daß er überhaupt Interesse an mir zeigte, hatte ich doch so kurze Haare und war so dunkel gekleidet. Ich sagte, mein Name sei Oscar. Ich hätte gedacht, daß er eine italienische Frau mit dunklen Haaren und dunklen Augen wollte, mit Flatterkleidern und hochhackigen Sandalen, roten wahrscheinlich.

Also mischten wir uns zu dritt unter die Menschenmenge, Baby Faith, Jack Tortorre und ich, aßen Würstchen, tranken Rotwein und fuhren sogar Riesenrad. Ich war dankbar für die Abwechslung, denn es ödete mich allmählich an, immer allein in meiner Wohnung zu sitzen, und als Baby Faith einen Bekannten traf und die beiden gemeinsam weiterzogen, blieb ich allein mit Jack Tortorre zurück.

Wir spazierten weiter durch die Buden und Attraktionen, als hätten wir noch nicht alles gesehen. Ich beobachtete ihn die ganze Zeit, seinen Gang, seine Handbewegungen, und was ich sah, gefiel mir, er fühlte sich sichtlich wohl in seinem Körper. Ich versuchte mir seinen Charakter vorzustellen, überlegte mir, wie es wohl in seiner Brust aussah, sicher viel unkomplizierter als in meiner, und ich hätte gern mit ihm getauscht. Die Leute kamen auf ihn zu, klopften ihm auf den Rücken und sagten: «Na, Jackie, wie geht's denn so, wie geht's denn so?» Und ich beobachtete, wie er nickte und sagte, bestens, bestens, und ich beobachtete ihn, wenn er mich vorstellte und log: «Das ist meine Freundin Maria.»

«Maria?» fragte ich, als die Leute wieder weg waren.

«Oscar ist ein Männername», sagte er. «Du willst doch keinen Männernamen.»

«Doch», erwiderte ich.

«Du willst keine Frau sein?»

Ich wußte nicht, was ich darauf sagen sollte. Man konnte doch nicht jemandem, den man gerade erst kennengelernt hatte, gleich erzählen, man warte auf ein großes Schicksal und dürfe sich von der eigenen Natur keinen Strich durch die Rechnung machen lassen, da genau das schon passiert sei.

«Heißt das, du willst ein Mann sein?» fragte er.

«Nein.»

«Was dann?»

«Gibt es irgend etwas dazwischen?»

Jack Tortorre lachte, und ich erkannte in seinen Augen den heißen, begehrlichen Blick, den ich früher bei Luther Wolfe gesehen hatte. Erregung stieg in mir hoch – was mich selbst wunderte. Ich fühlte mich auf eine Art zu ihm hingezogen, die ich gar nicht kannte, so plötzlich, so heftig. Am liebsten hätte ich es gleich an Ort und Stelle mit ihm gemacht, in einer dunklen Ecke, hinter einer der Buden, in einer Nebenstraße. Eine so unmittelbare Lust hatte ich noch nie empfunden, ich verstand es nicht, ich kannte diesen Mann doch kaum!

Ich vergaß mich, lud ihn zu mir in die Wohnung ein und bot ihm eine Tasse Tee an. Wir saßen auf der Matratze und tranken aus derselben Tasse, denn ich hatte nur die eine. Er fragte mich leise lachend, ob ich wie Francis-Francine sei, und als ich wissen wollte, wer Francis-Francine sei, meinte er: «Ein Halb-und-Halber.» Er fuhr sich mit dem Finger langsam und dramatisch vom linken Knöchel bis zum Hals. «Auf der einen Seite war er ein Mann», flüsterte er. «Ein ganz behaartes Bein, er trug einen Oxfordschuh und eine schwarze Socke. Auf dieser Seite war seine Brust flach, und er trug eine Herrenarmbanduhr.» Dann fuhr er mit dem Finger die rechte Seite hoch, noch langsamer diesmal, und das sah so verführerisch aus, daß ich mir sehnlichst wünschte, er würde das bei mir machen. «Auf der anderen Seite war sie eine Frau», flüsterte er. «Keine Haare an den Beinen, und sie trug hochhackige Pumps, hatte eine Brust in einem BH-Körbchen und Kettchen am Handgelenk.» Er zog mit dem Finger meine Lippen nach und sagte: «Diese Seite des Mundes war geschminkt, und die Haare waren lang und lokkig.» Er fuhr mir mit den Fingern durch die Haare und legte die Hand über die eine Hälfte meines Gesichts. «Francis-Francine, die-der unglaubliche Mann-Frau!» sagte er.

Dann tupfte er einen Tropfen Tee von meiner Unterlippe, und mir wurde ganz schwindlig. Ich wollte an seinem Finger lutschen, seine Lippen auf meinen spüren, ich wollte ihn, wollte ihn ganz, mit Leib und Seele. Er wollte mich auch, und da saßen wir nun auf der Matratze, allein, tranken aus derselben Teetasse, berührten uns mit den Fingern, schauten uns in die Augen. Es kam ganz von selbst, daß er sich zu mir beugte und mich auf die Lippen küßte, es kam ganz von selbst, daß ich seinen Kuß erwiderte; es war rein und perfekt, unser Begehren, vielversprechend, sein Mund so feucht und warm, seine kräftigen Hände, sein Körper angespannt vor Verlangen, wir preßten uns aneinander, wir waren beide einverstanden, bereit, uns gegenseitig zu verschlingen. Da mußte ich an etwas denken, was ich bei Nietzsche gelesen hatte, und obwohl ich sonst nie daran dachte, fiel es mir jetzt ein: *Mann und Weib verstehen unter Liebe jeder etwas anderes – und es gehört mit unter die Bedingungen der Liebe bei beiden Geschlechtern, daß das eine Geschlecht bei dem andren Geschlecht nicht das gleiche Gefühl, den gleichen Begriff «Liebe» voraussetzt. Was das Weib unter Liebe versteht, ist klar genug: vollkommene Hingabe (nicht nur Hingebung) mit Seele und Leib, ohne jede Rücksicht, jeden Vorbehalt, mit Scham und*

Schrecken vielmehr vor dem Gedanken einer verklausulierten, an Bedingungen geknüpften Hingabe. In dieser Abwesenheit von Bedingungen ist eben seine Liebe ein Glaube: das Weib hat keinen anderen – der Mann, wenn er ein Weib liebt, will von ihm eben diese Liebe, ist folglich für seine Person selbst am entferntesten von der Voraussetzung der weiblichen Liebe; gesetzt aber, daß es auch Männer geben sollte, denen ihrerseits das Verlangen nach vollkommner Hingebung nicht fremd ist, nun, so sind das eben – keine Männer.

Ich war so eine Frau, das war meine Natur, und als ich mich an seine Tür hämmern sah und rufen: «Jack, ich bin's, laß mich rein», da war auf einmal alles weg, und ich setzte mich auf.

«Was ist los?» fragte er.

«Ich möchte so gern, du kannst dir gar nicht vorstellen, wie gern – aber ich kann nicht», sagte ich.

«Warum nicht?» fragte er. Ich schaute ihm in die Augen, sie waren wunderschön, so dunkel und glühend vor Verlangen, und ich wollte mich in diesen Augen verlieren, das spürte ich in mir. Aber was in mir ist, das ist nicht in ihm, dachte ich, obwohl es jetzt so aussieht. Und ich wollte deswegen nicht wieder mein Leben verlieren. Also sagte ich zu Jack Tortorre, er müsse gehen, leider, aber ich könne nicht mit ihm schlafen. Er setzte seine ganze Überzeugungskraft ein, sein Lispeln, sein schiefes Grinsen, die Lust eines Mannes hat eine enorme Kraft, aber mein Wille war stärker, und ich brachte ihn zur Tür. Er verstand es nicht, ging aber, und ich lag die halbe Nacht wach und grübelte.

Ich war völlig benommen: Zwei Jahre lang hatte ich fast wie im Kloster gelebt, in tiefstem Schweigen, und innerhalb weniger Stunden hatte ein Mann den Frieden gebrochen. Ich wollte die Stille wiederhaben, die Turbulenzen waren mir fremd, aber die Stille schien ganz weit weg, als hätte ich sie nie besessen, aber wie konnte das sein – war ich nicht noch heute morgen damit aufgewacht? Ich dachte an seine Augen, seinen Mund, an das Gefühl, wie sich sein Körper an meinen drückte, an den

Duft seiner warmen Haut. Das alles ging mir dauernd durch den Sinn, wie die Zeile eines Liedes, und ich versuchte, nicht die kleine Teetasse anzuschauen, aus der wir gemeinsam getrunken hatten, aber sie ließ mich nicht los, und ich starrte sie immer an, als wäre in ihrer Zerbrechlichkeit alles enthalten, was zwischen uns vorgefallen war.

Ich stellte die Tasse in die Spüle, und als es im Zimmer langsam hell wurde, erhob ich mich von meinem Bett und legte mich auf den Fußboden, das Gesicht nach unten, die Arme ausgestreckt, und ich gab Jack Tortorre auf. Hier, nimm ihn, er ist dein. Ich fühlte mich ganz lang, nur Knochen und Sehnen und Herz, und ich bat wieder um mein Schicksal, ich bin bereit dafür, bitte.

Zwei Tage später, an einem regnerischen, kalten Abend kurz nach Mitternacht, klopfte Jack Tortorre bei mir an die Tür. Ich stand wie erstarrt neben der Spüle und überlegte, ob ich aufmachen sollte oder nicht. «Oscar», rief er, «ich weiß, du bist da. Ich habe gesehen, wie du raufgegangen bist, und du bist nicht wieder runtergekommen.»

Ich ging zur Tür, seine Stimme zog mich an, sie war so tief und leise und aufregend. Ich preßte die Stirn gegen das kühle Holz der Tür.

«Ich kann dich nicht hereinlassen», wisperte ich.

«Warum nicht?»

«Meine Großmutter ist hier, sie liegt krank im Bett», sagte ich.

«Du lügst.»

Wie konnte ich ihm sagen, daß ich mir ein großes Schicksal wünschte, daß ich den Gang der Geschichte verändern wollte?

«Ich will dich, Hemy», sagte er.

Der Klang meines Namens ging mir durch und durch, machte mich vollkommen wehrlos.

«Woher weißt du meinen Namen?»

«Ich mußte ihn wissen.»

Ich sagte nichts.

«Ich kann dich nicht vergessen. Ich möchte dein Gesicht sehen. Ich will nichts von dir, ich will dich nur ansehen, ich muß dauernd an dich denken», sagte er.

Ich sagte nein, und er sagte, er liebe die Form meines Mundes, meine Lippen würden ihn verrückt machen, meine Augen würden in seinen Gedanken brennen, er flehte mich an, er wolle nur mein Gesicht sehen, nur ganz kurz, meine Augen, er würde nichts tun, nur schauen, versprochen. Die Hartnäckigkeit in seiner Stimme war so erregend, ich vergaß alles und schob den Riegel beiseite, obwohl mein Kopf mir sagte, ich solle es nicht tun. Ich öffnete die Tür einen Spaltbreit und versank sofort in seinen Augen, sie waren so voller Sehnsucht. Plötzlich waren seine Lippen auf meinen, ich versuchte mich zu entziehen. Ich muß weg, sagte ich mir, aber er hatte die Arme um meine Taille geschlungen, und ich stand im Flur, an die Wand gedrückt, das Gewicht seines Körpers warm und schwer auf mir, sein Mund auf meinem. Ich wollte ihn in meine Wohnung ziehen, ihn auf die Matratze legen, ihn nehmen, noch nie hatte ich mich zu jemandem so hingezogen gefühlt, aber ich dachte daran, was Luther Wolfe einmal zu mir gesagt hatte: «Du bist mein Gottesgeschenk», und ich spürte sofort wieder die tödliche Wunde. Dann dachte ich an etwas, was ich gelesen hatte: *Wie ein Mann zu lieben, ist der erste Schritt weg von der gesellschaftlichen und biologischen Bestimmung*, und ich dachte, ja, natürlich, wie ein Mann zu lieben, das ist es, aber dann begriff ich, daß ich gar nicht wußte, wie ein Mann liebte, ich wußte nur, wie eine Frau liebte, und wenn ich Jack Tortorre in meine Wohnung ließ, dann würde er derjenige sein, der wie ein Mann liebte, und ich würde wie eine Frau lieben.

Ich wollte mich ihm entziehen, aber er nahm mein Gesicht

zwischen seine Hände und schaute mir in die Augen. «Ich habe noch nie eine Frau wie dich getroffen», flüsterte er. Er küßte mich auf die Stirn, als wollte er mich segnen, und ich dachte, ich könnte ihn lieben, wollte es aber nicht, wollte mein Leben nicht noch einmal verlieren. Er konnte mich zugrunde richten, das wußte ich, und ich dachte daran, wie Bo gesagt hatte, sie habe das Leben an sich vorbeigehen lassen, aber ich würde es schaffen. «Was?» hatte ich sie gefragt.

Den Gang der Geschichte verändern.

Ich sagte: «Ich muß jetzt gehen.» Ich entzog mich ihm abrupt, und ehe ich die Tür hinter mir zumachte, schaute ich ihn noch einmal an und sah die Trauer in seinen Augen. Besser als in meinen, dachte ich und setzte mich auf die Matratze. Ich atmete kaum, hörte nur seine Fingerknöchel an meiner Tür und seine Stimme, die meinen Namen rief, und wußte, wie sehr es schmerzte, etwas zu wollen und es nicht zu bekommen, den Menschen zu verlieren, den man am liebsten mochte.

Er ging schließlich, und ich legte mich auf meine Matratze und rührte mich nicht, ich lauschte seinen Schritten, während er die Treppen hinunterging. Als er fort war und nichts mehr da war, fragte ich mich, warum ich die Tür geöffnet hatte. Dieser Mann konnte mich vernichten, das wußte ich, er durfte nie wieder hereingelassen werden! Aber wie konnte ich mir selbst trauen, ich hatte ihn schon vorher aufgegeben und ihm trotzdem die Tür geöffnet. Ich mußte mehr tun als ihn aufgeben. Das Schicksal darf man nicht unterschätzen, es fordert alles, was wir haben, Halbheiten gibt es nicht.

Ich schaute mich verzweifelt im Zimmer um, als könnte ich dort eine Antwort finden. Aber da war nichts, außer Lourdes grünem Koffer. Plötzlich hatte ich das Gefühl, als würde mich dieser Koffer rufen, ich weiß nicht, warum, und ich fing an, alles herauszuzerren, was ich seit der Explosion mit mir herumgetragen hatte, die ganzen verkohlten Gegenstände, Lourdes

Revolver, Bos kaputte Schüsseln, die Schachtel mit Oscars Asche, die ich sorgfältig mit einer breiten elastischen Binde umwickelt hatte, mit der Zellie eine Zeitlang ihren Rücken stabilisiert hatte. Ich wickelte die Dose aus, stellte sie mitten zwischen die anderen Sachen und schaute sie mir alle an: Sie waren meine Kreuze, meine Statuen, meine Götzenbilder, diese kaputten, verkohlten Gegenstände.

Ich kniete vor ihnen nieder. «Ich möchte mein Schicksal, Bo», sagte ich. «Ich möchte es mehr als Jack Tortorre.» Da spürte ich, daß etwas über mich kam, so wie ich es schon einmal gespürt hatte, als ich nach der Explosion in Lourdes Zimmer gewesen war und nach unten geschaut und auf dem Boden neben meinen Füßen das halbverbrannte Familienfoto gesehen hatte. Damals hatte ich gespürt, wie etwas, das nicht aus Fleisch und Blut war, durch mich hindurchging, genau wie jetzt. Ich wußte genau, daß ich mich in meiner leeren Wohnung befand und vor diesen verbrannten Gegenständen kniete; ich wußte, daß ich nach unten schaute und die breite elastische Binde in der Hand hielt. Ich stand auf, ging zu meinem Bett und legte die Binde auf das Kopfkissen. Ich zog meine Bluse aus, warf sie ans Fußende der Matratze, dann hakte ich meinen Büstenhalter auf und schleuderte ihn in den Papierkorb. Ich nahm die Binde und fing an, sie um meine nackten Brüste zu wickeln, bis sie vollständig bandagiert waren.

Ich fand es komisch, aber ich hörte nicht auf, bis ich fertig war, dann zog ich ein weißes T-Shirt über und schaute in den Spiegel. Ich sah einen Jungen, einen Teenager, nein, älter, ich sah Oscar Lourde. Ich konnte mich nicht losreißen, ich war gefesselt von meinem Spiegelbild, von diesem Mann-Jungen, in den ich mich verwandelt hatte. Möchtest du ein Mann sein? fragte ich mich, obwohl ich die Antwort fürchtete und innerlich zitterte, denn ich *wollte* nicht, daß ich ein Mann sein wollte. Das war Hysterie: sich die Brüste abschneiden, die Genitalien zu einem bizarren Miniglied umgestalten, so groß wie ein kleiner Finger, ein tristes Anhängsel, mehr nicht, und dann an Stellen Haare und Muskeln bekommen, wo vorher keine waren, und sich nach Frauen umsehen, mit denen man schlafen könnte. Nein, das war es nicht, ich wollte kein Mann sein.

Was ist es dann? fragte ich mich. Was waren meine unbewußten Motive? Fand ich es so entsetzlich, eine Frau zu sein? War das Frausein so schwierig, daß ich mich zu dieser Tat gezwungen sah, die nur das verzweifelte Ziel zu haben schien, meine Weiblichkeit auszulöschen? Oder verhüllte ich meinen Körper, um meine Anziehungskraft auf Männer auszuschalten, damit ich mich nicht wieder an einen von ihnen verlor? Vielleicht bandagiere ich die Natur, die in meiner Brust liegt, dachte ich, oder vielleicht wickele ich sie ein, weil etwas mit ihr passieren muß, eine Metamorphose, eine Evolution. Ich wußte es nicht. Ich verstand nur, daß meine Hingabe an das Schicksal, das Bo mir vor siebzehn Jahren eingehaucht hatte, jetzt vollkommen war.

Ich wollte den Gang der Geschichte verändern. Entweder das oder gar nichts.

Danach betete ich anders. Ich saß im Schneidersitz auf der Matratze, den Rücken an die Wand gelehnt, die Augen geschlossen, es gab keine Worte, keine Gelübde, ich achtete auf meinen Atem, auf das Ein- und Ausatmen. Das war mein Gebet. Zwischen den Atemzügen gab es einen Punkt, wenn die Luft ausgehaucht war, der nächste Atemzug aber noch nicht eingesetzt hatte, eine stumme Leerstelle sozusagen, und an dieser Stelle bat ich um Erkenntnis. Ich versank, verlor mich selbst, und ich hatte das Gefühl, daß es etwas gab, das man erfahren konnte, etwas Außergewöhnliches, und ich saß stundenlang in der Stille und horchte.

Als eine der alten Frauen mit mir zu reden begann, während

ich sie unter der Dusche wusch, hörte ich ihr genau zu. Sie war kurz davor zu erblinden und hatte große Angst, der Gedanke an die Dunkelheit versetzte sie in Panik. Nachts konnte sie nicht mehr schlafen; sie fürchtete sich davor, die Augen zu schließen, weil sie Angst hatte, wenn sie sie wieder aufmachte, könnte sie nichts mehr sehen, also hielt sie die Augen die ganze Nacht offen und starrte auf den Türrahmen, weil sie dort das blaßgelbe Licht des Flurs sehen konnte – so wollte sie verhindern, daß ihre Augen sie ganz im Stich ließen. Man weiß gar nicht, was das Augenlicht wirklich bedeutet, bis man es verliert, sagte sie zu mir. Sie hieß Lausy Hayes, und ich fing an, abends an sie zu denken, mir vorzustellen, wie sie verzweifelt versuchte, bloß nicht einzuschlafen, den Blick auf den mattgelben Lichtstreifen gerichtet, um sich selbst immer wieder, sozusagen jeden Augenblick, zu beweisen, daß sie noch sehen konnte. Eines Abends wußte ich plötzlich, daß Lausy recht hatte: Sie würde erblinden. Es war merkwürdig, dieses Wissen, es war ein Gefühl, und trotzdem hörte ich es, ich hörte die Worte, und ich wußte, sie würde erblinden.

Als ich sie das nächste Mal wusch und mit den Händen behutsam ihren grobknochigen Körper einseifte, ihre Brust, die sich abrupt hob und senkte, und schließlich ihr verwelktes Gesicht, ihre Wangenknochen, da schaute ich in ihre trüben blauen Augen und sah, wie sie auf der Suche nach dem Sehen ständig hin und her gingen. Als ich mich selbst sah, wie ich in der Asche unseres Hauses nach Oscar suchte, nach einem Stück Stoff von seinem Hemd, nach einem Schuh, nach irgend etwas, da kniete ich nieder und ergriff Lausy Hayes Hand. «Lausy», sagte ich leise, «ich möchte, daß Sie etwas für mich ausprobieren.» Ich war genauso verdutzt wie sie, als ich mich reden hörte, weil ich so lange geschwiegen hatte, aber Lausy Hayes nickte, als wäre es vollkommen logisch, daß ich endlich redete, und in der nassen, dampfigen Marmordusche, in der das tropfende

Wasser widerhallte, forderte ich Lausy Hayes auf, fünf Minuten lang die Augen zu schließen und auf ihren Atem zu achten statt auf ihre Gedanken. In dem Raum zwischen zwei Atemzügen solle sie um ihre Sehfähigkeit bitten, sagte ich ihr, und in der darauffolgenden Stille solle sie auf die Antwort horchen. Vielleicht würde es eine Weile dauern, es sei kein Zaubertrick, sagte ich, aber es sei unsere einzige Chance, und sie nickte, als verstünde sie.

Und dann saß Lausy Hayes nackt auf der Holzbank, ich hielt ihr die Hand, und sie schloß die Augen. Sie atmete tief ein und aus, die Luft rasselte in ihrer Brust, die Adern an ihren Schläfen schwollen an, weil sie solche Angst hatte, aber sie tat es, und als sie fertig war, dankte ich ihr und sagte, sie müsse es zweimal am Tag versuchen, als eine Art Experiment, sonst nichts. «Sie haben nichts zu verlieren, Lausy Hayes», sagte ich, und sie nickte; sie wußte, daß es stimmte.

Lausy Hayes kam öfter zum Waschen; sie atme lieber in meiner Gegenwart, sagte sie. Ich hätte so eine Ausstrahlung, meinte sie, also wusch ich sie, und dann setzte ich mich zu ihr auf die Holzbank und hielt ihr die Hand, während sie atmete. Ich saß in der Dampfluft und atmete mit ihr. Wir wechselten kaum je ein Wort, aber eines Morgens drückte sie mir die Hand und sagte: «Ich glaube, ich verstehe etwas. Vielen Dank, Sir.»

Ich war schockiert, daß sie mich «Sir» nannte. Es war das erste Mal, daß jemand mich als Mann ansprach. Lausy Hayes war fast blind, aber trotzdem sah ich mich so, wie sie mich gesehen haben mußte, eine hochgewachsene, schmale Gestalt, flachbrüstig, in schwarzen Hosen, schwarzen Stiefeln und weißem T-Shirt, kurze Haare, keinerlei Schmuck, nur eine Männerarmbanduhr. Die Verwandlung war schrittweise vor sich gegangen, erst die Haare, dann die Kleider, dann das Bandagieren. Ich hatte nicht geplant, wie ein Mann auszusehen, es hatte sich fast zufällig ergeben, aber jetzt wurde ich mir erst der Wirkung bewußt – ich hatte das Äußere eines Mannes angenommen. Das brachte mich ganz durcheinander – ich fühlte mich eigentlich nicht wie ein Mann.

Als Jack Tortorre das nächste Mal kam und an meine Tür klopfte, öffnete ich ihm. Es war schon spät, am Thanksgivingabend, ich hatte bei Zellie gefeiert, mit den Nonnen an einem Tisch voller Krüppel. Wir hatten in einem großen Raum an langen, mit weißem Kreppapier bedeckten Tischen gesessen, hinter denen dunkelrote fromme Gemälde hingen. Als Jack Tortorre klopfte, öffnete ich die Tür einen Spaltbreit, um sein Gesicht zu sehen, er lebte, und gleich darauf lag ich in seinen Armen, wir beide in meiner Wohnung, auf der Matratze, und wir begannen einander zu verschlingen, wie ich es noch nie erlebt hatte, die ganze Warterei hatte die Gier nur noch gesteigert. Unsere Münder, die Lust, seine Hände auf meinem Körper, sein Mund, offen, gierig, seine Augen heiß und voller Verlangen, wie ich es noch nie gesehen hatte, genau wie bei mir, mußte ich dauernd denken, im Vergleich dazu war Luther Wolfe nur ein kleiner Junge gewesen. «Ich denke dauernd an dich», sagte Jack Tortorre. «Du gehst mir nicht aus dem Kopf, nachts laufe ich herum und sehne mich so nach dir! Die Tage sind leer. Ich denke nur an dich.» Ich hörte zu, berauscht vom Klang seiner Stimme, und durch seine Stimme in meinem Ohr, durch seine Hände auf meinem Gesicht war mein Gelübde innerhalb von Sekunden ausgelöscht. Ich bestand aus nichts. Es wäre weitergegangen, und ich hätte nicht die Willenskraft besessen, mich dagegenzustemmen, bis er zu der elastischen Binde kam – ein Tor, eine Mauer zwischen uns. «Was ist das?» wollte er wissen, erschrocken darüber, daß meine Brüste bandagiert waren. Zuerst dachte er, ich sei verletzt oder ich hätte eine Infektion in der Brust, aber ich sagte, nein, es sei nichts dergleichen, aber als ich es zu erklären versuchte, merkte ich, daß das nicht ging – wie soll man jemandem sagen, daß man ihn nicht lieben kann, weil man ein großes Schicksal hat? Er wollte mich auswickeln, aber das erlaubte ich nicht, ich konnte es einfach nicht, es hatte nichts mit Willenskraft zu tun. Ich verbot es ihm, und er flehte mich an, er könne es nicht aushalten, wenn ihm auch nur ein Teil von mir vorenthalten würde, aber ich ließ es nicht zu, es ging nicht, die Zeit war noch nicht reif dafür. Ich hätte ihn niemals hereinlassen dürfen, merkte ich jetzt. Ich zwang ihn zu gehen, schob ihn zur Tür, obwohl er weinte, und dann saß ich völlig verwirrt mit dem Rücken zur Wand auf der Matratze. Das war zuviel für mich, diese ganze Sache mit dem Schicksal! Ich hörte ihn die Treppe hinuntergehen, ich hörte die Haustür zuknallen, ich hörte das Klacken seiner Absätze auf dem kalten Gehweg, dann war alles still.

Ich atmete in der Stille meiner Wohnung, ich spürte die Zeit, mich selbst, meinen Körper, wie schwer er war, wie erdverbunden, alles Spirituelle hatte mich verlassen. Aber ich war erleichtert, daß Jack Tortorre wenigstens nicht mehr vor meiner Tür stand. Er hätte mich töten können, das wußte ich.

Als Zellie aus dem Rehazentrum *Unsere liebe Frau vom unbefleckten Herzen* entlassen wurde, zogen wir ein paar Straßen weiter in eine größere Wohnung, zwei Zimmer mit einer großen Küche, in der auch ein Tisch Platz hatte, und Jack Tortorre fand uns nie. Zellie merkte, daß ich mir die Brüste abband, aber sie fand das nicht weiter verwunderlich, sie hatte sich an meine dunkle, maskuline Kleidung gewöhnt und nannte mich Oscar. «Eine Bombe jagt eine Familie in die Luft und läßt nur zwei Schwestern zurück – da kann keiner vorhersagen, was die so alles anstellen», sagte sie. Ich dachte an die Schnitte und die Brandwunden, die sie ihrem Körper zugefügt hatte, und wäre gern dahintergekommen, ob ich vielleicht von ähnlichen Impulsen getrieben wurde, aber ich hatte keine Ahnung.

Wir schliefen nachts in einem Bett, Zellie mit ihrer krummen Wirbelsäule, ich mit meiner abgebundenen Brust, die Schwestern Lourde, wir waren alles, was noch übrig war. Wir stammten nicht aus Italien, aber Zellie beschloß, daß sie Italien liebte, Frida Kahlo sah ja auch fast aus wie eine Italienerin, und nach und nach wurde unsere Wohnung immer italienischer – Kerzen brannten auf unseren Fensterbrettern, auf kleinen Altären vor Herz-Jesu-Bildern, hier und dort hing ein Kruzifix, auf dem Herd blubberten riesige Töpfe mit Tomatensauce, und Zellie lief in langen, eleganten Kleidern herum, meistens in roten, und sie kopierte Bilder von Fra Angelico und Tintoretto, während im Radio Verdi spielte.

Sie arbeitete stundenweise in einem italienischen Gemüseladen, saß hinter der Theke, nahm das Geld entgegen, lernte Italienisch, damit sie mit den alten Leuten reden konnte, die ins Geschäft kamen. Dann kam sie nach Hause, malte und kochte Abendessen für uns beide.

Während wir aßen, wollte sie immer, daß ich von den Alten erzählte, die ich wusch. Ich mußte sie alle nachmachen, das erinnerte sie an die Zeit in *Bo's Place*. Es war nicht nett den Alten gegenüber, aber ich brachte Zellie gern zum Lachen, also erzählte ich ihr Anekdoten aus dem Krankenhaus, ich beschrieb zum Beispiel Harold Rubin, den alten Varietékünstler, wie er auf der Holzbank in der Dusche saß, wie sich seine schlaffe Haut in Falten legte und er mit den Füßen kaum den Boden berührte und wie er in seinem jiddischen Akzent sagte: «Haben Sie schon mal von Danny Doyle gehört, Oscar? Er war einer von den ganz Großen – und Sie wollen noch nie von ihm gehört haben, von Danny Doyle, aber Sie müssen von ihm gehört haben, nein, na ja, man kann nicht alles wissen. Und wie ist's mit Vinnie Doyle, aber Sie müssen doch Vinnie Doyle kennen, was, Sie kennen Vinnie Doyle nicht? Gott segne dich, Vinnie Doyle, keiner erinnert sich mehr an dich, außer mir, ja, schau her, Vinnie Doyle, du armes Menschenkind, ich bin der einzige, der sich noch an dich erinnert.» Ich äffte sie alle nach, sogar Lausy Hayes, ich imitierte ihre Blindheit, ihre zittrige Stimme; ich verhielt mich respektlos, pietätlos, ich war keine Heilige.

Als Lausy Hayes anfing, nachts wieder zu schlafen, begann ein alter Schwarzer namens Leopold Harry in der Dusche mit mir zu reden. Er war groß, knochig und mit breiten Händen, seine Augen waren tief eingesunken und trüb vom grauen Star. Er hatte fast keine Zehen mehr, weil er an Diabetes litt, aber das Auffälligste an ihm war seine Brust, sie war runzelig und voller Brandnarben: Er war bei Rassenunruhen mit Benzin übergossen worden, und dann hatte jemand ein Streichholz angezündet.

Er wollte wissen, was ich getan hätte. «Sie müssen nämlich irgendwas getan haben!» sagte er. «Lausy Hayes hat jede Nacht laut geheult, seit ich hier bin, und jetzt auf einmal ist sie mucksmäuschenstill. Was haben Sie gemacht?» Ich fragte ihn: «Warum möchten Sie das wissen?» und er sagte, er denke oft an Selbstmord, er würde dann die ganzen Tabletten schlucken, die er gehortet habe, es sei sinnlos, immer noch weiterzumachen. Als ich mich selbst in dem Zimmer bei Gussy Keys sitzen sah, spätnachts, die Tabletten in der einen Hand, das Glas Wasser in der anderen, da bat ich Leopold Harry, mir das nächste Mal, wenn er zum Duschen komme, die Tabletten mitzubringen. Ich sagte, ich würde sie für ihn aufbewahren und sie ihm zurückgeben, wenn er sie brauche. Dann fragte ich ihn, ob er etwas ausprobieren wolle, eine Art Experiment, aber er meinte, er sei zu alt für so was. Ich sagte, er müsse nur fünf Minuten die Augen schließen und auf seinen Atem achten statt auf seine Gedanken, und zwischen Einatmen und Ausatmen solle er fragen, wohin sein Lebenswille gegangen sei. «Dann, in der Stille, können Sie auf die Antwort horchen», fügte ich hinzu, aber er sagte, das könne er nicht, so einer sei er nicht, also nickte ich und wusch ihn, und die nächsten paar Wochen vergingen schweigend.

Als Leopold Harry wieder mit mir redete, sagte er: «Lausy Hayes ist jetzt blind wie ein Maulwurf, aber sie weint trotzdem nicht. Was haben Sie gemacht?» Ich sagte, das liege an Lausy Hayes, sie könne gut zuhören, mit mir habe das wenig zu tun, aber er sagte, er sei fest davon überzeugt, daß ich etwas damit zu tun hätte, Lausy Hayes sei eine blinde alte Hexe, und er wolle jetzt auch das versuchen, was ich mit Lausy Hayes angestellt hätte. Also setzte ich mich neben Leopold Harry auf die Holzbank in der Marmordusche, und er schloß die Augen, achtete auf seinen Atem und horchte. Das faszinierte mich: die Macht der Gnade, dieser Kern tief im Innersten eines Menschen, der, wenn er berührt wurde, Dinge nach oben schickte, Antworten, Kräfte, Ereignisse, als wäre dort unten irgendein Zentrum der Macht. Was konnte es anderes geben – angesichts eines Lebens, das einem die ganze Familie wegnehmen konnte, die Beine, das Rückgrat, den Geliebten, alles, alles, bis man nichts mehr zu verlieren hatte.

Leopold Harry kam von nun an jeden Tag zur Atmerei, wie er sich ausdrückte. Es gehe besser, wenn ich dabei sei, sagte er, ich müsse irgend etwas Besonderes an mir haben, da sei er sich sicher.

Ich achtete noch sorgfältiger darauf, was ich sagte, und redete noch weniger mit den Alten in der Dusche. Es war komisch, welchen Effekt mein Schweigen hatte: Je weniger ich sagte, desto mehr wollten sie hören, und es baten mich immer mehr Leute, ihnen beizubringen, was ich Lausy Hayes beigebracht hatte: eine Frau, die Tag und Nacht einen Pfeifton hörte und deswegen fast den Verstand verlor; eine andere Frau, die kaum noch Luft bekam, weil sie durchs Rauchen ein Emphysem bekommen hatte; ein Mann, der unten an der Wirbelsäule zwei inoperable Tumore hatte, die so weh taten, daß er den Tod herbeisehnte. Sie alle wollten, daß ich ihnen zeigte, was ich Lausy Hayes beigebracht hatte, aber ich ging mit meinen Worten sehr sparsam um und sagte nur das Allernötigste.

Irgendwann fragte ich mich, ob die Alten mir so gut zuhören würden, wenn sie wüßten, daß sie es mit einer Frau zu tun hatten. Ich versteckte mein Frausein ja eigentlich gar nicht, darauf kam es mir nicht an. Ich versuchte nicht, die Hände wie ein Mann zu bewegen (sonst hätte ich wahrscheinlich an nichts anderes mehr denken können), und ich bemühte mich auch nicht, meine Stimme, die von Natur aus ziemlich tief war, noch männlicher klingen zu lassen. Aber am Telefon sagten die Leute meistens «Miss» oder «Ma'am» zu mir, und nur wenn sie mich sahen, hielten sie mich für einen Mann.

Eigentlich machte ich außer den kurzen Haaren, der bandagierten Brust und der Kleidung nur drei Zugeständnisse an die Männlichkeit: Ich besuchte immer noch Karatekurse, weil ich die körperlichen Vorteile zu schätzen wußte, und als Folge davon waren meine Muskeln, vor allem an den Oberschenkeln, ziemlich kräftig. Außerdem hatte ich aufgehört, mir Beine und Achselhöhlen zu rasieren, und war jetzt zwar nicht besonders behaart, hatte aber doch mehr Haare als die meisten Frauen, die ja nur auf dem Kopf Haare haben durften. Und ich verwendete keine der typisch weiblichen Insignien, keinen Lippenstift, keinen Nagellack, keine duftenden Seifen. Alles andere hätte ich albern gefunden – ich hätte zum Beispiel nie einen falschen Schnurrbart getragen oder Socken in die Unterhose gestopft, aber Zellie bastelte mir einmal einen Schnurrbart aus ihren eigenen Haaren, den ich in einer Schublade in meinem Zimmer aufbewahrte.

Oft verstand ich mich selbst nicht. Ich fand es verwirrend, als Mann zu leben. Mir entging auch nicht der elementare Widerspruch: Ich lief mit bandagierter Brust als Mann durch die Gegend und wollte gleichzeitig eine große Frau werden. Wenn dieser Gedanke in meinem Kopf auftauchte, was zwangsläufig immer wieder passierte, schob ich ihn sofort weg – er hatte etwas viel zu Bedrohliches. Ich wußte nicht, was mich trieb, ich wußte nur, daß ich getrieben war.

Als ein Mann namens Francis Mumford wissen wollte, was das eigentlich für ein Hokuspokus sei, den ich da unter der Dusche treiben würde, fragte ich ihn, warum ihn das interessiere, und er streckte mir seine Hände hin. Sie waren völlig entstellt, nach hinten verdreht, die Finger zu dicken Würsten angeschwollen. Ansonsten war er dünn wie ein Handtuch, drahtig, aber krumm, das graue Haar schütter und strähnig, und seine Brille, halb Nickel, halb schwarzes Horn, wurde mit Sicherheitsnadeln zusammengehalten.

«Was ist mit Ihren Händen?» fragte ich ihn, und er antwortete: «Die tun weh, was denn sonst?» Also brachte ich ihm vor dem Waschen bei, wie er auf seinen Atem horchen konnte, und erklärte ihm, in dem Zwischenraum zwischen den Atemzügen solle er fragen, wie der Schmerz weggehen könnte. Und in der darauffolgenden Stille solle er einfach horchen. «Gehen davon die Schmerzen weg?» wollte er wissen, und ich antwortete: «Ich habe keine Ahnung.»

«Was soll das heißen, Sie haben keine Ahnung?» fragte er.

Ich sagte: «Sie haben nichts zu verlieren.»

Francis Mumford versuchte es, und obwohl die Schmerzen nie weggingen, merkte er, daß er sie vergaß und sich innerlich von ihnen entfernen konnte, wenn er bestimmte Opern hörte, vor allem Wagner.

Dann kam sein Freund Edward Christy zu mir. Er hatte einen Tumor an der rechten Kopfseite, der aussah wie ein Football. Der Tumor nehme ihm eins nach dem andern, sagte er:

sein linkes Auge, seinen Gleichgewichtssinn, die Fähigkeit zu sprechen. Er wolle mit mir darüber reden, ehe seine Zunge zu dick anschwellen würde. Als er fragte: «Was können Sie gegen diesen Tumor machen?» sagte ich: «Gar nichts.»

«Das hab ich mir schon fast gedacht», sagte er, und Tränen flossen über sein faltiges, müdes Gesicht und tropften von seinem Kinn herunter. Ein paar fielen auf den Boden der Marmordusche, und ehe ich ihn wusch, brachte ich ihm bei, auf seinen Atem zu achten, und sagte ihm, in dem Zwischenraum zwischen den Atemzügen solle er fragen, wie er den Tumor akzeptieren könne. Und dann solle er in die darauffolgende Stille horchen.

Ich blieb nun abends oft länger im Krankenhaus, wusch die Alten und schaute ihnen beim Atmen zu – eine Arbeit, der ich keinen Namen geben konnte. Ich sagte ihnen, sie könnten es auch in ihrem Zimmer oder auf dem Flur tun, überall, das sei ja das Gute daran, aber sie fanden, es funktioniere am besten in der Dusche und in meiner Anwesenheit. Also saß ich neben den Männern, hielt den Frauen die Hand, ich wollte die Kraft der Gnade nicht stören.

Dann, Ende Frühjahr 1992, kam ein Mann namens Reverend Beacon zu mir in meine Dusche. Ein großer Schwarzer, Mitte Vierzig, hochgebildet, Yale oder Harvard, erfüllt von einer ungeheuren Energie, die man in seinen Augen sehen konnte. Er kam immer ein paar Tage pro Woche nach *Bellevue*, um Patienten zu betreuen. Ich war ihm schon öfter auf dem Flur und in den Zimmern begegnet, wir hatten einander zugenickt, aber richtig gesprochen hatten wir noch nie miteinander. Jetzt stand er in der warmen, feuchten Dusche und sagte, er habe von mir gehört und wolle mich kennenlernen. Ich nickte und schaute schweigend zu, wie er sich auf die Holzbank setzte, auf der die alten Menschen immer saßen. Er faltete die Hände und schaute mich eine Weile an, ehe er zu reden begann.

«Ich habe Arbeit für Sie, Mr. Lourde», sagte er.

«Was für eine Arbeit?»

«Sie ist relativ schwierig, aber ich glaube, Sie sind der richtige Mann dafür.»

«Was für eine Arbeit?» fragte ich noch einmal.

«Arbeit in der Todeszelle», sagte er, «mit Männern in der Todeszelle.»

«Warum haben Sie dabei an mich gedacht?»

«Sie haben Kraft», sagte er.

«Wie soll die Arbeit aussehen?» fragte ich.

Er erklärte mir alles beim Frühstück in einem kleinen Diner auf der anderen Straßenseite gegenüber vom *Bellevue*. Er sagte, das Projekt sei juristisch nicht abgesegnet, obwohl es das eigentlich sein müßte. Es sei ein Experiment; und dann beschrieb er mir ganz leise, was er sich vorstellte – eine eigenartige, unorthodoxe Idee, eine Idee, die sofort meine Phantasie ansprach und mein Herz schneller schlagen ließ. Er hatte natürlich keine Ahnung, wie sehr mich die illegale Seite daran faszinierte, die fehlende offizielle Genehmigung; er wußte nicht, daß das Gesetz einem Mann erlaubt hatte, unser Haus und unsere ganze Familie in die Luft zu jagen, und mich dann im Stich gelassen hatte. Als Reverend Beacon mit seinen Erläuterungen fertig war, saß er mir schweigend gegenüber, die großen schwarzen Hände reglos auf dem Tisch. «Was denken Sie?» fragte er schließlich. Ich sagte, ich würde es mir überlegen, hatte aber ein komisches Gefühl, denn ich war ja nicht der, für den ich mich ausgab, und mußte mich zwangsläufig fragen, ob er an mich herangetreten wäre, wenn er gewußt hätte, daß ich eine Frau war.

KAPITEL 24

Sie schwieg und schaute aus dem Fenster. Sie lag auf dem Rücken, er lag neben ihr und hatte den Arm um ihre Taille geschlungen. Der Zug fuhr gerade durch ein grünes Tal mit lauter Nadelbäumen und Wiesen. Draußen war es schon dunkel, aber der Himmel war glasklar und ließ die schneebedeckten Gipfel der Sierra Nevada in der Ferne leuchten.

Er berührte mit der Fingerspitze vorsichtig ihren Mund.

Wie sah das Experiment aus? fragte er.

Sie schaute immer noch aus dem Fenster.

Ziemlich komisch, sagte sie. Fast schon peinlich.

Warum?

Sie lächelte, aber das Lächeln verschwand schnell wieder von ihren Lippen, und ihr Blick bekam etwas Fernes, Trauriges, als hätte sie mehr gesehen, als ihr lieb war.

Er wollte, daß sie ihm von den Männern in der Todeszelle erzählte, aber sie erwiderte, sie sei zu müde und müsse erst ein bißchen schlafen. Sie knipste die Lampe aus und schloß die Augen, während er beobachtete, wie der Lichtschein über ihr Gesicht huschte, wenn der Zug an den Nachtlaternen vorbeisauste. Ich werde sie verlieren, dachte er, noch ein Tag, und dann ist sie fort.

Der Gedanke quälte ihn, und auf einmal hatte er das Gefühl, keine Luft mehr zu bekommen, als müßte er gleich ersticken in diesem kleinen Kabuff hinter dem roten Samtvorhang. Er schob den Vorhang beiseite, setzte sich auf den Stuhl in der

Sitzecke und atmete ein paarmal tief durch. Was hatte es eigentlich mit dem Wort «Schicksal» auf sich, das sie so oft benutzte? Er hatte eigentlich bisher nicht an ein Schicksal geglaubt. Er glaubte an den Zufall. Aber vielleicht spielte sich der Zufall im Rahmen des Schicksals ab, vielleicht war das Schicksal sozusagen die übergeordnete Größe. Oder war es gerade umgekehrt – lag das Schicksal in den Händen des Zufalls? Vielleicht war etwas, das wie ein Zufall aussah, oft gar keiner – beispielsweise, daß er im Zug neben ihr gesessen hatte. Warum ausgerechnet neben ihr, einer Frau, die als Mann gelebt hatte? Was bedeutete das für ihn, speziell in seiner komplizierten Lage? Er war versucht, es als Schicksal anzusehen – aber wer konnte das schon mit Sicherheit sagen?

Er zündete ein Streichholz an und betrachtete sie im Licht der flackernden Flamme. Ihr Gesicht war so weiß, so zart. Er konnte sich genau vorstellen, wie sie auf dem Fußboden gelegen hatte, ihr blasser, entschlossener Körper, der sich nach seinem Schicksal sehnte. Das Bild gefiel ihm, aber er hätte nicht sagen können, warum. Als die Flamme erlosch, wandte er den Blick nicht ab. Wieder fragte er sich: Was, wenn er jetzt nicht Hemy Lourde vor sich sah? Was, wenn sie nicht diese Augenblicke mit Jack Tortorre im Flur erlebt hatte? Wenn sie ihre Brust nie bandagiert hatte? Wenn sie nie irgendwo auf dem Fußboden gelegen, nie um ihr Schicksal gefleht hatte? Was wäre, wenn diese Frau ein absolut ereignisloses Leben gelebt und die ganze Geschichte nur erfunden hatte? Er spürte, daß ein kleiner, aber lebenswichtiger Teil in ihm zerstört würde, wenn sie gelogen hätte. Eine Frau hätte ihn zum Narren gemacht. Und außerdem, das spürte er, würde er sich auf eine Art und Weise verlieren, die er nicht aushalten könnte. Er gab es nur ungern zu, aber er war auf sie angewiesen.

Er erinnerte sich an den Briefumschlag, und sein Blick fiel auf ihre Handtasche. Spontan kniete er nieder und öffnete sie ganz leise. Es war ein Gefühl, als würde er in ihr Innerstes eindringen.

Wonach suchst du? hörte er sie fragen.

Schnell machte er die Tasche wieder zu und ging zu seinem Stuhl zurück. Er kam sich blöd vor, wie ein mieser, kleiner Taschendieb.

Nach dem Umschlag, sagte er leise. Was hätte er sonst sagen sollen?

Meinst du denn, du könntest mir glauben, wenn du den Umschlag sehen würdest? fragte sie. Ihre Haare waren leicht zerwühlt, ihr Gesicht war vom Schlaf gerötet.

Sie klang weder streng noch scharf, eher sanft, es war eine echte Frage gewesen, als würde sie sich bemühen, ihn zu verstehen. Aber dadurch fühlte er sich noch alberner, wie ein kleiner Junge, den man dabei ertappt hat, wie er in den Büstenhaltern seiner Mutter herumwühlt.

Ja, sagte er, das würde mir helfen.

Er wartete.

Zeigst du ihn mir?

Sie zog die Beine an. Nein, sagte sie.

Warum nicht?

Ich bin doch nicht verpflichtet, dir meine Identität zu beweisen.

Du bist zu gar nichts verpflichtet, sagte er laut. Aber ich bitte dich darum – ich bitte dich um einen Gefallen. Tu's mir zuliebe, verdammt noch mal, damit ich endlich loslassen kann.

Nein, sagte sie.

Warum nicht? Was würde es denn ändern? Und du könntest mir helfen, daß ich nicht immer –

Nein, sagte sie.

Warum nicht?

Sie stützte sich auf den Ellbogen. Ich habe keine Lust, dieses Spiel zu spielen, erklärte sie schroff.

Welches Spiel? Welches Spiel, verdammt noch mal? schrie er.

Das Beweis-daß-du nicht-lügst-Spiel. Ich mache da nicht mit. Entweder du glaubst mir – oder du glaubst mir nicht.

Ich bitte dich doch nur, mir einen Briefumschlag zu zeigen. Mehr nicht! Es ist ein winziger Gefallen, und ich könnte mich dann entspannen.

Du mußt dich entscheiden, sagte sie bestimmt. Einmal im Leben mußt du dich entscheiden.

Scheiß drauf, sagte er.

Er stand auf und verließ die Kabine. Er wußte nicht, was er sonst hätte tun sollen. Er horchte, ob sie ihm vielleicht nachrufen würde, als er den Gang entlangging, aber sie kannte ja nicht einmal seinen Namen. Und sie hätte ihn sowieso nicht gerufen.

Weil er nicht wußte, wohin, ging er in seine Kabine und legte sich dort im Dunkeln aufs Bett. Er fühlte sich gedemütigt, weil sie ihn dabei erwischt hatte, wie er in ihrer Handtasche herumgeschnüffelt hatte. Aber sie hatte ihn dazu getrieben, weil sie ihm erst diese bizarre Geschichte erzählte, die keiner glauben konnte, und sich dann weigerte zu beweisen, daß sie stimmte. Statt dessen drehte sie den Spieß um und ließ es so aussehen, als wäre er einer dieser Männer, die sich nicht entscheiden können. Nein, nein – es war alles ihre Schuld! Sie hatte etwas Hinterhältiges, Manipulatives an sich. Sie spielte mit ihm. Warum sonst wollte sie ihm nicht den gottverdammten weißen Umschlag zeigen? Jeder andere Mensch hätte das getan! Er versuchte sich einzureden, daß die ganze Sache total unwichtig war und daß diese kleine Zugreise und das kleine Mann-und-Frau-im-Zug-Zwischenspiel in seiner Erinnerung schnell verblassen würde. Er würde nicht zu ihr zurückgehen. Er würde sie aufgeben, auf den Rest der Geschichte verzichten. Sie vergessen.

Er hatte gehofft, dieser Entschluß würde ihn entspannen, aber statt dessen wälzte er sich unruhig auf seiner Pritsche hin und her, drehte sich von einer Seite auf die andere. Seine Gefühle ließen ihn nicht stilliegen. Es war, als hätten sie sich zusammengerottet und wären massenhaft aus den Tiefen seiner Psyche hochmarschiert und würden nun in ihm herumschwirren. Er hatte das selbst angeleiert, er hatte diese Gefühle heraufbeschworen, aber jetzt, da sie ihn gepackt hatten, wollte er sie wieder loswerden.

Er hätte sich nie auf diese Frau einlassen dürfen. Die Vorstellung, daß sie irgend etwas mit ihm zu tun hatte, erschien ihm auf einmal völlig absurd. Sie, die nur aus Atem und Gefühlen bestand! Er hörte sie wieder sagen: *Plötzlich waren seine Lippen auf meinen, ich versuchte mich zu entziehen. Ich muß weg, sagte ich mir, aber er hatte die Arme um meine Taille geschlungen, und ich stand im Flur, an die Wand gedrückt, das Gewicht seines Körpers warm und schwer auf mir, sein Mund auf meinem* ... Ihm wurde ganz elend, er steckte so tief in ihren Gefühlen, er war wie ein Stein, der in einen riesigen Teich geworfen wurde und auf den Grund sinkt.

Er merkte, wie sein Gehirn versuchte, Beweise dafür zusammenzutragen, daß sie gelogen hatte – es war doch völlig abwegig, als Mann zu leben, den eigenen Körper sozusagen als Geisel zu nehmen, sich so lächerlich darum zu bemühen, diesen armen kranken Alten irgendeine Hoffnung zu vermitteln, wo es doch gar keine mehr für sie gab. Aber sie wußte genau, daß sie ihren eigenen Körper als Geisel genommen hatte, dachte er, und sie wußte, daß sie für diese alten Leute eigentlich nichts hatte tun können. Sie hatte es ihnen sogar gesagt.

Gab es denn kein Argument, das ihn dazu bringen konnte, sie endgültig abzuschreiben? War sie vielleicht eine christliche Sektiererin? Eine moralinsaure Philanthropin? Eine von diesen blöden westlichen Frauen, die zum Buddhismus übertraten? Er wollte sie in irgendeine Schublade stecken, ein Etikett finden, wofür er sie verspotten, sie verachten konnte, aber sie redete ja nie über Christus, sie leugnete nicht die dunklen Instinkte, sie behauptete auch nicht, daß es kein Leid geben dürfe. Im Gegenteil, sie lud es ein, als wäre es ein willkommener, vielleicht sogar unentbehrlicher Gast.

Sie kann mich mal! dachte er.

Es war die Radikalität ihrer Entscheidung, als Mann zu leben, die ihn nicht losließ. Es faszinierte ihn, daß sie alles, was eine Frau ausmachte, bandagiert, versteckt und von sich weggeschoben hatte. War das vielleicht der Grund, weshalb sie ihn von Anfang an so angezogen hatte?

Als er sich vorstellte, er würde sich in seine Schwester verwandeln (der Gedanke drängte sich auf), sich die Haare wachsen lassen, die Beine rasieren, seine Genitalien abbinden, weiße Kleider tragen und sich Nina nennen, begann er richtig zu zittern. Irgendwo in seinem Innersten lockte ihn dieses Bild, und die Tatsache, daß er die potentielle Lust daran nicht kategorisch leugnen konnte, machte ihm große angst.

War er vielleicht eine Frau, die im Körper eines Mannes gefangen war? Hatte er das Abbild seiner Mutter in sich? Plötzlich bekam er keine Luft mehr. Er hatte das Gefühl, in der winzigen Kabine ersticken zu müssen, und versuchte, tief und regelmäßig zu atmen, aber das ging nicht. Er griff zu seinem Inhalator und sog das Adrenalin in die Lungen. Er würde nicht mehr davonlaufen, beschloß er. Er hielt den Atem an und fragte sich, ob er tatsächlich eine Frau sein wollte. Es würde sein Leben zerstören, dachte er, es so radikal verändern, daß er sich selbst nicht wiedererkennen würde.

Nein, er wollte keine Frau sein.

Er versuchte sich zu entspannen, indem er nur noch auf seinen Atem achtete, so wie sie es ihm geraten hätte, aber er kam sich vor wie Lausy Hayes und konnte nicht einmal die Augen schließen, weil er sofort in Panik geriet. Er haßte diese Nabelschau. Der Blick nach innen ängstigte ihn mehr als alles andere, und plötzlich wollte er sie wiedersehen. Aber warum nur? Er hatte doch beschlossen, sie abzuschreiben, sie zu vergessen, auf ihre Geschichte zu verzichten. Und jetzt wollte er zu ihr zurück. Warum denn nur, verdammt noch mal? Aber er wußte keine Antwort.

Er ließ zwei Stunden verstreichen, weil er hoffte, sie würde vielleicht zu ihm kommen. Vergeblich. Also stand er auf und ging zurück zu ihrer Kabine. Er klopfte. Keine Reaktion. Aber als er noch einmal klopfte, hörte er, daß sich drinnen etwas rührte. Er merkte, wie wackelig sein Verhältnis zu ihr war, und klopfte gleich etwas lauter, bis seine Augen zu stechen begannen, weil ihm die Tränen kamen. Da machte er abrupt kehrt und ging wieder.

Er durchquerte den ganzen Zug, wanderte von einem Wagen zum nächsten, setzte sich schließlich in den Raucherwagen und paffte drei Zigaretten hintereinander weg. Als er an ihre Berührungen dachte, an ihre unendlich sanfte Zärtlichkeit, fragte er sich: Wäre ein herzloser, gemeiner Mensch überhaupt zu so etwas fähig? Aber woher sollte er das wissen?

Er stand auf, ging zu dem kleinen Waschbecken und befeuchtete sich das Gesicht. Als er sich im Spiegel sah, bemerkte er die Angst in seinen Augen. Diese Angst mußte denen, die er verlassen hatte, auch aufgefallen sein. Wie frustrierend, daß das ihr letztes Bild von ihm gewesen war: der Mann mit den angsterfüllten Augen. Aber gleich fiel ihm ein, daß sie ja als letztes seinen Rücken gesehen haben mußte.

Nach einer ganzen Weile ging er wieder zu ihrer Kabine und klopfte. Sie machte nicht auf, aber er hörte das Klicken des Riegels. Er drehte den Knauf und öffnete langsam die Tür.

Dann schloß er sie ganz leise hinter sich und setzte sich auf den Stuhl. Sie saß auf dem Bett, die Beine vor sich ausgestreckt.

Sie trug eine frischgebügelte schwarze Hose, ein weißes T-Shirt und schwarze Stiefel. Er war schockiert. Oscar Lourde, dachte er, und sein Puls raste.

Warum hast du dich umgezogen? fragte er sie.

Ich hatte keine Lust mehr, in einem Rock herumzulaufen, sagte sie.

Warum?

Stell dir vor, du wärst eine Meerjungfrau, sagte sie lächelnd. Sie schlug die Beine übereinander und dann wieder auseinander. Die schwarzen, spitzen Stiefel irritierten ihn. Er vermißte ihre Sandalen mit den schmalen Riemchen, die sich an ihren schlanken Fesseln kreuzten.

Ich wollte mich dafür entschuldigen, daß ich vorhin deine Handtasche aufgemacht habe, sagte er.

Ist schon gut, antwortete sie.

Dann schwiegen sie beide.

Ich würde gern den Rest deiner Geschichte hören, sagte er leise.

Auf einmal war ihm klar, daß er deswegen gekommen war. Er mußte den Rest ihrer Geschichte hören. Der Klang ihrer Stimme, der Faden ihrer Geschichte waren sein Rettungsanker geworden. Ohne sie wußte er nicht weiter. Er überlegte sich sogar, ob er Gewalt anwenden würde. Ja, zur Not würde er ihr die Geschichte entreißen.

Ich könnte es dir nicht übelnehmen, wenn du dich weigerst, aber ich möchte trotzdem den letzten Teil hören.

Er grinste und suchte nach seinen Zigaretten. Er konnte nicht vergessen, daß er im Spiegel diese Angst in seinen Augen gesehen hatte. Er wußte, daß sie diese Angst jetzt auch sehen konnte, und das ärgerte ihn.

Gut, einverstanden, sagte sie. Komm, leg dich neben mich. Ich kann die Geschichte jetzt nur noch erzählen, wenn du neben mir liegst.

Für diese Bemerkung war er ihr unendlich dankbar. Er kannte diese Worte – es waren die Worte einer Frau. Also legte er sich neben sie, und als sie ihre warmen Finger durch seine flocht, vergaß er seine Angst.

Lange lagen sie so nebeneinander und schauten schweigend aus dem Fenster. Die Berge waren jetzt schon ganz nah. Er empfand es als Erleichterung, daß die schutzlose Wüstenlandschaft hinter ihnen lag. Er spürte, daß die Luft abkühlte und der Zug den Anstieg begann.

Sie sah ihn an und sagte leise:

Der Rest ist sehr sonderbar. Sie biß sich auf die Unterlippe.

Das habe ich mir schon fast gedacht – aber ich möchte alles hören.

Sanft strich er ihr die Haare aus der Stirn.

Da schloß sie die Augen und begann zu erzählen.

KAPITEL 25

Es war ein heißer Julitag, als wir schließlich mit dem Experiment begannen. Bevor ich morgens ins Gefängnis in New Jersey fuhr, hatten Reverend Beacon, Dr. William Henry Mattair und ich die meisten Einzelheiten genauestens ausgearbeitet. Wir hatten monatelang überlegt, wie wir vorgehen wollten, nach welchem Zeitplan, mit welchen Methoden, denn die Sache war nicht einfach. Wir hatten jede Kleinigkeit diskutiert, waren die Vorschläge immer wieder durchgegangen, hatten sie auf Schwachstellen abgeklopft, aber trotzdem war und blieb es schwierig: Ich mußte dauernd an die Verbrechen denken, die diese Männer begangen hatten, und oft hatte ich das Gefühl, mich in einer unterirdischen Hölle zu befinden.

Ich brauchte am ersten Morgen fast zwei Stunden, um mit den Zügen, die durch dunkle Tunnelschächte rasten, ins Gefängnis zu kommen. Dreimal mußte ich umsteigen und auf Bahnsteigen warten, wo die Menschenmassen sich schwerfällig durch die Hitze wälzten. Manchmal spielten irgendwelche Männer Geige, hörten auf, wenn ein Zug angedonnert kam, und fingen danach wieder an, und der Klang ihrer Saiten hatte dort unten fast etwas Heiliges.

Dann sah ich das Gefängnis, mit Stacheldraht und Türmen vor dem grauen Himmel, und als ich den Fußweg zum Seiteneingang hinunterging, erschien mir die Hitze unerträglich. Ich war mir bewußt, wie wenig dieser Ort mit Frauen zu tun hatte oder mit den Menschen, die ich sonst kannte, wie wenig ich hierhergehörte. Es war der Stacheldraht, aber vor allem auch die Luft, dieser rauhe männliche Atem, der nach Wut und Schweiß roch und den ich um so tiefer einatmete, je weiter ich dem Wärter namens Bristol in das Betonlabyrinth mit den verschlossenen Türen folgte. Das Klacken unserer Absätze, das Geräusch unseres Atems, das Rascheln unserer Kleidung klang wie ein aufziehendes Gewitter. Mein Blick fiel auf Bristols Oberschenkel – sie sahen aus wie zwei gewaltige Baumstämme, die sich durch die Flure bewegten. Bristol war riesengroß und massig und hatte ein deformiertes Blumenkohlohr, das er unter den Haaren verstecken wollte, aber weil es so abstand, klappte das nicht ganz. Während sich Türen öffneten und hinter uns wieder schlossen, kam ich mir immer stärker vor wie in einem U-Boot – Nieten, Metall, Beton, keine Luft, nur hallende Schritte.

Ich wurde zu Karl Gerhardt gebracht, der mich in einem stickigen kleinen Raum erwartete. Er war der Assistent, den Reverend Beacon ausgewählt hatte, und obwohl ich ihn schon öfter getroffen hatte, kannte ich ihn im Grunde überhaupt nicht. Er schien ziemlich mundfaul und wenig an persönlichem Kontakt interessiert. Er war schmal, hatte kleine Hände und trug eine winzige runde Nickelbrille. Sein Gesicht wirkte nervös, ehrgeizig und zugleich ängstlich. Sein linker Arm war verletzt, als Kind hatte er irgendeinen Unfall gehabt, aber die näheren Umstände erfuhr ich nie, und ich bekam den Arm auch nie zu sehen – er trug ihn immer in einer Schlinge ganz nah am Körper und redete nie darüber. Ich konnte ihn von Anfang an nicht besonders gut leiden, und jetzt tat er so furchtbar feierlich, als wären wir zwei Priester, die demnächst für den Papst das Abendmahl zelebrieren sollten. Ich bekam sofort Lust, irgend etwas völlig Unpassendes zu tun, zum Beispiel seine kaputte Hand zu packen und zu schütteln, machte es aber nicht.

Karl räusperte sich umständlich, als wollte er mich an den Ernst der Lage erinnern, und reichte mir die Unterlagen der drei Todeskandidaten, mit denen wir arbeiten sollten. Ich legte ihre Fotos nebeneinander und schaute sie mir noch einmal an, während ich mit Karl in diesem miefigen, fensterlosen Raum unten an einem langen Konferenztisch voller Zigarettenflekken saß. Ich hatte die Männer schon ein paarmal gesehen und lange mit ihnen gesprochen, aber trotzdem war es ein komisches Gefühl, ihre Fotos zu betrachten. Insgesamt saßen neun Männer im Trakt, neun zum Tode verurteilte Männer – seit vierzehn Jahren hatte es keine Hinrichtung mehr gegeben –, aber nur drei dieser Männer beteiligten sich an dem Experiment: John Guyer, William Heathens und Harold St. Hilaire.

Ich legte also die Fotos nebeneinander und studierte sie aufmerksam: John Guyer war extrem dünn, mit eingedellten Schläfen und straff zurückgekämmten schwarzen Haaren, die schon ziemlich schütter waren. Seine vorgewölbte Stirn über den dunklen Augen mit den schweren Lidern erschien dadurch noch monumentaler. In seinen Augen war kein Funke zu sehen, es waren die langsamen, stumpfen Augen einer Echse. Im Vergleich zu ihm hatte William Heathens mit seinem dichten braunen Haarschopf und den großen blauen Augen fast etwas Engelhaftes: Sein Gesicht war gut geschnitten, die Backenknochen klar und kantig, und seine Augen hatten den erstaunten Ausdruck eines Kindes. Und dann noch Harold St. Hilaire, dessen Augen weder blau noch stumpf waren, sondern bohrend durch die große Brille mit dem dunklen Gestell blickten – er hatte die durchdringendsten, intelligentesten Augen, die ich je gesehen hatte.

Ich steckte die Fotos wieder weg und las die Akten noch einmal durch, obwohl ich sie eigentlich schon auswendig konnte. John Guyer, weiß, zweiunddreißig Jahre alt, traf am Abend des 9. Juli 1985 an der PATH-Haltestelle Bay Street in Bloomfield,

New Jersey, auf drei Frauen, die die Treppe zum Ausgang hinaufgingen: Sharon Cousins, fünfundfünfzig, Beverly Talth, siebenundfünfzig, und Joanna Hayword, vierundzwanzig. John Guyer wollte die Treppe hinuntergehen, als die Frauen ihm entgegenkamen. Sie hatten offenbar Angst vor ihm. Sharon Cousins rannte die Stufen hinauf, und John Guyer schoß sie in den Rücken. Als Beverly Talth zu schreien anfing, befahl er ihr niederzuknien und schoß sie in den Hinterkopf. Dann zwang er Joanna Hayword mit vorgehaltener Pistole, ihn oral zu befriedigen, vergewaltigte sie anschließend am Straßenrand gleich hinter dem Ausgang und verpaßte ihr danach einen Kopfschuß.

William Heathens, fünfunddreißig, weiß, ging am 1. April 1984 in der Dundee Avenue in Paterson, New Jersey, zu einem geparkten Wagen und feuerte mit einer Maschinenpistole auf ein junges Paar, das auf dem Rücksitz eines Ford Torino gerade Geschlechtsverkehr hatte – Jackie Slater, neunzehn, und Keith Williams, zwanzig.

Am 24. Mai 1989 raubte Harold St. Hilaire an der Ecke Pompton und Bradford Street in Cedar Grove, New Jersey, einen Supermarkt aus. Anschließend floh er und drang in das nahe gelegene Haus von Ellen und James Cotton in der Ridge Road ein, die dort mit ihren Kindern Emily, zwölf, Sarah, zehn, Paul, sieben, und Godfrey, vier, lebten. Harold St. Hilaire trieb die ganze Familie in den Keller und hielt sie dort über vierundzwanzig Stunden als Geiseln fest, bis er sie schließlich an den Balken aufhängte.

Ich klappte den letzten Ordner zu und musterte Karl, der mich die ganze Zeit mit offenem Mund und zusammengekniffenen Augen abschätzend beobachtet hatte. Vermutlich versuchte er, in mich hineinzusehen, um irgendeine Schwäche zu entdecken, aber ich verschloß mich, erwiderte seinen Blick, achtete aber darauf, daß meine Augen nichts verrieten. Wortlos schob ich die Unterlagen weg, und Karl erhob sich, um einen Becher Wasser zu holen, den er mir über den Tisch reichte. Ich bedankte mich, trank ein paar Schluck und stellte den Becher wieder ab.

Ich hatte schon oft mit ihm geredet, aber um mich abzusichern, und vielleicht auch, um es mir selbst noch einmal zu vergegenwärtigen, fragte ich ihn, ob ihm klar sei, daß das Experiment, das Reverend Beacon, Dr. Mattair und ich mit den Männern in der Todeszelle durchführen wollten, nicht offiziell genehmigt sei. Selbstverständlich wisse er das, erwiderte Karl, Reverend Beacon und ich hätten ihm doch alles erläutert. Ich wollte noch einmal von ihm hören, ob es ihm nichts ausmachte, daß das Experiment illegal war, aber er sagte, das störe ihn nicht im geringsten. Als ich ihn fragte, was er eigentlich von dem Ganzen halte, meinte er, er fände es hochinteressant, deshalb habe er sich auch bereit erklärt mitzumachen. Diesen Punkt vertiefte ich nicht weiter. Ich ging davon aus, daß ihm seine Gründe, weshalb er mitmachte, wahrscheinlich genauso unklar waren wie mir meine. Ich machte mir nichts vor – gleich würde ich als Mr. Lourde mit drei zum Tode verurteilten Männern ein Experiment beginnen, ohne meine persönlichen Motive dabei selbst so richtig zu verstehen.

Als Karl sagte, alles sei genau nach meinen Anweisungen vorbereitet, meinte ich, dann könnten wir ja nach oben in den Trakt gehen, um mit dem Experiment zu beginnen, ich sei bereit – aber in Wirklichkeit hatte ich mich in meinem Leben noch nie zu irgend etwas so wenig bereit gefühlt. Ich ging hinter Karl her durch die endlosen Flure, den Blick immer auf seinen Hinterkopf gerichtet, seinen steifen Nacken. Er führte mich durch düstere Korridore zum älteren Teil des Gefängnisses, der nicht mehr benutzt wurde.

Mit dem Fahrstuhl fuhren wir ein paar Stockwerke nach oben, und während wir schweigend nebeneinanderstanden, fand ich Karls Gegenwart sehr irritierend. Ich spürte, daß er mir oder jedenfalls meinen Fähigkeiten ziemlich viel Skepsis entgegenbrachte. Irgendwie wurde ich das Gefühl nicht los, daß er insgeheim wünschte, ich würde scheitern. Ich weiß nicht, warum – er hatte nichts in der Richtung gesagt, aber ich spürte es trotzdem.

Die Fahrstuhltür ging auf, wir befanden uns im alten Teil des Gefängnisses. Es war ein unheimlicher Ort, kalt, mit feuchten Wänden. Jeder Schritt hallte wider, sämtliche Zellentrakte standen leer, darüber die halbvergammelte Decke, von der beim geringsten Luftzug der Putz herunterrieselte. Auf diesem Stockwerk befanden sich vier Zellenblocks, zehn Zellen pro Block. Die Zellen waren extrem klein, kaum dreimal zweieinhalb Meter, und alle in miserablem Zustand. Außerhalb von jedem Zellenblock war ein knapp zwei Meter breiter Gang, den die Gefangenen benutzt hatten, um zu ihren Zellen zu kommen, und jenseits dieses Innenbereichs befand sich der Steg, auf dem die Wärter patrouilliert hatten. Dahinter waren große vergitterte Fenster, die so fleckig waren, daß man nicht richtig nach draußen schauen konnte. Den Himmel konnte man ahnen, aber eigentlich war nur der Stacheldraht zu sehen. Immerhin fiel etwas Licht durch die Fenster, weshalb es in den Zellenblocks nicht vollständig dunkel war.

Ich folgte Karl in einen kleinen Raum gleich hinter der Reihe von schwarzgriffigen Hebeln, mit denen man die Zellentüren öffnete und verschloß. Hier bewahrte er seine persönlichen Dinge auf – einen Mantel, eine schwarze Tasche mit Papieren, eine Flasche Evian, ein paar Kekse, eine Plastikdose mit grünem Salat. Er hatte seit Wochen hier oben gearbeitet, um alles für den heutigen Vormittag zu präparieren. Jetzt räumte er schnell etwas weg und wandte sich dann mir zu.

«Sind Sie soweit?» fragte er mich und musterte mich kritisch, fahndete nach Zweifel, nach Unentschlossenheit in meinem Blick.

«Ja», sagte ich.

Er öffnete die Tür zum inneren Bereich des Zellenblocks, und wir gingen stumm zu der Stelle, wo der Altar aufgebaut worden war – etwa anderthalb Meter vor der Zelle, auf dem Gang, den die Gefangenen früher benutzt hatten. Der Altar war niedrig und mit den von mir angeforderten Gegenständen geschmückt: zwei blaue, sich verjüngende Kerzen, ein flacher schwarzer Ständer für Räucherstäbchen, vier kleine gelbe Glöckchen, ein Gong aus Bronze und ein in roten Satin eingeschlagenes Gebetsbuch. Karl fragte, ob diese Sachen eigentlich nicht religiös seien, aber ich erklärte ihm, das gelte nur, wenn sie im Kontext der entsprechenden Religion eingesetzt würden, aber unser Experiment habe nichts mit Religion zu tun.

In der Zelle, die wir ausgewählt hatten, befand sich ein großer Stuhl mit Ketten, der im Boden verschraubt und ebenfalls mit Ketten gesichert war. Die Männer sollten zusätzlich zu ihren Hand- und Fußschellen an den Stuhl gekettet werden. Ich hätte es besser gefunden, wenn das nicht nötig gewesen wäre, aber die Gefängnisaufsicht hatte es nicht anders erlaubt.

Da der Altar so niedrig war, sollte ich auf einem großen schwarzen Kissen sitzen. Für Karl war ein Extrakissen vorgesehen, und als ich endlich Platz nahm, merkte ich, daß sich das Morgenlicht gleichmäßig in dem Zellenblock ausbreitete und die Luft dumpf und drückend wurde, obwohl der Boden noch ganz kalt war.

Karl sagte, ich solle klingeln, dann werde Bristol, der Wärter, jeweils einen Gefangenen in die vorgesehene Zelle führen. Als ich mit den gelben Glöckchen läutete, hörten wir außerhalb des Zellenblocks Gerassel, schlurfende Schritte, klirrende Ketten, und mir wurde übel.

«John Guyer ist heute morgen der erste», sagte Karl zu mir.

John Guyer, dachte ich, der Typ, der drei Frauen am U-Bahn-Ausgang erschossen und die jüngste noch vergewaltigt hatte, ehe er sie in den Kopf schoß.

Das Kettengeklirr wurde lauter, die schlurfenden Schritte auch, Absätze und Sohlen scharrten über groben Beton. Dann hörte ich, wie der Hebel außerhalb des Zellenblocks bedient wurde. Die Zellentür ging auf. Bristol erschien außerhalb des Zellenblocks mit John Guyer, und nachdem er die äußere Tür mit seinem Schlüssel geöffnet hatte, beobachteten Karl und ich, wie er John Guyer den Gang entlang zu der vorgesehenen Zelle führte. John Guyer bewegte sich langsam, die Beine waren an den Knöcheln gefesselt, seine Hände steckten in Handschellen, sein orangefarbener Overall wirkte wie ein greller Farbtupfer in der grauen Umgebung, und in dem stumpfen Licht schienen seine Schläfen noch tiefer eingesunken. Bristol führte ihn also in die Zelle, und nachdem John Guyer sich niedergelassen hatte, legte Bristol ihm die Ketten, die an dem Stuhl befestigt waren, um die Brust, und beim letzten Handgriff fiel dem Gefangenen eine fettige schwarze Locke in die Stirn, so daß es fast aussah, als hätte er dort eine dunkle Wunde. Da saß er, zum Tode verurteilt, mit einer Kette über der Brust an einen Stuhl gefesselt, der mit Schrauben und Ketten am Boden befestigt war, seine Knöchel in Fußschellen, die Hände mit den Handschellen an seinen Gürtel gebunden. Es sah aus, als säße er auf dem elektrischen Stuhl. Ich hatte das alles im voraus gewußt, aber als ich es jetzt vor mir sah, fühlte ich mich hundeelend.

Bristol verließ die Zelle, und gleich darauf hörte ich, wie der Hebel draußen bedient wurde und die Zellentür zufiel, ein krasses, endgültiges Geräusch in dieser gespenstischen Stille.

«Guten Morgen, Mr. Lourde und Mr. Gerhardt», sagte John Guyer mit hoher, heiserer Stimme.

«Guten Morgen», sagte ich.

John Guyer kniff im Zwielicht die Augen zusammen und versuchte, meine Gesichtszüge zu erkennen, genau wie ich seine. Seine dunklen Augen waren überschattet und ruhelos. Er war nicht besonders kräftig, aber man konnte an den Muskeln unter den aufgerollten Ärmeln seines Overalls deutlich erkennen, daß er trainierte, um das zu ändern. Sein rechter Arm war vom Handgelenk bis zum Nacken tätowiert, aber ich konnte nicht ausmachen, was die Tätowierungen darstellten. Er trug weiche schwarze Schuhe ohne Schnürsenkel.

Er nickte mir zu, ich erwiderte sein Nicken. Karl nahm ein paar Räucherstäbchen, zündete sie an einer der brennenden Kerzen an, steckte sie in das Bett aus Asche in den Ständer, und ich läutete dann nacheinander mit dem gelben Glöckchen. Ich fand es peinlich, denn ich war ja überhaupt nicht religiös, und plötzlich dachte ich, ich hätte diese Glöckchen nicht anfordern sollen. Trotzdem werde ich nie vergessen, wie diese Glocken da oben im Morgenlicht klangen, wie sie an diesem feindseligen Ort widerhallten, ein Moment, in dem Schönheit und Grauen sich umarmten.

«Mr. Guyer», sagte ich, «wir wollen heute morgen zuerst das buddhistische Goza-Gebet sprechen.» In den vergangenen Monaten hatte Karl den Männern die Gebete beigebracht.

John Guyer nickte, und ich sah, wie er die Hände faltete, so gut das mit den Handschellen eben ging. Dann schloß er die Augen, Karl reichte mir das Gebetsbuch, und er, John Guyer und ich sprachen dieses Gebet, immer wieder – ein buddhistisches Gebet, das Reverend Beacon uns alle gelehrt hatte. *«Soregashi senzo daidai ni toshu shinko no menmen; naitoku shinko no menmen; onoono senzo daidai no sho shoryo, tsuizen kuyo sho dai bodai no tame ni. Soregahsi senzo daidai ni toshu shinko no menmen; naitoku shinko no menmen; onoono senzo daidai no sho shoryo, tsuizen kuyo sho dai bodai no tame ni…»*

Ich beobachtete John Guyer, während er das Gebet sprach, so

wie ich die Alten beim Atmen beobachtet hatte, und ich überlegte mir, woran ich merken könnte, ob John Guyer richtig betete. Denn darin bestand ja meine Aufgabe – ich mußte dafür sorgen, daß er richtig betete.

Ich sprach noch ein weiteres Gebet mit ihm, eins aus der Bhagavad Gita, das wir auch ein paarmal wiederholten, diesmal allerdings in der Übersetzung: *Selbst der schlimmste Sünder wird ein Heiliger, wenn er mich von ganzem Herzen liebt. Diese Liebe wird schon bald seine Persönlichkeit verändern und sein Herz mit tiefem Frieden erfüllen. Das ist mein Versprechen, o Sohn des Kunti: Die mich lieben, werden nicht untergehen.*

Unsere Stimmen waren harmonisch und rhythmisch, aber ich fragte mich trotzdem, wo die Worte in John Guyers Kopf landeten. Was dachte er, wenn er etwas sagte wie: *Selbst der schlimmste Sünder wird ein Heiliger, wenn er mich von ganzem Herzen liebt?* Wohin wanderten diese Worte, welche Wege schlugen sie ein? Wie mußte sein Geist strukturiert sein, daß er das fertigbrachte: eine U-Bahntreppe hinuntergehen, drei Frauen sehen, die Angst vor ihm haben, und sie alle töten, einfach so, kaltblütig, innerhalb von sieben Minuten, und dann die Treppe hinunterlaufen und mit dem nächsten Zug nach Manhattan fahren? Wie vertrugen sich diese Gebetsworte mit den Worten, die John Guyer zu seiner Tat veranlaßt hatten? Wie sah es aus, wenn diese Worte in dem Geist herumschwebten, der das grauenvolle Verbrechen zustande gebracht hatte? Konnte es überhaupt etwas bewirken, wenn er diese Gebete sprach? Konnten die Gebete das, was dort verknotet lag, lösen?

Als ich an John Guyers Kopf dachte, sah ich eine dunkle Höhle vor mir, in der es dampfte und qualmte und stürmte. Ich sah ihn wieder an und versuchte mir vorzustellen, was Sharon Cousins Mann sehen würde, wenn er hier an meiner Stelle wäre. Was würde er davon halten, daß John Guyer um Luft und Nahrung betete? Für das Wasser, mit dem er sich wusch, mußte er drei gute Taten am Tag vollbringen; für die Pritsche, auf der er schlief, mußte er eine Stunde pro Tag ehrlich mit Dr. Mattair sprechen; abends war er verpflichtet, fünf Seiten mit seinen Gedanken zu füllen, um eine Bettdecke und ein Kissen zu bekommen.

Was würde Joanna Haywords Mutter von diesem Experiment halten? Was würden die Verwandten der anderen Toten denken? Würde es sie interessieren, ob bei solchen Menschen eine spirituelle Wandlung möglich war – nicht unbedingt aus moralischen Gründen, denn unser Experiment hatte eigentlich keine moralische Komponente; es war eher ein Forschungsprojekt als sonst irgend etwas. Ein völlig freiwilliges Experiment, nichts, wozu die zum Tode verurteilten Männer gezwungen worden waren. Sie hatten sich aus freien Stücken mit den Bedingungen einverstanden erklärt und konnten jederzeit aussteigen. Es war ihnen auch nichts versprochen worden, kein Geld, kein Strafaufschub, keine Aufhebung des Urteils, nichts. Man hatte ihnen nur gesagt, sie könnten möglicherweise etwas Frieden finden. Trotzdem konnte ich mir nicht vorstellen, was Beverly Talths Mutter oder ihr Mann oder ihre Kinder oder die anderen Verwandten der Toten von diesem Experiment halten würden.

Ich schlug dreimal auf den Gong, und wir schwiegen.

«Mr. Guyer, wir beenden jetzt die Stunde mit einer Meditation», verkündete ich. Ich sagte ihm, er solle auf seinen Atem achten statt auf seine Gedanken, so wie ich es den alten Leuten immer gesagt hatte, und John Guyer nickte, schloß wieder die Augen, versuchte die Hände neu zu falten, als wollte er sie besser, tiefer ineinander verschränken. Karl saß so da wie ich, und wir beobachteten beide John Guyer sehr genau, um herauszufinden, ob die Meditation echt war oder nicht. Das schien uns extrem wichtig, als würde hier oben die Wahrheit eine Rolle spielen, als würde etwas Größeres auf dem Spiel stehen als das

Frühstück dieses Mannes und die morgendliche Luft, aber ich hätte nicht sagen können, was.

Es dauerte nicht besonders lange, bis die Stille mich dazu brachte, wieder über John Guyers Verbrechen nachzudenken. Seine Opfer: Sharon Cousins, fünfundfünfzig, Beverly Talth, siebenundfünfzig, und Joanna Hayword, vierundzwanzig. Ich versuchte mir diesen schmalen Mann vorzustellen, der jetzt hier saß und meditierte, nachdem er mehrere heilige buddhistische Gebete und ein Gebet aus dem Bhagavad Gita gesprochen hatte – ich versuchte mir vorzustellen, wie er Sharon Cousins in den Rücken und Beverly Talth in den Hinterkopf schoß, wie er Joanna Hayword vergewaltigt hatte, ehe er sie dann auch erschoß. Ich sah ihn vor mir, wie er sie am Straßenrand vergewaltigte, wie er ihr die Kleider vom Leib riß, wie sie schrie und er ihr den Mund zuzuhalten versuchte. Plötzlich war es mir zuviel: diese Heiligkeit an diesem unheiligen Ort, der Anblick eines gefesselten Mannes auf einem angeketteten Stuhl, hinter Gittern, ein Mann, der gemordet und vergewaltigt hatte, und ich, eine als Mann verkleidete Frau. Ein winziger Laut drang aus meiner Kehle. John Guyer und Karl machten die Augen auf und sahen mich an. Ich schaute auf meinen Schoß, und sie schauten schließlich beide wieder weg. Ich war mir fast sicher, daß ich den Tag nicht durchhalten würde, daß ich Harold St. Hilaire und William Heathens nicht auch noch ertragen konnte.

Als die Meditation endlich vorbei war, holte Karl von einem kleinen Wagen das Essen, das Bristol mitgebracht hatte – Rührei, zwei Scheiben Toast mit Butter und Bratkartoffeln auf einem Plastikteller, ein Plastikbecher mit Orangensaft, einer mit Kaffee und ein Plastiklöffel in einer Papierserviette. Bristol kam herein, löste die Handschellen, nahm das Tablett entgegen, das Karl durch eine schmale Öffnung in die Zelle geschoben hatte, und reichte es dem Mann. Fasziniert schaute ich zu, wie dieser Mann mit gesenktem Kopf seine Mahlzeit verschlang, über die er zwei seltsame Dinge wußte: daß er für dieses Essen gebetet hatte und daß ich die Macht hatte zu entscheiden, ob dieses Gebet gut genug gewesen war.

Karl beugte sich zu mir und flüsterte: «Woher wissen Sie, ob er richtig gebetet hat?»

«Das ist intuitiv», antwortete ich. «Es gibt keine wissenschaftlichen Kriterien. Was denken Sie?»

Er blinzelte ein paarmal hinter seinen kleinen, runden Brillengläsern.

«Wann nehmen Sie ihnen die Luft weg?» fragte er.

«Wenn ich spüre, daß sie nur so tun, als ob, und keine Energie in die Gebete investieren, dann kriegen sie nichts zu essen, und sie dürfen nicht nach draußen in den Hof an die frische Luft», sagte ich. Mein Tonfall hatte etwas sehr Bestimmtes, und ohne daß ich es wollte, fiel mein Blick auf Karls verletzten Arm. Karl nickte und schaute weg.

Dann kamen nacheinander die nächsten beiden Männer – Harold St. Hilaire und William Heathens. Sie schlurften mit klirrenden Ketten herein, wurden dann an den Stuhl gekettet, sie begrüßten mich, musterten mich mit ihren Augen. William Heathens Augen waren blau und ängstlich, die von Harold St. Hilaire tief und lehmig schwarz. Ich ließ sie beten und anschließend eine halbe Stunde meditieren, während ich über ihre Verbrechen nachdachte. Das war mir alles so zuwider, so unbegreiflich, daß ich mich fragte, was ich eigentlich hier machte. Ich hatte das Gefühl, als wären die Gebete Regentropfen, die in einer bodenlosen Jauchegrube versickerten. Die Aussichtslosigkeit des Unterfangens drohte mich zu verschlingen. Was konnten Gebete angesichts dieser Ungeheuerlichkeiten bewirken? Ich zählte elf Leichen: zwei Männer, fünf Frauen, vier Kinder; eine Frau vergewaltigt. Das war es, was zwischen mir und diesen Männern stand.

Als Bristol William Heathens wieder wegbrachte, begleitete mich Karl zur Toilette, wo ich mein kleines Obstfrühstück beinahe wieder in die dreckige, pockennarbige Kloschüssel gekotzt hätte.

Nach dem Mittagessen kam Reverend Beacon mit mir in die Gebetszelle und saß beim Mittagsgebet dabei. Wir hörten wieder die schlurfenden Schritte, das Klirren der Ketten, sahen die Männer hereinkommen, und dann dieser absurde Anblick (der sich nun schon in mein Gehirn eingebrannt hatte): ein Mann in Fuß- und Handschellen, an einen Stuhl gekettet, der an den Boden gekettet war, alles hinter Gitterstäben. Ich werde nie vergessen, wie ihre Stimmen mit meiner und mit Reverend Beacons Stimme im Gebet verschmolzen, und dann nur die Stimmen der Männer, wenn sie von ihren guten Taten berichteten, mit denen sie sich das Wasser für den Tag verdient hatten.

Beim Abendgebet hörte ich mir gespannt die persönlichen Gebete an, die die Männer laut vortrugen: William Heathens sprach von seinen Opfern und deren Verwandten, die er alle namentlich aufzählte, sagte, er bete darum, daß ihr Schmerz mit jedem Tag nachlassen möge, und entschuldigte sich dreimal bei den Männern und Frauen, denen er unrecht getan hatte. Ich wußte nicht, was ich davon halten sollte, es war so eigenartig, ihre Namen aus seinem Mund, seine Verbrechen mit seiner eigenen Stimme zu hören. John Guyer sagte: «Ich bitte Sharon Cousins, Beverly Talth und Joanna Hayword um Verzeihung. Ebenso Mr. Talth, Mr. Hayword und die Familie Cousins. Ich habe ihnen unsäglichen Schmerz zugefügt, und es tut mir leid.» Den Schlußsatz flüsterte er so leise, daß ich ihn kaum hörte. Aber als sie fertig waren und mit mir die Gebete zu sprechen begannen, passierte etwas in diesem dunklen Verlies, das ich eigentlich nicht erklären kann.

Irgend etwas in mir gab nach, und ich hatte plötzlich Mitleid mit diesen Männern, wenn auch nur ein kleines bißchen. Was blieb mir anderes übrig, als etwas zu empfinden, während sie da saßen und für ihre Opfer und deren Familien beteten, an den Stuhl gekettet, kaum fähig sich zu bewegen, zum Tode verurteilt, ihr Leben eine Hölle? Was blieb mir anderes übrig, als zu sehen, daß das, was sie jetzt taten, das beste, das einzige war, was sie noch tun konnten? Die Leichen lagen immer noch vor ihnen, sie würden nie verschwinden. Das war von vornherein klar gewesen, aber nun saßen diese Männer hier und beteten gemeinsam mit mir, was schon wegen des Halleffekts ganz eigenartig klang, und ich merkte, daß ich anfing zu glauben; was genau, kann ich nicht sagen, aber ich glaubte – vielleicht, daß es funktionieren konnte, daß eine Verwandlung möglich war, daß sie sich selbst beherrschen lernen konnten, daß sie die innere Freiheit finden konnten, um eine andere Entscheidung zu treffen.

John Guyers Mutter stammte aus Puerto Rico, sein Vater war Deutscher. Er hatte zwei ältere Schwestern. Während seiner Kindheit war der Vater Alkoholiker, die Mutter galt als schizophren und mußte immer wieder in die Psychiatrie. Sein Vater und seine Mutter stritten sich ständig, der Vater wurde dann oft gewalttätig. Es gab nichts als Probleme, Trennungen, Chaos, Prügel. Als John acht war, erschoß seine Mutter seinen Vater mit dem Revolver des Nachbarn. Sie traf ihn mitten ins Herz und ließ ihn im Schlafzimmer tot auf dem Fußboden liegen. Dann band sie John unterm Bett fest, nahm ihre beiden Töchter und fuhr zu ihrer Schwester nach Trenton, New Jersey. John lag fast eine Woche lang gefesselt unter dem Bett, während sein Vater, keinen halben Meter von ihm entfernt, verweste.

John Guyer war am zugänglichsten, er redete gern, und deshalb dauerte es nicht lang, bis ich erfuhr, daß Schußwaffen sein

ein und alles waren, überhaupt Waffen aller Art, er hatte eine ganze Sammlung draußen und kannte sich besonders bei Feuerwaffen bestens aus. Kriegsfilme fand er gut, er hatte fast alle gesehen, vor allem die über den Zweiten Weltkrieg. Er deutete an, daß Hitler für ihn ein Held sei und daß er Juden und Schwarze nicht leiden könne, aber weil wir gemeinsam beteten und er seine Mahlzeiten bekommen wollte, ließ er sich nicht weiter darüber aus. Er hatte eine Freundin gehabt, eine zarte, dunkelhaarige Puertoricanerin, die ihn sofort geheiratet hätte, wenn er dazu bereit gewesen wäre, sagte er, aber er wolle nicht heiraten, auf keinen Fall. Die Ehe sei nichts für ihn, und er gab zu, sie oft geschlagen zu haben. «Wo ist sie jetzt?» fragte ich ihn, und er antwortete: «Sie hat sich ein paar Kinder machen lassen, das ist aber auch das einzige, wozu die gut ist.»

Harold St. Hilaires Vater und Mutter hatten ihn zu seinen Großeltern gegeben, als er ein Jahr alt war. Der Grund für diese Entscheidung war nie ganz klar gewesen, denn seine Geschwister, eine jüngere Schwester und zwei ältere Brüder, waren bei den Eltern geblieben. Er lebte bei seinen Großeltern, bis er sechzehn war. Der Großvater prügelte seine Frau regelmäßig und forderte Harold auf, sich daran zu beteiligen. Harold machte mit, aber nur sehr zögernd. Er las schon früh sehr viel, um der Situation zu entfliehen. Eines Tages erschlug sein Großvater die Großmutter aus Versehen: Er prügelte so hemmungslos auf sie ein, daß sie verblutete. Danach erhängte er sich, und Harold kehrte zu seinen Eltern zurück.

Er war jetzt achtunddreißig, hatte dunkle, schon leicht graumelierte Haare, die er straff nach hinten kämmte, die ihm aber immer wieder in widerspenstigen Locken ins Gesicht fielen. Er hatte etwas, das nicht unterdrückt werden konnte und das man ihm an den Augen ansah: eine Mischung aus Spott, Bosheit und Belustigung. Er hatte den sinnlichsten, verwirrendsten Mund, den ich je gesehen hatte, die Art, wie er seine Lippen bewegte, das Zusammenspiel von Mund und Augen – seine vollen Lippen wirkten fast feminin, und wenn er die Mundwinkel nach oben zog, entstand ein geschwungener Bogen.

Er war mittelgroß, und obwohl er sich eigentlich wie ein Mann bewegte, wirkten manche seiner Gesten so wenig maskulin, daß man sie auch bei einer Frau nicht deplaziert gefunden hätte. Kleine, aufflackernde Bewegungen, wie Akte des Widerstands: Seine Hände bewegten sich manchmal zu schnell, aber es war immer nur ein ganz momentaner Eindruck, der gleich wieder verblaßte. Beim Gehen hatte er einen gewissen Hüftschwung, der kaum auffiel, aber trotzdem da war und den diffusen weiblichen Eindruck verstärkte.

Er sprach leise, manchmal flüsterte er sogar nur, aber trotzdem war seine Stimme immer sehr dramatisch, als wüßte er lauter Geheimnisse und wollte sein Gegenüber jetzt in eins dieser Geheimnisse einweihen. Er war ein stiller Mensch, dem seine Mahlzeiten sehr wichtig waren, aber er erzählte immerhin, daß er gern Pool spiele, daß ihm das großen Spaß mache und er zeitweise damit sogar sein Geld verdient habe. Er las sehr viel, hatte jedes Buch der Gefängnisbibliothek gelesen und bestellte pro Woche drei oder vier Bücher, die er dann in Null Komma nichts verschlang. Er liebe Gedanken, sagte er, er lese gern, was Männer denken, interessiere ihn. Für Frauen habe er nicht viel übrig. Er könne einfach nichts mit ihnen anfangen, und sie umgekehrt mit ihm auch nicht.

William Heathens war als Kind ständig von seinem Vater mißbraucht worden, von vier bis sechzehn, danach war er von zu Hause weggelaufen und nie wieder zurückgekehrt. Seine Mutter hatte es gewußt, aber nichts unternommen. Seine Großmutter hatte versucht, sich einzumischen, aber sie war gebrechlich und fast blind gewesen. Als William schließlich weglief, hatte er zuvor kleine Geschäfte ausgeraubt, um sich Geld zu beschaffen. Er lebte dann fünf Jahre auf der Straße.

William Heathens redete an manchen Tagen, an anderen Tagen redete er nicht, man konnte seine Laune nie vorhersagen. Am meisten auf der Welt liebte er seine Dobermänner, er hatte draußen drei Stück und trug als Beweis ihrer Zuneigung immer ein Foto mit sich herum, das schon ganz brüchig und abgegriffen war: Groß und strahlend stand er zwischen den drei Hunden, wie ein Wikinger, der gerade ein neues Stück Land erobert hat. Er habe seine Großmutter geliebt, sagte William Heathens. Am Schluß hatte er sie immer herumgeschleppt, von ihrem Stuhl auf der Veranda ins Bett und morgens dann wieder vom Bett hinaus auf die Veranda; er habe ihr die Zeitung vorgelesen und ihr Tee gekocht. Sie sei gestorben, als er fünfzehn war, erzählte er, und danach sei nichts mehr so gewesen wie früher.

Es war anders als bei der Arbeit mit den Alten. Die Männer in der Todeszelle gehorchten mir nicht so mühelos. Sie waren rücksichtsloser, renitenter, sie hatten etwas getan, was sie für immer vom Rest der Gesellschaft trennen würde – sie hatten gemordet. Es schien immer eine gewisse Gefahr von ihnen auszugehen, und ich mußte kämpfen, um die Situation im Griff zu behalten. Der Kampf fand in den Köpfen statt: ihre Augen gegen meine. Ich mußte meine ganze Kraft zusammennehmen, ich wich ihren Blicken nie aus, aber trotzdem fühlte ich mich in ihrer Gegenwart unsicher, ich war immer auf der Hut, nie hatte ich das Gefühl, der Lage wirklich gewachsen zu sein.

Ich hatte auch mit den Gebeten und den Meditationen zu kämpfen, manchmal höhlten sie mich richtig aus, dann wieder beruhigten sie mich, Illusionen wurden viel deutlicher sichtbar, und immer, wenn ein Durchbruch bevorzustehen schien, war alles wieder weg, selbst das leiseste Gefühl einer spirituellen Welt, und dann saß ich da, ganz auf mich selbst zurückgeworfen, ich war kein Wunderheiler, nur ich selbst, mit meinem

Atem und meinem klopfenden Herzen und meinem Hunger, eingeschlossen von den Gefängnismauern. Oft machte ich die Augen auf und betrachtete die Männer, John, William, Harold, jeder von ihnen ein Mörder, und ich dachte daran, daß ich mich selbst manchmal kaum bewegen konnte – wie sollten sie es dann können, wenn ihre Leichen sich an sie klammerten?

Als ich mit Dr. Mattair darüber sprach, fragte er: «Sind Sie denn kein Mörder?» Was sollte ich dazu sagen? Ich hatte auf einen Mann geschossen. Ich hätte auch noch auf einen zweiten gezielt, und wenn eine Kugel in der Kammer gewesen wäre, hätte ich ihn getötet. Ja, auch ich war ein Mörder.

Die wöchentlichen Sitzungen mit Dr. Mattair fand ich fast noch anstrengender als die Arbeit mit den Männern. Alle, die mit dem Projekt zu tun hatten – Reverend Beacon, Karl und Bristol – mußten einmal in der Woche eine Stunde zur Supervision kommen, und Dr. Mattair seinerseits ging eine Stunde pro Woche zu Dr. Moore nach New York. Ich mochte Dr. Mattair, er war elegant, groß, unkonventionell, ein Mann mit einer extravaganten Aura. Er wirkte völlig anders als Reverend Beacon, der ein ruhiger, verschlossener Mann war, nicht viel redete und den größten Teil seiner Zeit in einem kleinen Büro außerhalb des Zellenblocks verbrachte, wo früher die Wärter gegessen hatten. Dr. Mattair hingegen war selbst öfter im Trakt, beobachtete die Männer, schlenderte durch den Zellenblock, um immer wieder eine andere Perspektive zu bekommen, und meistens trug er einen roten Schal um den Hals. In makellose Anzüge gekleidet, schlug er lässig die Beine übereinander und blickte durch sehr dicke Brillengläser, weil er fast blind war.

Der Raum, in dem wir uns trafen, war unbeschreiblich eng – ein kleines Kabuff, in dem gerade genug Platz war für ein langes Ledersofa und für den Sessel, in dem Dr. Mattair saß. Wir waren so dicht beieinander, daß ich den Rhythmus seines

Atems hinter mir hörte. Die Wände waren kahl und langweilig, also schloß ich lieber die Augen, statt sie anzustarren. Eine Stunde lang sollte ich Dr. Mattair meine Gedanken offenbaren.

Normalerweise fiel es mir nicht schwer, mit ihm zu reden, er hatte ein unkompliziertes, entwaffnendes Wesen, aber in diesem Raum fand ich es extrem schwierig: Ich mußte ja so reden, als wäre ich ein Mann, mit männlichen Gedanken, während ich doch nur spekulieren konnte, wie diese Gedanken aussehen würden. Alles, was mir einfiel, mußte ich also filtern, meine wirkliche Erfahrung verschleiern, wenn nicht sogar leugnen.

Bei der ersten Sitzung brachte ich kaum ein Wort heraus. Ich mußte erst einmal kapieren, um was es hier ging: Ich konnte nicht einfach mein Leben erzählen und über meine Familie, meine Gefühle reden – ich hatte ja als Frau gelebt. Nein, ich mußte die Geschichten umstrukturieren und Hemy durch Oscar ersetzen, weiblich durch männlich. Das war gar nicht so leicht, und weil ich die langen Schweigephasen irgendwie erklären wollte, sagte ich zu Dr. Mattair, dieser Prozeß sei mir so fremd – auf einem Sofa zu liegen und laut zu reden, während er hinter mir saß. Er meinte, das verstehe er gut, alle Leute hätten damit ihre Schwierigkeiten.

Als erstes erzählte ich ihm von meiner Familie. Das zog sich über Wochen, weil ich alles umstellen mußte. Nicht Oscar starb bei der Explosion, sondern ich. «Meine Schwester Hemy ist bei der Explosion ums Leben gekommen», sagte ich, und dann erzählte ich ihm, Hemys Tod habe mich völlig verstört, ich hätte ihre Asche ausgegraben und mitgenommen und würde sie immer noch in einer Blechdose mit mir herumtragen. Ich erwähnte auch, daß ich eine inzestuöse Beziehung mit ihr gehabt hätte; das rutschte mir heraus, als ich die Einzelheiten des Bombenattentats und über die ganzen Todesfälle berichtete. Im Vergleich zu allem übrigen schien mir das eher nebensächlich, aber dadurch wurde es für mich komplizierter, das, was ich sagte, zu steuern. Als ich schnell hinzufügte, wir hätten nie richtig miteinander geschlafen, obwohl ich es gerne getan hätte, wurde es ganz still im Raum, und ich merkte, daß ich aus Versehen etwas gesagt hatte, was in diesem Raum mehr Gewicht hatte als die Explosion, die meiner Meinung nach durch nichts übertroffen werden konnte – aber hier, in diesem Raum, genügte schon das Wort Inzest, um alles übrige in den Schatten zu stellen.

«Ich habe nie verstanden, warum ich diese inzestuösen Neigungen hatte», sagte ich, als würde dadurch das Wort ausgelöscht oder zumindest ein bißchen verharmlost, aber die Wiederholung machte alles nur noch schlimmer.

Als Dr. Mattair fragte: «Gab es noch andere Fälle von Inzest in Ihrer Familie?» Ich war verdutzt. Diese Frage hatte ich nicht erwartet. Aber dann fiel mir etwas ein, woran ich nie mehr gedacht hatte, bis zu diesem Augenblick – es war der Abend, als Lourde zu mir und Zellie gesagt hatte, wir sollten ja nicht mit den Jungs Versteck-das-Würstchen spielen.

Also erzählte ich das Dr. Mattair und fügte hinzu: «Er hat gesagt, wenn eine von ihnen das tun würde, könnte sie gleich verschwinden. Ich glaube, meine Schwestern sind richtig zusammengezuckt.»

«Wenn ein Vater zu seinen halbwüchsigen Töchtern sagt, sie sollen nicht mit Jungen Versteck-das-Würstchen spielen, dann ist das ziemlich geschmacklos. Da würde jedes Mädchen zusammenzucken», sagte Dr. Mattair.

Danach war es lange still im Zimmer, während ich über diese Antwort nachdachte. Mir fiel plötzlich auf, daß ich Lourde in einem sehr schlechten Licht gezeigt hatte.

«Er war betrunken, und es ging ihm überhaupt nicht gut damals. Seine Theaterstücke waren gerade abgelehnt worden», sagte ich, als müßte ich mich für Lourde entschuldigen. Aber

Dr. Mattair sagte nichts dazu, und ich fand die Stille furchtbar bedrückend. Ich nahm mir vor, noch vorsichtiger zu sein, aber dann sagte ich: «An dem Abend, als ich meine Schwester das erste Mal geküßt habe, hatte sie gerade auf Mr. Antonovsky geschossen. Sie hat ihm den Schwanz abgeschossen.»

«Wie kam es dazu?» fragte Dr. Mattair.

«Es war ein Unfall.»

Wieder schwiegen wir beide, und ich spürte, welche Bedeutung die Tatsache, daß ich Mr. Antonovsky den Schwanz abgeschossen hatte, in diesem Raum annahm – isoliert vom Rest der Geschichte, von der aufgeheizten Atmosphäre in *Bo's Place* damals, von Colemans Notlage, von Zellies lauter Stimme, die mir befahl zu schießen.

Ich versuchte, das zu überdecken, indem ich sagte: «Ich hatte Mitleid mit ihr.» Aber als Dr. Mattair mich dann fragte: «Haben Sie sie deswegen geküßt?», versuchte ich mich daran zu erinnern, weshalb ich Oscar geküßt hatte. Ich dachte daran, wie er mich in jener Nacht bei dem Gewitter umarmt hatte, und ich fragte mich, ob ich sagen sollte, ich sei immer bei Gewitter zu meiner Schwester ins Bett gekrabbelt, weil sie solche Angst hatte, und der Rest habe sich dann irgendwie von selbst ergeben, oder ob ich sagen sollte, daß ich, als Oscar, Angst vor Gewittern gehabt hätte und meine Schwester manchmal zu mir gekommen sei, um mich zu beruhigen. Ich dachte, daß ich als Oscar vermutlich keine Angst vor Blitz und Donner gehabt haben sollte, also sagte ich: «Ich habe sie bei einem Gewitter immer festgehalten und beruhigt. Und an dem Abend wollte ich sie eigentlich auch nur trösten, aber irgendwie habe ich sie dann geküßt.»

Als Dr. Mattair mich fragte: «Was hat Sie dazu veranlaßt, Ihre Schwester zu küssen?» hatte ich keine Ahnung, warum Oscar beschlossen hatte, mich zu küssen. Es hatte mich ziemlich überrascht, und ich überlegte, ob ich jetzt sagen sollte, ich wisse es nicht, oder ob ich irgend etwas erfinden sollte – die Lippen meiner Schwester, ihre Brüste unter dem Nachthemd seien so verlockend gewesen, aber das fand ich albern, und ich konnte mich nicht überwinden, so etwas zu sagen.

«Ich habe keine Ahnung», sagte ich.

So ging es eine ganze Stunde, und die ganze Zeit war ich mir mehr denn je bewußt, daß ich eine Frau war. Nicht einen Augenblick konnte ich vergessen, daß ich eine Rolle spielte, und komischerweise störte es mich nicht so besonders, daß ich eine Lüge lebte – es machte mir viel mehr aus, daß ich keine Ahnung hatte, warum ich es tat. Ich merkte außerdem, daß diese Sitzungen anders waren als alles, was ich bisher erlebt hatte. Ich verstand die Regeln nicht, das Ritual, ich merkte nur, daß es mich durcheinanderbrachte, daß mir Dinge einfielen, an die ich sonst nie dachte.

Wenn ich jetzt mit den Männern zusammen war, kam ich mir vor wie eine Katze vor einem Vogelkäfig, die ganz ruhig dasitzt und lauert, als wäre ich durch eine Art Instinkt an diese Männer gebunden, als würde mich etwas in diesem Käfig zum Schwitzen bringen, mein Herz aufputschen, mein Blut durch verengte Gefäße jagen. Das war ein ganz klares Gefühl, und ich spürte ebenso deutlich, wie sicher ich mich in meiner Verkleidung fühlte, mit den kurzen Haaren, der flachen Brust, der tiefen Stimme, der rationalen Verhaltensweise – als der Mann, zu dem ich mich gemacht hatte. Ich fragte mich oft, ob ich vielleicht ein Spion war und unbewußt versuchte, diese Männer zu durchschauen, als könnte ich sie nur verstehen, wenn ich so tat, als wäre ich einer von ihnen – als bestünde das eigentliche Experiment darin, daß ich, eine als Mann verkleidete Frau, sie aushorchte: Sie sprachen wie Männer mit einem Mann, und ich hörte ihnen mit den Ohren einer Frau zu. Aber ich wußte es nicht.

Ich erinnerte mich oft an das, was ich gedacht hatte, als ich Bo und Lourde das erste Mal im Gefängnis besucht hatte – wie seltsam es war: Du gehörst zu einer Familie, und alles läuft wunderbar, und dann explodiert der Brennkessel, den deine Mutter nicht hätte aufstellen dürfen, aber trotzdem aufgestellt hat, und weil ein schwarzer Pianist und ein dicker weißer Mann sich hassen, passiert es plötzlich, daß du in eurem Wohnzimmer stehst, das in eine Bar umfunktioniert wurde, und mit dem Revolver deines Vaters dem weißen Mann in den Schritt schießt, und dann bist du hier im Gefängnis und unterhältst dich mit deiner Mutter und deinem Vater durch Panzerglas.

Wenn ich jetzt durch die Gitterstäbe die drei Männer in ihren orangefarbenen Overalls und den Fußschellen anstarrte, dachte ich, wie seltsam es doch war: Du schießt einen Mann in den Schritt, und das veranlaßt deine Mutter, zu dir zu sagen, daß du ein großes Schicksal vor dir hast, daß du den Gang der Geschichte verändern wirst und wegen dieses großen Schicksals nie einen Mann lieben kannst; und dann, nachdem du deine Familie durch eine Bombenexplosion verloren hast und nur deine Schwester verkrüppelt übrigbleibt, heiratest du einen Mann, den du nicht liebst, damit er dir mit der Versorgung deiner Schwester hilft, und nachdem er dich oft genug geprügelt und vergewaltigt hat, verläßt du ihn und schlägst dich alleine durch, arbeitest viel und hart, und aus heiterem Himmel taucht ein Mann auf, und du denkst, weil dein Leben so schwer war, ist dir dieser Mann geschenkt worden, damit du ihn lieben kannst, und du vergißt, was deine Mutter über dein Schicksal und die Liebe zu einem Mann gesagt hat, du liebst ihn einfach trotzdem, und eines Abends bekommst du einen Wutanfall, weil dich deine verkrüppelte Schwester überfordert, und dann verläßt er dich, und du bist allein und hast Angst, daß du für diesen Mann, der dich verlassen hat, dein

Schicksal aufgegeben hast, und du möchtest es zurückhaben, der Mann war es nicht wert, also schwörst du, eine Festung um dein Herz zu errichten, wie deine Mutter es gesagt hat: Du suchst nach deinem Schicksal, schneidest dir die Haare ab, änderst deinen Namen, du weist immer und immer wieder die Leidenschaft eines leidenschaftlichen Mannes zurück, du bandagierst dir die Brust, du hörst auf deinen Atem und auf die Stille, du wäschst alte Menschen und bringst ihnen bei, auch so zu atmen, und schließlich arbeitest du mit Männern, die in der Todeszelle sitzen, und jetzt bist du hier, wieder in einem Gefängnis, bandagiert und wie ein Mann gekleidet, und du weißt nicht, was oder wer du bist, und hinter den Gittern sitzen Männer wie dieser Happy, der deine Familie in die Luft gejagt hat.

Als Dr. Mattair den Aufseher dazu brachte, die Vorschriften im Zellenblock etwas zu lockern, veränderte sich die Atmosphäre. Die strikten Einschränkungen hatten dafür gesorgt, daß eine grimmige Stille in der leeren Luft hing, ein metallisches Echo jede Bewegung, jedes Wort begleitete; die Männer waren in Ketten gelegt und saßen auf einem Stuhl, der wiederum an den Boden gekettet war, nichts durfte in den Zellenblock gebracht werden außer den Glocken, den Kerzen, den Kissen und dem Gebetsbuch. Nicht einmal ein Stück Papier war erlaubt, weil die Gefängnisaufsicht wegen dieses illegalen Experiments unglaublich paranoid war. Aber irgendwie gelang es Dr. Mattair, diese Ängste zu beschwichtigen, und nach und nach durften wir neue Elemente in die stille Leere einführen, eins nach dem andern, jedes absolut verblüffend in seiner Neuheit.

Zuerst fanden wir, man könnte doch zu bestimmten Zeiten über das alte Lautsprechersystem Musik abspielen. Wir hörten also die Country-Western Music, die John Guyer so mochte, und klassische Musik, auf Bitten von Harold St. Hilaire, und

Bruce Springsteen, weil er William Heathens Lieblingssänger war. Karl mochte Musik aus Shows, Bristol hörte am liebsten Jazz, Dr. Mattair hatte eine Vorliebe für Opern, und auch Juan, der Hausmeister, hatte seinen Lieblingsmusiker: Elvis Presley. Nach einer Weile wurde Juan unser inoffizieller Discjockey und spielte aus einem Raum auf der anderen Seite des Zellenblocks alte Platten ab. Oft kündigte er sie mit Radiosprecherstimme an: «Und nun hören wir ein paar Nummern aus Bruce Springsteens phantastischem Doppelalbum, auf Bitten von William the Heathen.» Das war oft lustig, vor allem, wenn er eins von Bristols Lieblingsliedern spielte und ihn Lurch LaMotta nannte, weil Bristol einen Gang wie ein Lurch hatte und ein Blumenkohlohr wie der Boxer Jake LaMotta. Juan konnte Bristol nicht leiden, und Bristol konnte umgekehrt Juan nicht leiden. Doch die Musik da oben klang ganz ungewohnt und seltsam, wie etwas ganz Besonderes.

Dann initiierte Dr. Mattair ein Wandgemälde auf einer Wand direkt außerhalb des Zellenblocks, und immer, bevor die Männer die Gebetszelle betraten, durften sie etwas auf diese Wand zeichnen oder malen oder kleben – was sie wollten, wohin sie wollten, Bilder oder Wörter, die sie aus Zeitschriften ausgeschnitten hatten, Fotos, Zeichnungen. Es dauerte nicht lang, bis eine faszinierende Collage entstand, die ihre dunkelsten Instinkte widerspiegelte: Bilder von Pistolen, von Explosionen, von Blut und Tod, von zerfetzten Körpern, vom Krieg. Erst nach Monaten tauchten an den Rändern andere Bilder auf, Bilder von hübschen Mädchen, von sonnigen Stränden, von Sonnenuntergängen und Berggipfeln.

Im Grund waren das alles nur Kleinigkeiten, aber trotzdem veränderte sich mein Verhältnis zu den Männern; der Abgrund, der uns trennte, wurde irgendwie schmaler, bis ich an einem kalten Nachmittag schallend lachen mußte, als William

Heathens mir eine Geschichte von seinem Vater erzählte und dabei die Sprechweise seines Vaters nachahmte – er klang wie Mr. Antonovsky. Da saß er an diesen Stuhl gekettet, die Hände in Handschellen, die Füße in Fußschellen, die braunen Haare weich um das kantige Gesicht, die Augen blau und kindlich, und er erzählte mir, daß er als Junge gern Clark heißen wollte, weil Superman doch eigentlich Clark Kent hieß. Als er das seinem Vater sagte, mußte der Vater lachen und sagte: «Nein, nein, nein, so willst du nicht heißen. Hör doch nur zu!» Und dann sang er mit seinem polnischen Akzent: «Happy birthday to you, happy birthday to you, happy birthday, dear Claaark», mit einem flachen, langgezogenen *A*, und ich platzte laut heraus, viel lauter und herzlicher als der Situation angemessen, schließlich befanden wir uns im Gefängnis, im Todestrakt, und als ich William Heathens anschaute und unsere Blicke sich begegneten, merkte ich plötzlich, wie sexy er war. Es war furchtbar – aber William Heathens war tatsächlich sexy, und einen Moment lang hatte ich den wilden Wunsch, ihn in eine Ecke der Zelle zu drängen, ihm die Kleider vom Leib zu reißen und mit ihm zu schlafen. Das Verlangen war fast unerträglich, und ich war richtig schockiert, daß ich an einem so widerlichen Ort solche Gelüste haben konnte, die auch noch einem Mörder galten, einem Mann, der zum Tode verurteilt war. Ich gab mir alle Mühe, nicht auf seinen Mund zu schauen, auf seine Zunge, die sich manchmal zwischen die Lippen schob; ich wollte nicht sehen, wie er sich manchmal leicht auf die Unterlippe biß, weil mir dann ganz anders wurde – aber je mehr ich mich bemühte, nicht hinzuschauen, desto mehr schaute ich hin.

Als er ein bestimmtes Gebet sprach, ein Gebet aus der Bhagavad Gita, schloß er bei der letzten Strophe die Augen, und ich beobachtete ihn, während er sprach:

Gib deine Liebe nicht dieser vergänglichen Welt
Des Leidens, nein, gib deine Liebe mir.
Gib mir dein Denken, dein Herz, all deine Anbetung.
Suche mich, lebe immer nur für mich
Dann wirst du mit mir vereint sein.

Ich schaute ihn an, sein Gesicht, er sah gut aus, auf eine eher grobe Art, mit vollen Lippen, jungenhaft, die Arme kräftig und mit durchtrainierten Muskeln vom Gewichtheben. Für den Bruchteil einer Sekunde sah ich die Gitterstäbe nicht mehr, die uns trennten, die Ketten, die ihn an den Stuhl fesselten, die Fußschellen, die ihn an den Boden banden, und obwohl das Gebet Gott galt, stellte ich mir vor, er würde es für mich sprechen. Als er die Augen aufmachte, wandte ich rasch den Blick ab und tat so, als würde ich in die kleinen orangegelben Flammen der Kerzen starren, aber er hatte gemerkt, daß ich ihn angeschaut hatte.

Am Abend, im gedämpften Licht in meinem Zimmer, in meinem warmen Bett, dachte ich an ihn, und wieder überkam mich die Lust, ihn in die Ecke der Zelle zu drängen, ihn zu nehmen, keuchend und schwitzend, mit der ganzen frustrierten Leidenschaft, die sich in mir aufgestaut hatte, ihn schnell und heftig zu nehmen, und die ganze Zeit überlegte ich mir, woher dieses Verlangen kam, dieses hemmungslose, überwältigende, unmäßige Verlangen, und ich wollte, daß es mich losließ, er war ein Mann in der Todeszelle, und ich lebte als Mann.

Wenn irgend jemand spürte, daß ich kein Mann war, dann war es William Heathens. Ich merkte, daß er sich zu mir hingezogen fühlte, obwohl ich nicht verstehen konnte, warum, zu mir mit meinen kurzen Haaren und den bandagierten Brüsten. Aber da saßen wir, eigentlich ein Mann und eine Frau, zwei Monster in dieser grausamen Welt, und aus einem dunklen, gemeinsamen Brunnen stiegen die Instinkte in uns hoch. Ich spürte es überdeutlich – und ich betete darum, es vergessen zu können.

Bald darauf unterlief mir der erste Fehler. Bei John Guyer rutschte mir eine unpassende Frage heraus. «Was haben Sie gedacht, als Sie Joanna in die Knie gezwungen haben?» fragte ich ihn an einem eisigen Morgen, als wir unser drittes Gebet gesprochen hatten. Er blickte durch die Stäbe, die uns trennten, aber gleich wichen seine dunkel überschatteten Augen wieder aus, und es war nicht möglich, seinen Blick zu deuten.

«Was ich gedacht habe?» sagte er. Ganz kurz begegnete sein Blick wieder meinem.

«Ja. Was ist Ihnen durch den Kopf gegangen?»

«Keine Ahnung», sagte er. Er starrte jetzt mit gesenktem Kopf auf eine Stelle auf dem Fußboden. Seine vorspringende Stirn wirkte noch gewaltiger, und sie war teigigweiß.

«Sie müssen doch irgend etwas gedacht haben», beharrte ich.

John Guyer lachte nervös, scharrte mit den Füßen auf dem Boden; seine schwarzen Schuhe ohne Schnürsenkel wirkten klein, fast mädchenhaft, und seine Fußschellen klirrten.

Ich blickte mich um, weil ich sicher gehen wollte, daß Karl nicht irgendwo lauerte. Dann fragte ich: «Haben Sie gedacht, sie ist für Ihr Vergnügen da?»

«Nein», antwortete er.

«Was haben Sie gedacht, als Joanna geschrien hat?»

«Ich wollte nur, daß sie aufhört», sagt er.

«Sie wollten, daß sie aufhört zu schreien und macht, was Sie von ihr verlangen?»

«Ja.»

«Warum hat sie geschrien? Was denken Sie?»

«Es hat ihr nicht gefallen.»

«Was haben Sie sich dabei gedacht?»

«Ich habe überhaupt nichts gedacht», wiederholte er.

«Sie müssen doch irgend etwas gedacht haben!» rief ich. «Als Sie diese Frauen auf der Treppe gesehen haben – was haben Sie da gedacht? Daß sie keine vollwertigen Menschen sind?»

«Nein», sagte er.

«Was dann? Was haben Sie dann gedacht? Daß sie nichts wert sind? Daß man mit ihnen machen kann, was man will?»

«Nein», sagte er wieder.

«WAS HABEN SIE DANN GEDACHT?»

«NICHTS! ICH HABE GAR NICHTS GEDACHT!»

Ich hörte auf zu fragen, weil ich mich schämte – meine Fragen waren so durchschaubar, das merkte ich selbst. Vic Ponti war überall, seine Stimme, sein Atem, seine kalte Berührung.

«Es tut mir leid, Mr. Guyer», sagte ich. «Manchmal ist das alles schwer zu verstehen. Bitte, verzeihen Sie mir.»

Ich schaute ihn an, die straff zurückgekämmten Haare, seine eingedrückten Schläfen, als hätte der Arzt ihn mit einer Stahlzange aus dem Schoß seiner Mutter herausgeholt, seine großen Augen, die aufgerollten Ärmel seines orangeroten Overalls, seine Tätowierungen, eine Versammlung von Schlangen, die seinen Arm hinaufkrochen und sich um seinen Hals legten. Er saß auf dem Stuhl, die kleinen schwarzen Schuhe nebeneinander auf dem Fußboden, die Hände im Schoß gefaltet. Wir hatten gerade das Gebet des heiligen Franz von Assisi gesprochen: *Herr, mache mich zu einem Werkzeug deines Friedens. Wo Haß ist, laß mich Frieden säen ...*

Er nickte, als wollte er zu verstehen geben, daß er mir diesmal verzeihen könne, weil er im Leben schon Schlimmeres verziehen habe, was ich nicht bezweifelte, und ich war dankbar, daß er die Größe besaß, mir meinen Fehler nachzusehen, ich hatte mich unfair verhalten, unwürdig.

Danach kamen plötzlich die Erinnerungen an Vic Ponti zurück, widerlich und krank; dauernd fiel mir jetzt die Zeit mit ihm wieder ein, ich spürte den Sog des schrecklichen Kerkers, in dem ich mich damals befunden hatte. Ich mußte vor allem an einen Tag denken, als Vic Ponti und ich mit dem Auto irgendwo hingefahren waren, ich wußte nicht, warum ich ausgerechnet an diesen Tag denken mußte, es war kein besonderer Tag gewesen, nichts Auffälliges war passiert, nur daß ich dieses Gefühl bodenloser Verzweiflung empfunden hatte, diese beklemmende Angst, weil ich mit ihm im Auto saß. An dieses Gefühl mußte ich jetzt denken, nicht, weil es sich irgendwie von den anderen Gefühlen damals unterschied, sondern weil die Verzweiflung so erdrückend, so bleischwer gewesen war, als wäre ich während dieser banalen Autofahrt immer tiefer gesunken und von irgendeiner unsichtbaren Macht leise zu einem endgültigen Abschied von der Welt getrieben worden, nicht körperlich, sondern seelisch, als hätte sie mich gelockt, ja umworben, für immer zu verschwinden.

An das Gefühl selbst konnte ich mich genau erinnern, aber ich konnte mir nicht erklären, warum ausgerechnet diese Erinnerung immer wieder auftauchte, sie schien nichts Entscheidendes, kein unauslöschliches Bild zu enthalten, nur die abgrundtiefe Verzweiflung. Ich überlegte, ob vielleicht etwas passiert war, ehe ich ins Auto gestiegen war, ob Vic Ponti mich geschlagen oder mich unter Drogen gesetzt hatte, aber ich konnte mich an nichts erinnern. Als jetzt wieder der seltsame rote Ausschlag an meinen Handgelenken auftauchte, diese Bänder aus wunder, schuppiger Haut, fing ich an zu glauben, daß bei dieser Fahrt doch etwas passiert sein mußte, denn der Ausschlag hatte nach meiner Heirat mit Vic Ponti angefangen und war spurlos verschwunden, nachdem ich ihn verlassen hatte. Ich wollte Dr. Mattair von Vic Ponti erzählen, ich wollte die Ärmel meines Jacketts hochschieben und ihm den Ausschlag zeigen, um eine Verbindung zwischen John Guyer und

Vic Ponti herzustellen, ich wollte ihm sagen, wie stark John Guyer mich an Vic Ponti erinnerte, nicht körperlich, sondern von meinem Grundgefühl her: die Dunkelheit in ihren Seelen war erschreckend ähnlich, aber das konnte ich Dr. Mattair unmöglich sagen, es sei denn, ich hätte entweder behauptet, Oscar sei von Vic Ponti unzählige Male mißbraucht worden, oder ich hätte zugegeben, daß ich gar nicht Oscar Lourde war.

Aber ich mußte mich ohnehin zu diesem Gespräch mit John Guyer äußern – alle wußten davon, wir waren eine kleine Gruppe, niemand konnte herumbrüllen und erwarten, daß die anderen es nicht merkten. Bristol hielt sich oft in der Nähe auf, und Bristol war ein Mann, der, verschwiegen wie er war, alles hörte, außerdem hatte Karl stets ein Auge auf mich, und es konnte immer sein, daß Juan irgendwo in der Nähe putzte und jedes Wort mitbekam.

Ich lag auf Dr. Mattairs Sofa, horchte auf sein regelmäßiges Atmen und sagte: «Ich wollte, ich hätte John Guyer diese Fragen nicht gestellt. Das war nicht richtig.» Und als Dr. Mattair fragte: «Warum war es nicht richtig?» antwortete ich: «Es ist nicht meine Aufgabe, John Guyers Verhalten zu hinterfragen.»

Er fragte mich, warum mich John Guyers Verhalten so interessiere. Wahrscheinlich will ich einfach verstehen, wie John die Frauen sieht, dachte ich – ich konnte mir nicht vorstellen, was ein Mann denkt, der eine Frau vergewaltigt. Aber das konnte ich schlecht sagen, weil ich mir nicht sicher war, ob ein Mann sich diese Frage je stellen würde. Also antwortete ich ganz vorsichtig: «Ich möchte wissen, warum ein Mann eine Frau vergewaltigt. Meine Schwester ist einmal vergewaltigt worden, und das war sehr schlimm für sie.»

Als Dr. Mattair mich fragte: «Würden Sie gern eine Frau vergewaltigen?» antwortete ich sofort: «Nein.»

«Aber es interessiert Sie, warum John Guyer es getan hat?» fragte er.

«Ja.»

«Warum interessieren Sie sich für John Guyers Sexualleben?» fragte er als nächstes. Ich überlegte, was die Gründe dafür sein könnten. Ich wollte nicht mit ihm schlafen, schon den Gedanken fand ich eklig, aber die Antwort wäre natürlich unangebracht gewesen. Dachte Dr. Mattair vielleicht, daß ich, Oscar Lourde, gern mit John Guyer schlafen oder von ihm vergewaltigt werden wollte? Aber das konnte ich mir eigentlich nicht vorstellen. Also grübelte ich weiter, warum Guyers Sexualleben für Oscar interessant sein könnte. Aber es fiel mir nichts dazu ein.

Nach einer Weile sagte ich: «Ich glaube nicht, daß mich John Guyers Sexualleben interessiert. Mit mir sind einfach meine Gefühle durchgegangen. Ich finde es dermaßen scheußlich, was er mit diesen Frauen gemacht hat.»

«Interessieren Sie sich für das Sexualleben der Frauen?» wollte Dr. Mattair wissen.

Nicht besonders – aber Oscar hätte sich vielleicht dafür interessiert. Andererseits hätte es unter den Umständen wahrscheinlich eher pervers gewirkt, wenn ich die Frage bejaht hätte. Aber wenn ich sagte, es sei mir egal, machte das auch keinen besonders normalen Eindruck. Schließlich antwortete ich: «Ich weiß es nicht.»

Darauf folgte ein langes Schweigen, das ich als sehr beklemmend empfand, während Dr. Mattair nicht im geringsten davon beeindruckt schien. Im Gegenteil, er machte es sich bequem und wartete ab, bis ich mich gezwungen fühlte, etwas zu sagen.

«Ich möchte nur einfach wissen, wie Männer – andere Männer, meine ich – über Frauen denken. Das ist alles», sagte ich.

«Was ist denn so interessant an dem, was andere Männer über Frauen denken?»

Ich versuchte mir vorzustellen, wie es geklungen hätte,

wenn ich als Frau gesagt hätte: «Ich möchte wissen, wie andere Frauen über Männer denken.» Das hätte nicht besonders absurd geklungen, denn eine Frau konnte sich durchaus dafür interessieren, was andere Frauen von Männern hielten – also durfte man auch annehmen, daß sich ein Mann fragen konnte, wie andere Männer über Frauen dachten, ohne daß es ungewöhnlich oder abartig wirkte. Aber dann dachte ich, daß meine Bemerkung trotzdem ziemlich entlarvend war – im Grunde hatte ich ja gesagt, daß ich mich dafür interessierte, was ich als Mann über Frauen dachte. Es ging nicht darum, was andere Männer über Frauen dachten, sondern nur um meine Gefühle. Als Dr. Mattair weiter schwieg, kam ich mir vor, als wäre ich auf Sand aufgelaufen. Ich konnte diese Frage, wie ich als Mann über Frauen dachte, einfach nicht beantworten, weil ich es ja gar nicht wußte. In Wirklichkeit wollte ich herausfinden, wie ich als Frau über Männer dachte.

Ich fühlte mich sprachlos, als würde mir jemand den Mund zuhalten, was Dr. Mattair natürlich nicht tat, jedenfalls nicht im eigentlichen Sinn. Am liebsten wäre ich aufgestanden und gegangen. Ich schaute auf die Uhr. Noch zehn Minuten. Wie sollte ich die überstehen?

Mein Kopf begann zu hämmern. Endlich durchbrach Dr. Mattair das Schweigen und sagte: «Die Gedanken welches Mannes würden Sie gern erfahren?» Da sah ich plötzlich ein Bild vor mir: John Guyer in einer Zelle, wie er auf seiner Pritsche hockte und lustlos mit den Beinen baumelte. Aber irgend etwas stimmte an diesem Bild nicht. Ich hatte John Guyer noch nie auf einer Pritsche sitzen sehen. Ich kannte ihn nur auf dem Stuhl in der Gebetszelle. Als ich mir das Bild näher anschaute, merkte ich voller Entsetzen, daß es Lourde war, den ich da im Geist vor mir sah, nicht John Guyer, Lourde in seiner Zelle im Gefängnis von Wampsville, mit seinen lustlos baumelnden Beinen. Ich dachte daran, wie mich dieser Anblick damals fasziniert hatte und wie ich mir im Dunkel meines Zimmers überlegt hatte, ob der Brennkessel und die Explosion nicht doch seine Schuld gewesen waren – ob er vielleicht mit unhörbaren, unsichtbaren Mitteln die ganzen Katastrophen hervorgerufen hatte.

Dann fiel mir aus irgendeinem Grund der Zettel mit Lourdes letzten Worten ein, und obwohl es mir nicht besonders logisch vorkam, sagte ich: «Wissen Sie, wie die letzten Worte meines Vaters lauteten? ‹Es ist besser, einem Mörder in die Hände zu fallen als in die Träume einer begehrenden Frau.›»

In diesem kleinen Zimmer wirkten diese Worte unglaublich kraß und endgültig.

«Ist er in die Träume einer begehrenden Frau gefallen oder in die Hände eines Mörders?» fragte Dr. Mattair.

«In die Träume einer begehrenden Frau», sagte ich. Aber dann sah ich Bo vor mir, die alles tat, um Lourde glücklich zu machen, die den Brennkessel aufgestellt hatte, damit er sich keinen Job suchen mußte – den Brennkessel, der dann seine Familie zerstörte.

«Vielleicht war sie aber auch eine Mörderin», sagte ich.

«Warum, denken Sie, hätte Ihre Mutter Ihren Vater umbringen wollen?»

Ich konnte mir nicht vorstellen, daß Bo Lourde ermorden wollte oder warum sie den Wunsch gegabt haben könnte, aber je mehr ich darüber nachdachte, desto heftiger klopfte mein Herz.

«Ich habe Herzklopfen», sagte ich.

«Warum?» fragte Dr. Mattair, aber ich konnte die Frage nicht beantworten.

Als ich an diesem Abend nach Hause ging, fühlte ich mich ganz komisch, fast irre, und ich wußte nicht, was ich denken sollte – all diese Sachen, die ich gesagt hatte, ich mit meinen bandagierten Brüsten und in Männerkleidern, und warum nannte ich mich Oscar Lourde und beaufsichtigte Männer im Todestrakt beim Gebet?

Ich sah Zellie zu, wie sie in unserer Küche Abendessen kochte, und fragte mich, wohin das Bedürfnis verschwunden war, so zu sein wie sie, zu kochen oder mich über jemands Baby zu beugen. Ich hatte mich in ein merkwürdiges Ungetüm verwandelt, ich wußte selbst nicht so recht, in was, und als ich mir überlegte, ob die Männer womöglich wußten, daß ich nicht Oscar Lourde war, ob Dr. Mattair es wußte, wurde mir ganz kalt.

Nachdem Zellie ins Bett gegangen war, setzte ich mich im dunklen Wohnzimmer auf den Fußboden und drückte mich mit dem Rücken an die Wand. Mit geschlossenen Augen beobachtete ich meinen Atem und fragte, was mit mir nicht stimmte, warum ich mich bandagiert hatte und als Mann lebte. Statt auf die Stille zu horchen, begab ich mich langsam auf das Minenfeld der Erinnerungen und suchte in diesem riesigen Terrain nach dem Stück, das mir meine Existenz begreiflich machen konnte. Es war ein aussichtloses Unterfangen – als würde ich auf dem Grund des Ozeans nach einer kleinen Truhe tauchen.

Ich wurde wieder zurück in die Zeit mit Vic Ponti geführt, auch jetzt tauchte die Autofahrt auf. Ich pirschte mich an diese Erinnerung heran wie an eine versiegelte Kiste, die ich öffnen wollte. Aber ich kriegte sie nicht auf, nicht mit den Händen, nicht mit den Zähnen. Ich versuchte mich zu erinnern, was vorangegangen war, was anschließend passiert war, aber ich wußte es nicht mehr, ich erinnerte mich nur, daß es ein heißer Tag gewesen war, und als ich aus dem Fenster geschaut hatte, war ich weit weg gewesen – ich hatte das Gefühl gehabt, ich würde nie zurückkommen. Ich versuchte, die Erinnerung in meiner Phantasie einzukreisen, sie festzuhalten, mich von allen Seiten anzuschleichen, sie aufzudecken und ihr ihren Gehalt zu entreißen, aber sie gab nichts her.

Als Harold St. Hilaire anfing mit mir zu reden, war ich erstaunt, weil er bisher so verschlossen gewesen war. Er redete immer nur über das, was er gelesen hatte. Über sich selbst wollte er nicht sprechen, also unterhielten wir uns über Philosophie, er hatte die meisten Standardwerke gelesen und konnte ganze Passagen auswendig zitieren. Es störte mich manchmal, daß er so schön sprechen konnte, weil ich dann die Familie Cotton vergaß; danach traten die sechs allerdings um so deutlicher in den Vordergrund: Wenn ich im Zug saß oder dann abends zu Hause, sah ich sie vor mir, wie sie an den Balken hingen. Aber Harold hatte eine packende Stimme, mit der er seine Zuhörer fesseln konnte, und er war sich dieser Macht durchaus bewußt.

Ich fing an, die Bücher zu lesen, von denen er redete, um mir in seiner Gegenwart nicht so ungebildet vorzukommen, und ich ging sogar so weit, daß ich manche Abschnitte auswendig lernte und andere, die ich interessant fand, anstrich; und bei unseren Sitzungen streute ich sie dann ganz beiläufig ein, als hätte ich die Sachen schon vor einer Ewigkeit gelesen. Es fiel mir auf, daß es in diesen Büchern kaum je um Frauen ging; manchmal kam das Wort oder der Begriff Frau seitenlang nicht vor, manchmal wurden Frauen in einem ganzen Kapitel oder in der gesamten Abhandlung nicht erwähnt. Frauen spielten so gut wie keine Rolle. Eines Tages sprach ich Harold St. Hilaire wie zufällig darauf an, und er sagte: «Frauen sind im Geschlechterverhältnis die Nigger, deswegen. Sie sind dazu da, die Männer zu befriedigen, und davon erholt sich ein Mann nie so ganz. Aber deshalb sind Frauen minderwertig, auch wenn die landläufige Meinung das anders sieht.» Er schaute durch die Gitterstäbe, die uns trennten, und seine dunklen Augen, ein bißchen vergrößert durch die dicke Brille, funkelten böse und belustigt zugleich; sein Blick war so durchdringend, daß ich mich richtig nackt fühlte, als hätte er unter mein Jackett gefaßt und die elastische Binde weggerissen.

Als er die Lippen spitzte und grinste, war mir klar, daß dieses Thema Harold St. Hilaire brennend interessierte. Wahrscheinlich hoffte er, daß es mir genauso ging und wir uns von Mann zu Mann darüber unterhalten konnten. «Ich weiß, es gibt das Argument, daß Frauen durch ihre Sozialisation daran gehindert wurden, ihre genialen Fähigkeiten zu entwickeln», sagte er. «Ich will das gar nicht leugnen, aber wir haben jetzt hundert Jahre hinter uns, in denen die Frauen nicht mehr angekettet waren, und als Gruppe haben sie im Gegensatz zu den Männern trotzdem auf keinem Gebiet ein wirklich geniales Werk vorzuweisen.» Er schwieg, dann fügte er hinzu: «Ich kann so etwas sagen. Ich bin zum Tode verurteilt.» Wegen der Handschellen konnte er seine Hände nicht richtig bewegen, aber seine langen, schmalen Finger hoben sich leicht, eine elegante, fließende Bewegung, und ich sah wieder diesen Hauch des Femininen, der aber sofort verschwand, als er seine Finger wieder ruhig hielt.

Ich schluckte und sagte betont bedächtig, meiner Meinung nach hätten Frauen zumindest auf einem Gebiet Geniales geleistet – in der Literatur. Sie hätten einen wesentlichen Beitrag zur Weltliteratur abgeliefert. Er widersprach heftig: Natürlich gebe es vereinzelt geniale Schriftstellerinnen, wie Virginia Woolf und Simone de Beauvoir, aber als Ganzes gesehen hätten Frauen auch in der Literatur nicht viel gebracht, sie würden nicht über bleibende Themen schreiben, sondern immer nur über Frauen in Beziehung zu Männern, und das meistens sehr sentimental und gefühlsbetont. Ich fragte, ob es denn kein bleibendes Thema sei, daß Frauen von Männern unterdrückt würden? Das Phänomen habe sich jedenfalls ziemlich lange gehalten. Und Harold St. Hilaire erwiderte: «Gar nicht übel, Mr. Lourde.»

Als er sagte: «Es liegt in der Natur der Frau, unterworfen zu werden», fragte ich ihn, ob es in der Natur der Juden liege, in die Gaskammern geführt zu werden, ob es in der Natur der Schwarzen liege, in die Sklaverei geführt zu werden – immerhin seien einige der Juden und Schwarzen Männer gewesen. Nein, sagte ich, wir sollten uns die Führer anschauen und uns fragen, welche Teile in ihrer Natur sie dazu gebracht hatten, andere ins Elend führen zu wollen. Worauf Harold St. Hilaire antwortete: «Ihre Überlegenheit.»

Auf dem Heimweg mußte ich oft noch über Harolds Theorien nachdenken, und ich fragte mich, ob die Zweitrangigkeit eine Tatsache war, eine Naturgegebenheit, wie die Augenfarbe oder die Haarfarbe. Was, wenn es stimmte, daß Frauen zweitrangig waren, minderwertig, nicht so genial, nicht so rational, nicht so gewaltig, nicht so gottähnlich waren und es auch nie sein würden? Was, wenn sie tatsächlich sumpfige Gefäße mit einer beschränkten biologischen Funktion waren? Was, wenn es keiner Frau erspart blieb, das herausfinden zu müssen?

In meinem Innersten nahm ich meine Zweitrangigkeit an, stülpte sie mir über, drückte sie an mich. Unter meinen Kleidern war ich zweitrangig, ein Untermensch, der auf dem Terrain des Meisters herumspazierte und mehr über ihn wußte, als er über mich, und ich suhlte mich in dieser Zweitrangigkeit, rieb mich daran, drückte nach einer Weile dagegen, bis ich an ihre Wand stieß.

Ich begann Harold aufmerksam zu beobachten, vor allem, wenn er seinen Altar oder seinen Gartenabschnitt versorgte. Reverend Beacon hatte draußen auf dem Steg, den früher die Wärter benutzt hatten, einen Altar und eine Art Garten anlegen lassen. Die Männer wurden lange genug von ihren Handschellen und Ketten befreit, um sich um ein kleines Stückchen Garten zu kümmern, das in dem diffusen Licht recht gut gedieh, und ebenso um die kleinen Altäre, die sie aus Pappe gebastelt und an die Wand geklebt hatten.

Harold war derjenige, der zu seinem Altar die innigste Beziehung hatte. Er schleppte lauter Gegenstände aus einer obskuren indischen Religion namens Jainismus an, die er irgendwie replizieren konnte. In der Gefängnisbibliothek hatte er ein Buch zu diesem Thema gefunden und seinen Altar nach den Bildern aus diesem Buch gestaltet. Er bastelte einen Räucherstäbchenständer aus Pappe, eine kleine Lampe und eine Schale, die er mit rotem Pulver füllte. Er rahmte zwei Bilder ein, die er aus dem Buch ausgeschnitten hatte: ein Bild des Hindu-Heiligen Satya Sai Baba, und eines von Mahavira, dem Jaina-Heiligen, der fast ein Gott war, wie er mir erklärte. Außerdem hatte er eine kleine Statue des Ganesh aus Lehm geformt: ein Mann mit Elefantenkopf, der Hindu-Gott des Wohlstands.

Es war weniger der Altar selbst, der mich faszinierte, sondern die Art, wie er sich um ihn kümmerte. Seine Handbewegungen, wenn er keine Handschellen mehr trug, fand ich hochinteressant: Die Hände bewegten sich mit soviel Anmut, als hätten sie ein Eigenleben, getrennt von ihm. Die Ärmel hingen ihm über den Handrücken, und er steckte die Daumen in das rote Pulver, genannt Kanku, und berührte damit die Stirn von Satya Sai Baba, Mahavira, Ganesh und dann seine eigene. Dieser Farbtupfer heiße «Chandan», sagte er mir. Seine Gesten und Berührungen waren so zart, daß mir fast die Tränen kamen.

Eines Tages, als er sich um seinen Altar kümmerte und mit den Händen zart die Fotos von Mahavira und Satya Sai Baba berührte, sagte er, seiner Meinung nach dürften Frauen weder geschlagen noch sonst irgendwie mißhandelt werden. Sie sollten auch politisch gleichberechtigt sein, was sie ja schon seien. «Biologisch gesehen müssen sie emotional sein», sagte er, «und deshalb auch gefühlig und zu lang anhaltender Liebe fähig, sonst würden sie ja ihre Kinder im Stich lassen. Und die männlichen Kinder, also wir, sind natürlich die wichtigsten.» Er schloß mich wieder mit ein, ich war ein Mann wie er. «Und genau diese Gefühle, die sie zu guten Pflegerinnen machen, hindern sie daran, rational zu denken und die Welt zu gestalten wie wir Männer. Das ist alles von der Natur so geplant, und der Natur kann man nicht widersprechen», sagte er. «Niemand ist schuld an irgend etwas.» Er schaute mich an, seine Augen wirkten eher spöttisch als böse, und mir fiel plötzlich auf, daß seine Brille mit Isolierband zusammengeklebt war.

Ich trat näher an das Gitter. Ich hätte die Hand durch die Stäbe stecken und Harold St. Hilaire berühren können, seine dunklen Locken, seine schmalen, femininen Hände, die sich wie Schwäne bewegten.

«War es denn rational, sechs Menschen in ihrem Keller aufzuhängen?» fragte ich ihn leise, da er ja die Rationalität so liebte.

«Nein», sagte er. «Das war nicht rational.»

«War es emotional?»

Er antwortete nicht.

«Waren das nicht ganz extreme Gefühle – Wut, Haß, Ekel? Heißt das nicht, es war emotional?» fragte ich. Meine Stimme wurde lauter.

«Ja, insofern schon», gab er zu.

«Dann folgt daraus, daß Ihre Tat in gewisser Weise weiblich war.»

«Nein, das stimmt nicht, weil keine Frau so ein Verbrechen begehen würde – jedenfalls so gut wie keine. Frauen sind zu solchen Extremen gar nicht fähig. Ihr Spielraum ist viel enger.»

«Aber die Tat war trotzdem emotional, und Ihrer Meinung ist doch Emotionalität das Kennzeichen von Frauen, oder?»

Er drehte sich langsam zu mir um und fixierte mich mit seinen dunklen Augen. «Das Argument bringt nichts, Mr. Lourde», sagte er.

Ich schob meinen Stuhl zurück und stand auf. «Ich glaube doch», sagte ich.

Als ich mich umdrehte, sah ich Karl da stehen, sein kaputter Arm hing leblos herunter, seine Augen hinter den kleinen Brillengläsern blitzten, als würde er sich freuen, daß er ein kleines Stück meiner Demontage, meiner Entpuppung mitbekommen hatte.

Als Harold das nächste Mal an seinem Altar arbeitete und zu mir sagte: «Frauen sind nichts weiter als Sklaven», stieg plötzlich eine rasende Wut in mir hoch.

«Ja, vielleicht, aber auch die Sklavin kann die Sprache des Herrn lernen und sie gegen ihn verwenden», sagte ich.

«Eine Frau interessiert sich nicht für die Wahrheit», sagte Harold.

Ich rückte meinen Stuhl näher an die Gitterstäbe. «Woher wollen Sie das wissen?» fragte ich. «Glauben Sie etwa, Sie können für die Frauen sprechen?»

Mein Tonfall verblüffte ihn, darauf war er nicht gefaßt gewesen, und einen Augenblick lang war er ganz erstarrt. Dann wandte er sich wieder seinem Altar zu, betupfte das Bild von Satya Sai Baba vorsichtig mit dem roten Puder und sagte trokken: «Sie hat gar keine Stimme.»

Er stellte das Bild von Satya Sai Baba ab und durchbohrte mich mit seinem Blick.

«Ich habe bei einer Philosophin gelesen, sie würde immer, wenn sie das Werk eines Mannes liest, im Text das Wort ‹Frau› durch ‹meine Mutter› ersetzen, und schon sei alles sonnenklar.»

Harold warf den Kopf zurück und lachte schallend.

«Warum denken Sie, daß Sie wie eine Frau oder für eine Frau sprechen können?» schrie ich. «Sind Sie etwa eine Frau?»

Er hörte sofort auf zu lachen und packte mich mit den Augen. «Nein», sagte er. *«Sie vielleicht?»*

Es war, als würde sich sein intensiver Blick durch meine dunkle Kleidung bohren, durch die elastische Binde, direkt in mein Herz: als würde dieser Blick mich nicht nur entlarven, sondern mich so rücksichtslos entmannen, daß ich mich regelrecht kastriert fühlte.

Als ich an diesem Abend nach Hause kam, stahl ich mich ins Badezimmer, und in der nächtlichen Stille und dem grellen weißen Licht stellte ich mich vor den Spiegel und begann langsam mein Hemd aufzuknöpfen. Meine Hände zitterten – es war Jahre her, daß ich mich das letzte Mal richtig angeschaut hatte. Mit Entsetzen dachte ich daran, daß ich die elastische Binde so gut wie nie mehr abnahm, nicht einmal beim Duschen, ich blies sie anschließend immer mit Zellies Fön trokken. Aber jetzt zog ich mein Hemd aus und hängte es über den Türknauf, mein Blick fiel auf den roten Ausschlag an meinen Handgelenken, und dann schaute ich im Spiegel auf meine Brust, die mit hautfarbener elastischer Binde bandagiert war. Ich starrte auf mein Schlüsselbein, so elegant geschwungen, so weiblich, so anders als bei einem Mann. Und mein Hals war so schlank und blaß, daß es mir fast peinlich war. Ich schob auf der rechten Seite des Brustkastens die Finger unter die Binde und tastete nach der kleinen silbernen Sicherheitsnadel. Ich fand sie und hielt sie in der linken Hand, während ich die Binde abwickelte, eine Schicht nach der andern. Ich zwang mich, genau hinzuschauen, als würde mein Anblick dem ganzen Spuk ein Ende bereiten – meiner Arbeit im Gefängnis mit den zum Tode verurteilten Männern, meinem Leben als Mann – aber ich kam nicht sehr weit. Es war viel zu bedrohlich. Was würde passieren, wenn ich die Bandage ganz abnahm? Vielleicht bekam ich einen Schlaganfall! Mein Herz raste so schnell, daß ich mich schnell wieder einwickelte, mit geübten Fingern die elastische Binde feststeckte und das Hemd wieder anzog. Ich setzte mich auf den Rand der Badewanne, beugte mich nach vorn, schlang die Arme fest um den Oberkörper, als würde die Binde nicht genügen, und während ich mich so in mich selbst verkroch, hörte ich meine kurzen, flachen Atemzüge und wußte, daß irgend etwas mit mir nicht stimmte, schlimmer, als ich bisher gedacht hatte. Es hatte nichts damit zu tun, daß ich mir die Brust bandagierte und als Mann lebte; nein, ich hatte keine Wahl gehabt, und ich konnte nicht losgebunden werden.

Ich fragte mich wieder, warum ich mich bandagiert hatte, *warum*, es war so sonderbar, so bizarr, und da kam eine glasklare Antwort, als hätte meine innere Stimme laut gesprochen: *Du hättest ein Junge werden sollen.* Noch nie hatte ich etwas so deutlich gehört – woher war diese Stimme gekommen? Ich kannte sie nicht, aber die Worte waren ganz präzise gewesen. Aber warum, warum hätte ich ein Junge werden sollen? fragte ich, doch es kam keine Antwort, nur mein lautes Herzklopfen.

Wenn ich danach im Wohnzimmer mit dem Rücken an der Wand auf dem Fußboden saß, schloß ich die Augen, beobachtete meinen Atem und fragte mit immer lauter werdender Stimme: Was stimmt nicht mit mir, was ist mit mir passiert? Ich verlor mich immer wieder im Ozean meiner Erinnerung, auf der Suche nach dem Stück, das mir helfen würde zu verstehen, was passiert war: warum ich mit den Männern in der Todeszelle arbeitete, bandagiert und als Mann. Jeden Abend schaute ich mir die Erinnerungen an, betastete sie, drehte sie hin und her, die Erinnerungen, die immer schon herausgeragt hatten, mit denen ich mich immer schon beschäftigt hatte, daß sie mir inzwischen so vertraut waren wie meine Hände, die ich gehegt und gepflegt hatte, vor denen ich haltgemacht, die ich immer wieder herbeigerufen, bei denen ich immer wieder vorbeigeschaut hatte; die Markierungen, die Wegweiser, die man so oft gesehen hat, daß man sie kaum noch wahrnimmt, und die trotzdem die Idee des eigenen Lebens tragen, die seine wichtigsten Stützen, seine Fixpunkte sind: Und wenn man sie zusammensetzt, ergeben sie eine Geschichte, die Geschichte des eigenen Lebens, nach der man lebt, an die man sich hält. Ich bin so, weil …

Meine Mutter stellte einen Brennkessel auf und eröffnete eine Bar, sie wollte ihre eigene Mutter ausstechen, sie liebte ihren Mann so sehr, sie wollte, daß er Theaterstücke schrieb, dann ging der Brennkessel in die Luft, und ich schoß auf einen Mann, schoß ihm zwischen die Beine, um Coleman zu retten, und das veränderte mein ganzes Leben, es war das entscheidende Ereignis, das meine Mutter veranlaßte, mir zu sagen, ihr sei klargeworden, daß mich ein großes Schicksal erwarte: Ich würde den Gang der Geschichte verändern, und wegen dieses großen Schicksals würde ich nie einen Mann lieben; und als ich meine ganze Familie bei einer Bombenexplosion verlor und nur meine Schwester verkrüppelt überlebte, mußte ich so hart arbeiten, daß ich schließlich aufgab und Vic Ponti heiratete, um meine Schwester zu retten, aber er richtete mich zugrunde, er setzte ein verwundetes Tier in mir aus, das zu seltsamen Stunden in mir herumkroch, und dann lernte ich einen anderen Mann kennen, und ich dachte, das Leben hätte ihn mir geschenkt, ich liebte ihn, verlor mich an ihn, bis er mich verließ, und dann war ich ganz alleine und hatte Angst, ich könnte mein großes Schicksal für diesen Mann geopfert haben, ich wollte es wiederhaben, also schwor ich, das zu tun, was Bo mir gesagt hatte, nämlich eine Festung um mein Herz errichten; ich schnitt mir die Haare ab und änderte meinen Namen, ich wies die Leidenschaft eines leidenschaftlichen Mannes zurück, immer wieder, ich bandagierte meine Brust, um mein Gelübde zu halten, ich beobachtete meinen Atem und lauschte der Stille, ich wusch alte Leute und brachte ihnen das Atmen bei, was schließlich die Aufmerksamkeit von Reverend Beacon erregte, der mich dazu überredete, mit den Männern in der Todeszelle zu arbeiten.

Aber ich konnte nichts finden.

Als Dr. Mattair mich fragte, warum ich immer mit Harold St. Hilaire über Frauen diskutieren würde, sagte ich: «Weil er blödes Zeug daherredet und sich als Experte aufspielt.»

«Sind Sie ein Experte in bezug auf Frauen?» fragte er mich.

Natürlich war ich eine Expertin in bezug auf Frauen, aber das konnte ich ihm nicht sagen, denn Oscar war ja kein Experte, und plötzlich hatte ich das Gefühl, in der Falle meiner eigenen Worte zu sitzen. Das Schweigen hüllte mich ein, und ich wollte nur noch eins: raus aus diesem Kabuff, weg von Dr. Mattairs Fragen, aus diesem ganzen Arrangement ausbrechen.

«Nein», sagte ich. «Ich halte mich nicht für einen Experten. Aber darum geht es auch nicht. Es ist nur so – er ist ein Mann, und da ist es unglaublich anmaßend, wenn er denkt, er könnte für die Frauen sprechen.»

«Können Sie für die Frauen sprechen?» fragte Dr. Mattair, und ich dachte, ja, natürlich kann ich das, obwohl ich nicht weiß, was ich sagen würde, wenn ich für die Frauen sprechen würde, aber ich würde es gern tun, ich würde gern für die Frauen sprechen, ich würde für sie schreien, aus Leibeskräften, und dann würden die Worte vielleicht kommen, aber ich fühlte mich so hoffnungslos stumm, als gäbe es für mich keine Wörter, keine Sprache.

Würde Oscar gern für die Frauen sprechen? Ich mußte doch wie Oscar sprechen, und ich war mir ziemlich sicher, daß Oscar nicht gern für die Frauen gesprochen hätte, sowenig wie ich für die Männer sprechen wollte, sie sprachen ganz gut für sich selbst. «Nein», sagte ich schließlich. «Ich kann es auch nicht.»

«Was ist denn so interessant daran, für die Frauen zu sprechen?» fragte Dr. Mattair.

«Haben Sie die Frauen je sprechen hören?» fragte ich zurück. «Haben Sie ihnen je zugehört?»

«Warum interessiert Sie das so?» fragte er noch einmal.

«Wir befinden uns hier im Zentrum der Zerstörung, unter lauter Männern, die nichts als Zerstörung personifizieren», begann ich, aber ich unterbrach mich gleich.

Während die Stille wie ein dunkler Schatten über dem kleinen Raum lag, war ich mir stärker denn je meines Frauseins bewußt. Dieser Ort hier war so weit wie nur möglich von Frauen entfernt, dachte ich plötzlich. Frauen existierten hier nicht, schon das Bild der Frau war ausgelöscht. Es gab hier keine Frauen, sie kamen nie hierher, redeten nie hier, lachten nie hier, ihre Stimme war unhörbar, für immer verbannt. Die Frau hatte hier keine Existenzberechtigung. Eigentlich gab es keinen Ort, von dem die Frau so vollständig abwesend war wie dieser hier, und da saß ich, als Mann gekleidet, ich, Oscar Lourde.

Dr. Mattair durchbrach das Schweigen und fragte mich: «Wer wollte Sie zerstören?» und sofort hatte ich das Gefühl, als würde ich nach unten gedrückt, in ein stickiges, dunkles Loch, wo ich kein Wort herausbringen konnte. Mein Herz raste, und ich fühlte mich am Rand des Wahnsinns, als wäre die Grenze zwischen Wahnsinn und Gesundheit eine hauchdünne, durchsichtige Membrane, durch die die Flüssigkeit mühelos von einer Seite zur anderen Seite hinüberfließen konnte, und plötzlich begann ich hemmungslos zu schluchzen, und Dr. Mattair sagte kein Wort.

Da hatte ich das Gefühl, als wäre in meinem Innersten eine lebensnotwendige Stütze zerbrochen.

Bei William Heathens gab ich mir immer Mühe, nicht hinzusehen, wenn er auf dem Steg herumging und sich um sein Stück Garten oder seinen Altar kümmerte, aber ich fühlte mich so unwiderstehlich von seinen Bewegungen angezogen, von seinen ausholenden Schritten, dem trägen Schwingen seiner muskulösen Arme, den kindlich blauen Augen, als läge dort ein Trost für mich. Es interessierte mich ganz besonders, was er auf seinen Altar legte, und ich freute mich richtig über gewisse Dinge – ein verblaßtes Foto seiner Großmutter, ein Stück Stoff, das ihn an eins ihrer Kleider erinnerte, eine Halskette, die er aus Alufolie gebastelt hatte.

Es wunderte mich, daß die Anziehungskraft keinerlei Respekt vor unserer Situation hatte: daß sie einfach da war, beharrlich, hartnäckig, unerbittlich, obwohl wir nie ein Wort darüber verloren, sie konsequent aus allen Gesprächen aussparten. Er beobachtete mich ebenfalls und hielt sich oft in meiner Nähe auf, und wenn unsere Augen sich zufällig trafen, spürte ich in seinem Blick die Verwirrung, und manchmal schien er fast verzweifelt, denn er wußte ja nicht, daß ich eine Frau war.

Immer, wenn er sich auf dem Steg aufhielt, konnte ich nicht ausblenden, daß ich nur den Arm ausstrecken müßte, um die Muskeln seiner Oberarme zu berühren, seine Wangen, seinen jungenhaften Mund. Auch er spürte das, die körperliche Nähe wurde uns zur Qual, und eines Nachmittags trat er ganz nah an mich heran, unsere Hände berührten sich fast durch die Gitterstäbe hindurch. Ich sah den Schmerz, die Verwirrung in seinen Augen, es machte ihm angst, daß er sich zu einem Mann hingezogen fühlte. Sein Mund begann ein Wort zu formen, aber er sagte nichts. Schließlich flüsterte er: «Was sind –», aber er unterbrach sich sofort und ging zu seinem Gartenabschnitt.

Mein Herz klopfte wie verrückt, ich brachte kein Wort hervor – was hätte ich auch sagen sollen, ich, eine als Mann verkleidete Frau. Aber trotzdem hätte ich gern gehört, was er fragen wollte, obwohl ich genau wußte, daß ich seine Frage nicht beantworten konnte.

Diese beiden Wörter standen nun zwischen uns – «was» und «sind». Sie brannten wie Fackeln. Ob er sich auf dem Steg befand oder in der Gebetszelle an den Stuhl gekettet war, ob wir schwiegen oder beteten – immer konnte ich sie hören, und wenn ich nicht diese Worte hörte, dann die eigentliche Frage, die mir im Lauf der Wochen klargeworden war: *Was sind Sie? Was tun Sie?* Diese Frage ließ mich nie los. Ich nahm sie überallhin mit, ich stellte sie mir in jeder freien Minute, und obwohl ich nicht begriff, warum, bekam ich aus irgendeinem Grund wieder Blasenschmerzen, wie in meiner Zeit mit Luther Wolfe – die Schmerzen setzten wieder ein, und ich mußte dieses Medikament schlucken, von dem sich mein Urin orangerot verfärbte.

Am lautesten hörte ich die Frage, wenn ich mit John Guyer zusammen war. Die Stille zwischen uns hatte sich vertieft und war so allumfassend geworden, daß ich ihn als ein dunkles, bleischweres Gewicht auf der anderen Seite der Gitterstäbe empfand. Während wir meditierten, hatte ich manchmal das Gefühl, ich würde in der Luft schweben, als wäre ich aus ganz anderem Stoff gemacht als er. Das war für mich ein Beweis für unser komplettes Mißverstehen: Wir waren zwei Wesen, die einander nicht fassen konnten. Ich spürte in ihm ein dunkles Geheimnis, wie eine bedrohliche Mauer, die ich nicht hinaufklettern konnte, und nachts träumte ich jetzt oft, John Guyer würde versuchen, mich umzubringen.

Als ich das Dr. Mattair erzählte, fragte er mich, warum John Guyer versuchen sollte, mich umzubringen, und ohne daß ich Zeit hatte zu überlegen, kam die Antwort aus meinem Mund: «Lourde hat es versucht», und dann sagten wir beide kein Wort, der Satz *Lourde hat es versucht* hing in der Luft und suchte einen Fluchtweg. Ich hatte diesen Gedanken noch nie gedacht und konnte mir überhaupt nicht erklären, wo er herkam; und später, in meinem dunklen Schlafzimmer, fragte ich mich, warum ich das gesagt hatte – und plötzlich begriff ich, daß der Satz mit etwas verbunden war, das tief in meinem Bewußtsein schlummerte, ganz an den Rand gedrängt, aber ich hatte keine Ahnung, was es war.

Wie oft ging ich in Gedanken meine Lebensgeschichte durch! Ich siebte sie sorgfältig und suchte in der Unendlichkeit meiner Erinnerung nach irgendeinem Bruchstück, das ich vielleicht übersehen oder vernachlässigt hatte, das meine Sichtweise radikal ändern könnte und ein neues Licht auf alles werfen würde. Von Nacht zu Nacht wuchs der verzweifelte Wunsch, es zu finden, ich drückte und quetschte die Erinnerungen, ich drängte sie an die Wand, um sie zu einer Antwort zu zwingen. Ich richtete meinen Blick immer genauer aus, wie das Okular eines Mikroskops, und mit höchster Konzentration versuchte ich, irgend etwas zu erkennen, ich stocherte und wühlte in meinen Erinnerungen, ich verwandelte meinen Geist in ein Forschungsinstrument, das sich durch den Zement festgeschriebener Erinnerungen bohren konnte und erbarmungslos immer weiter nach unten vordrang. Ich suchte das Verborgene; es war, als läge unter den Markierungen meines Lebens etwas Unsichtbares, etwas, wodurch die Abfolge der Ereignisse, die bisher die Geschichte meines Lebens ausgemacht, gebildet hatten, bestimmt worden war – vielleicht hatte diese Abfolge als solche nur die Funktion gehabt, mich einzulullen, mich auf dem ausgetretenen Pfad zu halten, um mich zu retten oder um mich daran zu hindern, die wahre Verkettung der Ereignisse, die alles steuernde Hand, nicht zu erkennen – ich sah eine dunkle, riesige Hand mit unzähligen Fingern, ein feines Spinngewebe, ein unsichtbares Zirkulationssystem des Bewußtseins, ein riesiges Netz aus Venen und Arterien, die das Blut der Gedanken hin und her trugen, als würde tief in mir ein Wesen atmen, ein gefährliches Schlingwerk aus Wurzeln, das aus dem brodelnden schwarzen Grund meines Unbewußten nach oben kletterte, ein uralter Baum, der alles berührt hatte, was ich je gesagt oder gedacht oder getan hatte.

Aber es war nicht faßbar, und ich konnte es nicht aufdecken.

Es war dumm von mir, daß ich William Heathens Hand berührte, ich hätte mich nicht so vergessen dürfen. Juan fegte keine drei Meter von uns entfernt die Gebetszelle, Karl kam und ging, brachte Kerzen für den Altar, fügte neue Seiten zum Gebetsbuch hinzu, Bristol hielt auf dem Steg Wache und las dabei irgendeinen Comic. Aber als William an die Gitterstäbe trat und mir in die Augen schaute, vergaß ich die anderen Männer, ich vergaß meine Angst; irgend etwas an ihm ließ mich alles andere vergessen. Wir waren keinen halben Meter voneinander entfernt, es war ein verstohlener Moment, ein wichtiger Moment, ich spürte, daß er sich entschlossen hatte, mir etwas zu sagen. Obwohl es keine Worte für uns gab, keine Möglichkeit, uns wirklich mitzuteilen, wollte ich hören, was er zu sagen hatte, als könnten seine Worte mich vielleicht trösten. Er wirkte ganz verwirrt, die Augen voller Verlangen, und seine Finger umklammerten die kalten Gitterstäbe, die uns trennten. Er flüsterte: «Warum bin –» und unterbach sich gleich wieder. Ich dachte, daß er fragen wollte, warum er so verwirrt sei und sich so zu mir hingezogen fühle. Ich hätte ihm gern irgendwie zu verstehen gegeben, daß ich nicht war, was er dachte – ich wollte nicht, daß er sich meinetwegen quälte. «Es ist okay», sagte ich, als würde das irgend etwas erklären.

«Was ist okay, Mr. Lourde?» fragte er leise. Mit glühenden Augen starrte er mich durch die Gitterstäbe hindurch an.

Ich wußte nicht, was ich sagen sollte. Mir fiel nichts ein. *Es ist völlig normal, daß Sie sich zu mir hingezogen fühlen, ich bin eine Frau. Ich bin eine als Mann verkleidete Frau.* Ich brachte kein einziges Wort heraus, keinen Ton, also berührte ich die Rückseite seiner Finger, das war alles, was mir blieb. Er erstarrte, und dann, ich konnte es selbst kaum glauben, faßte er plötzlich meine Hand und drückte sie. «Ich denke die ganze Zeit an Sie», stammelte er fiebrig, und plötzlich stand in seinen blauen Augen blankes Entsetzen.

Ich hörte jemanden hinter mir, und als ich mich umdrehte, sah ich Karl mit offenem Mund dastehen. Er hatte uns gehört, die Berührung gesehen. Ich ließ sofort die Hand sinken, und mit einem gequälten Stöhnen wandte sich William Heathens abrupt seinem Altar zu.

«Was war das gerade?» zischte Karl. Ich spürte, daß er trotz des sichtlichen Schocks den Augenblick genoß, als hätte er schon die ganze Zeit darauf gelauert.

«Wonach hat es denn ausgesehen?» wisperte ich. Etwas Besseres fiel mir nicht ein.

«Es sah so aus, als würden Sie William Heathens' Hand berühren, so sah's aus, fast als hätten Sie beide was miteinander», zischte er.

Das nächste Mal bei Dr. Mattair sagte ich sofort: «Ich habe William Heathens' Hand berührt.» Ich konnte nicht anders, ich mußte es sagen.

«Warum haben Sie das getan?» fragte Dr. Mattair.

Mein Blick wanderte über die Wände zur Decke hinauf, während ich mir überlegte, was ich sagen sollte. «Es war eine Geste des Mitgefühls», sagte ich schließlich.

Dr. Mattair fragte, warum ich Mitgefühl mit William Heathens hätte. Aber ich empfand ja nicht das geringste bißchen Mitgefühl mit ihm, ich wollte mit ihm schlafen, aber das durfte Oscar nicht sagen, er war ja nicht schwul. Ich dachte wieder an Williams Geschichte, daß sein Vater ihn mißbraucht hatte, von vier bis sechzehn, und ich sagte: «Ich habe Mitleid mit ihm, weil sein Vater ihn mißbraucht hat.»

Der Satz hallte in der Stille nach, was mir extrem unangenehm war. Wie konnte ein Satz, den ich mir genau überlegt und ganz harmlos vorgebracht hatte, trotzdem so nackt wirken?

«Manchmal haben Väter ihr Triebleben nicht im Griff», sagte Dr. Mattair, und ich dachte über Väter nach, die ihre Triebe nicht kontrollieren konnten. «Kinder sind sehr sexy», fuhr Dr. Mattair fort, «und alle Väter fühlen sich zu ihren Kindern hingezogen, aber sie dürfen ihren Impulsen nicht folgen.»

Mein Herz begann wieder zu rasen.

«Das Nervensystem eines Kindes kann die Stimulation nicht verkraften», sagte Dr. Mattair und redete weiter in diesem Ton, aber mich packte plötzlich so eine Panik, daß ich ihm nicht mehr zuhören konnte.

«Ich glaube, ich werde gleich ohnmächtig», murmelte ich.

«Warum?» fragte Dr. Mattair.

«Das weiß ich nicht», sagte ich, und auf einmal fühlten sich meine Arme ganz taub an. «Meine Arme werden taub», sagte ich und rang wie besessen die Hände.

«Warum?» fragte er, aber ich hatte nicht die geringste Ahnung.

Ich setzte mich auf. Keine Minute länger konnte ich auf diesem Sofa liegen, sonst verlor ich den Verstand – mein Verstand würde sich hier und jetzt in seine Bestandteile auflösen, und ich würde als Wahnsinnige zurückbleiben.

«Ich kann nicht mehr liegen», sagte ich.

«Warum?» fragte Dr. Mattair.

«Ich habe Angst, verrückt zu werden.»

«Warum wollen Sie verrückt werden?» sagte Dr. Mattair.

«Was reden Sie da?» rief ich. «Ich will nicht verrückt werden – ich habe schreckliche Angst davor!» Ich fand seine Frage völlig absurd, ich ärgerte mich richtig, aber ich konnte jetzt nicht darüber nachdenken, also redete ich über irgend etwas anderes: über die Männer, über das Modellsegelboot, das in Dr. Mattairs Büro stand, über die Kopfschmerzen, die sich in meinem Schädel ausbreiteten, ich beschrieb sie ganz genau, bis zum Pochen des Pulses, erwog die möglichen Ursachen, erzählte von anderen Gelegenheiten, bei denen ich Kopfschmerzen bekommen hatte, suchte ein sicheres, neutrales Terrain, um wieder Boden unter die Füße zu bekommen, aber da war keiner.

Von nun an begleitete mich, wo ich ging und stand, eine maßlose Angst. Wie ein böser Dämon hauste sie in mir. Im Gefängnis schaffte ich es, sie so weit zu unterdrücken, daß ich mit den Männern die Gebete sprechen konnte, aber sobald ich ging, verschlang sie mich gierig, wie ein Schmelzofen, der mein Fleisch verbrannte.

Ich sah dauernd Explosionen und Messerstechereien vor mir; wenn ich die Straße entlangging, stellte ich mir vor, jemand würde mich in den Rücken schießen; wenn ich mit dem Taxi irgendwo hinfuhr, rechnete ich immer mit einem Unfall. Ich dachte die ganze Zeit an Mr. Antonovsky und an Stalins Arbeitslager, und ständig tauchte in meinem Kopf die Frage auf: Wie hat er das überlebt? Wie hat irgend jemand das überlebt? Nachts konnte ich nicht schlafen, ich warf mich von einer Seite auf die andere, und wenn ich mich der Angst zu nähern versuchte, wenn ich sie fragte, wer sie sei, wurde sie nur noch stärker.

Nacht für Nacht preßte ich mich mit dem Rücken an die Wand und begab mich mit geschlossenen Augen auf das Minenfeld meiner Erinnerung, machte mich auf die Suche nach dem Stück, durch das ich endlich verstehen würde. Wieder ging ich die Erinnerungen durch, die immer herausgeragt hatten, die ich immer betrachtet hatte, die die Idee meines Leben getragen hatten, die zusammenfügt eine Geschichte ergaben, die Geschichte meines Lebens, nach der ich gelebt, an die ich mich gehalten hatte.

Unzählige Male erzählte ich mir diese Geschichte, schärfte mit jedem Mal meine Aufmerksamkeit, bohrte durch den Zement festgeschriebener Erinnerungen, bewegte mich unaufhaltsam weiter nach unten, bemühte mich, das Verborgene zu erkennen, das unter den Markierungen lag, die dunkle, riesige Hand, von der ich wußte, daß sie da sein mußte – bis ich eines Abends mit pochenden Schläfen den Pfad der üblichen Erinnerungen verließ und in die Wildnis meiner Gedanken vorpreschte, ich stürzte in einen tiefen Abgrund, dunkel, verschlungen, und wieder befand ich mich auf dem Beifahrersitz von Vic Pontis Wagen, abgeschnitten von der Welt, von der Luft, von den vorbeifliegenden Weizenfeldern, als säße ich unter einer Glasglocke. Es erschreckte mich, daß ich wieder bei dieser Erinnerung landete, aber irgend etwas war jetzt anders, das spürte ich, die Erinnerung stand allein, nackt, losgelöst von all ihren üblichen Assoziationen, als hätte ich bisher nur den Schatten gesehen, den diese Erinnerung warf; und ich versenkte mich immer tiefer in diese Erinnerung, ich spürte wieder das schwere Gewicht der Verzweiflung, ich stieg immer weiter hinunter in das Vergessen, ich erlaubte der unsichtbaren Hand, mich leise zu lenken, mich zu locken, mich zum Weitergehen zu verführen, nur von meinen Sinnen gesteuert, in der Erwartung, endlich von der Wahrheit ergriffen zu werden.

Mein Herz klopfte so schnell, daß ich mich in Gefahr fühlte, aber ich hörte nicht auf. Ich beobachtete mich genau, ich achtete auf meinen Atem, verlor nie das Gefühl dafür, wo ich war und was ich machte, während mein Bewußtsein mich nach unten zog, ich tauchte unter die Oberfläche, die ich bisher gekannt hatte, und begab mich in eine unendliche Traurigkeit, eine unendliche Stille, eine eisige Kälte, als wäre ich auf dem Grund eines Ozeans angekommen, im kalten, toten Dunkel der Nacht. Plötzlich überkam mich eine grauenvolle

Ahnung, mich fror – war Vic Ponti nur der eine Flügel des Schmetterlings, gab es einen zweiten, den ich noch nicht gesehen hatte, ein Echo, war die Erfahrung mit Vic Ponti nur die Wiederholung eines früheren Erlebnisses gewesen, das mir jemand anderes zugefügt hatte?

Ich wagte mich noch näher heran, obwohl es kaum möglich schien, und da tat sich ein noch tieferer Abgrund auf, und ich verfügte plötzlich über ein Wissen, das sich anfühlte, als hätte es die ganze Zeit unangetastet unter der Oberfläche gelegen.

Zuerst sah ich den Vordersitz eines Autos, ein Armaturenbrett, undeutlich in der Dunkelheit. Ich war in diesem Auto, das Armaturenbrett auf Augenhöhe, ich konnte nicht darüber wegsehen, ich war zwei Jahre alt. Das Gefühl, daß es spätabends war: Man hatte mich aus dem Bett geholt, immer wieder, aus dem Schlaf gerissen, irgendwo hingebracht, und es war immer Lourde, der am Steuer saß. Sein Fenster war ein paar Zentimeter heruntergekurbelt, und der Wind pfiff schrill. Dieses Pfeifen, verbunden mit den Fahrgeräuschen, das Gefühl von Bewegung, das Gefühl der Hilflosigkeit, der Gefahr, ich wurde irgendwo hingebracht, wo niemand war, mit jedem Moment wuchs die Gefahr, und da war keiner, der mich retten konnte, keine Mutter, keine Hoffnung, ich war verloren.

Dann das Spiel, dieses Spiel, das ich auf dem Vordersitz des Autos spielen mußte, das Versteck-die-Gurke hieß, ein geheimes Spiel. Am Anfang klang seine Stimme immer leise und freundlich, fast zärtlich, weil er mich dazu bringen wollte, das Spiel zu spielen, vage Wortfetzen, *noch mal spielen, mal sehen, wie viele Arten es gibt*. Irgend etwas stimmte nicht mit diesem Spiel, ich wollte nicht mitmachen, ich wollte nie mitmachen, es machte mir angst. Ich suchte Schutz in seinen Armen, die mich doch sonst festhielten, aber da war kein Trost, mein Betteln ärgerte ihn nur. Aber es gab keine anderen Arme, ich wußte nicht, was tun, außer ihn immer wieder suchen, aber die Stimme veränderte sich blitzschnell, seine Geduld verflog so plötzlich, daß es weh tat, er wurde schroff und böse, dieser Mann, der doch gerade noch so lieb gewesen war. Die Berührungen, die zuerst ganz sanft gewesen waren, wurden grob, zupackend, dann gewalttätig, er legte mir immer wieder die Hand über den Mund, löschte meine Stimme aus, ich wehrte mich, zappelte, aber er hatte so starke Arme, seine Kraft schien ins Unermeßliche zu wachsen. Ich zitterte, meine kleinen Beine wurden gespreizt, meine Arme hochgerissen, seine würgenden Hände auf mir, meine kleinen Nippel wundgerieben, etwas Hartes in mich gestoßen. Das vergebliche Strampeln meiner kleinen Beine, wie schnell ich überwältigt wurde, wie schnell ich mich geschlagen gab, wie hilflos ich von einer Ecke des Autos in die andere geworfen wurde, es gab so viele Möglichkeiten, dieses heimliche Spiel zu spielen, Versteck-die-Gurke, und ich, gezwungen, sie alle zu spielen.

Nacht für Nacht, bis ich sprechen konnte.

Keine Bilder jetzt, nur die Sprache des Körpers, meine schmerzende Blase, meine gequetschte Luftröhre, mein ausgerenktes Kiefergelenk, der Druck auf meiner Brust – die Spuren waren noch immer vorhanden, mein Körper eine Seite, und seine Grausamkeit war für immer in meine Haut geschrieben. Wie wehrlos, wie abgrundtief machtlos, eine Sandburg vor einer Abrißbirne, eine Papierpuppe unter einem Golem.

Dann, viel vager, schwerer zu fassen, die Folter, sinnlos, weniger verständlich, mit einem Strick gefesselt, die Arme über dem Kopf, der Strick an einer Türklinke befestigt, an einem Baum in einem nachtdunklen Wald, an einer Bootskurbel, während sich vor mir endlos das schwarze Wasser ausdehnt. Das Gefühl, daß eine Frau auftaucht, schemenhaft nur, ein weibliches Lachen, der Saum eines Kleides, manchmal im

Wald, in einem Boot, die beiden ziehen sich zurück, verschwinden ganz, lassen mich allein zurück, stundenlang, wie es sich anfühlt. Dann die ekelhafte Stille, Sprachlosigkeit ohne Ende.

Wieder der Gedanke: Ich hätte ein Junge werden sollen.

Eine Zweijährige und ein erwachsener Mann. Dann steht Bo in der Küche im Rehazentrum Cedar Valley und bäckt Plätzchen. «Meinst du nicht, er hat es getan?» hatte ich sie gefragt und Happy und die Bombe gemeint. «Es war der größte, fatalste Fehler, den ich je gemacht habe, daß ich mich auf diesen Mann eingelassen habe», hatte sie geantwortet. «Das Ausmaß dieses Fehlers kann ich gar nicht beschreiben …» Ich hatte sie unterbrochen:«Ja, aber wenn er es getan hat, Bo –» und sie hatte sich abrupt umgedreht. «Einem Mann wie ihm kannst du nicht vorwerfen, er habe in deinem Haus eine Bombe hochgehen lassen und deine Familie getötet – jedenfalls nicht, solange du willst, daß der Rest deiner Familie weiterlebt. Hast du mich verstanden?»

Bo, im Rollstuhl, blind. «Wenn du eine Frau sein willst, liebe einen Mann. Wenn du eine große Frau sein willst, errichte eine Festung um dein Herz.» Eigentlich hatte sie gesagt: «Ich habe diesen Mann geliebt, deshalb bin ich keine große Frau.» Ihr Mann, der oben im Dachgeschoß seine Theaterstücke geschrieben hatte, mit diesem furchtbaren Wissen, dieser Mann, der Geheimnisse mochte, vor allem solche, bei denen er anderen Böses zufügen konnte, ohne daß die Betroffenen auch nur eine Ahnung hatten, bei denen er nicht nur nicht erwischt werden konnte, sondern erst gar nicht in Verdacht geriet. Lourde, ohne Gewissen, der Bos Kind aus dem Bett holte, sein geheimes Spiel mit ihm trieb, das Kind dann Bo zurückgab, in dem sicheren Wissen, daß er Bo eins ausgewischt hatte: Das Kind konnte nicht sprechen, das Kind konnte keinem etwas erzählen, Bo hatte die Träume einer begehrenden Frau geträumt. «Und ich hätte überhaupt kein schlechtes Gewissen dabei. Nicht die

Spur.» Das hatte er immer gesagt, wenn er sich ausgemalt hatte, wie er Happy umbringen und seine Leiche draußen auf dem Feld vermodern lassen würde, ein Fressen für die Geier.

Und ich, wie Pawlows Hund, trainiert, konditioniert, brodelnden, tödlichen Haß zu empfinden, wenn jemand es wagte, mich intim zu berühren. Ich hatte immer geglaubt, Vic Ponti hätte mich soweit gebracht. Vic Ponti war ein Nichts.

Ich hatte auf Mr. Antonovsky geschossen, ich hatte auf Happy gezielt, ich war mit Vic Ponti ins Bett gegangen, hatte Trost in den Armen des Folterers gesucht. Ich hatte Oscars Asche ausgegraben und war vor ihr niedergekniet. Ich war in Gedanken jeden Tag in die Konzentrationslager zurückgegangen, zu Stalin, zu Mr. Antonovsky, und ich hatte gefragt: Wie hat er das überlebt? Wie hat irgend jemand das überlebt?

Lourde, der Vater, der Schöpfer.

Der Ausschlag an meinen Handgelenken,

die Blasenentzündungen,

die elastische Binde.

Die Sprache des Körpers.

Die Idee eines Schicksals, irgendeines Schicksals, verschwand, und ich hörte Bos Worte ganz neu. «Du hast ein großes Schicksal vor dir. Du wirst den Gang der Geschichte verändern.» Jetzt: «Ich weiß, was mit dir passiert ist, du wirst ein seltsames Schicksal haben. Ich wollte, ich könnte den Gang deiner Geschichte verändern.»

Und ich verstand mein Leben vollkommen.

KAPITEL 26

Sie schwieg. Sie lag auf dem Rücken, die Augen fest geschlossen, als wollte sie das Grauen bannen. Er lag neben ihr und stützte sich jetzt auf den Ellbogen, um sie anzusehen. Als sie die Augen öffnete und in seine schaute, war er verblüfft, wie klar ihr Blick war. Er hatte keine Ahnung, was ihr jetzt durch den Kopf ging.

Was? fragte sie leise.

Aber er wußte nicht, was er sagen sollte. Was sie ihm erzählt hatte, wirbelte ihm durch den Kopf und mußte erst einmal irgendwie Gestalt annehmen. Es war so viel, er wußte gar nicht, wo er anfangen sollte.

Du mußt sie gehaßt haben, sagte er leise. Beide, Bo und Lourde. Vor allem Lourde.

Ja, sagte sie. Das kann ich nicht leugnen.

Aber jetzt haßt du sie nicht mehr?

Lächelnd fuhr sie mit dem Finger die Umrisse seiner Lippen nach.

Was hat Zellie gesagt, als du es ihr erzählt hast?

Sie hat mir geglaubt.

Meinst du, bei ihr war es genauso?

Ja, sagte sie.

Aber sie erinnert sich nicht?

Sie will sich nicht erinnern.

Das konnte er verstehen. Es war ein verbotenes Wissen, der Weg dorthin voller Gefahren, der Abgrund, in den sie gestürzt war, so bedrohlich. Aber als sie gesagt hatte *Und ich verstand mein Leben vollkommen*, hatte er sich auch nach dieser Form des Verstehens gesehnt, nach dem Augenblick, in dem sein Leben für ihn auch plötzlich und erschreckend einen Sinn ergeben würde. Aber er hatte Angst vor dem Abgrund. Nur – ohne den Mut zum Absturz kam er nirgends hin. Aber was war, wenn er nicht wieder herausklettern konnte?

Komm zu mir, sagte er und nahm sie in die Arme. Sie schmiegte sich so leicht an ihn, und ohne es zu wollen, sah er sie als zweijähriges Kind, nackt auf dem Vordersitz von Lourdes Auto. Das hatte ihn am meisten erschreckt. Vor allem wegen Lourdes letzten Worten: *Es ist besser, einem Mörder in die Hände zu fallen als in die Träume einer begehrenden Frau.* Hatte er nicht geglaubt, diesen Satz begriffen zu haben? Dann mußte er wieder daran denken, was Lourde seiner kleinen Tochter angetan hatte.

Sie drehte sich auf die Seite und schaute hinaus auf die Berge der Sierra Nevada. Er dachte an die Männer im Todestrakt. Am ehesten verstand er Harold St. Hilaire. Plötzlich kam ihm der gräßliche Gedanke, daß sie die ganze Geschichte vielleicht doch erfunden hatte, nur damit er Harold St. Hilaire in sich entdeckte. War sie so raffiniert?

Er sah sie an, ihr weiches Gesicht, während sie aus dem Fenster schaute. Und wenn alles, was sie ihm erzählt hatte, wahr war? Wenn die Geschichte überhaupt nichts mit ihm zu tun hatte? Er merkte, daß ihm die Tränen kamen.

Bist du wieder ins Gefängnis gegangen? fragte er.

Ja.

Einen Moment lang konnte er in ihrem Gesicht unter der blassen Haut die Anspannung sehen.

Was ist passiert?

Sie warf ihm einen kurzen Blick zu.

Ich werde es dir sagen, aber dann ist Schluß mit dem Erzählen.

Einverstanden, sagte er.

Aber er hatte Angst davor, ihre Stimme nicht mehr zu hören, denn was war dann noch da, außer seinen eigenen Gedanken, seinem eigenen Leben, dem Abgrund, in den er fallen würde? Er wußte jetzt, daß es gar nicht so einfach sein würde, die Zugreise quer durch die Staaten war nur der Anfang, und das, was ihm bevorstand, ängstigte ihn. Er nahm ihre Hand, und als er mit den Lippen ihren Handrücken berührte, begann sie ein letztes Mal zu sprechen.

KAPITEL 27

Ich stellte Dr. Mattair lauter Fragen über die Männer im Todestrakt, als würden mich die klinischen Antworten interessieren. William Heathens war von seinem Vater vergewaltigt worden, John Guyer hatte gefesselt unter dem Bett gelegen, während sein Vater direkt neben ihm verweste, Harold St. Hilaire war dabeigewesen, wenn seine Großmutter mißhandelt wurde: Wie konnte ein Mensch so etwas überleben? Dr. Mattair antwortete mir, ohne zu fragen, warum ich das alles fragte (aber ich spürte, daß er es wußte), und seine Stimme war für mich eine Leuchtspur im dichten Nebel.

So lebte ich noch einmal, als wäre ich zwei Jahre alt. Ich lebte mit Gefühlen, die mir viel zu groß vorkamen, als hätte ich immer noch einen kleinen Körper und ein Nervensystem, das die Wellen der Gewalt nicht einordnen konnte, als besäße ich immer noch ein Bewußtsein ohne Sprache. Ich schleppte mich durch die Stadt, redete mit keinem, aß so gut wie nichts, konnte kaum schlafen. Manchmal weinte ich, und oft lag ich da, preßte mein Ohr an den schwarzen Lautsprecher meines Kassettenrecorders und horchte auf das Rauschen des Ozeans. Zweimal hätte ich mich fast für den Wahnsinn entschieden. Der Weg dorthin schien plötzlich so klar – ich mußte nur aufhören zu sprechen und in absolutes Schweigen verfallen. Mein stummer Anblick wäre Beweis genug gewesen, und darin lag die Verlockung. Das ging sehr lange so, länger als ich zu sagen wage; ich war eine ganze Weile der Wahrheit nicht gewachsen.

Es war Lourdes Tod in meinem Inneren, der so lang dauerte. Wenn ich wenigstens Schußwaffen oder Bomben gehabt hätte, aber leider verfügt das Bewußtsein nicht über derlei Hilfsmittel, es hat nur den Willen. Wochenlang entwickelte ich die schlimmsten Gewaltphantasien, eine Grausamkeit jagte die andere, grotesk, gemein, krank; aber er schien eine unbegrenzte Macht über mich zu besitzen, als lebte er tief in meinem innersten Sein, ein stampfender Golem, der meinen Atem atmete, der sich die Hände an der Hitze meines Blutes wärmte, der mein Leben ausbeutete.

Schließlich schaffte ich es, ihn abzuknallen, seinen Körper mit Kugeln zu durchlöchern, ihn im Geist in ein Feld zu werfen, wo er von den Geiern zerrissen wurde, seine Überreste auf eine verkehrsreiche Straße zu schleudern, wo sie von tausend Autos überrollt wurden, blutiger Matsch, der sich in den Reifenprofilen festsetzte, und so wurde er zerrieben, in den Asphalt gequetscht, bis nichts mehr von ihm übrig war, keine Muskelfaser, keine Zelle. Keine Asche, keine Knochen, nichts, höchstens ein Fleck, den der Regen wegwaschen würde.

Ich schaute den Männern zu, wie sie beteten und mit geschlossenen Augen meditierten, sah zu, wie sie sich über ihre erarbeiteten Mahlzeiten beugten, ihr Frühstück, ihr Mittagessen, ihr Abendessen, sah zu, wie sie die verdiente Luft atmeten. Manchmal entdeckte ich in William Heathens Augen den heißen, begehrenden Blick, aber ich erwiderte ihn nicht, sondern schaute nach unten, weil ich hoffte, daß die Verwirrung verschwinden würde. Auf jeden Fall sprachen wir nie wieder darüber.

Als Dr. Mattair anordnete, daß die Männer nicht mehr angekettet auf dem Stuhl sitzen und auch keine Handschellen mehr tragen mußten, machte mir das angst. Sie waren jetzt nur noch am Fußgelenk an den Stuhl gefesselt, an einer Kette, die ihnen innerhalb der Zelle eine gewisse Bewegungsfreiheit gab, und in Kombination mit meiner Angst hatte das zur Folge, daß eine gewisse Schranke, ein Vorhang im Bewußtsein wegfiel. Plötzlich sah ich, wie ein Leben zu seinen Anfängen zurückgehen kann, als würde durch diese dunkle Rückkehr zum Anfang – in Gestalt eines Gefängnisses und zum Tode verurteilter Männer – ein Bedürfnis des Bewußtseins erfüllt: das Bedürfnis, das Böse zu verstehen, es zu berühren und es zu verändern; als könnten dadurch die ursprünglichen Bedingungen abgemildert werden.

So ein Augenblick ist unvergleichlich: wenn das Bewußtsein eine Fessel fallen läßt, durch die es so lange gelähmt wurde. Als stiege man auf einen Berg, dieses ewige, mühsame Klettern – und dann der Augenblick, wenn man den Gipfel erreicht, die Sicht so klar – und wie rasch man absteigen kann, wenn der Aufstieg zu Ende ist: mit welch unvorstellbarer Leichtigkeit man weggeht.

Der mythische Reiz der Männer und des Gebets verschwand, gleichzeitig verschwand auch mein Bedürfnis, mit diesen Männern zusammenzusein, und ich wußte, daß ich das Gefängnis verlassen würde.

An meinem letzten Tag rollte eine der sich verjüngenden blauen Kerzen, die ich immer benutzte, in Richtung Gebetszelle. Es war ein kalter Tag im Dezember, wir konnten unseren Atem in der Luft sehen, und als ich die Kerze holen wollte, stürzte William Heathens nach vorn und ließ sich, genau in dem Moment, als ich die Kerze aufheben wollte, gegen die Gitterstäbe fallen, sein Körper schräg nach vorn gekippt, sein rechtes Fußgelenk an die etwa dreißig Zentimeter lange, im Fußboden verankerte Kette gebunden. Er faßte blitzschnell durch die Stäbe, packte mich am Hals und zog mich hoch. Ich spürte die Stäbe an der Brust, im Gesicht, ich sah direkt in William Heathens Augen, die Augen eines irren Hundes, dachte ich, ich fühlte seinen Atem, roch den abgestandenen Zigarettenrauch. «Mr. Heathens», begann ich, aber er drückte fester zu, und mir blieb kurz die Luft weg.

«Was bist du, eins von diesen Weibern mit den dicken Armen?» zischte er.

«Was ist das, Mr. Heathens?» stieß ich hervor.

«So 'ne Frau, die in 'nem Männerkörper steckt.»

«Nein», sagte ich. «Bin ich nicht.»

«Ich glaub, du bist 'ne Schwuchtel», sagte er. «Irgendwas stimmt doch mit dir nicht.»

«Ja, Sie haben recht», sagte ich.

Ich merkte, wie elend ich ihn betrogen hatte. Diese Lüge taugte nichts, ich wollte ihm alles erklären, ich wollte ihnen allen die Wahrheit sagen – noch nie war mir etwas so klar gewesen. Ich hoffte, er würde mir die Chance geben, mit ihm zu reden, aber er schlug meinen Kopf gegen die Stäbe, dann noch einmal, ich wollte etwas sagen, aber meine Kehle war abgeschnitten, es kam kein Ton heraus. Ich konnte kaum noch atmen.

Ich wollte ihm die Wahrheit sagen, aber er schrie: «Du Schwuchtel, du miese, kleine Schwuchtel mit deinen blöden Gebeten!» Danach hörte ich nichts mehr, er knallte meinen Kopf noch einmal gegen die Stäbe, und ich verlor das Bewußtsein.

Dann zog er mir die Kleider aus, und als Karl Gerhardt mich fand, lag ich bewußtlos auf dem Betonfußboden, mit einer blutenden Kopfwunde, mager und nackt, eine Frau.

KAPITEL 28

Sie schwieg, und eine ganze Weile sagten sie beide kein Wort. Er lag auf der Seite und hielt sie fest, ihr Kopf lag in seiner Armbeuge. Er sah sie vor sich, nackt und bewußtlos auf dem Fußboden im Gefängnis, mit einer blutenden Wunde am Kopf. Stumm drückte er ihr die Hand, und sie erwiderte den Druck.

Er schaute zum Fenster hinaus und sah, daß sie bereits bergab fuhren. Der Wald wurde weniger dicht, die Wiesen verschwanden.

Warst du schwer verwundet? flüsterte er. Seine Lippen berührten ihr Ohr.

Ihre Blicke verfingen sich, als sie seine Hand nahm und seine Finger langsam durch ihre Haare führte, über eine lange, dicke Narbe, vom rechten Ohr bis zum Scheitel. Noch eine Wunde, die in ihre Haut eingeschrieben war, dachte er. Er dachte an ihren Körper, an seinen Körper. War der Körper das Gefängnis der Seele, oder war er, wie sie sagte, der Gefangene der Seele? Er wußte keine Antwort und überlegte sich, was wohl in seinen Körper eingraviert war. Irgend etwas war da, aber er wollte nicht daran denken. Er zog sie fester an sich und drückte die Lippen auf die Narbe auf ihrem Kopf.

Du bist also erst vor kurzem aus Bellevue entlassen worden? fragte er.

Ja, sagte sie.

Wie lang warst du dort?

Acht Monate.

Was hat Zellie gemacht, solange du dort warst? fragte er.

Sie ist jeden Tag ins Krankenhaus gekommen und hat an meinem Bett gesessen, wie ich früher bei ihr. Sie hat mir was zu essen gebracht und mich mit dem Rollstuhl durch die Gegend geschoben. Ich glaube, es hat ihr unglaublichen Spaß gemacht, mich zu versorgen. Du solltest die Bilder sehen, die sie von mir gemalt hat – mit weißem Kopfverband und Sonnenbrille.

Er suchte ihren Blick.

Du bist nicht daran zerbrochen? fragte er. Er stellte sich vor, daß jemand anders daran hätte zugrunde gehen können.

Nein, sagte sie.

Warum? Es hätte sein können.

Er sprach ganz leise.

Sie schaute ihm tief in die Augen und sagte: Harold St. Hilaire hat einmal zu mir gesagt, egal, was passiert, man kann im Leben nichts zurückweisen, sonst ist das Leben ruiniert. Er sagte, die Dämonen, die man schluckt, geben einem ihre Kraft.

Was haben die Männer gesagt, als sie erfahren haben, daß du eine Frau bist? flüsterte er.

Sie haben mich dafür gehaßt. Vor allem Harold St. Hilaire. Ich kann es ihnen nicht übelnehmen – ich war nicht der, für den ich mich ausgegeben habe.

Aber sie haben von dir profitiert.

Spiritueller Rat von einer Frau ist zweitklassig, flüsterte sie.

Er konnte es sich gut vorstellen: Dieselben Worte aus dem Mund eines Mannes hätten mehr Gewicht gehabt. Er wußte nicht, warum, aber es kam ihm so vor, als würde das stimmen.

Du warst nicht ganz Frau, sagte er schließlich.

Sie legte den Kopf zurück, um ihn anzusehen.

Was war ich? fragte sie.

Aber er antwortete nicht.

Er schloß sie wieder in die Arme und tastete über die feinen Knöchel ihrer Wirbelsäule.

Du hast für William Heathens diesen Totenkopf gesucht – du mußt ihm verziehen haben.

Sie berührte seine Kehle mit den Lippen. Ich möchte lieber meine Last als seine, flüsterte sie.

Er nahm ihr Gesicht zwischen seine Hände und schaute ihr tief in die hellen grünen Augen.

Du warst ein besserer Mann als ich, sagte er.

Sie erwiderte schweigend seinen Blick.

Dann entzog sie sich langsam seiner Umarmung, setzte sich hin und begann ihre schwarzen Stiefel auszuziehen.

Laß mich das machen, sagte er.

Leise kniete er auf den Boden, nahm ihren rechten Fuß und zog langsam und vorsichtig den schwarzen Stiefel ab. Sie trug keine Socken, registrierte er. Als er ihr den linken Stiefel auszog, bemerkte er zum erstenmal das eingebrannte O an ihrer Ferse. Er berührte es zart mit den Lippen. Oscar Lourde, dachte er.

Er schob ihr Hosenbein übers Knie, und als er mit der Zunge über ihr glattes, weißes Schienbein fuhr, begegneten sich ihre Blicke. Ihre Augen funkelten, und er entdeckte den herausfordernden Blick, den er schon vor ein paar Tagen bemerkt hatte, aber er wollte nicht mit ihr schlafen. Er wollte etwas anderes von ihr, etwas, das sie vermutlich noch nie gegeben hatte. Er wollte sie berühren, nur das: sie berühren, so wie sie Luther Wolfe berührt hatte, wie sie ihn berührt hatte.

Er drückte sie sanft aufs Bett zurück, und statt sich auf sie zu legen, kniete er neben ihr nieder, wie sie in der Nacht in der Wüste neben ihm gekniet hatte. Wieder begegneten sich ihre Blicke, und er wußte, daß sie seinen Wunsch verstand.

Behutsam legte er seine Hand auf den Reißverschluß ihrer Hose, und als sie ihn nicht zurückhielt, öffnete er den Reißverschluß, zog die Hose über ihre blassen, muskulösen Beine und ließ sie auf den Boden fallen. Er betrachtete ihre Brüste unter dem T-Shirt. Er konnte das Bild nicht abschütteln – wie sie ihre Brüste aufwickelte und die elastische Binde über das ungemachte Bett mit der weißen Bettwäsche warf. Er stellte sich ihre warmen, ungebundenen Brüste vor, als sie sich in die weißen Kissen zurückfallen ließ.

Wann hast du die Binde abgenommen? fragte er leise.

Vor zwei Wochen.

Er zog ihr behutsam das T-Shirt über den Kopf.

Warum erst vor zwei Wochen? Warum nicht schon vorher? fragte er.

Er sah, wie sich ihre Brüste in den weißen Satinkörbchen ihres Büstenhalters hoben und wieder senkten.

Ich war endlich soweit.

Zart berührte er die Rundung ihrer Brüste und hakte dann ihren Büstenhalter auf. Wieder schauten sie sich in die Augen, als er die Träger über ihre Arme schob und den Büstenhalter auf den Boden fallen ließ.

Mit den Lippen berührte er die weiße Haut ihrer Brüste, dann zog er ihr den Slip aus und schaute sie an. Das war es, was sie gesehen hatte, als sie das erste Mal die elastische Binde wieder abgenommen hatte, dachte er. Eine Frau.

Du bist wunderschön, sagte er.

Sie sagte nichts, nicht einmal danke, kein Lächeln. Sie schaute ihn nur an, und er hielt ihrem Blick stand. Als er ihren nackten Körper betrachtete, wurde er erregt: ihre langen Beine, ihre runden weißen Brüste. Er merkte, wie geehrt er sich fühlte, als erster ihren Körper entgegennehmen zu dürfen, nachdem sie ihn so lang bandagiert hatte. Aber als er mit den Lippen ihre Schenkel berührte, bekam er auf einmal Angst. Was, wenn er nicht genügte? Er schaute sie wieder an, und ihre Augen sagten: Mach es *gut*. Da küßte er sie, ihren ganzen Körper, so zärtlich, wie er noch niemanden und nichts geküßt hatte. Er wollte sie befriedigen. Er wollte sie nach ihrer Rückkehr willkommen heißen. Er wollte nicht mehr so sein, wie er gewesen war, bevor er die Reise begonnen hatte. Er wollte neu beginnen. Er wollte ein anderer werden.

Er küßte sie ganz sanft, ihre Seite, ihre Brust, ihre Arme, ihren Hals, dann spreizte er ihre Beine und küßte sie dort. Sie schaute ihm die ganze Zeit zu, und als er fertig war, legte er sich neben sie, und sie hielt ihn in den Armen.

Sie drückte ihn an sich, und er dachte, daß sie beides zu sein schien, Mann und Frau, eine unbegreifliche, ungeheuerliche Mischung. Als er sich im Geiste vor sich sah, wie er, völlig angekleidet, von einer nackten Frau festgehalten wurde, in einer vornehmen Kabine in einem Zug, zwischen lauter weißen Laken, hinter einem roten Samtvorhang, während der Zug aus den Bergen herausfuhr – da dachte er: Dies ist einer der wenigen perfekten Augenblicke in meinem Leben.

Was sind wir jetzt? fragt er leise. Sind wir immer noch ein konfuser Mann und eine alberne Frau in einem Zug?

Nein, wir sind ein angekleideter Mann und eine nackte Frau in einem Zug, sagte sie.

Da dachte er an die Frau, die er zurückgelassen hatte, an die gemeinsamen Kinder, das ältere ein Jahr alt, das andere erst einen Monat, und er war froh, daß sie nichts von ihnen wußte. Er erinnerte sich daran, wie er sich in der Wüste gefühlt hatte, welche Schuldgefühle ihn gequält hatten. Er hatte begriffen, daß er noch nicht mit seinem bisherigen Leben gebrochen hatte, sein schlechtes Gewissen war der Beweis dafür gewesen. Ja, hatte er gedacht, nehmt nur die ganzen grausamen, dunklen, niedrigen Instinkte und leugnet sie, dann werdet ihr sehen, wie sie sich alle nach innen wenden und sich wie Stacheln in die Seelen all der armen Idioten bohren, die auch nur einen Moment lang gehofft haben, diese Instinkte könnten überwunden werden.

Er dachte daran, wie er ganz laut SCHEISSE geschrien und

die befreiende Wut in der Kehle gespürt hatte, wie eine Welle der Erleichterung über ihn geschwappt war und er plötzlich alles, was er getan hatte, großartig gefunden hatte – daß er in den Zug gestiegen war, daß er der Frau im Motel erzählt hatte, er sei Oscar Lourde, daß er sein Leben in Trümmern hinter sich gelassen hatte. Es hatte ihm richtig Spaß gemacht, an das zerbrochene Geschirr zu denken und daß er Stühle geworfen und den Tisch umgekippt hatte und daß sie erschrocken geschrien hatten. Es hatte ihm eine gewisse Genugtuung bereitet, anderen weh getan zu haben und die Wut nicht nach innen gekehrt zu haben. Er war sogar auf der Straße stehengeblieben, um dieses Gefühl auszukosten.

Er dachte daran, daß er überlegt hatte, ob das wohl die ersehnte Freiheit war. Hatte er es endlich geschafft? Hatte er die Fesseln gesprengt? Sein Herz hatte geklopft, und vielleicht war es ihm ja in der Wüste endlich gelungen. Aber als er herausfinden wollte, was hinter den engen Grenzen seines bisherigen Denkens lag, welche anderen Ideen, welche anderen Gedanken, und als er diese Ideen haben, diese Gedanken denken wollte und sich etwas vorzustellen, was er sich bisher nicht hatte vorstellen können, da hatte er nicht weitergewußt. Nur die Wüste war da gewesen und sein Herz, das erschrocken geklopft hatte.

Da hatte er sich gefragt, was geschehen würde, wenn er einfach den nächsten Schritt machen und seinen dunkelsten Instinkten folgen würde? Was würde passieren? Und er hatte Zerstörung gesehen, nichts als Zerstörung, und er hatte sich gefragt, ob es nichts anderes gab. Gab es nur Schuld oder Zerstörung?

In dem Augenblick hatte er seine eigene Stimme gehört, ein Schluchzen in seiner Kehle, und in der darauffolgenden quälenden Stille hatte er gespürt, wie winzig er war, wie begrenzt sein Bewußtsein, sein Verstand, und er hatte begriffen, wie sehr ihn diese Begrenztheit einschränkte. Er hatte gespürt, wie sich seine Brust verkrampfte, ein Asthmaanfall, der sich bedrohlich anfühlte, er hatte nach Luft geschnappt, den Inhalator aus der Tasche gefummelt und so tief eingeatmet, wie seine Lungen es nur erlaubten. Er hatte die Augen geschlossen, auf die Wirkung gewartet und sich bemüht, nicht in Panik zu geraten, um nicht alles noch zu verschlimmern. Als Kind hatte er immer diese furchtbaren Panikattacken gehabt. Er hatte sich gefragt, ob die Wüste, die Luft dort draußen den Anfall hervorgerufen hatte, die Tatsache, daß es hier keine Grenzen gab, nichts, was ihn halten, ihn einengen konnte, als käme die Wüste heimlich von allen Seiten angekrochen und würde sich seiner bemächtigen.

Er hatte mit klopfendem Herzen dagestanden, als könnte ihm die Wüste etwas geben, und als nichts mehr zu tun übrig war, hatte er sich auf den Rückweg gemacht, zurück zu ihr.

Die Erinnerung an diese Erfahrung beunruhigte ihn. Er streckte jetzt die Hand aus und zeichnete mit dem Finger die Umrisse ihres Mundes nach.

Ist die Geschichte wahr? fragte er leise.

Sie sah ihn lächelnd an.

Ja oder nein?

Was denkst du? sagte sie.

Ich möchte gern glauben, daß sie wahr ist, sagte er, aber ich weiß es nicht.

Sie lächelte.

Sie wollte es ihm also nicht sagen. Er würde mit dieser Frage zurückbleiben, wie mit allem übrigen. Was, wenn ihre Geschichte nur eine Art Metapher war? Die Narben an ihren Armen, das O an ihrer Ferse konnten von etwas anderem stammen, sie hatte sie nur in die Geschichte eingebaut, um ihr mehr Glaubwürdigkeit zu verleihen. Vielleicht war sie gar nicht Hemy Lourde, vielleicht hieß sie ganz anders. Vielleicht war ihr etwas Ähnliches passiert, aber die Einzelheiten waren anders gewesen. Minderte das den Wahrheitsgehalt?

Sie setzte sich auf, und er schaute zu, wie sie den Büstenhalter anzog und ihn mit geschickten Fingern hinten zuhakte. Dann zog sie ihre schwarze Hose und das weiße T-Shirt wieder an.

Sie legte sich erneut neben ihn und sagte: Können wir jetzt über nichts reden, so wie ich es mag?

Einverstanden, sagte er.

Aber während sie Sachen erfanden: was sie tun würden, wenn dies oder jenes passieren würde, oder wie es hätte sein können oder wie sie es gern gehabt hätten, überlegte er sich, was sie jetzt wohl vorhatte. Während sie mit den Händen beim Sprechen gestikulierte, lautmalerische Geräusche von sich gab und Akzente nachahmte, mußte er dauernd an ihr Leben denken, das in Trümmern hinter ihr lag. Und während sie dahinplapperten, hörte er seine Stimme, die wie ein Messer dazwischenging.

Was hast du jetzt vor?

Das weiß ich nicht, sagte sie.

Aber du mußt doch irgendeine Vorstellung haben, sagte er.

Nein, ich habe keine, antwortete sie. Noch nicht. Und du?

Ich habe auch keine, sagte er.

Also redeten sie weiter über nichts, so wie sie es mochte, und während er ihre Handbewegungen beobachtete, die wie die Schatten der Worte wirkten, fragte er sich, was es hieß, den Gang der Geschichte zu verändern. Hatte sie den Gang seines Lebens verändert? Er wollte es nicht zugeben, aber er glaubte, daß sie es verändert hatte, obwohl er nicht genau sagen konnte, wie. Trotzdem machte es ihn irgendwie traurig – es schien so unbedeutend. Er wollte, daß ihr Leben mehr bewirkte, als nur den Gang seines Leben zu beeinflussen. Aber konnte es sein, daß etwas so Unbedeutendes wie die Veränderung seines Lebens auch zur Veränderung des Laufs der Geschichte dazugehörte? Vielleicht hatte sie in ihm etwas ausgelöst, was ihn dazu veranlaßte, etwas zu tun, was wiederum den Lauf eines anderen Lebens veränderte oder irgendein Ereignis beeinflußte. Es schien schwierig und zeitaufwendig, mühselig, banal – vor allem, weil sie doch von Größe gesprochen hatte.

Er wußte nicht, wie, aber er war eingeschlafen, und als er aufwachte, war es schon hell. Er sah, daß sie vor ihrem Koffer kniete.

Sie haben gerade durchgegeben, daß wir in fünfzehn Minuten Los Angeles erreichen, sagte sie.

Er schaute rasch aus dem Fenster und sah die braunen, runden Hügel Südkaliforniens. Panik stieg in ihm auf. Er setzte sich hin, pflanzte die Füße auf den Boden.

Was machst du, wenn wir in L.A. sind? fragte er.

Ich will den Ozean sehen, sagte sie.

Warum? fragte er.

Mir gefällt seine Gleichgültigkeit, sagte sie. Die unendliche Weite. Er ist so schön – und gleichzeitig so grausam.

Kann ich mitkommen?

Nein.

Es war das erste Mal, daß sie auf seine Frage, ob er mitkommen könne, ablehnend reagierte. Das kränkte ihn, vor allem jetzt.

Warum nicht?

Ich will allein sein.

Warum gerade jetzt?

Darum, sagte sie. Es gibt keinen besonderen Grund.

Sie sah ihn an.

Du schaffst das schon, sagte sie.

Dann packte sie weiter. Er spürte das Stechen der Tränen, aber er unterdrückte sie.

Sehe ich dich wieder? fragte er.

Keine Ahnung, sagte sie. Woher soll ich das wissen?

Gehst du nach New York zurück?

Ja, sagte sie. Zellie ist dort.

Gut, sagte er.

Warum? fragte sie. Wohnst du in New York?

Ja.

Aber sie fragte nicht, wo. Wahrscheinlich wollte sie es gar nicht wissen, als würde das Wissen sie irgendwie an ihn binden, und er spürte, daß sie sich weder an ihn noch an sonst irgend jemanden gebunden fühlen wollte.

Als sie fertig gepackt hatte, setzte sie sich neben ihn und nahm seine Hand zwischen ihre Hände.

Ich werde dich nie vergessen, sagte sie.

Verschone mich, sagte er.

Er schaute schnell weg, über die Schulter, aus dem Fenster. Die Palmen wirkten unpassend – so elegant und gutgelaunt.

Sie drückte ihre Lippen auf seinen Hals, und obwohl er eigentlich für sich bleiben wollte, schlang er die Arme um sie und drückte sie an seine Brust, atmete den Duft ihrer Haare, ihrer Haut ein.

Warum hast du mir deine Geschichte erzählt? flüsterte er.

Als eine Opfergabe, sagte sie.

Für wen?

Aber sie lächelte nur, und er wußte, sie würde auch diese Frage nicht beantworten.

Warum hatte ihn ausgerechnet diese Erfahrung im Zug erwartet und nicht irgendeine andere? Warum eine Frau, die als Mann gelebt hatte und nicht ein Mörder oder eine Ehebrecherin oder ein ganz durchschnittlicher Mann? Hatte vielleicht etwas in der Psyche die Macht, die Umstände zu steuern, ein bestimmtes Zusammentreffen herbeizuführen und es dann wie Zufall aussehen zu lassen? Hatten er und die Frau im Zug sich durch etwas Unerklärliches zueinander hingezogen gefühlt? Durch die Geschichte ihrer Körper? Er dachte an das, was sie geschrieben hatte: daß das Bewußtsein zögert, die Geschichte dieser schrecklichsten körperlichen Qualen preiszugeben. Der Gedanke ging ihm durch und durch. Er wollte nicht daran denken, daß er eines Tages die Geschichte seiner schlimmsten Leiden würde preisgeben müssen. Er hatte Angst, der Wahrheit weniger gewachsen zu sein als sie.

Er nahm ihr Gesicht zwischen seine Hände und suchte ihren Blick.

Hast du gelernt, wie ein Mann zu lieben? fragte er sie.

Das weiß ich nicht, antwortete sie. Kommt es dir so vor?

Aber er konnte seine Gedanken nicht mehr artikulieren. Sie hatten nur noch ganz wenig Zeit, und er wußte nicht, was er mit dieser Zeit am besten anfangen sollte. Schließlich zog er sie wieder an sich und hielt sie fest, und sie hielt ihn fest, und die ganze Zeit fuhr der Zug unaufhaltsam Los Angeles entgegen.

Er überlegte sich, was er tun sollte, nachdem sie sich verabschiedet hatte, aber er wußte es noch nicht. Er stellte sich vor, wie er allein in irgendeinem Hotel in Los Angeles auf dem Fußboden saß, mit dem Rücken zur Wand, nackt bis zur Taille. Würde er auf seinen Atem achten, wie Lausy Hayes oder Leopold Harry, und um ein Schicksal bitten? Er wußte es nicht, aber irgendwie gefiel ihm die Vorstellung, daß sie sich irgendwo auf einen kühlen Holzfußboden legte und ihr blasser, entschlossener Körper ein Schicksal herbeisehnte.

Es paßte ihm nicht, daß Bos Worte umgedeutet werden sollten. *Du hast ein großes Schicksal vor dir. Du wirst den Gang der Geschichte verändern* – daß es eigentlich heißen sollte: *Ich weiß, was mit dir passiert ist, du wirst ein seltsames Schicksal haben. Ich wollte, ich könnte den Gang deiner Geschichte verändern.* Das war weder grandios noch überzeugend! Er wollte trotz allem glauben, daß da etwas Grandioses, etwas Überzeugendes war.

Glaubst du, daß du immer noch ein großes Schicksal vor dir hast? fragte er. Er wußte, es klang albern, aber irgendwie mußte er diese Frage stellen.

Sie sah ihn lächelnd an.

Wirst du den Gang der Geschichte verändern?

Da warf sie den Kopf zurück und lachte lauthals, so warm und hemmungslos, wie er es an ihr mochte.

Nein, im Ernst, sagte er. Ich möchte es gern wissen.

Aber sie sagte nichts, und der Zug drosselte das Tempo, sie hatten die Vororte von Los Angeles erreicht.

Sag mir nur noch eins, flüsterte er.

Sie küßte ihn auf den Mund und sagte: Gut, meinetwegen: Die Geschichte ist zu Ende.

Sie nahm seine Hand, und er wußte, daß es stimmte – gleich würde sie sich verabschieden, und er würde zurückbleiben, mit seinem eigenen Atem und seinem klopfenden Herzen. Mit seiner eigenen Geschichte.

Foto: Hergen Schimpf

Foto: Isolde Ohlbaum

Elke Heidenreich

«Literatur hat mich Toleranz und Gelassenheit gelehrt.»

Kolonien der Liebe
Erzählungen
3-499-13470-5
Neun ironische, zärtliche, melancholische Geschichten über die Liebe in unserer Zeit. «Kolonien der Liebe», das sind die zufälligen Orte auf dieser Welt, die, vorübergehend, ein wenig Wärme ausstrahlen, aber es sind auch die Orte, an denen Leid, Hass und Kälte die Liebe totschlagen.

Wörter aus 30 Jahren
30 Jahre Bücher, Menschen und Ereignisse
3-499-13043-2
Mit ansteckender, nie nachlassender Begeisterung und Leidenschaft schreibt Elke Heidenreich seit drei Jahrzehnten über die Dinge und Menschen, die sie faszinieren: Literatur, Städte, Reisen, Schriftsteller, Zufallsbekanntschaften und Berühmtheiten.

Best of also … *Die besten Kolumnen aus «Brigitte»*
Lockere, mit klugem Witz geschriebene und ironisch pointierte Texte über scheinbar banale Alltagsthemen, immer mit einem überraschenden Moment, das uns mitten im Lachen einhalten lässt.

3-499-23157-3